W0367837

LA MALÉDICTION DE LA GALIGAÏ

DU MÊME AUTEUR

Aux éditions du Grand-Châtelet

La Devineresse

Aux éditions du Masque

Attentat à Aquae Sextiae
Le Complot des Sarmates
L'Archiprêtre et la Cité des tours
Nostradamus et le Dragon de Raphaël
Le Mystère de la Chambre bleue
La Conjuration des Importants
L'Exécuteur de la haute justice
L'Énigme du clos Mazarin
L'Enlèvement de Louis XIV
Le Dernier Secret de Richelieu
La Vie de Louis Fronsac
L'Obscure Mort des ducs
Marius Granet et le Trésor du palais comtal
Le Duc d'Otrante et les Compagnons du Soleil

Aux éditions Jean-Claude Lattès

La Conjecture de Fermat
Le Captif au masque de fer
Les Ferrets de la reine
L'Homme aux rubans noirs
Juliette et les Cézanne
Les Rapines du duc de Guise
La Guerre des amoureuses
La Ville qui n'aimait pas son roi

Aux éditions Flammarion

Le Secret de l'enclos du Temple

Aux éditions J'ai Lu

Marseille, 1198
Paris, 1199
Londres, 1200
Montségur, 1201

Jean d'Aillon

La Malédiction de la Galigaï

Flammarion

© Flammarion, 2012.
ISBN : 978-2-0812-7006-0

QUELQUES PERSONNAGES

Louis d'Astarac, *marquis de Fontrailles*

Charles de Baatz, *seigneur d'Artagnan, gentilhomme au service du cardinal Mazarin*

Friedrich Bauer, *ancien lansquenet bavarois au service de Louis Fronsac*

Louis de Bourbon, *prince de Condé, cousin du roi*

Armand de Bourbon, *prince de Conti, frère du prince de Condé*

Claude de Bourdeille, *comte de Montrésor*

Nicolas Bouvier, *secrétaire et cocher de Louis Fronsac*

Guillaume Bouvier, *homme à tout faire et concierge, frère de Jacques*

Jacques Bouvier, *domestique des Fronsac*

Noël Bréval, *négociant en blé*

Pichon de La Charbonnière, *aventurier*

Concino Concini, *maréchal d'Ancre*

Canto de La Cornette, *aventurier*

Raphaël Corbinelli, *secrétaire de Concini*

Jean Corbinelli, *secrétaire du comte de Bussy-Rabutin*

François Desgrais, *exempt au Grand-Châtelet*

L'Échafaud, *roi de la cour des Miracles*

Basile Fouquet, *abbé de Barbeaux, frère de Nicolas Fouquet, espion du cardinal Mazarin*

Louis Fronsac, *fils du notaire Pierre Fronsac, chevalier de Saint-Michel et marquis de Vivonne*

Léonora Galigaï, *épouse de Concino Concini*

Tomaso Ganducci, *gantier, espion de Mazarin*
Paul de Gondi, *coadjuteur de l'archevêque de Paris, futur cardinal de Retz*
Jean La Goutte, *sergent au Grand-Châtelet*
Germain Gaultier et sa sœur Marie, *domestiques*
Bernardo Gramucci, *moine, spadassin*
Guy Joly, *conseiller au Châtelet*
Anaïs Moulin Lecomte, *filleule de Noël Bréval*
Jules Mazarin, *président du Conseil royal*
Gilles Ménage, abbé, *secrétaire de Paul de Gondi*
Mathieu Molé, *premier président du parlement de Paris*
Charles Mondreville, *fils de Jacques Mondreville*
Jacques Mondreville, *prévôt des maréchaux*
Balthazar Nardi, *aventurier, ami de Concini*
Zongo Ondedei, *maître de chambre et secrétaire de Mazarin, espion*
Gaston d'Orléans, *frère de Louis XIII*
Armande du Parc, *épouse de Gaston de Tilly, comédienne*
Petit-Jacques, *brigand*
Roger de Rabutin, *comte de Bussy*
Thibault de Richebourg, *jeune gentilhomme pauvre*
Pierre Séguier, *chancelier*
Sociendo, *marchand bordelais*
Gédéon Tallemant, *banquier*
Gaston de Tilly, *procureur du roi*
Louis de Tilly, *prévôt des maréchaux, père de Gaston*
François de Vendôme, *duc de Beaufort*
Catherine de Vivonne-Savelli, *marquise de Rambouillet*

PREMIÈRE PARTIE

Une crapuleuse entreprise
(avril-juillet 1617)

I

La nuit tombait quand l'homme, emmitouflé dans un épais manteau de serge noire, laissa son cheval à la garde des deux Italiens qui l'avaient accompagné. Devant lui, la Seine roulait des flots furieux, tant le printemps avait été pluvieux.

À travers les mauvaises herbes détrempées par une récente ondée, il se dirigea lentement vers une bâtisse aux briques moussues et aux pans de bois vermoulus. Son toit de chaume, sur lequel poussaient quelques herbes, descendait par endroits jusqu'au sol. Une écurie la jouxtait, encore plus délabrée malgré de sommaires réparations faites avec des troncs à peine équarris, des morceaux de planches et de gros clous.

S'approchant, l'homme en noir sursauta au soudain grincement de l'enseigne de fer suspendue à une potence d'une taille telle qu'on aurait pu y accrocher un homme. Malgré la peinture écaillée du métal, on distinguait encore une carpe vaguement argentée.

Le ventre serré et le cœur battant le tambour, il tâtait continuellement le pistolet à rouet glissé à sa ceinture, comme si cette arme dérisoire pouvait lui offrir une quelconque sécurité là où il se rendait.

Le cabaret s'appelait la *Carpe d'Argent*. Longtemps lieu de rendez-vous des bateliers et des haleurs, la taverne était devenue, depuis quelques années, le refuge de soldats débandés, d'estropiats de grand chemin et de laboureurs sans terre.

En ce début d'avril 1617, la fureur des éléments ajoutait à la rapacité des receveurs des tailles et de la gabelle qui ruinaient le peuple. Les digues s'étant rompues, le fleuve avait inondé les campagnes, transformées en champs de boue. Gens et bêtes mouraient de faim. L'épidémie guettait. Pilleries, extorsions et violences devenaient les seuls moyens de survie pour ceux qui avaient tout perdu, et les prévôts des maréchaux [1] restaient impuissants devant les bandes de brigands.

Bâtie sur de solides piliers de pierre et de bois, une rampe conduisait à l'entrée du cabaret. Devant la porte, l'homme s'arrêta, hésitant encore un instant.

Mais il n'avait pas le choix. S'il ne s'exécutait pas, ce seraient la ruine, la marque au fer rouge et les galères.

Il pénétra dans une salle au plancher grossier. En son milieu, une élévation de grosses pierres mal jointées formait un foyer. Un trou dans la toiture, par où pendait une crémaillère à laquelle était accroché un chaudron, permettait l'évacuation des fumées. Le plafond, en branches à peine équarries, était noirci d'une épaisse couche de suie.

Devant cette sommaire cheminée, un marmiton tournait une broche sur laquelle rôtissait une enfilade de canards. Près de lui, une vieille cuisinière emplissait des écuelles de soupe tirée du chaudron. Un peu partout pendaient des crochets de fer auxquels étaient suspendus lièvres et bécasses braconnés dans les bois environnants.

De part et d'autre du foyer se dressaient deux longues tables occupées par quelques douzaines d'hommes. Pas de femmes, sinon des servantes maigres au teint hâve. Malgré les cris et les chants d'ivrognes qui allaient bon train, l'endroit paraissait lugubre et inquiétant.

Avisant une place libre, l'homme en noir s'installa entre deux individus sentant particulièrement mauvais. Avec son couteau, l'un d'eux s'amusait à couper en deux les cafards traversant la table.

Très vite une servante posa un pot de clairet devant le visiteur. Il commença à boire, à petites gorgées, écoutant vaguement les conversations proférées en patois normand. Avec inquiétude, il

1. Les prévôts des maréchaux, et leurs lieutenants, réprimaient les crimes et délits dans les campagnes.

remarqua les molosses sommeillant près du foyer. Son autre voisin, celui qui ne découpait pas la vermine, avalait une bouillie grise avec ses doigts.

L'homme en noir observa alors que les conversations faiblissaient. Puis il remarqua les regards hostiles. La tension devint soudain palpable, oppressante.

— T'es qui ? demanda brusquement un escogriffe apparu en face de lui.

Il lui manquait une oreille, un index et ses autres doigts étaient noirs de crasse.

Inquiet, l'homme en noir le considéra sans répondre.

— Je cherche quelqu'un, balbutia-t-il.

— Qui ?

— Petit-Jacques.

Les conversations cessèrent immédiatement.

— Tu lui veux quoi, à Petit-Jacques ? questionna l'escogriffe en plissant les yeux.

— P… parler.

— Petit-Jacques est pas un parleur, intervint le voisin à la bouillie.

Quelques ricanements menaçants retentirent. L'homme en noir frissonna. Il n'aurait jamais dû accepter la proposition du maréchal d'Ancre. Tout cela allait mal finir, pour lui. Il parvint à déglutir avant de demander poliment :

— Savez-vous où il est, monsieur ?

L'escogriffe hocha lentement la tête, puis glissa quelques mots à son voisin qui se leva pour se diriger vers le fond de la salle.

Les conversations reprirent et plus personne ne s'intéressa à l'homme en noir. Celui-ci hésita. Et s'il s'en allait maintenant ? Il dirait à Gramucci et à Nardi ne pas avoir trouvé Petit-Jacques. Il terminait son verre et s'apprêtait à se lever quand celui qui était parti revint, accompagné d'un jeune homme d'une vingtaine d'années.

Petit, trapu, un regard vif malgré des yeux délavés, des poils épars sur des joues boutonneuses, le nouveau venu portait un grand coutelas à la ceinture et surtout, un masque de cuir sur le haut du visage. Deux hommes plus âgés l'accompagnaient.

— C'est toi qui me cherches ? s'enquit-il en considérant attentivement l'inconnu.

— Oui, monsieur. Si vous êtes Petit-Jacques.

— T'es un archer du prévôt, un exempt ?

— Non, monsieur, je vous en donne ma parole.

— Ta parole ! Mets-toi debout et enlève ton manteau !

Le silence s'établit à nouveau, étouffant et menaçant. Tous les regards étaient tournés vers lui. Malgré la chair de poule qui le faisait trembler, l'homme en noir insista d'une voix peu rassurée :

— Si vous êtes Petit-Jacques, j'ai juste besoin de vous parler un instant.

— J'aime pas répéter…

La voix, traînante, suggérait une sanction à coup sûr épouvantable.

Le visiteur inclina la tête, se leva et défit les attaches de son manteau, laissant apparaître son pistolet, sa dague et son épée.

— Corne bouc ! Tu as vu, Fouille-Poche ? Le monsieur part en guerre !

Il s'adressait à un de ses compagnons. La saillie fit rire l'assistance.

— Prends-lui tout ça.

L'autre s'avança et ôta pistolet, dague et épée. L'homme en noir se laissa faire, songeant que rien ne se déroulait comme on le lui avait assuré.

— Maintenant, parle !

— C'est une proposition… qui… qui ne regarde que vous, monsieur, bredouilla-t-il, apeuré.

Petit-Jacques parut hésiter avant de hocher la tête.

— Viens avec moi !

Il s'adressa à ses compagnons :

— Vous autres, vérifiez qu'il n'y a pas d'archers dehors.

— Deux domestiques m'attendent, tenta d'expliquer le visiteur.

Mais Petit-Jacques était déjà parti vers le fond de la pièce, aussi le suivit-il, l'estomac noué.

Ils passèrent une porte et entrèrent dans un cabinet. Sur un tonneau se trouvaient des chopines vides et un pistolet à rouet. Une fenêtre ouvrait sur la Seine dont les flots grondaient.

— Regarde ! ordonna Petit-Jacques.

L'homme en noir s'approcha et vit une barque amarrée en bas d'une échelle.

— Si t'es du prévôt, tu es mort et je file par là. Maintenant, parle !

— Je ne suis pas au prévôt, au contraire. (Il déglutit.) On m'a dit que c'est vous qui aviez volé les dix-huit mille livres de la taille au receveur de Coutances, sur le grand chemin de Caen, malgré l'escorte. Que ce serait vous aussi qui auriez pris la recette de la gabelle d'Alençon. Vous, encore, qui auriez emporté les fonds que le contrôleur de l'élection [1] conduisait au receveur de la généralité.

— Compaing, tu en sais trop ! gronda l'autre en le saisissant par le cou.

— Attendez ! Écoutez-moi, je vous en supplie ! glapit l'homme en noir en essayant de se dégager. On m'a dit aussi que vous êtes le marinier le plus adroit ici et que personne ne connaît mieux la Seine que vous…

— Qui t'as clabaudé tout ça ? aboya Petit-Jacques, en le lâchant.

— C'est sans importance ! Ce qui compte, c'est ceci : une barque partira de Rouen dans trois jours. Elle transportera un chargement d'or envoyé par le receveur général au trésorier de l'Épargne, à Paris. J'ai besoin de votre aide pour le prendre.

Petit-Jacques recula d'un pas et une étrange lueur s'alluma dans ses yeux délavés.

— Raconte !

— Je saurai l'heure du départ, mais il y aura des gens armés à bord.

— Combien ?

— Je l'ignore, mais pas plus de trois ou quatre.

— Ils ne me poseront pas de problème. La barque remontera à la voile ?

— Non, elle sera halée. Mais un halage escorté de mousquetaires.

1. L'élection était la subdivision administrative de la généralité, au niveau de laquelle était récoltée la taille.

— Combien ?

— Beaucoup, une centaine.

Le brigand secoua la tête.

— C'est trop dangereux !

— Bien sûr que c'est dangereux ! Mais votre part sera à la hauteur du risque.

Petit-Jacques parut hésiter. Finalement, il laissa tomber :

— Je veux mille pistoles !

— Non.

— Alors, file et ne reviens plus ! Je garde tes armes pour m'avoir dérangé.

— Pas mille pistoles. Cinq mille [1], lança l'homme en noir, reprenant de l'assurance et comme pour le défier.

Il était sûr, ainsi, que le bandit allait l'écouter.

Petit-Jacques parut stupéfait, puis gronda :

— Ne te moque pas, compère !

— Je ne me moque pas, il y aura cinq mille pistoles pour vous si l'entreprise réussit. Bien plus que pour moi qui en aurai à peine le dixième.

Le truand resta silencieux. Qui était cet homme ? Cette affaire ressemblait furieusement à un piège du prévôt des maréchaux de Rouen.

— Qui t'envoie ?

— Vous ne les connaissez pas, ce sont des Italiens.

Il y avait beaucoup d'Italiens autour du gouverneur de Normandie, songea Petit-Jacques. Et ils avaient la réputation d'être des voleurs. Peut-être que tout ça était vrai, après tout.

— Combien y a-t-il dans ce chargement ? demanda-t-il enfin.

— D'abord, répondez-moi, insista l'homme en noir. En êtes-vous capable ?

— Certainement.

— Il y aura aussi une condition.

— Laquelle ?

— Les cinq mille pistoles seront pour vous uniquement. Il ne devra pas rester de témoins.

---

1. Environ cinquante mille livres.

— Possible… Mais toi et tes amis s'en chargeront, fit Petit-Jacques en le désignant de l'index.

— S'il le faut…

— Soyez surtout certain que vous ne jouerez pas des épinettes [1] avec moi. En cas de piège, ou si vous envisagez de vous débarrasser de moi après, vous le payerez de votre vie. Je prendrai mes précautions. Puisque vous me connaissez, vous n'ignorez rien des sévices qu'endurent ceux qui me trahissent…

L'homme en noir le savait. On avait récemment retrouvé un complice de Petit-Jacques dans la Seine. Sans mains, sans pieds et surtout la chair à vif, complètement écorché.

— Vous pouvez être certain de ma loyauté et de la personne qui m'envoie, dit-il d'une voix quand même hésitante.

— J'y compte ! Maintenant, dites-moi exactement ce qu'il y a dans cette barque ?

Le visiteur hésita un instant. Mais ne venait-il pas de promettre d'être loyal ?

— Les tailles de Normandie. Plus d'un million de livres.

⚜

Jacques Mondreville, commis à la recette de l'élection de Vernon, était chargé de la taille, cet impôt que le roi levait sur ceux qui n'étaient ni nobles ni religieux, à raison de leur fortune ou de leur revenu.

À l'origine, redevance féodale perçue par le seigneur, la taille était devenue au fil des siècles le principal impôt levé sur les personnes, tandis que la gabelle, les octrois ou les aides se calculaient sur le sel ou les marchandises.

Sa collecte suivait des règlements tatillons. Chaque année, un brevet de taille, c'est-à-dire le montant total de l'impôt, se voyait fixer en conseil royal avant d'être réparti entre les généralités. La Normandie était constituée de deux généralités : celle de Rouen et celle de Caen. La première était subdivisée en élections, dont celle de Vernon où travaillait précisément Jacques Mondreville.

---

1. Tricher, tromper.

À Vernon, un élu [1] et son lieutenant chevauchaient à travers les paroisses pour évaluer les biens des taillables de manière à ce que chacun payât à proportion de sa richesse. Les sommes collectées étaient ensuite portées au receveur qui les transmettait au receveur général de Rouen.

Forcément, les malversations étaient nombreuses. Comme celui qui manie la poix en retient quelque chose entre ses doigts, ceux qui manient les finances en prennent par leurs mains leur part et ne s'oublient guère, disait-on. Mais que pouvait-on faire, sinon exécuter de temps en temps, après d'effroyables tourments, les détourneurs qui se faisaient prendre ?

Puisque chacun tentait de payer une taille plus faible que celle exigée, voire d'en être exempté, Mondreville proposait aux plus riches de réduire le montant de leur impôt, moyennant une honnête rétribution. Habile, il falsifiait les comptes en veillant toujours à ce que d'autres paroisses soient redevables des sommes retirées à ceux qu'il avait corrompus.

Ainsi était-il persuadé qu'il ne pouvait être pris.

Pourtant, au début du mois d'avril, il avait été convoqué par le procureur de la généralité de Rouen pour s'expliquer quant à une dénonciation dont il faisait l'objet. Il s'était vu perdu, sachant qu'un procès le conduirait immanquablement aux galères après avoir été marqué du sceau de l'infamie ; aussi s'apprêtait-il à quitter le pays quand, le lendemain de la convocation, à l'aube crevant, un peloton de gardes s'était arrêté devant son logis de Verneuil, près de la collégiale Notre-Dame. La troupe était menée par un homme sec, au visage dur et fier doté d'une moustache en pointe, d'une courte barbe et de cheveux courts brossés en arrière. Il s'annonça comme étant Balthazar Nardi, secrétaire du maréchal d'Ancre, le gouverneur de Normandie.

Sous bonne garde, Mondreville avait été mis sur un cheval et conduit à Rouen. Traité sans égard durant le trajet, ses questions et supplications n'avaient donné lieu à aucune réponse. Après

1. Les élus étaient des officiers chargés de l'assiette et de la perception des impôts dans les pays d'élection. La collecte était différente dans les pays d'états qui possédaient des assemblées décidant du montant de l'impôt.

une chevauchée épuisante de quatorze heures, il avait été enfermé dans un cagibi du Logis des gouverneurs, dans le château ducal, à peine alimenté d'un morceau de pain noir et d'une cruche d'eau.

Le lendemain, Balthazar Nardi l'avait introduit dans une grande salle lambrissée où se tenaient deux hommes. Le premier, la trentaine, ventripotent et vigoureux, vêtu de drap noir, tenait à la fois de l'avocat et du *bravo* [1] avec son chapeau droit, sans plume ni ruban, et sa lourde brette pendue à un baudrier de buffle. Mondreville apprit par la suite qu'il se nommait Bernardo Gramucci et était le secrétaire de l'épouse du maréchal, Léonora Galigaï.

Mais Mondreville n'eut de regard que pour le second. De taille moyenne avec un visage fin et nerveux éclairé par des yeux de félin, celui-ci était richement vêtu d'un habit de soie turquoise brodé d'or. Pourtant, malgré cette élégance de façade, il avait tout de l'aventurier avec ses bagues aux doigts, sa rapière de Tolède à la garde couverte de diamants et sa miséricorde à la poignée dorée.

À sa grande surprise, le commis des tailles reconnut le maréchal d'Ancre qu'il avait vu à Rouen lorsque, nouveau gouverneur, celui-ci avait reçu le corps de ville.

Il se jeta à genoux.

⚜

Concino Concini, maréchal de France, était gouverneur de Normandie depuis un an. Par ailleurs commandant du château de Caen, gouverneur de Rouen et de Pont-de-l'Arche – la forteresse qui commandait les passages vers la Normandie – chef du Conseil royal et amant de la régente, Marie de Médicis, il était surtout l'homme le plus riche, le plus puissant et… le plus haï de France.

On le disait issu d'une famille de petite noblesse. On prétendait qu'il aurait fait ses études à Pise, gaspillant sa fortune en garces et au jeu, puis que, ruiné, il s'était fait bretteur, ensuite croupier de tripot, ne vivant plus finalement que d'escroqueries et de débauches, devenant même un travesti vendant ses charmes

1. Homme de main chargé d'exécuter de basses besognes.

sous le nom d'Isabelle. C'est tout au moins ce que rapportaient ses ennemis.

Quand Marie de Médicis avait été choisie par Henri IV comme épouse, Concino Concini était parvenu à embarquer sur la flotte de seize vaisseaux et galères portant les deux mille Italiens de la suite de la future reine. La veille de son départ, ayant offert à boire à ses compagnons de sac et de corde, ceux-ci lui avaient demandé ce qu'il espérait gagner à Paris. Il avait répondu : « La fortune ou la mort. »

Durant le voyage, Concini avait fait la connaissance d'une femme plus âgée que lui, naine d'une incroyable laideur. Et, malgré sa répulsion, l'avait séduite.

Léonora, qui glaçait d'horreur ceux qui la voyaient sans voile, était la coiffeuse de Marie de Médicis. Fille de sa nourrice et d'un menuisier, le grand-duc de Toscane l'avait choisie comme compagne pour sa fille, afin que celle-ci ne reste pas seule au palais Pitti où elle se mourait d'ennui.

Hideuse, Léonora l'était. Mais au-delà des apparences, il s'agissait d'une personne rusée et ambitieuse, dotée d'un esprit puissant lui ayant rapidement permis de gouverner la princesse à son gré. Concino Concini l'ayant deviné, il avait décidé de capter la confiance de la future reine de France à travers sa favorite.

Tout habile qu'elle était, Léonora n'avait pourtant soupçonné en rien la perfidie de son jeune amant. Ayant renoncé à l'amour à cause de sa disgrâce physique, elle était tombée sous le charme de l'ancien travesti. Si bien qu'arrivée à Paris, elle n'était plus amoureuse mais esclave d'une passion dévorante. La reine, qui l'avait anoblie en lui donnant le nom des Galigaï, s'était indignée. En vain. Si bien que Marie de Médicis avait accepté de recevoir le bellâtre. À son tour séduite par sa prestance, elle avait consenti aux fiançailles afin de garder près d'elle le bel Italien.

En peu d'années, l'aventurier était devenu premier gentilhomme de la chambre. Riche à millions, nommé conseiller d'État après la mort de Henri IV avant de devenir marquis d'Ancre, gouverneur de la ville d'Amiens et lieutenant général du roi en Picardie, il s'était vu élevé au rang de maréchal de France en novembre 1613. Il exigeait désormais qu'on l'appelle « Monseigneur » et « Excellence ».

Pour sa réussite incroyable, Concini avait suscité la jalousie et la colère des grands du royaume, écartés des charges lucratives. Quant au peuple, écrasé d'impôts, il fustigeait l'*estranger*, fourbe et arrogant. Comparé d'abord à Arlequin, le bouffon fanfaron de la *commedia dell'arte*, puis surnommé le *coyon infecté*, il était désormais l'objet des railleries les plus vulgaires. On le traitait de bardachon [1], de sorcier et de magicien. On l'accusait d'avoir volé des millions à l'État. Ses ennemis collaient des placards insultants devant sa maison, surnommée « *la principauté de Lucifer* », et, deux ans auparavant, on avait découvert à Amiens une mine [2] creusée jusqu'à sa chambre dans l'intention *de le surprendre sur place et de le pétarder*, raison pour laquelle il avait échangé le gouvernement d'Amiens contre celui de Normandie.

Dès lors, objet de haine, Concini disposait de peu de fidèles, sinon une clientèle de parvenus et de nobliaux attachés au vent de sa fortune. Il tenait le royaume de France par les sens de la reine et une féroce répression, couvrant Paris de potences et faisant décapiter ceux qui complotaient contre lui.

Les seuls en qui il avait confiance étaient ses compatriotes.

⚜

— C'est donc vous, monsieur Mondreville ? s'enquit le maréchal avec un furieux accent italien.

— C'est moi, Votre Illustrissime Seigneurie. Je suis entièrement à votre service, répondit le commis de la taille, les yeux baissés.

— Monsieur le procureur m'a transmis votre dossier. La corruption gangrène le royaume, aussi m'a-t-il conseillé un exemple pour y mettre fin, et vous en seriez un bon !

— Pitié, monseigneur ! balbutia Mondreville. J'ai été tenté, je le reconnais, mais je vous promets de ne jamais recommencer.

L'Italien soupira, levant une main indécise avec une attitude apprise lorsqu'il jouait la *commedia*.

— Vous paraissez sincère… Mais puis-je vous croire ?

— Je vous le jure sur ce que j'ai de plus cher, Votre Illustrissime Seigneurie.

1. Sodomite.
2. Tunnel empli de poudre.

— Relevez-vous, grinça le maréchal d'Ancre, qui se mit à faire quelques pas sous le regard, mi-ironique, mi-dégoûté, de Balthazar Nardi et de Bernardo Gramucci.

— Vous connaissez la situation en France, monsieur Mondreville…

Sans attendre de réponse, le maréchal d'Ancre poursuivit :

— … Vous savez comme moi combien est grande l'insolence de quelques princes et ducs qui veulent être les maîtres de Sa Majesté. Chacun connaît leurs rebellions. Hélas ! ces perturbateurs du repos de l'État trouvent une complicité dans les cours souveraines. Bien que le roi ait besoin d'argent pour lever une armée contre ces rebelles, la Cour des aides, le Parlement et la Chambre des comptes se liguent afin qu'il ne puisse disposer à sa guise des sommes lui appartenant ! Cela doit changer !

Mondreville hocha du chef, jugeant qu'on lui demandait sans doute d'approuver ce discours dont il ne comprenait en rien la finalité.

— Il existe un moyen simple pour Sa Majesté de disposer à son gré des sommes dont elle a besoin… C'est de les prendre à la source. N'est-il pas vrai ?

— Peut-être, Votre Illustrissime Seigneurie, balbutia Mondreville.

— Imaginons, mon ami, que je vous garde à mon service, c'est-à-dire au service de Sa Majesté…

— Je vous serai éternellement reconnaissant, votre Illustrissime Seigneurie, et vous n'aurez jamais de serviteur plus fidèle.

— C'est à voir… Seriez-vous prêt à risquer votre vie pour moi ?

Sa vie ? Mondreville hésita, mais la chance ne passait pas deux fois, affirmait-on, et il pensait être assez adroit pour se retirer du jeu si les risques se révélaient trop grands.

— Certainement, Votre Illustrissime Seigneurie, mentit-il.

— Nous allons vérifier. Avez-vous entendu parler de Petit-Jacques ?

— Le brigand ? Comme tout le monde, Votre Illustrissime Seigneurie.

— Je veux que vous le rencontriez.

— Moi ?

— Vous !

— Je... je le ferai si vous le désirez, monseigneur, mais j'ignore où le trouver, bredouilla le piégé, sans comprendre dans quelle nasse on l'enfermait. Toute la maréchaussée est à ses trousses depuis qu'il a volé la recette d'un receveur et dévalisé un marchand de vin transportant sa cargaison sur la Seine, près de Mantes.

— Oh ! il a osé bien pis, mais j'ai mes informateurs et je sais où il se trouve. En revanche, ce sera à vous de le convaincre de travailler pour moi, et ceci sans qu'il vous tue. Auparavant, vous allez me faire le serment de m'obéir en tout et envers tout. Il y a là une Bible et un crucifix. Vous signerez ensuite cet acte, sur cette table. Après, nous parlerons...

Mondreville, qui ne pouvait plus reculer, s'approcha du Livre saint et jura d'obéir sans discuter à Son Illustrissime Seigneurie le maréchal d'Ancre. Puis il prit l'acte préparé et le lut.

Le texte lui donna la chair de poule. Il s'engageait en effet à voler les tailles de Normandie pour les remettre au maréchal d'Ancre en échange d'une part de cinq mille livres. Cet engagement lui parut insensé et irréalisable, mais avait-il le choix ? Sans hésiter plus, il trempa la plume d'oie dans l'encrier et parapha le document.

— Vous avez fait le bon choix, monsieur. N'oubliez pas qu'en me servant, vous servez le roi. Mon ami Balthazar Nardi, qui a fait ses études avec moi à Pise et qui est mon avocat – autant vous dire qu'il est un autre moi-même – va vous expliquer ce que j'attends de vous.

— Vous le savez, monsieur Mondreville, les sommes que les receveurs encaissent ont une triple destination assignée par un ordre du roi, débuta Balthazar Nardi sur le ton d'un homme de loi.

— Oui, monsieur. C'est la distribution des finances.

— C'est cela. Une partie est affectée aux dépenses locales, comme les appointements d'officiers, les travaux publics ou les arrérages de rentes, une autre conservée par le receveur, enfin, le reste transporté à la caisse dont dépend le receveur, c'est-à-dire à la recette générale ou à l'Épargne, à Paris. Cette opération, appelée la voiture des deniers, se révèle particulièrement délicate, car on doit prendre des précautions à la fois contre l'insécurité des chemins et la malhonnêteté des receveurs. Une première vérification est faite au départ par un élu délégué ou un trésorier de France. Ensuite, comme le convoi est exposé à être attaqué et pillé par les gens de guerre et les vagabonds sur le grand chemin, les archers de la prévôté sont tenus d'escorter le transport. Malgré ces précautions, de nombreuses attaques contre le voiturage des deniers se sont produites au cours des derniers mois. Devant l'insécurité des routes, le receveur général de Rouen a décidé d'envoyer les tailles à Paris dans une gabarre halée protégée par une centaine de mousquetaires à cheval. Comme aucune attaque ne sera possible dans ces conditions, il fera transporter un million de livres sans aucune pièce d'argent. Uniquement de l'or.

— Un… million ! C'est impossible !

— La recette a été comptée ces jours-ci et placée dans deux cents sacs, eux-mêmes mis dans vingt caisses [1]. La gabarre n'étant pas très grande, deux personnes suffiront à la manœuvrer, mais il y aura aussi deux archers et un sergent pour la protéger. Le halage se fera par un attelage de quatre mulets. Avec les cent mousquetaires, qui oserait attaquer ce convoi ?

— Petit-Jacques ! balbutia Mondreville.

Concini sourit et lui prit la main qu'il pressa affectueusement en ajoutant :

— Aimez-moi, monsieur et je vous ferai *favour*, mais je vous assure aussi que je vous ferai *mangier* vos doigts si vous contrariez mes volontés, ou si vous me trahissez.

Le maréchal d'Ancre adressa alors un signe à Nardi pour qu'il raccompagne le commis.

Dès que les deux hommes furent sortis, il dit à Bernardo Gramucci :

— Je rentre à Paris demain, Bernardo [2]. Je reviendrai le 7 avril et je vous verrai alors pour savoir où en est l'affaire.

---

1. Un écu de trois livres faisait environ 3 grammes. Cela représentait donc une tonne d'or.

2. Selon Arnauld d'Andilly *(Journal)* le maréchal d'Ancre se trouvait en Normandie du 1er février au 28 mars. Il revint effectivement le 7 avril et rentra à Paris le 17.

⚜

Voilà pourquoi le jeune Mondreville, contraint par Concino Concini de devenir plus malhonnête encore, s'était retrouvé, à la *Carpe d'Argent*, en présence du plus redoutable bandit de Normandie.

II

De Rouen à Paris, on redoutait Petit-Jacques pour son audace et sa cruauté. Avec ses lieutenants Gueule-Noire et Fouille-Poche, il s'attaquait aussi bien aux transports de numéraire des receveurs qu'à ceux de marchandises circulant sur la Seine. Sur une petite gribane [1] ou toute autre barque d'un faible tirant d'eau gréée de voile à livarde, lui et ses hommes s'approchaient des gabarres halées, des foncets, des besognes ou des vrengues chargés de marchandises. Les abordant par surprise en surgissant d'un faux bras du fleuve, ils assassinaient les bateliers à l'arbalète pour éviter qu'on ne les entende, volaient les marchandises et disparaissaient comme une meute de loups. S'il y avait des haleurs, ceux-ci étaient tués par des complices sur le chemin de hallage. Les prises se voyaient ensuite revendues dans des tavernes louches ou à des commerçants véreux.

Par son audace infernale, Petit-Jacques aurait pu devenir l'un des lieutenants de Carfour [2], le roi d'Argot, mais il avait préféré rester à son compte. Le fleuve était son domaine. Même quand il s'attaquait à un transport terrestre, il n'avait qu'à gagner la Seine pour s'évanouir dans un des méandres où il possédait une cachette, ou simplement en traversant la rivière avec une barque dissimulée dans un bois. Les archers de la prévôté devenaient impuissants contre lui.

Né à Paris, dans un bouge de la cour des Miracles d'un père inconnu et d'une mère qui l'avait abandonné, Petit-Jacques avait

1. Barque à voile surtout utilisée dans l'estuaire en aval de Rouen.
2. Voir *Le Mystère de la Chambre bleue*, du même auteur.

été très tôt attiré par la rivière. Enfant, il avait découvert que les rives et les ports offraient des occasions de rapinage inespérées. À quinze ans, il s'était rendu à Rouen dans une barque volée et avait appris à manœuvrer les voiles à livarde et les focs des cotres et des heus [1] dans l'estuaire.

Devenu remarquable marin, il avait fait de la partie du fleuve entre Rouen et Paris son terrain de chasse. Personne ne connaissait mieux que lui les endroits navigables, les faux bras, les pieux de pêcheries, les myriades d'îlots et les bancs de sable qui changeaient continuellement, au gré des pluies, des saisons et du débit d'eau.

Après des vols et des crimes d'une hardiesse incroyable et d'une férocité épouvantable, sa tête avait été mise à prix. Depuis, Petit-Jacques vivait dans une défiance maladive qui le faisait craindre même de ses compagnons les plus proches. De fait, il s'était débarrassé de ses premiers complices et, désormais, aucun des hommes de sa bande ne connaissait son visage ni le lieu de sa demeure. Il les réunissait à la *Carpe d'Argent* où, à la faveur des ténèbres, généralement masqué de cuir, il préparait les expéditions sanglantes du lendemain, assignant à chacun son rôle. C'est là aussi qu'il réglait le sort des traîtres. Ceux qu'il suspectait d'infidélité, il ne les tuait pas d'un simple coup de poignard avant de les jeter à la rivière, non, il prenait plaisir à les démembrer et à les écorcher devant ses complices afin de les terroriser.

⚜

Le dimanche 9 avril, quelques jours après sa première visite, Mondreville retourna à la *Carpe d'Argent*, toujours accompagné de Nardi et de Gramucci. Cette fois les deux Italiens entrèrent dans le cabaret. Prévenu quelques jours plus tôt par un billet, Petit-Jacques les reçut en présence de ses deux lieutenants. Comme la fois précédente, il arborait le masque de cuir couvrant son front, son nez et une partie de ses joues.

Les présentations furent brèves. Chacun savait que, dans ce genre d'affaire, mieux valait en dire le moins possible. Mondreville montra Petit-Jacques et celui-ci désigna ses complices. Nardi et Gramucci dévoilèrent seulement leur nom.

---

1. Petit caboteur du XVIIe d'origine flamande, avec une voile à livarde.

Le soir de la première venue de Mondreville à la *Carpe d'Argent*, Petit-Jacques l'avait fait suivre par un de ses hommes. Son visiteur était accompagné de deux *bravi*, certainement pas des serviteurs comme il l'avait affirmé. Ils s'étaient séparés à Vernon où son espion avait suivi seulement Mondreville jusqu'à la maison à pans de bois où il logeait, près de Notre-Dame.

Nardi et Gramucci étaient certainement les deux *bravi*, jugea Petit-Jacques en les examinant. En somme, les Italiens étaient les instigateurs du vol et non de vulgaires truands. En pourpoint noir comme en portaient les hommes de loi, mais avec une lourde rapière à leur baudrier, ils ne pouvaient être que de ces aventuriers transalpins prétendus aussi nombreux à la cour de France que les puces dans un lit. Sans doute des proches du maréchal d'Ancre, ce qui expliquait qu'ils soient si bien informés.

Balthazar Nardi prit la parole afin d'expliquer que le transport de la recette du receveur général venait de partir de Rouen : deux cents sacs de pièces d'or placés dans vingt caisses de bois.

— La gabarre halée sera ce soir au péage des Andelys et demain à Vernon où les caisses seront mises à l'abri pour la nuit dans le château des Tourelles. De là, le transport repartira avant le lever du jour vers Mantes. Ce sera une étape de dix lieues qui prendra une longue journée.

— Montez dans ma barque ! ordonna à brûle-pourpoint Petit-Jacques en désignant une nacelle à clin amarrée devant le cabinet où ils s'étaient réunis. Je vais vous conduire à l'endroit où j'ai prévu de saisir le chargement.

Ils s'exécutèrent, bien que Mondreville ne fût pas rassuré. Les deux compagnons de Petit-Jacques ramèrent jusqu'à un faux bras de la Seine, entre le château de la Roche-Guyon et le hameau de Moisson, bien après le péage de la Roche-Guyon.

— Dans le sens du courant et avec le vent dans le dos, ma barque fondra en un éclair sur celle du receveur, assura Petit-Jacques. Nous nous en emparerons, puis nous prendrons l'autre extrémité du bras mort pour aborder près de cet herbage.

Il désigna l'endroit et les deux rameurs y conduisirent la nacelle en passant adroitement entre les bancs de sable.

— Des chariots devront attendre là, déclara le voleur en montrant le point d'accostage.

Nardi assura qu'il s'en occuperait.

— Nous n'aurons pas beaucoup de temps pour sortir les caisses. Ensuite, moi et mes compagnons rebrousserons chemin de manière à ce que les gens d'armes de l'escorte, sur l'autre rive, soient persuadés que nous fuyons avec le butin.

Ne s'attendant pas à cette proposition, Gramucci fronça imperceptiblement les sourcils.

— À moins qu'il ne change de direction, vous aurez le vent de travers, objecta alors Nardi. Ce ne sera pas facile de sortir du chenal.

— Soyez sans souci, j'y parviendrai. C'est un service que je vous rends. Un service gratuit : si les officiers qui commandent le convoi voient ma barque repasser, ils ne feront pas de recherches sur la rive droite et vous aurez le temps de disparaître. De mon côté, j'accosterai deux lieues plus bas où des chevaux nous attendront. Nous abandonnerons la barque, mais comme nous ne nous reverrons pas, je veux mes cinq mille pistoles à l'instant où je vous quitterai.

Ainsi, nous devrons te laisser partir ! songea Gramucci.

— La part fera un poids considérable, remarqua Nardi.

— Je me débrouillerai avec Gueule-Noire et Fouille-Poche.

— Comme vous voulez, décida finalement Gramucci d'une voix égale. Les vingt caisses du chargement représentent un million de livres, vous n'aurez qu'à en garder une. Elles pèseront toutes le même poids.

— Je la choisirai, décida Petit-Jacques, décidément méfiant.

⚜

Descendus à terre, Nardi et Gramucci explorèrent un moment la rive. Assurément, l'endroit était bien choisi puisque sans habitation à proximité, sinon le château de la Roche-Guyon, assez loin, et la maison du passeur, un peu plus bas sur l'autre rive. On apercevait son bac sur la rivière.

Les alentours se composant de prairies et bois habités par les lapins, il serait facile d'y dissimuler les chariots. Enfin, un chemin plus haut permettrait de gagner Meulan, puis Paris en deux ou trois jours.

Restait le problème Petit-Jacques. Les Italiens avaient prévu de s'en débarrasser, mais en proposant d'attirer les gens de l'escorte sur sa piste, le bandit se rendait indispensable. Ce truand se montrait encore plus adroit qu'ils ne l'avaient pensé, jugèrent-ils.

⚜

Le lendemain, Mondreville se rendit à l'abreuvoir de Moisson. Gramucci et Nardi le rejoignirent peu après, venant par le chemin de halage. Petit-Jacques leur avait dit qu'il apparaîtrait vers midi. Ce serait suffisant, car le convoi n'arriverait pas dans cette boucle de la Seine avant trois heures.

Les deux Italiens expliquèrent avoir assisté au rassemblement des mousquetaires de l'escorte, bien avant l'aurore, puis qu'ils avaient conduit deux chariots à l'endroit où la barque accosterait. Cela leur avait pris quatre heures. Ensuite, avec leurs chevaux, ils avaient traversé la Seine dans le bac de la Roche-Guyon. Arrivés sur l'autre rive, ils avaient garrotté le passeur et percé sa barque à l'aide d'une hache. Ils lui avaient cependant laissé le prix du péage : trois deniers chacun et six pour les chevaux. L'homme se souviendrait sûrement d'eux, mais comme ils portaient des sayons de marinier et avaient rasé leur élégante barbe en pointe, ils ne seraient en rien identifiables. Quant à leurs montures, de pauvres rossinantes procurées à Rouen, elles seraient laissées sur place ainsi que le cheval de Mondreville, acheté aussi pour l'occasion. Des bêtes abandonnées qui feraient le bonheur d'un laboureur.

Ils détachèrent les sacoches des selles dans lesquelles ils avaient mis pistolets à rouet, dagues et un peu de nourriture. En attendant Petit-Jacques, ils mangèrent et vidèrent leur gourde en silence. Mondreville, lui, mourait d'inquiétude.

Vers une heure, venant de Mantes, le trio aperçut une gribane gréée d'une voile rouge à la vergue manœuvrée par un rocambeau coulissant le long du mât. À sa proue, un foc haubané sur un bout-dehors facilitait les manœuvres et augmentait la vitesse. Une nacelle, encordée, suivait. Barrée par Petit-Jacques, la barque se glissa avec grâce dans un bras mort de la rivière, sur l'autre rive, et accosta le long d'un grand banc de sable couvert d'aulnes et de saules blancs.

Gueule-Noire sauta dans la nacelle, la détacha et traversa le fleuve à la rame pour venir les chercher.

Quand ils atteignirent la gribane, ils découvrirent Petit-Jacques sans masque. Mondreville fut surpris et déçu. Le visage du brigand se révélait quelconque, sinon un nez trop busqué. Il se serait attendu à une figure autrement inquiétante, compte tenu de sa réputation de cruauté.

— Vous nous faites donc confiance pour ne plus porter votre loup de cuir ? ironisa Nardi.

— Ne soyez pas stupide ! Si je restais masqué en m'approchant de la gabarre, l'alerte serait immédiatement donnée. Or, après le vol, nous ne nous reverrons plus. Quant à Gueule-Noire, Fouille-Poche et Mondreville, ils savent ce qui leur en coûterait s'ils envisageaient de me dénoncer.

Les deux Italiens échangèrent un sourire de connivence, tandis que Mondreville se demandait s'il devait être honoré ou terrorisé de la confiance du détrousseur.

Tous n'avaient plus qu'à patienter. Cachée par le banc de sable, la barquette était invisible de l'aval du fleuve, tandis qu'ils bénéficiaient d'une vue de la rivière jusqu'au château de la Roche-Guyon. Durant l'attente, les gens de Concini conversèrent dans leur langue. Gueule-Noire taillait, lui, inlassablement un morceau de bois, tandis que son compagnon sommeillait. Petit-Jacques demeura donc avec Mondreville. Le voleur avait apporté plusieurs arbalètes et expliqua au commis des tailles, un sourire pervers aux lèvres, à quoi elles allaient servir.

Voile dressée, quelques foncets [1] descendaient le fleuve mais aucune barque halée ne le remontait. Afin d'éviter de mauvaises surprises, le prévôt des maréchaux et le vicomte de l'Eau avaient interdit les passages sur le chemin de halage depuis le péage de Vernon jusqu'à Mantes, leur avait appris Nardi.

Trois heures s'étaient écoulées quand ils aperçurent les premiers soldats, puis la troupe entière, et enfin les mulets qui tiraient une petite gabarre à fond plat en forme de navette.

1. Bateau de transport de cette époque.

Gueule-Noire et Fouille-Poche hissèrent alors la voile, tandis que Petit-Jacques prenait la barre. Chacun savait désormais ce qu'il avait à faire.

Ayant abandonné la nacelle, la gribane reprit avec élégance le cours du fleuve et passa tout près des premiers soldats que Gramucci salua de grands signes amicaux. L'embarcation se précipitant à toute vitesse vers la barque de transport de la recette, à quelques toises, Gueule-Noire, Fouille-Poche et les deux Italiens levèrent les arbalètes, jusque-là dissimulées, et tirèrent sur les mariniers et les gardes. Arrivant droit sur eux, ils ne pouvaient les manquer. Presque au même instant, les deux barques furent bord à bord et les corsaires d'eau douce sautèrent dans la gabarre. Un homme avait échappé aux tirs d'arbalète mais, avant qu'il n'ait pu réagir, Gueule-Noire le frappait avec sa hache, tandis que Fouille-Poche tranchait les câbles de halage. En même temps, Nardi attachait une corde dont l'autre bout était déjà noué à la gribane.

L'amarrage étant fait, Petit-Jacques donna un brusque coup de gouvernail. La gribane reprit le vent, dérapa un moment à cause de sa nouvelle charge et de la faiblesse de sa quille, mais entraîna quand même la barque capturée vers le chenal du petit bras de la Seine, en aval de l'îlot sableux où elle s'était dissimulée.

L'assaut n'avait pas duré une minute.

Les premiers coups de pistolets éclatèrent tandis que les flibustiers jetaient à l'eau les cadavres des bateliers et des gardes. Quelques sergents de l'escorte venaient de comprendre qu'ils avaient eu affaire à d'audacieux voleurs, mais leurs armes se révélaient trop imprécises à cette distance. Le temps qu'ils installent les mousquets sur les fourquines, les barques avaient déjà atteint le bras mort de la rivière et étaient devenues invisibles.

À nouveau, Petit-Jacques manœuvra avec une habileté diabolique. Il connaissait chaque banc de sable et savait jusqu'où la barque pouvait le porter avec le vent de travers. Affolant canards et cygnes qui nageaient paresseusement entre les feuilles de nénuphars et les roseaux, il parvint à faire virer la gribane exactement à l'endroit où les deux chariots attendaient, près d'un talus caillouteux, dissimulés par un épais taillis.

Aussitôt, Petit-Jacques affala la voile. Gueule-Noire et Fouille-Poche sautèrent dans l'eau pour amarrer l'embarcation à un saule, tandis que Mondreville et Petit-Jacques montaient dans la gabarre. Immédiatement, ils commencèrent à faire passer les lourdes caisses aux deux Italiens déjà sur la rive.

Le déchargement fut rapide. Il ne restait plus que trois transferts quand Gramucci bouscula Gueule-Noire. Déséquilibré par la caisse qu'il portait, celui-ci trébucha. Aussitôt l'Italien le poignarda de sa dague. Le voyant faire, Fouille-Poche comprit qu'on allait aussi l'occire. Il se précipita vers Petit-Jacques pour qu'ils s'entraident, mais Mondreville lui fit un croche-pied et le voleur tomba. Voyant que Mondreville hésitait à jouer du couteau, Petit-Jacques réagit, se jeta sur son complice et enfonça son poignard dans sa nuque, murmurant seulement :

— Désolé, compaing !

Immédiatement, le brigand courut à la gribane où il se saisit d'un pistolet à rouet caché sous un banc. Nardi, aux voitures, n'eut pas le temps de l'en empêcher et écarta seulement les mains en signe de d'impuissance.

— Vous ne risquez rien avec nous, Petit-Jacques, nous n'avons qu'une parole ! fit-il, inquiet que l'autre ne tire.

— Bien sûr ! Et l'exécution de Gueule-Noire serait une erreur ? Je vous laisse terminer sans moi, ironisa le voleur. Portez-moi une caisse comme convenu et coupez l'amarre. Je vous conseille de couler la gabarre avec quelques coups de hache et des pierres au fond.

Ayant obtenu un accord muet de Nardi, Mondreville et Gramucci obtempérèrent, puis coupèrent l'attache. Déjà, Petit-Jacques avait levé la voile et repris le courant. Il disparut vers la Seine en quelques minutes.

Les Italiens, peu émus de ce revers et du plan prévu raté, chargèrent les deux dernières caisses, puis brisèrent le fond de la gabarre qui, chargée de rochers, coula rapidement. Ils dissimulèrent aussi les deux corps dans un fourré. Agissant dans un brouillard de terreur, le commis de la taille, persuadé que les deux Italiens allaient se débarrasser de lui à tout instant, ne disait mot. Pourtant, ils n'en firent rien. Sans doute avaient-ils encore besoin de son aide.

Nardi lui fit signe de monter à son côté et les chariots s'ébranlèrent.

Au début, Mondreville n'ouvrit pas la bouche, persuadé que le fait de rester silencieux n'attirerait pas l'attention. Par moments il regardait l'Italien qui tenait les rênes, mais le visage de l'homme de Concini restait impénétrable.

Au bout d'une heure Nardi lui demanda d'un ton inquiet :

— Tu penses qu'on sera à Vertheuil dans une heure ?

— Certainement, monsieur. Je connais cette route.

— Maintenant, ils ont dû retrouver la barque de Petit-Jacques vide. Si des mousquetaires de l'escorte ont traversé la Seine pour chercher la gabarre, ils ont dû repérer nos traces. Nous pourrions les avoir à nos trousses sous peu.

— Je suis plus optimiste que vous, monsieur Nardi. Je sais comment fonctionne la voiture des deniers. L'officier qui commandait l'escorte, ou le receveur qui l'accompagne, a dû prévenir en premier lieu le vicomte de Vernon et le lieutenant du vicomte de l'Eau qui a en charge les délits commis sur la rivière. Cela prendra plusieurs heures avant que les recherches ne commencent.

⚜

Effectivement, à Vertheuil, tout était calme, ce qui les rassura. Ils prirent donc la route de Mantes où ils arrivèrent à la nuit. Là, ils cachèrent les chariots dans un bois, tandis que Mondreville allait à pied se renseigner.

À la première auberge, il but un pot de vin et écouta les conversations. On ne parlait que du vol !

Inventant qu'il se rendait à Vertheuil, il posa des questions comme l'aurait fait n'importe quel curieux. On lui raconta la rapine et on lui dit que les brigands avaient transporté la recette des tailles dans une autre barque retrouvée échouée plus bas. Il y avait des traces de chevaux et toute la maréchaussée les recherchait sur la rive gauche.

Rassuré, il revint aux chariots. Il avait l'occasion de s'enfuir mais il commençait à faire confiance aux deux Italiens, et surtout voulait sa part. Le trio repartit aux premières lueurs du jour pour Meulan qu'il atteignit alors que la pluie commençait à tomber.

Une fois franchi le vieux pont, Nardi assura à Mondreville qu'ils ne risquaient désormais plus rien tant les charrettes et les chariots se montraient nombreux à partir de là.

L'Italien semblait maintenant bien connaître la route. Ils passèrent une nouvelle nuit dans un bois, puis franchirent la Seine une seconde fois où ils payèrent un péage élevé. Comme on voulait fouiller les chariots, Nardi présenta un passeport signé de la reine et on n'insista point.

Le troisième jour, les murailles de Philippe Auguste en vue, ils se dirigèrent vers l'abbaye fortifiée de Saint-Germain-des-Prés. À cette occasion, Nardi confia à Mondreville qu'il était archiprêtre de la cathédrale de Paris, ce qui laissa pantois le commis de la taille. En même temps, cette confession le rassura : les Italiens semblaient avoir décidé de le garder avec eux. Après tout, peut-être que la promesse du maréchal d'Ancre n'était pas vaine. Les paroles de Concini résonnaient encore dans sa tête : *Aimez-moi, monsieur, et je vous ferai favour.*

De l'abbaye fortifiée, ils empruntèrent un chemin creusé d'ornières, bordé de vieilles maisons à pans de bois et de nouveaux hôtels en construction. C'était la ruelle du Champ-de-la-Foire, nommée ainsi à cause de la foire Saint-Germain. Depuis quelque temps, on l'appelait aussi la rue de Tournon, du nom de l'abbé de Saint-Germain-des-Prés, expliqua Nardi. Mais où le conduisaient-ils ainsi ?

III

Le jeune Louis XIII avait neuf ans quand son père Henri IV fut assassiné par Ravaillac, le 14 mai 1610. En à peine trois ans, sa mère, la régente Marie de Médicis, dilapidait les richesses accumulées par Henri, *le bien-aimé*, et rallumait la guerre civile. Sully avait démissionné en 1611 et Concini devenait maréchal de France en 1613. Une fois le Trésor à sec, la régente avait convoqué les états généraux pour faire avaliser de nouveaux impôts, multipliant les mécontents.

Ainsi, la sinistre prévision faite un jour par Henri IV à l'encontre de celui qu'il appelait le *Conchine* : *Si j'étais mort, cet homme-là ruinerait mon royaume* [1], s'était vérifiée.

Gouvernant avec Concini et quelques ministres avides, Marie de Médicis avait ligué contre elle le peuple de France. Les princes s'étaient révoltés et le premier d'entre eux, Condé, que l'on disait pourtant conçu des amours coupables de sa mère avec un page [2], avait annoncé *qu'il prenait les armes pour le roi, pour sa liberté, pour la conservation de sa couronne et des lois du royaume.*

En septembre 1615, Concini l'avait fait arrêter. Mais, aussitôt après, la populace de Paris brisait les portes du magnifique hôtel que ce dernier venait de se faire construire dans la ruelle du Champ-de-la-Foire, dévastait tout et jetait les meubles par les fenêtres. Terrorisé, le maréchal d'Ancre avait dû se cacher pour échapper à ceux qui voulaient le pendre.

L'emprisonnement du prince de Condé n'avait même pas ramené la paix puisque les ducs de Nevers, de Vendôme et de

1. Cité par Tallemant des Réaux.
2. Voir *La Ville qui n'aimait pas son roi*, du même auteur.

Mayenne, le maréchal de Bouillon et le prince de Soissons levèrent des troupes afin de s'opposer à la régente. Seuls les huguenots étaient restés tranquilles. Mais pour combien de temps ?

Depuis des mois, à la Cour comme à la ville, Concini ne rencontrait que des visages ennemis. Est-il possible que les vrais Français soient esclaves d'un Italien ? répétait-on dans son dos. Après qu'on eut tenté de l'assassiner en Picardie, il avait menacé les habitants d'Amiens de réduire leur cité en cendres et agissait désormais avec la plus extrême violence envers ceux dont il se méfiait. À Paris, la police appliquait une sévérité impitoyable. On faisait dresser partout des potences destinées à épouvanter les mécontents. Ceux qui étaient pris à défendre les princes révoltés se voyaient sans pitié livrés au bourreau. On menaçait même les prévôts de la corde s'ils n'agissaient pas avec suffisamment de rudesse.

Si cette répression avait contenu la révolte des princes, les attaques contre le maréchal d'Ancre ne faiblissaient pas. L'année précédente, le Parlement avait fait pendre deux de ses valets accusés d'avoir battu quelqu'un qui le raillait. Concini savait que le peuple ne supportait plus ses cruautés. Et que bientôt, le jeune roi qui ne l'aimait pas, prendrait les rênes de l'État, lui octroyant indubitablement un sort funeste. Il avait donc décidé de *faire retraite et* [de] *jouir en paix des grands biens qu'il avait acquis*, comme révélé à M. de Bassompierre. Il avait même ajouté que, sans l'opposition de sa femme, il n'aurait pas balancé à quitter plus tôt le royaume de France.

C'est que les deux époux ne s'entendaient plus guère. On disait la maréchale malade et circulait la rumeur d'un remariage de Concini avec une sœur du roi. La jalousie avait-elle décidé Léonora à partir ? Quoi qu'il en soit, en ce début de l'année 1617, le couple avait choisi de rentrer en Italie. Il savait même où aller : le pape leur échangeait l'usufruit du duché de Ferrare contre six cent mille écus.

Concini possédait une dizaine de millions de livres en maisons, seigneuries, charges ou rentes, mais savait que liquider rapidement et discrètement ces valeurs se ferait, au mieux, au quart de leur prix. Vincent Ludovici, son trésorier et secrétaire ayant acquis pour lui le marquisat d'Ancre, espérait en obtenir deux millions. Le maréchal possédait aussi un million en bijoux, argenterie et or sonnant et trébuchant. Or, Concini avait besoin de deux millions pour payer le duché de Ferrare et d'encore deux autres millions pour vivre, là-bas, en grand seigneur. Voilà pourquoi le vol de la recette des tailles de Normandie ne pouvait que le satisfaire.

⚜

Dans la rue de Tournon, les deux chariots passèrent devant l'auberge du *Cheval d'Airain*. Plus loin, Nardi désigna un hôtel aux allures de forteresse. Un mur élevé, protégé par une tour carrée, fermait une cour intérieure dans laquelle on accédait via un portail ferré à doubles vantaux.

— C'est l'hôtel du maréchal d'Ancre, fit-il.

— Nous allons là ? s'étonna Mondreville.

— Non, bien sûr ! répondit l'Italien en haussant les épaules, tant la question lui paraissait stupide.

Personne ne devait en effet connaître que le maréchal recevait un important chargement trois jours à peine après le vol dont tout le monde parlait !

Ils passèrent devant l'hôtel et continuèrent jusqu'à un carrefour. Nardi arrêta le chariot devant la dernière maison de la rue. Ensuite, il descendit de son siège et sortit une grosse clef d'une sacoche. Pendant ce temps, Mondreville regardait alentour avec curiosité. Il n'était jamais venu à Paris.

Le chemin transversal était bordé de jardins sauf en face où se dressait une forêt d'échafaudages. Des ouvriers travaillaient à démolir une grande construction.

Après avoir ouvert le portail, Nardi fit un signe à Gramucci qui arrivait derrière eux, puis s'adressa à Mondreville.

— Plutôt que de bayer aux corneilles, venez m'aider à entrer le chariot dans la cour.

— Je regardais ces échafaudages, s'excusa le commis des tailles.

— C'est l'hôtel du duc de Luxembourg qu'on démolit. Madame la régente l'a acheté pour se faire construire un palais [1], expliqua l'Italien.

1. Il ne sera terminé qu'en 1625. C'est le palais du Luxembourg, le Sénat actuel.

Nardi attrapa un des chevaux par le licol et Mondreville, descendu de son siège, fit de même. En franchissant le portail, il leva les yeux sur le linteau et remarqua trois fleurs de lys gravées. Les armes des Valois.

— La maison appartenait à un chevalier de Valois, commenta Nardi après avoir surpris son regard. Monsieur le maréchal l'a achetée voici un an. C'est un logis commode et une vraie forteresse avec grilles aux fenêtres, mur de la cour dépassant trois toises et portail de chêne ferré.

Tirant toujours les animaux, ils firent entrer le chariot dans une petite cour sombre et humide. Construite en brique et en pierre, la maison n'avait qu'un étage avec de hauts combles.

Le chariot et les chevaux serrés contre un mur, les deux hommes aidèrent Gramucci à entrer. Après quoi, ils poussèrent les battants du portail, tous hérissés de clous à grosse tête forgée. L'Italien plaça ensuite deux barres de fer sur des encoches scellées.

Lorsqu'ils revinrent au perron, une femme de très petite taille et un homme se tenaient devant la porte ouverte. Gramucci s'était agenouillé devant la première. S'approchant au pied des marches, Nardi mit à son tour genou au sol et Mondreville comprit la nécessité d'agir de même, bien qu'il ignorât l'identité de cette personne.

Tout en noir, le corps de cette naine paraissait difforme et un voile dissimulait son visage. C'était cependant une femme de qualité puisqu'elle portait un collier d'or et de nombreuses bagues aux doigts de ses mains tavelées. Le gentilhomme à son côté, lui, était très simplement vêtu de haut-de-chausses et d'un pourpoint lie-de-vin avec courte fraise amidonnée. Sous celle-ci passait un collier d'argent. À sa taille pendait une rapière espagnole à poignée du même métal précieux ainsi qu'une miséricorde. Il était coiffé d'un feutre avec une plume de coq rouge.

Quand les trois hommes furent agenouillés, la femme leva son voile. Mondreville découvrit un regard sombre et brûlant, une tignasse noire et crépue, mais surtout, avec horreur, un front creusé comme une pierre ponce, un nez en forme de trompe et une bouche aux crocs noirâtres.

— Madame, voici monsieur Mondreville qui est au service de Son Excellence, votre époux, dit Nardi.

— Ah ! dit-elle avec indifférence, faisant un geste pour qu'ils se relèvent. Tout s'est bien passé ?

— Oui, madame. L'or se trouve dans les caisses.

Le regard brûlant tomba sur Mondreville et le transperça d'une telle façon qu'il frissonna.

— Amenez-en une et ouvrez-la ! ordonna-t-elle.

Elle leur tourna le dos et entra dans la maison.

Mondreville aida Nardi à prendre une des boîtes qu'ils transportèrent dans une salle au plafond peint et dont les boiseries sentaient le moisi. Aucun meuble, aucune tenture, aucun tapis ou tableau. La cheminée n'avait pas connu le feu depuis longtemps.

Gramucci les ayant précédés, ils posèrent la caisse devant lui, sur les carreaux de terre cuite du sol. Nardi s'accroupit et tira le verrou. La boîte contenait des sacs de toile bien pansus. Il en prit un, défit le cordon et le vida par terre. Toutes sortes de monnaie dégringolèrent. Mondreville reconnut des pistoles d'Espagne, des douzains, des quarts d'écus, des lys et des écus d'or.

— J'espère qu'il n'y a pas trop de fausses pièces ou d'écus rognés, grinça la Galigaï.

— Les receveurs contrôlent avec soin ce qu'on leur remet, madame, expliqua Nardi. Vous n'avez rien à craindre.

— Videz un autre sac ! ordonna-t-elle.

Nardi obéit. Glissa encore un mélange de différentes monnaies, toujours en or.

— *Bene* ! Occupez-vous de descendre le tout dans les caves. Je rentre à l'hôtel. Corbinelli, accompagnez-moi.

Mondreville la vit sortir par une porte au fond de la salle, suivie par celui qu'elle avait nommé Corbinelli. Ébahi, il les vit *descendre* un escalier. Pourquoi se dirigeaient-ils vers les sous-sols ? Comment iraient-ils à l'hôtel Concini par là ?

— Arrêtez de rêver et aidez-nous ! l'interrompit brutalement Bernardo Gramucci.

Mondreville le suivit dans la cour et les hommes commencèrent à sortir les caisses. Pendant ce temps, Nardi les vidait et emportait les sacs par l'escalier qu'avait pris la Galigaï.

De nouveau, Mondreville s'inquiétait. Une fois les caisses rangées, on n'aurait vraiment plus du tout besoin de lui. Quel sort lui ferait-on ? Seule rassurance, les deux Italiens n'étaient pas armés. Il chercha des yeux quelque chose pour se défendre, mais ne vit rien. Les pistolets et les dagues étaient dans les chariots.

Enfin, ce fut terminé et ils réapparurent tous trois dans la salle où s'entassaient encore nombre de caisses non vidées.

— Monsieur Mondreville, déclara Nardi, dans cette entreprise vous avez accompli votre part avec diligence et fidélité. Je le dirai à Son Excellence. Je vais vous compter les cinq mille livres promises et vous rentrerez chez vous. Vous ne reprendrez toutefois pas votre travail chez le receveur des tailles. Vous pouvez vendre votre charge. Mgr le maréchal d'Ancre fera sans doute prochainement encore appel à vous, puisque vous voici désormais… à son service.

Gramucci avait commencé à rassembler la somme promise en diverses monnaies qu'il plaça dans un sac.

— Vous allez détacher l'un des roussins et m'accompagner chez moi, Mondreville, ordonna-t-il. J'habite en haut de la rue de Tournon. Il y a une écurie proche où vous pourrez acheter une selle. Le cheval vous est offert par Son Excellence.

— N'oubliez pas que vous êtes au maréchal d'Ancre. Corps et âme ! le prévint Nardi, l'œil noir et d'une voix de ténèbre, quand il sortit dans la cour.

On était le mercredi 12 avril 1617. Aucun d'eux n'aurait pu imaginer ce qui surviendrait douze jours plus tard.

IV

Le mardi 11 avril 1617, lendemain du vol, Louis de Tilly, lieutenant du prévôt général de Rouen chargé du maintien de l'ordre dans une quarantaine de paroisses des vicomtés d'Évreux, de Mantes et Vernon, fut convoqué dans cette dernière ville par le gouverneur. La veille, son sergent l'avait informé de l'incroyable rapinage des tailles qu'il venait d'apprendre sans en connaître les détails.

Comme tous les lieutenants du prévôt de Rouen, Louis de Tilly assurait la police et la justice dans les campagnes. Quand, avec ses archers et sergents armés d'arquebuses et de pertuisanes [1], il prenait maraudeurs ou larrons en flagrant délit, il les pendait donc sur place, bénéficiant du pouvoir de prendre des décisions sans appel. Certains territoires échappaient cependant à sa juridiction. Les villes, bien sûr, qui disposaient d'un prévôt, d'un lieutenant civil ou d'un lieutenant criminel, les berges de la Seine, qui dépendaient du vicomte de l'Eau et de ses lieutenants, et enfin les justices féodales, quand elles avaient droit de haute justice.

Au château de Vernon, la réunion était prévue au sein du jeu de paume, la seule grande salle encore en bon état de la forteresse féodale. Apparemment, le gouverneur ne voulait pas tenir cette conférence dans son manoir, sans doute afin d'être moins impliqué par la suite.

Le prévôt de Vernon Jacques Langlois, le gouverneur, le vicomte et gouverneur du château, M. de Bordeaux, trônaient

1. Lance de six pieds terminée par un fer d'un pied muni de deux oreillons.

sur des chaises tapissées. De part et d'autre, sur des bancs à dossier, siégeaient les autres lieutenants du prévôt de Rouen, le lieutenant de la vicomté de l'Eau, les receveurs des aides et tailles de Mantes et de Vernon, le greffier du bailli, le capitaine des gardes des forêts et le maître du pont de Vernon. Le visage grave et inquiet, aucun n'ignorait que le maréchal d'Ancre pendait ceux qui contestaient sa politique. Comment traiterait-il alors des officiers royaux ayant laissé voler la recette de son gouvernorat ?

La conférence commença dès que Louis de Tilly se fut assis. Le gouverneur résuma d'abord les faits survenus la veille. La partie de la Seine où avait eu lieu le vol dépendait de la vicomté de Mantes, mais le convoi et l'escorte étant partis de Vernon, les autorités de cette ville seraient incriminées pour ne point avoir assuré la sécurité du transport. Le gouverneur avait déjà averti le maréchal d'Ancre à Rouen, mais n'avait encore reçu aucune réponse.

Après cet exposé, il céda la parole à l'officier qui commandait les mousquetaires d'escorte.

Homme dans la trentaine au teint blafard, aux cheveux en bataille et à la barbiche en pointe non peignée, arborant des poches sombres sous les yeux, des traits tirés et un visage affichant son désespoir, les mains tremblantes sans qu'il puisse les maîtriser, il se savait sur le point de perdre sa charge et de subir des peines infamantes pour s'être fait voler un million de livres. Il fit cependant le récit de l'exaction avec une grande précision et reconnut ne jamais avoir imaginé qu'une petite gribane à voile s'attaquerait avec tant d'audace à la gabarre de transport de la recette des tailles. Il avait seulement compris que quelque chose d'anormal se produisait lorsque l'un des mousquetaires avait crié que des mariniers sautaient d'un bord à l'autre.

À la question de Louis de Tilly, étonné que les bateliers n'aient pas donné l'alerte, l'officier répondit que ces derniers avaient tous été tués d'une flèche d'arbalète, sauf le dernier, d'un coup de hache. Personne n'avait donc rien entendu.

Il poursuivit, expliquant que la gribane s'était ensuite engouffrée entre deux îles, dans un bras mort de la rive droite, avec la gabarre en remorque. Ne pouvant traverser la rivière, il avait envoyé des gens d'armes à la maison du passeur, toute proche, mais la coque de son bac avait été percée.

Les exclamations de stupéfaction rassérénèrent un peu l'officier, qui reprit :

— J'ai tenté d'arrêter l'une des barques qui descendait le fil du fleuve, et je venais d'y parvenir quand la gribane est ressortie du bras mort…

De nouveau, résonnèrent des interjections de surprise.

— La barque a suivi le cours de la rivière. Avec sa grande voile, elle s'est très vite éloignée, navigant adroitement entre les bancs de sable. J'ai immédiatement dépêché des cavaliers à sa poursuite, mais le démon qui la barrait avait tout prévu : il a accosté sur la rive droite. De l'autre, mes hommes l'ont vu transporter une caisse. Des chevaux l'attendaient et il a disparu.

— Mais il ne pouvait être seul ! Où était donc la gabarre ? s'enquit le gouverneur de Vernon.

— Pendant que les cavaliers poursuivaient la gribane, un foncet que j'avais arrêté me transporta sur la rive droite, non loin du château de la Roche-Guyon. Quelques uns de mes hommes sont allés y chercher de l'aide et des chevaux. Moi, j'ai suivi la rive jusqu'au bras mort. La gabarre ne s'y trouvait plus.

— Quoi ! Elle devait être dissimulée quelque part dans les herbes ! s'exclama le prévôt.

— Pas exactement, monsieur. Mais en effet, bien plus tard, en descendant dans l'eau jusqu'aux cuisses, l'un des gardes-chasses du château l'a découverte. Coulée.

— Et le chargement ? interrogea le gouverneur.

— L'eau débordait de vase, monsieur le marquis. Les recherches, difficiles, ont duré jusqu'à la nuit, mais il n'y avait plus de caisses. Je peux l'affirmer. En revanche, nous avons trouvé un homme dans un fourré, tué d'un coup de dague.

— L'a-t-on reconnu ?

— Pour l'instant, personne ne sait de qui il s'agit.

— J'irai le voir, décida le lieutenant de la prévôté de l'Eau. Peut-être est-ce un batelier que je connais.

— C'est plutôt l'un des voleurs, confirma le prévôt. Ils ont dû se battre pour le partage ! Dès que vous l'aurez ramené, je le ferai pendre à la porte du pont, pour l'exemple !

— Tout cela ne nous dit pas comment ils sont parvenus à disparaître ! s'emporta le prévôt de Mantes.

— Il y avait des traces de roue récentes, monsieur. Elles conduisaient au chemin qui longe la rive, mais là, impossible de savoir vers quelle direction. De toutes les façons, je n'ai eu des chevaux que plus tard. J'ai alors envoyé des cavaliers, mais à la Roche-Guyon, où j'avais installé mon quartier général, ils sont rentrés bredouilles. Dans la nuit, j'ai fait passer mes hommes par le pont de Vernon et les recherches ont repris ce matin avec eux.

— Messieurs, qu'en dites-vous ? demanda le gouverneur de la ville, qui ne savait que penser.

— Ces voleurs se sont montrés non seulement habiles mais avaient tout prévu, remarqua Tilly. Il va être difficile de les retrouver. Pour ma part, j'en sais assez. Aussi, si vous m'y autorisez, monsieur le gouverneur, voudrais-je commencer des recherches puisque le vol a eu lieu dans le territoire dont j'ai la charge. Je suis venu avec mes sergents et mes archers. Monsieur l'officier, un de vos mousquetaires peut-il nous conduire où vous avez trouvé la gabarre et le cadavre ?

— Oui, monsieur.

Ne sachant que décider d'autre, le gouverneur interrogea du regard le prévôt Jacques Langlois, puis le prévôt de Mantes et les principaux magistrats. Personne n'osait s'exprimer et les autres lieutenants du prévôt des maréchaux ne se jugeaient en rien concernés. Tous craignaient pour leur charge. Après tout, le prévôt Tilly avait fait preuve de sagacité. S'il pouvait au moins ramener quelques-uns des brigands… leurs supplices constitueraient déjà une satisfaction…

— Allez-y, monsieur de Tilly.

— Monsieur, intervint le lieutenant de la vicomté de l'Eau, pour ma part, j'aimerais examiner la gribane du voleur.

Le vicomte de l'Eau était juge criminel pour les crimes et délits commis sur les quais de Rouen et sur la rivière. Lui et ses lieutenants assuraient la police sur le chemin de halage et sur la Seine.

— La barque se trouve encore là où il l'a abandonnée. J'ai laissé des hommes pour la surveiller, répliqua l'officier.

— Je vais m'y rendre, si monsieur le gouverneur m'y autorise. Elle doit bien appartenir à quelqu'un, et retrouver le propriétaire fera rapidement avancer l'enquête.

Après que l'officier eut donné des ordres, Tilly et le lieutenant de la vicomté de l'Eau partirent avec deux mousquetaires et la petite troupe d'archers.

⚜

Plus que d'habitude, le vieux pont était encombré de charrettes et de chariots patientant pour payer le péage. Les ponts les plus proches se situant à Mantes et à Pont-de-L'Arche, et la rivière se trouvant haute avec un courant rapide, les bacs de Vernon ne se risquaient pas à la traversée. Donc chacun attendait. Et ils durent attendre eux aussi.

Entre les bouillonnements des flots, les grincements des moulins à foulon et à blé sous les arches, les interjections des charretiers et des cris des mariniers, le vacarme était assourdissant. À cause du courant, le passage du pont de Vernon se révélait délicat pour les gabarres. De fait, ce matin-là, une trentaine de haleurs, sous la direction du maître de pont, tentaient de faire passer une grosse barque pleine de tonneaux. Chacun s'égosillait.

S'efforçant de surmonter ce tumulte, Tilly et le lieutenant de la vicomté de l'Eau échangèrent leur sentiment sur le vol.

Pour le second, seul Petit-Jacques avait pu être capable de manœuvrer aussi adroitement une gribane dans le fleuve en crue. Louis de Tilly l'approuva. Certes, seul ce brigand pouvait avoir l'audace d'attaquer un convoi si bien protégé, mais, remarqua-t-il, quelqu'un avait dû le renseigner sur le départ et les conditions du transport.

L'importance de la recette volée, la préparation soigneuse de l'entreprise, tout témoignait même d'une complicité haut placée. Tilly songea d'emblée, avec une pointe d'amertume, qu'il ne remonterait sans doute jamais jusqu'à l'instigateur du vol.

Ils traversèrent enfin le fleuve et se séparèrent au chemin conduisant à la gribane abandonnée, Tilly et ses archers poursuivant jusqu'au bras mort où les voleurs avaient accosté.

⚜

L'endroit était maintenant désert. Louis demanda à l'un de ses sergents de gagner le village de Haute-Isle qui dominait la Seine. Peut-être quelqu'un aurait-il vu les chariots des malandrins. Ensuite, il examina les lieux et fit fouiller les bois par ses archers au cas où les malfaiteurs auraient dissimulé leur butin dans le but de venir le rechercher plus tard.

Soudain, un appel. Un de ses hommes venait de découvrir un corps, dissimulé dans un fourré mais trahi par du sang laissé sur les herbes.

Tilly accourut dès qu'on l'appela. L'homme avait le ventre ouvert et les boyaux dehors, déjà couverts de vermine. Il respirait encore.

— Qui êtes-vous ? demanda Tilly, tandis que ses hommes s'étaient rassemblés autour pour écouter.

— Gueule-Noire, haleta le mourant. Petit-Jacques… Petit-Jacques nous a trahis.

— C'est lui qui vous a blessé ?

— Non… l'Italien… Mondreville… J'ai… rampé…

— Qui est Mondreville ?

— Les autres… des… Italiens… Balthazar Nardi.

Le bandit ne s'était maintenu en vie qu'en espérant pouvoir dénoncer ceux qui l'avaient éliminé. Y étant parvenu, il expira.

Tilly, qui s'était agenouillé pour l'écouter, se releva, excité par ce qu'il venait d'apprendre, mais aussi déçu d'une information aussi fragmentaire.

Mondreville ! Il y avait beaucoup de Mondreville dans la vicomté, la plupart venaient du village et de la seigneurie du même nom. Les Tilly en avaient même, un temps, été seigneurs. Cela signifiait-il que l'assassin de cet homme venait de Mondreville ? Tilly décida d'entamer des recherches là-bas. Une quête d'autant plus facile que le bourg se situait à moins d'une lieue de chez lui.

Quant aux Italiens, que devait-il en penser, alors que le gouvernement de Normandie se trouvait aux mains d'un Concini que ses compatriotes entouraient avec délices ? Qui pouvait être ce Balthazar Nardi ? Un de ces aventuriers de sac et de corde fréquentant le maréchal d'Ancre ? L'hypothèse expliquerait que les voleurs aient été si bien informés.

Il avait en tout cas la certitude que le fameux Petit-Jacques commandait la barque. Or, le brigand vivait dans le bailliage et Tilly l'avait déjà traqué. Cette fois, il se jura de le trouver.

— Vous avez entendu ? demanda-t-il à ses hommes. C'est à coup sûr Petit-Jacques qui a fait le coup. Toi, Pierre (c'était l'un de ses sergents), prends trois hommes et filez vers Vertheuil, puis jusqu'à Mantes. Demandez partout si on a vu des chariots ou des Italiens. Inutile toutefois de faire des recherches du côté de la Roche-Guyon puisque les mousquetaires de l'escorte n'ont rien trouvé. Nous, on va prendre le bac vers la rive gauche. Je l'ai vu passer tout à l'heure, il a donc été réparé. Nous irons à Moisson, ensuite à Mantes. C'est par là que se terre Petit-Jacques, quelqu'un aura bien remarqué quelque chose. Toi, dit-il à un de ses archers, ramène le cadavre de ce voleur à Vernon. Le prévôt le fera pendre avec son comparse. Demain, j'enquêterai à Mondreville.

— Les voleurs viendraient d'un endroit si proche de Tilly, monsieur ? interrogea Pierre, dubitatif. Mon cousin y vit. Il ne m'a jamais alerté de trafics louches.

— Je sais, mais pour l'instant, c'est la seule piste. Demain soir, je rédigerai un mémoire pour le gouverneur.

⚜

Louis de Tilly, d'une naissance illustre, appartenait à l'une des plus vieilles familles de Normandie puisque les siens avaient pour ancêtre Philippe d'Harcourt, lui-même descendant d'Enguerrand d'Harcourt, compagnon de Guillaume le Conquérant. Participant aux croisades, ses ancêtres avaient toujours servi fidèlement leur roi sans pour autant jamais faire fortune.

Louis avait seize ans quand il avait rejoint le baron de Rosny, car son père, bien que catholique, avait été officier dans la maison de Maximilien de Béthune [1]. Il se trouvait aux côtés du duc dans la plaine d'Ivry, le matin du 14 mars 1590, tandis que son aîné, Hercule, combattait du côté de la Ligue. Comme tous les soldats, il avait donc entendu les fortes paroles du nouveau roi Henri IV avant la bataille :

---

1. D'abord baron de Rosny, puis duc de Sully.

— Si vous perdez vos enseignes, cornettes ou guidons, ne perdez point de vue mon panache. Vous le trouverez toujours au chemin de l'honneur et de la victoire !

Tous ses capitaines, le duc de Montpensier, le maréchal d'Aumont, Biron, le prince de Conti, M. de La Trémoille, M. de Fleur-de-Lis, le baron de Dunois, Nicolas Poulain et bien sûr le baron de Rosny, l'avaient acclamé. Ils étaient treize mille en face des seize mille hommes de la Ligue et des régiments espagnols commandés par les ducs de Mayenne et d'Aumale.

Cette bataille opposait le fanatisme à la tolérance, l'Espagne à la France, l'intrigue à la vertu. Elle devait décider du sort de la France. Dans la fureur des combats, Rosny avait été percé de plusieurs blessures avant de tomber et il aurait été piétiné par les chevaux s'il n'avait été protégé par Tilly. C'est au sortir de cette effroyable boucherie que Henri IV avait accordé à son vieux compagnon le titre de franc chevalier.

La paix revenue, et Henri IV enfin sur le trône, Rosny avait obtenu pour son jeune officier une lieutenance du prévôt général des maréchaux de Rouen. Les gages étaient faibles mais comme tous les lieutenants de prévôt, Tilly gardait une partie des amendes et des saisies faites sur les brigands qu'il capturait. Ce qui lui avait permis d'épouser la fille d'un conseiller au présidial de Chartres. Le couple avait eu un premier fils, Louis, qui avait participé à la campagne du duc de Savoie Charles-Emmanuel, sur le Montferrat. Bien que le duc de Savoie eût dû, ensuite, rendre ses conquêtes et signer la paix avec le roi d'Espagne, après la bataille d'Asti, ce garçon était resté au service de Charles-Emmanuel.

C'est tardivement, à près de quarante ans, que Louis de Tilly avait eu un second fils, Gaston, qui faisait sa fierté. Il était roux comme sa mère.

V

Pierre, le sergent de Tilly, découvrit la trace de deux chariots conduits par trois hommes. D'après un laboureur, l'un des conducteurs lui avait demandé avec un fort accent italien le meilleur chemin pour Meulan. Ce paysan avait vu que les voitures, bien que bâchées, contenaient des caisses de bois.

Étaient-ce les voleurs ? Dans ce cas, ils se dirigeaient vers Paris. Mais pourquoi Petit-Jacques serait-il allé là-bas, hors de son territoire ?

⚜

Le mercredi soir, Tilly venait de terminer la rédaction du mémoire pour le prévôt des maréchaux de Rouen quand son fils de quatre ans entra dans sa chambre.

— Maman vous attend, monsieur mon père.

— Je range ce document et je viens.

— Quand je serai grand, j'écrirai comme vous, et moi aussi je chasserai les brigands.

— Sûrement, mon fils, dit Louis, préoccupé.

Il hésitait. Devait-il faire porter ce texte au prévôt des maréchaux ? S'il le faisait, celui-ci le transmettrait au gouverneur de Normandie, et des proches de Concini en auraient connaissance. Or, parmi eux, pouvait se cacher l'organisateur du vol.

Il se leva pour s'approcher de la grande armoire, l'un des trois gros meubles dans la chambre avec le lit à piliers et la table.

— Allez-vous ouvrir votre coffre secret, monsieur mon père ?

— Oui, je vais ranger ce mémoire.

Le prévôt des maréchaux poussa l'armoire qui glissait sur de petites roues de fer. Son fils l'aida et il le félicita de sa force. Derrière, dans le mur, se dissimulait une porte de fer sur laquelle étaient gravés un blason et une devise. M. de Tilly prit une clef dans un tiroir de l'armoire et l'ouvrit. Le coffre contenait quelques papiers de famille, des lettres de son père et une centaine d'écus. Il rangea le document et referma soigneusement l'huis.

— Mon père, bien que je sache un peu lire, je ne comprends pas ce qui est écrit sur la porte.

— C'est la devise de notre famille, mon fils : *Nostro sanguine tinctum.* Cela veut dire que notre sang colore et que nous ne l'épargnerons jamais pour notre souverain. Un de tes ancêtres ayant sauvé la vie du roi de France, nous avons l'honneur de posséder une fleur de lys dans nos armes.

Quelqu'un pouvait l'aider, songea-t-il alors, en se remémorant la bataille d'Ivry et Henri IV. Celui qui avait été son capitaine là-bas : Maximilien de Béthune, le baron de Rosny et présentement duc de Sully. Peut-être connaîtrait-il ce Nardi.

⚜

De Tilly à Rosny, il y avait un peu plus de trois lieues que Louis de Tilly fit en deux heures le lendemain.

Maximilien de Béthune avait fait édifier son château quelque trente ans plus tôt sur l'emplacement d'un vieux manoir brûlé pendant la guerre de Cent Ans. C'était un corps de logis en brique et en pierre flanqué de deux pavillons. À cinquante-six ans, écarté de la surintendance des Finances à la mort de son maître Henri IV, le duc vivait désormais loin de la Cour, quand il ne séjournait pas à Figeac, ville dont son fils était gouverneur. Il travaillait chaque jour à ses mémoires. Aussi reçut-il le lieutenant du prévôt dès son arrivée, tant il appréciait des visites… de plus en plus rares.

Louis lui raconta le vol, dont Sully était déjà informé, mais surtout en détailla l'invraisemblable audace. Il insista ensuite sur l'incroyable connaissance qu'avaient les voleurs, sachant parfaitement à quelle heure ils devraient tendre leur guet-apens au transport de fonds. Enfin, il évoqua les Italiens dénoncés par le complice de Petit-Jacques retrouvé éventré.

— Balthazar Nardi, dites-vous ? demanda le duc en lissant sa belle et longue barbe.

— Oui, monseigneur.

— J'ai entendu parler d'un Balthazar Nardi. Il aurait fait ses études avec Concini, dont il est très proche, et se prétend archiprêtre. Il est arrivé en France, voici deux ans je crois, venant de Florence où il officiait comme avocat. Il voyage beaucoup : Angleterre, Irlande, Hollande. On le dit moitié aventurier et moitié espion.

— Croyez-vous, si c'est lui, qu'il ait agi à son compte ?

— J'en doute ! S'il est le voleur de la recette des tailles, il a commis ce forfait pour le *Conchine* ! cracha Sully avec un infini mépris.

— Cela expliquerait que cette bande ait si bien été renseignée. Petit-Jacques ne pouvait avoir meilleure information que celle provenant du gouverneur de Normandie lui-même.

— Imaginez-vous un moyen plus rapide de s'enrichir ? Prendre directement l'argent des impôts ! plaisanta aigrement l'ancien surintendant des Finances.

— Que puis-je faire, monsieur le duc ? Si je rapporte ce que je sais dans un mémoire, ce dernier aboutira immanquablement sur le bureau du maréchal d'Ancre. Ma vie n'aura alors plus aucune valeur !

— Donc ne le faites pas ! D'autant qu'il y a plus inquiétant : j'ai entendu dire que Concini envisageait d'engager six mille hommes de sac et de corde. Dans quel dessein ? Je l'ignore. Mais il y parviendra sans peine avec ce pactole. Alors, s'il s'en prenait au roi ? On raconte qu'il s'inquiète de la majorité proche de Louis et préférerait voir son jeune frère sur le trône. On murmure aussi qu'il quitterait la Galigaï pour épouser une fille de la régente. Jusqu'où pourrait aller ce faquin ? Il faut informer le roi et lui recommander de se tenir sur ses gardes. Et c'est vous qui allez le faire ! J'envoie sur-le-champ un domestique porter un courrier au Louvre prévenir Sa Majesté de votre arrivée. Revenez demain, j'aurai écrit la lettre que vous lui remettrez.

⚜

Si Petit-Jacques se révélait insaisissable, c'est parce qu'il menait une double existence. Avec les gains de ses rapines, il avait acheté une gabarre et affichait à Rouen l'honnête vie d'un marchand assurant le transport de pierres et de sable jusqu'à la capitale. N'étant pas lui-même batelier, il disposait d'un équipage, ce qui lui permettait de conduire sa vie de voleur entre Mantes et Vernon, gagnant son quartier général de la *Carpe d'Argent* avec l'une de ses rapides barques à voile qu'il manœuvrait à la perfection.

Deux jours après le vol, il se trouvait justement au cabaret quand d'anciens complices vinrent l'interroger agressivement pour savoir ce qu'il avait fait du million de livres détourné et pourquoi il avait éliminé Fouille-Poche et Gueule-Noire. Il les avait rabroués avec aplomb, les assurant qu'un truand de Rouen avait convaincu ses lieutenants de rejoindre sa bande. Lui aussi s'était vu approché, mais n'avait pas eu confiance à bon escient puisqu'on avait retrouvé ses hommes assassinés. C'était même pour les venger qu'il réapparaissait à la *Carpe d'Argent*, avait-il affirmé, rassemblant des renseignements pour découvrir les assassins. Habile, il avait convaincu les plus crédules ; quant aux autres, ils le craignaient trop pour l'affronter.

Dans ses affirmations, Petit-Jacques n'avait pas entièrement menti. En effet, la veille, à Vernon, il avait vu Fouille-Poche pendu devant la porte du pont, mais seul. Or, Gueule-Noire et lui ayant été jetés dans le même fourré, ils auraient dû être trouvés et pendus ensemble. Cette absence l'avait inquiété. Si, le lendemain, on avait pendu à son tour le corps de Gueule-Noire, on lui avait raconté que l'ex-complice avait été retrouvé par le lieutenant du prévôt des maréchaux Louis de Tilly, et pas au même endroit que Fouille-Poche.

Qu'est-ce que cela signifiait ? Qui avait déplacé Gueule-Noire ? Sa présence au cabaret tenait aussi beaucoup à cette énigme.

⚜

Ayant retrouvé la confiance des fripouilles qui fréquentaient la *Carpe d'Argent*, Petit-Jacques y passa la soirée, attentif aux conversations. Et dans la nuit, un marinier évoqua la découverte du corps de Gueule-Noire telle que rapportée par un archer de Louis de Tilly.

Gueule-Noire avait été poignardé, mais sans mourir. Il s'était caché et avait parlé avant de pousser son dernier soupir. Qu'avait-il dit ? s'enquit Petit-Jacques avec inquiétude.

Le marinier l'ignorait.

Préoccupé, le bandit partit aussitôt. Si Gueule-Noire avait jacassé, il avait à coup sûr révélé son nom, celui de Mondreville et ceux des Italiens.

Or Louis de Tilly était assurément l'homme que Petit-Jacques craignait le plus. Il savait ce prévôt perspicace et tenace. Après ce vol, nul doute qu'il déploierait de grands moyens à son encontre. Sans doute était-il, de fait, le seul capable de le découvrir et de l'arrêter.

Dans combien de temps le prévôt aurait-il mis la main sur Mondreville ? Quelques jours, tout au plus, s'il s'intéressait à ceux qui travaillaient à la recette des tailles. Arrêté, le commis avouerait sous la torture. Il parlerait de lui et des Italiens. Certes, ceux-là seraient difficiles à compromettre, mais Mondreville connaissait son visage. Qu'il le décrive et Tilly se retrouverait vite sur ses traces.

Le commis devait donc disparaître.

Seulement, Mondreville était-il encore vivant ? Après tout, peut-être gisait-il lui aussi au fond de la Seine, le ventre ouvert à nourrir les poissons ? Les Italiens n'avaient aucune raison de l'avoir laissé en vie.

C'est alors qu'une idée jaillit. Si les Italiens n'avaient pas tué Mondreville, pourquoi ne le débarrasseraient-ils pas de Tilly ? Ils en étaient certainement capables. Or, le lieutenant du prévôt mort, l'enquête s'enliserait.

⚜

Le lendemain, sommairement grimé, il s'installa dans un cabaret proche de Notre-Dame, près d'une fenêtre ouverte d'où il voyait le logis à pans de bois de Mondreville.

Un peu avant none, il vit sortir une vieille domestique. C'était une chance à saisir. La rejoignant, il l'interpella et l'interrogea.

— Monsieur Mondreville ? Il est parti il y a trois jours. J'ignore où il est ! Peut-être à Rouen, bien qu'habituellement, il me prévienne.

Petit-Jacques reprit sa surveillance, mais, au bout de plusieurs heures, conclut que Mondreville devait être mort. Il s'apprêtait à partir quand un second signe du destin lui vint : le commis apparut, tenant en bride un cheval qu'il conduisait dans une écurie.

Aussitôt, Petit-Jacques sortit et l'interpella.

— Il faut qu'on parle, l'ami !

Mondreville s'arrêta, stupéfait puis terrorisé en reconnaissant son complice.

— Comment m'avez-vous trouvé ? balbutia-t-il d'une voix blanche.

— C'est pas important ! répliqua l'autre en l'entraînant *manu militari* vers une ruelle en cul-de-sac. L'un de mes hommes n'est pas mort sur le coup, ajouta-t-il en lui parlant dans l'oreille, et a donné votre nom au prévôt.

— N… non ! gémit Mondreville, brusquement aussi pâle qu'un trépassé.

— Où pouvons-nous parler ?

— Chez moi.

Écartant la vieille domestique qui bénissait le ciel de son retour, le commis de Vernon conduisit Petit-Jacques dans sa chambre, pièce unique de l'étage. Il s'assit sur son lit, laissant une escabelle à son visiteur qui lui raconta ce qu'il savait.

— Je peux prévenir les Italiens, réfléchit à haute voix Mondreville après un moment, mais s'ils apprennent que les autorités sont sur nos traces, la mienne en particulier, je crains que ce ne soit moi qu'ils fassent taire définitivement. Quant à nous débarrasser nous-mêmes du prévôt, je ne vois comment faire.

Les deux hommes restèrent silencieux. Petit-Jacques avait souvent tué, et de la plus violente des façons. Aussi, donner la mort ne lui faisait-il pas peur, bien que faire passer à trépas un prévôt conduisît à la roue après avoir eu les poings coupés ou brûlés. Seulement, il ignorait comment approcher Louis de Tilly.

— Si nous le surveillions ? proposa Mondreville.

— Je crois qu'il habite Tilly. Le village étant petit, on nous repérera.

— Il a en effet un manoir là-bas, dont ses ancêtres étaient les seigneurs. Je le sais, car ma famille vient de la seigneurie voisine de Mondreville.

— Nous pourrions laisser nos chevaux à Longnes, située à une lieue, et nous rendre à Tilly en nous faisant passer pour des pèlerins se dirigeant vers Compostelle, suggéra Petit-Jacques. J'ai déjà agi ainsi. Sur place, en faisant croire que nous sommes malades, l'église nous hébergera quelques jours et on trouvera une occasion favorable de le faire disparaître.

— Bonne idée ! Je sais où dénicher de vieux sayons à capuche et des coquilles.

⚜

Tilly habitait la plus grande maison du petit village de Tilly, non loin de l'église, un de ces vieux manoirs normands à pans de bois comme il en existait dans chaque seigneurie. Les murs épais étaient bâtis sur de gros poteaux verticaux et obliques posés sur un soubassement de pierre, les interstices remplis d'un mélange de terre argileuse et de paille, recouvert d'un enduit de chaux. Deux tourelles d'angle, aux épais colombages, permettaient de surveiller les abords et un fenil s'appuyait sur un flanc de l'édifice.

La bâtisse était le seul reste de la grandeur passée de sa famille. Louis de Tilly y demeurait avec sa femme, son jeune fils et une poignée de domestiques dont de solides gaillards sachant manier l'épée et le mousquet, les pendards courant nombreux les campagnes.

Au retour de sa visite à Sully, Tilly réunit ses archers et ses sergents afin de leur annoncer qu'il partirait à Paris le lendemain. Comme son épouse ne connaissait pas la grande ville, il lui proposa de l'accompagner. Ils voyageraient dans le coche qu'il avait fait construire l'année précédente pour ses déplacements à Rouen : un chariot à essieux tiré par deux chevaux, avec deux banquettes en cuir vert disposées en longueur et six colonnes sculptées supportant le toit. Pas de vitre aux portières, mais de simples rideaux. Il décida qu'un de ses serviteurs le conduirait et qu'un second valet les accompagnerait.

Le lendemain vendredi, au lever du soleil, Tilly se rendit à Rosny chercher la lettre promise par le duc de Sully. En se pressant, il serait de retour avant dix heures, son épouse aurait le temps de se préparer et de régler les ultimes problèmes provoqués par leur départ soudain.

Petit-Jacques et Mondreville étaient, eux, arrivés dans la nuit au village. Malgré les six lieues entre Vernon et Tilly, ils avaient accompli la fin du voyage à pied, laissant, comme prévu, chevaux et équipement à Longnes, à l'auberge du *Saut du Coq*. Le matin, habillés de pauvres hardes, coquilles de pèlerin sur l'épaule et chaussés de sandales, ils apprirent du curé que M. le prévôt s'apprêtait à partir vers Paris. Il était pour l'heure à Rosny et reviendrait dans la matinée chercher sa femme avec qui il ferait le voyage en coche. Les deux hommes comprirent être arrivés à temps. Louis de Tilly était certainement allé demander à Sully une lettre de recommandation. S'il quittait son domaine, c'était pour rencontrer quelque haut magistrat. Ce prévôt savait déjà trop de choses !

⚜

Pour être certains de ne pas se tromper quand ils le verraient sur la route, ils observèrent un moment le coche en cours d'attelage. Ensuite, ils partirent pour Longnes où ils reprirent montures et armes, s'équipèrent en cavaliers et attendirent la voiture, laquelle ne pouvait prendre un autre itinéraire puisque le chemin de Paris traversait Longnes.

Le coche apparut peu après midi et fit une brève halte à l'auberge du *Saut du Coq* pour faire boire les chevaux. Quand il repartit, Mondreville et Petit-Jacques le suivirent à bonne distance.

Après Longnes, le chemin montait, puis descendait brusquement à l'approche de Mantes et de la Seine. Juste au début de la pente, les deux cavaliers se mirent au galop. Petit-Jacques avait préparé une de ses arbalètes, dissimulée contre la selle. Mondreville avait dégainé une épée, jusque-là camouflée.

Quand Louis de Tilly entendit les chevaux, il souleva le rideau et se pencha à la portière, pistolet chargé à la main, tant il savait les routes peu sûres. Son valet assis en face de lui possédait aussi un mousquet et une épée. Voyant seulement deux cavaliers, le prévôt des maréchaux fut rassuré et ne s'y intéressa plus. Mais les chevaux rattrapèrent sa voiture lorsque le chemin fut assez large. À l'instant où Petit-Jacques se trouva au niveau du cocher, il lui décocha une flèche en pleine poitrine. L'autre s'affaissa sans tomber. Mondreville donna ensuite plusieurs coups de plats d'épée aux chevaux, les fouettant au sang cruellement. Sous la douleur, les bêtes s'emballèrent dans la descente. Tilly saisit seulement à ce moment-là qu'ils étaient attaqués et tira, mais les cahots firent que la balle se perdit.

Mondreville et Petit-Jacques, un sourire de victoire aux lèvres, s'arrêtèrent, laissant le coche dévaler la pente à une vitesse folle, sûrs du sort de ses malheureux passagers. Ils entendirent Mme de Tilly hurler. Et, à la première courbe, virent la voiture, dont le train avant ne pouvait osciller, se renverser et rouler sur elle-même plusieurs fois, entraînant les chevaux.

Comme il n'y avait personne d'autre sur la route, les deux assassins s'approchèrent. Les chevaux, jambes brisées, hennissaient en se débattant. M. de Tilly avait été éjecté du véhicule qui lui était passé dessus en l'écrasant. Sa tête ensanglantée ne laissait aucun doute sur son décès. Son épouse, toujours à l'intérieur, avait la nuque à angle droit et la bouche en sang. Comme seul le valet gémissait, Petit-Jacques descendit de cheval, avisa une grosse pierre, la saisit et lui cassa la tête.

Tandis que Mondreville – un peu effaré par la gravité du meurtre qu'ils venaient de commettre – vérifiait que tout le monde était mort, Petit-Jacques retira la flèche de la poitrine du cocher et enfonça, à sa place, une écharde du coche. Puis il fouilla le prévôt, déroba son argent et la lettre du duc de Sully.

VI

Le vendredi 15 avril 1617

Les deux assassins, excités, reprirent la route de Vernon, l'effroyable crime installant entre eux une trouble connivence. Si pour Petit-Jacques ce n'était que quelques meurtres de plus, Mondreville – après sa première appréhension – éprouvait maintenant une enivrante impression, mélange de honte et de toute-puissance. Lui qui avait toujours été soumis à des maîtres exigeants et tatillons, lui qui, à la dérobée, falsifiait des écritures pour voler de petites sommes, venait de découvrir qu'on pouvait satisfaire ses désirs en tuant.

Or, depuis son départ de la maison aux armes des Valois, une pensée l'obsédait : un million de livres dormait dans les caves de cet hôtel. Pourquoi ne pas se l'approprier ?

Petit-Jacques, qui savait lire, avait ouvert la lettre de Sully. Elle était adressée au roi. Le duc y révélait que le vol des tailles de Normandie avait été préparé par le maréchal d'Ancre et suppliait humblement Sa Majesté de recevoir et d'écouter le prévôt Tilly qui conduisait l'enquête. Il concluait en demandant au roi de se méfier, car Concini allait utiliser le fruit de ses rapines pour lever une armée afin de faire la loi dans le Louvre et à Paris.

Ni Mondreville ni Petit-Jacques n'étant nommés, le brigand en fut soulagé.

— Vous ne m'avez pas demandé où je suis allé avec les Italiens, lança Mondreville après avoir lu la lettre à son tour.

— À dire vrai, sachez que, dans certaines affaires, je ne suis pas curieux. J'ai été payé, et cela me suffit.

Mondreville digéra la réponse avant de questionner.

— Qu'allez-vous faire de votre part ?

— Acheter deux ou trois barques et me lancer dans le commerce. J'aspire à une autre vie.

De nouveau, ils se turent, chevauchant côte à côte. Mondreville ne savait comment présenter son dessein.

— Voyez-vous, j'ai reçu seulement cinq mille livres, dit-il enfin. Et eux ont gardé le million.

— Sauf les cinquante mille livres qu'ils m'ont laissées.

— Je sais où ils ont entreposé les caisses... ajouta l'ancien commis.

Petit-Jacques resta silencieux un long moment, comme s'il n'avait pas entendu, puis considéra Mondreville avec un sourire intéressé.

— Croyez-vous qu'on pourrait les leur reprendre ?

L'autre grimaça avant de soupirer.

— Ça, je ne sais pas !

— Dites-m'en plus.

Mondreville raconta tout depuis le début. La fraude qu'il pratiquait sur les tailles, son interpellation, sa rencontre avec Concini, la maison de la rue de Tournon et la présence de la Galigaï.

— Comme vous le pensez, l'or doit être rangé dans une cave, mais de quelle manière entrer dans cette maison ?

— Ça me paraît difficile tant elle est bien protégée. Toutefois, si nous y parvenions, l'endroit est inhabité. Personne ne nous gênerait.

Il lui décrivit les murs, le portail, les grilles aux fenêtres.

— Vous dites que la maréchale d'Ancre est partie en descendant un escalier ! Un souterrain mène peut-être à l'hôtel du maréchal...

— C'est ce à quoi j'ai pensé.

Petit-Jacques médita tandis que les chevaux progressaient.

— Il faudrait non seulement pénétrer dans la maison, mais faire entrer un chariot dans la cour afin de transporter l'or. On ne manquera pas de nous remarquer, surtout si le maréchal d'Ancre loge à son hôtel.

— Alors, agissons quand il n'est pas à Paris.

— Certes, mais comment le savoir ? Nous pourrions attendre longtemps et d'ici là, l'or aura été déplacé. Non, il faut le voler maintenant.

De nouveau ils se turent, jusqu'à ce que Mondreville suggère :

— Et si nous faisions peur à Sa Majesté ?

— Pardon ?

— Je pensais à la lettre de Sully. En contrefaisant l'écriture du duc, je pourrais écrire un courrier un peu différent. J'accuserai Concini du vol en donnant des détails irréfutables. J'y ajouterais qu'avec le million dérobé, le maréchal d'Ancre cherche à s'emparer du Louvre. Je ne ferais que développer ce que suggérait Sully.

— Et alors ?

— Alors le roi prendra peur ! Soit il fera arrêter Concini, soit il s'enfuira de Paris pour se mettre à l'abri. Et si Concini était arrêté, nous aurions la voie libre…

— Sinon ?

— Que fera Concini si le roi s'enfuit ?

— Il le poursuivra, tentera de le rattraper.

— C'est cela. Dans tous les cas, il ne se trouvera pas à Paris et nous aurons la voie libre.

— Ça se tente, reconnut Petit-Jacques, réprimant une moue dubitative. Après tout, nous possédons cette lettre, gros avantage, et personne ne nous imaginera derrière une telle manigance. Mais êtes-vous capable d'écrire un faux courrier ?

— J'imitais souvent les écritures pour falsifier les registres des tailles.

— Vous ne pourrez fermer le pli avec le cachet de Sully.

— Je ne chercherai qu'à imiter son écriture. Il suffit que le roi et ses amis devinent d'où elle vient. Ils penseront que Sully ne veut pas être mis en cause si la lettre s'égarait dans les mains du maréchal d'Ancre.

Petit-Jacques approuva d'un signe de tête. Finalement, ce Mondreville était un habile compagnon, songea-t-il.

— Allons chez vous. Vous rédigerez cette lettre et nous partirons pour Paris demain matin, décida-t-il.

⚜

Ils chevauchèrent toute la journée et prirent une chambre au faubourg Saint-Honoré, à l'hôtellerie des *Trois-Pigeons* située devant l'église Saint-Roch.

Le lendemain samedi, Petit-Jacques, qui avait acheté des habits bourgeois chez un fripier, se rendit dans la tortueuse rue de l'Autriche séparant l'hôtel du Petit-Bourbon du Louvre. Il avait besoin de voir le palais, mais craignait d'être refoulé ou, pis, arrêté.

L'entrée se faisait par le corps de garde du pont dormant adossée à l'ancienne enceinte érigée par Philippe Auguste. Les allées et venues étaient incessantes, car beaucoup de gentilshommes se rendaient au jeu de paume, installé un peu plus bas. Ceux qui entraient n'étaient pas interrogés, mais étaient certainement connus des sentinelles.

Après plus d'une heure d'hésitation, Petit-Jacques vit arriver une délégation de marchands ou de membres du corps de ville. Soit une cinquantaine de bourgeois en robe, dont plusieurs sur des mules. Le groupe s'arrêta un instant au corps de garde, mais comme il devait être attendu, il le franchit sans difficultés. Petit-Jacques se glissa parmi leurs serviteurs.

La cour Carrée grouillait de gentilshommes, d'hommes de loi, de religieux, de valets, d'huissiers et de gardes. Bénéficiant de sa couverture, Petit-Jacques tentait de surprendre une conversation lui permettant d'identifier un proche du roi quand il fut bousculé par une troupe d'Italiens s'exprimant avec superbe, main sur la garde de leur épée, en jetant des regards insolents aux Français. Alarmé à l'idée que Nardi ou Gramucci puisse se trouver parmi eux, Petit-Jacques mit une main sur sa bouche afin de dissimuler son visage et s'éloigna au plus vite.

Il aperçut alors deux jeunes gens en compagnie d'un gentilhomme d'une quarantaine d'années qui considéraient les Italiens sans aménité. S'approchant d'eux, il s'inclina servilement.

— Messieurs, dit-il, je suis bourgeois de Paris. J'étais tout à l'heure devant la boutique d'un orfèvre, rue Saint-Honoré, pour me renseigner sur le prix d'un gobelet d'argent quand un gentilhomme m'a abordé en me suppliant de me rendre au Louvre pour remettre un placet à Sa Majesté. Je suis venu, mais je ne sais comment m'y prendre. En voyant votre mine franche et honnête, j'ai pensé que vous pourriez le faire.

— Que n'est-il venu lui-même, ce gentilhomme ? répliqua avec morgue celui à qui il s'était adressé.

Il avait un visage fin, un front très large, des cheveux bouclés, une moustache et une barbe en pointe comme c'était la mode. Malgré son air hautain, il dégageait beaucoup de grâce et son regard était vif et profond.

— Je l'ignore, monseigneur ! répondit Petit-Jacques, écartant les mains en une expression stupide. Pour tout vous dire, j'ai d'abord refusé, mais il m'a remis un écu en affirmant que c'était important, qu'il s'agissait d'une lettre de Mgr le duc de Sully au roi, qu'il ne pouvait la porter, car il devait quitter Paris immédiatement.

— Montre ! ordonna le gentilhomme, en fronçant le front.

Petit-Jacques sortit le courrier écrit par Mondreville.

— Il n'y a pas le cachet du duc ! remarqua le gentilhomme en la retournant entre ses mains.

— Je ne sais rien d'autre, monseigneur, mais je comprends que ma requête vous embarrasse.

Il fit un geste pour reprendre le pli en précisant :

— Je vais demander à ces messieurs italiens, ils connaissent certainement Sa Majesté.

— Non ! Je la porterai ! se ravisa l'inconnu.

Petit-Jacques le remercia en s'inclinant et repartit satisfait.

⚜

Par un hasard étonnant, le noble seigneur ayant remarqué l'absence du cachet du duc s'appelait Charles d'Albert. Seigneur de Luynes, il était au service du jeune roi et s'occupait de ses faucons.

À la mort de son père, Louis XIII s'était retrouvé seul. Sa mère ne lui marquait aucune tendresse et il n'avait aucun ami. Or seul Charles d'Albert, qui l'approchait chaque jour, s'était pris d'affection pour l'enfant. Il lui avait appris à chasser, lui donnait des conseils et écoutait ses plaintes. Au fil du temps, le fauconnier était devenu le père que Louis XIII avait perdu.

Le jeune roi, tenant à lui marquer sa gratitude, avait obtenu que Charles d'Albert, qu'on appelait familièrement Luynes, du nom de sa seigneurie familiale, soit fait conseiller d'État et gentilhomme ordinaire de sa chambre. Depuis un an, il était aussi grand fauconnier de France, gouverneur d'Amboise et capitaine du château des Tuileries où il logeait.

Comme il devait retrouver le souverain afin de préparer une chasse, Luynes se dirigea vers ses appartements, au premier étage du Louvre. Louis le Treizième s'y trouvait avec son maître de danse. Le fauconnier éloigna les domestiques et proposa au jeune roi de l'accompagner dans une embrasure de fenêtre où il lui remit la lettre, lui racontant dans quelles circonstances il l'avait obtenue.

C'étaient deux feuillets, non signés ni cachetés, mais le roi reconnut immédiatement l'écriture du duc de Sully dont il avait reçu une lettre la veille. Dans cette dernière, le vieil ami de son père lui annonçait l'arrivée d'un prévôt qui aurait d'importantes révélations à lui faire. Or, ce prévôt n'était pas venu, mais peut-être cette mystérieuse missive remplaçait-elle sa visite.

⚜

Le premier feuillet était une mise en garde contre les époux Concini. Sully y fustigeait *l'excessive et inouïe élévation d'une maraude étrangère, les aventuriers parvenus après turpitudes et vilenies… un homme et une femme qui ont tellement corrompu… par l'entière disposition qu'ils ont de toutes les charges et trésors de France, qu'il ne leur manque plus, pour se voir en réelle possession de la royauté, que le titre, à quoi ils sont aspirants.* La lettre suggérait que la fortune déjà rapinée était suffisante pour qu'ils lèvent une armée et saisissent le Louvre.

Le second feuillet se révélait plus effroyable encore. On y décrivait, avec un luxe de détails, comment les gens du maréchal d'Ancre s'étaient emparés de la recette des tailles de Normandie – un million de livres –, somme qui leur permettrait de lever cette armée. Il y était précisé qu'un prévôt nommé Tilly enquêtait sur ce vol et aurait dû venir au Louvre, mais qu'il venait d'être assassiné par le maréchal d'Ancre.

La lecture glaça le roi. Car, depuis plusieurs mois, Louis XIII tremblait. Majeur, il était en droit de gouverner et de diriger le Conseil, mais lorsqu'il en avait fait la demande – à l'instigation de ses amis –, le maréchal d'Ancre avait été en proie à une fureur indicible. Menaçant, il s'était fait remettre une liste de ceux qui approchaient le jeune souverain et avait prévenu qu'il ferait exiler ou emprisonner ceux qui lui déplaisaient. À cette occasion, il avait d'ailleurs déclaré au grand fauconnier de France : *M. de Luynes, je m'aperçois bien que le roi ne me fait pas bonne mine, mais vous m'en répondrez !*

Des menaces, Concini était rapidement passé aux actes : en février, un des hommes de la garde écossaise, chargée de la protection des souverains, avait été décapité devant le Louvre pour avoir transmis un message aux princes rebelles. En mars, un seigneur normand s'étant rapproché des mêmes princes, avait été exécuté devant la Croix-du-Trahoir, rue Saint-Honoré. Et comme ces avertissements n'étaient peut-être pas suffisants, Concini avait annoncé qu'il allait *resserrer* le jeune roi, en somme lui interdire de quitter Paris et restreindre ses sorties du Louvre qui se limiteraient désormais à la promenade des Tuileries.

Le fils de Henri IV était donc devenu le prisonnier du travesti italien. Sa vie se trouvait-elle en danger ? comme le lui affirmait Luynes. Concini caressait-il le projet de le détrôner et de mettre son frère Gaston à sa place afin de disposer du temps d'une nouvelle régence ? C'était bien possible.

Maître de l'esprit inquiet et maladif de Louis XIII, Luynes lui conseillait de fuir le palais pendant qu'il était temps. Depuis des semaines, le roi tenait des conciliabules nocturnes et secrets avec son fauconnier et quelques fidèles, pour décider ce qu'il devait faire.

Dès lors, la lettre de Sully précipitait les choses. Concini serait passé à l'action ! Il avait volé un million à la Couronne et assassiné un prévôt royal ! S'efforçant de garder un visage impassible, Louis XIII replia les feuillets et dit à Luynes en bégayant, comme cela lui arrivait quand il était ému :

— *Ce ce ce* soir, *ppppréviens* nos amis, nous nous réunirons *ddddans* ta chambre aux Tuileries.

⚜

Ils se retrouvèrent à huit. Avec Luynes, son frère et des amis du grand fauconnier : Guichard Déageant, le baron de Modène, Louis Tronson, un jardinier et un soldat aux gardes.

Le frère de Luynes, Honoré d'Albert, seigneur de Cadenet, était un homme d'action doté d'un tempérament brutal [1]. Guichard Déageant, commis au contrôle des Finances et proche du surintendant, avait pour ambition d'accéder à un rôle dans l'État quand Louis XIII exercerait le pouvoir. Pour y parvenir, il répétait à Luynes tout ce qu'il entendait dans les conseils. Le baron de Modène était, de son côté, un cousin du grand fauconnier. Quant à Louis Tronson, fils d'un maître des requêtes et petit-fils d'un prévôt des marchands de Paris, le roi l'appréciait pour ses jugements pondérés [2]. Enfin le jardinier et le garde étaient de simples serviteurs de Luynes qui aimaient le jeune Louis XIII.

Luynes fit circuler la lettre présumée de Sully et sollicita l'avis de chacun afin de sauver la Couronne. La plupart n'en avaient pas, ou ne voulaient pas livrer leur opinion, morts de peur depuis que Concini avait menacé ceux qui donnaient de mauvais conseils au roi. D'ailleurs, qu'auraient-ils pu proposer face à la formidable puissance du maréchal d'Ancre ? Comme le sujet avait déjà été plusieurs fois débattu, on en revint aux différentes solutions déjà émises.

La première, c'était la fuite, proposition que préférait Luynes car la plus facile à mettre en œuvre. À l'occasion d'un déplacement à Saint-Germain, il serait aisé de galoper à franc étrier jusqu'à Amboise, son gouvernement. Mais Louis XIII, y voyant une dérobade humiliante, aurait préféré se réfugier au milieu de ses gardes-françaises ou de ses chevau-légers. Seulement, l'armée était en Champagne. Comment s'y rendre sans être rattrapé rapidement alors qu'il n'avait pas d'argent ?

Luynes avait aussi émis l'idée de rejoindre les princes révoltés. À l'en croire, il ne s'agissait pas de rebelles mais de sujets fidèles armés uniquement pour délivrer la France de la honteuse tutelle où elle était tenue par un étranger. Le roi s'y refusait, redoutant

1. Il finira duc de Chaulnes, pair et maréchal de France.
2. Il deviendra son secrétaire.

de passer d'une prison à une autre. Au demeurant, les réfugiés de Soissons étaient presque vaincus par le nouveau ministre de la Guerre de Concini, Armand du Plessis de Richelieu, qui avait pris la plupart de leurs places fortes.

— Il est trop tard pour la fuite, Sire, remarqua timidement Louis Tronson. Vous êtes continuellement surveillé ici et Concini vous rattrapera sans peine. Avec le million qu'il vous a volé, il sera encore plus puissant. Vous devez vous montrer plus rapide que lui.

Louis XIII lui jeta un regard étonné.

— Il ne reste que l'arrestation, Sire, renchérit Déageant.

Tronson et Déageant avaient toujours été partisans de l'emprisonnement du maréchal d'Ancre et de sa mise en jugement devant le Parlement. Il y avait pourtant une nuance entre eux : Déageant affirmait que tuer Concini à cette occasion serait plus sûr, ce que Tronson réfutait.

— Nous trouverons bien dans les papiers de Concini des documents prouvant son attitude criminelle, affirma Tronson.

— Certainement ! approuva le roi d'un ton velléitaire. Je le ferai embastiller et juger par le Parlement.

— Mais qui l'arrêtera ? s'enquit Luynes d'un ton ironique.

Un lourd silence tomba dans la chambre. C'était précisément le problème. Aucun d'eux n'en était capable ou n'en avait le courage. Le maréchal n'allait nulle part sans être accompagné d'estafiers armés jusqu'aux dents et d'une immense troupe de gentilshommes à sa solde disposés à mettre l'épée à la main pour le défendre. Quelques jours plus tôt, Luynes avait approché M. de Mesmes, le lieutenant civil, pour lui demander s'il accepterait d'arrêter l'Italien. Celui-ci avait répondu vouloir bien le faire, mais qu'il serait incapable de le prendre par la force s'il résistait. Quant à le tuer froidement, il avait refusé.

— Vous n'avez pas le choix, Sire, poursuivit le grand fauconnier. Il faut agir comme Henri III avec le duc de Guise. La prochaine fois que le maréchal d'Ancre viendra dans votre cabinet, j'imiterai le duc de Bellegarde [1].

1. Bellegarde avait été un des premiers à poignarder Guise à Blois. Voir *La Ville qui n'aimait pas son roi*, du même auteur.

Le roi resta silencieux. Il désapprouvait mais comprenait que c'était le seul moyen de sauver sa vie et son trône.

Les conjurés se séparèrent sur cet accord.

⚜

Dans les jours qui suivirent, Louis XIII parvint à faire venir Concini dans son cabinet. Le maréchal était seul et Luynes armé, mais à aucun moment l'aventurier italien – qui se méfiait sans doute – ne tourna le dos au grand fauconnier. Aussi Luynes n'osa-t-il le poignarder de face.

Le soir même, les conjurés se réunirent à nouveau.

Si le roi avait longtemps rejeté l'assassinat de Concini, il était dépité que son fauconnier n'ait eu le courage de frapper. Pourtant, Luynes s'était justifié : de face, il aurait seulement pu le blesser, Concini aurait appelé à l'aide et ses gentilshommes se seraient précipités. L'un d'eux aurait alors pu s'en prendre à Sa Majesté.

Sachant peu évident de pouvoir attirer une seconde fois Concini dans le cabinet royal, Luynes suggéra une autre entreprise : il avait approché le baron de Vitry, un des capitaines des gardes. Emporté et violent, ce dernier était un duelliste acharné et l'un des rares à la Cour qui n'ait jamais courbé la tête devant Concini. Il ne le saluait jamais et le maréchal d'Ancre le détestait !

— Le baron est capable d'arrêter le maréchal, expliqua Luynes, et comme il aura ses gardes avec lui, il ne craindra rien des gentilshommes de l'Italien. J'ai pensé que le colonel d'Ornano et ses Corses pourraient le seconder.

— Vitry a-t-il accepté ? demanda Déageant.

— Il veut rencontrer Votre Majesté avant de prendre sa décision, répondit seulement Luynes.

Le lendemain, le même groupe se rassembla dans la chambre du roi, où le baron de Vitry fut convié.

Louis XIII affirma avoir les preuves que Concini était un voleur et un assassin, donc qu'il fallait mettre fin à ses rapines. Il devait être arrêté et jugé. Luynes, véhément, rappela de son côté toutes les exactions du maréchal d'Ancre et les humiliations que le jeune roi avait dû subir. Des propos qui attisèrent la colère du baron, lequel aimait fort son souverain à qui il avait offert une carabine.

— Quand voulez-vous que je l'arrête, Sire ? demanda-t-il abruptement.

— Lorsqu'il pénétrera dans le Louvre. Vous n'aurez qu'à être dans le corps de garde du pont dormant avec vos hommes. Ainsi, ses spadassins n'auront pas le temps de lui porter secours, répondit Luynes.

— Oui, dans le corps de garde ! approuva le roi.

— Sire, ajouta Vitry, si le maréchal se défend, que veut Sa Majesté que je fasse ?

Cette fois, ce fut Guichard Déageant qui répondit pour Louis XIII.

— Le roi entend qu'on le tue.

— Sire, me le commandez-vous ? insista Vitry.

— Oui, je vous le commande, murmura ce dernier.

Il fut décidé que l'arrestation se déroulerait seulement le dimanche 23 avril, Vitry voulant faire venir son frère pour le seconder.

VII

Quand il devait être présent au Louvre le matin, le maréchal passait la nuit dans un petit hôtel sur la rive de la Seine, près des murailles de l'enclos du château. Il accordait alors toujours une première visite à la reine mère, afin de lui rendre ses hommages.

Le dimanche 23, contrairement à son habitude, Concini vint plus tôt que prévu au Louvre. À ce moment-là, Louis XIII était à la messe. Si l'affaire échouait, il n'aurait donc pas le temps de fuir dans le carrosse qui l'attendait au bout de la galerie du Louvre ; aussi l'arrestation fut-elle repoussée au lendemain.

Le lundi, le roi fut prêt de bonne heure et resta dans sa chambre. Le temps était gris. Vitry avait placé ses hommes dans la cour du palais. Vers dix heures, vêtu de velours gris et avec des galoches aux pieds – il avait plu toute la nuit –, le maréchal d'Ancre sortit de son hôtel entouré de cinquante gentilshommes et longea les murailles du petit jeu de paume. En se dirigeant vers le pont dormant, il lisait une lettre.

Vitry, dans la cour du Louvre, vit le groupe arriver mais n'aperçut pas Concini. Inquiet, il demanda à ses amis :

— Où est monsieur le maréchal ?

— Le voilà qui lit une lettre ! répliqua l'un d'eux, dressé sur une borne.

Au moment où le maréchal d'Ancre passait la grande porte du pont dormant, un signal fut donné et la porte refermée derrière lui. Vitry s'avança alors avec ses archers et quelques gardes, dissimulant des pistolets sous leurs manteaux.

Rejoignant Concini entre le pont-levis et le pont dormant, il écarta les fidèles de l'Italien et lui énonça, en présentant son bâton de commandement :

— Monsieur, le roi m'a commandé de me saisir de vous.

Stupéfait, le maréchal s'arrêta sur place.

— *A me* ? dit-il en Italien.

En même temps, il porta la main sur son épée, peut-être pour la rendre, plus certainement pour la tirer.

— Oui, à vous.

Aussitôt, trois hommes de la garde vidèrent leurs pistolets sur l'Italien. Une balle atteignit Concini au cœur, l'autre à la tête et la dernière dans le bas-ventre. L'homme le plus puissant de France tomba sur le parapet du pont. Un autre archer lui porta alors un coup de hallebarde dans le côté et les suivants, extrayant leurs épées, le percèrent à l'envi. Lorsque le cadavre s'effondra sur le sol, Vitry lui envoya un coup de pied en criant :

— C'est par ordre du roi !

Ces simples mots firent tomber les armes des mains de ceux qui accompagnaient le favori, tous se dispersant rapidement, comprenant qu'ils avaient intérêt à disparaître. Aucun gentilhomme de Concini ne se mit même en devoir de le venger, à l'exception de M. de Saint-Georges qui fit mine de sortir son épée. Mais voyant les autres abandonner, il suivit leur exemple.

Le corps du maréchal fut alors dépouillé par les meurtriers. L'un s'empara de son épée, un autre du diamant de grand prix qu'il avait au doigt, un dernier de son manteau brodé. Après quoi on traîna le corps dans le petit jeu de paume du Louvre où il demeura jusqu'au soir, avec comme seule oraison funèbre un écriteau sur sa poitrine : *Traître au roi.*

⚜

Le bruit des coups de pistolet avait répandu l'alarme dans le Louvre dont les portes furent fermées. Le roi, qui attendait dans son cabinet, tressaillit en entendant les détonations, puis les cris qui suivirent sans distinguer ce qui se disait. Il n'osait s'approcher des fenêtres. Heureusement, très vite, le colonel des Corses, M. d'Ornano, fils du maréchal du même nom, vint l'avertir.

— Sire, dit-il, à cette heure vous êtes roi ! Le maréchal d'Ancre est mort !

— Ça, mon épée ! Ma carabine ! s'écria Louis.

Il courut à une fenêtre pour voir. Ornano le prit alors à bras-le-corps et le souleva pour le montrer aux gentilshommes et aux gardes se trouvant dans la cour. L'apparition provoqua un tonnerre de vivats et d'applaudissements.

— Merci ! Merci à vous ! leur cria Louis avant de répéter les paroles d'Ornano : À cette heure, je suis roi !

À son tour, Vitry entra dans la chambre et expliqua n'avoir pu arrêter vif le maréchal d'Ancre, donc s'être vu obligé de le tuer. Le roi l'embrassa et lui répondit avec empressement :

— Donnez ordre que le mal ne soit tombé que sur lui.

Ce qui signifiait qu'il ne voulait ni vengeance ni massacre sur les proches de Concini.

Louis XIII commanda ensuite qu'on allât au Parlement et par la ville annoncer ce qui était arrivé et qu'on fît revenir les anciens serviteurs du roi son père, les ministres Villeroy, Jeannin, l'ancien garde des Sceaux M. du Vair et le chancelier de Sillery. Il ne prévint cependant pas Sully, que Luynes n'aimait guère, à moins qu'il ne voulût oublier avoir fait tuer quelqu'un sans jugement après une dénonciation de celui-ci.

⚜

Quand le tumulte du palais parvint jusqu'à l'appartement de Marie de Médicis, la reine envoya une de ses femmes s'informer de ces fracas. Celle-ci apprit de Vitry qu'il avait tué le maréchal sur ordre du roi et retourna, éperdue, auprès de sa maîtresse.

— Oh ! Madame, dit-elle, monsieur le maréchal a été tué ! Sa Majesté l'a ainsi voulu !

Marie de Médicis, éberluée, demanda immédiatement un entretien avec son fils. Mais celui-ci refusa de la recevoir. Elle découvrit alors qu'on venait de remplacer sa propre garde par celle du roi et que des ordres refusaient qu'elle puisse sortir de ses appartements.

— *Poveretta di me !* s'écria-t-elle. J'ai régné sept ans, maintenant je n'aurai plus que les croix et les couronnes du ciel !

C'est alors qu'une de ses dames de compagnie lui demanda s'il ne fallait pas annoncer la funeste nouvelle à son amie la maréchale.

— J'ai bien autre chose à faire ! rétorqua-t-elle. Si on ne peut dire à la maréchale que son mari est tué, il faut le lui chanter aux oreilles ! Qu'on ne me parle plus de ces gens-là ! Je les avais prévenus qu'ils feraient bien de s'en retourner en Italie !

⚜

Léonora se trouvait dans son appartement du Louvre. Quand on lui annonça la mort de son mari, elle comprit qu'on allait s'en prendre à elle, peut-être la tuer. Demandant asile à la reine mère, elle essuya un refus et sombra dans une crise d'hystérie comme elle en connaissait durant ses moments d'émotion. Elle se mit à hurler, gagnée de convulsions, de hoquets et de sanglots. Lorsqu'elle s'en releva, elle s'enferma, rassembla ce qu'elle avait de plus précieux, son or, ses bijoux, ses pierreries, et même les bagues de la Couronne qu'elle avait sur elle, puis porta le tout sous son matelas et se coucha sur son trésor.

Peu après, des archers envoyés par le baron de Vitry pour l'arrêter brisèrent la porte de l'appartement et la trouvèrent feignant l'agonie. Ils la levèrent de force et découvrirent l'argent et les bijoux dont ils s'emparèrent. Pendant cette fouille, elle se cramponna aux bois du lit en hurlant des injures ; il fallut plusieurs personnes pour la maîtriser.

Sous bonne garde, on l'enferma dans une chambre haute du Louvre tandis que ses appartements étaient mis au pillage. Dans le même temps, son frère, Sébastien Galigaï, qu'elle avait fait nommer abbé de Marmoutier, se sauvait par la porte de derrière du collège de la même ville et partait chercher asile dans un monastère.

⚜

Ce même lundi 24 avril, Petit-Jacques et Mondreville, dans la salle des *Trois-Pigeons*, débattaient pour savoir s'ils restaient à Paris. Depuis la remise de leur lettre, il ne s'était rien passé. Le pli avait-il seulement été donné à Louis XIII ?

Soudain éclata un grand tumulte et un flot de gens se précipita dans la salle de l'auberge en criant :

— Aux armes ! On se bat dans le Louvre !

— Le roi est blessé ! Il faut le secourir !

Aussitôt les clients et les domestiques de l'hôtellerie se précipitèrent dehors, qui avec un bâton, qui avec un couteau, qui avec une hache.

Petit-Jacques et Mondreville, ébahis, sortirent à leur tour. Vers la porte Saint-Honoré, ce n'était qu'agitation et fracas. Ils s'approchèrent et découvrirent que les gens ne luttaient pas mais riaient, s'embrassaient et se félicitaient. Les mêmes, qui paraissaient effrayés et désespérés un peu plus tôt à l'auberge, laissaient éclater leur joie. D'autres vociféraient à pleins poumons : *Vive le roi !*

— Qu'est-il arrivé ? demanda Mondreville à un officier à la porte.

— Le *Conchine* est mort ! cracha le soldat. Le roi l'a fait tuer, il y a moins d'une heure.

— Il est mort ! Exécuté ! Enfin ! Vive notre roi ! se réjouissait-on alentour.

Résolu d'en savoir plus, le duo se pressa vers le Louvre par la rue Saint-Nicaise, envahie de toute une populace bavarde éructant de joie.

— Concini est mort ! lançait l'un.

— Le roi a fait égorger l'Italien ! criait l'autre.

— Venez, on va piller ses maisons ! proposa un dernier.

La troupe suivit la vieille muraille de Charles VI puis longea la Grande Galerie jusqu'à la porte de la rue Fromenteau. Ici aussi, ce n'était que joie et vivats.

Devant le pont-levis, un régiment de gardes avait pris position. Personne ne pouvait passer mais les officiers, bons enfants, expliquèrent que le roi, lassé des insolences du maréchal d'Ancre et connaissant les pillages de l'État auquel il s'était livré, avait décidé son arrestation. Celle-ci avait été faite par M. de Vitry, son capitaine des gardes, mais Concini ne se laissant pas prendre, avait été tué. Chacun vantait le coup de maître de Louis XIII, comme si le jeune monarque avait réalisé la plus belle action du monde. On lui donnait déjà le surnom de *Louis le Juste*.

Petit-Jacques et Mondreville en savaient assez. Leur stratagème avait réussi au-delà de toute espérance ! Mais que devaient-ils faire maintenant ?

— Le peuple va piller les maisons du maréchal et de ses suppôts, crois-tu qu'on sache que celle du chevalier du Valois lui appartient ? demanda Petit-Jacques, qui tutoyait désormais Mondreville.

— Je l'ignore, le mieux est d'y aller.

Les compères revinrent à l'auberge, prirent leurs chevaux et empruntèrent la rue Saint-Honoré, noire de monde. Il y avait déjà des pillages partout. Dans les maisons désignées comme appartenant à des amis de Concini, la foule brisait les portes et jetait les meubles par les fenêtres. Ils virent des gens battus, piétinés et quelques-uns pendus.

Ils prirent par la rue des Poulies et débouchèrent sur le pont Neuf. Comme toute la ville retentissait d'acclamations, une délégation du Parlement arrivait en procession par la rue de Saint-Germain-l'Auxerrois. Plus loin, suivait le corps municipal. Chacun allait féliciter le roi.

Au même moment, des corps meurtris et battus étaient traînés par la foule en ivresse et jetés en Seine. Nombreux étaient ceux pris à partie. Les gibets que Concini avait dressés pour effrayer les mécontents se couvraient des corps des propres serviteurs du maréchal.

⚜

Au Louvre, certains ministres furent arrêtés et conduits au For-l'Évêque ou à la Bastille. D'autres s'enfuirent. Le seul faisant preuve de courage fut l'évêque de Luçon [1], qui, protégé par la reine mère, était entré au Conseil l'année précédente. Quand Armand du Plessis apprit la mort de Concini, il s'efforça de résister à l'orage et se présenta au Louvre.

Louis XIII n'avait pas encore pris la mesure de son succès. Le danger qu'il s'imaginait avoir couru était encore dans son esprit, quand il aperçut Richelieu. Après un premier mouvement d'humeur où il lui déclara être enfin délivré de sa tyrannie, Louis XIII lui dit plus aimablement qu'il le savait étranger aux mauvais desseins du maréchal d'Ancre. Luynes appuya cette mansuétude et Richelieu crut un moment qu'il resterait ministre. Mais il n'en fut rien et le prélat comprit qu'il n'avait plus sa place au Louvre.

---

1. Rappelons qu'il s'agit d'Armand du Plessis de Richelieu, le futur cardinal.

VIII

Petit-Jacques et Mondreville suivirent la rue Dauphine jusqu'à la porte de Bussy avant de filer vers la rue de Tournon.

Là, le pillage était déjà en cours. Le portail de l'hôtel de Concini avait été enfoncé. Toute une populace avait balayé les gardes et ceux qui ne s'étaient pas enfuis étaient pendus par le cou ou les pieds aux grilles des fenêtres. La porte d'entrée avait été brisée et, des étages et de la tour d'angle, on jetait tentures et meubles. Les pillards cassaient et brûlaient ce qu'ils ne pouvaient emporter. Des serviteurs du maréchal sortaient, tuméfiés, leur livrée déchirée. On entendait les cris de joie, mais aussi de terreur et de douleur de ceux qu'on battait, torturait ou des servantes qu'on violait.

En observant le furieux spectacle, Mondreville remarqua que beaucoup de ceux qui repartaient chargés de butin vers la rue de Luxembourg étaient des ouvriers travaillant au nouvel hôtel de la reine mère.

Laissant leurs chevaux à l'écurie de l'auberge du *Cheval d'Airain*, ils se joignirent à la foule et découvrirent l'immense hôtel dans un état de désordre incroyable. Les toiles des tableaux avaient été déchirées, les tentures et les rideaux arrachés, les armoires et les coffres vidés. Petit-Jacques saisit un diamant encore attaché à un chapeau piétiné par la foule et Mondreville une belle chaîne d'or abandonnée en bas d'un escalier, rapines perdues par les maraudeurs. Quelques cadavres dénudés de leurs vêtements traînaient le long des murs.

Dans le jardin, du côté opposé à la rue de Tournon, une horde qui avait vidé les cuisines et les celliers s'était installée pour dîner à la santé du maréchal d'Ancre. Comme ils avaient faim, Mondreville et Petit-Jacques se joignirent à elle. Pâtés, jambons et flacons circulaient joyeusement. Déjà la plupart des dîneurs étaient ivres.

Ils avaient fini de manger et s'apprêtaient à visiter une autre aile de l'hôtel quand surgit un détachement d'archers du chevalier du guet. Prudent, le duo jugea habile de sortir par la porte du jardin, enfoncée elle aussi, mais les archers ne tentèrent pas de rétablir l'ordre, craignant d'être eux-mêmes pris à parti. Malgré tout, avec leur présence, les violences se calmèrent.

Plus tard se présentèrent des gardes du roi, cette fois en grand nombre, avec à leur tête plusieurs gentilshommes. La rumeur circula vite que celui qui les commandait était le baron de Vitry ! L'homme ayant eu l'audace d'arrêter Concini, et de le tuer. Dès que cela se sut, le courageux capitaine fut acclamé.

Le pillage cessa lorsqu'il pénétra dans l'hôtel avec ses hommes, ou, plus exactement, les pilleurs changèrent. En effet, la populace fut jetée dehors, remplacée par les courtisans et des gardes du roi. Mondreville et Petit-Jacques, qui observaient depuis la rue, virent ces derniers ressortir les bras chargés de tissus, d'armes, d'orfèvrerie ou de vaisselle d'or et d'argent qu'ils chargeaient sur leurs chevaux. Malgré la précédente maraude, la richesse de l'hôtel paraissait inépuisable.

L'hôtel de Tournon ne fut pas le seul mis à sac. Ne pouvant plus assouvir sa cupidité dans l'hôtel de Concini, la canaille s'attaqua aux maisons des fidèles du maréchal. Le logis de Bernardo Gramucci fut ainsi ravagé par une foule furieuse.

Satisfaits du diamant et du collier, Petit-Jacques et Mondreville n'envisageaient pas de se joindre à ces nouvelles rapines ; aussi descendirent-ils jusqu'à la maison aux armes des Valois qui n'avait pas été touchée par la vindicte populaire. Sans doute personne ne savait-il à qui elle appartenait.

Durant les jours précédents, ils étaient venus plusieurs fois l'examiner sans trouver moyen d'y pénétrer. Certes, ils auraient pu acheter des cordes et des échelles, et franchir le mur durant la nuit, mais une fois dans la cour, ils n'auraient disposé d'aucun moyen pour pénétrer dans la maison, sauf à briser la porte ferrée ou les grilles des fenêtres, ce qui se serait révélé difficile et bruyant.

C'est pourtant ce qu'ils envisageaient d'accomplir la nuit suivante quand, remontant vers l'hôtel de Concini, ils en virent sortir Vitry accompagné d'un jeune garçon d'une douzaine d'années que la populace insultait et voulait pendre. Interrogeant autour d'eux, ils apprirent qu'il s'agissait du fils Concini, un filleul de Henri IV. L'enfant, caché toute la journée, avait échappé aux violences. Vitry annonça qu'il le conduisait au Louvre car il était désormais sous la protection du roi.

⚜

À l'abord de la soirée, les pillages se calmèrent. Il est vrai que chacun était repu. Le rapinage reprendrait certainement le lendemain, tant toutes sortes de folles rumeurs circulaient. On prétendait que Vitry avait trouvé un million de livres en papiers sur le corps de Concino, des papiers qu'il s'apprêtait sans doute à vendre [1]. On racontait qu'on avait déniché deux autres millions dans son logis du Louvre, et surtout que des richesses immenses venant d'Espagne étaient dissimulées dans les murs ou les caves de son hôtel.

Les deux compagnons prirent chambre à l'auberge du *Cheval d'Airain* et s'apprêtaient à acheter des cordes et quelques outils quand Petit-Jacques s'adressa à son complice. Voilà un moment qu'il ruminait.

— S'il existe un souterrain entre la maison aux armes des Valois et l'hôtel du maréchal d'Ancre, comment se fait-il que les pillards ne l'aient pas trouvé, alors que circulent ces rumeurs sur un trésor que Concini aurait caché ?

— Peut-être conduit-il à une autre adresse.

— Possible. Mais maintenant, explique-moi pourquoi Vitry a découvert le fils de Concini vivant.

— Il devait être bien caché.

— Tu as vu comme moi l'état de la bâtisse, rien n'a échappé aux pillards.

— Où veux-tu en venir ?

1. Il trouva exactement un million neuf cent quatre-vingt mille livres.

— Le fils Concini s'était mis à l'abri dans le souterrain même. Quand l'enfant a entendu que les pillages cessaient, il est sorti, mourant certainement de soif.

— Où serait ce souterrain alors ?

— Je ne sais, mais nous allons être les premiers à le trouver.

Ils revinrent à l'hôtel de Tournon. Si l'endroit paraissait abandonné, quelques hommes d'armes étaient dans la cour. Petit-Jacques et Mondreville firent donc le tour, vers l'entrée du jardin. Mais là aussi une douzaine de gardes s'étaient installés pour la nuit. Avec ce coup d'œil perçant qui constituait l'un de ses talents, Petit-Jacques jugea pourtant qu'ils pouvaient traverser le parc sans se faire voir. Par signes, il indiqua donc à Mondreville qu'en se faufilant dans l'obscurité des fourrés et sous les arbres, assez loin du campement des soldats, personne ne les remarquerait.

Effectivement ils parvinrent aisément jusqu'au petit porche, sous une tourelle, qui abritait l'entrée arrière de l'hôtel. Se fondant dans l'obscurité, ils montèrent les marches du perron et entrèrent. L'endroit semblait vide. Sans doute les gardes avaient-ils ordre de ne pas pénétrer pour qu'ils ne pillent eux-mêmes.

Ils se rendirent aux cuisines situées dans les sous-sols, issue la plus facile pour un souterrain, portant avec eux une masse et un burin, ainsi qu'une lanterne sourde. Mais malgré une fouille complète, ils ne décelèrent aucun passage.

Remontés dans l'hôtel, ils dédaignèrent l'antichambre et la grande salle du bas. L'enfant n'aurait pu sortir sans se faire remarquer tant les lieux grouillaient de pillards. Ils grimpèrent donc aux étages. Leur exploration était facile, presque toutes les pièces se voyant désormais vides de meubles ; on avait même brisé les lambris des boiseries. Ils explorèrent l'appartement du maréchal, sa chambre saccagée, son cabinet de travail où ne restait qu'une armoire, sans doute trop lourde pour être jetée bas mais dont on avait cassé les portes et détourné le contenu. Rien n'échappa à la perspicacité de Petit-Jacques.

Seulement, ils ne découvrirent aucun passage secret !

— Je crois que nous sommes venus pour rien, soupira Mondreville, découragé.

— J'ai dû manquer quelque chose.

Le brigand de la Seine s'assit sur une marche pour réfléchir.

— Le passage ne peut être que dans l'épaisseur d'un mur, dit-il, et forcément dans les appartements de Concini. Retournons !

Au cabinet, il resta un moment à considérer l'armoire. Massive, elle s'appuyait contre le mur du jardin.

— Pourquoi ne l'ont-ils pas abattue ?

— Trop lourde.

— D'autres armoires aussi lourdes ont été renversées dans la pièce d'à côté.

Il approcha la lanterne sourde en veillant, comme toujours, à ce que la partie éclairée ne soit pas visible des fenêtres. Sur un flanc de l'armoire, une longue fixation de fer était scellée au mur. Or, il ne s'en trouvait pas de l'autre côté.

— C'est un gond ! annonça-t-il avec excitation. Quel sot je suis de ne pas l'avoir remarqué !

De fait, il trouva facilement le loquet, un petit verrou de fer en bas du meuble, dissimulé dans une ferrure, le tira, puis poussa l'armoire qui pivota sur d'invisibles roulettes, dévoilant un passage d'où remonta une infecte odeur de pourriture.

⚜

Un escalier de brique, très étroit, construit dans l'épaisseur du mur, descendait dans le noir.

Le cœur battant, car persuadé d'avoir trouvé la cachette de la recette des tailles, Mondreville passa le premier avec la lanterne. Avant de descendre, Petit-Jacques vérifia qu'ils ne risquaient pas de rester enfermés, mais le mécanisme pouvait aussi se manœuvrer de l'intérieur. De plus, un verrou empêchait l'accès à l'escalier depuis la chambre. Petit-Jacques le tira derrière lui.

Après quelques toises de descente et trois paliers, ils débouchèrent sur une carrière de pierre à bâtir ; vaste excavation dont une partie s'était éboulée. Plusieurs galeries en partaient.

Laquelle prendre ?

Petit-Jacques examina le sol et distingua quelques traces dans l'une des galeries. Ils l'empruntèrent. Elle suivait un tracé sinueux, parfois avec quelques marches à descendre ou à monter. Ils traversèrent d'autres salles plus petites, plusieurs intersections.

À chaque fois, Petit-Jacques dressait un tas de pierres pour retrouver la direction suivie.

Au bout d'une centaine de toises, ils découvrirent une galerie transversale barrée d'une grille forgée. Mondreville avança la lanterne entre les barreaux et reconnut les caisses qu'il avait transportées.

— C'est là ! fit-il d'une voix sourde.

Avec la masse et le burin, Petit-Jacques brisa la serrure. Ouvrant la grille, ils pénétrèrent dans la galerie. Non seulement ils virent les dix-neuf caisses, mais aussi plusieurs autres coffres de fer. Comme ils n'étaient fermés que par des loquets ou des verrous, Mondreville en ouvrit un. Il regorgeait de brillantes pistoles espagnoles, or envoyé par l'Espagne pour récompenser Concini de la politique conciliante qu'il imposait à la France.

Débordant d'allégresse, les deux voleurs emplirent leurs poches de pièces.

— Il faut maintenant trouver la sortie vers l'hôtel du chevalier de Valois, dit Petit-Jacques après un moment.

— Et si nous y transportions les caisses ?

— Pas maintenant. On ne sait qui habite l'hôtel.

Mondreville approuva d'un signe de tête. Ils reprirent leur exploration.

⚜

Après avoir erré dans plusieurs galeries, le duo aperçut le même escalier de brique qu'à l'hôtel de Concini. Ils le montèrent jusqu'à une cave voûtée en ogive, entièrement vide. De là, Mondreville reconnut l'escalier qu'avait emprunté la Galigaï.

En haut, le silence régnait. Le rez-de-chaussée était composé de la grande salle que Mondreville connaissait et d'une seconde chambre, ces deux pièces se voyant séparées par l'escalier et une longue antichambre dans laquelle une porte communiquait avec la rue de Tournon et une seconde avec celle de l'hôtel de Condé. Constatant les salles vides, ils grimpèrent au premier étage où se succédaient trois chambres en enfilade, avec plafonds peints, boiseries sur les murs et sans aucun meuble, à l'exception de la dernière dans laquelle se trouvaient un vieux lit à piliers, une table branlante, un coffre vermoulu et des chaises caquetoires.

Pendant que Petit-Jacques regardait par les fenêtres grillagées, Mondreville fouilla le coffre, qui contenait de vieilles armes rouillées, puis les deux tiroirs de la table.

Dans l'un, il y avait plusieurs clefs et dans l'autre quantité de papiers qu'il parcourut. C'étaient les actes de propriété de la maison passés devant un notaire parisien. Le propriétaire s'appelait Balthazar Nardi, secrétaire du maréchal d'Ancre.

Petit-Jacques revint. Mondreville lui montra ses découvertes.

— Les clefs sont sans doute celles des portes et du portail. Je les prends, dit le premier. Pour les papiers, on n'en a pas besoin.

— Non, je les garde, décida Mondreville en les glissant dans son pourpoint.

L'une des clefs ouvrait la porte de la rue de Tournon. Les autres étaient celles de l'huis de la cour et du portail. Comme la barre n'était pas posée sur celui-ci, Nardi pouvait toujours entrer par là, puisqu'il possédait la clef. Ils placèrent donc la barre et sortirent par la rue de Tournon, refermant soigneusement derrière eux.

⚜

Ils étaient riches ! En haut de la rue, ils virent un feu de joie qui illuminait le quartier. S'en approchant, ils se joignirent aux Parisiens qui fêtaient la mort du maréchal d'Ancre. Toute la nuit, ce ne fut que chansons et beuveries.

Le lendemain dans la matinée, ils se rendirent à une écurie où on leur avait assuré qu'ils pouvaient acheter un chariot. Ils en trouvèrent un suffisamment grand et solide pour transporter le chargement.

Contrairement à Mondreville qui avait hâte de quitter Paris avec la recette des tailles, Petit-Jacques jugeait imprudent de retourner tout de suite à la maison du chevalier de Valois. Une fois l'or chargé, ils devraient partir aussitôt après, et comme la journée était bien avancée, seraient contraints de s'arrêter pour la nuit. C'était courir des risques inutiles, car, à moins de dormir dehors, ils pourraient bien se faire voler dans une auberge. Il préférait donc charger l'or dans la nuit et quitter Paris le lendemain avant l'aube. En ne faisant des haltes que pour changer les chevaux, ils atteindraient l'un de ses repaires au coucher du soleil. Mondreville acquiesça, ayant décidé de lui faire confiance.

Ils passèrent donc la journée à flâner dans les rues. C'était moment de liesse et la foule laissait éclater sa joie, heureuse d'avoir un roi qui, malgré sa jeunesse, avait fait preuve d'audace. Heureuse surtout d'être débarrassée du *Conchine* qui la pressurait. Un peu partout, des chanteurs se moquaient du *coyon infecté*, de ses millions perdus et de sa fortune partie en fumée. L'assistance reprenait en cœur les refrains. Quant à ceux qui entraient dans les églises faire des actions de grâce, on se moquait d'eux en leur lançant : *Eh quoi, a-t-on encore quelque chose à demander à Dieu, après qu'il ait délivré la France du maréchal d'Ancre*[1] ?

Ils dînèrent à *l'Épée de Bois*, rue Quincampoix, dans un salon privé. Les poches pleines de l'or espagnol, ils dépensèrent sans compter et choisirent ce qu'il y avait de plus cher : des écrevisses, des bécasses et du chevreau arrosé de clairet de Montmartre.

— Que vas-tu faire de ta part, maintenant que tu es presque aussi riche que Concini ? s'enquit Mondreville quand il se sentit repu.

— Je n'ai pas changé : acheter des bateaux. Simplement, je vais peut-être me lancer dans le grand négoce. Je ferai construire une ou deux flûtes à Rouen et je commercerai sur l'océan. Ça a toujours été mon rêve d'aller en mer. Et toi ?

— J'ai entendu dire que Jean d'Escarbouville vendrait la seigneurie de Mondreville pour cent mille écus. Puisque Mondreville est mon nom, je me verrais bien seigneur justicier. La seigneurie de Mondreville dispose du droit de haute justice.

— Mais tu n'es pas noble ! s'esclaffa Petit-Jacques, amusé par les ambitions extravagantes du commis des tailles.

— Avec l'argent, tout est possible, répliqua gravement Mondreville. Un office de secrétaire du roi peut s'acheter à moins de trente mille livres et confère la noblesse, même si elle n'est pas transmissible.

— Tu vas tout dilapider pour passer dans un état qui n'est pas le tien !

1. Authentique.

— Et toi ? Ne risques-tu pas de tout perdre en jouant au négociant alors que tu n'es qu'un voleur ?

Ils éclatèrent du rire joyeux de ceux qui voient un avenir radieux s'ouvrir devant eux.

En rentrant au *Cheval d'Airain*, Mondreville acheta un chapeau de castor qui lui plaisait ainsi qu'un manteau au col de martre. Il les fit porter à leur auberge par un valet. Petit-Jacques préféra s'offrir un de ces nouveaux pistolets à silex à deux coups qui coûtaient une fortune et qu'il glissa sous son pourpoint.

Alors qu'ils arrivaient sur le pont Neuf, ils aperçurent des laquais venant de l'Université. Les premiers tiraient un corps encordé. Une horde innombrable suivait, d'où retentissaient des huées et des clameurs obscènes dans lesquelles apparaissaient les noms de la reine mère et de Concini. La populace s'arrêta devant la statue du cheval de bronze d'Henri IV.

Comme d'autres badauds, Petit-Jacques et Mondreville s'approchèrent et parvinrent jusqu'au corps qu'on s'apprêtait à pendre par les pieds à une potence. Mondreville reconnut à peine le visage du maréchal d'Ancre. Quant au corps, ce n'était qu'une plaie. Interrogeant autour d'eux, ils apprirent que, la veille, le cadavre de Concini, roulé dans une nappe, avait été enseveli à la hâte sous une dalle de l'église de Saint-Germain-l'Auxerrois. L'inhumation s'était vite sue et cette mise en terre consacrée avait provoqué la colère de la populace qui, aux cris de « *Sortez coyon* ! », avait déterré la dépouille pour la jeter à la voirie. Finalement, quelques centaines de personnes l'avaient traînée au pont Neuf. Là, le corps du maréchal d'Ancre avait été pendu par les pieds à l'une des potences qu'il avait fait dresser pour effrayer ceux osant prendre le parti des princes. Ensuite, la multitude ayant grossi, les plus acharnés avaient détaché le cadavre pour le traîner par le cou, dans la boue, jusqu'à la place de Grève. Prévenus, le prévôt et des archers du Châtelet avaient bien tenté d'intervenir mais s'étaient vus chassés par une masse de gueux auxquels s'étaient joints des bourgeois, des femmes et des enfants. La procession était ensuite allée à la Bastille, où le favori de la reine avait fait enfermer le prince de Condé, puis rue de Tournon devant son hôtel. La populace avait ainsi copié les sinistres étapes que l'on imposait aux criminels en les conduisant, avant leur exécution, sur les lieux de leurs crimes afin qu'ils fassent amende honorable.

La troupe revenait maintenant de la rive gauche quand celui qui commandait le cortège – un ancien laquais de Concini ! – cria à la foule :

— Il faut que tous ses membres et sa turpitude paraissent à nu !

Des gueux arrachèrent au corps ses derniers vêtements et, sortant des couteaux, commencèrent les mutilations. Concini fut d'abord essorillé, comme les voleurs, puis on lui coupa les mains. Accusé d'avoir séduit la reine, on tailla son nez pour le défigurer. Ses pieds furent tranchés pour qu'il ne puisse plus fuir le danger comme il l'avait réussi plusieurs fois. Enfin, on l'émascula.

Les spectateurs, curieux, étaient de plus en plus nombreux. Le pont Neuf regorgeait d'une badautaille se bousculant pour mieux voir. Les carrosses et les cavaliers ne pouvaient plus passer, sauf à crier « *Vive le roi !* », ce qui leur ouvrait un petit passage. Les bouchers, qui avaient détranché le corps, faisaient maintenant la quête, exigeant quelques sols pour leur travail. Au bout d'une heure, ils transportèrent les restes du favori à la rue de l'Arbre-Sec. Là, les forcenés décidèrent de reproduire les tortures de l'enfer. On alluma un feu et, ayant découpé des morceaux du cadavre, on les fit rôtir. Sous les vivats et les applaudissements des spectateurs, des forcenés mangèrent même les viscères et le cœur.

Un homme, qui priait dans Saint-Germain-l'Auxerrois lorsque la foule était venue chercher le corps de Concini, avait suivi les étapes de l'infernale procession, les larmes aux yeux. C'était Bernardo Gramucci qui aimait sincèrement le maréchal d'Ancre.

Quand il vit son maître rôti et dévoré, cette effroyable vision agit de façon irréversible sur son esprit. Il tomba à genoux et murmura :

— Seigneur, pardonnez-leur. Ils ne savent pas ce qu'ils font.

C'est alors qu'il aperçut, non loin, Mondreville et Petit-Jacques en train de s'esclaffer. Il perdit conscience un instant, puis chancelant, revint prier de longues heures à Saint-Germain-l'Auxerrois avant de traverser le pont Neuf pour se rendre au couvent des Franciscains.

La nuit tombée, Mondreville et Petit-Jacques se rendirent à la maison du chevalier de Valois. Utilisant leur clef, ils ouvrirent le portail, firent entrer le chariot, puis refermèrent soigneusement pour ne pas être dérangés. Il leur fallut trois longues heures pour transporter l'or. Aux premières lueurs de l'aube, ayant tout refermé, ils partirent, heureux du destin qui leur avait permis de devenir riches.

IX

Luynes craignait plus que tout que le roi pardonne à sa mère et qu'elle retrouve son ascendant sur lui. Pour l'éviter, il voulait prouver à Louis XIII combien la Galigaï était une créature démoniaque et que, seuls des moyens maléfiques étaient à l'origine de la vertigineuse ascension de Concini. Or, la Galigaï étant l'amie d'enfance de Marie de Médicis, ce serait au roi d'en tirer des conclusions sur sa mère.

Au début de mai, on transféra la maréchale du Louvre à la Bastille. Le 9, Louis XIII signa les lettres patentes ordonnant l'ouverture de son procès et, le 11, on la conduisit de la Bastille à la Conciergerie.

Durant le transport, Léonora Galigaï offrit deux cent mille ducats au capitaine des gardes pour qu'il la laisse s'évader. Il refusa. Mais d'autres gardiens à qui elle s'adressa laissèrent entendre qu'ils se laisseraient volontiers fléchir contre une somme plus substantielle. Seulement la fortune du maréchal d'Ancre ayant été confisquée par Luynes, Léonora ne put satisfaire leur cupidité.

À la Conciergerie, on l'enferma dans une petite cellule en compagnie de deux archers de la garde écossaise et de son apothicaire. Léonora Dori – c'était son véritable nom, celui de Galigaï ayant été acheté –, fut ensuite interrogée par les magistrats.

Accusée de pratiquer la sorcellerie et d'aller au sabbat, elle jura qu'elle était bonne catholique et réfuta l'accusation en ces termes :

— Je jure devant Dieu que je n'ai jamais ouï parler de sorciers et de sorcières. Pourquoi serais-je venue en France pour accomplir ces méchancetés-là ?

Quand on lui reprocha la fortune de son mari, elle répliqua qu'il tenait ses biens de dons de la reine mère et que s'il avait commis des fautes, elle n'y pouvait rien. On ne put du reste prouver qu'elle-même avait trempé dans les violences ni dans les entreprises de Concini contre l'autorité royale. Néanmoins, comme on avait trouvé à son domicile une correspondance avec l'Espagne et les preuves qu'elle vendait les faveurs royales, les offices et même les arrêts du Conseil, l'accusation fut aisée. Elle devint encore plus facile quand on lui reprocha d'avoir attiré en France des astrologues et des devins, de posséder des talismans, des figures de cire, des amulettes, et, enfin, d'avoir fait tirer l'horoscope de la reine mère et de ses enfants pour savoir quand ils mourraient. Car tout cela était vrai. Mais, pour autant, qui à la Cour ne se faisait tirer son horoscope et ne possédait d'amulettes ?

Plus grave, on l'accusa d'avoir fait sacrifier, la nuit, un coq et des pigeons dans une église par des moines italiens, et jeté un charme sur la reine mère. Elle répliqua que le seul charme dont elle se servait résidait dans la supériorité d'une habile femme sur une balourde. Quant au reste, elle avait peur des sorciers auxquels elle attribuait les maux dont elle souffrait. C'est pourquoi elle se faisait exorciser, persuadée d'être poursuivie par le mauvais œil.

⚜

Au début du mois de juin, un cordelier en froc gris à capuchon serré se présenta au greffe de la Conciergerie avec une lettre du prieur de son ordre l'autorisant à entendre en confession Léonora Dori. Ces visites étant habituelles dans la prison, il fut conduit auprès d'elle.

La maréchale d'Ancre, assise sur son lit à rideaux, lisait son bréviaire. Deux archers, qui ne la quittaient jamais des yeux, jouaient aux dés sur leur lit de sangles.

— Madame, débuta le frère mineur, on m'a demandé de vous entendre en confession.

— Enfin ! murmura-t-elle.

Le franciscain s'approcha des gardes :

— Messieurs, vous pouvez me fouiller, si vous le souhaitez, mais vous le savez le secret de la confession exige que je reste seul avec madame la maréchale d'Ancre.

Trahir la confession se trouvant être un crime punissable de la damnation éternelle, les deux archers se retirèrent, laissant quand même la porte ouverte pour les surveiller.

La Galigaï s'étant agenouillée, le moine s'assit sur le lit pour l'écouter et la bénir. C'est alors qu'elle découvrit son visage.

— Gramucci ! balbutia-t-elle. Comment avez-vous fait ?

— Je ne suis que novice, madame.

— Êtes-vous vraiment franciscain ?

— Je vais l'être, madame.

— La foi vous a-t-elle touché ? s'étonna l'ancienne puissante en se souvenant du bretteur coureur de jupons qu'il était.

— Oui, madame. Après ce à quoi j'ai assisté.

— Comment cela ?

Sans donner trop de détails pour ne pas l'éprouver, il raconta les scènes infernales du pont Neuf et de la rue de l'Arbre-Sec.

— Après, j'ai pleuré et prié plusieurs heures, madame, puis j'ai compris que je devais racheter ces crimes. Je me suis rendu au couvent des Cordeliers où j'ai demandé à voir le prieur. Je lui ai dit qui j'étais et que je voulais entrer dans son ordre.

— Il a accepté si vite ?

— J'ai promis d'offrir tous mes biens au couvent, avoua l'Italien dans un triste sourire. Je suis désormais novice et je prononcerai mes vœux le mois prochain.

— Comment avez-vous fait pour parvenir jusqu'ici ?

— C'est le père abbé qui me l'a proposé, madame. On veut vous condamner comme sorcière, mais plusieurs magistrats s'y opposent. Craignant la damnation, ils ont demandé au père abbé de vous apporter du courage et du réconfort. Vous savez que les cordeliers sont les *prédicateurs de la Pénitence*. Ils ont pour devoir de porter secours aux prisonniers et aux condamnés. Sachant qui j'étais, l'abbé a jugé que je serais le plus à même de vous soulager. De quoi avez-vous besoin ?

— Je n'ai rien, ni argent ni linge, mais je n'ai besoin que de la compassion du Seigneur, Bernardo. Dis-moi plutôt ce que sont devenus mes serviteurs ? Je m'inquiète pour eux.

— La plupart sont emprisonnés ou ont fui, madame. Le lendemain du meurtre de votre époux, Nardi a été arrêté à sa maison de la Croix-du-Trahoir mais il a été libéré depuis. J'ai pu le rencontrer avant qu'il ne parte en Hollande, car j'avais laissé à son valet un mot lui disant où j'étais. Il m'a révélé avoir appris, durant son interrogatoire, que quelques jours avant l'assassinat de Son Excellence, le roi avait reçu une lettre de mise en garde contre le maréchal.

— Je suppose que ce n'était pas la première ! ironisa tristement la Galigaï.

— Sans doute, madame, mais, dans celle-ci, on accusait le maréchal du vol des tailles de Normandie…

— Comment cela a-t-il été possible ? Il n'y a que nous qui savions !

— Nous, Mondreville et ce voleur appelé Petit-Jacques. Or, ces deux-là se trouvaient à Paris le lendemain de l'assassinat. Je les ai vus au pont Neuf, riant comme des démons pendant qu'on brûlait le corps de monseigneur.

— Ce serait eux ! Qu'ils soient maudits et que le diable leur arrache le foie !

Bougeant à peine les lèvres, elle murmura alors une des plus effroyables malédictions qu'elle connût. Malgré lui, Gramucci prit peur et se signa.

— Ils vont me brûler, Bernardo, dit-elle quand elle eut terminé. Comme magicienne et sorcière.

— Ce n'est pas possible, madame ! La reine vous sauvera.

— Personne ne me sauvera, Bernardo, sauf peut-être toi.

— Que puis-je faire ?

— J'ai soudoyé l'officier qui me garde. Il peut me faire sortir, mais il demande une fortune.

— Combien ?

— Un million de livres !

— Un million !

— Oui, et je les ai. Tu sais où ils sont.

— Vous voulez que j'aille les chercher dans les souterrains ?

— Si tu veux me sauver, oui. Transporte-les dans la maison du chevalier de Valois. J'ai peur qu'on ne découvre le souterrain dans l'hôtel, aussi devras-tu détruire le passage.

— Je le ferai madame. Pour vous. Et je reviendrai la semaine prochaine.

⚜

Le lendemain, Gramucci obtint de sortir du couvent. Avant de se rendre à l'hôtel de Concini, il acheta de la poudre noire et une mèche à un armurier – il avait gardé quelques pistoles par-devers lui –, puis se procura une solide hache et une lanterne avec une grosse bougie de suif.

Rue de Tournon, aucune garde ne s'activait tant l'endroit avait été dévasté. Il monta donc sans souci dans la chambre du maréchal où le cadre et le fond de l'armoire étaient toujours en place. Seulement, quand il eut appuyé sur le loquet du mécanisme, l'armoire ne bougea pas. Après plusieurs tentatives, il comprit qu'on avait poussé le verrou de l'intérieur.

Qui ?

Ne pouvant répondre à cette question, il brisa le fond du meuble à coups de hache, puis pénétra dans l'escalier.

Il découvrit avec effroi la grille forcée et le trésor envolé. Il se rendit alors jusqu'à la maison du chevalier de Valois et constata qu'on avait aussi volé les clefs.

Ce ne pouvait être que Mondreville. Maudit soit ce scélérat ! jura-t-il à voix basse. Le félon venait de condamner sa maîtresse à mort.

Il revint à l'hôtel de Concini, hésitant à détruire l'escalier, puis jugea que sa découverte ne pouvait que faire du tort à la mémoire du maréchal d'Ancre. En bas des marches, il fit donc sauter quelques briques, emplit le trou de poudre, plaça une longue mèche, l'alluma et s'enfuit.

Il avait regagné la rue quand la déflagration retentit.

⚜

La semaine suivante, le novice obtint le droit de visiter à nouveau la Galigaï. Informée du vol, elle parut accepter l'avenir avec fatalisme, murmurant simplement que Mondreville paierait sa trahison dans ce monde ou dans l'autre.

Pendant ce temps, le procès se poursuivait. Un des quatre commissaires du Parlement chargé de l'instruction demanda la mort de l'accusée. Les autres cédèrent aux sollicitations de Luynes qui affirmait que, pour la sûreté du roi, il était en effet nécessaire qu'elle mourût. Mais comme l'avocat général ne voulait pas requérir ce châtiment, Luynes lui donna sa parole que Léonora obtiendrait sa grâce après l'arrêt.

Le 8 juillet, à genoux dans la chapelle de la Conciergerie, Léonora Galigaï écouta la sentence lue par le président. La mémoire de Concini était condamnée à perpétuité, sa veuve jugée coupable de crimes de lèse-majesté divine et humaine. En réparation, les biens des Concini se voyaient confisqués par la Couronne et la tête de Léonora Galigaï serait séparée de son corps sur un échafaud dressé en place de Grève. L'une et l'autre seraient brûlés et les cendres jetées au vent. La sentence ajoutait que, désormais, tout étranger serait incapable d'offices, dignités et bénéfices dans le royaume.

En écoutant le verdict, Léonora Galigaï éclata en sanglots :

— *Oime, poveretta !* Je vous supplie ! Que l'on ait pitié de moi ! Ah ! Je suis misérable !

Elle n'obtint point sa grâce. On lui proposa un peu de pain et de vin, l'arrêt devant être exécuté sur-le-champ. Un clerc en Sorbonne lui donna l'absolution et on la mit dans la charrette qui la conduirait en place de Grève.

Le long du trajet, une foule immense l'injuria. La charrette avançait à peine, empêchée par la masse du peuple.

— La méchante ! La diablesse ! La sorcière ! La vilaine ! Qu'elle est laide ! criait la foule.

Elle-même se taisait, digne. Ce ne fut que lorsqu'elle entendit : *Elle est huguenote, elle n'a point de croix !* qu'elle réagit, élevant un crucifix qu'elle tenait serré, après l'avoir baisé.

Son courage et sa résignation désarmèrent finalement la haine et, peu à peu, le peuple s'abîma dans le silence.

En place de Grève, devant la foule innombrable et le bûcher où son corps allait être consumé, elle resta impavide et déclara :

— Que de peuple pour voir une pauvre affligée !

Elle monta sans faiblesse sur l'échafaud. En haut, elle pardonna au bourreau et lui demanda s'il en aurait vite fini.

— Oui, madame, recommandez-vous bien à Dieu.

Elle ajouta qu'elle pardonnait au roi, à la reine, à tout le peuple et termina par ces mots :

— On me veut du mal et ils ont fait du mal à mon mari. Ah ! Je les prie tous de me donner chacun un *Ave Maria*.

Son regard balaya la foule une dernière fois, comme pour se souvenir du monde qu'elle allait quitter. Et là, elle reconnut l'homme qui avait transporté les caisses d'or avec Nardi et Gramucci : Mondreville !

Richement vêtu, il souriait, la narguait, venait s'assurer de sa mort.

Une des crises d'hystérie qui l'avaient fait si souvent souffrir lui monta dans la gorge. Alors elle glapit en italien, d'une voix trop basse pour que la foule l'entende :

— Mondreville ! *La mia maledizione andrà a seguirti fino che la tua pelle e la pelle della tua pelle cadonno sul patibolo* [1].

En bas de l'échelle, devant le bûcher, des *prédicateurs de la Pénitence* avaient accompagné la condamnée. L'un d'eux, Gramucci, entendit et comprit ces dernières paroles. Terrorisé, il se signa plusieurs fois tandis qu'on échancrait le col de l'ancienne maréchale d'Ancre. On banda ses yeux. Le bourreau leva l'épée et trancha son cou d'un seul passage. Ensuite, il jeta la tête et le corps de la Galigaï dans le brasier.

---

1. Ma malédiction te poursuivra jusqu'à ce que ta chair et la chair de ta chair tombent sur l'échafaud !

DEUXIÈME PARTIE

Ébauche d'une cabale

(Trente ans plus tard)

X

Sous le long ministère de Richelieu, les soulèvements contre l'injustice des impôts avaient toujours été noyés dans le sang. Ainsi la révolte des Nu-Pieds en Normandie avait provoqué une répression d'une incroyable férocité et, au fil des années, l'agitation du peuple s'était vue muselée par la terreur.

Mais dès le début de la régence d'Anne d'Autriche, les protestations s'étaient ranimées, soutenues par les parlements s'opposant à l'affermage des impôts.

L'affermage consistait à laisser à des financiers, appelés traitants [1], la collecte des impôts après qu'ils en avaient avancé le montant prévu à la caisse de l'Épargne. Sans contrôle, cette méthode était devenue ruineuse car les traitants recevaient une commission atteignant parfois le dixième des impôts encaissés. Or, pour compenser cette perte, l'État augmentait les prélèvements.

L'arrivée de Particelli d'Émery au contrôle général des Finances, puis à la Surintendance, avait multiplié ce désordre, tant l'Italien accordait à ses amis des remises atteignant, parfois, la moitié des impôts à collecter. Autour de lui, des fortunes impudentes s'étaient édifiées, au détriment des caisses de l'État.

De surcroît, le roi était un enfant et la régente trop bonne, distribuant facilement charges et récompenses. Les grands, les princes, les ducs et pairs voulaient toujours plus. Sous des prête-noms, eux-mêmes participaient, d'ailleurs, à l'affermage en ruinant le royaume [2].

1. Car ils signaient des traités avec la surintendance des Finances.

2. Anne d'Autriche, la première, prenait des parts dans les plus grosses fermes !

Pendant longtemps, il avait été suffisant de pressurer les paysans et les laboureurs. Mais comme il fallait toujours plus d'argent pour financer la guerre, le luxe des grands et les fortunes des traitants, c'était désormais la bourgeoisie qu'on accablait d'impôts. Ainsi Particelli d'Émery avait-il décrété une taxe sur les aisés (les plus riches bourgeois), un impôt du toisé sur les constructions hors de l'enceinte, un droit du tarif sur les marchandises qui entraient dans Paris, et quantité d'autres taxes iniques. Enfin, l'affermage de la taille avait entraîné l'inutilité de bon nombre d'offices, comme ceux des trésoriers ou des receveurs. Or ces gens ne vivaient que par les bénéfices possibles sur leur charge, lesquelles avaient été payées très cher. Ils se retrouvaient donc acculés à la ruine.

Le peuple, la bourgeoisie marchande et la majorité des magistrats des cours souveraines accusaient désormais celui qui dirigeait l'État d'être la cause de tous leurs maux. Cet homme, c'était un étranger naturalisé, un Italien comme l'avait été le détesté maréchal d'Ancre, Concino Concini. Il se nommait Mazarin.

⚜

En janvier 1648, pour financer la campagne militaire en Flandres, Mazarin avait demandé à Particelli de lui fournir quelques millions. À court d'impôts nouveaux, le surintendant des Finances avait eu l'idée d'augmenter le cens des maisons situées sur les censives royales [1], mais, cette fois, les Parisiens avaient protesté, manifestant avec violence au Palais de Justice. Le cardinal Mazarin avait répliqué par un lit de justice, c'est-à-dire la venue du jeune roi au Palais [2], pour imposer ses décisions. À cette occasion, le petit Louis XIV avait confirmé de nouvelles taxes ainsi que la création de douze offices de maîtres des requêtes, chacun rapportant plusieurs centaines de milliers de livres. Non seulement le Parlement avait rejeté ces prélèvements,

---

1. Les lois féodales régissaient alors le sol. La censive était une terre, appartenant à un seigneur et concédé en échange d'un cens annuel, en principe immuable.

2. Le Palais, avec une majuscule, est ici le Palais de Justice, l'ancien palais royal dans l'île de la Cité.

mais son attitude avait été approuvée par les autres cours souveraines : le Grand Conseil, la Chambre des comptes et la Cour des aides.

Après des semaines d'escarmouches, Anne d'Autriche et Mazarin avaient décidé de sanctionner les parlementaires et les détenteurs d'office des cours souveraines en supprimant le droit de posséder, céder ou vendre leurs charges. Par représailles, les quatre compagnies s'étaient réunies afin de statuer sur les affaires de l'État. Bien que le Conseil royal ait cassé leur décision, les cours souveraines avaient décidé de donner une constitution [1] à la France.

Les vingt-sept articles de cette loi fondamentale supprimaient les intendants qui organisaient l'affermage dans les provinces, prohibaient les emprisonnements sans jugement, imposaient que le Parlement valide les nouveaux impôts, interdisaient la création de nouveaux offices, réduisaient les tailles d'un quart et abolissaient les nouvelles redevances comme le toisé. Impuissante, car l'armée était occupée aux frontières, la régente avait été contrainte d'approuver la charte.

Mais en août 1648, ayant écrasé les Espagnols, le prince de Condé était revenu à Paris. Anne d'Autriche avait cru pouvoir prendre sa revanche en faisant arrêter le conseiller Broussel, chef de file des parlementaires républicains. C'était faire fi du mécontentement populaire. En quelques heures, Paris s'était couvert de barricades à l'instigation du coadjuteur de l'évêque : Paul de Gondi. À nouveau la reine avait dû céder et libérer Broussel. Peu après, le roi et sa mère avaient quitté Paris pour Rueil, domaine de la nièce du cardinal de Richelieu. Où Condé les avait rejoints. Les parlementaires craignant l'entrée de l'armée dans Paris avaient supplié Anne d'Autriche de revenir, ce qu'elle avait accepté après un accommodement bancal. Seulement, durant les deux derniers mois de l'année, Paul de Gondi avait de nouveau manœuvré pour opposer le peuple à Mazarin… dont il briguait la place.

Le 6 janvier 1649, dans la nuit, la Cour avait quitté le Palais-Royal pour se réfugier à Saint-Germain-en-Laye. Le même jour,

1. Ces événements sont rapportés dans *Le Secret de l'enclos du Temple*, du même auteur.

le prince de Condé avait installé un siège autour de la capitale. Mais la Cour était divisée, le prince de Conti et la duchesse de Longueville – frère et sœur de Condé – étaient revenus à Paris rejoindre le duc de Beaufort, évadé du château de Vincennes où il était enfermé depuis qu'il avait tenté d'assassiner Mazarin [1]. Le Parlement avait ensuite déclaré le cardinal *ennemi du roi et de l'État* et *perturbateur du repos public.* En imposant sévèrement la bourgeoisie, surtout les fidèles de la reine, les généraux de la Fronde, comme ils se nommaient – c'est-à-dire Beaufort, Conti, Gondi, Bouillon, et quelques autres ducs – avaient recruté une armée. La guerre civile, particulièrement sanglante, s'étala sur trois mois. Condé avait pris Charenton pour empêcher le ravitaillement de la capitale. De là, il jetait ses prisonniers dans la Seine en crue qui inondait la ville. Comprenant qu'ils perdaient la partie, le prince de Conti, le coadjuteur et le duc de Beaufort avaient appelé l'Espagne à leur aide, tandis que les parlementaires, effrayés par ce désordre en train de les ruiner, avaient demandé à Mathieu Molé, leur président, de négocier un accord avec la Cour.

La paix de Saint-Germain, signée en avril, reconnaissait les articles constitutionnels votés par les cours souveraines et accordait une amnistie aux rebelles. Lesquels avaient même obtenu avantages et récompenses en faisant allégeance.

Seuls le duc de Beaufort et le coadjuteur Paul de Gondi refusèrent de se soumettre. Gondi jugeait même ne rien avoir à se faire pardonner, n'ayant agi, assurait-il, qu'au service du roi et pour l'intérêt de l'État. Mais comme ces deux-là restaient les maîtres de la populace parisienne, la Cour avait jugé prudent de ne pas revenir dans la capitale. Elle s'était alors transportée au château de Compiègne, prétextant ainsi être au plus près de l'armée qui combattait les Espagnols.

Quant au prince de Condé, il s'imposerait en grand vainqueur de cette guerre civile puisqu'il avait sauvé le roi, la régente et Mazarin. Après la paix de Saint-Germain, il s'était réconcilié avec son frère Conti, sa sœur Longueville et les principaux princes rebelles. Désormais, il jugeait donc avoir tous les droits. Pour

1. Voir *La Conjuration des Importants*, du même auteur.

lui-même, il ne demandait rien sinon que le cardinal devienne un fidèle exécutant de ses ordres. Pour ses amis en revanche, il voulait tout.

Au début du mois de mai, il avait donc exigé le gouvernement de Pont-de-l'Arche pour son beau-frère, le duc de Longueville, rangé du côté des frondeurs. Pont-de-l'Arche était le verrou qui gouvernait les passages sur la Seine entre Rouen et Paris. Or, Longueville avait été un rebelle et, déjà gouverneur de Normandie et grand bailli de Rouen et de Caen, sa formidable puissance inquiétait la Cour.

La politique de Richelieu ayant toujours été de séparer les gouvernements des provinces, charges honorifiques et lucratives, des commandements des places fortes, confiés à des hommes sûrs, il y avait eu unanimité de la régente, de M. Le Tellier et de Mazarin contre cette décision. La tension remontait d'un cran.

⚜

Dans le château de Compiègne, le Conseil venait de se terminer. La régente et les ministres s'étaient retirés. Ne restaient dans la salle que Mazarin et Le Tellier. Le cardinal avait fait signe à son vieux compagnon – il avait connu Le Tellier en Italie – de demeurer encore un moment. Mazarin était en robe rouge, Le Tellier en robe noire, avec la croix de Saint-Louis sous son col.

— Il sera bon de convaincre Sa Majesté de ne pas refuser ouvertement Pont-de-l'Arche à Longueville, fit suavement Mazarin.

— Mais vous venez de dire le contraire, monseigneur ! s'étonna Le Tellier.

Le cardinal retint un sourire. Décidément, ce pauvre Le Tellier, *le vieux fidèle* comme on le surnommait, ne comprenait jamais rien !

— Il serait habile qu'il soit évident que Longueville ne mérite pas Pont-de-l'Arche. Que même Monsieur le Prince [1] soit de cette opinion. Ainsi Sa Majesté n'aurait rien à refuser.

— Comment cela ? s'enquit Le Tellier qui ne devinait jamais à quel point Mazarin pouvait être retors.

1. Le prince de Condé était nommé Monsieur le Prince, avec une majuscule.

— Depuis que l'on me calomnie, expliqua Mazarin en forçant sur son accent italien, j'ai observé qu'il reste toujours traces des mensonges… Qui veut noyer son chien l'accuse de la rage, dit-on. Je souhaite que vous entendiez ce que Ondedei et Ganducci m'ont proposé.

— Pourquoi pas… bougonna le ministre de la Guerre, toujours mal à l'aise quand les hommes de l'ombre du ministre venaient proposer leurs manigances.

Mazarin agita une clochette et son secrétaire et maître de chambre, l'abbé Giuseppe Zongo Ondedei entra, suivi à quelques pas de Tomaso Ganducci, son gantier.

⚜

Le cardinal avait pour précepte qu'il était nécessaire d'*avoir des informations sur tout le monde*. Si Hugues de Lionne surveillait les réseaux d'espionnage étrangers, l'abbé Fouquet – qui pour l'heure n'était pas à Compiègne –, Ondedei et Ganducci s'occupaient du renseignement intérieur. Ces trois-là bénéficiaient d'innombrables agents à la Cour et dans la capitale, des gens qu'ils payaient ou sur lesquels ils pouvaient faire pression, possédant quelque secret inavouable sur leur compte.

À la Cour, provocations, machinations et fausses rumeurs étaient courantes. Ondedei, malgré son visage d'ange, se révélait un maître dans les intrigues les plus tortueuses que Ganducci se chargeait ensuite d'exécuter.

Les deux hommes ne se ressemblaient guère. Habillé d'une robe noire avec le col blanc et carré des clercs, Giuseppe Zongo Ondedei était imberbe, tandis que Tomaso Ganducci, bien que marchand tenant échoppe, arborait un habit de cavalier avec épée au côté. Sa chevelure était aussi noire que son pourpoint et il portait une petite barbe carrée en queue de canard surmontée d'une courte moustache à l'italienne.

Tous deux s'inclinèrent devant Le Tellier, après quoi Mazarin leur fit signe de s'asseoir à la table du Conseil.

— L'idée que m'a suggérée Giuseppe Zongo est que nous pourrions laisser courir la rumeur que monsieur de Longueville est un mauvais gouverneur, mal entouré et corrompu. Prêt à tout pour s'enrichir, y compris à voler la Couronne. Et donc, que lui confier Pont-de-l'Arche relèverait d'une grave erreur d'appréciation.

— Que monsieur le duc de Longueville ait souvent été rebelle, c'est certain, mais le portrait que vous brossez ici n'est pas le sien, monseigneur. Voici un prince honorable, protesta Le Tellier.

— Je n'ai pas dit qu'il s'agissait de la vérité ! remarqua Mazarin avec un regard chafouin, je suggère seulement que ce soit l'image que l'opinion ait de lui.

— Expliquez-vous, monseigneur.

Le cardinal fit signe à Ondedei de parler.

— Il y a quelques semaines, Gabriel Naudé [1] a acheté à un libraire, pour la bibliothèque de monseigneur, un lot de mémoires jamais imprimés. Il s'agissait de textes curieux du temps du roi Henri ou de la régence de Marie de Médicis. Parmi ceux-ci, il y avait les récits d'un nommé Balthazar Nardi. Cet homme, né à Arezzo, avait fait ses études avec le maréchal d'Ancre. Il était son avocat, son diplomate et parfois son agent secret. Parmi les affaires troubles qu'il relatait, se trouvait un vol de la recette des tailles de Normandie auquel il aurait participé et qu'il relatait avec un luxe de détails.

— Le vol des tailles de Normandie ? s'exclama Le Tellier. Je n'en ai jamais entendu parler ! Sans doute s'agit-il plutôt du vol de quelque receveur…

— J'ai vérifié, intervint Mazarin. La recette des tailles de Normandie a bien été volée en 1617, quelques jours avant l'assassinat du maréchal d'Ancre. Il s'agissait de un million de livres.

— Un million ! s'étouffa Le Tellier.

— Ce vol aurait été préparé par Concini, alors gouverneur de Normandie, et par son épouse Léonora Galigaï.

— Incroyable !

— D'après ce récit, l'entreprise a été conduite par un bandit de grand chemin bien connu à l'époque, Petit-Jacques, et un nommé Mondreville, commis aux tailles. Nardi y a participé avec un autre Italien.

1. Gabriel Naudé, médecin ordinaire de Louis XIII et bibliothécaire, d'abord du président de Mesmes, puis de Mazarin. Voir *La Conjecture de Fermat*, du même auteur.

— Comment se fait-il que personne n'en ait parlé ?

— L'affaire a été étouffée. Deux semaines après le vol, le maréchal d'Ancre était assassiné et le roi avait autre chose à faire. L'argent dérobé a sans doute été confisqué lors des pillages de la rue de Tournon et a fini dans la poche de Luynes !

— Où voulez-vous en venir, monseigneur ? s'inquiéta Le Tellier.

— Petit-Jacques a disparu, mais j'ai retrouvé un Mondreville. J'ignore si c'est le même. Il est lieutenant du prévôt de Rouen, ayant acheté sa charge en 42, et il vit à Mondreville.

— Et alors ?

— Cet homme est un fidèle de Longueville et de Condé. Il a même prêté de l'argent au duc pour lever des troupes dans cette fameuse armée de dix mille hommes que Longueville avait promise aux Parisiens.

Mazarin se tut un instant pour observer Le Tellier, mais le rude visage du ministre n'exprimait rien, sinon une ombre de désaccord.

— Continuez, Ondedei, fit-il avec un geste de la main.

— Avec la suppression des intendants, la collecte de la taille a été désorganisée mais elle est à nouveau assurée par les trésoriers généraux. Pendant la Fronde, le parlement de Rouen a ordonné aux receveurs des généralités de Rouen et de Caen de limiter les convois, ou de garder les fonds par-devers eux, à cause des pilleries. Il n'y a donc pas eu de transports depuis neuf mois. Vous savez que la Normandie paye le quart des tailles du royaume, le versement à venir sera supérieur à deux millions.

Le Tellier restait impassible.

— Laissez-moi vous parler maintenant de ce Mondreville. J'ai envoyé quelqu'un se renseigner sur lui. Cupide, rapace, féroce et méchant, il est détesté par la population. C'est un homme réputé impie et sans morale. Seigneur haut justicier, il rapine les plus faibles en exigeant des amendes injustifiées. Son fils est pire encore. Il outrage les filles qui se refusent à lui et a enlevé une bourgeoise qu'il a déshonorée. Cela s'est passé pendant les troubles et son père a fait étouffer l'affaire. Depuis, il promène son arrogance dans le pays de Mondreville et Tilly, où il fait régner la terreur parmi ceux qui lui résistent.

— Un coquin comme il y en a tant, hélas ! gronda Le Tellier. La paix revenue, je m'occuperai de tous ces gens !

— Pour l'instant, il peut nous servir. Imaginez, monsieur, qu'une nouvelle tentative de vol des tailles survienne, que Mondreville soit compromis et mis en cause au Parlement. Cela n'étonnerait personne et en soulagerait beaucoup. Or, tout le monde sait que monsieur de Longueville manque cruellement d'argent. Il a encore réclamé huit cent mille livres sur les deniers de la Couronne pour ses frais d'ambassade à Munster, et en veut trois mille de plus pour des fortifications qu'il aurait faites. Quelqu'un pourrait alors sortir les mémoires de Balthazar Nardi, laisser entendre que Longueville est derrière Mondreville, comme Concini, lui aussi gouverneur de Normandie, se cachait déjà derrière l'autre Mondreville. Le scandale serait immense, et tout le monde approuverait que le duc n'obtienne pas Pont-de-l'Arche.

Tous les regards convergèrent vers Le Tellier qui resta impassible. Le silence tomba dans la salle. Finalement, le ministre se leva.

— Monseigneur, je suis désolé, mais cette affaire me déplaît souverainement. Il y a bien trop d'incertitudes. Je ne vois pas comment Mondreville envisagerait de voler les tailles, ce qui par ailleurs me paraît fort dangereux. Vous allez devoir mettre des gens dans la confidence du transport des recettes des tailles et imaginez qu'ils les volent vraiment ! De plus, comment être certain que cette machination ne sera pas découverte ? Ce serait une catastrophe pour la Couronne ! Je ne veux pas y être impliqué.

— Vous avez raison, monsieur, intervint Ondedei obséquieusement, mais j'ai une grande expérience de ce genre d'entreprise. Je dispose autour de moi de gens sûrs et talentueux. Monseigneur n'a jamais été déçu.

— C'est non ! trancha sèchement le ministre en se dirigeant vers la porte.

Il sortit et Mazarin grimaça un sourire.

— Avez-vous des hommes capables de conduire cette affaire ? demanda-t-il à Ondedei. Le Tellier parle juste, mais nous ne renoncerons pas pour autant. Tout juste ne devons-nous apparaître ni de près ni de loin.

— Tomaso a déjà une petite idée, fit Ondedei en suggérant au gantier de parler.

— Comme vous le savez, monseigneur, après l'affaire Charles de Bresche [1], j'ai ouvert une autre boutique de gants et de parfums, rue du Pas-de-la-Mule, pour mieux sentir l'air de Paris, fit Tomaso Ganducci en lissant sa petite barbe carrée. Un commis la tient. À la *Fosse aux Lyons*, le cabaret voisin, j'ai rencontré trois pendards venant de Bordeaux. Ayant plusieurs fois parlé avec eux, ils m'ont paru convenir à notre entreprise. Voulez-vous que je vous les présente ?

Mazarin opina.

— Le premier se nomme Canto et se dit seigneur de La Cornette. C'est un Béarnais ancien commis chez monsieur de La Rallière [2]. Chargé du recouvrement de la gabelle, il a été condamné à la potence pour avoir pendu un récalcitrant qui refusait de payer. Afin de sauver sa peau, il a changé de camp durant la fronderie en entrant dans l'armée de l'Hôtel de Ville. Le second, c'est Pichon, seigneur de La Charbonnière. Ce maraud-là a porté les armes dans les troupes du marquis de Duras, pour Monsieur le Prince. Il a même été son lieutenant, mais en a profité pour voler des chevaux. Il a été condamné au gibet, a fait appel, et grâce à quelques relations, et quelques pots-de-vin aux magistrats, a finalement été acquitté et s'est réfugié à Paris chez Canto, car ils se connaissent depuis longtemps. Je me suis renseigné auprès de celui qui l'avait condamné et j'ai appris qu'il avait été mis sur la roue en effigie, au Mans, pour le rapt d'une femme.

— *Belle canaglie* ! ironisa Mazarin.

— Je n'ai pas fini, monseigneur. J'ai gardé le meilleur pour la fin. Sociendo est marchand bordelais ruiné et banqueroutier. Fils d'un Portugais mahométan, il tient des discours si infâmes contre la reine que vous en seriez horrifié. Sauf votre respect, monseigneur, il vous traite de la même façon.

— De quoi vivent ces pendards ?

---

1. Voir *La Conjecture de Fermat*, du même auteur.
2. Samuel de La Rallière, fermier des Aides, un des plus riches financiers de l'époque.

— De pas grand-chose et de ce qu'ils peuvent prendre. Sociendo est maquereau et possède deux filles dans la rue de la Pute-y-Muse. Il a été condamné plusieurs fois pour faux.

— Pourquoi les avoir choisis ? Qu'est-ce qui laisse à penser qu'ils seront tentés, et capables, de voler les tailles ? Ce sera une rude entreprise.

— Deux choses, monseigneur. Tout d'abord, Sociendo sait naviguer. Il m'a dit avoir souvent conduit des barques dans l'estuaire de Bordeaux et sur la Gironde. Il devrait être capable d'en faire autant sur la Seine. Ensuite, un jour où je leur parlais d'un vol des recettes d'un trésorier des Aides, ils m'ont demandé toutes sortes de détails en s'envoyant force coups d'œil.

Mazarin hocha longuement la tête. Une fois de plus, Ganducci s'était surpassé.

— Qu'allez-vous leur proposer ? fit-il.

— J'inventerai une histoire, au plus près de la vérité, qui les fera se lancer dans l'aventure. J'y mêlerai adroitement Mondreville. Peut-être le rencontreront-ils et parviendront-ils à le convaincre.

— Comment serez-vous informés de l'avancement de leur entreprise ? Il faudra les saisir en flagrant délit.

— Je leur dirai que moi seul connaîtrai le jour du transport des tailles. Ils devront donc venir me voir quand ils seront prêts.

— Vous devrez disparaître, après.

— J'ai l'habitude, monseigneur. Ils me connaissent sous un faux nom. Quand ma boutique fermera, il ne restera aucune trace de ma présence.

— Sont-ils adroits ?

— Jusqu'à présent, ils l'ont été puisqu'ils n'ont pas été pendus !

— Pas encore !

— Ils sont passés d'un parti à l'autre. Ce sont des gibiers de potence, intervint Ondedei. On les menacera du gibet s'ils n'accusent pas Mondreville et Longueville.

Mazarin approuva d'un sourire.

XI

Après la paix de Saint-Germain [1], le procureur Gaston de Tilly et son épouse Armande, ancienne comédienne de l'Illustre-Théâtre, étaient rentrés à Paris au début du mois d'avril 1649. Avec soulagement, ils avaient retrouvé leur logement de la rue de la Verrerie dans l'état où ils l'avaient laissé en quittant précipitamment la capitale, au moment où le parti du duc de Beaufort et du coadjuteur Paul de Gondi prenait le pouvoir, après la fuite du roi, de la régente et de Mazarin. Les deux domestiques demeurés sur place avaient protégé l'appartement du pillage des canailles rapinant les fidèles à la royauté.

Procureur du roi à la prévôté de l'Hôtel du roi et maître des requêtes par commission au conseil des parties – l'assemblée judiciaire qui jugeait les affaires réservées –, Gaston de Tilly avait repris ses activités de magistrat, malgré l'absence du chancelier Séguier parti à Compiègne avec la reine, le jeune roi et la Cour.

Dans le courant du mois d'avril, Gaston apprit que sa commission de maître des requêtes avait enfin été validée [2] par le Parlement. C'était un soulagement puisque les parlementaires étaient opposés à ces attributions d'offices non vénaux. Il n'en restait pas moins que l'endettement contracté pour payer cet office de procureur lui causait encore beaucoup d'inquiétude. Ses gages n'étaient plus payés, sa ferme d'Orgeval avait été pillée et

1. La paix de Saint-Germain met fin à la Fronde parlementaire. Voir *Le Secret de l'enclos du Temple*, du même auteur.

2. Les offices, achetés par lettre de provision, se distinguaient des charges par commission, décisions royales révocables à tout moment.

pour faire vivre sa maisonnée et payer ses domestiques, il s'apprêtait à s'endetter à nouveau. Il ne songeait même plus à l'achat d'un petit carrosse pourtant bien nécessaire pour se présenter au Palais-Royal non crotté.

L'après-midi du 2 juin, Gaston parlait justement de ses soucis financiers avec Armande lorsque son ami Louis Fronsac, accompagné de son garde du corps Friedrich Bauer, se présenta à l'improviste.

Gaston et Louis s'étaient connus à douze ans, quand ils étaient pensionnaires au collège de Clermont [1], et s'ils avaient le même âge, ils ne se ressemblaient pas.

Louis, grand, mince et brun de peau, les cheveux jusqu'aux épaules, une fine moustache pendante sur les joues, portait, comme souvent, un pourpoint de velours couleur feuille morte avec rubans de soie noire noués aux poignets de sa chemise en drap de Hollande. En le voyant si simplement vêtu, sans épée alors qu'il était chevalier, personne n'aurait pu l'imaginer l'un des hommes les plus talentueux et respectés de la Cour.

Fort différent, Gaston était trapu, large d'épaules et roux de cheveux. Avec son nez écrasé ressemblant à un groin, il faisait penser à un sanglier dont il avait d'ailleurs le poil dru et épais et le caractère hargneux et combatif. Il adorait les vêtements multicolores et criards bien que, depuis sa nomination comme membre du Conseil des parties, il dût se vêtir en noir à l'instar des autres magistrats.

Orphelin, issu d'une noble mais pauvre famille, il avait été commissaire du quartier de Saint-Germain-l'Auxerrois sous les ordres de l'impitoyable lieutenant civil Isaac de Laffemas. En quelques années, ayant résolu d'embarrassantes affaires criminelles [2], sa réputation et sa fortune lui avaient permis d'acheter un office de procureur à la prévôté de l'Hôtel du roi, la juridiction qui s'occupait des affaires judiciaires de la Cour. Depuis peu, il avait été reçu maître de requête par commission.

---

1. L'actuel lycée Louis-le-Grand. La rencontre de Fronsac et de Tilly est racontée dans *Les Ferrets de la reine*, du même auteur.

2. Voir *La Conjuration des Importants ; L'Exécuteur de la haute justice ; La Conjecture de Fermat ; L'Homme aux rubans noirs*, tous ces ouvrages du même auteur.

Son ami Louis Fronsac était d'origine roturière mais, jeune notaire, avait été anobli pour un inestimable service rendu au roi Louis XIII. Il avait aussi obtenu en gratification une terre et un château ruiné : la seigneurie de Mercy. Par son épouse, Julie de Vivonne, nièce de la marquise de Rambouillet, il portait désormais le titre de marquis de Vivonne. Avec quelques récompenses obtenues en résolvant des affaires embrouillées, tant pour Mazarin que pour d'autres personnages importants de la Cour, il avait pu faire reconstruire son château et transformer ses terres en un riche domaine. Mais les troubles de la fronderie, l'année précédente, avaient failli ruiner ces efforts. Une bande de mercenaires allemands s'était même attaquée à son château et n'avait été vaincue que grâce à l'aide de Gaston et au courage de Friedrich Bauer, colosse bavarois, ancien lansquenet et ordonnance de l'armée de Condé.

Louis Fronsac était pourvu d'un rare talent. Il possédait un *esprit de géométrie* lui permettant de relier des faits apparemment sans rapports. Quelques mois plus tôt, il avait ainsi été approché par le comte de Bussy, officier du prince de Condé ayant découvert, dans l'enclos du Temple, une lettre du dernier grand maître Jacques de Molay. Après avoir suivi plusieurs fausses pistes, Fronsac avait enfin compris le sens du message contenu dans le vieux parchemin. Cela l'avait conduit à une cachette où les Templiers avaient dissimulé un trésor [1]. Après avoir remis la moitié de cette petite fortune au comte de Bussy, Louis avait décidé de donner une partie du reste à Gaston.

⚜

Le lendemain du jour de cette trouvaille, il se présenta chez son ami avec Bauer. À peine entré dans son appartement, et sous les yeux écarquillés d'Armande, Bauer vida sur une desserte le gros sac de cuir qu'il transportait. Il s'en écoula quelques centaines de deniers à l'écu, d'anciennes pièces d'or à l'effigie de Saint Louis, tous aussi brillants que s'ils avaient été frappés la veille.

— Qu'est-ce ? balbutia Gaston, interloqué.

1. Voir *Le Secret de l'enclos du Temple*, du même auteur.

— Ta part sur le trésor de Jacques de Molay, répondit Fronsac. Trente-cinq mille livres.

— Le trésor ? Mais tu m'as déjà donné des pièces d'or découvertes dans les coffres que monsieur de Bussy avait cédés à Mgr de Conti…

— Ces coffres n'étaient qu'un leurre, je te l'avais dit. J'ai enfin compris hier ce que signifiait le message de Jacques de Molay. Il indiquait une maison ayant appartenu à Guillaume de l'Aigle, un commandeur du Temple. J'ai retrouvé cette bâtisse et, dans la cave, un coffre scellé au mur. Il contenait vingt mille deniers à l'écu [1], soit quinze mille louis d'or. Je ferai porter la moitié au comte, comme je m'y étais engagé. Pour le reste, la moitié est allée à mon père, ce qui couvrira le pillage de l'étude par les gens de Beaufort ; cinq mille à Bauer pour son aide ; et nous nous partageons le reste en frères que nous sommes.

— Ce n'est pas possible ! protesta Gaston en secouant la tête. C'est toi qui as déniché ce trésor.

— Y serais-je parvenu sans toi ? Qui nous a sauvés des Allemands à Mercy ? Crois-moi, avec ce qui me reste, j'ai assez pour remettre ma seigneurie et ma maison de Paris en état. Ce qui est là est ta part, je l'ai décidé.

Gaston accepta, d'autant qu'il avait besoin de cet argent, mais insista pour que son ami et Bauer restent souper. Armande fit apporter un dîner depuis le traiteur-rôtisseur à l'enseigne du *Petit-Paris*, leur voisin dans la rue de la Verrerie, tandis qu'un laquais partait prévenir Julie à l'étude Fronsac que son époux rentrerait plus tard.

Durant le repas, le marquis de Vivonne raconta les circonstances de la découverte du trésor. Par quel hasard il avait entendu parler de la rue de l'Aigle, puis trouvé le vieux logis de Guillaume de l'Aigle. C'était une chance inouïe que cette maison n'ait pas été détruite, et que son occupant souhaitât la quitter.

— Parle-moi maintenant de la situation à Paris, demanda Louis à Gaston. En ce moment, mon père ne s'intéresse qu'à l'étude et monsieur Boutier, qui aurait pu me renseigner, se trouve à Compiègne avec la Cour.

---

1. Cette pièce avait été créée par Saint Louis et comptait 4,13 grammes d'or.

M. Boutier était le parrain de Louis. C'est lui qui avait vendu à Gaston sa charge de procureur après être devenu conseiller au Parlement.

— Je voudrais être certain que le calme soit bien revenu avant de remeubler ma maison de la rue des Grands-Manteaux, poursuivit Fronsac.

Le logis parisien de Louis avait été pillé durant les troubles de la fronderie.

— Il s'agit seulement d'un calme apparent, grimaça Gaston. Le prince de Condé s'est réconcilié avec son frère et sa sœur, et l'absence de la Cour apaise les esprits. Mais le peuple gronde toujours, prêt à se soulever au moindre prétexte. La misère est telle dans les campagnes que chaque jour la ville reçoit de nouveaux malheureux qui viennent quêter la charité. Dieu soit loué, les gentilshommes les plus querelleurs résident à Compiègne tandis que le prince et ses gens sont à Dijon.

— Monsieur le Prince n'est pas à la Cour ? s'étonna Louis.

— Non. Il veut ainsi afficher ouvertement son mépris envers Son Éminence. Depuis la paix de Saint-Germain, Mazarin lui refuse les récompenses qu'il réclame pour ses amis. En particulier le gouvernement de Pont-de-l'Arche pour son beau-frère Longueville. La régente s'y oppose, se méfiant trop de lui.

— Condé est bourré de défauts. Il a mauvais caractère, il est orgueilleux, cassant, désagréable, libertin, dit Louis, mais il est petit-fils de Saint Louis et ne fera jamais rien contre le trône.

— Je ne serai pas aussi affirmatif que toi. Je connais aussi son intelligence, sa culture, sa finesse et son courage, mais je n'ignore rien de ses vices, de ses désirs et de ses ambitions. Le Prince veut tout prendre, mais une fois le maître, il ne sait que faire de ses possessions. Il serait incapable de diriger le royaume. En vérité, il exige seulement d'être admiré et glorifié. Or, c'est ce que lui refusent la reine et Mazarin.

— Et Paul ? s'enquit Louis en renouant un de ses rubans noirs de poignet.

Paul, *alias* Jean-François Paul de Gondi, évêque, petit-fils du maréchal de Retz – le favori de Catherine de Médicis –, était coadjuteur de son oncle, l'archevêque de Paris. Ancien camarade de classe au collège de Clermont, il avait attisé la Fronde des parlementaires contre les nouveaux impôts.

— Gondi brûle d'avoir sa revanche. Toujours maître du pavé, il refuse de faire allégeance à la Cour. Cependant, faute d'armée pour reprendre le combat, il se contente d'une guerre de libelles contre Mazarin, faisant distribuer chaque jour sur le pont Neuf des pamphlets orduriers et offensants contre l'honneur de la reine.

Sur ces paroles, Gaston se leva pour quérir quelques feuillets posés sur une desserte.

— Tiens, voici différents de ces torchons écrits par le baron de Blot [1], que m'a portés un exempt ce matin.

Vieil opposant à l'ordre établi, Blot avait d'abord aiguisé ses piques contre Richelieu, avant de les acérer contre le Sicilien. Quand il allait trop loin, son maître Gaston d'Orléans prenait peur (il ne fallait pas grand-chose pour que Monsieur tremblât !). Blot se moquait alors de sa couardise. Ainsi, une fois où le duc avait demandé au baron le nom de l'auteur des couplets d'une chanson infâme contre la reine afin qu'il le punisse, Blot lui avait répondu :

— Ma foi, monseigneur, je crois qu'ils se font tout seuls.

Louis prit le premier libelle qui avait pour titre *Le Tempérament amphibologique des testicules de Mazarin.*

Il réprima un sourire et parcourut le second :

« Fils et petit-fils d'un faquin,
Cher Jules tu seras pendu
Au bout d'une vieille potence,
Sans remords et sans repentance,
Sans le moindre mot d'examen,
Comme un incorrigible, Amen ! »

Le troisième s'intitulait *La Double Putain ou la Putain à cul.* Celui-là, Louis le passa à Bauer sans le lire.

— Comme me l'a dit Tallemant, Blot est un grand débauché qui ne croit à rien, laissa-t-il tomber. Il finira sur l'échafaud s'il continue ainsi…

1. Claude de Chouvigny, baron de Blot, était gentilhomme de Gaston d'Orléans, l'oncle du jeune roi.

Il fut interrompu par le rire tonitruant de Bauer qui venait de terminer la lecture du pamphlet. Son hilarité dérida tout le monde.

— Blot se sait intouchable, car Monsieur le protège, remarqua Gaston en haussant les épaules.

— Il devrait quand même se méfier. Les protections de Monsieur sont bâties sur du sable, ironisa Fronsac. Et Beaufort, que devient-il ?

— Le duc est plus populaire que jamais ! En mai, il est tombé malade et la rumeur a circulé que Mazarin l'avait fait empoisonner. Aussitôt, une foule incroyable s'est pressée devant l'hôtel de Vendôme pour prier à son rétablissement et maudire le cardinal !

— Son père a pourtant fait la paix avec la Cour, remarqua Louis.

— Certes, le duc de Vendôme a même été rétabli dans toutes ses dignités et pensions. Mazarin lui a aussi proposé que sa nièce, Laure Mancini, épouse son aîné, le duc de Mercœur [1], avec une dot princière. Quant à Beaufort, pour s'accommoder avec lui, le cardinal lui a offert le gouvernement d'Auvergne, assorti de cent mille écus, ainsi que Mademoiselle de Longueville [2], chez laquelle il va tous les jours. On dit que Monsieur le Prince et monsieur de Longueville seraient favorables à cette union.

— Et alors ?

— Le duc a tout écarté avec hauteur. Il veut paraître incorruptible et dit refuser l'argent de la Cour parce que *ces deniers se lèvent sur le peuple* ! En vérité, dans l'ombre, il brigue l'Amirauté et serait prêt à tout, si on la lui offrait. Mais tu connais Son Éminence : la charge est aussi recherchée par son frère Mercœur et par le prince de Condé. Cette rivalité permet de les opposer et d'éviter leur alliance. Quoi qu'il en soit, malgré les injonctions de son père, Beaufort a refusé jusqu'à présent d'aller à Compiègne se soumettre. Seulement sans argent, combien de temps tiendra-t-il ?

— Je suppose que Monsieur l'aide.

1. Le frère aîné du duc de Beaufort.

2. Marie d'Orléans, fille du premier lit du duc de Longueville. Elle épousera finalement le duc de Nemours.

— Évidemment ! Le duc d'Orléans affirme d'ailleurs partout qu'il fait aveuglément ce que monsieur de Beaufort déclare vouloir ! Le pauvre abbé de La Rivière [1] est désormais en disgrâce sous prétexte que Son Éminence a montré au duc qu'il a vendu son âme au prince de Condé !

— Tout pourrait donc recommencer ?

— À mon avis, non, car les cours souveraines sont revenues à l'obéissance et les échevins n'ont qu'un désir : que le roi rentre et que les artisans et les marchands obtiennent de nouveau du travail. À moins que la Cour ne commette une lourde faute, on ne devrait pas subir de nouvelle insurrection. De plus, maintenant que la paix a été signée en Westphalie, les impôts pourraient baisser. Enfin, chacun songe que le roi sera majeur dans deux ans. Nul doute qu'il mette en place un autre gouvernement. La seule crainte que j'aie est qu'éclate une altercation entre les jeunes fous qui viennent régulièrement de Compiègne et les amis de Beaufort. La prévôté de l'Hôtel du roi serait-elle capable de les empêcher de se battre ?

⚜

Dans les jours qui suivirent, Gaston remboursa à Fronsac les trente mille livres prêtées pour acheter sa charge de procureur. Ainsi, sur les deux cent mille livres que lui avait coûté l'office de Boutier, il ne devrait plus que vingt mille livres à la banque Tallemant, une somme qu'il parviendrait à réduire en un ou deux ans avec ses gages et les frais de justice demandés pour les procès.

En somme, il possédait de quoi s'acheter son carrosse.

Avec Armande, ils se rendirent aux écuries de La Trinité, dans la rue de la Verrerie, d'où partait un service de voitures vers la banlieue. Le maître de poste proposait des carrosses à la vente. Armande tomba sous le charme d'une petite voiture, en très bon état, à l'intérieur garni de velours cramoisi à ramages. Le véhicule avait des glaces et des rideaux de damas et le siège du cocher se tapissait de drap rouge. Le vendeur en voulait trois cents livres. Gaston marchanda et obtint gracieusement les harnais des chevaux, une selle de postillon, et surtout que l'on peigne les armes

1. Le conseiller du duc d'Orléans au début de la Fronde.

des Tilly sur les portières : une fleur de lys de gueule en champ d'or avec la légende : *Nostro sanguine tinctum*. Il convint aussi avec le maître de poste qu'il laisserait le carrosse chez lui et louerait les chevaux quand il en aurait besoin.

Armande utilisa une partie des cinq mille livres restantes à l'achat d'un nouvel ameublement. Ce furent huit chaises de noyer garnies de crin et couvertes de damas rayé, une table de marbre jaspée de blanc et rouge de quatre pieds de long, des assiettes de porcelaine, des rideaux de fenêtre de belle toile et un petit poêle de faïence. Enfin, un tailleur leur coupa et livra quelques habits destinés à leur permettre d'affirmer leur rang. Gaston manquait cependant toujours de chemises, car, comme beaucoup de gentilshommes, il en changeait deux fois par jour pour éviter de se laver. Armande lui en commanda vingt-quatre ainsi que des chausses et un pourpoint de taffetas aux boutons en argent. Pour elle-même, elle fit faire une jupe de satin des Indes gris de perle à fleurs d'or.

⚜

C'est le soir du 18 juin que Gaston reçut, d'un Suisse de l'Hôtel du roi, l'ordre du lieutenant général du marquis de Sourches [1] de se rendre immédiatement au Palais-Royal.

Quand il arriva, plusieurs des maîtres des requêtes de la prévôté de l'Hôtel se trouvaient déjà là. Comme ils affichaient tous un visage défait, Gaston apprit du greffier en chef que ce qu'il redoutait venait de se produire.

— Cela s'est passé il y a trois heures, dans le jardin des Tuileries, monsieur de Tilly, expliqua le greffier, mais tout avait commencé la veille. La Cour ayant quitté Compiègne pour Amiens, une douzaine de gentilshommes avaient décidé de se rendre à Paris afin de s'amuser. Parmi eux, il y avait Ruvigny, Bouteville, le duc de Candale, le commandeur de Souvré, le commandeur de Jars, monsieur de Jarzé et quelques autres.

Gaston opina, attendant la suite avec inquiétude tant il connaissait ces têtes folles : Ruvigny, duelliste impénitent, avait déjà tué une dizaine d'adversaires à vingt ans ; et Candale, petit-fils du duc d'Épernon, avait lui aussi déjà croisé sa route. Quant

1. Jean du Bouchet, marquis de Sourches, prévôt de l'Hôtel du roi.

à Bouteville, ami de Condé, il était le fils du comte de Montmorency-Bouteville, exécuté par Richelieu pour s'être battu en duel sur la place Royale.

— Ils déambulaient dans la grande allée des Tuileries quand ils ont aperçu le duc de Beaufort marchant dans leur direction, accompagné de quelques frondeurs. Voulant éviter une querelle, ce dernier s'est détourné pour prendre une autre allée. Mais monsieur de Jarzé s'est aussitôt répandu en railleries, affirmant que le champ de bataille leur était demeuré et que les frondeurs n'osaient paraître devant eux.

— L'imbécile, murmura Gaston.

— Le soir, Jarzé est allé faire le capitaine Fracasse dans des salons où il a colporté ses soi-disant exploits. Ce matin, un proche de monsieur de Gondi m'a prévenu que le duc de Beaufort et le coadjuteur ont acté des représailles. Beaufort aurait annoncé qu'il viendrait aux Tuileries avec ses amis et que s'il voyait Jarzé, il le jetterait du haut du rempart [1]. Monsieur le lieutenant général a donc prévenu monsieur de Jarzé et lui a suggéré de retourner à Compiègne, histoire d'éviter de se faire maltraiter, mais ce sot s'est moqué de l'avertissement.

» Tout à l'heure, Jarzé et ses amis ont réapparu aux Tuileries et se sont fait servir un repas à deux pistoles sur la terrasse du jardin de *Renard* [2], affectant d'y boire publiquement à la santé de Son Éminence et assurant à vive voix que les frondeurs ne leur feraient pas quitter le haut des allées. Ils en étaient au premier service lorsque le duc de Beaufort est arrivé accompagné de dizaines de gentilshommes, de pages et de laquais, tous avec épées et pistolets, faisant grand fracas. La troupe a entouré la table et le duc a salué les dîneurs avec civilité. Parmi eux, Ruvigny et le commandeur de Jars se sont levés pour lui marquer leur respect.

» Beaufort les a remerciés avant d'ironiser : "Messieurs, vous soupez de bonne heure", a-t-il dit. Puis il a demandé aux dîneurs s'ils avaient des violons, et sur une réponse négative, a ajouté qu'il en était bien fâché, ayant intention de les casser sur leur

1. Le jardin était en terrasse et longeait l'ancienne enceinte.
2. Le restaurant *Renard* était l'endroit le plus à la mode de Paris.

tête. À ces paroles, il a saisi la nappe et l'a tirée par un coin, renversant les plats et couvrant les convives de bouillon.

» Aussitôt les gens de la Cour ont saisi leur épée. Le duc de Candale, pourtant cousin de Beaufort, s'est précipité sur les frondeurs afin de réparer l'affront. Bouteville et Ruvigny, duellistes enragés, ont commencé à ferrailler. Ils auraient fini transpercés tant leurs adversaires étaient nombreux si Beaufort, comprenant que l'affaire tournait au vinaigre, ne s'était jeté entre les lames pour empêcher que le sang coule.

» Malgré cet appel au calme, certains convives ont été coiffés de soupières et monsieur de Jarzé a reçu quelques humiliants coups de plat d'épée.

Gaston était livide. Après de tels affronts, une guerre féodale s'annonçait, chaque camp voulant se venger de l'autre. Comme à l'époque des Importants, le parti de Beaufort se retrouverait opposé à celui de Condé, pour l'occasion allié de la Cour

— Comment cela s'est-il terminé ? demanda-t-il d'une voix blanche.

— Tout sot qu'il est, Beaufort est parvenu à désarmer ses amis et leur a fait quitter les lieux, soucieux d'éviter un carnage qui les aurait conduits à l'échafaud.

— Dieu merci ! soupira Tilly, soulagé. Le duc n'est donc pas si fou !

— Mais, vous vous en doutez, tout ne fait que commencer. Les offensés ont annoncé qu'ils se vengeraient. Le duc de Candale exige un duel avec Beaufort. S'ils se croisent dans une rue et se battent, le peuple prendra parti pour le duc et s'élèveront de nouvelles émeutes.

C'est à peu de chose près ce qu'expliqua le lieutenant général du marquis de Souches. La reine était prévenue. Dans l'attente de ses ordres, il fallait empêcher toute rencontre entre loyalistes et frondeurs. Pour y parvenir, les gens de la prévôté de l'Hôtel du roi devraient être présents dans les lieux susceptibles d'être fréquentés par l'un ou l'autre parti. M. le duc d'Orléans et M. le prince de Conti, de leurs côtés, tenteraient d'obtenir qu'ils s'accordent.

⚜

Dans les semaines qui suivirent, Gaston arpenta tous les jours les jardins des Tuileries en compagnie d'une troupe de Suisses pour empêcher toute rencontre. Mais il avait conscience de son impuissance. Les querelles pouvaient éclater n'importe où dans la ville et ses gardes n'auraient pu faire grand-chose devant les petites armées levées par chaque camp. De fait, des dizaines de loyalistes avaient rejoint le duc de Candale. Quant au duc de Beaufort, il ne se montrait plus qu'entouré d'une suite de cinq cents fidèles à cheval, armés de pistolets, d'épées et bien décidés à en venir aux mains !

À Amiens, la reine avait appris avec colère la nouvelle de l'altercation et demandé au chancelier qu'il poursuive Beaufort. Or, le duc de Mercœur prit le parti de son frère contre ceux de la Cour. Devant un tel affront, Mazarin annonça qu'il ne donnerait pas sa nièce au frère d'un extravagant capable d'offenser ses amis.

Seulement, une annulation aurait entraîné, pour les Vendôme, la perte de la dot de cent mille écus et surtout de la charge d'amiral. Aussi le duc insista-t-il auprès de ses fils pour qu'il y ait un accommodement. La stupide querelle de Jarzé faisait à nouveau chanceler le royaume, d'autant que le prince de Condé, bien que détestant les Épernon, s'était mis au service du duc de Candale contre son vieil ennemi, le duc de Beaufort.

⚜

À Paris, les esprits étaient plus malintentionnés que jamais. Avec *L'Imprécation contre l'engin de Mazarin* et le pamphlet sur le *Saucisson d'Italie*, les libelles contre la reine et le cardinal se montraient de plus en plus orduriers. De surcroît, les séditieux s'attaquaient désormais à l'État. On lisait sur certains placards que les peuples avaient un juste droit de faire la guerre à leur roi. Gondi, au départ instigateur de ces brochures vendues sur le pont Neuf, tentait vainement d'empêcher le baron de Blot – pourtant sa créature – d'écrire sur la reine, la religion et l'État ; sans succès.

Pour aggraver la situation insurrectionnelle, le marquis de Fontrailles, membre de tous les complots contre la royauté depuis vingt ans, s'était attaqué à des valets de pied du roi dans le quartier du Temple. Avec quelques amis frondeurs, ils les avaient roués de coups de bâton et de plat d'épée assortis de ses paroles : *Voilà pour le roi, voilà pour Mazarin, et voilà pour la Mazarine !* Le lendemain, le Parlement avait pris un décret de prise de corps contre les trublions. Afin d'éviter son arrestation, Fontrailles avait dû payer les deux valets afin qu'ils jurent avoir été les attaquants. L'affaire étant arrangée, ni le lieutenant criminel ni Gaston de Tilly n'eurent à intervenir, mais la reine en fut extrêmement irritée.

Avec l'été, les esprits s'échauffaient encore plus. Chacun sentait qu'une étincelle provoquerait une nouvelle déflagration. Pourtant, ni la Cour ni les frondeurs ne voulaient rompre. La première ne se sentait plus si forte depuis que le prince de Condé s'était retiré à Dijon. Quant aux frondeurs, ils ne pouvaient compter que sur la populace puisque le Parlement et l'Hôtel de Ville désiraient que le roi revînt à Paris. Mazarin proposa quand même à Beaufort le gouvernement d'Amboise s'il s'accommodait avec Candale, mais une fois de plus le duc refusa.

⚜

Gaston était revenu travailler à son cabinet de la grande tour du Grand-Châtelet, là où il sentait battre le cœur de la capitale. L'exempt François Desgrais et le sergent La Goutte, les deux policiers qui l'avaient accompagné à Mercy, l'informaient régulièrement de ce qu'ils observaient dans les rues.

Tilly les appréciait pour leur loyauté et la justesse de leur jugement. Desgrais, cadet de famille d'une vingtaine d'années, était fils d'avocat. Beau garçon et de grand sang-froid, il obtenait facilement des confidences tant il inspirait confiance. Quant à Jean La Goutte, maigrichon et grand amateur des garces de la rue Gratte-Cul, il avait longtemps été simple archer au Châtelet jusqu'à ce que Gaston lui prête la somme nécessaire pour l'achat d'un office de sergent à verge [1].

---

1. La verge des sergents était un bâton azur à fleur de lys, symbole du pouvoir royal, qu'ils portaient lorsqu'ils faisaient régner l'ordre ou pour les arrestations. À ne pas confondre avec la baguette blanche utilisée par les exempts et les commissaires lors des arrestations.

Tous deux rapportaient au procureur les paroles insurrectionnelles des marchands et de la bourgeoisie enrageant de voir traitants et financiers afficher un luxe de plus en plus insolent alors même que les rentes n'étaient plus payées. Au Grand-Châtelet, la plupart des conseillers se révélaient frondeurs en puissance.

À la mi-juillet, Desgrais vint annoncer à Gaston l'arrestation d'une famille d'imprimeurs ayant diffusé un libelle contre la reine intitulé : *La Vérité cachée*. On avait trouvé dans leur boutique plusieurs textes orduriers que l'exempt montra à Gaston. Le pire était celui-ci :

« Le cardinal fout la régente
Qui pis est le bougre s'en vante
Et lui vole ses écus
Pour rendre la faute moins noire
Il dit qu'il ne la fout qu'en cul. »

— Faut-il qu'ils haïssent Son Éminence pour écrire de telles abjections, soupira Gaston.

— Elles les enverront aux galères, monsieur. Ou pis ! J'ai entendu dire que la Cour et la reine voulaient frapper les esprits. Je suppose que Mazarin doit peser lui aussi de tout son poids pour un châtiment exemplaire.

— Ça, je ne le crois pas, Desgrais. Le cardinal a beaucoup de défauts, mais il n'est pas sanguinaire. Au contraire, il est persuadé que ces libelles sont des exutoires permettant à ceux qui le détestent de libérer leurs ressentiments. Ne dit-il pas : *Qu'ils chantent, pourvu qu'ils payent !*

— Je l'espère pour les pauvres imprimeurs que je saisis, monsieur, car s'il devait y avoir des condamnations, elles seraient iniques. Chacun sait que ces torchons sont écrits par le baron de Blot et ses amis, soupira Desgrais.

XII

Deux jours plus tard, survint l'arrestation d'un autre imprimeur, Claude Morlot, vieil homme qui travaillait avec ses enfants. On avait trouvé chez lui plusieurs libelles dont un texte particulièrement outrageant sur les amours de la reine et du cardinal qui s'intitulait : *La Custode*[1] *du lit de la reine qui dit tout* et commençait ainsi :

« Jules, que j'aime plus que le roi ni l'État,
Je te veux témoigner ma passion extrême ;
En perdant le royaume en me perdant moi-même,
Afin que tu profites en ce noble attentat. »

Mais très vite les vers devenaient plus crus :

« Peuple n'en doutez pas, il est vrai qu'il la fout,
Et c'est par ce trou que Jules nous canarde. »

⚜

Le lundi de la semaine suivante, Gaston apprit que le procès des imprimeurs aurait lieu le lendemain. Morlot serait jugé pour crime contre l'État par les trois chambres réunies : la Grand' Chambre, celle de l'Édit, et la Tournelle.

Le mardi 20 juillet après dîner[2], Gaston travaillait à ses dossiers dans son cabinet du Grand-Châtelet quand François Desgrais lui annonça que le procès se terminait. L'exempt se trouvait au Palais lorsque le procureur général lui avait demandé de prévenir Tilly afin qu'il se rende à l'Hôtel de Ville. Morlot se verrait

1. Rideau de lit.
2. Le dîner était le repas pris entre onze heures et midi.

condamné à la pendaison après avoir fait amende honorable devant Notre-Dame. Son fils assisterait au supplice puis serait fustigé au pied de la potence comme criminel de lèse-majesté. L'exécution était prévue à sept heures du soir. Le chancelier exigeait la présence des *gens du roi* [1] afin que le peuple comprenne qu'il en était fini de traîner la reine dans la fange.

Gaston désapprouvait une sentence si sévère, qui risquait d'entraîner des émeutes. À ses yeux, quelques années de galère auraient été suffisantes. Après en avoir parlé avec Desgrais, ils s'apprêtaient à partir pour l'Hôtel de Ville lorsque La Goutte arriva, essoufflé.

— Monsieur le procureur, on se bat au Palais !

En quelques mots hachés, le sergent raconta qu'il revenait du pont au Change où on l'avait appelé avec une troupe d'archers afin de protéger le lieutenant criminel, pris à partie par des gens de rien.

— Explique-toi ! lança Desgrais, inquiet. J'étais au Palais il y a moins de deux heures et, à part une petite foule de garçons libraires et de boutiquiers qui grondaient, je n'ai pas vu d'émeute !

— Je n'en sais pas plus, monsieur ! Voilà simplement ce qu'un archer revenant du Palais m'a raconté : à quatre heures, un greffier a lu le jugement dans la cour. Aussitôt les gens qui attendaient se sont mis à murmurer. Pour les calmer, des conseillers ont fait savoir que les présidents de chambre avaient demandé au premier président de prier monsieur le chancelier de gracier le coupable. La foule a attendu près d'une heure jusqu'au moment où quelqu'un a crié qu'on dressait une potence en place de Grève. En même temps, on a vu arriver le cousin de maître Guillaume [2] qui venait chercher l'imprimeur, enfermé dans la Conciergerie. Au moment où on le sortait pour le conduire au supplice, Morlot s'est mis à hurler qu'on allait le faire mourir injustement, car il n'avait imprimé que contre Mazarin.

» Les garçons libraires et les imprimeurs présents auraient commencé à jeter des pierres sur les archers sortant du Palais

1. C'est-à-dire le parquet : avocats et procureurs du roi.
2. L'exécuteur de la haute justice de Paris.

avec la charrette. Puis, secondés par les boutiquiers du quartier, ils les ont chargés en criant : *Sus aux Mazarins !* Sous les pierres, les archers se sont repliés vers le pont au Change. La charrette du bourreau a été jetée dans la rivière et le lieutenant criminel a dû s'enfuir. Je suis arrivé à temps pour le protéger. Quant à l'imprimeur et son fils, ils ont disparu.

— Allons voir ! décida Gaston en prenant son épée.

— C'est impossible, monsieur ! Le pont est barré par une formidable populace de crocheteurs. Il faudrait un régiment de Suisses pour forcer le passage.

— Allons donc à l'Hôtel de Ville ! réfléchit Gaston. Les gens du roi ont dû arriver pour l'exécution et nous en saurons plus.

Desgrais rassembla le peu d'archers en hoquetons qui restaient dans le Châtelet et ils partirent à cheval. À proximité de la place de Grève, ils entendirent tout un fracas de cris hostiles à Mazarin avant de se rendre compte que le pont Notre-Dame débordait de laquais, bateliers et crocheteurs armés de bâtons, d'épées et coutelas. Gaston, Desgrais et les archers s'engouffrèrent alors dans la rue des Arcis et prirent la vieille rue de la Tannerie pour déboucher sur la place.

Là, une bande d'enragés abattait la potence. D'autres brisaient les carreaux des fenêtres de l'Hôtel de Ville à l'aide de pierres. Il n'y avait aucun garde, aucun archer, seulement quelques bourgeois qui, de loin, observaient l'émeute avec inquiétude.

Trop peu nombreux, Gaston de Tilly et sa troupe ne purent intervenir quand ils virent les insurgés basculer la potence dans la rivière. Peu après, le prévôt des marchands se mit à une fenêtre afin de menacer les séditieux, ce qui eut pour effet d'inciter une bande d'exaltés à mettre le feu à son logis, situé en face de l'Hôtel de Ville.

Le fils du prévôt sortit aussitôt de la maison avec quelques laquais armés de hallebardes. Gaston et ses hommes vinrent immédiatement leur porter main-forte. Ils parvinrent à éloigner les pillards mais le désordre se poursuivit jusqu'à neuf heures du soir et ne se termina qu'après l'apparition du guet bourgeois et de nouvelles troupes.

⚜

Il fallut deux jours pour que la populace se calme, mais surtout deux jours de conférences au Palais-Royal, dans les cours souveraines et à l'Hôtel de Ville pour trouver un moyen de rassurer la reine quant aux intentions des notables parisiens. Il était évident que les plus radicaux à la Cour allaient accuser les magistrats anciens frondeurs et le corps de ville d'avoir manigancé l'émeute et l'évasion du condamné. Alors que le retour du roi se faisait attendre, cette insurrection montrait en tout cas que la capitale n'était pas pacifiée et qu'il existait danger à y revenir.

Quant aux échevins et aux présidents des cours, ils craignaient tout simplement que la reine envoie des troupes les saisir, alors même qu'ils ne pouvaient plus compter sur les capitaines de la Fronde, ces derniers s'étant ralliés.

Par un inquiétant concours de circonstances, *La Custode de la reine qui dit tout* contenait ces vers terribles :

« Je prépare un exemple à la postérité
Digne de ton châtiment d'éternelle mémoire :
Paris, je te perdrai, car je veux pour ma gloire
Qu'on cherche quelque jour où tu auras été. »

Il fut finalement convenu d'une assemblée solennelle au Palais, en présence du chancelier, au cours de laquelle magistrats et corps de ville demanderaient humblement pardon et assureraient la reine de leur obéissance.

⚜

Gaston de Tilly s'y rendit le vendredi 23, à six heures du matin.

Quand il arriva, la cour de Mai regorgeait déjà de magistrats et d'officiers. Il attendit un moment, devant la galerie mercière, en compagnie d'autres membres de la prévôté de l'Hôtel jusqu'à ce qu'il vît apparaître l'immense procession du corps de ville.

En tête se trouvait le prévôt des marchands, puis les échevins, le greffier de la ville, le colonel et les quarteniers. Ce fut M. Fouquet, le procureur général, qui les reçut solennellement et les conduisit à la Grand'Chambre devant laquelle attendait le chancelier. Là, le prévôt des marchands expliqua publiquement ce qui s'était passé, puis protesta de l'obéissance et de l'affection de toute la ville au roi et à la reine régente. Il affirma qu'aucun officier, bourgeois de Paris ou homme d'honneur n'avait trempé dans cette rébellion, que tous conservaient dans leur cœur l'obéissance aux commandements de Leurs Majestés. Il supplia Leurs Majestés de ne pas leur en imputer la responsabilité et affirma qu'ils voulaient honorer, servir et respecter leur roi.

Ce discours plein de soumission fut reçu avec satisfaction par le chancelier qui répondit avoir toujours cru que cette action brutale n'était due qu'à des gens de néant et qu'il s'assurerait que ces séditieux fussent punis.

⚜

Après cette séance, qui dura plusieurs heures, Gaston eut une conférence avec le chancelier, avant de rentrer chez lui. Il était venu avec son nouveau carrosse et, s'il en appréciait le confort, en découvrit aussi les inconvénients. Quand, à cheval, il mettait un quart d'heure pour aller du Palais à la rue de la Verrerie, le trajet prit plus d'une heure à cause des encombrements dus aux magistrats sur le départ. De plus, la chaleur dans la voiture se révélait infernale.

Armande l'attendait. Il lui raconta la séance au Palais et lui confia l'inquiétude des échevins et du prévôt des marchands. Le roi reviendrait-il avant la fin de l'été ? Tout le monde en doutait. L'évasion de l'imprimeur Morlot avait montré la capacité des amis de Beaufort et de Gondi à manipuler la populace, nul ne doutant que leur main se trouvait derrière l'émeute.

C'est à la fin du souper qu'Armande lui remit la lettre.

— Un des commissionnaires du Bureau général de la poste l'a apportée cet après-midi. Je lui ai remis les trois sols de port.

Le Bureau général de la poste tenu par M. Rollin Burin, maître des courriers de Normandie et fermier général du Bureau des dépêches, était situé rue Saint-Jacques, à la maison du Chapeau Rouge.

Gaston regarda un moment le pli très épais qui portait le cachet du notaire des Tilly. Sans savoir pourquoi, il sentit son cœur battre plus vite. Ce ne pouvait être que de mauvaises nouvelles.

Il ouvrit le paquet et se dirigea vers la bibliothèque pour le lire. La lettre contenait une seconde missive. Le notaire lui annonçait la mort de son oncle Hercule, quatre jours plus tôt. Gaston savait celui-ci malade et cette mort ne le surprit pas. L'enterrement avait eu lieu dans le caveau de l'église du village. À cause de la chaleur, on n'avait pu attendre, expliquait le notaire qui lui demandait de venir quand il le pourrait afin de régler la succession dont il était l'unique héritier. Gaston n'aurait que la vieille demeure familiale, dont il possédait déjà la moitié. Son oncle vivant chichement, il ne lui laissait rien, sinon le second pli qui se trouvait dans le paquet.

Gaston avait perdu ses parents alors qu'il n'avait que quatre ans. Son père était lieutenant dans la compagnie du prévôt général des maréchaux de Rouen, sa mère la fille d'un conseiller au présidial de Chartres, orpheline depuis que sa famille avait été décimée par une épidémie de petite vérole. Si les Tilly descendaient d'un compagnon de Guillaume le Conquérant, ils avaient toujours été pauvres, aussi Gaston n'attendait-il rien. En revanche, cette lettre l'étonnait. Hercule ne lui avait jamais écrit et le notaire précisait que le courrier avait été remis un an plus tôt.

Une vague de souvenirs enfouis submergea son esprit. En avril 1617, la voiture de ses parents s'était retournée, alors qu'ils se rendaient à Paris. Avec leur valet de chambre et leur cocher, ils avaient été retrouvés le corps brisé. Devenu son tuteur, son grand-oncle, prieur de l'abbaye de Coulombs, avait demandé à sa nourrice de rester dans la maison familiale pour l'élever. Plus tard, Hercule, le frère de son père, était revenu à Tilly après avoir perdu un bras sur un champ de bataille. Son oncle n'avait guère témoigné d'intérêt envers lui, se contentant de lui transmettre ce qu'un Tilly devait savoir : comment se battre. Puis Gaston avait été mis en pension au collège de Clermont pour devenir prêtre, n'échappant à l'état ecclésiastique que grâce au père de Louis Fronsac et à ses amis échevins lui ayant permis de devenir commissaire-enquêteur auprès d'un commissaire de quartier.

Gaston avait rarement revu son frère, plus âgé que lui et mort depuis quelques années. Quant à l'oncle Hercule, la dernière fois c'était lors de son mariage avec Armande. Il n'éprouvait du reste aucune affection pour lui, jugeant qu'il l'avait abandonné en l'envoyant à Clermont ; aussi sa mort lui était-elle indifférente.

Néanmoins, c'était le dernier fil qui le rattachait à ses parents. Et ce fil venait de se rompre.

Les larmes vinrent à ses yeux en ouvrant la lettre.

⚜

Son oncle racontait la vie qu'il avait menée, sa jeunesse, ses campagnes, comment il avait choisi le parti de la Ligue, se fâchant ainsi avec son jeune frère, fidèle de Rosny. L'écriture était maladroite, le pli en papier rugueux plein de taches d'encre. Hercule lui expliquait aussi regretter ne pas s'être suffisamment occupé de lui, mais qu'il en aurait été incapable. Il lui demandait de le pardonner et de faire dire des messes à sa mémoire.

Ensuite, il se confiait sur son frère Louis, ce frère qu'il n'avait jamais revu de son vivant, leur fâcherie datant de son entrée dans l'armée du duc de Mayenne, ce frère qu'il avait pourtant beaucoup aimé durant leur jeunesse. Par égard envers lui, il s'était rendu plusieurs fois à l'endroit où la voiture avait versé. C'était après Longnes, là où le chemin descendait brusquement vers Mantes et la Seine. Au début de la descente, les chevaux s'étaient emballés et le carrosse s'était retourné.

Hercule avait toutefois du mal à comprendre comment de placides roussins avaient pu s'affoler ainsi. Il avait interrogé bien des gens, jusqu'au jour où une vieille femme lui avait raconté que son mari, qui braconnait ce jour-là, avait vu les chevaux s'emballer et le coche verser. Mais il avait aussi aperçu deux hommes à cheval près du véhicule. Deux hommes qui s'étaient éloignés sans donner l'alerte.

Hercule était allé raconter sa découverte au lieutenant du prévôt de Rouen, M. Mondreville, l'homme le plus riche du pays. Ce dernier avait écouté son histoire avec indifférence avant de lui dire que ce n'était que des divagations. Comme Hercule de Tilly insistait, Mondreville l'avait jeté dehors. Or il avait appris peu après, par un vieux sergent de son père dont le fils servait Mondreville, que ce dernier s'inquiétait de l'enquête qu'il menait. Pis, un soir, il avait été pris à partie par une bande de faquins dirigée par le fils de Mondreville, malfaisant qui terrorisait le pays. Ces canailles l'avaient battu. Avec un seul bras, et à son âge, que pouvait-il faire ? Il n'avait pas voulu demander à son neveu de l'aider, tant ses suspicions étaient infimes. Hercule avait donc interrompu ses recherches.

Mais on lui avait rapporté d'autres ragots. Le vieux sergent de son père avait prétendu que Mondreville n'était pas seigneur du lieu quand son père était prévôt. Que celui de l'époque vivait à Rouen et avait vendu la seigneurie plus tard. C'était quelque chose qu'il n'avait pu vérifier. D'autres prétendaient l'inverse. Une femme qui n'avait plus sa tête lui avait assuré que Mondreville faisait la cour à sa mère. La seule chose certaine était que Mondreville s'était inquiété quand il lui avait rapporté ses connaissances sur l'accident.

Hercule concluait en suppliant Gaston d'être prudent s'il s'intéressait à cet homme féal du duc de Longueville et du prince de Condé. Ses derniers mots étaient :

« … Je n'ai pas eu le courage d'aller plus loin, mon neveu. Sache que je t'ai aimé et fais ce que tu dois.

« Ton oncle affectionné. »

⚜

Armande rejoignit son époux après avoir donné des ordres à la cuisinière au sujet des achats du lendemain aux Grandes Halles. Et le trouva abîmé dans la lettre. Il lisait celle-ci une seconde fois et elle fut frappée par son visage défait.

— Ce sont de mauvaises nouvelles ?

— Mon oncle Hercule est mort, Armande.

Elle se signa.

— Mon ami, je comprends ta peine. Allons-nous aux obsèques ?

— Non. À cause des chaleurs, il a déjà été enseveli. Mais je vais quand même partir pour Tilly, demain.

— Je t'accompagne.

— C'est impossible. Mon oncle m'a révélé certaines choses dans cette lettre, et je dois m'en occuper seul. Mais je serai vite de retour.

— Des choses graves ? Pourquoi ne demandes-tu pas à Fronsac de partir avec toi ?

— Je ne peux pas. J'ai hâte de savoir. Il faut que je parte vite, et je ne tiens pas à mêler Louis aux affaires de ma famille. Il a suffisamment de travail pour remettre sa seigneurie en état.

— Tu prends le carrosse et François ?

— J'irai à cheval, seul.

Gaston resta sombre la soirée durant et comme Armande s'inquiétait, il lui dit quelques mots sur le contenu de la lettre. Le lendemain, elle le vit se préparer et s'armer comme pour une bataille. Une épée de côté, une autre de selle, deux pistolets d'arçon, son pistolet à quatre coups, une main gauche et un mousquet.

Elle s'étonna.

— Les routes sont peu sûres, Armande, mais rassure-toi. On est samedi. Je serai revenu au milieu de la semaine prochaine. D'ailleurs, je dois assister à une assemblée du Conseil jeudi.

Huit jours plus tard, il n'était pas rentré.

XIII

Rue du Pas-de-la-Mule, la boutique de Ganducci était plus souvent tenue par un commis que par le gantier parfumeur. Ceux qui cherchaient Alberto Fenicci (nom sous lequel on le connaissait dans le quartier) le trouvaient surtout là où il pouvait laisser traîner ses oreilles et surprendre des indiscrétions transmises ensuite à Ondedei et Mazarin.

Le 1er août, après avoir écouté, sur la place Royale, une intéressante conversation entre l'épouse d'un traitant et la maîtresse d'un échevin, Ganducci se rendit à la *Fosse aux Lyons* pour se désaltérer d'un clairet de Montmartre bien frais, tant la chaleur se révélait insupportable.

Le cabaret était surtout fréquenté par des gens de plume et des pamphlétaires. L'endroit avait longtemps abrité la Confrérie des bouteilles, association d'écrivains libres-penseurs dont Vincent Voiture constituait l'un des membres les plus éminents. Du vivant de Voiture, on n'y voyait pas Ganducci, car le poète connaissait ses activités douteuses auprès du cardinal. Désormais, le poète étant mort l'année précédente, les seuls qui auraient pu le démasquer étaient l'abbé Ménage [1] et le baron de Blot. Mais avec les troubles de la fronderie, le secrétaire du coadjuteur Paul de Gondi n'avait plus le temps d'aller au cabaret et Blot, auteur des plus violentes mazarinades, ne prenait pas le risque de s'y montrer.

Obscure, la salle était enfumée à la fois par la cheminée, dans laquelle un feu brûlait quelle que soit la saison, et par la fumée

1. Secrétaire du coadjuteur Paul de Gondi.

des pipes des clients. La Coiffier, maîtresse des lieux, imposait le souper à prix fixe avec un repas à six pistoles. Malgré ce tarif élevé, le cabaret ne désemplissait pas au moment du souper.

⚜

Pour l'instant – il était encore tôt –, il n'y avait que quelques buveurs faisant un vacarme infernal, chantant et s'interpellant à qui mieux mieux.

Ses yeux accoutumés à l'obscurité, Ganducci balaya la salle du regard et retint un sourire satisfait en découvrant Canto, Pichon et Sociendo attablés dans un coin. Depuis trois jours, il les cherchait.

Canto, seigneur de La Cornette, n'avait pas le teint sombre et le corps trapu qu'ont souvent les montagnards béarnais. Bien au contraire, s'il possédait la musculature puissante des Gascons, il était d'une belle taille. Son visage aux plis marqués, au nez mince, à la moustache et à la barbe piquées de gris, n'aurait pas attiré l'attention s'il n'avait eu le regard sinistre qu'affichent ceux qui prennent plaisir à faire le mal. Vêtu d'un grossier habit de drap lie-de-vin avec un baudrier de buffle élimé soutenant une lourde rapière à poignée de cuivre, il était coiffé d'un vieux feutre à plumes de coq et chaussé de bottes à revers, souillées et décousues.

Son voisin et ami, Pichon, seigneur de La Charbonnière, était aussi grand que lui avec un visage long et osseux surmonté d'une tignasse paille mal frisée. Ses joues fardées, sa moustache relevée au fer, ses lèvres passées au rouge, lui donnaient une vague allure bienveillante, renforcée par un sourire inspirant confiance. Comme Canto, il portait une brette sur un pourpoint de taffetas vert reprisé à plusieurs places.

Quant à Sociendo, avec son poil noir, son corps replet, sa crinière frisée en couronne sur son crâne chauve et son nez camus, il donnait l'impression d'une imitation ratée du coadjuteur Paul de Gondi. Attifé d'un simple habit de drap noir avec petit bonnet, il aurait pu passer pour un avocat ou un procureur s'il n'avait eu les doigts vulgairement couverts de bagues dorées aux pierres multicolores.

Piétinant la paille couvrant le sol, contournant les chiens qui sommeillaient et évitant de heurter de la tête les lièvres pendus aux poutres, Ganducci se dirigea lentement vers eux, l'oreille aux aguets sur ce qui se disait autour des tables. Comme toujours, les conversations les plus animées portaient sur les impôts iniques et les méfaits du Sicilien.

— Monsieur Fenicci ! l'interpella Canto quand il l'aperçut. Nous parlions justement de vous !

— De moi ? répliqua Ganducci, simulant la surprise.

Il s'approcha, tout souriant.

— Vous vous souvenez nous avoir parlé de ces gens qui avaient volé les recettes d'un trésorier, en Picardie ? Vous ne nous avez pas dit ce qu'ils sont devenus…

— À dire vrai, je n'en sais rien ! répondit Ganducci en s'asseyant avec eux. (Ils n'étaient que trois à leur table.) Comme je vous l'ai raconté, c'est un ami à moi qui m'a narré cette histoire, lors d'un souper. Il est commis aux Aides et il connaît d'incroyables affaires de larronnage dont on ne parle jamais. Mais comme les voleurs n'ont pas été pris, je suppose qu'ils ont tout dépensé en garces et en vin !

» Heureux hommes ! ajouta-t-il après un bref silence.

Puis, élevant la voix pour surmonter le tumulte qui régnait, il héla La Coiffier [1] et réclama du vin bien frais.

— Savez-vous que j'ai appris une histoire bien plus extravagante ! chuchota-t-il ensuite, le sourire aux lèvres, se penchant vers ses compagnons pour que leurs voisins ne l'entendent pas.

— De voleurs ? s'enquit Sociendo, avec le même ton de conspirateur.

— Oui. Cela s'est passé il y a trente ans.

— Une vieille histoire ! laissa tomber Pichon, marquant son désintérêt.

---

1. Voiture était un admirateur de la tenancière, La Coiffier. Quelques années plus tôt, il avait écrit sur la *Fosse aux Lyons* :

« *Nous y chanterons jusqu'à y perdre haleine*
Nous y dirons mille bons mots sans peine,
Car là Phébus est en son élément
Et si nos vers ne coulent pas doucement,
Nous en ferons d'un meilleur verre,
Chez La Coiffier. »

— On peut le dire ! C'est Luynes qui a étouffé l'affaire. C'est pour cela que personne n'en a rien su, sauf le président de la Cour des aides.

— Luynes ? Le grand fauconnier ?

— Oui.

— Ça remontre à loin ! ricana Pichon. Pourquoi pas Henri IV ?

Sociendo parut aussi se désintéresser de ce que disait Ganducci et lorgna vers deux garces aux tétins laiteux qui venaient d'entrer au bras d'un gentilhomme.

— Savez-vous combien on a volé ? demanda le gantier.

Sans attendre de réponse, il poursuivit :

— Un million de livres, compères !

— Un… balbutia Pichon, éberlué.

— C'était la recette générale des tailles de Normandie, expliqua Ganducci.

Canto, qui se disait seigneur de La Cornette, mais qui n'avait été qu'estafier chez le traitant La Rallière, intervint en haussant les épaules.

— On ne transporte jamais une pareille somme ! Je le sais ! fit-il. Je connais bien les transports de recette.

— Savez-vous qui était le voleur ? demanda narquoisement Ganducci.

Devant les regards négatifs, il articula lentement :

— Con-ci-no-Con-ci-ni.

— Pas possible ! s'exclama Pichon.

— Le maréchal d'Ancre était alors gouverneur de Normandie. Il avait besoin de un million, soit pour fuir, soit pour lever une armée contre le roi, peu importe. Il a donc décidé de faire transporter la totalité des tailles sur une barque et uniquement en or. Puis de les voler.

— Sur la Seine ? s'enquit Sociendo, brusquement intrigué.

Son changement d'attitude n'échappa pas à Ganducci.

— Oui, en gabarre. En même temps, il s'assurait de la complicité d'un nommé Petit-Jacques, un bandit qui volait les transports de marchandises sur la Seine. Dans un méandre, entre le château de la Roche-Guyon et Moisson, au moment où les haleurs et la troupe d'escorte étaient le plus fatigués, Petit-Jacques a fondu sur la gabarre avec une barque à voile. Ses complices ont tué les bateliers et arrimé la gabarre à leur barque. Ensuite, poussés par le vent et le courant, ils ont abordé l'autre rive où les attendaient des chevaux.

En racontant l'affaire, Ganducci la mimait avec les mains, comme tout Italien qui se respecte.

— Splendide ! s'exclama Sociendo.

— Mais Concini est mort, objecta Pichon. Qu'est devenu l'or ?

— Cela s'est passé une semaine avant qu'il ne soit tué sur le pont du Louvre. Probablement, Luynes a trouvé l'or rapiné et l'a gardé. Voilà pourquoi rien n'a filtré ! conclut Ganducci en vidant sa chopine de vin d'un air satisfait.

— Comment votre ami a-t-il su tout ça ? s'enquit Canto avec une ombre de méfiance.

— Il a trouvé un mémoire sur ce vol des tailles en rangeant de vieux dossiers.

Le silence s'installa entre eux. Le cruchon de vin passa de main en main et chacun remplit son pot.

Au bout d'un moment, Ganducci ajouta, après avoir claqué la langue afin d'afficher sa satisfaction :

— J'ai plus, compères…

— Quoi donc ? demanda Sociendo.

— Avec la guerre civile, il n'y a pas eu de transport des recettes de la taille depuis neuf mois en Normandie. Aussi le Sicilien a-t-il ordonné à Mgr de Longueville d'en préparer un rapidement. Et comme ce sera une importante somme, le convoi se fera par la Seine.

Une nouvelle fois, le silence se fit, tandis que les brouhahas et les chants d'ivrognes s'affichaient de plus en plus bruyants dans la salle.

— Il y aurait combien ? s'enquit enfin Pichon.

— Je ne sais trop, mais mon ami m'a parlé de… deux millions…

À cette somme, chacun comprit qu'ils étaient sur le point de se lier par un pacte tacite. Un pacte de voleurs.

Ce fut Pichon qui formalisa l'accord.

— Que proposez-vous ? demanda-t-il à voix basse.

— Mon ami peut savoir le jour du départ du convoi, depuis Rouen. Ce sera en septembre ou en octobre. Il aura aussi d'autres détails, comme l'effectif de l'escorte. Si vous en êtes, nous partagerons en cinq.

— Quelle sera votre partie ? demanda agressivement Canto.

— J'amène l'affaire ! répliqua Ganducci d'un ton d'évidence.

— C'est tout ?

— C'est tout, c'est-à-dire que c'est la totalité ! Mais vous-mêmes, seriez-vous vous capables de faire ce qu'a réussi ce Petit-Jacques ?

— Peut-être, répondit Sociendo. Il faudrait que nous allions là-bas. Que nous étudiions la rivière. Je n'ai jamais navigué sur la Seine.

— Qu'est devenu ce Petit-Jacques ? demanda Canto.

— Disparu ! En revanche, il avait un complice, un nommé Mondreville. Je n'en sais pas plus, mais il existe un village de Mondreville…

— Je connais ! le coupa Pichon.

— Le seigneur de Mondreville s'appelle Jacques Mondreville. Il est aussi lieutenant du prévôt des maréchaux de Rouen.

— Ce serait lui le complice de Petit-Jacques, un prévôt ? interrogea Canto, surpris.

— Je l'ignore, mais pourquoi pas ? Il semble riche. À vous de le découvrir.

— Quel intérêt ? s'enquit Pichon.

— Je ne sais pas grand-chose sur la façon dont le vol s'est passé. Retrouver un de ceux qui y ont participé serait commode pour la suite.

— Sans doute, reconnut Sociendo, songeur. Cela m'aiderait. Comment voyez-vous les choses ?

— Vous préparez tout, éventuellement vous mettez Mondreville dans le coup, si c'est lui le complice de Petit-Jacques. Quand je saurai les dates de départ du convoi, je vous les donnerai. Moi et mon ami participerons à l'entreprise. Le partage aura lieu immédiatement après.

— Mais si ce Mondreville est avec nous, cela fera six parts, remarqua Pichon.

— On verra ! sourit Ganducci.

Il se leva.

— Quand vous serez prêts, portez un mot à ma boutique…

⚜

Après son départ, les trois restèrent silencieux un moment.

— Quatre cent mille livres ! dit finalement Pichon. Voilà qui arrangera bien mes affaires.

— Les miennes aussi, grimaça Canto. Je n'aurai bientôt plus de quoi payer mon loyer.

— Il faudra trouver une barque à voile assez grosse et bien manœuvrable, remarqua Sociendo, l'air soucieux.

— Où ?

— Je ne vois qu'à Rouen pour avoir suffisamment de choix, mais ce sera cher.

— Combien ?

— Faire fabriquer une nacelle à clin d'une bonne taille coûtera au moins cent livres et prendra trois semaines.

Il réfléchit un instant avant d'ajouter.

— On peut en trouver une d'occasion entre trente et cinquante livres tournois.

— On ne les a pas.

— Peut-être Fenicci pourra-t-il nous prêter l'argent ?

— Je lui en parlerai, promit Pichon. Dans l'immédiat, il faut aller là-bas, repérer les lieux et interroger les gens pour savoir si quelqu'un se souvient de ce vol.

— On nous remarquera si nous restons longtemps dans une auberge.

— Ces auberges sont pleines de faux sauniers [1] ! Personne ne demande rien à personne. Je me ferai passer pour un marchand de Bordeaux qui attend un convoi de marchandises, suggéra Sociendo. Vous serez des gentilshommes de mes amis qui m'accompagnent.

— Ça devrait être suffisant, reconnut Pichon. Nous irons donc là-bas comme des gentilshommes, d'ailleurs personne ne nous y connaît.

1. Contrebandiers du sel, revendant du sel sans taxe.

— Reste le partage… laissa tomber Canto.

— Nous en reparlerons, compère, car il serait injuste que Fenicci et son ami aient la même part que nous qui ferons tout le travail. Nous réglerons ça à la fin.

Sociendo hocha la tête en souriant.

⚜

À Tilly, Gaston retrouva la maison de son enfance quasiment déserte. Depuis qu'il était parti pour le collège de Clermont, il n'y était que rarement retourné. Peut-être quatre fois en vingt-cinq ans. Il n'avait que de très vagues souvenirs de ses parents, n'arrivant plus depuis longtemps à retrouver le visage de sa mère dont il n'avait aucun portrait. Celui de son père était un peu plus précis, peut-être parce qu'il lui ressemblait.

Seuls une cuisinière âgée et son cousin, presque aussi vieux qu'elle, qui s'occupait des jardins, habitaient la bâtisse sale, sinistre, morte. Comme son passé. L'endroit avait été la maison du bonheur, mais désormais elle devenait celle des épreuves. Avec la mort de son oncle, son enfance avait disparu.

Il erra longuement de pièce en pièce, d'un étage à l'autre. Le cabinet sans fenêtre qui lui servait de chambre était resté le même. Il aperçut un livre sur le lit de bois aux rideaux poussiéreux ; l'abécédaire avec lequel il avait appris à lire. Il ouvrit le vieux coffre où il mettait ses vêtements. Celui-ci était vide, sauf une épée de bois fabriquée par son oncle. Les yeux dans le vague, il se revit, courant dans la cour avec la miséricorde en main, menaçant pour rire le palefrenier qui ne voulait pas le laisser monter à cheval.

La maison appartenait aux Tilly depuis toujours. Perpétuellement sombre avec ses épaisses grilles aux minuscules ouvertures du premier étage et ses volets clos au second, elle était peu plaisante à habiter. De plus, le toit était percé en plusieurs endroits. Seulement, c'était désormais sa maison. Il devrait la remettre en état, la rendre habitable pour Armande. Où trouverait-il l'argent ? Il songea à en parler au notaire, quand il irait le voir.

Il se rendit à l'église et lui qui ne priait jamais s'agenouilla sur la dalle qui recouvrait ses parents. Son oncle et son frère n'étaient pas très loin, ainsi que ses autres ancêtres. Tout près du chœur, il restait de la place pour lui, lui dit le curé en un sourire qui se voulait chaleureux.

Quand Gaston revint dans la grande maison, son énergie était réapparue. Il avait interrogé la cuisinière présente le jour de la mort de ses parents. Elle lui avait raconté ce dont elle se souvenait, mais son témoignage ne lui apportait rien. Le vieux sergent, que son oncle citait dans sa lettre, était mort l'année précédente. Quant à son fils, qui avait été au service de Mondreville, il avait quitté le pays. Il ne serait pas facile de retrouver des témoins de ce qui était arrivé trente-deux ans plus tôt.

Gaston décida de commencer par trier les courriers et les papiers de famille, mais il n'y avait pas grand-chose d'intéressant. Il s'en doutait. Pour aller plus loin, il fallait qu'il fasse ce qu'il s'était toujours refusé à faire : entrer dans la chambre de ses parents.

Après leur mort, sans savoir pourquoi, il n'y était jamais revenu. Son oncle y dormait, mais chaque fois qu'il l'avait appelé, Gaston avait refusé d'y pénétrer, même quand Hercule l'avait menacé du fouet. Car cette chambre l'effrayait. Jusqu'à présent, il s'était même dit qu'il ne voulait pas revoir l'endroit où sa mère l'avait mis au monde. Mais maintenant qu'il devait braver ses interdits, il comprenait que ce n'était pas la vraie raison. C'est là que, pour la dernière fois, il avait longuement parlé à son père.

Inspirant un grand coup, comme s'il partait à la bataille, il ouvrit la porte de l'escalier dans la tourelle et le grimpa.

⚜

Tout était encore comme dans ses souvenirs. Le lit à custode, l'armoire, la table de travail de son père sur laquelle reposaient deux encriers et de vieilles plumes d'oie. Un grand coffre de bois.

La tête lui tourna un instant. Il revit son père, soucieux, écrivant un mémoire. Assis sur le lit, en regardant le vieux miroir au tain constellé de craquelures, il vit un enfant parler. Les larmes lui vinrent aux yeux.

— Maman vous attend, monsieur mon père.

— J'arrive. Je range ce document et je viens.

— Quand je serai grand, j'écrirai comme vous, monsieur mon père, et moi aussi je chasserai les brigands.

— Sûrement, mon fils.

— Allez-vous ouvrir votre coffre secret, monsieur mon père ?

— Oui, je vais ranger ce mémoire.

Son regard s'égara vers l'armoire. Le coffre secret aux armes des Tilly ! Comment avait-il pu l'oublier ? Il se leva et ouvrit le meuble. Il contenait du pauvre linge. Il tira l'un des tiroirs. La clef était toujours là ; son cœur se mit à battre un peu plus fort.

Il s'arc-bouta contre l'armoire. D'abord, elle ne bougea pas, coincée par la poussière et les ans. Finalement il parvint à la faire glisser et vit le coffre dans le mur, couvert d'épaisses couches de toiles d'araignée. Il passa la main devant, chassant la poussière et révélant la devise : *Nostro sanguine tinctum*. Il mit la clef dans la serrure et la fit tourner difficilement. Puis il tira la porte de fer.

Tout était là. Les lettres attachées par un cordon, la centaine d'écus d'or, et le mémoire jauni. Son oncle n'avait jamais trouvé la cachette.

Il prit le document presque en tremblant et retourna s'asseoir sur le lit.

C'était une enquête de son père sur un vol des tailles royales. D'après les dates relatant les recherches, le vol avait eu lieu quelques jours avant sa mort. La somme détournée représentait un million de livres en or !

En lisant cela, Gaston eut un instant le vertige, puis il comprit qu'il venait de découvrir la raison pour laquelle on avait assassiné ses parents. Un million en or ! Bien des voleurs tueraient un prévôt pour beaucoup moins.

Il poursuivit sa lecture. Le mémoire relatait ce qu'avait fait son père les deux jours suivant le vol ainsi que l'interrogatoire d'un des voleurs, découvert mourant, tué par ses complices.

Sur un feuillet séparé, son père avait aussi écrit avoir rencontré le duc de Sully qui lui avait demandé d'aller raconter sa découverte au jeune roi. Selon lui, le vol aurait été préparé par Concini.

Concini ! Le maréchal d'Ancre, mort quelques jours après son père !

Tout était-il lié ?

Gaston conduisait des enquêtes de police depuis vingt ans. Sans avoir le talent de déduction de son ami Louis Fronsac, il savait raisonner.

Ce Balthazar Nardi, nommé par l'un des brigands, avait volé la recette des tailles pour Concini. Son père allait dénoncer l'instigateur du vol au roi. D'une façon ou d'une autre Concini l'avait appris… et l'avait fait assassiner. Puis Concini avait été tué et l'affaire était tombée dans l'oubli.

Qui aurait-il pu interroger ? Louis XIII et Sully étaient morts.

Gaston se sentait coupable. S'il avait été proche de son oncle, il aurait peut-être appris plus tôt qu'on avait tué ses parents. Et surtout, le nom du criminel !

Lorsqu'il entrait en chasse d'un scélérat, tel le sanglier auquel il ressemblait, Gaston préférait foncer, tête baissée devant les difficultés plutôt que de tenter de les contourner comme Fronsac.

Il y avait un autre nom dans le mémoire. Se pouvait-il que ce soit la même personne que celle nommée par son oncle ? Il décida de se renseigner auprès du curé. Les prêtres savaient beaucoup de choses, même en dehors de la confession. Ensuite, si nécessaire, il irait interroger ce personnage. Après tout, n'était-il pas procureur à la prévôté de l'Hôtel du roi ?

XIV

Traversée par la route de Mantes à Dreux, Longnes, seigneurie de l'abbé de Saint-Germain-des-Prés, avait été fondée sous Robert le Pieux, en 1030. À l'entrée du bourg, l'auberge du *Saut du Coq* était la plus grande et la plus commode à trois lieues à la ronde. On la disait toujours bien fournie en victuailles et douillette en couchers, tout en restant à un prix raisonnable. C'est la raison pour laquelle Canto, Pichon et Sociendo avaient choisi de s'y installer. De surcroît, ils ne seraient pas loin de la Seine ni de Mondreville.

L'auberge se révélait coquette avec ses colombages et son toit en chaume. En bordure du chemin, un mur fermait une cour pavée de galets à laquelle on accédait par une arcade de pierre. Autour ouvraient écuries, granges, hangars à coches et charrettes devant lesquels on accrochait colliers, étrilles et brides. Le corps de bâtiment principal comprenait une grande salle avec, au-dessus, des chambres auxquelles on parvenait par un corridor extérieur soutenu par des poteaux de bois. Il n'y avait pas de chauffoir, ceux qui ne pouvaient se payer une chambre dormaient dans la grange attenante.

Les bois de charpente de la façade, ainsi que les poteaux, les volets et les rampes de la galerie, étaient peints d'un beau rouge sang de bœuf. Les fenêtres possédaient même des vitres, chose rare à une époque où les auberges de campagne se contentaient souvent de cadres tendus de peau de porc huilée.

C'est le dimanche 1er août que Canto, Pichon, et Sociendo arrivèrent. Le trio demanda une chambre avec un grand lit et le marchand bordelais raconta à l'aubergiste qu'il attendait deux chariots de meubles venant de Picardie. Les deux gentilshommes, ses amis, l'accompagneraient jusqu'à Bordeaux ; une escorte indispensable dans une Normandie infestée de soldats débandés et de voleurs de grand chemin, pillant et rançonnant les voyageurs. Le duc de Longueville lui-même n'avait-il pas dit avoir vu en Normandie beaucoup de lieux où l'ennemi n'eût point fait plus de mal !

Dès le lundi, les compères partirent explorer les rives de la Seine, le long du chemin de halage, entre Moisson et Rosny. Le mardi, ils se rendirent à Mondreville examiner le domaine du seigneur du lieu ; une maison forte à l'écart du village. Ils se renseignèrent sur lui dans une taverne pour laboureurs où on ne servait qu'un vin aigre. Là, ils apprirent que Jacques Mondreville avait acheté la seigneurie une trentaine d'années plus tôt, qu'il était maître âpre au gain et magistrat sévère. Une servante leur parla aussi de son fils, jeune effronté prétentieux et cruel qui avait violenté plusieurs paysannes sans jamais être puni, car toujours protégé par son père.

Ils rentrèrent souper au *Saut du Coq*, discutant de la meilleure façon d'aborder Mondreville. Pichon suggéra qu'ils approchent d'abord son fils ; un débauché les écouterait plus aisément.

⚜

La salle accueillait une trentaine de personnes.

Accroupie devant l'énorme cheminée, une maigre souillon préparait le souper sous la surveillance de l'aubergiste et de son épouse. Celle-ci, d'une belle taille, aux formes généreuses, attira le regard de maquignon de Sociendo. Courtier en fesses, il jugeait toute femme à l'aune de ce qu'elle pourrait lui rapporter.

Une grande poêle contenant du lard et des œufs emplissait la pièce d'un succulent fumet, masquant presque les appétissantes odeurs des poissons mijotant dans le coquemar de fonte pendu à l'une des crémaillères.

Large de quarante pas et long du double, le grand espace contenait une dizaine de tables de toutes tailles, certaines couvertes de nappes de toile blanche. Toutes étaient occupées. Une porte arrière ouvrait sur une basse-cour où circulaient poules, canards, chiens et chats. Tout ce monde braillait, caquetait, parlait, chantait et criait en même temps.

La taverne attirait la bourgeoisie de Longnes et la petite noblesse environnante, mais les marchands, les voyageurs et les colporteurs la fréquentaient en nombre. Canto, Pichon et Sociendo traversèrent la salle, examinant discrètement les clients, pour s'assurer qu'il n'y avait personne de leur connaissance.

Ils jugèrent n'avoir rien à craindre du vieux notaire, assis à l'entrée, qui préparait des actes pour un couple de fermiers. À la table mitoyenne se tenait une bande de colporteurs, tous ivres et chantant des chansons à boire. Ils virent aussi un étameur de cuillères et de casseroles, un aiguiseur de couteaux et de haches, un marchand de Livres saints – qui connaissait surtout des chansons paillardes – et un vendeur de peaux de lapins.

Un peu plus loin, un apothicaire présentait des drogues et des pommades à trois femmes attentives, tandis qu'en face, un sergent recruteur détaillait à cinq ou six benêts boutonneux les avantages qui les attendraient quand ils auraient rejoint le régiment de Picardie. Et de les énumérer sur ses doigts : belle tenue de laine épaisse, double paye, trois jours de pillage dans les villes prises, et à ces occasions, autant de femmes qu'ils pourraient forcer ! En même temps, il remplissait les pots des garçons à volonté, faisait tinter les quatre écus au soleil de l'engagement, ajoutant qu'il suffisait d'une croix sur le papier à en-tête du régiment. Une servante un peu trop dépoitraillée restait à écouter, sachant que, dès l'argent versé, il passerait dans sa poche si elle se montrait peu farouche auprès des crédules garçons.

À une table isolée se tenait un maître d'école, reconnaissable à la plume d'oie de son chapeau. L'homme, la quarantaine, vêtu d'un habit gris rapiécé, apprenait les rudiments de la lecture à un paysan, sa femme et deux jeunes garçons. Il utilisait la méthode Roti-Cochon [1] permettant un apprentissage rapide.

Près de la porte donnant dans la cour, deux individus au visage farouche parlaient avec l'aubergiste, un homme grand mais voûté, la cinquantaine bien sonnée avec des cheveux et sourcils presque blancs. Aux habits des interlocuteurs, Sociendo reconnut

1. Méthode de lecture basée principalement sur des exemples culinaires.

des Bretons, sans doute de faux sauniers faisant passer clandestinement du sel de Bretagne en pays de grande gabelle dans des tonneaux à double-fond. La méthode, le Bordelais la connaissait pour l'avoir pratiquée ! Ils devaient avoir dissimulé leur marchandise dans le bois proche et la proposaient à l'aubergiste.

À l'autre bout de la salle, plusieurs marchands venus pour la foire de Mantes, qui se tenait le lendemain, causaient fort de commerce, de politique et de religion, s'esclaffant longuement aux blasphèmes les plus affreux.

Seuls à la dernière table où il restait de la place, deux hommes jouaient au piquet [1] devant une petite lampe en cuivre fumant affreusement, n'interrompant leur silence que pour faire leurs annonces. Comme il y avait des escabeaux libres, Canto, Pichon et Sociendo s'assirent avec eux. La table était couverte d'une épaisse nappe.

Pichon adressait un signe pour qu'une servante leur porte à boire quand un nouveau venu entra en criant : « Salut la compagnie ! » Comme c'était un contrôleur des gabelles en habit vert, avec commis et deux archers, le silence tomba immédiatement dans l'auberge.

En un instant, les deux Bretons se levèrent et se dirigèrent vers la cour arrière. Pris, ils se savaient bons pour les galères après un marquage au fer rouge. Le contrôleur et les archers se précipitèrent à leur suite, leur ordonnant de s'arrêter. En chemin, l'un d'eux heurta la jambe tendue d'un colporteur et s'affala, entraînant les deux autres dans sa chute. Tout le monde se mit à rire à gorge déployée, tant on détestait la gabelle et ses contrôleurs. Canto secoua la tête devant la stupidité du gabelou. Quand lui-même se trouvait au service de Samuel de La Rallière, qui comme tout fermier avait du mal à collecter aides et gabelles, il veillait toujours à poster un homme à chaque issue. Et, après avoir pris un faux saunier, il le rouait de coups pour lui passer l'envie de recommencer.

Lorsque le contrôleur des gabelles se releva, les fraudeurs étaient loin. Le gabelou posa la main sur son épée et lança à l'étameur qui les avait fait tomber :

---

1. Jeu de carte qui se jouait à deux.

— Par l'épée de saint Pierre, tu vas payer cher d'avoir aidé ces faux sauniers, maroufle !

— C'est vous qui m'avez heurté ! protesta l'étameur en se dressant de toute sa hauteur. Tout le monde peut en témoigner !

L'homme, grand et vigoureux, arborait des mains larges comme des battoirs. Ses voisins serraient déjà haches et couteaux, pris dans leur marchandise. Le gabelou balaya la salle des yeux, à la recherche d'une aide, mais tous les regards se montraient hostiles. Il devina que s'il insistait, c'est lui qui prendrait des coups. Comme partout, on détestait les gens des impôts.

— Je m'en souviendrai ! menaça-t-il rageusement, avant d'avancer vers l'aubergiste avec une méchante expression dans le regard.

— Père Dufroc, vous achetiez du sel à ces fraudeurs ?

— Moi ? Jamais, monsieur ! J'ignore d'ailleurs qui ils sont. Ils me commandaient à dîner !

— Je vais fouiller votre auberge pour trouver ce sel !

— L'aubergiste a raison, intervint l'un des deux joueurs de cartes. J'ai entendu ce qu'ils disaient. À aucun moment ils n'ont parlé de sel.

— Oh, monsieur Bréval ? Excusez-moi, je ne vous avais pas vu. Je vous salue, monsieur, ainsi que monsieur Mondreville, bredouilla alors le contrôleur dans un accès de servilité.

Embarrassé, il s'inclina un instant, puis se retourna vers les archers et le commis et leur fit signe qu'ils partaient. Ils se retirèrent sous les plaisanteries d'une assistance en train de s'épanouir la rate.

Canto, Pichon et Sociendo considérèrent leurs voisins avec attention. De braves gens pour être venus en aide à l'aubergiste ! Le nommé Bréval avait la cinquantaine. Plus petit que la moyenne des gens de son âge, c'était un modeste petit-bourgeois, corpulent, serré dans un pourpoint de drap sombre, moustache et courte barbe en pointe piquée de gris avec des cheveux taillés court sous un toquet. Le second était un jeune homme portant un habit de soie violet taché à plusieurs endroits. Son épée étant posée sur la table, il devait être noble. Le contrôleur des gabelles l'avait appelé Mondreville et lui avait marqué du respect. S'agissait-il du fils du prévôt ?

⚜

Après s'être confondu en remerciements, l'aubergiste partit chercher « son meilleur vin », signe que celui servi habituellement était médiocre. Tandis qu'il s'éloignait, Pichon lui cria qu'ils voulaient manger. Bréval et Mondreville se remirent à jouer.

Canto observa que le jeune homme avait le nez cassé et une lèvre fendue. De gros poux couraient sur sa chevelure châtaine, sale et mal coiffée. Ses doigts et ses ongles s'affichaient noirs de crasse. Tout en jouant, il se curait le nez et les oreilles.

— Dix-huitième ! déclara-t-il en étalant huit cartes sur ses douze qui se suivaient.

— Brelan de valets, pour moi. Décidément, tu m'as encore battu, Charles !

— Je suis trop fort à ce jeu ! déclara le jeune homme avec fatuité, ramassant les pièces sur la table.

Une fille apporta trois écuelles de bois contenant une épaisse tranche de pain détrempée de soupe aux navets sur laquelle reposaient des côtes de brebis. Elle les plaça devant Canto, Pichon et Sociendo.

— Amenez-nous aussi un gros pain blanc ! lui lança le second.

Le notaire et ses clients partaient quand un jeune gentilhomme entra dans la salle. Haut de taille, musculeux, le regard assuré de celui qui n'obéit qu'à ses propres lois, il était pauvrement vêtu d'un pourpoint de serge grise à taille haute et manches découpées, comme on les portait une dizaine d'années plus tôt. Ses hauts-de-chausses étroits, qui s'arrêtaient aux genoux, étaient recouverts de hautes bottes à revers. Il tenait un manteau en drap de Hollande roulé sur l'épaule.

Pichon et Canto remarquèrent surtout la lourde brette de duelliste qui pendait à un vieux baudrier de buffle, ainsi que la miséricorde de l'autre côté. Cet individu semblait d'autant plus inquiétant que son visage aux yeux gris et à la courte moustache en pointe révélait une fureur à peine maîtrisée.

Il balaya rapidement la salle des yeux et, les ayant vus, se dirigea vers eux. Immédiatement Pichon et Canton furent sur leur garde.

On semblait connaître le nouveau venu, car à mesure qu'il avançait d'une démarche souple et assurée, les conversations cessaient ou baissaient d'un ton. Un diffus sentiment de crainte, ou de curiosité, s'installa dans la salle.

Persuadé que c'était à eux qu'il en avait, Canto avait posé la main sur son épée. Mais il perçut un éclair d'inquiétude chez son voisin, le petit-bourgeois, et comprit alors qu'il s'était mépris.

— Charles, fit le nommé Bréval entre ses dents : Thibault de Richebourg se dirige vers nous.

Le jeune homme à la tête pouilleuse se retourna, tandis que Canto et Pichon échangeaient un regard entendu. Il allait y avoir querelle.

Le gentilhomme nommé Richebourg s'arrêta à trois pas de leur table et s'adressa sèchement au nommé Mondreville.

— Monsieur, allant préparer mon cheval, j'ai trouvé ma selle dans la boue de l'écurie. On m'a dit que c'est vous qui l'y avez jetée.

— Et alors ?

— Je vous prie d'aller la chercher et de la nettoyer.

— Ah !

Le nommé Richebourg s'étant avancé, il avait posé l'extrémité de ses mains sur la table. Mondreville prit son pot de vin et le vida sur ses doigts.

L'autre fit un bond en arrière :

— Par les pantoufles de Belzébuth ! Vous avez une épée, monsieur l'insolent ! Réglons ça dans la cour, tout de suite !

Le jeune Mondreville se leva en roulant les épaules, sourire insolent aux lèvres.

— Non ! intervint Bréval, se dressant à son tour.

— Sur ma vie, ne vous mêlez pas de ça, monsieur Bréval ! menaça Richebourg.

Paniqué, le bourgeois se tourna vers Canto et Pichon.

— Messieurs, je vois que vous portez une épée, êtes-vous gentilshommes ?

— Je me présente, Pichon de La Charbonnière, et mon ami est le seigneur de La Cornette.

— Intervenez, je vous en prie, messieurs ! Ces jeunes gens vont s'entre-tuer pour une broutille, supplia le bourgeois.

Déjà les deux garçons se dirigeaient vers la sortie.

Canto opina, se leva et les rattrapa à grandes enjambées :

— Attendez-moi, messieurs !

Si Richebourg ne se retourna pas et passa la porte, Mondreville eut un bref regard en arrière. Mais voyant celui qui l'interpellait, il l'ignora à son tour.

Pichon rattrapa Canto dehors. Déjà les deux garçons dégainaient. Richebourg avait enroulé son manteau autour de son bras gauche et saisi sa dague. Pichon connaissait bien cette manière de se battre à l'ancienne, toujours en usage chez les vrais bretteurs. Quant au jeune Mondreville, à la façon guindée dont il se mettait en garde, il devina qu'il n'aurait aucune chance. Le nommé Richebourg allait le saigner comme un cochon.

— Messieurs, intervint-il, dressant une main conciliante. En tant qu'officier de monsieur le marquis de Duras et de Monsieur le Prince, je vous supplie de bien vouloir baisser vos armes et m'écouter un instant.

— De quoi vous mêlez-vous, monsieur ? s'agaça insolemment Thibault de Richebourg.

— Les duels sont interdits, intervint Bréval. Charles, si vous êtes tué, votre père fera pendre monsieur de Richebourg. Et si vous le tuez, c'est la reine qui vous fera couper la tête !

Richebourg haussa les épaules avec indifférence, comme si ces lois ne le concernaient pas.

— Messieurs, le 17 juin a eu lieu aux Tuileries une altercation entre monsieur le duc de Beaufort et monsieur le duc de Candale… fit Pichon. J'y étais.

— Et alors ? s'enquit Richebourg.

— Ces deux grands seigneurs devaient se rencontrer pour une affaire d'honneur. Pourtant, monsieur le duc d'Orléans et Mgr le prince de Conti les ont suppliés de n'en rien faire durant quelques jours. Malgré l'importance de leur désaccord, malgré leur querelle qui avait été violente et publique, ils ont accepté de reporter leur duel, et, après de longues négociations, monsieur le duc d'Orléans est parvenu à les raccommoder. Si le petit-fils d'Henri IV et le fils du duc d'Épernon ont accepté un arrangement, ne pouvez-vous vous-mêmes sans honte remettre votre épée au fourreau, au moins pour quelques heures ?

Les deux jeunes gens restaient immobiles, indécis. Entre-temps, la salle s'était vidée et les clients les entouraient, chacun commentant avec gourmandise le duel à venir. Canton entendit que les paris et les encouragements allaient tous vers Richebourg.

Le cabaretier arriva alors en courant :

— Monsieur de Richebourg, j'ai fait nettoyer et cirer votre selle ! Il n'y a plus aucune raison de vous battre !

L'offensé parut indécis. Bréval insista :

— Je vais parler à mon jeune ami, monsieur de Richebourg ; je saurai le convaincre de vous faire connaître ses regrets.

— Jamais ! cria alors Mondreville.

— Charles, tais-toi ! Nous verrons cela ensemble !

Le jeune godelureau ouvrit la bouche pour protester, mais resta finalement silencieux.

Après un instant d'hésitation, Richebourg rengaina en s'adressant à Pichon :

— Monsieur, j'attends de vos nouvelles pour un accommodement. Quel est votre nom ?

— Pichon de La Charbonnière, monsieur. Lieutenant de Mgr le prince de Condé. Mon ami est le seigneur de La Cornette.

— Thibault de Sabrevois de Bouchemont de Richebourg, seigneur de Saulx, d'Écluzelles, des Mousseaux, du Mesnil, de Sermonville, énuméra le jeune homme en s'inclinant avec grâce.

Il rangea sa main gauche, replaça son manteau sur son épaule, ôta son feutre et enfin salua Bréval et les gentilshommes, ignorant superbement Mondreville.

— À vous revoir, messieurs !

Puis, tournant le dos, il se dirigea vers l'écurie sous les murmures déçus de l'assistance qui commença à rentrer dans l'auberge.

⚜

Canto, Pichon et Sociendo demeurèrent dans la cour avec Bréval et Mondreville.

— Messieurs, je vous remercie. Puis-je vous offrir à boire ? interrogea le bourgeois.

— C'est toujours possible, le bon vin ne se refuse jamais ! plaisanta Canto.

— Vous auriez dû me laisser me battre, protesta Mondreville, l'air buté.

— Tu n'avais aucune chance Charles !

— Croyez-vous ? s'enquit le jeune faraud. Je me suis déjà battu !

— Pas avec lui. Richebourg est une fine lame, c'est toute sa fortune. On m'a dit qu'il a déjà tué trois hommes.

— Par qui savez-vous ça ? demanda Mondreville avec agressivité.

— Par ma filleule.

— Je ne supporte pas qu'il lui tourne autour ! cria le jeune homme.

— Ma filleule se nomme Anaïs, expliqua Bréval aux trois hommes. monsieur de Richebourg lui fait la cour et mon ami Charles souhaite l'épouser.

— Et elle, que dit-elle ? plaisanta Pichon.

— Pour l'instant rien, répondit Bréval. Mais entrons plutôt, la nuit va tomber.

⚜

Ils se retrouvèrent autour de la table, devant leurs chopines de vin. Noël Bréval leur expliqua être négociant en blé et habiter un peu plus loin, sur la route de Mantes. Sociendo se dit marchand de vin et les deux hommes furent vite intarissables sur les transports de marchandises en mer et sur rivière. Sociendo fit croire qu'il possédait plusieurs navires à Bordeaux. Et qu'il était là, avec deux de ses amis, pour attendre plusieurs chariots de tapisseries et de meubles achetés à Bruxelles qu'ils conduiraient ensuite à Bordeaux.

— Malheureusement pour moi, j'ai choisi de transporter des blés, soupira Bréval. En période de disette, lorsque l'humidité empêche les grains de mûrir et que la moisson se révèle mauvaise, l'envolée des prix est telle que les grains n'ont plus le droit d'être transportés au-delà de huit lieues. Depuis le début des troubles, mes bateaux restent à quai. J'ai encore un heu en mer qui ramène des laines d'Angleterre et une allège sur la Seine, mais le commerce est si faible que j'en suis réduit à passer mon temps à jouer aux cartes avec Charles.

Pendant qu'ils parlaient, Mondreville vidait verre sur verre, sans un mot.

— Et si vous nous parliez de cet insolent Richebourg ! lança Pichon. Il va bien falloir que je le rencontre pour arranger cette affaire !

Mondreville lui jeta un regard sombre.

— Thibault de Sabrevois de Richebourg, fit Bréval. Une des plus vieilles familles du pays. Une des plus pauvres aussi. Orphelin, écuyer, seigneur de nombreux lieux, comme il vous l'a dit, mais dont les cens varient entre un mouton de la première année et deux poules ! Il habite seul le donjon familial près de Dourdan, n'ayant même pas les moyens de se payer de domestiques, sinon un vieux valet. C'est un garçon fier et querelleur qui a déjà eu des ennuis avec la justice. Je vous l'ai dit, il aurait tué trois hommes en duel, mais il n'a pas été poursuivi, car ses adversaires s'en étaient pris à lui tous ensemble.

— Vous voulez dire qu'il a tué trois hommes à la fois ?

— C'est ce que m'a dit Anaïs. De jeunes gentilshommes de passage qui s'étaient moqués de sa rossinante.

— Rude bonhomme ! siffla Canto.

— Qui est donc cette Anaïs ? s'enquit Pichon.

— Anaïs Moulin Lecomte est ma filleule. Elle habite chez moi, en ce moment. Ses parents sont en Provence pour régler des affaires familiales. Les Moulin Lecomte possèdent un grand moulin au Coudray. C'est ainsi que je les ai connus. À une époque, j'achetais aussi des farines. Nous nous sommes rendus divers services. Ma pauvre femme était très amie avec la mère d'Anaïs. Et, à sa naissance, je suis devenu son parrain. L'année dernière, elle a rencontré Thibault de Richebourg qui se rendait à Chartres pour les états provinciaux. Il s'était arrêté au moulin faire boire sa rossinante et a eu le coup de foudre. Il est revenu à plusieurs reprises la voir et a finalement demandé sa main à ses parents qui ont désiré réfléchir, tant il est pauvre. Quand les Moulin Lecomte sont partis vers Aix, ils n'ont pas voulu emmener leur fille, les routes étant peu sûres, et me l'ont confiée afin qu'elle ne reste pas seule ; le risque étant que Richebourg l'enlève. Depuis, il vient souvent la voir, bien que je lui aie demandé de ne pas le faire. Seulement, voici trois jours, Charles (il désigna Mondreville), fils d'un de mes amis, le seigneur de Mondreville, l'a rencontrée chez moi et a eu lui aussi le coup de foudre.

— Je veux l'épouser ! déclara Charles Mondreville d'un ton buté. Je crois être d'un meilleur parti et vous souhaitez aussi ce mariage, monsieur Bréval.

— C'est certain, fit ce dernier, mais j'aime Anaïs et c'est à elle et à ses parents de prendre une décision.

— Votre père serait le prévôt, a dit monsieur Bréval... demanda Sociendo.

— C'est le lieutenant du prévôt des maréchaux de Rouen, s'enorgueillit le jeune homme, et le seigneur de Mondreville. Il dispose de la haute justice sur notre seigneurie, et j'en bénéficierai après lui.

Ils discutèrent ensuite des conditions de la conciliation. Sur l'insistance de Bréval, le jeune Mondreville accepta, si cela se révélait nécessaire, de reconnaître avoir eu un mouvement d'humeur en jetant la selle de Richebourg par terre.

Ensuite, Bréval annonça qu'il rentrait chez lui, ne voulant laisser Anaïs seule trop longtemps. Mondreville l'accompagna.

Canto, Pichon et Sociendo restèrent donc seuls pour terminer le repas et se consulter en vue de la suite.

— Il faut en savoir plus sur Mondreville, réfléchit Pichon. Ce Bréval, bien aimable, devrait nous apprendre ce dont nous avons besoin.

— J'ai surtout besoin de naviguer sur la Seine, rétorqua Sociendo. Le vent vient du couchant. S'il tient demain, essayons de louer une barque à voile à Vernon.

⚜

Pendant ce temps, Bréval revenait à pied vers son domicile. Mondreville l'accompagnait, ayant laissé son cheval à l'écurie. Ils arrivaient en vue de la belle maison du marchand de blé quand ils découvrirent Richebourg devant le perron, tenant une rossinante par la bride. Anaïs Moulin Lecomte se trouvait avec lui, ainsi qu'une dame de compagnie.

— Calme-toi, Charles ! Inutile de recommencer une querelle et je ne veux pas que tu te fasses tuer chez moi. Laisse-moi agir.

Tandis qu'ils s'approchaient, Anaïs prévint Thibault de Richebourg qui avait le dos tourné. Il la salua et monta en selle avant de diriger sa monture vers Bréval.

— Monsieur de Richebourg, lui dit celui-ci, je vous avais demandé de ne pas importuner ma filleule.

— Avec tout le respect que je vous dois, monsieur Bréval, je ne l'importunais pas. Je lui ai juste fait part de l'incident de l'auberge. Vous n'aurez qu'à l'interroger. Si elle ne souhaite plus me voir, j'obéirai. Je vous salue, monsieur Bréval. Ainsi que votre compagnon, ajouta-t-il, narquois.

Sans attendre de réponse, il donna un coup de talon à la vieille jument qui partit au trot.

— L'impudent ! cracha Mondreville.

Ils s'approchèrent du perron où Anaïs restait debout.

La jeune fille était très grande, en bas de cotte de drap turquoise avec des basques et une cotte en estamet aux manches volumineuses. Par-dessus, elle portait un grand tablier jaune clair. Son visage ovale, au teint de neige, affichait un front large et haut avec deux sourcils étroits, bien dessinés. Ses grands yeux bleus vibraient de timidité, mais laissaient paraître un regard vif et volontaire. Son nez aquilin, sa petite bouche et sa fossette au menton renforçaient son charme. Sous son chaperon sortaient quelques boucles rebelles de cheveux blond cendré.

Elle demeura impassible devant le jeune Mondreville.

— Ma filleule, lui dit Bréval avec une grande douceur, tu sais que je n'aime pas que tu rencontres cet homme. C'est un querelleur ruiné qui ne t'apportera rien.

— Nous ne faisons rien de mal, parrain. Monsieur de Richebourg se montre très courtois avec moi, Isabelle pourra en témoigner. Et Thibault n'est nullement un querelleur, simplement il a le sens de l'honneur.

La dame de compagnie hocha la tête tandis qu'Anaïs rentrait dans la demeure.

Mondreville grimaça. Voyant que Bréval ne l'invitait pas à entrer, il partit vers l'écurie faire seller son cheval.

XV

Le lendemain soir, Bréval revint à l'auberge. Les trois hommes de la veille s'y trouvaient encore. Il s'attabla en leur compagnie.

— Monsieur Bréval, laissez-nous vous offrir à boire à notre tour ! proposa joyeusement Pichon.

— Pas de nouvelles de vos chariots ? interrogea le négociant, tandis que Canto faisait porter du clairet.

— Aucune, répondit Sociendo.

— Qu'avez-vous fait cette journée ?

— Nous sommes allés dîner à Vernon.

Là-bas, Sociendo avait tenté de louer une barque, mais n'avait trouvé que des bateaux de pêche et des gabarres. Ils avaient donc suivi le chemin de halage, élaborant de vagues projets sur la façon de voler deux millions au nez et à la barbe de l'escorte qui accompagnerait le convoi.

— Vous habitez ici depuis longtemps, monsieur Bréval ? s'enquit Pichon.

— Depuis toujours ! Mais j'ai aussi une maison à Rouen où je réside habituellement. Seulement, en ce moment, le négoce va mal et mes commis suffisent à la tâche.

— Où nous avons dîné, nous avons entendu une histoire incroyable. Avez-vous ouï dire d'un vol de la recette des tailles, au temps de Concini ?

Visiblement pris de court, Bréval ne répondit pas tout de suite.

— Vaguement, fit-il enfin. J'étais à Rouen, alors. J'avais déjà deux barques et j'étais souvent à les manœuvrer. Mais je ne suis pas sûr que ce vol ait vraiment eu lieu. À mon sens, il s'agit surtout d'une rumeur. Pourquoi vous a-t-on parlé de ça ?

— À cause des brigands ! s'exclama Sociendo. Nous avons vu un homme au pilori et ses complices suspendus devant le pont, picorés par les corbeaux. On m'a raconté que les bois alentour pullulaient de ces marauds qui s'attaquent aux marchands. Je me suis inquiété pour mes chariots, même s'ils ont une bonne escorte, et nos voisins de table, peut-être afin de me faire peur, ont parlé d'un brigand nommé Petit-Jacques qui, voilà trente ans, aurait volé la recette des tailles, et surtout s'attaquait aux marchands se rendant dans des foires.

— Celui-là, je m'en souviens bien, il terrorisait le pays ! plaisanta Bréval.

— Savez-vous qu'il aurait volé un million de livres ?

— Non ?

— C'est ce qu'on nous a affirmé. Il paraît que ce Petit-Jacques n'a jamais été attrapé. Monsieur Mondreville ne l'a pas recherché ?

— Je l'ignore ! Je sais qu'un jour, on n'a plus parlé de lui. Mais si vous dites qu'il a volé autant, il peut avoir quitté le pays. Au demeurant, je crois que ça s'est passé bien avant que monsieur Mondreville ne soit prévôt.

Le silence s'installa un moment, chacun vidant lentement son pot. Pichon réfléchissait à une autre question à poser, sans pour autant exciter les soupçons de ce brave Bréval.

— Je crois avoir entendu dire qu'à cette époque, la bande de Petit-Jacques fréquentait un cabaret pour mariniers, la *Carpe d'Argent*. Mais, chaque fois que les archers du prévôt y allaient, il n'y était plus, laissa tomber Bréval.

— Il se trouve encore beaucoup de brigands par ici ?

— Hélas, oui ! Mondreville est sans cesse à la tâche avec les laboureurs ayant tout perdu et les soldats débandés. Plus il en pend, plus il y en a ! Déjà vous avez aperçu la potence à Vernon, eh bien, allez vous promener vers Mantes, vous verrez les chênes au bord de la route encore plus chargés !

Bréval termina son verre avant de demander :

— Mais vous-même, monsieur Pichon, comment se fait-il que vous ne soyez pas avec Monsieur le Prince ?

— Son Altesse [1] est en Bourgogne. Je ne suis que lieutenant dans un régiment, et on n'a pas besoin de moi en ce moment… Avez-vous revu Thibault de Richebourg ?

— Hier soir. Il doit être chez lui, actuellement. Dieu soit loué, il ne vient pas ici tous les jours !

Il se leva.

— Merci pour le vin ! Et à charge de revanche.

Quand il fut parti, Pichon héla l'aubergiste.

— On nous a parlé d'une gargote où on mange bien, la *Carpe d'Argent*. Savez-vous où elle se trouve ?

— La *Carpe d'Argent ?* fit l'autre les yeux écarquillés. On s'est moqué de vous ! C'est un repère de maraudeurs et de fripons, même si c'est aussi le rendez-vous des bateliers et des haleurs. Je n'ai jamais entendu dire que l'on y soupait bien !

— Ah ! Et ça se trouve où ?

— Sur un banc de sable, un endroit marécageux. Il faut prendre le chemin de Rosny, puis longer celui de halage. Entre Moisson et le bac vers La Roche-Guyon. Le cabaret est construit sur des poteaux. Beaucoup y viennent en barque.

⚜

Le lendemain, dès son réveil, Bréval se fit habiller et resta dans sa chambre près de la fenêtre. De l'étage, malgré un rideau d'arbres, il apercevait l'auberge du *Saut du Coq*. Ces trois hommes l'intriguaient. Étaient-ils vraiment là pour attendre des chariots de tapisseries ? Le doute s'insinuait. Ils ne paraissaient guère riches pour des gentilshommes de Condé et des marchands. Et pourquoi l'avoir questionné sur cette vieille affaire du vol de la recette des tailles ?

Comme il le pensait, il les vit sortir, huit heures ayant sonné à l'église, et prendre le chemin vers Longnes, donc sa maison. Après leur passage, il descendit et fit seller un cheval. Trois lieues le séparaient de Rosny.

Il les suivit de loin et les vit tourner vers Le-Tertre-Saint-Denis. Comme il se doutait de leur destination, il pouvait rester à bonne distance. De plus, il connaissait les lieux et savait se

1. Le prince de Condé était Altesse Royale.

dissimuler. Ce fut plus difficile en lisière de la forêt de Rosny, mais les trois ne semblaient pas s'inquiéter d'être suivis. Il leur laissa prendre de l'avance, puis se rendit par un autre chemin à la *Carpe d'Argent*. Là, dissimulé dans la forêt proche, il découvrit leur arrivée.

Tandis que Canto gardait les montures, les deux autres pénétrèrent dans le cabaret.

Bréval en savait assez. Ces trois-là venaient pour tout autre chose qu'attendre des chariots de tapisseries.

⚜

Le négociant en blé revint à Longnes en méditant. Chez lui, il s'enferma plusieurs heures, parla un moment avec sa filleule, puis se fit conduire en carrosse à la maison forte du prévôt, à Mondreville.

Dans la cour, sous un marronnier, Charles Mondreville prenait une leçon d'escrime avec un maître d'armes sous la surveillance de son père. Jacques Mondreville portait une épaisse barbe grise, comme le duc de Sully autrefois. Elle lui mangeait tout le visage en se mélangeant à sa chevelure.

— Noël ! Ta visite me fait plaisir ! lança-t-il en l'apercevant. Charles m'a raconté l'altercation d'avant-hier et j'ai fait venir un maître d'armes pour l'entraîner à devenir bon escrimeur.

— Il serait plus sûr qu'il évite les querelles ! Surtout avec Richebourg.

Mondreville haussa les épaules, comme si cela l'indifférait.

— Il m'a aussi beaucoup parlé de ta filleule Anaïs. Il faudrait songer à ce mariage…

— J'y suis favorable, tu le sais, mais c'est Anaïs qui décidera.

— Quel étrange propos ! Qui de ses parents et d'elle fait la loi ? Une sotte femme ne peut juger ce qui lui est utile.

— Mon ami, je ne te suivrai pas sur ce terrain. Si Charles lui plaît et si ses parents l'agréent, elle l'épousera, mais je les aime trop tous les deux pour les unir contre leur gré.

— J'attendais autre chose de ta part, grimaça le prévôt. J'avais trouvé un bon parti pour Charles, la fille d'un traitant de Rouen qui lui aurait apporté en dot un quart de million, mais ces gens m'ont demandé une généalogie de ma noblesse sur cinq générations. J'ai rompu nos discussions.

— Pourquoi veux-tu marier Charles si vite ?

— D'abord afin qu'il cesse de courir les drôlesses ! J'en ai assez de devoir être derrière lui ! Mais aussi parce qu'il me coûte cher. Il est temps qu'il vive sur la dot de sa femme !

— Je lui donne une pension, remarqua Bréval.

— Bien insuffisante avec ce qu'il gaspille au jeu et en putereelles à Mantes et Vernon ! Mais parlons d'autre chose, comment vont tes affaires ?

— Pas bien, tu le sais. J'ai dû vendre un navire, la semaine dernière. Le blé est rare et ne peut plus circuler.

— Ce n'est pas mieux pour moi. Les récoltes ont été ruinées par les soldats et les pluies incessantes. Je me trouvais hier à Rouen où je me suis fait prêter dix mille livres. J'ai aussi essayé de voir Mgr de Longueville afin qu'il me rembourse les cinquante mille livres que je lui avais avancé, mais il n'a pu me recevoir. Je songe donc à vendre ma charge. Sinon, à me séparer de quelques belles terres.

Ils restèrent silencieux un moment. Cette stupide guerre civile les ruinait.

— Tu auras quand même un bateau pour l'Assomption ? s'enquit le prévôt.

— Oui, il part d'Angleterre demain et débarquera ses marchandises mercredi ou jeudi à Rouen. Mon premier commis lui fera remonter la Seine et il arrivera à Vernon samedi en huit. Nous pourrons faire le nécessaire dimanche. Le chargement accostera devant le château des Tournelles avant de redescendre le fleuve. Ainsi, il sera en pleine mer mardi.

— Bon débarras ! Mais débrouille-toi pour qu'il n'y ait pas de retard, je ne pourrais tenir plus longtemps.

— Il y a autre chose. Trois hommes sont arrivés à Longnes…

— Je sais, mon sergent a pris leur nom auprès du cabaretier.

— Ce sont eux qui ont empêché le duel avec Charles, je devrais donc leur en être reconnaissant, mais ils m'ont posé de curieuses questions sur Petit-Jacques… Et sur un vol de la recette des tailles qui aurait eu lieu au temps de Concini.

— Qui se souvient encore de ce brigand ? plaisanta le lieutenant du prévôt.

— Ils se sont même rendus à la *Carpe d'Argent,* cet après-midi. Je les ai suivis.

— Ah. Qui sont-ils exactement ? s'enquit Mondreville, brusquement en alerte.

— L'un se dit officier du prince de Condé.

— Condé ? En quoi s'intéresserait-il à Petit-Jacques ?

— Il n'y a qu'une façon de régler ce problème : l'affronter en face. Ils sont trois, viens demain chez moi avec Charles et soyez bien armés.

⚜

Le vendredi 6 août, Canto de La Cornette, Pichon de La Charbonnière et Jacques Sociendo repartirent vers Moisson. Au cabaret de la *Carpe d'Argent,* un marinier avait accepté de les piloter dans une petite barque à voile qui leur permettrait d'explorer les bancs de sable et les bras morts de la rivière. Ils avaient justifié leur demande par les préparatifs du transport de plusieurs barques de marchandises pour un grand seigneur.

Comme la veille, Bréval les suivit, mais cette fois accompagné du père et du fils Mondreville.

Au cabaret, ils les virent rejoindre une embarcation amarrée au ponton de planches qui s'avançait dans la rivière, sans doute pour y monter, les trois hommes discutant avec celui qui gardait les chevaux. Mondreville père quitta alors ses compagnons et s'approcha. Lorsque le marinier reconnut le prévôt, il détacha précipitamment la corde qui tenait sa barque et, sous les yeux surpris de Canto, Pichon et Sociendo, la poussa dans le courant, sauta à bord et s'éloigna en ramant avec vigueur, certain qu'il se retrouvait malgré lui dans quelque affaire louche à laquelle il ne voulait être mêlé.

Contrariés, les trois hommes se tournèrent vers Mondreville. Canto et Pichon avaient une main sur leur brette et une autre sur le pistolet glissé à leur ceinture.

— Messieurs, je suis le prévôt Jacques Mondreville. Que faites-vous ici ?

— En quoi cela vous regarde-t-il ? rétorqua Pichon en élevant la voix. Je suis officier de Mgr le prince de Condé et je n'ai pas de compte à vous rendre.

— Je pourrais vous arrêter pour cette insolence !

— Essayez ! ricana-t-il, tandis que Sociendo s'écartait, les mains derrière son dos dissimulant un pistolet et la dague qu'il lançait avec une grande adresse.

— J'ai mieux à faire, voulez-vous me suivre ? Je préfère vous parler à l'écart des indiscrets.

De fait, outre le garçon qui s'occupait des chevaux, quelques mariniers, devant le cabaret, regardaient le groupe, comprenant qu'il y avait querelle et pariant déjà sur une belle bataille.

Pichon hésita un instant. Ils étaient trois et le prévôt seul. Évidemment, peut-être des archers se cachaient-ils dans le bois où il leur demandait de se rendre. Mais quand bien même, pourquoi refuser ? Le prévôt ne pouvait rien leur reprocher. C'était même une occasion unique de l'interroger. Pichon hocha la tête et fit signe à ses amis d'accepter.

Ils partirent vers les taillis où ils s'enfoncèrent par une sente, Mondreville les précédant. Dans une clairière, ils découvrirent Bréval et le fils Mondreville en train de les attendre, assis sur une souche.

Canto, Pichon et Sociendo restèrent interloqués. Le négociant en blé les regardait narquoisement, tandis que les deux Mondreville ne disaient rien.

— Que cherchez-vous ici ? interrogea enfin Bréval. Pourquoi ces questions sur Petit-Jacques ?

— Nous voulons lui parler.

— Petit-Jacques est mort, voilà dix ans. J'étais associé avec lui dans une maison de négoce. C'était un ami et un brave homme. Je ne veux donc pas qu'on ternisse sa mémoire, même s'il a commis des erreurs de jeunesse.

— Belle amitié ! Il avait quand même volé la recette des tailles de Normandie, lança Canto.

— Vous l'avez déjà dit.

— Il fricotait avec un Mondreville, renchérit Pichon.

Piqué au vif, le prévôt glissa sa main vers le pistolet à deux coups glissé dans sa ceinture.

— C'était donc vous ! ricana Pichon à qui le geste n'avait pas échappé. Mais nous ne sommes pas des exempts, vous ne risquez rien.

— Je ne risque rien, en effet, confirma Mondreville en ricanant. C'est vous qui risquez votre vie ! Expliquez-vous ? Que savez-vous ? Que faites-vous ici ?

— Voici la vérité vraie, expliqua Pichon, écartant les mains en signe de bonne foi. Un de nos amis connaît un commis à la Cour des aides. Cet homme est tombé par hasard sur un mémoire écrit pour le duc de Luynes et détaillant le vol de la recette des tailles de Normandie, ici même, près de Moisson. On y nommait Mondreville et Petit-Jacques.

— C'est du passé, oublié.

— Certes. D'ailleurs, le vol avait été préparé par Concini et Luynes s'est attribué l'argent.

Mondreville hocha lentement la tête.

— Ce commis de la Cour des aides a appris qu'un nouveau transport de fonds aura lieu sur la Seine en septembre ou octobre.

— On envisageait donc de le prendre, sourit Canto. Puisque vous êtes le Mondreville du mémoire, acceptez-vous de vous joindre à nous ? Nous manquons d'expérience.

Le silence s'installa un moment. Mondreville essayait de jauger la sincérité des trois pendards, de voir si se dévoiler aussi tôt comportait des risques, de calculer la faisabilité du projet et – surtout – de considérer si, lui, prévôt, ne courrait pas le risque de tout perdre pour un butin hypothétique. Son fils et Bréval attendaient sa décision.

— Comment pouvez-vous en être sûrs ? Il n'y a que très rarement de tels transports, et pas depuis plusieurs années. En tout cas, le secret est toujours bien gardé, se contenta-t-il de répondre.

— Notre ami en est sûr. Il peut avoir la date. Et deux millions de livres en or valent d'affronter certains dangers.

De nouveau, le silence s'imposa. Jusqu'à ce que Bréval interroge :

— Nous serions combien ?

— Cinq, plus vous trois. Combien étiez-vous en 17 ? demanda-t-il à Mondreville.

— Six.

— Donc rien d'impossible. Deux millions pour huit, cela fait deux cent cinquante mille livres.

— Il faut une barque, ajouta Mondreville. Petit-Jacques possédait une gribane gréée d'une bonne voile. Et aussi que le vent soit favorable.

Ils se tournèrent vers Bréval.

— Pour le vent, je ne peux rien faire, mais je peux disposer d'une petite gribane bien manœuvrable, reconnut le négociant. Seulement, qui de vous sait naviguer ?

— Moi ! répondit Sociendo.

— Il y avait deux mariniers avec Petit-Jacques, remarqua Mondreville. Un minimum pour manœuvrer et aborder la gabarre. Il se trouvait des gardes à bord. Que nous avons éliminés avec des arbalètes.

Le sort en était jeté : l'appât du gain se montrait plus fort que la prudence et sa position.

— J'ai appris à naviguer, intervint son fils.

— Nous pourrions nous entraîner, confirma Bréval. Monsieur Sociendo, voulez-vous m'accompagner à Rouen ?

— Maintenant ?

— Nous arriverons à la nuit en forçant nos montures. Demain, vous viendrez avec moi regarder ce qu'on pourrait acheter, et ce que vous sauriez manœuvrer.

— C'est d'accord. Vous venez ? demanda-t-il à ses compagnons.

— Pour quoi faire ? Non, nous allons rentrer avec monsieur Mondreville. En chemin, il nous racontera comment il a fait, voilà trente ans, avec Petit-Jacques.

XVI

À Longnes, Pichon proposa aux Mondreville de dîner au *Saut du Coq*. En chemin, le prévôt leur avait décrit la manœuvre de la gribane de Petit-Jacques, la manière d'aborder la gabarre et comment ils l'avaient saisie. Il ne parla pas du sort des complices, ni de l'après, précisant seulement que les Italiens de Concini avaient donné leur part du butin.

Ensuite, il rentra chez lui tandis que son fils restait avec les deux estafiers devant prévenir Anaïs de l'absence de son parrain, parti à Rouen. À cette occasion, le jeune homme espérait faire sa cour.

Mais Richebourg et sa rossinante se trouvaient devant la maison de Bréval. Avec, comme la veille, Anaïs sur le perron avec sa dame de compagnie. Vêtue d'une modeste robe de couleur sombre et d'une chemise blanche brodée à col haut, elle parlait avec son soupirant et son visage reflétait tout le bonheur du monde.

Mondreville sauta à terre, interpellant rudement Richebourg.

— Que faites-vous là ? Monsieur Bréval vous a interdit d'y venir !

Le visage de Thibault de Richebourg se figea. Comme il posait la main droite sur la poignée de sa rapière, Anaïs s'interposa :

— Monsieur Mondreville, monsieur de Richebourg est un ami, un homme d'esprit et d'honneur. J'apprécie ses visites. Si vous voulez que je garde une bonne opinion de vous, apprenez à vous maîtriser. Mon parrain n'a jamais interdit à monsieur de Richebourg de venir. Je le vois hors de sa maison, nous ne prenons aucune liberté et il n'y a rien de déshonorant entre nous.

— Si vous souhaitez vider cette querelle ici, proposa insolemment Richebourg, s'écartant de son cheval, ces deux messieurs nous serviront de témoins.

— Non ! intervint Pichon, descendu de cheval.

Il prit Mondreville par l'épaule et l'attira à l'écart.

— Oubliez-vous ce que nous avons à entreprendre ? Un duel, et tout sera perdu ! Quand vous aurez deux cent cinquante mille livres, les femmes seront à vous. Celle-là comme les autres !

— J'ai trop supporté les insolences de ce faquin, grinça le boutefeu d'un ton bravache. Je vais lui passer mon épée à travers le corps !

— Et vous faire tuer ! Saluez mademoiselle, elle appréciera votre courtoisie, et prenez congé.

— Il ne tient qu'à vous qu'il ne me tue pas ! Nous sommes trois… suggéra le jeune écervelé avec un sourire fourbe.

— Vous pouvez compter sur nous, mais plus tard, discrètement… Faites ce que je vous dis, insista Pichon à voix basse, renforçant la pression de sa main sur l'épaule.

Le garçon lui lança un regard complice, puis sourit hideusement et revint vers Anaïs d'une démarche chaloupée. Ôtant son chapeau, il s'inclina comme son maître de danse le lui avait appris.

— Je suis désolé de vous avoir fâchée, mademoiselle. Puis-je me retirer ?

Avec un sourire de circonstance, elle lui tendit sa main à baiser. Il s'inclina, effleura la peau de la jeune fille de ses lèvres et retourna à sa monture, sans un regard pour son adversaire.

Pichon s'avança à son tour, son chapeau à la main, faisant une profonde révérence :

— Je suis tout autant désolé de cette querelle, mademoiselle. Nous venions vous annoncer que votre oncle restera à Rouen, peut-être pour quelques jours. Il est avec un de nos amis pour affaire.

— Merci de m'avoir prévenue, monsieur, fit-elle plus froidement.

L'aventurier se recoiffa et remonta en selle. Canto avait déjà salué Anaïs. Elle et Thibault les regardèrent partir. Quand ils furent hors de vue, Richebourg s'adressa à la jeune fille :

— Je me suis sottement emporté, mademoiselle Moulin Lecomte. Je ne le ferai plus. Laissez-moi me retirer à mon tour.

— Je ne veux plus de querelle, Thibault... Et surtout, je ne veux pas vous perdre, murmura-t-elle en baissant les yeux.

Leurs mains se trouvèrent et elle ajouta :

— Quand reviendrez-vous ?

— Demain, ce n'est pas possible. Je dois travailler chez moi.

— Dimanche, je ne sortirai que pour me rendre à la messe. Venez lundi, je vous en prie.

— Je serai là lundi, je vous le jure. Seul le diable pourrait m'en empêcher.

⚜

Thibault rentra chez lui le cœur plein d'allégresse. Il ne gardait à l'esprit que les derniers mots d'Anaïs : *Je ne veux pas vous perdre*. C'était la première fois qu'elle lui avouait tenir à lui. Il en était bouleversé.

Il avait une lieue à faire pour gagner la grand-route de Houdan, et, de là, une lieue et demie pour arriver à son vieux château. L'affaire de deux heures avec sa vieille jument.

Il éprouvait un tel bonheur qu'il ne sentit pas le temps passer, laissant trotter l'animal à son gré. Pourtant, en se rapprochant de chez lui, il commença à songer à l'avenir et son euphorie se dissipa. Comme après une ivresse, il ressentit un mélange d'oppression et d'inquiétude, tant, même si Anaïs l'aimait, cela ne changeait rien à sa pauvreté.

S'il parlait à nouveau mariage aux parents de la jeune fille, il serait rejeté. Et en éprouvait une immense honte. Son aïeul, Pierre de Richebourg, se trouvait à Bouvines au côté du roi de France mais ces riches meuniers ne le jugeaient pas à leur goût !

Son tempérament, naturellement combatif, chassa vite cette amertume. Le monde avait changé, il devait l'accepter. En réfléchissant, il ne voyait qu'un seul moyen pour se faire accepter : se mettre au service de quelque puissant seigneur, voire du roi. Il avait songé à entrer dans les gardes du corps de la maison du roi, mais sans appui, c'était impossible. Les Richebourg n'ayant jamais engagé leur foi envers un grand seigneur, il ne disposait de personne pour l'aider. Sans doute pourrait-il être accepté dans un régiment moins prestigieux ? Le plus simple était de partir pour Compiègne où se trouvait la Cour. En se faisant connaître, il trouverait bien un engagement honorable.

Seulement, une fois là-bas, il ne verrait plus Anaïs. Et dans combien d'années reviendrait-il ? Avec quelle solde ? Il songea alors au fils Mondreville. Ce freluquet fortuné aurait place libre. Et s'il parvenait à convaincre les parents d'Anaïs de devenir leur gendre ? Après tout, il disposait du soutien de Bréval.

Par association d'idées, Thibault en vint à penser aux hommes l'ayant empêché de se battre avec ce fat. Ils se disaient à Condé et semblaient bien connaître Bréval, puisque l'un d'eux l'avait accompagné à Rouen. Que pouvaient-ils avoir à faire ici ? Cela avait-il un rapport avec le Prince ? Mondreville œuvrait pour Longueville, et Longueville était le beau-frère du Prince. Existait-il là quelque sournoise intrigue pour que Longueville, ou Condé, facilitât le mariage de Mondreville avec Anaïs ?

L'idée le fit d'abord frémir, avant de s'emparer complètement de son esprit. L'inquiétude le tourmenta à un point tel qu'il décida de ne pas partir à Compiègne avant d'en savoir plus. Jusqu'à dimanche, il devait rester au donjon où son vieux domestique lui demandait de l'aide depuis des semaines afin de réparer des trous dans la toiture, mais dès lundi, il se promit de demander à Anaïs ce qu'elle savait sur ces étrangers.

Le donjon de Houdan, à une bonne lieue du sien, dominait la vallée. L'apercevant entre deux taillis, sa jument sut qu'ils n'étaient plus très loin et pressa le pas, ayant hâte de retrouver son écurie et son avoine. Si, par pauvreté, Thibault mangeait souvent de la bouillie d'orge, son cheval se voyait autrement mieux nourri.

Avant d'arriver aux quelques masures serrées autour de l'église Saint-Georges, il obliqua par un petit chemin traversant un bois appartenant encore aux Richebourg. Thibault y chassait souvent, piégeant lui-même des lièvres, tuant parfois une biche ou un cerf qui, salé, lui donnait de la nourriture pour un mois.

Les taillis étaient touffus. Le sentier conduisant du grand chemin à son donjon était envahi par les ronces et les épineux, laissant à peine le passage à un cheval. L'endroit, sombre et désolé, avait jusqu'à présent convenu à Thibault. Pourtant, ce soir-là, pour la première fois, il éprouva un étouffant sentiment de mélancolie, se demandant si Anaïs accepterait de vivre dans une si rude solitude. Le tonnerre gronda avec violence et une bourrasque souleva les branches. Cela faisait trois jours qu'il tonnait chaque soir. L'orage éclaterait bientôt. Il se morigéna de ne pas être revenu la veille, il aurait ainsi eu le temps de réparer son toit. S'il pleuvait cette nuit, tout serait à nouveau détrempé et gâté comme une quinzaine de jours plus tôt. Il fallait qu'il s'occupe vraiment de son pauvre logis. C'est tout ce qu'il pouvait offrir à Anaïs.

⚜

Le chemin commença à descendre et il aperçut la tour rectangulaire des Richebourg, enveloppée d'une nappe de lierre jusqu'à mi-hauteur. Construit en brique et pierre par son aïeul Charles de Sabrevois en 1522, le donjon avait à peine plus de cent ans, mais, sans entretien, il paraissait complètement ruiné et abandonné. L'une des deux fenêtres se barrait de planches. Des plaques de mousse jaune marbraient les tuiles du toit dont on apercevait la déchirure. La girouette rouillée ne tournait plus. Sans le filet de fumée qui sortait de la haute cheminée, on aurait pu croire les lieux inhabités.

Un pont-levis, dont il ne restait que les chaînes, surmontait un fossé partiellement comblé par les gravats tombés des corniches et envahi d'orties et de folle avoine. On le franchissait désormais par un pont dormant en bois vermoulu.

Une fois au-delà, Thibault sauta au sol et poussa le vantail de la porte au linteau de pierre surmonté des armes des Richebourg. Malgré les teintes effacées, on distinguait encore trois chevrons d'or. La porte, aux gros clous à tête de diamant, avait été peinte dans un rouge sang de bœuf dont il restait juste quelques lambeaux de couleur.

Le jeune homme et son cheval passèrent une voûte ogivale et entrèrent dans une grande salle couverte de paille qui servait d'écurie. Tout un mur n'était qu'un grand râtelier avec des anneaux de fer scellés pour attacher les chevaux. Du temps de son aïeul, il y en avait une dizaine. Thibault attacha son unique monture, ôta la selle et les brides, la brossa puis garnit le râtelier de bonnes brassées d'avoine. Ensuite, il prit l'escalier bâti dans l'épaisseur des murs dont plusieurs marches moussues étaient rompues.

La salle du premier étage, chambre de son domestique, servait aussi de cellier. Sans cheminée, n'ayant comme ouvertures que de minuscules fenestrons avec d'épaisses grilles, elle contenait seulement des coffres et un vieux lit de bois, entièrement fermé, où l'on entrait par une ouverture protégée d'un rideau.

Dans un angle, un escalier étroit, tournant à l'intérieur d'une des tourelles d'angle, permettait d'accéder à la vaste salle faisant office de chambre et de cuisine. Une maigre luminosité verdâtre et crépusculaire traversait péniblement les carreaux dépolis de l'unique fenêtre pas encore obturée de planches. Sur l'un des coussièges construits dans l'embrasure du mur, un vieillard sommeillait. Dans l'âtre fumant, un maigre feu se consumait, léchant à peine un coquemar de fonte pendu à la crémaillère.

Quand Thibault entra, un vieux chat roux et pelé, qui dormait sur les genoux du domestique, sauta à terre et se précipita vers son maître afin de se frotter contre ses jambes, arquant le dos, ouvrant et serrant ses griffes.

— Bon chat, Rouquin ! fit Thibault, se baissant pour lui passer la main sur le dos.

— Dieu soit loué, vous êtes de retour, monsieur, déclara le vieillard en se levant, titubant encore un peu de sommeil. Je crois que je me suis endormi en guettant votre arrivée ! Je commençais à m'inquiéter. Surtout avec cet orage qui gronde depuis trois jours.

— Il n'y avait pas de raison, Thomas. Demain, je reste avec toi, nous nous occuperons de la toiture, c'est promis. Mais ça sent bon ? Qu'as-tu fait cuire ?

— Une soupe de navets et de pois, monsieur, avec les restes du daim que vous aviez tué la semaine dernière. Je vais préparer la table.

Au milieu de la salle se dressait en effet une table noircie, couverte d'un tapis élimé. Le domestique trottina jusqu'à un dressoir sculpté où il prit une assiette de faïence ébréchée pendant que Thibault ôtait sa casaque, son baudrier, son épée et sa dague. Il les jeta sur le lit à colonnes aux rideaux de brocatelle dont les ramages se distinguaient à peine tant ils étaient passés.

Apercevant deux souris grignotant la tapisserie de son fauteuil, Thibault les chassa à grands coups de manteau sous le regard désapprobateur du chat roux qui s'entendait bien avec les mulots. Craintifs, les rongeurs se réfugièrent derrière la tapisserie de Flandres, usée et décousue, qui garnissait un mur.

Le fauteuil libéré, le maître de maison le poussa devant la table, jetant un bref regard inquiet au reste de la pièce : les chaises aux pieds vermoulus dont la bourre sortait par places de l'assise en cuir de Cordoue ; le grand coffre sculpté au couvercle si lourd qu'on pouvait à peine le soulever ; les vieilles panoplies d'épées, de guisarmes et de haches accrochées face à la tapisserie ; le miroir trouble et les portraits noircis de ses ancêtres. Rien ne donnait envie d'habiter ici.

Thomas le servit, ajoutant au somptueux souper un croûton de pain de seigle qui n'avait que quelques jours.

— As-tu préparé notre travail pour demain ? lança Thibault, se forçant à prendre un ton guilleret. En même temps, il désigna l'échelle de meunier permettant de monter dans les combles où gîtaient hiboux, chouettes et choucas.

— Oui, monsieur, je me suis procuré des ardoises, des clous et des planches. Mais nous aurons une ou deux rudes journées afin de colmater la brèche provoquée par la tempête.

— Nous y arriverons ! Dimanche, les cascades qui dégringolaient ici ne seront qu'un mauvais souvenir ! s'efforça de plaisanter Thibault pour chasser ses tristes pensées.

XVII

Le soir du dimanche 8 août, les premières gouttes s'écrasèrent sur les tuiles du donjon de Richebourg peu avant que les cloches de l'église Saint-Georges n'appellent à vêpres.

Heureusement, les travaux venaient de se terminer. Malgré sa jeunesse et sa vigueur, Thibault était exténué. Il avait dû grimper sur le toit, en équilibre sur une échelle attachée à la cheminée, défaire une partie de la toiture, déclouer les tuiles une à une avant de les passer à Thomas, puis changer une sablière, des pannes et des liteaux avant de recouvrir de nouvelles tuiles.

Thomas lui prépara un morceau de daim sur une épaisse tranche de pain. Le jeune homme s'effondra sur son lit après avoir soupé, songeant à peine à la journée de bonheur qui l'attendait le lendemain avec Anaïs.

Très vite la pluie se changea en orage. Le tonnerre fracassa l'air et le ciel nocturne s'embrasa sous la violence des éclairs. Puis les gouttes, lourdes et de plus en plus abondantes, crépitèrent avec violence sur la toiture. Malgré ce vacarme, rien n'aurait pu réveiller Thibault qui dormait du sommeil du juste.

En revanche, au fond de son lit dont il avait tiré le rideau, Thomas, lui, tremblait de frayeur. Oubliant ce qu'il avait connu dans sa longue vie, le domestique était persuadé n'avoir jamais entendu orage si violent. Les salves tonitruantes se succédaient. Des gouttes énormes ou des grêlons frappaient les vasistas avec une incroyable violence. Rouquin lui-même s'était réfugié au fond du lit.

Convaincu que la foudre allait s'abattre sur la toiture et embraser le donjon, Thomas balbutiait toutes les prières qu'il connaissait, se signant sans cesse. Finalement, le Seigneur l'exauça et l'orage s'éloigna peu à peu. Les roulements du tonnerre devinrent moins bruyants, les éclairs se firent plus rares, la tornade parut se calmer et les trombes d'eau s'affaiblirent.

Le domestique avait dû s'endormir quand il crut percevoir des bruits sourds, des sortes de battements réguliers. Se disant que la tempête revenait parce qu'il avait cessé de prier, il recommença sa litanie de patenôtres qu'il compléta par quelques *Ave Maria.* Pourtant, malgré cette piété, les bruits persistèrent. Or, il ne s'agissait plus des violents déchirements du tonnerre, mais plutôt de coups étouffés, des martèlements suivis de craquements sourds.

Écoutant avec attention, Thomas prit conscience que le vacarme provenait de la salle d'en dessous. La jument de son seigneur, apeurée, frappait-elle les murs de ses sabots ? À moins que… des voleurs ! Non, impossible ! Comme chaque soir, il avait fermé la porte et poussé le verrou. De plus, dans le pays, chacun savait qu'il n'y avait rien à voler chez Richebourg. Sans doute la violence de la pluie et du vent le trompait-elle.

Mais les martèlements se poursuivirent. Aussi, bien qu'effrayé, Thomas tira le rideau de son lit et sortit la tête.

Les bruits venaient effectivement d'en bas. Cela ne pouvait être que le cheval.

À tâtons, avec beaucoup de difficulté pour battre le briquet tant l'amadou était humide, le domestique parvint à allumer une chandelle de suif. Mais il hésita encore : ne devrait-il pas réveiller son maître ? Ou au moins se saisir d'une arme accrochée aux murs ? Plus jeune, n'avait-il pas été un redoutable combattant, lorsqu'il servait le père de Thibault ?

Prenant l'escalier à vis, il grimpa les marches pour se rendre à l'étage. Son maître dormait profondément. Évitant de le réveiller, il décrocha une hache d'un mur avant de redescendre tout aussi silencieusement jusqu'à l'écurie.

En bas, le vacarme était épouvantable. Arrivé aux derniers degrés, il leva son bougeoir et vit la porte osciller, la gâche du verrou presque arrachée ! Des brigands enfonçaient les battants !

Pris de terreur, il hurla :

— Monsieur ! Monsieur ! Aux armes !

À peine avait-il donné l'alerte que la gâche s'arracha. En même temps, l'un des battants s'écartait dans un grand fracas. Des ombres se précipitèrent, leurs lames brillant dans la nuit, mais déjà Thomas avait fait demi-tour et remontait vers l'étage.

— À sac ! Tue ! hurlaient les assaillants en le poursuivant comme des bêtes fauves.

Thomas haletait en grimpant, se pressant autant qu'il le pouvait. Les bandits étaient à ses trousses, tout près, il les sentait. Heureusement, possédant l'avantage de connaître les lieux, les distança-t-il dans l'escalier à vis. En même temps, il continuait à vociférer :

— Monsieur ! Monsieur ! Aux armes !

Un tel fracas ne pouvait que réveiller Thibault. Aussi, quand le premier gredin déboucha dans sa chambre, une lanterne sourde dans une main et une épée dans l'autre, découvrit-il Richebourg en chemise, flamberge au poing, l'attendant devant son lit. Thomas se trouvait près de lui, sa hache solidement tenue à deux mains.

— Par les pantoufles de Belzébuth ! Chez qui vous croyez-vous, messieurs les estafiers ? cria Thibault, se précipitant vers son agresseur.

L'autre para le coup d'estoc et un furieux combat s'engagea. Mais déjà, un second spadassin avait rejoint le premier.

Durant un instant, ce fut un mortel ballet. Dans l'obscurité de la chambre, on ne voyait que les lames brillantes s'entrechoquer avec fracas en créant de grandes étincelles. Les *bravi* étaient moins forts que Richebourg, mais ils étaient deux, et la place manquait pour conduire de savantes attaques. Néanmoins, après quelques échanges, Thibault ne douta point de la victoire. Il préparait une mortelle botte quand, du coin de l'œil, il vit qu'un troisième truand était entré, lui aussi porteur d'une lanterne. Lequel n'avait pas dégainé et paraissait indécis, n'ayant certainement pas envisagé une telle résistance.

À trois, le combat deviendrait trop inégal ; aussi, dès qu'il perçut une ouverture dans la garde d'un de ses adversaires, Richebourg écarta-t-il le second d'une feinte avant de percer le bras du premier dont l'épée tomba au sol. Brandissant sa hache,

Thomas en profita pour se jeter sur le pendard qui venait d'arriver.

Seulement, dans la semi-obscurité de la pièce, le domestique n'avait pas vu que ce dernier tenait aussi un pistolet. Afin d'éviter le coup de hache, il tira, atteignant le vieux domestique à la tête.

La détonation provoqua une brève interruption dans la bataille. Le tireur lança alors :

— Rendez-vous, Richebourg ! Ce pistolet a deux canons et le second coup est pour vous !

Cette voix ! Thibault la reconnut ! Il fit un pas en arrière et remarqua pour la première fois que ses agresseurs étaient masqués. Un répit suffisant pour que le second de ses adversaires, celui qui n'avait pas été blessé, tire un pistolet de sa ceinture afin de le menacer à son tour.

— Que voulez-vous, assassins ? cria Richebourg, désespéré en voyant le visage de Thomas ensanglanté.

— Jette ton épée, si tu veux sauver ta vie !

Thibault se trouvait en pleine confusion. Poursuivre le combat, c'était la mort assurée, mais se rendre, le déshonneur.

Il songea pourtant qu'il devait vivre. Pour venger Thomas, et pour sauver Anaïs, surtout si la canaille à la lanterne était bien celui qu'il avait deviné !

— Que Belzébuth vous crève ! Vous payerez cela au centuple ! promit-il, étouffant un sanglot.

Jetant par terre son épée rouge de sang, il ajouta :

— Laissez-moi voir si mon domestique est encore en vie.

Sans attendre de réponse, il s'approcha de Thomas et s'agenouilla. Pour constater avec désespoir que la balle avait pénétré la tête de son fidèle valet.

L'un des assassins lui donna alors un violent coup avec la garde de son épée. Il perdit conscience.

⚜

Le lendemain de cette effroyable nuit, Anaïs Moulin Lecomte se rendit à l'église à tierce, accompagnée par sa suivante. Ce n'était qu'un prétexte, car elle espérait rencontrer Thibault en chemin. Elle ne le vit point et rentra déçue et contrariée. Il est vrai qu'il y avait deux bonnes heures de cheval depuis chez lui. Il arrivera plus tard, se dit-elle. Il l'avait juré.

En début d'après-midi, malgré une chaleur étouffante, elle décida d'une promenade. Son parrain la rejoignit pour s'étonner qu'elle sorte à cette heure de soleil si fort.

Quand elle revint vers quatre heures, sa dame de compagnie, épuisée par la chaleur, sur ses pas, Thibault ne s'était toujours pas manifesté. Maintenant, l'inquiétude la taraudait. Elle songea un instant à aller à l'auberge du *Saut du Coq*. Peut-être s'y trouvait-il, mais qu'aurait-elle fait là-bas ? Et si elle le voyait, allait-elle lui reprocher de ne pas être venu comme promis ?

Elle choisit donc de rester seule dans sa chambre.

À six heures, son parrain réapparut et ils soupèrent. Il lui annonça qu'il partirait pour Mantes le lendemain avec le fils de M. Mondreville. Elle s'efforça de rester indifférente mais demanda tout de même si Thibault de Richebourg était à l'auberge, justifiant sa question par la crainte qu'elle éprouvait d'un duel.

— Non, laissa seulement tomber Bréval.

Il ajouta, avec une pointe de méchanceté.

— Ce jeune homme a la solide réputation d'un coureur de jupons. Il doit se trouver au lit en compagnie de quelque gueuse.

Blessée, elle éclata en sanglots et se retira.

Le lendemain, elle attendit jusqu'à dix heures devant la maison, puis se rendit au presbytère. Elle savait que, tous les mardis, le curé portait des provisions à son jeune frère, prêtre à Tilly.

Ce dernier n'était pas possesseur de sa cure, laquelle appartenait à un chanoine de Vernon à qui il versait un fermage de deux cents livres, arrangement fréquent à cette époque où les curés pouvaient louer leur office à des prêtres qui, en contrepartie, encaissaient les quêtes et les dons. Mais comme la paroisse de Tilly n'était pas riche, le curé de Longnes aidait son cadet en lui reversant chaque semaine une partie des dons en nature offerts par ses paroissiens. Cette visite était aussi l'occasion pour les deux frères d'échanger des informations sur la vie du diocèse.

Mon père, fit Anaïs, retenant ses larmes, acceptez vous de m'entendre en confession ?

— Bien sûr, mon enfant, mais j'allais partir. Ne serait-ce pas possible demain ? Vous ne devez pas avoir commis de tels péchés qu'ils ne puissent attendre ? sourit le curé avec bonté.

— Ce n'est pas seulement cela, mon père... Connaissez-vous Thibault de Richebourg ?

Le curé se raidit imperceptiblement. Il avait entendu en confession bien des femmes et des filles éprouvant envers ce garçon les coupables tentations de la chair. Certaines y avaient même succombé. Aurait-il séduit cette pure jeune fille ? Auquel cas, M. Bréval serait bien fâché.

— Venez dans l'église, proposa-t-il avec inquiétude.

Il l'installa dans le confessionnal où Anaïs raconta tout. Son amour pour Thibault, le refus de ses parents d'agréer la demande en mariage du jeune homme, ses promesses, et sa disparition depuis la veille.

Le curé fut rassuré. Si Richebourg avait évoqué le mariage, il ne s'agissait plus d'une affaire de séduction.

— Vous vous inquiétez à tort, la rassura-t-il. Il n'est pas venu hier ? Sans doute a-t-il eu une obligation inattendue. Vous verrez qu'il apparaîtra demain ou après-demain !

— Peut-être, mon père, mais au fond de moi, je ressens une oppression inexplicable, comme s'il lui était arrivé malheur.

— Voulez-vous que je me renseigne ? proposa le prêtre, ébranlé par l'assurance de la jeune fille.

— Oui, mon père. Je sais que vous allez voir votre frère à Tilly. Tilly n'est pas loin de Richebourg. Peut-être pourrait-il envoyer quelqu'un à Richebourg savoir si Thibault n'est pas malade...

— Je le lui demanderai, promit le curé.

⚜

Le jour suivant, en fin d'après-midi, la grande salle de l'auberge du *Saut du Coq* était pleine.

Des marchands parlaient affaires ; le notaire préparait des actes avec de nouveaux clients ; quelques riches paysans s'inquiétaient des moissons après le violent orage ; des bourgeois devisaient ou jouaient au piquet.

Sur une grande table, un colporteur avait vidé sa hotte et déballé sa marchandise : de petits livres à couverture bleue. Deux laboureurs, accompagnés de leur femme, choisissaient en discutant. Les hommes, qui savaient lire, voulaient plutôt des almanachs ou des vies de saints, tandis que les femmes auraient préféré des histoires d'amour ou de brigands. Un autre colporteur essayait d'attirer ces chalands en leur présentant des images saintes à suspendre au mur. C'était le succès assuré de leurs prières, promettait-il.

Soudain, chacun cessa son activité et les discussions s'interrompirent : des inconnus venaient d'entrer. Il faut dire qu'ils étaient étonnants. Même les servantes et l'aubergiste, habitués à toutes sortes de voyageurs, restèrent un instant frappés de stupéfaction.

En vérité, un seul des trois hommes attirait vraiment l'attention. C'était un colosse de plus de sept pieds, large d'au moins trois. Une épaisse barbe et une chevelure grise nouée en tresses couvraient en partie sa trogne de routier. Il arborait une casaque en buffle sous laquelle il portait une chemise de drap jaune vif. Coiffé d'un grand chapeau emplumé, il était chaussé d'immenses bottes écarlates à entonnoir, avec une profusion de dentelles, des chausses vermillon et, par-dessus le tout, un manteau vert pomme.

Certes, sa taille et sa vêture attiraient immanquablement l'attention, mais cela n'aurait pas été suffisant pour provoquer un tel silence dans la salle.

De fait, les regards s'étaient surtout posés sur ce que transportait le géant. Sur son dos était attaché un espadon de lansquenet d'une toise. Comme si cette lame ne suffisait pas, il arborait à son baudrier deux dagues, trois coutels, une rapière espagnole à large garde et un pistolet d'arçon. De plus, il tenait une carabine à silex.

Si l'un de ses compagnons semblait assez quelconque, malgré le pistolet glissé à sa ceinture, l'autre était plus remarquable. Vêtu très simplement d'un pourpoint de velours sombre avec des crevures aux manches d'où sortait sa chemise blanche, on remarquait surtout les galants noirs noués autour de ses poignets. La mode en était passée depuis des années, et certains bourgeois auraient pu en sourire, mais cet homme, d'une taille supérieure à la moyenne, portait un menaçant sac de fonte d'où dépassaient deux magnifiques pistolets à silex ciselés. Pourtant, comme il n'avait pas d'épée, il ne devait pas être noble.

Canto, Pichon et Sociendo, attablés avec Bréval et le fils Mondreville, observèrent les arrivants avec un soupçon d'inquiétude. Si les deux premiers ressentirent une sourde appréhension à la vue du géant, Sociendo éprouva plutôt un confus malaise en regardant l'homme aux rubans noirs. Sous un feutre de castor, sans plume, il portait sa chevelure longue jusqu'aux épaules. Une fine moustache lui tombait jusqu'au bas du visage et faisait ressortir un curieux sourire perspicace et ironique. Le courtier en fesses, fort superstitieux, eut la confuse impression que cet individu causerait leur ruine.

— Du vin, et le meilleur ! lança le colosse avec rudesse, déposant sur une table toutes les pièces de son armurerie avant de s'asseoir sur un banc qui gémit sous son poids.

Son compagnon aux rubans noirs fit de même. Balayant la salle des yeux, il entreprit machinalement de renouer un de ses galants. Le troisième homme, un valet, s'assit à son tour en face de lui.

Déjà la curiosité s'était dissipée. Quand la servante arriva avec son pichet et ses pots, l'homme aux rubans noir l'interpella à mi-voix :

— Nous cherchons une demoiselle qui habite ici chez un monsieur Bréval. Elle se nomme Anaïs Moulin Lecomte. Savez-vous comment nous pouvons la trouver ?

TROISIÈME PARTIE

L'homme aux rubans noirs entre en scène

XVIII

Le samedi 7 août 1649

— La récolte de seigle ne sera pas bonne, tant les pluies ont fait des dégâts sur les semis, monsieur. Mais le pâturage du bétail sur la jachère a donné de meilleurs résultats qu'attendus. Si Dieu nous donne deux semaines de soleil, tout ne sera pas perdu, et nous aurons non seulement des semences pour l'année prochaine mais de quoi faire six mois de pain.

Louis Fronsac regarda le couchant et le ciel noir. Le tonnerre grondait depuis plusieurs jours.

En ce samedi suivant la fête de la Transfiguration [1], le marquis de Vivonne, et seigneur de Mercy, se trouvait avec son fermier Gaspard Maurecourt, en lisière d'un champ de seigle longeant le chemin de Luzarches.

Si le fermier portait des culottes et un pourpoint rapiécé en mauvais droguet avec un vieux chapeau déformé, Louis Fronsac arborait son éternel habit de velours sombre et des rubans noirs serraient les poignets de sa chemise immaculée.

— Deux semaines ? L'orage sera sur nous avant ce soir ! soupira-t-il.

À son tour le fermier regarda le ciel et fit la moue en balançant la tête.

Gaspard Maurecourt était métayer près de Saint-Quentin quand une bande de soldats, en rupture de ban, avait brûlé sa ferme. Ruiné, il avait quitté la Picardie pour trouver du travail à

1. 6 août.

Paris et échoué à l'abbaye de Royaumont où le prieur avait proposé au seigneur de Mercy de l'embaucher comme journalier. Très vite, Louis Fronsac s'était rendu compte qu'il avait affaire à un paysan hors du commun et lui avait confié la ferme de la seigneurie.

— Sauf votre respect, ce n'est pas certain, monsieur, dit-il. L'orage est sur l'océan. Il gagnera la Normandie demain, mais le vent ne l'amènera pas jusqu'à nous.

— Prions le ciel afin que tu aies raison, Gaspard. Et pour le froment ?

— Il est en avance, cette année. Pourtant, d'habitude, le seigle est mûr huit à quinze jours avant le froment. C'est d'ailleurs ce qui m'inquiète. On pourrait bien être contraint de moissonner le seigle et le froment en même temps.

— Nous ne serons jamais assez nombreux !

— Ce sera difficile, c'est vrai. J'essayerai de faire venir des journaliers. Femmes et enfants lieront les gerbes et les monteront en gerbiers. On manquera surtout de charrettes afin de rentrer les foins.

Comme toujours, cette période était la plus angoissante pour Louis. Tout le travail de l'année se jouait pendant le mois des moissons. Les transformations apportées par Maurecourt avaient augmenté les rendements de près de la moitié, mais même le fermier le plus habile ne pouvait rien contre les éléments.

Les charrettes et les outils étaient prêts. Michel Hardoin, le contremaître du domaine, avait travaillé d'arrache-pied. L'aire en bois destinée à battre les gerbes était nettoyée, la grange, vidée, prête à recevoir les foins. Depuis une semaine, les hommes de Mercy se relayaient pour surveiller les champs la nuit. C'est que la disette était grande et les maraudeurs affamés nombreux à vouloir voler le grain sur pied, parfois pour le manger sur les épis. La justice seigneuriale se montrait alors sans pitié. Pris, les voleurs étaient exposés au pilori de Luzarches ou flagellés.

Louis songea que si le Seigneur lui accordait un mois de beau temps, sa récolte serait sauvée. Mais comment Dieu choisissait-il ceux qui auraient droit à une bonne récolte, lui qui ne faisait même pas savoir aux hommes s'il leur avait octroyé sa grâce ?

Le tonnerre gronda à nouveau dans le lointain. Prenant ce fracas comme un avertissement divin, Louis chassa ces pensées blasphématoires. Malgré cela, le roulement se poursuivit. Maurecourt fronça alors les sourcils. Se serait-il trompé ?

— Ce n'est pas le tonnerre ! s'exclama soudain Louis qui avait l'oreille fine. C'est une voiture dont les chevaux arrivent au galop !

Effectivement, au bout d'une minute ou deux, ils virent débouler un petit carrosse que Louis ne connaissait pas. Avant le tournant, il reconnut les armes peintes sur la portière et François, le domestique de Gaston, à côté du cocher. Quelle heureuse visite ! se dit-il, tout joyeux à l'idée de revoir son vieil ami.

La voiture ralentit avant de s'arrêter près d'eux. La tête d'Armande apparut à la fenêtre.

— Armande ! Gaston ! Quel bonheur de vous voir ! Et quelle belle voiture à vos armes !

C'est alors qu'il remarqua les traits tirés de la jeune femme et les larmes qui perlaient dans ses yeux. Son cœur se serra. Il comprit qu'un malheur était arrivé.

— Gaston ? Est-il malade ? Encore un duel ?

— Il a disparu ! sanglota-t-elle.

Louis monta immédiatement dans le carrosse, abandonnant le fermier.

— Depuis quand ?

La voiture reprit son chemin vers le château de Mercy.

— Une semaine…

Retenant les sanglots qui l'étouffaient, Armande raconta la lettre de l'oncle. Elle ne l'avait pas lue mais, après le souper, la voyant si inquiète, Gaston lui en avait dit quelques mots. Hercule avait confié ce qu'il savait sur la mort de ses parents, était plusieurs fois allé à l'endroit où la voiture avait versé, cherchant à comprendre comment l'accident avait pu se produire. Pourquoi les chevaux s'étaient emballés ? Pourquoi les quatre passagers étaient morts sur le coup ? Finalement, l'oncle avait retrouvé l'épouse d'un braconnier ayant assisté, de loin, à l'accident. Lequel avait vu deux cavaliers s'éloignant après avoir examiné les corps des passagers.

— C'est incroyable ! fit Louis, persuadé depuis toujours que les parents de Gaston avaient été victimes d'un accident.

— Hercule est allé voir le lieutenant du prévôt de Rouen, monsieur Mondreville, mais celui-ci lui aurait dit qu'il s'agissait de divagations.

— Je m'en doute, trente ans après… Qu'y avait-il d'autre dans cette lettre ?

— Je l'ignore, Gaston ne m'en a pas révélé plus, mais il est parti armé. Il m'a dit qu'il reviendrait au plus tard mercredi, car il avait une assemblée du Conseil jeudi. Depuis deux jours, je ne dors plus, tant je suis inquiète. Ce matin, n'en pouvant plus d'attendre, je suis venue vous demander conseil.

— Vous avez bien fait, Armande, mais peut-être Gaston est-il rentré entre-temps ? Au fait, pourquoi ne m'a-t-il pas demandé de l'accompagner ?

— Il avait hâte de savoir, m'a-t-il juste confié.

— De savoir quoi ? Ses parents sont morts voilà plus de trente ans. Que pourrait-il découvrir ?

— Je l'ignore. Il m'a précisé aussi qu'il ne voulait mêler personne aux affaires de sa famille. Quand je lui ai proposé de venir vous voir, il m'a répondu que vous aviez suffisamment de travail en ce moment, après les événements de l'hiver.

— Hercule a dû citer un nom, Gaston voulu en savoir plus, fit Louis après un instant de réflexion. A-t-il emporté cette lettre ?

— Oui.

— Il était armé, m'avez-vous dit.

— Deux épées, plusieurs pistolets, une dague et un mousquet.

— Avec les troubles dans les campagnes, les bandes de miséreux, les malandrins et les troupes de soldats sans solde, il est normal qu'il ait pris ses précautions.

— Croyez-vous qu'il ait pu être attaqué en route ?

— J'en doute, sauf s'il voyageait de nuit. Gaston est prudent et personne plus que lui n'a l'expérience du brigandage. De surcroît, les bandits de grand chemin ne s'attaquent pas à un cavalier armé, mais plutôt aux voitures sans escorte ou aux marchands.

Le carrosse entrait dans la cour du château.

— Armande, je vous raccompagne demain à Paris, sauf si vous voulez rester ici quelques jours. Je partirai avec Bauer. Si Gaston n'est pas revenu chez vous, nous nous rendrons immédiatement à Tilly.

Il sortit le premier du véhicule et lui donna la main pour l'aider à descendre.

— Promis, je vous le ramènerai, assura-t-il, chassant l'idée funeste qui lui étreignait le cœur, l'idée que son ami était mort.

⚜

Le carrosse de Louis, conduit par Nicolas et escorté par Bauer, arriva le dimanche soir en vue du village de Tilly. La nuit commençait à tomber.

Ils étaient partis à l'aube, laissant le château de Mercy à la garde de Julie. Armande avait préféré rester. Michel Hardoin et Maurecourt s'occuperaient de la moisson, si leur seigneur et maître tardait à rentrer.

Rue de la Verrerie, Gaston n'étant pas là, les trois hommes avaient aussitôt pris la route de Saint-Germain.

Louis n'était jamais venu à Tilly. Mais en 1641, alors notaire, Nicolas, son cocher, l'avait conduit à Anet, l'ancien château de Diane de Poitiers, résidence des Vendôme. À ce moment, il était chargé de l'inventaire des biens du duc de Vendôme, confisqués par la Couronne après la révélation d'un complot contre le roi, et César de Vendôme en fuite, réfugié en Angleterre [1]. Or, Fronsac avait un mauvais souvenir de ce voyage où il avait logé à Mantes dans une auberge sale, grouillant de vermine. L'itinéraire de ce dimanche n'était guère différent.

Ils n'avaient pas pris le temps de faire étape, s'étant rapidement restaurés lors d'un changement de chevaux. Comme Nicolas connaissait la route, pas besoin de demander leur chemin ou de prendre un guide. Le seul souci était l'orage qui grondait. Si la pluie tombait avant leur arrivée, le chemin se transformerait en bourbier.

⚜

1. Voir *Le Mystère de la Chambre bleue*, du même auteur.

Louis n'avait jamais vu le manoir des Tilly mais le connaissait, Gaston le lui ayant décrit plusieurs fois. Il savait qu'il s'agissait d'une de ces vieilles maisons fortes à colombages comme on en trouvait tant en Normandie. Une grosse bâtisse rectangulaire érigée sur une solide assise de pierre, avec deux étages, dont seul le second possédait des fenêtres. Deux tourelles à pans de bois la flanquaient de chaque côté. Fronsac savait même qu'on pénétrait dans la chambre des parents de Gaston par l'une des tourelles.

On apercevait le clocher de l'église de Tilly quand Bauer, en tête avec sa monstrueuse jument à la croupe aussi large que celle d'un bœuf, fit arrêter le carrosse. Intrigué, Louis baissa la vitre et mit la tête à la fenêtre. Il comprit aussitôt : la brise du soir apportait une insupportable odeur de brûlé. Puis il remarqua les cendres chaudes qui voletaient autour de lui, se déposant sur les sièges de cuir et lui piquant les yeux.

Un incendie ? Un sourd pincement lui déchira la poitrine. Il fut certain que ce feu avait un rapport avec la disparition de Gaston. Jusqu'à présent, il avait chassé son inquiétude, s'était convaincu que Tilly poursuivait son enquête et n'avait pu prévenir Armande. Après tout, il n'était parti que depuis une semaine. Mais cet incendie changeait tout. Se pouvait-il que ce fût son manoir ? Que Gaston eût péri dans les flammes ?

— Une maison a brûlé ici, monsieur, énonça Bauer en approchant, le visage impavide. Avez-vous vos armes prêtes ?

— C'est peut-être un accident... suggéra Nicolas, inquiet. Avec la chaleur...

Bauer haussa les épaules sans répondre et détacha la carabine à silex de sa selle.

Ils repartirent lentement, sur le qui-vive.

L'âcre odeur les guida. Au bout du chemin conduisant à l'église, ils découvrirent le manoir brûlé.

Nicolas arrêta le carrosse devant le portail de bois à claire-voie. Un mur de pierre de moins d'une toise entourait le domaine. Bauer descendit de sa jument fourbue. Le portail était fermé d'un verrou qu'il brisa d'un coup de botte. La voiture entra.

Louis était anéanti, terrifié. S'il n'avait jamais vu la maison des Tilly, il reconnaissait ce qui en restait.

Le feu n'avait pas tout dévoré. À peu près la moitié de la construction était intacte, bien que cette partie-là n'ait plus beaucoup de toiture. Le reste se résumait à de grands piliers ruinés par le feu, des morceaux de torchis jonchant le sol couvert d'une suie noire.

À l'écart se dressait une écurie qui n'avait pas souffert du feu. Nicolas arrêta les chevaux devant et Bauer en ouvrit les portes de la même façon qu'il avait procédé pour le portail d'entrée. À l'intérieur, se trouvaient un âne, deux chèvres et un cochon dans un enclos.

Fronsac descendit de la voiture, le dos brisé par le long voyage, un pistolet glissé à la ceinture de ses hauts-de-chausses.

Pendant que Nicolas rentrait le carrosse, Bauer rejoignit son maître et ils se dirigèrent vers ce qui restait du manoir. Aucun n'ouvrit la bouche. Le Bavarois avait suffisamment incendié de châteaux, quand il était soldat, pour savoir qu'on ne laissait aucun survivant.

La nuit était presque tombée. La porte d'entrée du manoir avait brûlé, mais il restait les ferrures. Ils grimpèrent quelques marches et pénétrèrent dans ce qui avait été l'antichambre d'une grande salle au sol encombré de poutres, de tuiles, de gravats et de traverses noircies.

À cet instant, une porte s'ouvrit sur leur droite. Elle communiquait avec la partie du manoir n'ayant pas brûlé. Louis vit un vieillard à la chevelure de neige émerger de la pénombre. Petit, les traits creusés, avec d'épaisses moustaches blanches.

— Qui êtes-vous ? s'enquit ce dernier d'une voix chevrotante.

XIX

— Nous sommes au manoir de Gaston de Tilly ? demanda Fronsac.

— Oui, monsieur… mais…

— Je suis un ami de Gaston… Son épouse Armande m'envoie… Elle est inquiète, sans nouvelles.

— Notre maître n'est pas là, répondit l'homme. Il fit un pas en évitant une poutre couverte de suie. Louis distingua une autre personne derrière lui. Une femme âgée, aux traits grossiers, au teint cendré et au corps malingre.

Elle poursuivit :

— Vous connaissez notre maître ! Béni soit le Seigneur qui vous envoie ! Entrez, messeigneurs, entrez ! Nous ne savons que faire…

Sa voix se perdit dans un murmure.

Louis et Bauer la suivirent.

— Notre cocher a mis mon carrosse dans l'écurie.

— Vous avez bien fait, acquiesça le vieillard. Vous devez avoir faim… Ma cousine va vous préparer du bouillon.

Ils entrèrent dans une cuisine, apparemment la seule pièce habitable. Louis embrassa la salle d'un long regard. Dans une grande cheminée se consumaient des braises autour de lourds chenets. Près de la hotte, des crochets soutenaient poêles, marmites, jambons, tranches de lard et saucisses sèches. Des cruchons de toutes tailles, en terre vernissée, étaient alignés sur le banc de pierre maçonné le long d'un mur. En face, une couchette pour les domestiques, simple paillasse sur un cadre de bois. Toujours près de la cheminée se trouvaient un rouet et une corbeille de laine. La vieille femme devait filer tant que la lumière était suffisante. À l'autre extrémité trônaient un égouttoir à fromage et un moulin à bras. Aux murs étaient accrochés des outils agricoles, des fourches, des faucilles, une hache, des pièges, des cages et des rouleaux de corde de chanvre. Des poutres pendaient des paniers tressés en paille et en branchettes. Une grosse hotte, à côté d'un balai de joncs, contenait des châtaignes séchées.

La vieille femme saisit un coquemar de fonte et y vida le contenu d'un cruchon de bouillon. Elle ajouta quelques saucisses et coupa un morceau de lard, puis attacha le coquemar à la crémaillère et jeta un fagot sur les cendres du foyer.

— Depuis quand monsieur de Tilly a-t-il disparu ?

— C'était le dernier jour de juillet, monsieur. Il a pris son cheval et nous a dit qu'il rentrerait le soir… On ne l'a pas revu. J'crains qu'il y soit arrivé malheux…

Louis avait déjà observé que les habitants du pays prononçaient les *eur* en *eux*.

— Avez-vous interrogé le lieutenant du prévôt des maréchaux ?

— Germain y est allé, répondit la femme en tournant la soupe dans le coquemar avec une cuillère de bois. C'est à Mondreville, mais le lieutenant du prévôt lui a dit que notre maître avait dû rentrer à Paris, puisqu'on n'avait signalé aucun mort ou blessé dans le pays.

Fronsac observa le vieillard, comme pour quêter plus d'informations, mais celui-ci avait le regard posé sur le sol, avec une expression de profond abattement.

— Que s'est-il passé ici ? demanda Bauer. L'incendie ?

— Le lendemain du départ de notre maître, durant la nuit, un feu a pris dans le fenil. C'était une baraque construite contre la tourelle.

— La tourelle de la chambre des parents de Gaston ?

— Oui, monsieur. Vous êtes déjà venu ? s'étonna-t-elle.

— Non, mais Gaston m'en a parlé. Nous étions pensionnaires à Clermont. L'incendie tenait à quoi : un orage, la foudre ?

— Non, monsieur. Le tonnerre grondait, c'est vrai, mais il n'y avait pas d'éclairs. Heureusement, la pluie s'est mise à tomber et cette partie de la maison n'a pas brûlé, sinon, on serait dans l'écurie. Avec les bêtes.

— Donc quelqu'un a mis le feu... conclut Louis.

Les deux serviteurs ne répondirent pas et Fronsac resta à méditer, écoutant les crépitements du fagot et le bouillonnement de la soupe. Nul doute que l'incendie avait été provoqué à la suite de la visite faite par Gaston. Il avait dû découvrir quelque chose. Peut-être une lettre laissée par son oncle. Ceux qu'il était allé voir l'avaient appris et s'étaient affolés. Cela rendit un espoir à Louis, car si Gaston avait été tué, pourquoi brûler sa demeure ? On avait donc dû le garder vivant, pour l'interroger.

Louis se raccrochait à ce faible espoir quand Nicolas entra à son tour. Il le présenta aux serviteurs.

— Où peut être notre maître, monsieur ? demanda la cuisinière, d'une voix teintée d'inquiétude, tout en plaçant les tréteaux d'une table pendant que son cousin posait un plateau après avoir approché deux bancs.

Fronsac grimaça.

— Je le chercherai dès demain. Je vous le promets.

Mais en observant les serviteurs, il les devina déjà résignés, ne croyant plus au retour de leur maître. Son cœur se serra un peu plus et un lourd silence tomba dans la pièce.

— Monsieur de Tilly était marié, dit la cuisinière en emplissant les trois écuelles de son épaisse soupe. Croyez-vous que madame viendra nous voir ? Nous ne savons pas ce que nous allons devenir.

— Elle viendra, promit Louis, s'asseyant en face de Bauer et Nicolas.

La servante leur servit la soupe, tandis que son cousin apportait un pâté, un gros pain et deux flacons de vin. La maison des Tilly n'était pas riche, mais on y mangeait à sa faim.

— Dites-moi ce qu'a fait Gaston quand il est arrivé ? dcmanda-t-il.

— Il a rassemblé des monceaux de papiers qu'il a lus, monsieur, puis il est allé prier à l'église.

— Surtout, il s'est rendu dans la chambre, intervint le vieil homme.

— Quelle chambre ?

— Celle de ses parents.

Comme Fronsac haussait un sourcil de surprise, la cuisinière expliqua :

— J'étais là lors de la mort de monsieur et de madame. Depuis, notre maître n'était jamais entré dans cette pièce.

— *Bourguoi* ? s'étonna Bauer en engloutissant une énorme tranche de pain recouverte de pâté.

— Il ne voulait pas, monsieur, répondit seulement le domestique.

— A-t-il trouvé quelque chose ? demanda Louis.

— Je ne sais pas monsieur. Mais il est parti peu après.

— Qui occupait la chambre depuis la mort de ses parents ?

— Monsieur Hercule de Tilly, son oncle. Paix à son âme, ajouta-t-elle en se signant.

Gaston a certainement trouvé une lettre, un papier écrit par Hercule, songea Louis. Mais comment savoir, puisque la chambre a brûlé ?

Soudain la maison trembla sous la violence de la foudre, tombée tout près. Le coup de tonnerre roula un gros moment, paraissant ne jamais cesser, puis le crépitement de la pluie se transforma en trombe.

— Nous sommes arrivés à temps, commenta placidement Bauer, vidant entièrement un flacon de vin dans son pot.

— Où pouvons-nous passer la nuit ? s'inquiéta Fronsac tandis que l'orage grondait de plus en plus violemment.

— Nous dormions au premier étage, dans la partie du manoir qui a brûlé, aussi avons-nous installé une couchette ici. Mais la pièce du dessus, qui servait de garde-meuble, est au sec, monsieur. Elle est même chauffée par la cheminée. On s'y rend par l'escalier dans la tourelle.

Elle désigna une porte en face d'eux.

— Y a-t-il un lit ? s'enquit Bauer qui aimait son confort.

— Oui, monsieur. Il y a un grand lit, mais il n'est pas monté. Il y a aussi des matelas, des draps et des oreillers dans les coffres. Nous avons pu sauver de l'incendie une partie des meubles, de la literie et des tentures. Tout est entassé, mais il reste de la place. Vous pourrez vous installer un peu mieux demain. *J'avions* vous préparer les draps.

— Cela nous conviendra, la rassura Louis, d'ailleurs nous avons aussi nos bagages.

— Vous auriez pu aller dans la chambre au-dessus, qui est plus plaisante, monsieur, mais la pluie passe par le toit, et nous n'avons trouvé personne pour réparer les trous.

— Nous resterons tant que nous n'aurons pas retrouvé Gaston, dit Fronsac, mais pourrez-vous nous nourrir ?

— Bien sûr, monsieur, répondit la cuisinière en jetant quand même un regard inquiet à Bauer qui mangeait comme un ogre. *J'avions* une basse-cour derrière, avec des poules et deux oies.

⚜

Le lendemain, après avoir dormi sur les matelas posés à même le sol, ils furent réveillés par le chant des coqs et les aboiements des chiens. La pluie avait cessé. Pour se laver, Louis parvint à obtenir de l'eau chaude mais ses compagnons ne jugèrent pas utile de s'en servir. Nicolas rasa son maître et, après avoir avalé une soupe, ils allèrent fouiller les ruines incendiées.

Louis espérait trouver des papiers, mais ce que le feu n'avait pas détruit, la pluie l'avait gâté. Le marquis de Vivonne décida donc de faire le tour des fermes environnantes pour savoir si Gaston s'était fait connaître. Pendant ce temps, Nicolas resta au manoir afin de monter le lit et d'aider les domestiques à aménager correctement leur logement de fortune.

Louis et Bauer rentrèrent bredouilles dans l'après-midi. Personne ne semblait avoir rencontré Gaston de Tilly. Ils se rendirent alors à l'église interroger le curé et le trouvèrent dans la sacristie.

C'était un jeune homme dans une soutane violette rapiécée, le visage émacié, mal rasé, qui ne semblait guère se nourrir à sa faim. Fronsac se présenta comme le marquis de Vivonne, à la recherche de son ami Gaston de Tilly. Il fit d'abord un don d'un écu au soleil [1] pour l'église.

1. Créé par Louis XI, l'écu au soleil avait un poids de 3 grammes et demi. Son revers représentait une croix fleurdelisée avec la légende : XPC VINCIT XPC REGNAT XPC INPERAT (*Le Christ vainc, le Christ règne, le Christ commande*).

— Monsieur de Tilly ? Oui, je l'ai rencontré deux fois. Le jour de son arrivée et le jour où il a disparu, expliqua le curé en empochant la pièce avec plaisir.

— Vous a-t-il posé des questions ?

— Oui-da, monsieur. Le jour où il est parti, il m'a interrogé sur monsieur Mondreville, reconnut le jeune prêtre à voix basse.

— Le lieutenant du prévôt des maréchaux de Rouen ?

— Oui-da. Monsieur de Tilly voulait savoir depuis quand il était dans le pays. Je lui ai expliqué que je l'ignorais, car monsieur Mondreville était prévôt bien avant que je ne prenne la cure.

Pourquoi Gaston s'intéressait-il au prévôt ? Parce que ce dernier n'avait pas prêté intérêt aux affirmations de l'oncle Hercule ?

— Quel genre d'homme est ce prévôt ?

Cette fois le curé hésita à répondre.

— Parlez sincèrement. Je cherche seulement à savoir ce qu'est devenu votre seigneur.

— C'est un homme dur, monsieur. Mais je suppose qu'on doit l'être quand on est magistrat. Riche, il est l'ami de Mgr de Longueville. Monsieur de Tilly voulait aussi savoir s'il était noble.

— L'est-il ?

— Sans doute… Je sais seulement qu'il a acheté la seigneurie.

Le prêtre paraissait plus qu'embarrassé. Il avait peur.

— Que craignez-vous, monsieur le curé ?

— Son fils, monsieur, murmura-t-il en jetant un regard inquiet vers la porte.

— Friedrich, vérifie que personne ne nous écoute dans l'église.

Le Bavarois ouvrit, scruta la travée et le chœur avant de refermer et de se placer devant le battant.

— Parlez sans crainte. Dites-m'en plus sur son rejeton.

— C'est une canaille, monsieur. Une canaille prétentieuse, arrogante et méchante, laissa abruptement tomber le prêtre. Il a violenté une de mes paroissiennes. Mais que peut faire un laboureur quand le prévôt est l'ami de Mgr le duc de Longueville ?

Louis ne put rien en tirer de plus, mais ces maigres éléments se révélaient intéressants.

⚜

Le lendemain, dans le village et auprès des domestiques de Gaston, il posa d'autres questions sur Mondreville. Peu à peu, un portrait guère flatteur se dessinait. Un homme cupide et méchant, sans religion et sans morale. Tant comme prévôt que comme seigneur haut justicier, il imposait aux plus faibles des amendes élevées sous des prétextes injustifiés. En somme un magistrat incapable, indigne de sa charge, pervertissant la justice en une pratique lucrative. Son fils avait bien enlevé une femme, laquelle avait été déshonorée, et son père était parvenu à étouffer l'affaire. Décidément, après le témoignage posthume d'Hercule, le prévôt Mondreville paraissait bien peu recommandable. Gaston était-il allé le voir ? Mais pourquoi le prévôt l'aurait-il fait disparaître ?

En revenant au manoir, Louis décida de se rendre à Mondreville dès le lendemain. Peut-être, là-bas, quelqu'un aurait-il vu Tilly.

Dans la cuisine, le prêtre les attendait, attablé devant un bol de soupe sous le regard ironique de Nicolas.

— Monsieur le curé, auriez-vous appris quelque chose ? interrogea Louis, plein d'espoir.

— Sur monsieur de Tilly, non, monsieur le marquis. Néanmoins, mon frère m'a parlé d'une curieuse affaire…

— Votre frère ?

— Oui, monsieur. Il est curé à Longnes et il vient me voir tous les mardis.

Il hésita, se mordillant les lèvres.

— Je ne sais comment vous expliquer ce qu'il m'a rapporté. Cela n'a pas de rapport avec monsieur de Tilly…

— Répétez-moi simplement ce qu'il vous a dit. Je jugerai après.

Le curé hocha la tête.

— Il s'agit d'un homme qui a disparu, monsieur. Comme monsieur de Tilly, en quelque sorte… Voilà : il y a à Longnes une jeune fille courtisée par Thibault de Richebourg…

— Qui est Thibault de Richebourg ? s'enquit Bauer, qui aimait comprendre.

— Un jeune seigneur se croyant tout permis ! intervint le vieux domestique.

— Pas du tout, cousin ! le coupa la cuisinière. C'est un charmant garçon ! Je l'ai rencontré plusieurs fois dans le village, avec son vieux cheval, et il m'a toujours parlé avec gentillesse.

— Il a occis plusieurs adversaires en duel ! protesta son cousin en haussant les épaules. Enfin, c'est ce qu'on raconte...

— Nous parlerons de lui plus tard, proposa Louis. Revenons à cette jeune fille.

— Elle se nomme Anaïs Moulin Lecomte. Ses parents sont en voyage et l'ont confiée à son parrain, monsieur Bréval, qui habite Longnes. Richebourg la courtisait. Il lui avait promis de venir la voir lundi. Or, il n'est pas apparu, pas plus que ce matin.

— C'est tout ? intervint Bauer en écarquillant les yeux.

— Oui, monsieur, dit l'autre en baissant les yeux.

Il bredouilla :

— J'ai... j'ai seulement trouvé cela étrange... cette brusque disparition...

— Il n'y a pas là de quoi fouetter un chat, décida Louis. Ce garçon reviendra un jour ou l'autre...

— Certainement, monsieur... Seulement il y a autre chose...

— Quoi donc ?

— Mon frère m'a dit que la jeune Anaïs était aussi courtisée par le fils de monsieur Mondreville.

Louis resta impassible, mais accusa intérieurement le coup. Deux disparitions, à une semaine d'intervalle, auxquelles était mêlé le nom de Mondreville, au même endroit, à quelques lieues près. Un tel concours de circonstance pouvait-il seulement relever du hasard ?

Sans être aussi perspicaces que lui, Bauer et Nicolas comprirent à leur tour que le curé venait de leur livrer une information capitale.

— Où vit ce Richebourg ? demanda enfin Fronsac.

— Dans le vieux donjon de sa famille, près de Houdan, monsieur. C'est à deux heures d'ici, à cheval.

— Nous irons demain.

XX

Le mercredi 11 août 1649

Le curé de Tilly leur avait indiqué le chemin de Houdan. Une lieue pour rejoindre la route de Mantes, puis une autre jusqu'à Saulx. Là, ils apercevraient la toiture du donjon, non loin de l'église Saint-Georges, et n'auraient qu'à prendre le premier chemin sur leur gauche, à l'oratoire.

Peu après tierce, Nicolas engagea difficilement la voiture dans le sentier envahi d'épineux, mais, très vite, dût s'arrêter tant le passage était étroit. Ils abandonnèrent donc le carrosse après avoir attaché les chevaux. Seul Bauer continua à cheval, passant en tête. Louis avait emporté avec lui un double sac d'arçon contenant deux pistolets et Nicolas l'épée qu'il gardait toujours sous le siège du conducteur.

Après quelques minutes de marche, ils aperçurent la tour rectangulaire en contrebas du chemin. Le lierre qui la couvrait cachait ses murs de brique jusqu'à mi-hauteur. Elle paraissait complètement ruinée. Une des deux fenêtres était même obturée.

Près du pont-levis, remplacé par de simples planches, un vieux chat roux, pelé, attendait. Il miaula plaintivement à leur approche, puis s'approcha de Louis et se frotta à ses jambes avant de s'éloigner vers le fossé en proférant des cris déchirants.

Bauer, qui pourtant avait tout connu, se signa en descendant de cheval.

— Cet endroit sent la mort, fit-il, humant l'air tout en détachant l'espadon de son dos.

Ils passèrent le fossé envahi d'orties. Le portail étant ouvert, ils pénétrèrent dans une grande salle au sol couvert de paille.

Une vieille rossinante était attachée à un anneau, devant un grand râtelier. Elle émit un bref hennissement en les entendant, puis un silence oppressant retomba.

— Là où il y a un cheval, il y a un habitant ! plaisanta Nicolas, histoire de se rassurer.

Bauer balaya l'écurie des yeux avant de prendre un escalier construit dans l'épaisseur d'un mur. Louis le suivit, un pistolet à la main après avoir demandé à Nicolas de monter la garde.

Il n'y avait qu'une salle obscure au premier étage. Le lit était vide. Après en avoir fait le tour, Bauer s'engagea dans l'escalier à vis et déboucha sur une autre chambre. Celle à la fenêtre obturée.

Fronsac vit tout de suite l'épée rougie, mais déjà Bauer l'avait ramassée après avoir posé son espadon contre un mur.

— Il y a eu bataille, *bozieu.*

— Quand ?

— Difficile à dire. Le sang a séché sur le tapis… Deux, trois jours, peut-être…

Louis ramassa une casaque de cuir et un baudrier sur le carrelage.

— Si c'était à Richebourg, il est parti en chausses et en chemise, dit-il.

— Avec ce sang, c'est son cadavre qu'on trouvera en chausses, *bozieu.*

— Pourrait-ce être son épée ? demanda Fronsac en désignant la lame que le Bavarois avait gardée.

Bauer la courba avec sa main gauche.

— *Ch*'est l'épée d'un gentilhomme. Une belle lame de Tolède, mais ancienne. Avec cette garde, *che* dirais qu'elle est de l'autre siècle.

Il la tendit à son maître. Sur la garde étaient ciselées les armoiries que Louis avait aperçues sur le porche. Certainement celle de Richebourg. Mais si la lame était ensanglantée, cela signifiait qu'il avait blessé ou tué un de ses adversaires, avant de succomber.

Gardant la rapière à la main, Louis examina les murs. On n'avait pas touché à la tapisserie. Il remarqua alors qu'il manquait une arme dans l'une des panoplies. Il chercha et trouva la hache sous le lit où on avait dû la pousser. Le manche était ensanglanté.

Louis resta un moment à méditer.

— Il a été surpris, fit Bauer après avoir fait le tour de la pièce et longuement regardé le lit défait. Dans son sommeil…

— Surpris, peut-être… Mais il s'est battu. Les serviteurs de Gaston ont dit que Richebourg était une fine lame, donc les autres pas de simples brigands ; à moins d'avoir été très nombreux… Et qui a utilisé la hache ? Il n'y a pas de sang sur le fer…

Il fit une nouvelle fois le tour de la pièce, le regard aux aguets.

— Il ne devait pas vivre seul. Ses domestiques logeaient au dessous… Où sont-ils ?

— Et si eux l'avaient attaqué ? Ce ne serait pas la première fois que des serviteurs se débarrassent de leur maître.

— Sans doute… Mais d'un maître qui a du bien… Richebourg était pauvre, observa Louis en montrant la fenêtre obturée.

Bauer désigna à son tour l'échelle de meunier.

— Je vais voir les combles, *bozieu*.

Faisant craquer les marches sous son poids, il monta, mais en haut ne découvrit rien sinon quelques outils et des tuiles.

— Personne, *bozieu*, dit le Bavarois en redescendant.

— Partons ! décida alors Fronsac.

En bas, ils retrouvèrent Nicolas pas très rassuré.

— C'est la selle du cheval, monsieur, dit-il en montrant les harnachements accrochés à une poutre.

C'est alors que Fronsac remarqua le sang sur la mousse des vieilles marches. Il se pencha pour examiner les traces. Mais était-ce celui de Richebourg ou de l'individu blessé par son épée ?

Son regard s'égara vers la porte. Elle était ouverte à leur arrivée. N'y avait-il pas de serrure ?

En approchant, découvrant la gâche du verrou brisé, il la ramassa au milieu des débris de pierres, puis sortit et regarda l'autre côté de la porte. Plusieurs clous carrés avaient été arrachés et le bois était défoncé. Il aperçut alors non loin du pont dormant une longue souche qui aurait pu être utilisée comme bélier.

Bauer avait suivi son maître pendant que Nicolas garnissait d'avoine la mangeoire du cheval.

— On a forcé la porte avec ça, Bauer, commenta Louis en désignant la souche. Ce n'étaient pas les domestiques.

— Où sont-ils alors ? Et où se trouve Richebourg ?

— Cherchons !

Ils firent le tour du donjon sans découvrir la moindre trace. Sur le pont dormant, le chat miaulait toujours frénétiquement. Ses cris déchirants attirèrent l'attention de Nicolas qui avait fini de s'occuper de la rossinante. Il vint pour le caresser, mais le félin sauta dans le fossé et disparut sous le pont où il feula derechef.

Revenu devant le porche, Fronsac réprima un sourire en voyant Nicolas penché, essayant d'attirer la bête. Brusquement, le domestique se releva, livide.

— Monsieur… balbutia-t-il.

— Qu'y a-t-il ?

— Un bras… là ! ânonna Nicolas.

Abandonnant le sac contenant ses pistolets, Fronsac sauta dans le fossé, qui ne faisait qu'une demi-toise. Écartant quelques orties avec l'épée de Richebourg, il découvrit le corps, à peine dissimulé sous les planches. Le chat près de lui.

Fronsac souleva la tête couverte d'une longue chevelure blanche affreusement rougie, celle d'un vieillard. Une balle lui avait pénétré dans l'œil.

— Que se passe-t-il, *bozieu* ! interpella Bauer, que Nicolas était allé cherché.

— Nicolas a trouvé un domestique.

Les vêtements rapetassés, en drap grossier, étaient certainement ceux d'un valet. D'après la blessure, on lui avait tiré dessus à quelques pas.

Fronsac piétina les ronces et les orties autour de lui mais ne découvrit pas d'autre cadavre. Ni même aucune autre trace. On avait juste dissimulé le corps sous les planches du pont. Sans le chat, ils ne l'auraient pas trouvé. La bête s'était d'ailleurs éloignée. À quelques pas, elle les observait, silencieuse, satisfaite du devoir accompli.

Louis attrapa la main de Bauer qui le hissa hors du fossé. Puis Fronsac resta encore un moment à balayer les lieux du regard. Et si Richebourg avait tué son domestique avant de s'enfuir ? Mais alors, pourquoi enfoncer la porte… Sauf si celle-ci avait été forcée pour une autre raison… Peut-être par Richebourg parce que son valet s'était enfermé. Comment savoir ?

Il baissa les yeux et vit ses bottes toutes crottées de boue, à cause de l'orage du dimanche.

— Bauer, retournons sur le chemin et essayons de trouver des traces de sabots. Je veux être certain que des gens sont venus.

Avec Nicolas, ils revinrent au-delà de l'endroit où le Bavarois avait laissé sa monture. Et découvrirent que si, en marchant, ils avaient écrasé des traces, on apercevait encore distinctement quelques empreintes de fers de chevaux.

— Nicolas, toi qui connais bien les bêtes, examine ces marques. À ton avis, combien de montures sont passées ?

Bauer intervint en désignant les plus grosses empreintes.

— Celles-là sont celles de ma jument, dit-il d'un ton satisfait.

Distinguer les autres traces se révéla embarrassant. Les marques étaient peu visibles, noyées par la dernière pluie, et il était impossible de distinguer les sabots avant et arrière.

— Il y a là un fer à huit trous et un sabot auquel il manque un clou, jugea finalement Nicolas. Les traces les plus fraîches vont vers le château. J'ai l'impression que ce sont celles de la rossinante. Je crois qu'il n'y a qu'un cheval… J'en suis même certain.

Fronsac écoutait à peine. Il venait de remarquer plusieurs empreintes de bottes. Il enfonça un de ses pieds dans la terre humide afin d'identifier la sienne, puis regarda les pieds de Bauer et Nicolas. Ceux du colosse Bavarois ne pouvaient être confondus avec quiconque et Nicolas portait des souliers. Or, il constatait distinctement trois empreintes de talons de bottes, de formes différentes, ne correspondant ni aux siennes ni à celles de Bauer.

Il se tourna vers Nicolas :

— Va vérifier les fers de la rossinante et rejoins-nous à la voiture. Friedrich, reste derrière moi pendant que j'examine le sol.

Louis suivit le chemin jusqu'à la voiture. Au bout d'un moment, il fut capable de repérer distinctement les trois traces. Elles avaient souvent été recouvertes par leurs pas, mais on observait, sans doute possible, que les plus récentes s'éloignaient du château. Les assaillants avaient donc laissé leurs montures quelque part, à moins qu'ils ne soient venus en voiture. Les traces se poursuivaient au-delà de leur carrosse, jusqu'au grand chemin vers Houdan. C'est là qu'il découvrit les marques de roues d'une autre voiture. Un carrosse attelé à quatre chevaux.

Pourquoi arriver en carrosse ? Louis y réfléchit en revenant à sa propre voiture. Une seule explication semblait plausible : ils n'étaient pas venus pour tuer Richebourg, mais pour le capturer et l'emmener. Il s'agissait d'un rapt. Dans ce cas, Richebourg était sans doute encore vivant. Mais où ? Pouvait-il se trouver prisonnier quelque part avec Gaston ?

Bauer l'avait suivi, et même si le Bavarois ne se montrait pas un grand logicien, lui aussi avait deviné.

— Ils l'ont emmené, *bozieu*, laissa-t-il tomber.

— Oui. À trois et avec l'un d'eux blessé.

— Quel rapport avec la disparition de monsieur de Tilly ? ajouta le Bavarois, persuadé que son maître avait tout compris.

— Je ne sais pas, Bauer, je ne sais pas… Mais je suis convaincu qu'il en existe un…

Nicolas apparut.

— C'étaient bien les fers de son cheval, monsieur, lança-t-il.

— Je le pensais. Ils étaient venus en carrosse, qui attendait sur le chemin de Houdan. Nous ne découvrirons rien d'autre ici. Nicolas, conduis-moi dans cette ville. Je vais raconter tout au prévôt. Il viendra chercher le corps du domestique et le fera ensevelir. Je garde l'épée. Peut-être aurai-je l'occasion de la rendre à ce pauvre garçon.

⚜

Louis médita durant le trajet. Gaston avait disparu une semaine avant Richebourg. Ces deux absences pouvaient n'avoir aucun rapport, mais il n'y croyait guère. Les coïncidences étaient rares dans les affaires criminelles. Il fallait donc interroger cette Anaïs Moulin Lecomte. Peut-être Richebourg lui avait-il parlé de Gaston. Peut-être avait-il découvert quelque chose ? Mais alors, pourquoi ne pas l'avoir tué ?

En vue des murailles et du donjon de Houdan, ils longèrent la Vesgre jusqu'à la porte de Paris. La grand-rue qui conduisait à l'église était particulièrement animée en cette fin de matinée. Les chalands se pressaient devant les auberges, échoppes de marchands et boutiques d'artisans qui se serraient les unes contre les autres, toutes à pans de bois peints et encorbellements sculptés.

La montée vers l'église fut fastidieuse en raison des encombrements et de la peine des chevaux à tirer le carrosse. Les roues s'enfonçaient dans l'épaisse boue de déjection des animaux de trait, des chiens et des cochons errants. Le tout dans une puanteur intolérable.

Devant Saint-Jacques-et-Saint-Christophe, on leur indiqua le bâtiment de l'Audience où se rendait la justice. Le logis du prévôt Pierre Gerbé était mitoyen : une maison de deux étages aux colombages multicolores. Ayant été introduit par un maître d'hôtel, Louis trouva ce dernier dans sa chambre, une grande pièce confortable meublée d'un lit sur une estrade, de fauteuils en noyer, de chaises tapissées et de deux tables recouvertes de tapis. De grandes tapisseries de Rouen encadraient un beau vaisselier où était exposée l'argenterie.

Assis devant un cabinet de chêne à deux portes magnifiquement ciselées, le magistrat dictait un mémoire à son greffier.

Louis Fronsac se présenta et expliqua sa venue.

— Richebourg ! Et vous dites que vous avez trouvé le corps du vieux Thomas ?

Le prévôt, homme corpulent dans la cinquantaine, avec un double menton et un nez en marmite, vêtu d'un habit gris, portait épée. Il devait se déplacer difficilement, car il avait une canne près de sa chaise.

— C'était celui d'un domestique aux cheveux blancs, monsieur le prévôt. J'ignore s'il s'agissait de Thomas, répondit Louis.

— Ce ne peut être que lui ! intervint le greffier.

— Qui vous dit qu'il est arrivé *malheux* à monsieur de Richebourg ? (Comme la cuisinière de Gaston, il prononçait les *eur* en *eux*.) Ce garçon disparaît parfois plusieurs jours, peut-être va-t-il revenir, suggéra le prévôt, visiblement embarrassé par cette affaire.

— J'en doute. J'ai trouvé son épée, ou tout au moins une épée ciselée aux armes gravées sur le fronton de sa porte. La lame était ensanglantée.

Le prévôt pâlit.

— En effet, cela est troublant. Inquiétant même.

Il se tut un instant avant de demander :

— Ce monsieur de Tilly que vous recherchez est parent de monsieur Hercule de Tilly ?

— C'était son oncle. Il vient de mourir et mon ami Gaston est venu régler des problèmes familiaux. Monsieur de Tilly est aussi parent avec le marquis de Blaru.

Le gouverneur de Vernon.

— Comment monsieur de Tilly a-t-il pu disparaître ainsi ? Le prévôt des maréchaux a-t-il été prévenu ?

— Oui.

— Tout ceci est incroyable ! *J'allons* envoyer un sergent et des archers à Richebourg avec une charrette pour ramener le corps. Pensez-vous vraiment qu'on aurait enlevé monsieur de Richebourg ?

— C'est la seule conclusion à laquelle je suis parvenu.

— Mais il était plus pauvre que Job ! intervint le greffier.

Louis écarta les mains, paumes tournées afin d'exprimer son ignorance. Puis il laissa au greffier son adresse à Paris et celle de sa seigneurie de Mercy. Ayant pris congé, il retrouva Bauer et Nicolas.

Ils se rendirent alors en carrosse à l'*Écu de France*, la plus grande auberge de la ville située non loin de la porte de Paris. La salle à manger était pleine et, à la demande de Nicolas, les garçons d'écurie s'occupèrent de changer le fer d'un des chevaux pendant qu'ils mangeaient rapidement. Après quoi, ils partirent pour Longnes où ils arrivèrent au milieu de l'après-midi.

XXI

Ignorant où trouver Anaïs Moulin Lecomte, Louis Fronsac avait d'abord pensé se rendre à la cure de Longnes avant de songer qu'il obtiendrait sûrement des informations sur Richebourg en s'installant dans un cabaret ou une auberge. Bauer connaissait le *Saut du Coq* et assura qu'on y trouverait tout le village. Il fut donc décidé qu'ils s'y renseigneraient en premier lieu.

Une fois le carrosse entré dans la cour de la belle auberge à pans de bois, Nicolas demanda à un valet d'écurie de faire boire les chevaux et de leur donner de l'avoine, mais sans les dételer, car ils repartiraient sous peu. Ayant pris un pistolet à silex dans le coffre du véhicule, il rejoignit Bauer qui avait lui-même glissé un pistolet d'arçon à son baudrier et détachait la carabine de la selle. Quant à Louis, il examinait les lieux, ayant posé sur une épaule la double sacoche contenant ses pistolets.

Une branche serrée dans de la paille était accrochée à l'un des bois de charpente couleur sang de bœuf au-dessus de la porte, signe pour le receveur des aides qu'une barrique avait été mise en perce. Chevaux, mules et ânes que l'on apercevait dans les écuries témoignaient de la présence de nombreux clients à l'intérieur.

Bauer entra le premier. La taverne était comble. Il s'efforça de paraître indifférent au vacarme qui cessa complètement quand les attablés eurent remarqué son allure et son armement. Par précaution, le colosse bavarois balaya longuement la salle des yeux afin de repérer quelque péril, mais ne découvrit que la clientèle habituelle des auberges de village : des marchands, des laboureurs et des métayers, des hommes de loi, un médecin, des colporteurs, dont l'un avait étalé sur une table les livres de sa hotte. À l'écart soupaient cinq hommes, dont trois portaient rapière. Ceux-là, le Bavarois décida de les garder à l'œil.

Louis Fronsac entra à son tour. Il jeta un regard intéressé aux livres du colporteur avant de passer en revue l'assistance. Avec tant de monde, ce serait bien le diable si on ne pouvait les renseigner, songea-t-il.

Nicolas les ayant rejoints, ils se dirigèrent vers une table libre que Louis désigna. Ils avaient tous trois besoin de se désaltérer après la chaleur infernale du long voyage depuis Houdan.

— Du vin, et le meilleur ! lança Bauer à une servante avant de déposer mousquet, espadon et pistolet sur la table choisie par son maître.

⚜

Une fois assis, Louis remarqua que la ganse d'un de ses galants s'était défaite ; aussi entreprit-il de la renouer, examinant en même temps la disposition des lieux. Outre la porte d'entrée, il aperçut un escalier et une galerie conduisant aux chambres, ainsi qu'un passage vers une basse-cour ou des celliers.

Mais, déjà, la servante arrivait avec un pichet et des pots à anse. Louis lui demanda à mi-voix :

— Nous cherchons une demoiselle qui habite ici chez un monsieur Bréval. Elle se nomme Anaïs Moulin Lecomte. Savez-vous comment nous pouvons la trouver ?

— Monsieur Bréval est juste là ! répondit en un souffle la fille de salle, jetant un bref regard soumis vers une table proche.

Louis Fronsac s'intéressa à cette direction et y découvrit cinq hommes en train de souper. À leurs habits et leur comportement, sa première impression le conduisit à les voir comme des gens de peu de qualité. Ensuite, il ne put retenir un plissement de front en remarquant le bras en écharpe de l'un, individu assez grand au visage osseux surmonté d'une tignasse blond sale mal peignée. Ses joues fardées et ses lèvres passées au rouge dissimulaient à peine un teint blafard. À un baudrier de buffle, il portait une brette de duelliste et une dague. Malgré ses habits recherchés et ses dentelles au col et manchettes, Louis devina le soldat de fortune. Son voisin, plus musclé et vigoureux, était aussi de haute taille, avec un visage sinistre. Une impression renforcée par une moustache et une barbe en pointe piquée de gris. Dans ses yeux, Fronsac retrouva les expressions cruelles qu'affichait parfois Gaufredi. Comme son vieux serviteur, il s'agissait certainement d'un coureur d'aventures et l'estramaçon [1], suspendu à un large baudrier aux boucles de cuivre, confirmait ce jugement.

Le regard de Louis glissa vers son voisin, ventripotent au poil noir et frisé. Un nez camus, un visage rubicond, il possédait une vague ressemblance avec son ami Paul de Gondi, mais là où le coadjuteur de Paris affichait la noblesse de sa race, celui-là laissait uniquement paraître la duplicité et la friponnerie. Ses doigts boudinés étaient couverts de bagues aux pierres multicolores.

En face se tenaient un bourgeois, à l'air digne et sérieux, et un garçon corpulent au visage rougeaud en train de manger gloutonnement un pigeon avec ses doigts, tachant sans vergogne son pourpoint de la sauce dégoulinant sur sa poitrine. Lui aussi portait une épée, mais une arme de parade avec garde dorée couverte d'une tresse de soie.

Le regard de Fronsac glissa vers les chaussures des cinq hommes. Les porteurs d'épée étaient en bottes.

Quel rapport Richebourg pouvait-il avoir avec ces gens-là ? Le plus simple n'était-il pas de les questionner ? Il se leva et s'approcha d'eux.

— Lequel d'entre vous est monsieur Bréval ? s'enquit-il.

— C'est moi, répondit le bourgeois. Que désirez-vous, monsieur ?

— Mon nom est Louis Fronsac, marquis de Vivonne. J'arrive de Paris.

Il fit une pause, observant leur réaction mais apparemment personne ne le connaissait. Le garçon rougeaud continuait de manger goulûment, l'ignorant avec grossièreté.

— Je cherche un ami qui ne donne plus de nouvelles depuis une quinzaine. En interrogeant ici et là, j'ai appris qu'une jeune fille, dont on vient de me dire qu'elle loge chez vous, s'inquiétait

1. Lourde épée droite, à deux tranchants.

de son côté de la disparition d'un nommé Thibault de Richebourg. Deux disparitions au même moment m'ont paru singulières, aussi me suis-je rendu chez monsieur de Richebourg…

De nouveau, il se tut, mais cette fois remarqua le voile d'inquiétude gagnant l'homme au visage fardé et au bras en écharpe, ainsi que son voisin, l'autre porteur de rapière.

— … J'ai trouvé le cadavre de son domestique, tué depuis quelques jours, mais aucune trace de monsieur de Richebourg, sinon du sang sur son épée. Je voudrais dire tout cela à cette jeune fille, et lui poser quelques questions, si possible.

— En quoi tout cela vous importe-t-il ? l'agressa brusquement le jeune homme après avoir posé sa carcasse de pigeon et s'être essuyé les doigts à son pourpoint.

— Qui êtes-vous, monsieur ? rétorqua sèchement Fronsac.

— Je suis le fils du prévôt ! C'est mon père qui pose des questions, ici ! Qui nous dit que ce n'est pas vous qui avez tué ce pauvre domestique !

— Et je serais venu vous le révéler ? s'amusa doucement Fronsac. Pour votre gouverne, sachez que j'ai déjà prévenu le prévôt de Houdan. Mais vous-même, seriez-vous le fils du lieutenant du prévôt des maréchaux de Rouen, monsieur Mondreville ?

— Ici, nous n'aimons guère les curieux, cracha le garçon en tendant un doigt vers Louis, jusqu'à toucher sa chemise où il laissa une tache de graisse.

Fronsac baissa les yeux vers son poignet gauche. Le ruban s'était à nouveau légèrement dénoué. Il entreprit de refaire la ganse de la main droite.

— Vous ne m'avez pas présenté vos amis, dit-il en même temps, d'une voix sans timbre.

Mondreville rota et se remit à manger gloutonnement, l'ignorant ostensiblement.

— Vous êtes blessé ? ajouta Louis au traîne-rapière ayant un bras en écharpe.

Pichon planta ses yeux dans les siens sans dire un mot.

— Un coup d'épée, peut-être ? Récent ?

Pichon pâlit légèrement. De la main gauche, il saisit son pot qu'il vida, comme pour se donner une contenance.

Un silence hostile s'installa peu à peu dans la salle de l'auberge, chacun observant qu'une querelle débutait.

— Monsieur, intervint Bréval d'un air contrarié, je suis désolé que vous ne compreniez pas que vous importunez mes compagnons. Je ferai part à ma filleule de votre passage, mais ce monsieur de Richebourg n'était rien pour elle. Je vous remercie de votre obligeance, seulement vous vous êtes dérangé inutilement.

— Je ne pense pas, répliqua froidement Louis. Et je ne vais pas me répéter. Qui êtes-vous ? Et comment avez-vous été blessé ? demanda-t-il à Pichon.

— Dieu me damne ! C'est trop d'insolence ! s'exclama Canto en se levant, main sur la poignée de sa brette.

Bauer s'était mis debout. Il contourna la table et, sans que personne s'y attendît, gifla l'audacieux d'un puissant revers. Canto s'écroula dans un grand fracas, faisant tomber le banc avec lui. Sa bouche se remplit de sang.

Tout le monde resta pétrifié devant cet acte de violence inattendu.

— Vous êtes fou ! glapit le jeune Mondreville en se dressant à son tour, tandis que Pichon n'intervenait pas, baissant plutôt les yeux. Il avait connu ce genre de fier-à-bras dans un régiment de Condé et devinait qu'à la moindre tentative d'opposition de sa part, le colosse le rouerait de coups et le laisserait invalide.

Pendant ce temps, Canto se relevait très lentement, s'écartant le plus possible du géant aux tresses.

— Votre nom, monsieur ? l'interrogea Fronsac d'un ton glacial, contournant la table pour s'approcher.

— Canto de La Cornette, balbutia l'aventurier en essuyant sa bouche avec la manche de sa chemise tout en reculant, de crainte d'un nouveau coup.

— Et vous ? s'enquit Louis, se tournant vers celui au bras en écharpe.

— Pichon de La Charbonnière.

— Par le diable, c'en est trop ! cria le fils du prévôt. Je vais chercher les archers de mon père ! Il est haut justicier ici et, comme prévôt des maréchaux, fait pendre qui il veut ! Vous feriez mieux d'avoir quitté le pays à mon retour. Si vous êtes encore là, il branchera celui-là (il désigna Bauer) et vous fera enfermer dans sa prison de Vernon où, tout marquis que vous êtes, vous recevrez quelques bons coups de fouet !

— Votre père me trouvera à Vernon, dit Fronsac, avec un sourire de circonstance. Je vais raconter au lieutenant criminel ce que j'ai découvert chez monsieur de Richebourg. Malgré la fronderie, il existe encore une justice dans le royaume et je crois qu'il sera facile de trouver les assassins du domestique.

Cette attitude tranquille, ou cette menace, eut le don d'exaspérer le jeune impudent qui éructa, un doigt accusateur tendu vers Fronsac :

— Croyez-vous vous en sortir facilement, monsieur ? Laissez-moi vous dire ceci : quelqu'un a menacé mon père, comme vous avez l'insolence de l'oser à présent avec nous. Cet homme se disait procureur à l'Hôtel du roi. Mais croyez-vous que son titre l'a protégé ? Non, car il croupit maintenant au fond d'un cachot !

Ne s'attendant pas à cette révélation, Fronsac demeura un instant pétrifié. En même temps, il eut la fugitive impression que Bréval foudroyait du regard le jeune emporté.

— Tu as entendu, Bauer ? laissa-t-il tomber. Cet héritier a des choses intéressantes à nous raconter.

Louis sortit alors un pistolet à silex des doubles fontes qu'il avait gardées à la main et s'adressa au fils du prévôt en le menaçant de l'arme :

— Venez avec nous, mon garçon, nous avons à parler.

Charles Mondreville connut un instant de panique. Il considéra Bréval qui se frottait les mains nerveusement, Pichon qui baissait les yeux et Canto qui essuyait le sang coulant de son nez et de ses lèvres. Son regard balaya la salle, cherchant une aide, mais toute l'assistance se figeait dans un mélange de peur, de satisfaction et de curiosité.

Brusquement, le garçon détala vers la porte des cuisines, tandis que Bauer dut contourner un banc pour le rattraper. Louis n'osa tirer, de crainte de blesser quelqu'un.

Mais Nicolas, levé, n'était pas loin. Ayant à portée de main une escabelle à trois pieds, il la saisit et la lança sur le dos de Mondreville. Sous la violence du coup, ce dernier s'affala.

Déjà Bauer l'avait rattrapé et jeté sur ses épaules comme un sac de farine.

— Laissez-le ! cria Bréval en se dressant. Vous n'avez pas le droit d'agir ainsi !

— J'ai juste quelques questions à lui poser, monsieur, rétorqua Louis sous la menace du pistolet. Je vais l'interroger dans la cour, et si ses réponses sont satisfaisantes, il pourra vous rejoindre et terminer son pigeon. Bauer, emmène-le.

Fronsac recula vers la porte, tenant toujours en joue Bréval et les autres. Nicolas avait ramassé les armes de Bauer.

⚜

Dans la cour, l'attrapant par le col, Bauer remit le fils Mondreville sur pied. L'autre claquait des dents et tremblait sans se maîtriser.

— Qui est ce procureur ? s'enquit Fronsac.

— Vous… vous n'avez pas le droit, pleurnicha l'imprudent.

Bauer le souffleta deux fois, retenant volontairement sa force. Par expérience, il savait pouvoir tuer d'une simple torgnole. Malgré cette mesure, la première gifle fendit la joue de Mondreville, à cause d'une des bagues du colosse, et la seconde, mal ajustée, lui brisa le nez.

— Mon garçon, dit Fronsac en grimaçant, car il regrettait cette violence inutile, le troisième soufflet de mon ami Bauer brisera votre mâchoire et fera tomber toutes vos dents. Je n'ose décrire ce qui suivra si vous vous obstinez.

— *Che… che…* sais pas son nom, monsieur, sanglota le couard, la bouche en sang. Mon père m'a rien dit… *Ch'*est un domestique qui m'a raconté.

— Quel jour était-ce ?

— Le dernier de juillet, renifla Mondreville, tentant d'arrêter, avec sa manche, le sang qui coulait de sa bouche.

— À quoi ressemblait cet homme ? lança Bauer.

Mondreville leva la tête. On levait toujours la tête pour répondre à Bauer.

— Roux ! Le valet de chambre de mon père m'a dit qu'il s'agissait d'un rouquin !

C'est bien Gaston ! songea Fronsac, ressentant un profond soulagement.

— Que venait-il faire ?

— Il venait de Tilly, monsieur. (Charles Mondreville eut un hoquet de sanglots.) Et a menacé mon père... Mon père avait le droit, monsieur... Il est seigneur... prévôt... et l'a fait saisir par ses archers.

— Où se trouve-t-il maintenant ?

— Dans le cachot de la seigneurie.

— Où ?

— À Vernon... Mon père loue un cachot au vicomte, dans le château des Tournelles [1].

— Votre père y a-t-il conduit un autre prisonnier ? demanda Louis, songeant à Richebourg.

— Non, monsieur, je vous le jure !

— Laisse-le, Bauer. Nicolas, la voiture, nous partons !

Libéré de l'étreinte du colosse, Mondreville détala vers l'intérieur de l'auberge, bousculant les curieux rassemblés devant la porte, trop heureux d'assister à son humiliation.

Nicolas fit venir le carrosse de la remise. Bauer alla chercher son monstrueux cheval, rangea les armes que le premier lui avait portées et monta en selle. Fronsac grimpa dans la voiture. Le cocher fit claquer le fouet et l'équipage s'éloigna. D'une des fenêtres, Mondreville les vit partir. Alors seulement il ouvrit la croisée et glapit :

— Que le diable vous crève ! Vous finirez à la hart ! Les corbeaux vous dévoreront !

---

1. Les seigneurs haut justiciers ne disposaient généralement pas de prison, sauf s'ils étaient très riches. En cas de besoin, ils louaient les cachots qui leur étaient nécessaires auprès d'un prévôt ou dans une prison urbaine.

XXII

Encourageant les bêtes à grands cris et utilisant son fouet – ce qu'il ne faisait jamais – Nicolas conduisit le carrosse à une allure infernale. Bauer, sur son énorme cheval, ouvrait la route. Louis voulait arriver à Vernon avant que les portes de la ville ne ferment. Ils avaient sept lieues à franchir sur un chemin détestable.

Dans la voiture, la chaleur était étouffante et les cahots d'une grande violence. Ballotté en tous sens, Fronsac avait baissé les glaces des portières mais les secousses ne l'empêchaient pas de réfléchir. Il songeait à Gaston, au fond d'une cellule depuis deux semaines. Dans quel état allait-il le retrouver ? Quelques jours dans certains cachots du Châtelet ou de la Bastille rendaient fou, faisaient perdre les dents ou brisaient un homme définitivement. Si son ami avait trop souffert, Mondreville le payerait cher, se promit-il. D'autres questions se bousculaient, qu'il avait du mal à ordonner. Une revenait sans cesse : pourquoi le lieutenant du prévôt des maréchaux de Rouen avait-il emprisonné Gaston ? Son ami avait-il découvert quelque fait mettant en cause Mondreville ? De plus, comment un tel emprisonnement avait-il pu rester secret ? Richelieu, tout-puissant, jetait sans barguigner quelqu'un à la Bastille et l'oubliait, mais un seigneur justicier ou un lieutenant de prévôt ne disposait pas d'un tel pouvoir.

Louis, seigneur haut justicier, connaissait les procédures pénales. Un greffier devait tenir un registre des audiences, même si la justice seigneuriale était souvent rendue dans des tavernes et ne concernait que les gens de peu puisqu'il s'agissait surtout d'affaires de payement de cens, de loyer, de braconnage, de tutelle, de rixe ou de coups et blessures. Certes, les seigneurs disposaient parfois d'un carcan ou d'un échafaud pour fustiger, mais ils préféraient encaisser des amendes ou confisquer des biens. De surcroît, les condamnations étaient susceptibles d'appel devant un prévôt ou un lieutenant criminel. La peine de mort ne pouvait s'appliquer, sinon avec l'aval du parlement de Paris. Quant à retenir un magistrat, un procureur de la prévôté de l'Hôtel du roi de surcroît, c'était impossible !

L'emprisonnement de Gaston ne pouvait avoir été gardé secret qu'avec des complicités. Louis songea au nouveau vicomte de Vernon qui assistait M. de Blaru, alors à la Cour. Ce magistrat se nommait Marc-Antoine Le Normand et venait d'être nommé. Pouvait-il être corrompu ?

Enfin, il y avait l'affaire Richebourg et l'étrange coïncidence que deux traîne-rapière portant des bottes, dont l'un était blessé, se soient trouvés précisément à la table de Bréval, chez qui vivait la mystérieuse Anaïs qui s'inquiétait pour Richebourg ! De surcroît, à la même table se gobergeait le fils de Mondreville qui savait Gaston en prison à Vernon. Impossible de déceler du hasard dans un tel concours de circonstances.

Dès lors, qui étaient réellement Canto de La Cornette, Pichon de La Charbonnière et ce sombre individu à la figure de fripon, assis avec Bréval et Mondreville ? Que préparaient ces gens ? Richebourg aurait-il découvert quelque sombre entreprise ? Mais pourquoi ne pas l'avoir tué sur place, comme le domestique ?

Sitôt Gaston délivré, Louis se jura de découvrir les mystères de cette disparition.

⚜

Vernon, ville frontalière avec la Normandie longtemps anglaise, était protégée par une enceinte bastionnée, des remparts et un château érigé sous le règne de Philippe Auguste, véritable forteresse défendue par un talus en pique, des tours et un donjon circulaire.

Ils arrivèrent en vue de la porte de Bizi à l'instant où son capitaine faisait fermer les battants du corps de gardes. Voyant arriver un carrosse à grand train, l'officier attendit. Louis lui présenta son passeport. Marquis de Vivonne et chevalier de

Saint-Michel, on ne pouvait que le laisser entrer, malgré l'heure tardive.

S'orientant en fonction du donjon de Philippe Auguste dépassant des toits, ils arrivèrent rapidement devant le pont-levis du château fort construit à l'époque où la Normandie appartenait aux Plantagenêts. Cette forteresse, ainsi que le pont sur la Seine avec ses trois tours crénelées et le château de Vernonnet, appelé aussi des Tourelles, sur l'autre rive du fleuve, constituaient la barrière érigée par Philippe Auguste afin de protéger l'Île-de-France.

Mais la Normandie était française depuis longtemps et la barrière sans utilité. À la fin du siècle précédent, on avait construit un jeu de paume dans la grande salle du château et des moulins sur le bastion. Les tours servaient désormais de refuge aux corbeaux, les toitures percées laissaient voir leurs charpentes et seuls quelques salles et logements accueillaient la prévôté et les prisons. C'est là que logeait le prévôt Jacques Langlois.

Ce soir-là, lui et le vicomte recevaient les magistrats du parlement de Rouen, fidèles à la régente, qui avaient accepté de siéger à Vernon. L'année précédente, le duc de Longueville avait entraîné le parlement de Normandie dans sa révolte contre l'autorité royale, une fronde d'autant plus facile qu'à Rouen, comme à Aix, Mazarin avait vendu des charges de conseiller uniquement pour combler les besoins du Trésor. Et comme il y avait, dès lors, trop de magistrats, la chancellerie avait décidé de les faire siéger à tour de rôle, par semestre. Les parlementaires s'étant insurgés contre cette décision réduisant la valeur de leur office et de leurs revenus, pour se faire obéir des magistrats rétifs, la régente avait donc transféré le parlement de Rouen à Vernon, ville restée fidèle sous l'autorité du marquis de Blaru. Mais seule une partie des conseillers s'y était rendue en février 1649 ; essentiellement les magistrats ayant acquis les nouvelles charges vendues par Mazarin. C'est eux que le vicomte accueillait ce soir-là, pour les informer des tractations menées à la Cour.

Or, maintenant qu'ils avaient payé leur charge et que Longueville avait fait sa soumission, Mazarin, désireux d'obtenir le retour au calme dans le parlement de Normandie, envisageait de supprimer leurs offices !

⚜

Flanqué de deux tourelles ébranlées, le pont-levis n'avait plus été relevé depuis des années. Bauer s'y engageait quand, à l'intérieur de la porte ogivale, deux hommes tenant mousquet et hallebarde l'interpellèrent.

— Service de Sa Majesté ! lança le Bavarois afin de forcer le passage.

Soit ces fortes paroles impressionnèrent les deux gardes, soit le colosse les effraya, mais ils s'écartèrent devant la monstrueuse jument. Le carrosse suivit.

La cour était emplie de voitures, de chevaux et de chaises à porteurs. Le prévôt et le vicomte recevaient beaucoup de monde, ce qui se révélerait peut-être une complication pour le rencontrer, s'inquiéta Louis.

Sitôt le carrosse arrêté, il descendit. Déjà Bauer avait laissé son cheval à un valet. Les deux hommes approchèrent du perron de la grande salle où retentissaient éclats de voix et douce musique de viole. Devant la porte, quelques couples prenaient l'air, car il faisait effroyablement chaud à l'intérieur. Les hommes, vêtus de noir comme devaient l'être des magistrats ou des officiers, regardèrent ces inconnus avec un mélange de surprise et d'intérêt.

Ôtant son chapeau devant les dames, Louis demanda :

— Messieurs, l'un de vous pourrait-il prévenir monsieur le vicomte que le marquis de Vivonne souhaite lui faire passer quelques mots d'une extrême importance.

— Venez-vous de la Cour, monsieur ? s'enquit le plus âgé.

— Je ne peux parler qu'à monsieur le vicomte, monsieur.

— Je vais prévenir monsieur le prévôt, décida l'homme âgé.

Il entra en boitillant légèrement.

Louis bouillait, s'inquiétant de ce que préparait Mondreville. Peut-être était-il déjà en route pour extraire Gaston du château des Tourelles et l'emprisonner ailleurs. Fronsac hésitait à envoyer Bauer là-bas quand quelqu'un sortit de la salle. Dans la soixantaine, vêtu d'un pourpoint gris à taille haute, en camelot de Hollande, le nouveau venu affichait le regard distant de celui qui ne croit plus à grand-chose. Il était accompagné d'un jeune homme lui ressemblant beaucoup et portant épée.

— Je suis Jacques Langlois, prévôt de cette ville, fit le premier d'une voix chuintante. Voici mon fils Pierre, qui a la survivance de ma charge. Que voulez-vous, monsieur ?

— Pouvons-nous faire quelques pas, monsieur le prévôt ?

L'autre hocha la tête. Sous les regards déçus et curieux, ils s'éloignèrent des oreilles indiscrètes.

— Mon nom est Louis Fronsac. Je suis chevalier de Saint-Michel. Monsieur (il désigna Bauer) a été l'ordonnance de Monsieur le Prince. Je viens d'apprendre que vous détenez secrètement, dans les cachots du château des Tourelles, monsieur Gaston de Tilly, procureur à la prévôté de l'Hôtel du roi. Monsieur de Tilly est un magistrat on ne peut plus proche de monsieur le chancelier, et fort apprécié de Sa Majesté la régente et de Mgr Mazarin. Vous n'ignorez pas qu'une telle détention est un crime de lèse-majesté, avec toutes les conséquences que cela pourrait impliquer pour vous, pour monsieur le vicomte et pour la ville de Vernon comme ses habitants.

— Monsieur de Tilly ? s'étonna le prévôt. Gaston de Tilly ?

— Le connaissez-vous ?

— J'ai connu son père, Louis de Tilly. La dernière fois que je l'ai vu, c'était ici, justement. Louis était un gentilhomme que je tenais en grande estime. Sur mon honneur, je puis vous assurer que son fils n'est pas prisonnier ici.

— D'où tenez-vous vos affirmations, monsieur ? lança dubitativement le fils du prévôt à Fronsac.

C'était un homme dans la trentaine, au visage carré et énergique.

— Le fils de monsieur Mondreville vient de me l'avouer il y a à peine une couple d'heures. Son père, pour des raisons que j'ignore, a saisi monsieur de Tilly et l'a enfermé voici près de deux semaines dans un cachot du château des Tourelles.

— Je comprends mieux, chuinta le prévôt en hochant la tête. Monsieur Mondreville loue effectivement un cachot aux Tourelles, pour sa propre seigneurie. Mais ce que vous m'apprenez est fort ennuyeux. Car le prévôt Mondreville est un proche de monsieur le duc de Longueville… Cela aurait-il un rapport avec les troubles ?

— Non, monsieur. Je pense qu'il s'agit d'une affaire familiale.

— Nous allons tirer cela au clair. Laissez-moi vous conduire auprès de monsieur le vicomte. Les prisons de la ville sont ici, mais je n'ai aucune autorité sur les Tourelles, qui dépendent de monsieur le marquis de Blaru. Cependant monsieur Le Normand pourra vous remettre un ordre de libération. Ensuite, je réglerai cette affaire avec monsieur Mondreville, bien que sa seigneurie dépende de la vicomté de Mantes.

Sous les regards intrigués des curieux, ils revinrent vers la grande salle. Louis entra avec le prévôt et son fils, laissant Bauer et Nicolas dehors.

⚜

Malgré sa haute charpente, il régnait une chaleur insupportable dans la salle du jeu de paume qui disposait seulement de minuscules fenêtres du côté de la cour. Les murs avaient été décorés de tapisseries normandes. Un lustre rond, en fer, portait quelques dizaines de bougies. Des valets distribuaient verres de vin et petits pâtés posés sur des guéridons. Sur une estrade, quatre musiciens jouaient de la viole et du luth.

Dans l'assistance, nombreuse et bruyante, les éclats de voix fusaient, parfois pleins de colère et de ressentiment. Beaucoup de magistrats s'inquiétaient de leur prochain retour à Rouen. Par contre, les femmes, pour la plupart habillées de ces jupes droites avec busc et collets de dentelles que l'on appelait des *modestes* – ce qu'elles n'étaient pas, tant elles étaient passementées de fils d'or et d'argent – avaient hâte de retrouver la grande ville, ses bals et ses fêtes. Si les hommes se drapaient de noir, chez les épouses et leurs filles, les couleurs des soies, satins et taffetas rivalisaient de variété. Quelques-unes avaient crêpé leurs cheveux avec cette fine frisure ovale autour de la tête que l'on nommait la *coiffure à bouffons*, d'autres y avaient ajouté une *garcette*. Toutes étaient maquillées d'une épaisse couche de céruse.

Le prévôt se dirigea vers un groupe entourant un homme rondelet, au visage potelé barré d'une belle moustache blonde en queue de canard. Il était vêtu de soie noire et arborait une épée de parade au côté. Quand il vit le prévôt et son fils accompagnés d'un inconnu, il leur lança un regard interrogateur.

— Monsieur le vicomte, fit le premier en s'inclinant, monsieur le marquis de Vivonne souhaite vous dire quelques mots en privé.

Le premier magistrat de la ville baissa ses lourdes paupières sans pour autant quitter Fronsac des yeux. Puis son regard tomba sur les galants noirs.

— Je crois avoir entendu parler de vous, déclara-t-il lentement. Êtes-vous monsieur Louis Fronsac ?

— En effet.

Le vicomte adressa un signe à ses compagnons et s'éloigna vers une partie de la salle où il n'y avait personne.

— Qu'avez-vous à me dire, monsieur ?

En quelques mots hachés, Louis raconta ce qu'il savait sur l'emprisonnement de Gaston. Le vicomte l'écouta sans afficher la moindre expression. Mais quand le marquis de Vivonne eut terminé, il laissa tomber d'un ton dubitatif, presque désobligeant.

— Votre histoire… m'étonne beaucoup, monsieur le marquis. Il n'y a aucun prisonnier en ce moment aux Tourelles.

— Monsieur le vicomte, je ne repartirai pas sans monsieur de Tilly. Je vous le répète, monsieur de Tilly est au plus près de monsieur le chancelier. Et Mgr Mazarin l'apprécie particulièrement. Si vous refusez de me laisser entrer aux Tourelles, j'en conclurai que vous cautionnez son emprisonnement. Auquel cas, le compagnon qui m'attend dehors partira sur-le-champ pour Paris et reviendra demain avec un détachement des cent-suisses. Non seulement monsieur de Tilly sera libéré, mais vous serez mis en cause dans un crime de lèse-majesté.

Le visage poupin se décomposa.

— Vous… vous me menacez ?

— Non, je vous mets cordialement en garde. Puis-je donc obtenir un ordre écrit pour faire sortir monsieur de Tilly du château des Tourelles ? Monsieur le prévôt m'accompagnera.

Le vicomte maîtrisa sa colère. Vernon et le château dépendaient du bailliage de Gisors cédé par François Ier à Renée de France, puis transmis au duc de Nemours, époux de la sœur du duc de Beaufort. M. Le Normand avait payé sa charge seulement deux cent mille livres en offrant un donatif[1] à l'intendant du duc. Si la reine et la Cour se déclaraient contre lui, il n'était donc en rien certain de garder la confiance de M. de Nemours. Pourquoi prendre le risque de tout perdre en soutenant Mondreville qui, après tout, n'était que le locataire d'un cachot ? Il fit un signe rageur à un valet.

— Portez-moi une écritoire !

Le valet revint rapidement avec une table pliante tandis qu'un second domestique apportait sur un plateau cornet d'encre, plumes, canifs, feuilles, cire et réchaud à bougie.

Restant debout, sans même retailler la plume, Le Normand écrivit rageusement :

« *Au concierge et sergent du château des Tourelles,*

« *M. Fronsac est autorisé à faire sortir du château de Vernonnet tout prisonnier qui pourrait y avoir été enfermé par M. Mondreville.*

« *Fait à Vernon, le vendredi 13 août 1649.*

« *Le Normand, vicomte.* »

Il sortit ensuite un sceau d'une poche de son pourpoint de soie vert, fit chauffer la cire et cacheta le pli.

— Voici l'ordre que vous me demandez. Si ce procureur du roi est effectivement enfermé dans le cachot de monsieur Mondreville, j'en ignore tout et j'en dégage, par avance, ma responsabilité. Monsieur le prévôt vous portera l'assistance nécessaire.

Sans attendre de réponse, il leur tourna le dos et retourna vers ses amis.

⚜

Fronsac s'adressa au prévôt qui dissimulait un sourire.

— Allons-y ! décida-t-il.

Dans la cour, il proposa au père et au fils de monter dans son carrosse. Le prévôt accepta et s'assit à côté de lui, son fils en face.

— Vous connaissiez bien le père de Gaston de Tilly ? s'enquit Louis, tandis que la voiture franchissait le pont-levis, Bauer suivant à cheval.

— Bien ? Non ! Mais nous nous rencontrions souvent. Je crois pouvoir affirmer que nous avions une certaine estime l'un

1. Un pot-de-vin.

envers l'autre. Il était très apprécié de monsieur de Sully. Sa disparition m'a beaucoup affligé.

— Gaston de Tilly est mon ami depuis vingt-cinq ans, monsieur le prévôt. Pourtant, il est revenu à Tilly sans m'en parler. Il voulait enquêter sur la mort de son père.

— Enquêter ? répéta le prévôt, comme s'il n'avait pas compris.

— Vous avez bien entendu. Son oncle, décédé il y a peu, lui avait laissé une lettre dans laquelle il s'interrogeait sur les circonstances de l'accident au cours duquel étaient décédés ses parents.

— Je me souviens que leur voiture avait versé…

— Que savez-vous d'autre ?

— Sur l'accident lui-même, rien de plus, mais sur ce qui s'est passé à ce moment-là, je n'ai rien oublié…

Il parut hésiter.

— Il venait de se produire un vol important.

— Un vol… De quoi s'agissait-il ?

— Trois jours avant la mort de monsieur de Tilly, on avait détourné un transport de la recette des tailles de Normandie. Monsieur de Tilly avait retrouvé un des voleurs, mort, hélas ! tué par ses complices. J'avais fait pendre son corps ici.

Le carrosse s'était arrêté devant la porte fortifiée du pont. Tandis que les gardes de nuit l'ouvraient, le prévôt désigna la potence dressée.

— On pourrait avoir tué monsieur de Tilly pour que les investigations s'arrêtent ? osa Louis.

— Non, car monsieur de Tilly n'était pas seul à enquêter, il y avait aussi le vicomte de l'Eau, le lieutenant criminel, moi-même et encore le prévôt des maréchaux. Nous avons d'ailleurs poursuivi les recherches après sa mort, mais l'affaire est très vite tombée dans l'oubli, car une dizaine de jours plus tard, le maréchal d'Ancre, alors gouverneur de Normandie, était tué. Après le vol, nous craignions tous pour nos charges, mais le jeune roi a eu d'autres préoccupations que de nous sanctionner. Et puis la confiscation de la fortune de Concini a largement compensé la perte des tailles…

Pendant que son père parlait, Pierre Langlois considérait Louis Fronsac avec perplexité. Le marquis de Vivonne renouait minutieusement un de ses galants noirs. Extrêmement concentré dans cette opération, il paraissait abîmé dans de profondes réflexions et peu intéressé par ce qui se racontait. Jacques Langlois s'en aperçut à son tour et se tut, quelque peu froissé par cette attitude indifférente.

Louis leva alors la tête et le gratifia d'un chaleureux sourire.

— Ne croyez pas que je ne vous écoute pas, monsieur le prévôt. Vous venez de me donner un fil de l'écheveau, expliqua-t-il avec affabilité.

— Quel écheveau ? s'étonna Langlois, interloqué.

— Celui qui me permettra à coup sûr de tisser l'histoire de l'assassinat des parents de mon ami Gaston.

XXIII

Le carrosse s'arrêta devant la tour située au milieu du pont. La barrière était mise pour la nuit, mais Pierre Langlois se montrant, le véhicule put poursuivre jusqu'à la troisième tour de fortification.

Celle-ci franchie, la voiture tourna à gauche sur la terrasse bastionnée qui protégeait le château des inondations. Il y avait là quelques canons dirigés vers le fleuve. Passant sa tête à la portière, le prévôt ordonna aux mousquetaires de faction qu'on les laisse poursuivre. Le carrosse franchit le pont-levis qui surmontait les douves inondées et s'arrêta devant une estacade [1] en bois.

Le château était constitué de quatre tours rondes, sans aucune porte au niveau du sol. Seul l'escalier de bois de cette estacade permettait d'atteindre l'entrée située au premier étage, un passage ogival fermé d'une porte bardée de plaques de fer tenues par de gros clous carrés.

En descendant de voiture, le prévôt expliqua à Louis :

— Le bas des tours est très humide et souvent inondé. Aussi les salles basses sont-elles louées comme cachots pour des seigneurs hauts justiciers.

Il désigna celle de gauche :

— C'est dans celle-ci que Mondreville loue le sien à la vicomté.

Le cœur battant en songeant que Gaston se trouvait derrière le mur, Louis s'avança. La seule ouverture était une longue meurtrière obstruée par une pièce de bois. Il cria :

1. Échafaudage avec un escalier.

— Gaston ! C'est Louis ! Je viens te sortir d'ici !

Dans un long grincement, la porte de l'étage s'ouvrit, découvrant un individu en habit sombre accompagné d'un mousquetaire en casaque.

— Monsieur le prévôt ! Quelle surprise ! fit l'homme en habit, descendant les marches avec précaution.

De petite taille, avec un visage fripé et une chevelure clairsemée, il considéra un instant Fronsac, le regard interrogatif, puis haussa un sourcil inquiet en découvrant Bauer descendant de son cheval monstrueux dans un bringuebalement de ferraille.

— Monsieur Moussel, monsieur le vicomte m'envoie : voici un ordre de libération d'un prisonnier, fit le prévôt.

— Je n'ai aucun prisonnier de monsieur le vicomte ! s'étonna le concierge.

— Qui parle du vicomte ? Je viens chercher le prisonnier de monsieur Mondreville.

— Ah !

Le visage du concierge se rembrunit. Il prit la lettre, l'ouvrit, sortit des bésicles d'une de ses poches et la lut.

— C'est très inhabituel, fit-il, embarrassé. Monsieur Mondreville le sait-il ?

— Peu importe. Conduisez-nous !

— Bien… Si ce sont les ordres de monsieur le vicomte… Venez avec moi, proposa le concierge, après une ultime hésitation.

Ils montèrent les marches de bois et franchirent le passage à la porte de fer. Derrière se déroulait un escalier en colimaçon pris dans la muraille, sombre et très étroit avec de hautes marches. Fronsac dut baisser la tête pour ne pas se cogner. Bauer devait se douter qu'il aurait du mal à passer, car il resta dehors.

Ils débouchèrent dans une vaste salle d'armes, voûtée par une croisée d'ogives. La pièce était à peine éclairée d'archères, son sol se résumait à un plancher, mais il y avait une belle cheminée.

Dans cette pièce, simplement meublée de coffres, d'une table et d'un dressoir, se trouvaient trois portes communiquant avec les tours, la quatrième n'étant qu'un escalier conduisant à la plate-forme supérieure. Le concierge se dirigea vers l'une d'elles, fermée d'un énorme verrou avec cadenas.

— C'est le cachot loué par monsieur Mondreville, expliqua le prévôt à Louis.

Le concierge sortit une clef et fit tourner le mécanisme du verrou qu'il ôta. À peine la porte était-elle ouverte que Louis s'engouffra dans l'escalier. Une faible luminosité provenant d'une archère permettait à peine d'y voir.

— Gaston ! cria-t-il le cœur battant.

— Louis ? répondit une voix assourdie.

Gaston se trouvait bien là. Louis le découvrit sur la paille souillée d'un minuscule cachot. Malgré sa barbe rousse pleine de poux, il se jeta dans les bras de son ami qu'il serra un long moment, tant il était ému et soulagé.

— Seigneur ! balbutia-t-il.

— Sortons d'ici ! dit enfin Louis.

Mais il n'avait pas vu que Gaston était enchaîné. Un anneau à la cheville lui laissait à peine la possibilité de faire quelques pas pour se soulager dans un pot.

— Laissez-moi ôter les fers, grommela le concierge, entré à son tour.

S'accroupissant, il ouvrit le cadenas qui fermait l'anneau.

Gaston le repoussa avec brusquerie et s'engouffra dans l'escalier, Louis derrière lui, prêt à l'aider, car il avait vu son ami chanceler.

Ils débouchèrent dans la salle des gardes.

— Voilà monsieur de Tilly, procureur à la prévôté de l'Hôtel du roi, fit Louis en désignant son ami au prévôt et à son fils.

— Langlois, prévôt de Vernon ! se présenta chaleureusement le prévôt en tendant une main franche au prisonnier. Voici mon fils. J'ai connu votre père, monsieur de Tilly. Un homme selon mon cœur.

— Mon père ? Nous allons en reparler, si vous voulez, mais j'ai surtout hâte de quitter ces lieux. Où se trouve ce fourbe de Mondreville ?

— Il n'est pas avec nous, répondit Langlois.

— Allons chez lui que je lui passe mon épée au travers du corps, gronda Gaston.

Le concierge, resté dans l'escalier, s'était fait discret.

— Partons, voulez-vous ? proposa le prévôt.

Ils firent le chemin en sens inverse. Arrivé à l'échelle extérieure, Gaston gonfla longuement ses poumons, humant l'air de la liberté.

— Monsieur de Tilly ! cria Bauer en le voyant.

— Friedrich ! se réjouit-il, descendant les marches à vive allure.

Les deux hommes s'accolèrent avec une immense joie. Puis Gaston serra aussi Nicolas en une belle brassée.

— J'ai faim ! clama l'ancien détenu, mais avant, filons chez Mondreville ! J'ai seulement besoin de le tuer !

— Ce n'est pas une bonne idée, monsieur de Tilly, chuinta le prévôt. Il est tard. Nous y serions à la nuit noire et que ferions-nous ? Je me propose de vous conduire à l'auberge du *Grand-Cerf*. Soupez et reposez-vous. Je vous ferai porter du linge et viendrai demain à l'aurore avec mes archers et mon fils. Nous irons ensemble demander des explications à Mondreville, bien que la seigneurie soit dans la vicomté de Mantes et non dans celle de Vernon. C'est un homme puissant, vous le savez. Tout à l'heure, je ferai un compte rendu au vicomte. J'obtiendrai à coup sûr son soutien, puisque Mondreville vient de le mettre dans une situation fort déplaisante.

Gaston grimaça en marquant une hésitation.

— J'aurais voulu régler ce soir mes affaires avec ce scélérat.

— Monsieur Langlois est la sagesse même, confirma Fronsac. Et nous avons à parler, nous aussi.

⚜

Gaston inclina la tête en signe d'adhésion et ils montèrent dans la voiture. Le fils de Langlois s'installa sur le siège du cocher pour guider Nicolas jusqu'à l'auberge du *Grand-Cerf*, dans la rue Grande [1].

— Comment m'as-tu retrouvé, Louis ? s'enquit Tilly.

— Armande est venue me prévenir. La suite, je te la raconterai tout à l'heure.

— Comment va-t-elle ?

— Elle était très inquiète, mais nous allons la rassurer bien vite.

---

1. La rue Carnot.

— Pouvez-vous me dire pourquoi Mondreville vous a enfermé aux Tourelles, monsieur le procureur ? s'étonna le prévôt, assis en face d'eux.

— Je l'ignore, monsieur le prévôt ! Fin juillet, j'ai appris que le frère de mon père venait de décéder. Il m'avait laissé une lettre dans laquelle il me confiait que mes parents n'étaient peut-être pas morts dans un accident. Qu'un braconnier avait vu deux cavaliers devant leur coche renversé. Je suis aussitôt venu à Tilly. J'ai fouillé la maison et retrouvé un mémoire écrit par mon père, la veille de sa mort. Il y accusait un Mondreville d'avoir commis un vol…

— Le vol de la recette des tailles de Normandie, laissa tomber Louis, négligemment.

Gaston resta interloqué.

— Comment le sais-tu ?

— Je n'ai aucun mérite, c'est monsieur Langlois qui me l'a appris, fit-il en se retenant de sourire.

Il allait ajouter, plus sérieusement : « C'est pour l'empêcher de poursuivre son enquête qu'on a tué ton père… et ta mère », quand il surprit l'expression contrariée du prévôt de Vernon.

Gaston, qui n'avait rien remarqué, poursuivit :

— J'ai immédiatement pensé que la mort de mes parents était liée à ce vol. Seulement beaucoup de familles s'appellent Mondreville par ici. Je n'aurais eu aucun moyen de trouver celui cité si mon oncle n'avait écrit dans sa lettre que le prévôt Mondreville ne l'avait pas écouté quand il lui avait parlé des cavaliers aperçus près de la voiture retournée. C'était mon seul indice, aussi suis-je allé le voir pour l'interroger.

— Seul ? demanda le prévôt. Sans témoin ?

— Seul ! répliqua Gaston avec brusquerie.

Il ajouta, plus conciliant, comme pour se justifier :

— Je ne pouvais attendre…

Ses yeux s'embuèrent quand, brusquement, il éclata :

— Mon père était prévôt des maréchaux, monsieur Langlois. Chaque jour, il risquait sa vie, et le savait. C'était son métier et son honneur. Mais ma mère ? Je l'ai si peu connue ! J'avais besoin de savoir si Mondreville était son assassin !

Il se retint d'avouer : cela fait vingt ans que j'essaie en vain de me souvenir de son visage.

— Nous allons le découvrir, Gaston, promit Fronsac. Que s'est-il passé ensuite ?

— J'ai dû bousculer deux ou trois domestiques pour approcher Mondreville. Et quand je l'ai vu, il m'a tout de suite déplu. Je lui ai expliqué qui j'étais et demandé s'il se souvenait du vol des tailles de Normandie. Malgré sa barbe, je l'ai vu changer de couleur. Son visage s'est affaissé et j'ai compris qu'il s'agissait bien de l'homme évoqué dans le mémoire de mon père. Il a bredouillé des menaces, mais je me suis jeté sur lui, l'ai attrapé par le col, souffleté. Je ne me retenais plus, je l'avoue. Il a crié, des archers et des valets sont venus. L'un d'eux m'a lâchement assommé avec une chaise.

» Quand j'ai repris conscience, j'étais attaché et bâillonné dans une voiture. Mondreville se trouvait avec moi, un pistolet à la main. Il n'a pas prononcé un mot. On est entré dans Vernon par la porte de Gamilly. J'étais persuadé qu'on allait au château, qu'il voulait me mettre en accusation devant le vicomte et ne m'inquiétais pas, puisque je disposais du moyen de le confondre dans la mesure où il ne m'avait pas fouillé !

» Mais on a passé le pont, puis la voiture a tourné au château des Tourelles. Là, il est descendu et a parlé un moment avec l'homme qui était avec vous.

— Le concierge, fit sobrement le prévôt.

— Le cocher de la voiture était avec un archer. Ils m'ont fait descendre et m'ont menacé de m'assommer si je ne me laissais pas faire. J'ai obéi. On m'a conduit dans le cachot où vous m'avez trouvé. On me portait un pain, un cruchon et on vidait mon seau deux fois par semaine.

— Personne n'est venu vous interroger ? demanda le prévôt, incrédule.

— Personne ! Vous pensez bien que je me serais expliqué et qu'on m'aurait libéré ! Dès demain, je partirai pour Compiègne et je verrai monsieur Séguier qui parlera à Son Éminence. L'affaire ne va pas en rester là !

— À part l'emprisonnement, que Mondreville pourrait justifier par ton agression chez lui, tu n'as guère de preuves.

— Mon père a peut-être laissé d'autres papiers sur le vol de la recette des tailles. Je vais fouiller chez moi maintenant que je sais ce que je dois chercher.

— Ta maison a brûlé, il y a une semaine, Gaston. Le feu a pris dans une grange et, si la pluie ne s'était mise à tomber, il n'en resterait rien. Les chambres de l'étage sont en ruines. Je doute que tu retrouves quelque chose.

Tilly blêmit, accusant le coup. Un dernier lien avec ses parents disparaissait.

— Mes serviteurs ?

— Ils sont saufs. Nous nous sommes installés avec eux.

— À coup sûr Mondreville a mis le feu ! commenta-t-il en serrant les poings.

— Il n'aurait pu te garder emprisonné aux Tourelles longtemps, remarqua Louis après un instant de réflexion.

— Voici deux jours, quand le concierge me porta un pain, je lui ai répété qui j'étais. Je l'ai menacé, puis lui ai promis une récompense s'il me laissait partir. Jusque-là, il répondait que le vicomte et Mondreville le feraient pendre s'il se laissait corrompre, mais cette fois il m'a confié que, dimanche, une barque viendrait me chercher.

— Une barque ? répéta Louis, intrigué.

— Oui, j'ai posé des questions, mais il ne savait rien d'autre, sinon que Mondreville le lui avait dit. Il s'excusait sans cesse, me jurant qu'il se contentait d'exécuter des ordres.

— Croyez-vous que le vicomte puisse être complice de Mondreville ? demanda Louis au prévôt.

— Non, il n'oserait. Mais il a pu apprendre quelque chose et fermer les yeux. Le concierge des Tourelles a dû agir de même. Mondreville est un homme puissant et riche. Il a prêté de l'argent au duc de Longueville et levé pour lui une centaine d'hommes durant la fronderie. Certes, Longueville n'a finalement pas envoyé d'armée soutenir les parlementaires parisiens, mais avec les confiscations qu'il pratiquait sur les taxes, les droits sur les forêts et la gabelle, il avait réuni près de trois mille fantassins et quinze cents cavaliers. Cette armée est toujours sous son commandement, et maintenant qu'il a retrouvé les faveurs de la

Cour, qu'il va peut-être devenir gouverneur de Pont-de-l'Arche, personne n'osera s'opposer à son affidé.

Le carrosse s'arrêta devant le *Grand-Cerf*, une belle auberge aux bois de colombage couleur lie-de-vin.

— Vous semblez pourtant ne pas le craindre, monsieur Langlois, remarqua Fronsac.

— Je suis prévôt du roi, monsieur, répondit le vieil homme. J'ai prêté serment. (Il eut un petit rire grinçant.) Je sais bien qu'à notre époque cela paraît un peu désuet, mais quand les Langlois ont donné leur foi, ils ne varient point. Notre devise n'est-elle pas *Gloria et Fortitudo* ? La reine sait que si Vernon est resté fidèle, c'est aussi par ma fermeté et celle de mon fils.

— Je m'en souviendrai, fit gravement Tilly en lui tendant une main, avant de descendre.

⚜

La rue Grande était bordée d'auberges et d'échoppes de commerçants et d'artisans, closes à cette heure. Louis demanda à Nicolas de raccompagner le prévôt et son fils au château, puis ils entrèrent au *Grand-Cerf*, tandis que Bauer conduisait sa jument à l'écurie.

C'est dans leur chambre que Gaston sortit le mémoire d'une de ses chausses. Il le tendit à Fronsac.

— Mondreville a juste vérifié que je n'avais pas d'arme et a pris cent écus dans ma bourse. Cent écus qui appartenaient à mon père ! Il n'a même pas songé que j'avais sur moi ces quelques pages.

Louis lut le document et leva les yeux vers Gaston quand il en arriva au million de livres en or.

— Langlois ne m'a jamais parlé d'une telle somme !

— Un million, Louis ! Tu comprends pourquoi on a tué mon père ? Continue ta lecture, tu verras que d'après le duc de Sully, que mon père avait rencontré, Concini aurait préparé le coup.

Louis se replongea dans les feuillets jusqu'à ce qu'il découvre les noms lâchés par le voleur découvert par le défunt père de Gaston.

— Petit-Jacques… Mondreville… Balthazar Nardi, fit-il à voix haute.

Il leva les yeux vers son ami :

— Jamais tu n'aurais dû aller voir Mondreville seul ! N'as-tu pas pensé que tu aurais pu tomber sur ces gens-là : Petit-Jacques et Nardi ?

— Je sais ! fit Gaston d'un ton irrité, mais je te l'ai dit, je ne pouvais attendre. Et puis, je n'imaginais pas qu'on oserait user de violence contre un procureur de la prévôté de l'Hôtel ! Mais poursuis…

Louis se replongea dans le mémoire qu'il dévora jusqu'à la fin.

— Ton père a été tué parce qu'il allait prévenir le roi, résuma-t-il quand il eut terminé. D'une façon ou d'une autre, ces gens-là : Petit-Jacques, Mondreville et Balthazar Nardi, peut-être d'autres encore, ont dû apprendre qu'il partait à Paris.

— Oui. Ils ont rattrapé mes parents, les ont tués avec leurs serviteurs et ont fait croire à un accident. Voilà pourquoi un braconnier a vu deux hommes près de leur carrosse.

— Si je me souviens bien, Concini est mort le 24 avril. Et ton père a été tué le 15.

— Quel rapport ?

— Ton père n'a pu rencontrer le roi. Or, Louis XIII a fait arrêter et tuer Concini peu de temps après le vol… Et si un autre l'avait averti de la vérité ? Qui sait ce que Concini voulait entreprendre avec ce million… Peut-être a-t-on raconté au roi qu'il allait rassembler des troupes mercenaires, occuper le Louvre et se débarrasser de lui.

— Pures supputations… Qui l'aurait prévenu, puisque seul mon père savait ?

— Peut-être simplement Sully… De retour à Paris, il faudra tenter d'en savoir plus à ce sujet. Mais parlons plutôt de ce Petit-Jacques et de Balthazar Nardi. As-tu entendu parler d'eux ?

— Jamais pour Nardi, répondit Gaston, mais bien des brigands se sont appelés Petit-Jacques.

— Quoi qu'il en soit, la façon dont Mondreville t'a traité prouve qu'il est bien celui cité dans le mémoire.

— Je n'ai aucun doute !

— Langlois m'est apparu embarrassé en apprenant que tu savais pour le vol des tailles et que tu pensais ton père tué à cause de ce forfait, ajouta Louis d'un ton égal.

Gaston considéra son ami sans comprendre le message, puis secoua négativement la tête.

— Je ne peux croire une seconde qu'il soit complice. Tu l'as entendu, je suis persuadé que c'est un homme d'honneur ! Sans lui, je serais toujours dans mon cachot.

Louis resta impénétrable.

— Nous l'interrogerons demain, dit-il enfin. Mais tu te doutes que ce mémoire sera insuffisant pour mettre en accusation Mondreville. Nous aurons besoin de faire des recherches sur ce Balthazar Nardi.

— Il y a la justice royale, Louis, et la mémoire de mes parents. Je ne lancerai aucune procédure qui se terminerait par un acquittement de Mondreville, répliqua sombrement Gaston. Sois assuré qu'à compter de ce jour, je consacrerai mon temps et mes moyens à châtier les assassins de mes parents.

— Il se trouve un autre fait troublant que tu dois connaître, bien qu'il paraisse sans rapport avec la mort des tiens. Quand je suis arrivé à Tilly, tes serviteurs m'ont dit que tu avais disparu. Pour commencer mon enquête, j'ai interrogé le curé et il m'a rapporté que tu lui avais posé des questions sur le prévôt Mondreville. Un peu plus tard, il a évoqué une autre disparition : celle d'un jeune homme nommé Thibault de Richebourg. Le curé de Longnes l'avait prévenu.

— Je n'ai jamais entendu parler de ce Richebourg... mais peut-être pourrais-tu me raconter la suite à table. J'ai faim et je voudrais faire venir un barbier pour me couper cette barbe et ôter ces poux !

— Laisse-moi encore un instant, la suite va t'intéresser. Deux disparitions en même temps avaient de quoi surprendre, mais quand le curé m'a dit que ce jeune gentilhomme était le rival du fils de Mondreville, qu'ils courtisaient tous deux la même jeune fille, j'ai décidé d'aller chez Richebourg. C'était hier. Là-bas, dans un vieux donjon, j'ai trouvé le cadavre d'un vieillard, du sang et l'épée de Richebourg, que j'ai gardée.

— As-tu prévenu le prévôt de Houdan ?

— Oui. Ensuite, Nicolas m'a conduit à Longnes. C'est une jeune fille de ce village, Anaïs Moulin Lecomte, qui avait demandé l'aide du curé. Elle vit chez son parrain, un nommé

Bréval. Au *Saut du Coq*, je me suis donc enquis de ce Bréval. Or, il était attablé avec des traîne-rapière, dont un blessé. Je lui ai expliqué poliment que je souhaitais rencontrer Anaïs Moulin Lecomte afin de l'entretenir au sujet de Richebourg, que j'étais allé chez ce gentilhomme et y avais découvert un vieil homme assassiné. Alors, l'un des attablés s'en est pris à nous, nous trouvant trop curieux. C'était le fils Mondreville.

Maintenant, Tilly était tout ouïe.

— Ce jeune Mondreville a eu le tort de s'en prendre à Bauer qui l'a souffleté. Humilié, le garçon est devenu fou de rage. Il a crié être le fils du prévôt et nous a menacés du cachot. Comme je me moquais de ses bravades, il s'est encore plus emporté et m'a jeté à la face la toute-puissance de son père, seigneur de haute justice. Il avait même arrêté un procureur qui l'avait menacé, lâcha-t-il ! J'ai deviné que c'était toi et Bauer l'a fait parler après quelques gifles !

— C'est ainsi que tu as su où j'étais ?

— Oui, sourit Fronsac. Comme tu le vois, la disparition de Richebourg n'est en rien étrangère à ton affaire.

— Mondreville a certainement d'autres crimes à son actif, résuma Gaston pensivement. Nous ne sommes pas au bout de nos découvertes.

XXIV

Le jeudi 12 août 1649

— Petit-Jacques ? Bien sûr que je l'ai connu, mais je ne l'ai jamais vu ! répondit le prévôt de Vernon à Gaston.

Il était arrivé avec son fils à la tête d'une vingtaine d'archers à cheval. Et, immédiatement, ils avaient pris le chemin de Mondreville. La troupe et Bauer suivaient le carrosse de Fronsac, tandis que sur le siège du cocher, Pierre Langlois guidait Nicolas.

Dans la voiture, Tilly se montrait méconnaissable. Rasé de frais, ayant fait retailler sa moustache en queue de canard, il avait fait boucler ses cheveux au fer par une servante de l'auberge. Louis lui avait prêté des vêtements, évidemment un peu étroits et trop ternes à son gré, et Bauer passé un baudrier et une solide épée à l'espagnole.

— Que savez-vous de lui ? demanda Fronsac, renouant comme à l'accoutumée un de ses rubans de poignet.

— Je me souviens d'un brigand d'une incroyable audace et d'une rare férocité. Il volait sur les chemins le long de la Seine et s'attaquait aux gabarres des marchands, tuant sans pitié les haleurs et les mariniers qui lui résistaient ou simplement dans le but de les faire taire. On n'a jamais su beaucoup plus sur lui, sinon qu'il était jeune, se méfiait de tout et n'apparaissait que masqué. Quand il découvrait un traître, il l'écorchait ou lui coupait mains, pieds et langue avant de le jeter dans la Seine.

— Vous en parlez au passé, remarqua Louis, après avoir frissonné en entendant les atrocités commises par le truand.

— Un beau jour, on n'a plus entendu parler de lui. Peut-être est-il mort. S'il l'est, j'espère qu'il brûle en enfer.

— C'était lui, le vol des tailles ? s'enquit Gaston.

— On l'a pensé, car il en aurait été capable. Il naviguait fort bien, personne ne connaissait mieux la rivière, ses courants, et les bancs de sable. Vous savez comment s'est passé le vol ?

— Non, répondit Fronsac, satisfait que le prévôt en parle le premier.

— Le transport était fait par une gabarre halée sur le chemin et escortée d'une importante troupe d'archers et de mousquetaires. Les voleurs ont fondu sur elle avec une barque dissimulée dans un bras mort, ont tué les mariniers avec des arbalètes, coupé les câbles de halage et entraîné la gabarre sur l'autre rive. Personne n'a pu les poursuivre.

— C'est pour ça que vous pensez qu'il s'agit de Petit-Jacques ?

— Pour ça et aussi parce qu'à compter de ce jour, il a disparu. Mais surtout on a trouvé deux cadavres d'hommes à lui sur les berges. L'un d'eux a prononcé son nom avant de mourir. Pour moi, ceux qui avaient préparé le vol se sont aussi débarrassés de Petit-Jacques, bien qu'on n'ait jamais retrouvé son corps.

— Il n'y a rien d'étonnant à ce qu'ils se soient déchirés entre eux. Un vol de un million de livres attire les convoitises ! laissa tomber Louis.

Le prévôt planta ses yeux dans les siens. Durant un instant, le silence fut pénible. Langlois semblait figé. Louis remarqua ses traits tirés et ses nombreuses rides. C'était le visage d'un homme usé et fatigué.

— Vous saviez ? dit-il enfin dans un reproche.

— Gaston savait, monsieur le prévôt, répondit Fronsac en désignant son ami. Pourquoi ne m'aviez-vous pas révélé qu'il s'agissait d'une telle somme ?

— À dire vrai, je ne souhaitais même pas vous parler de ce vol. C'est une affaire oubliée, enterrée. Personne n'a envie qu'elle revienne sur le devant de la scène.

— Pour quelle raison ? s'étonna Gaston.

Le prévôt soupira.

— Le lendemain du vol, je m'en souviens comme si cela s'était passé hier, je me trouvais au château, dans la salle où monsieur Fronsac m'a vu hier, répondit le prévôt d'un ton las. Il y avait là votre père, monsieur de Tilly, le gouverneur de la ville et du château, le lieutenant du vicomte de l'Eau, plusieurs échevins de mes amis encore parmi nous. Tout le monde était apeuré. Depuis des mois, le royaume vivait dans la terreur. Le maréchal d'Ancre confiait au bourreau ceux qu'il accusait de trahison envers lui. Qu'allait-il nous arriver lorsqu'il apprendrait le vol de la recette des tailles ? Certains songeaient déjà à fuir le royaume. Puis ce fut l'accident de monsieur de Tilly. L'avant-veille, il avait retrouvé un des voleurs, celui ayant parlé, mais il était mort avant d'en avouer suffisamment. Nous espérions tant qu'il ramène Petit-Jacques ! Les jours suivants furent d'angoisse. Pourtant, il ne se passa rien. Le maréchal d'Ancre était à Rouen et rentra à Paris sans même s'arrêter à Vernon. Nous n'eûmes que la visite du prévôt des maréchaux qui augmenta le nombre de chevauchées dans les campagnes. Puis nous apprîmes la mort de Concino Concini. Finalement, la seule sanction fut le remplacement de notre vicomte, monsieur de Bordeaux, par monsieur Bréant [1]. Ce fut un immense soulagement, d'autant plus fort que le vol tomba rapidement dans l'oubli.

— Savez-vous pourquoi ? demanda Louis.

— Concini était riche à millions, monsieur le marquis. Le roi et les nouveaux ministres ont puisé dans sa fortune et ce million perdu n'était pas grand-chose face à ce qu'ils ont gagné.

— Non ! rétorqua Gaston en secouant la tête. Ça ne s'est pas passé ainsi, car l'organisateur du vol n'était autre que Concini. Ce que mon père avait découvert.

— Concini ! s'étonna le prévôt.

— Le maréchal d'Ancre lui-même ! À mon sens, le roi ayant retrouvé une partie de la recette dérobée dans les biens qu'il a confisqués, plus le fait que l'État n'aime pas qu'on apprenne qu'il est facile de le voler et l'on comprend mieux pourquoi cette affaire a été enterrée.

— Comment Mondreville aurait-il pu connaître Concini ? s'étonna le prévôt.

— Je l'ignore. Vous ne l'avez pas suspecté ?

1. Étienne Bréant obtint la charge de vicomte en 1618.

— Nous ne le connaissions même pas ! Il est arrivé plus tard par ici, quand il a acheté la seigneurie.

— Je vais faire rouvrir l'enquête, décida Tilly. Mon père a nommé un Mondreville dans son mémoire. Il suffit de prouver que c'est lui et je l'enverrai à l'échafaud.

— Ce n'est pas un service que vous me rendriez, grimaça Langlois après un moment de silence.

— Pourquoi ? s'enquit Tilly, tandis que Louis ne disait mot.

— Je suppose que Mazarin ignore tout de ce vol ; mais qu'il apprenne que l'on a rapiné un million près de Vernon, et il serait capable de mettre la ville à l'amende pour le rembourser !

Louis sourit.

— Il a raison, Gaston. Essayons d'abord d'en savoir plus sans y mêler la Cour ou la justice.

Tilly hocha la tête.

⚜

Au village de Mondreville, on accédait à la demeure du prévôt par un chemin traversant un champ d'orge. La maison elle-même était une grosse bâtisse avec des fenêtres uniquement au deuxième étage. Elle formait le long côté d'un rectangle dont les trois autres étaient des granges, des murs fortifiés et des écuries. On pénétrait dans la cour intérieure par un porche à deux tourelles, précédé d'un pont-levis sur un fossé. Quand ils arrivèrent, celui-ci était relevé.

Les visiteurs s'arrêtèrent à quelques toises.

— Je n'ai jamais vu le porche fermé et le pont dressé, remarqua Langlois d'une voix teintée d'inquiétude.

— On nous attendait ! répondit Tilly en haussant les épaules.

Il descendit de la voiture et s'avança sans crainte.

— Je suis Gaston de Tilly, procureur à la prévôté de l'Hôtel du roi. Ouvrez-moi ! Je viens interroger monsieur Mondreville pour l'action scélérate qu'il a conduite contre moi, et pour d'autres crimes encore plus graves.

Il n'y eut aucune réponse pendant une longue minute, puis une voix se fit entendre d'une des tourelles du porche.

— Je suis Jacques Mondreville, lieutenant du prévôt des maréchaux de Rouen. Qui vous a libéré ?

— Pourquoi m'avez-vous emprisonné ?

— Vous avez essayé de m'étrangler ! rugit l'autre.

— Que savez-vous du vol des tailles en 1617 ?

— J'ignore de quoi vous parlez, je n'étais pas prévôt en 1617 !

— Que savez-vous de la mort de mon père ?

— J'ignore tout de votre père ! Vous êtes un dément ! hurla Mondreville. Tout comme vos amis qui ont battu mon fils au *Saut du Coq*. J'ai vingt témoins ! Je prépare une requête contre vous tous auprès du parlement de Rouen. Je vous ferai saisir de corps et condamner aux galères pour vos violences !

Louis et le prévôt sortirent à leur tour du carrosse. Pierre Langlois avait fait mettre ses archers en position, lesquels avaient allumé les mèches de leurs mousquets.

— Que faites-vous ici, monsieur Langlois ? l'interpella Mondreville. Vous n'êtes pas dans la vicomté de Vernon !

— Pour l'instant, Mondreville a le droit pour lui, remarqua le prévôt, mal à l'aise. Avez-vous vraiment battu son fils ? demanda-t-il à Fronsac.

— À peine un soufflet ou deux, répondit Louis avec une moue.

Il s'approcha de Gaston.

— Mondreville n'ouvrira pas et nous ne pouvons prendre d'assaut sa maison forte. Allons-nous en. Le temps de la revanche viendra.

— Non ! dit Gaston qui l'écarta.

— Vous avez un cheval à moi ! cria-t-il à Mondreville. Et cent écus que vous m'avez volés !

— Cela servira à payer vos frais de prison !

De l'autre côté du portail, des archers ou des serviteurs de Mondreville s'esclaffèrent à cette plaisanterie.

Louis passa alors devant son ami pour lancer :

— Monsieur Mondreville, je suis Louis Fronsac, marquis de Vivonne. C'est moi qui ai interrogé votre fils. Répondez-moi à votre tour : connaissez-vous Petit-Jacques ?

Il n'y eut pas de réponse.

Fronsac ajouta :

— Nous le retrouverons, ainsi que Balthazar Nardi et ceux qui œuvraient avec vous. Après quoi, nous reviendrons vous chercher, pour vous conduire à l'échafaud.

Il prit Gaston par l'épaule et l'entraîna au carrosse.

Le coup de mousquet partit à ce moment-là et rata Gaston de peu. Tous se précipitèrent dans la voiture, tandis que Pierre Langlois vidait son pistolet vers la tourelle, imité par quelques-uns de ses mousquetaires.

Comme les balles se perdirent, personne ne répondit de la maison forte. Mondreville ne voulait pas se laisser prendre, mais refusait d'engager une guerre ouverte avec les autorités de Vernon.

Nicolas fit adroitement tourner le carrosse, la troupe remonta en selle et ils s'éloignèrent.

⚜

— Je ne peux rien entreprendre de plus, s'excusa Langlois en écartant les mains. Attaquer cette maison est impossible ; j'aurais beaucoup de pertes et monsieur Le Normand me désavouerait.

— Vous avez déjà beaucoup agi. Voulez-vous que nous vous ramenions à Vernon ? proposa Louis.

— Non, mon fils a pris mon cheval en longe et je rentrerai avec lui. Qu'allez-vous faire ?

— D'abord me rendre à Tilly rassurer mes serviteurs et examiner l'état de mon manoir, répondit Gaston. Ensuite, nous partirons pour Paris. Mon épouse doit être morte d'inquiétude. La semaine prochaine, nous tenterons de retrouver des proches de Concini qui se souviendraient du vol des tailles.

— Vous me rassurez, je craignais que vous ne vous en preniez malgré tout à Mondreville. Mais avant de vous quitter, dites-moi pourquoi vous avez battu son fils. Il va vous poursuivre, c'est certain, surtout s'il possède des témoins.

— Qu'il poursuive ! cracha Gaston.

— C'est une longue histoire, répondit Louis. J'étais à Tilly où je cherchais Gaston quand j'ai appris qu'un autre homme avait disparu. Un nommé Richebourg.

— Thibault ?

— Oui.

— Je le connais, fit le prévôt. Une tête brûlée, mais une vieille famille de gentilshommes. Ruinée, hélas ! pour lui ! Il aurait disparu depuis quand ?

— Quelques jours, je suppose.

Louis raconta ses découvertes dans le vieux donjon, la mort du domestique, puis ses déplacements à Houdan et à Longnes afin de prévenir la filleule de Bréval, et enfin l'altercation avec le fils Mondreville qui lui avait révélé l'emprisonnement de Gaston.

— Ces disparitions seraient donc liées ? soliloqua Langlois. Je n'ai aucune compétence sur Houdan, mais j'irai quand même voir le prévôt pour savoir ce qu'il a appris. Que comptez-vous faire en ce qui concerne Richebourg ?

— Prévenir la filleule de monsieur Bréval. Nous irons après être passé à Tilly.

— Pensez-vous que Richebourg… soit mort ? Que le fils Mondreville l'ait tué ?

— Je ne sais… À la façon dont ce dernier m'a agressé quand j'ai parlé d'Anaïs, il est certain qu'il déteste Richebourg. Violent et arrogant, il aurait été capable de l'éliminer. Mais je n'ai pas trouvé son corps.

— Cela prouve simplement que le fils Mondreville n'est pas si sot. Il a emmené Richebourg dans un lieu sûr afin de s'en débarrasser plus discrètement et de l'enterrer quelque part, voire le jeter dans la Seine. Personne ne parviendra ainsi à l'accuser, suggéra Gaston.

Louis ne répondit pas. Il avait songé à la même chose. Même à pire : Mondreville pouvait avoir enfermé Richebourg dans quelque infâme cachot afin de le torturer à sa guise. Et maintenant qu'il savait que la police allait le chercher, il allait tuer son rival, ou simplement l'abandonner. Sans eau, peut-être enchaîné, Richebourg serait mort dans quelques jours.

— C'est impossible ! intervint le prévôt. Vous ne connaissez pas Richebourg. Personne n'était meilleur que lui une lame à la main. Mondreville n'aurait pu le battre.

— L'assassin du vieux domestique n'était pas seul. J'ai relevé trois empreintes de pas.

— Charles Mondreville aurait donc eu des complices… Qui ? Il n'a comme amis que quelques canailles dont Richebourg aurait fait une bouchée, et je doute que son père l'ait accompagné ou lui ait donné des archers. Le lieutenant du prévôt ne prendrait pas de tels risques…

— Je crois savoir qui sont ses affidés, déclara énigmatiquement Louis.

⚜

Au premier carrefour, à la sortie de Mondreville, le prévôt descendit et fit ses adieux. Gaston le remercia encore une fois et promit de passer le voir, puis le carrosse prit le chemin de Tilly.

Au manoir, ils trouvèrent les serviteurs désespérés. Après avoir perdu leur maître, les deux domestiques étaient persuadés que le marquis de Vivonne avait à son tour disparu. C'est dire s'ils tombèrent en pleurs, tant l'émotion les submergea.

Gaston, aussi ému, les accola longuement en de fortes et sincères brassées. Ensuite, tandis que la cuisinière préparait un solide dîner, il explora les ruines de la maison où il avait grandi. Louis le laissa seul, observant combien son ami serrait les poings. Ils partirent immédiatement après le dîner, durant lequel Gaston resta silencieux, promettant de revenir sous peu.

XXV

La veille, immédiatement après le départ de Fronsac de l'auberge, Bréval avait fait chercher une voiture pendant que Sociendo, possédant de vagues notions de médecine, soignait Charles Mondreville. Ensuite, accompagné de Pichon et Canto, il avait ramené le jeune homme chez lui.

Après le récit de l'altercation à l'auberge, le prévôt Mondreville avait été furieux. Ce n'était pas la première fois que la bêtise de Charles lui attirait des ennuis. Il devait maintenant s'attendre à l'arrivée de Tilly, qui sait dans la nuit. Aussi fit-il mettre sa maison en défense.

— Qui est ce Tilly ? interrogea Pichon.

Il avait déjà posé la question dans la voiture, mais Bréval répondit qu'il l'ignorait.

— Un fou furieux venu m'accuser de je-ne-sais-quoi ! Il s'est jeté sur moi et m'aurait tué si mes gens n'étaient intervenus. Je l'ai fait serrer dans un cachot de Vernon pour le calmer.

— Ce Fronsac et le colosse à l'espadon paraissent redoutables. Ces gens-là ne vont-ils pas nous gêner ? s'inquiéta Sociendo, guère courageux.

— Je n'ai aucune envie de les croiser à nouveau, approuva un Canto à la joue et à la mâchoire douloureuses. Même si je saurais me venger un jour…

— Il serait préférable que nous quittions Longnes quelques jours, le temps que cette histoire se calme… renchérit Pichon de La Charbonnière.

Les trois hommes s'étaient consultés discrètement. L'irruption de Tilly et Fronsac leur faisait peur.

— Rentrez plutôt à Paris, suggéra Bréval, ayant deviné leur vrai désir. Profitez-en pour rencontrer vos amis afin de savoir s'ils ont connaissance de la date du transport. Ensuite, dans une semaine, installez-vous à Mantes, à l'auberge du *Gros-Poisson*, rue de la Pêcherie. C'est le rendez-vous des mariniers et des armateurs. On m'y connaît. Je vous retrouverai là et me procurerai une barque que monsieur Sociendo utilisera afin de mieux connaître la rivière.

S'étant consultés du regard, Pichon, Canto et Sociendo approuvèrent avant de se retirer.

⚜

Le fils Mondreville étant monté dans sa chambre, Bréval ferma soigneusement la porte de la pièce où il se tenait en compagnie du lieutenant de la prévôté.

— Que feras-tu si Tilly apparaît avec des hommes d'armes ? s'enquit-il.

— Ils devront prendre la maison d'assaut ! Et je doute qu'il en ait les moyens. Je vais préparer une requête contre lui auprès du parlement de Rouen. J'irai voir Longueville, il m'apportera son soutien. J'ai des témoins ici, Tilly m'a agressé. Quant à son ami Fronsac, je le traînerai aussi en justice pour ce qu'il a fait à Charles. Je verrai le prévôt des maréchaux de Rouen, il lancera un arrêt de prise de corps…

Comme Bréval ne répondait rien à ce discours virulent, Mondreville s'arrêta et lui adressa un regard interrogatif.

— Tu ne m'approuves pas ?

— Je me disais que lorsque je t'ai connu, tu n'étais pas un zélateur de la justice royale ! En vérité, je pense surtout à notre affaire. J'ai besoin de cet argent, Jacques, et si la justice s'intéresse à nous, nous ne pourrons voler la recette des tailles. Tu as vu comment se sont comportés Pichon, Canto et Sociendo ? Eux aussi souhaitent que tout se déroule avec discrétion. Ils sont prêts à nous abandonner, je le sens.

— Je devrais donc me laisser faire ? Tu oublies que Tilly s'intéresse au vol de 1617 !

— Sans doute à cause de la mort de ses parents. Il a dû découvrir quelque chose.

— J'ai mis le feu à sa maison. De ce côté-là, il ne reste aucune preuve.

— Raison de plus pour ne pas aller plus loin. Menace Tilly s'il revient, mais tu l'as dit toi-même, que peut-il entreprendre contre toi ? Il restera juste ton ennemi. Or si nous réussissons à voler ces deux millions, tu n'auras qu'à partir et il ne te retrouvera jamais.

Mondreville s'abîma dans le silence un moment avant de laisser tomber :

— Tu as raison.

— Il y a un autre problème. Thibault de Richebourg a disparu. Sais-tu si ton fils y est pour quelque chose ?

— Mon fils ? (Il eut un sourire.) Certainement pas !

— C'est ce Fronsac qui me l'a appris. En cherchant Tilly, il a découvert le domestique de Richebourg assassiné. Une enquête du prévôt de Houdan est en cours mais je crains que l'affaire ne soit transmise au lieutenant criminel de Montfort. Charles sera peut-être interrogé. Parle-lui-en.

— Je ne crains rien. Mon fils, comme tu dis, était ici ces temps-ci, encore qu'il soit plus souvent avec toi. Richebourg a dû être éliminé par un mari jaloux. Il tournait un peu trop autour des épouses de Houdan à la cuisse légère !

⚜

À Longnes, Nicolas parvint à se faire indiquer la maison de Bréval. Il s'y rendit et arrêta le carrosse devant le perron, dans une cour entourée de fleurs.

Un valet s'approcha. Descendus de voiture, Gaston et Louis demandèrent à rencontrer Anaïs Moulin Lecomte. L'homme les fit entrer dans un petit vestibule très simplement meublé. Bauer les accompagna, sans son espadon.

Ils attendaient lorsque Bréval apparut en habit de drap sombre. Durant un instant, un pénible silence flotta dans la pièce. Puis le bourgeois s'inclina et s'adressa à Fronsac.

— Monsieur le marquis, je m'attendais à votre visite… Vous vous doutez qu'elle me met mal à l'aise. Sachez cependant que je désapprouve ce qui s'est passé, et… l'irrespect dont Charles Mondreville a fait preuve à votre égard.

— Merci, monsieur Bréval, fit Louis, accommodant. Mais ce n'est pas à ce sujet que je viens chez vous. Puis-je vous présenter mon ami, monsieur de Tilly, procureur à la prévôté de l'Hôtel du roi et maître des requêtes au Conseil des parties ?

Le visage de Bréval resta impassible bien qu'il pâlît légèrement.

— J'ai ramené Charles Mondreville à son père hier, après le départ de monsieur Fronsac, dit-il à Gaston. C'est à cette occasion que monsieur Mondreville a reconnu vous avoir enfermé dans sa prison. Je l'ai vivement sermonné, bien qu'il soit un vieil ami. Il m'a dit regretter, et avoir agi sur le coup de la colère. Selon lui, vous l'auriez agressé.

Gaston lui répliqua d'un ton cassant :

— Il m'a fait enfermer sans en référer au vicomte ou au prévôt. J'ignore ce qu'il préparait, mais rien de bon à mon égard. Mes parents ont été assassinés, monsieur Bréval. Et je suis persuadé que Mondreville a commis ce crime et je l'enverrai à l'échafaud.

— C'est impossible ! fit Bréval, reculant d'un pas, horrifié. Il doit s'agir d'une confusion, d'un malentendu ! Mondreville est sévère et emporté, c'est vrai, mais il s'agit d'un homme très respectueux des lois.

— Comme son fils, je suppose, répliqua agressivement Gaston.

— Je reconnais que Charles ne ressemble pas au fils que j'aurais aimé avoir, mais il est jeune et saura se corriger. Je suis sincèrement désolé pour tout ce qui s'est passé. Disposez-vous d'éléments sérieux contre monsieur Mondreville ?

— Mon père était lieutenant du prévôt des maréchaux de Rouen, monsieur Bréval, la charge aujourd'hui entre les mains de Mondreville. En 1617, il enquêtait sur un vol de la recette des tailles. Mondreville était précisément l'un des voleurs et l'a tué, ainsi que ma mère et mes serviteurs. De surcroît, il a incendié ma maison cette semaine. Je reviendrai dès que j'aurai rassemblé suffisamment de preuves contre lui.

— C'est épouvantable ! Je n'arrive pas à y croire…

Le pauvre homme se tordait les mains nerveusement.

— Vous me voyez tiraillé entre mon amitié et la confiance que je dois accorder à vos propos, ceux d'un maître des requêtes.

Je ne suis qu'un négociant en grains… et… ne connais rien à ces choses-là.

Comme Gaston et Louis se taisaient, il ajouta :

— Je sais que vous souhaitez parler à ma filleule. Avez-vous d'autres informations sur monsieur de Richebourg ?

— Aucune, hélas ! répondit Fronsac. À moins que le prévôt de Houdan ait découvert quelque fait nouveau.

— Je vais vous conduire auprès d'elle. Je suis terriblement tourmenté. Anaïs aime monsieur de Richebourg. J'ai cru longtemps qu'elle n'était pour lui qu'une passade. Et j'avoue avoir souhaité qu'elle épouse Charles. Mais je me suis trompé. Je voulais tant assurer son bonheur, or cette disparition la fait affreusement souffrir. Soyez charitable avec elle, je vous en prie.

Ils passèrent dans la pièce d'à côté, une grande salle où une jeune fille était assise devant un virginal, les yeux dans le vague.

— Anaïs, voici monsieur de Tilly, maître des requêtes, et monsieur le marquis de Vivonne. Monsieur le marquis souhaite te parler.

Elle se leva, un sourire figé sur le visage.

— Est-ce au sujet de monsieur de Richebourg ?

— Oui, mademoiselle, j'étais chez lui hier…

— Lui avez-vous parlé ? s'enquit-elle d'une voix brusquement pleine d'espoir.

— Non, mademoiselle. Le donjon était vide… Je suis désolé de vous dire cela. Il y avait du sang, j'ai découvert son épée.

— Vierge Marie ! Je le savais !

Elle retomba sur son siège, sans force.

— Et lui ? L'avez-vous… ? Est-il… ? balbutia-t-elle.

— Non, mademoiselle. Je ne l'ai pas vu… Gardez espoir. Mais son domestique a été assassiné.

Qui a commis cet acte épouvantable ? murmura-t-elle.

— Ce pourrait être un rival, lança brutalement un Gaston incapable de dissimuler ses sentiments.

Louis remarqua combien Bréval pâlissait.

— Monsieur Charles Mondreville m'a agressé quand j'ai parlé de vous, mademoiselle, dit-il. Y avait-il une raison ?

— Une… querelle d'amoureux, bredouilla Bréval.

— Pourrait-il être responsable de la disparition de Thibault ?

— Certainement pas ! glapit Bréval. D'ailleurs comment aurait-il fait ?

— Dieu me damne ! Le père et le fils sont des gibiers de potence, laissa tomber Tilly.

— Vous n'avez pas le droit d'accuser Charles ainsi ! protesta Bréval.

Son ton terrorisé surprit Louis.

— Nous ne l'accusons pas, monsieur, fit-il. Je suppose que vous l'ignorez, mais, avec mon ami Gaston, nous possédons une certaine expérience des enquêtes criminelles…

Il se tourna vers Anaïs :

— Mademoiselle, je vais tout faire pour retrouver monsieur de Richebourg. Gardez courage.

Il s'adressa ensuite au négociant :

— Monsieur Bréval, hier, vous étiez attablé avec trois hommes. Messieurs Pichon et Canto, je crois. Quel est le nom du troisième ?

— Monsieur Sociendo, un négociant bordelais.

— Qui sont-ils pour vous ?

— Des voyageurs rencontrés ici, par hasard. J'ai présenté Monsieur Sociendo à des marchands de mes amis à Rouen. Ils attendaient quelques chariots de marchandises qu'ils devaient conduire à Bordeaux.

— Résident-ils encore à l'auberge ?

— Je crois qu'ils sont partis hier.

— Savez-vous comment le dénommé Pichon a été blessé ?

— Point du tout. Mais il s'agit peut-être d'une vieille blessure. Il m'a dit qu'il était officier de Monsieur le Prince.

— Il n'était pas blessé, vendredi, intervint Anaïs.

— Crois-tu ? Je n'ai rien remarqué.

— Savez-vous s'ils disposaient d'un carrosse ?

— Ils étaient à cheval. J'en suis certain.

N'ayant pas d'autres questions, Louis et Gaston se retirèrent, avec Bauer dans leurs pas.

C'est dans la voiture que Gaston lança :

— Et si Bréval était Petit-Jacques ? Après tout, il navigue sur la Seine et est l'ami de Mondreville.

Louis lui lança un long regard silencieux. Il pensait surtout au désarroi d'Anaïs. Richebourg avait disparu depuis près d'une semaine. Il devait être mort, à cette heure.

⚜

Après leur départ, Anaïs resta avec son parrain, les yeux figés sur un tableau représentant la Vierge Marie.

— Ce Richebourg ne t'aurait pas rendue heureuse, Anaïs, énonça enfin Bréval d'une voix douce. Tu l'oublieras. Si tu veux, je te conduirai à Rouen demain t'acheter une robe.

Elle ne répondit pas tout de suite. Puis lui déclara d'une voix ferme :

— Je n'aurais jamais pensé éprouver une telle douleur. Je ne reverrai pas Thibault, je le sens, et ma vie s'achève. Vous ne me conduirez pas à Rouen, mon parrain, mais aux Bénédictines de Vernon afin que j'y rencontre la prieure [1].

— Tu ne peux prendre une telle décision sur un coup de tête !

— S'il est mort, je ne pourrai plus vivre, murmura la jeune femme, le regard perdu.

— Nous attendrons le retour de tes parents, décida Bréval en secouant négativement la tête.

Elle se leva, le salua les larmes aux yeux et sortit.

⚜

Le négociant demeura seul en compagnie de son passé et de ses démons.

Il s'était cru capable d'organiser sa vie et celle des siens à son gré. Parti de rien, il avait fait fortune, ses bateaux sillonnaient les mers et ses concurrents le craignaient. Puis surgirent les revers de fortune. L'impossibilité de vendre du grain, les dettes qui s'accumulaient, les créanciers qui ne payaient plus. Sa richesse fondait. Le vol de la recette des tailles proposé par ces trois marauds venus de Paris constituait la seule issue à la misère qui

1. Rattachée à la paroisse Sainte-Geneviève, l'institution comptait une vingtaine de religieuses.

le guettait, bien que les risques lui fissent peur. En même temps, sa famille partait en lambeaux. Charles lui causait un immense chagrin par son comportement cruel et imbécile et lui-même perdait cette filleule aimée comme la fille qu'il n'avait jamais eue. Le projet de mariage entre Charles et elle relevait du leurre. Pendant des années, il avait pensé qu'une union entre les deux enfants le comblerait de bonheur. Il s'était trompé.

Abîmé dans ses réflexions, il se rendit compte ne plus savoir dans quelle direction aller. Si Anaïs se retirait du monde, il ne la verrait plus. Cela, il ne le supporterait pas.

Il comprit que, pour elle comme pour lui, il fallait retrouver Thibault de Richebourg. Il décida d'aller à Houdan le lendemain conduire sa propre enquête.

Pour la première fois, il se demanda s'ils avaient pris la bonne décision trente ans plus tôt.

Pouvait-il révoquer le passé ?

QUATRIÈME PARTIE

Quand le passé ressurgit

XXVI

Armande pouvant toujours séjourner à Mercy, Louis et Gaston décidèrent de s'y rendre avant de remonter sur Paris. Ils dormirent dans une auberge de Pontoise et arrivèrent le vendredi dans la matinée.

En chemin, Gaston avait à nouveau évoqué la personnalité de Bréval avec Louis.

— Tu ne crois pas qu'il puisse être Petit-Jacques, n'est-ce pas ?

— Non.

— Pourquoi ? Pourtant, ça crève les yeux : il est un vieil ami de Mondreville, son meilleur ami sans doute, puisque son fils est toujours chez lui.

— Mondreville a certainement d'autres proches que nous ne connaissons pas, persifla Louis.

— Je te l'accorde. Mais Petit-Jacques se montrait un excellent marinier et Bréval possède des bateaux.

— Le prévôt de Vernon nous a décrit la cruauté de Petit-Jacques. Crois-tu Bréval de cette trempe ?

Comme Gaston ne mouftait pas, Fronsac poursuivit :

— Tu as connu bien des criminels. Peuvent-ils changer à ce point ?

— Cela arrive… Mais je reconnais comme toi que Bréval ne correspond en rien au portrait dressé par le prévôt de Vernon. J'ai néanmoins envie de m'intéresser à lui, certain qu'il en sait plus qu'il ne le prétend.

— Cela, je te l'accorde à mon tour.

Gaston aurait aimé l'interroger sur cette réponse énigmatique, mais il savait que tant que Louis ne serait pas parvenu à des conclusions indiscutables, il ne dirait rien de plus.

À Mercy, Armande, submergée de chagrin et d'inquiétude, se trouvait dans la cour du château avec Julie quand elles entendirent le roulement du carrosse mené grand train. Prises d'un espoir fou, elles se précipitèrent de l'autre côté du portail. Aussitôt, Julie reconnut leur voiture, avec Nicolas debout sur le siège du conducteur et, à côté, Gaston faisait de grands gestes avec son chapeau, vociférant à pleins poumons.

Armande eut l'impression que son cœur s'arrêtait de battre et Julie eut un étourdissement.

La suite ne fut qu'embrassades, larmes, rires et effusions. Devant un solide dîner, Tilly raconta ses épreuves et Fronsac son enquête. Comme les moissons n'avaient pas commencé, Margot Belleville et son époux [1] se joignirent à eux pour écouter les nouveaux exploits de leur seigneur.

— Que vas-tu entreprendre, maintenant ? demanda Armande à son mari lorsqu'il eut terminé.

Elle craignait que Gaston ne s'engage dans une vengeance susceptible de leur faire perdre leur bonheur.

— Poser quelques questions à Paris. Je suis allé à Tilly découvrir la vérité sur la mort de mes parents. Je la connais désormais, et crois savoir qui est l'assassin. Mais, sans le vouloir, Louis et moi avons mis à jour d'autres intrigues : le vol de la recette des tailles par Concini, certainement la cause du décès de mes parents ; l'étrange disparition de ce Richebourg qui a permis à Louis de me retrouver ; enfin ces trois hommes, Canto, Pichon et je-ne-sais-qui, jamais vus jusqu'alors mais qui se trouvaient avec Bréval et dont l'un a été blessé. D'après Louis, ce sont des traîne-rapière, gens de rien qui se font passer pour des gentilshommes de Monsieur le Prince. Que faisaient-ils là-bas, en pleine campagne normande ?

— Comment arriver à résoudre ces affaires à Paris ? interrogea Armande, dubitative. Car je suppose que Louis restera avec toi.

— Je bénéficie tout de même des moyens de la police du Grand-Châtelet, ma mie, sourit Gaston.

1. Margot Belleville est l'intendante du domaine de Mercy.

— Nous partirons lundi, confirma Fronsac. Nous te ramènerons, Armande, si tu veux rentrer. Je n'emmènerai que Bauer. La moisson va bientôt commencer et nous avons besoin ici de tous les bras. Je reviendrai d'ailleurs, dès que je le pourrai. Lundi, j'irai d'abord m'entretenir avec Madame de Rambouillet. Je me suis souvenu que son mari a été au service de Concini. Elle ou lui pourront m'apprendre beaucoup. Ensuite, je passerai chez Tallemant.

Louis était encore notaire quand, quelques années plus tôt, le poète Vincent Voiture l'avait introduit dans le salon littéraire le plus couru de cette époque : la Chambre bleue [1]. C'est là qu'il avait rencontré Julie et fait connaissance avec le banquier Gédéon Tallemant, le plus étrange financier qui fût. Bien que la banque à son nom fût une des premières de France, ce Gédéon ne s'intéressait qu'aux désordres des gens, notant scrupuleusement ce qu'il apprenait quand cela concernait les vices et la débauche. Sur le maréchal d'Ancre et son entourage, il connaîtrait certainement beaucoup de choses, même si ce n'étaient que des ragots.

— Tu logeras chez nous ? demanda Julie.

— Non, Gaston m'offre l'hospitalité, mais je profiterai de ma présence pour examiner les travaux entrepris par Germain Gaultier et vérifier si les meubles commandés au menuisier du faubourg Saint-Antoine sont bien installés. Nous pourrons ainsi y loger à l'automne.

— Je n'ai plus qu'à m'occuper de la literie et des tapisseries, approuva Julie, qui avait profité du pillage de leur vieux mobilier pour le remplacer par des meubles à la mode.

⚜

Ils partirent le dimanche après-midi, Louis monté dans le carrosse de Gaston, avec sa jument suivant en longe derrière la voiture et Bauer.

Le lundi matin, peu après avoir laissé Gaston au Grand-Châtelet, Fronsac arriva dans la rue Saint-Thomas-du-Louvre, ayant longé les quais depuis l'ancien hôtel de Bourbon. Seul, Bauer

1. Voir *Le Mystère de la Chambre bleue*, du même auteur.

étant resté rue des Blancs-Manteaux avec sa maîtresse, Marie Gaultier, la domestique qui assurait, en compagnie de son frère, l'entretien de la maison. Cela faisait deux mois que le Bavarois ne l'avait pas vue et Louis n'avait besoin d'aucune escorte pour circuler dans Paris.

L'hôtel de Rambouillet et l'hôtel de Chevreuse, mitoyens, occupaient une grande partie de la rue Saint-Thomas-du-Louvre, cette voie qui courait du Palais-Royal aux guichets du Louvre [1].

Épouse du marquis de Rambouillet et fille d'une princesse Savelli, la marquise avait rejeté la cour d'Henri IV dès son arrivée en France. Jugeant le Louvre sale et l'entourage du roi vulgaire, elle avait choisi de recevoir uniquement chez elle. Pendant trente ans, l'hôtel de Rambouillet, dont elle avait dessiné les plans et que l'on surnommait le *Palais de la Magicienne,* avait vu passer tous ceux qui comptaient en France, que ce soit par leur naissance ou leur talent. La *Cour de la Cour*, comme on l'appelait, était un élégant bâtiment de brique rouge et de pierre blanche dont le joyau était ce fameux grand salon tendu de bleu : la Chambre bleue. Mais cette glorieuse époque était terminée. Âgée, la marquise ne s'intéressait plus guère qu'à son salut. Elle recevait désormais uniquement des amis intimes et sa famille, dont Louis faisait partie puisque ayant épousé sa nièce, Julie de Vivonne.

À peine avait-il franchi la grande porte cochère qu'un garçon d'écurie accourut prendre soin de sa monture. Déjà, un laquais qui l'avait reconnu était parti chercher le maître d'hôtel remplaçant Chavaroche, l'ancien intendant ayant tué en duel le poète Vincent Voiture [2].

Ayant mis pied à terre, Louis expliqua souhaiter rencontrer la marquise, s'il n'était pas trop tôt.

— Elle se trouve déjà avec Messieurs Ménage et Tallemant, répondit le maître d'hôtel.

L'abbé Ménage et Tallemant ! Quelle aubaine ! songea Fronsac.

⚜

1. Elle passait très exactement au milieu de la pyramide actuelle.
2. Voir *Le Secret de l'enclos du Temple*, du même auteur.

Gilles Ménage, fils d'avocat, destiné au barreau, s'était tourné vers l'Église sans pour autant renoncer au beau sexe. D'une immense pédanterie, mais grammairien hors du commun, son ami Chapelain l'avait mis en rapport avec le coadjuteur lorsque celui-ci cherchait quelqu'un capable de s'occuper des archives de sa famille. Loyal, sérieux, rude polémiste mais généreux de cœur, Ménage était finalement passé du statut d'archiviste à celui de secrétaire privé du coadjuteur.

Personne mieux que lui ne connaissait l'histoire des Gondi, ces banquiers italiens venus en France avec Catherine de Médicis. Il en savait donc certainement beaucoup sur les Italiens ayant accompagné Marie de Médicis, un demi-siècle plus tard.

En suivant le maître d'hôtel jusqu'au premier étage, où se situaient les appartements de la marquise, Louis songeait à l'étonnante amitié qui liait Ménage et Tallemant.

Car, apparemment, tout opposait les deux hommes. Le secrétaire du coadjuteur, qui connaissait les secrets les plus intimes de Paul de Gondi, aurait dû naturellement se ranger dans le parti de la Fronde, tandis que Tallemant, financier, fils de traitants et frère de banquiers, aurait dû rejoindre la faction de la Cour, les frondeurs voulant la disparition des financiers. Les amis de Gondi et de Beaufort n'avaient-ils pas publié un catalogue des partisans désignant à la vindicte publique ceux qui volaient l'État ? Ne les avaient-ils pas même taxés de fortes sommes lorsqu'ils maîtrisaient Paris ?

Eh bien, malgré ces oppositions, Tallemant et Ménage partageaient nombre de jugements. Le secrétaire du coadjuteur n'épousait pas toutes les idées de son maître, et encore moins celles de son entourage. S'il reconnaissait le talent du baron de Blot, il n'hésitait pas à critiquer la cour brouillonne du petit archevêché [1] et les prétentions de ses membres quant à accéder aux premières charges de l'État, le jour où le coadjuteur deviendrait président du Conseil royal. De plus, ayant hérité de quelques biens, Ménage était devenu prieur commendataire [2] de

1. Résidence des coadjuteurs située derrière Notre-Dame.
2. Le commendataire d'une abbaye recevait une partie des bénéfices de celle-ci, tout en laissant la charge à un autre religieux.

Montdidier, abbé et pensionné de la reine. Aussi refusait-il de participer aux campagnes diffamatoires contre Mazarin et la régente.

Quant à Gédéon Tallemant, ayant fait dans sa jeunesse un voyage en Italie avec Paul de Gondi, il en était resté l'ami. Par ailleurs, peut-être sous l'influence de son coreligionnaire Guy Patin, le banquier observait le cardinal Mazarin d'un œil fort critique. Sa famille, qui vivait dans la familiarité de Particelli d'Émery, lui avait rapporté trop d'anecdotes sur la cupidité du cardinal. Les succès diplomatiques du ministre ne pesaient guère à ses yeux face à la corruption qui gangrenait la Cour.

Au final, Ménage et Tallemant partageaient surtout la même admiration pour la marquise de Rambouillet qui se tenait à l'écart des factions, jugeant que la seule loyauté qui valût devait être envers le roi. Tous trois se retrouvaient aussi pour juger intolérables les exigences du prince de Condé.

⚜

Louis, précédé du majordome, traversa l'antichambre et les pièces en enfilade jusqu'à la grande chambre de parade au plafond d'azur. Là, l'intendant gratta à la porte de l'oratoire et reçut l'ordre d'entrer. Ayant ouvert, il annonça Louis Fronsac.

La marquise, en robe de satin noir, était assise sur une chaise haute avec une jeune enfant sur les genoux. Julie-Marie, la préférée de ses petites-filles. Sur deux chaises caquetoires se tenaient Gilles Ménage, en soutane, le regard ténébreux, et Gédéon Tallemant, fort élégant dans son habit bourgeois et ses longs cheveux bouclés. À l'écart, une nourrice attendait.

— Monsieur le marquis ! s'exclama Catherine de Rambouillet. Quelle joie ! Julie est-elle avec vous ?

— Non, madame, je suis venu seul à Paris.

Tallemant lui adressa un regard profond. Si Fronsac venait seul, cela signifiait qu'il allait quémander quelque information pour une de ses enquêtes. La marquise le comprit aussi, car elle fit signe à la nourrice de sortir avec sa petite-fille.

Ménage manquait de manières. Non seulement il avait l'habitude de nettoyer ses dents en public à l'aide de mouchoirs sales, mais il ne possédait aucune civilité. Louis ne fut donc pas surpris lorsqu'il lança abruptement, avec une expression inquisitrice :

— Monsieur de Tilly se porte-t-il bien ?

Fronsac lui rendit son regard. À coup sûr, l'abbé avait appris que personne n'avait de nouvelles de Gaston depuis deux semaines.

— Je l'ai laissé au Grand-Châtelet où il avait du travail en retard, fit-il. Exercer la justice vous expose parfois à des inconvénients...

— Rien de grave ? demanda indiscrètement Ménage.

La marquise fut brusquement en éveil.

— Cela a-t-il un rapport avec le retour de Sa Majesté ? s'enquit-elle.

— La Cour revient ? répliqua Louis, tout surpris.

— Oui, répondit la marquise. On annonce que Sa Majesté quitterait Compiègne aujourd'hui pour être à Paris mercredi.

— Voilà une bonne nouvelle pour les Parisiens, approuva Fronsac. Mais rassurez-vous, madame, les tracas qu'a connus monsieur de Tilly n'ont aucun lien avec le retour de Sa Majesté.

Il s'adressa à Ménage :

— Monsieur le coadjuteur s'inquiétait donc pour mon ami Gaston ?

— Il m'en a parlé hier. Il avait entendu dire qu'à la prévôté de l'Hôtel, on était surpris de son absence inexplicable. Que, chez lui, personne ne savait rien et que son épouse était partie hâtivement à Mercy.

— Nous l'avons ramenée, répondit sobrement Fronsac.

Un silence s'installa. Après la question de Ménage, Louis hésitait finalement à parler devant le secrétaire du coadjuteur, se demandant s'il n'y avait pas une raison cachée à l'intérêt de Gondi envers Gaston.

— Moi qui me plaignais amèrement de l'abandon dans lequel on me laissait, intervint la marquise dans un petit rire. Je reçois aujourd'hui mes trois plus fidèles soutiens. Il ne manque que Vincent, ajouta-t-elle subitement, le visage décomposé.

— Il est avec nous de cœur, répliqua Tallemant afin d'éviter que le silence ne réapparaisse. Louis, je venais demander à

Madame de Rambouillet de me confier les écrits de Vincent qu'elle possède. Je souhaite les publier et Ménage m'a approuvé.

— C'est une excellente idée ! s'exclama Fronsac.

Le banquier se leva.

— Madame, je dois vous laisser. On m'attend à la banque et je crois que monsieur le marquis a quelques confidences à vous accorder.

Même s'il n'avait pas de manières, Ménage se leva aussi.

— Monsieur le coadjuteur sera heureux de vous revoir, monsieur le marquis, ainsi que monsieur de Tilly, fit-il courtoisement.

— Nous irons le voir, promis. Mais restez encore un instant mes amis, dit Louis, touché finalement par leur discrétion. Je m'intéresse en ce moment au maréchal d'Ancre et j'avais pensé Madame la marquise capable de me renseigner. Sans doute pourrez-vous m'aider aussi.

— Monsieur Tallemant est certainement celui, ici, qui en sait le plus, répondit vaguement Mme de Rambouillet.

Fronsac se tourna vers le banquier, interrogateur.

— Que puis-je t'apprendre ? Il était florentin et se nommait Conchini. Dans sa jeunesse, il s'était adonné à toutes les débauches imaginables et rendu si infâme que la première chose que les pères défendaient à leurs enfants, c'était de hanter Conchini ! Il s'est attaché à Léonora Galigaï, amie et dame de la reine, et eut avec elle tant de petits soins qu'elle l'a épousé. Henry IV assassiné, Léonora et lui se mirent si bien avec sa veuve que cette princesse leur laissa faire tout ce qu'ils voulurent.

— Quel genre de caractère avait-il ?

— C'était un homme d'esprit capable d'une immense insolence quand il se sentait fort. Il méprisait les princes et, en cela, n'avait pas grand tort. Il aurait pu être magnifique s'il n'avait été poltron.

— Poltron ? On m'a décrit ses vices mais pas celui-là.

— Laisse-moi te raconter une histoire : un jour, il eut une violente querelle avec monsieur de Bellegarde au sujet de la reine mère. Terrorisé à l'idée de se battre, il s'est sauvé jusqu'ici pour se cacher…

— Jusqu'ici ? s'étonna Louis.

— Je m'en souviens encore, intervint la marquise en riant. C'était en 1611. Il était monté jusqu'au second étage et s'était fait enlever sa fraise par une domestique ayant appartenu à sa femme. Quand je le vis, son visage était extraordinairement pâle ; il me confia quitter sa fraise pour n'être point reconnu par ceux qui le pourchassaient.

— Concini venait-il souvent ?

— Bien sûr ! Mon époux le marquis se trouvait à son service. D'ailleurs, après cette querelle, c'est lui qui l'a accommodé avec Bellegarde en leur assurant impossible pour des personnes de leur condition de tirer l'épée.

— Croyez-vous que je pourrais interroger monsieur le marquis ? osa Fronsac.

— Mon époux est sourd, presque aveugle et n'a plus sa tête, vous n'en tireriez rien. Et puis, il n'aime guère parler du maréchal d'Ancre. Ils se sont brouillés peu de temps avant l'assassinat sur le pont du Louvre, au sujet d'une indiscrétion supposée. À la suite de cette fâcherie, mon mari a perdu la faveur du roi.

Louis digéra cette réponse avant d'ajouter :

— Monsieur le marquis connaissait-il un nommé Mondreville ?

— Je ne crois pas avoir jamais entendu ce nom, mais ma mémoire me joue parfois des tours, répondit-elle dans un petit rire.

Ménage et Tallemant affichèrent aussi une moue d'ignorance.

— Balthazar Nardi. Ce nom vous dit-il quelque chose ?

Elle resta concentrée un instant, sans répondre.

— Je ne sais, avoua-t-elle. Il me semble bien l'avoir entendu. C'est un nom italien, et comme fille de la famille Savelli, je devrais m'en souvenir !

Louis se tourna vers Ménage, l'interrogeant du regard en espérant que le secrétaire de Gondi aurait lu quelque chose sur ce Nardi, mais celui-ci ne savait rien, ou ne voulait rien dire.

— Tu devrais interroger Corbinelli, suggéra Tallemant. Son père, Raphaël, était au service de Concini.

— Monsieur Tallemant a raison ! J'ai connu Jacques Corbinelli, le père de Raphaël. Un homme de courage autant que d'intrigue, issu d'une noble maison de Florence. Il s'était réfugié en France après son implication dans une conjuration. Catherine de Médicis l'avait donné au duc d'Anjou pour son voyage en Pologne. Son fils, Raphaël, était âgé de dix-huit ans en entrant au service du surintendant de la reine. Devenu secrétaire de Marie de Médicis, on l'avait ensuite donné à Léonora Galigaï pour s'occuper de ses pensions et des revenus de ses terres.

— Raphaël serait-il encore vivant ?

— Non, mais son fils Jean est secrétaire de monsieur de Bussy, énonça la marquise. Ce très honnête homme pourra certainement vous renseigner sur l'entourage de Concini, car son père lui en parlait souvent.

— Monsieur de Bussy se trouve peut-être à Paris en ce moment. Je vais me rendre à l'enclos du Temple, décida Fronsac.

Avec d'immenses remerciements, il prit congé après avoir promis à la marquise de revenir en compagnie de Julie, à Tallemant d'aller voir sa fille Anne-Élisabeth dans sa maison du faubourg Saint-Germain, et à Ménage de visiter le coadjuteur au petit archevêché.

⚜

Ce même lundi 17 août, tandis que none sonnait au couvent des Minimes, Canto, Pichon et Sociendo entraient à *la Fosse aux Lyons*. Depuis trois jours, ils cherchaient à rencontrer le gantier qui se faisait appeler Alberto Fenicci. Plusieurs fois, son commis leur avait annoncé qu'il était en voyage.

Mais aujourd'hui, Fenicci était là, seul et pensif devant une chopine de vin. Ils s'assirent avec lui.

— Nous vous cherchions.

— J'étais absent.

Ganducci se trouvait en réalité à Compiègne où Mazarin voulait savoir s'il pouvait revenir à Paris sans risque.

— Où en êtes-vous de nos affaires ? demanda-t-il.

— Nous avons rencontré Mondreville, expliqua Pichon avant de poursuivre à voix plus basse : il a reconnu être le voleur des tailles, en 1617. Nous avons aussi appris la mort de Petit-Jacques.

— Dommage ! laissa tomber Ganducci.

— Mondreville a un ami, un nommé Bréval qui fait du négoce sur la Seine. Ce Bréval est d'accord pour participer à notre entreprise, possède des barques et sait naviguer.

— *Bene* ! sourit le gantier.

— Il m'en a d'ailleurs confié une et j'ai pu naviguer avec le fils de Mondreville, mais nous avons dû partir précipitamment, intervint Sociendo.

— Pourquoi ?

— Il y a eu... comment dire ?... un problème, admit Pichon, embarrassé.

— Ah ?

— Nous n'en savons pas tous les détails, monsieur Fenicci, mais Mondreville semble s'être disputé avec l'un de ses voisins, un certain Gaston de Tilly. Un fou furieux à l'en croire.

— Quoi ? Quel nom avez-vous dit ? s'exclama Ganducci, ébahi.

— Tilly, Gaston de Tilly. Le connaissez-vous ?

— Si c'est celui à qui je pense, oui... Mais poursuivez plutôt.

— Mondreville s'est saisi de ce Tilly et l'a emprisonné. Ceci, nous ne l'avons appris qu'hier. Or, ce Tilly avait un ami, un nommé Fronsac.

— Dieu du ciel ! C'est bien lui !

— Vous les connaissez donc ?

— En effet, mais continuez, vous dis-je [1] !

— Ce Fronsac a abordé Bréval, à l'auberge où nous nous trouvions. Il a fait parler le fils Mondreville et délivré son ami.

— S'est-il intéressé à vous ?

— C'est-à-dire qu'il m'a demandé mon nom, reconnut Pichon. Et celui de Canto.

— Je ne voulais pas mais son garde du corps m'a frappé, avoua Canto avec gêne.

— C'est la raison pour laquelle vous êtes blessé ? s'enquit Ganducci.

— Non, c'est une autre affaire, un duel.

Fronsac et Tilly ! Il ne pouvait rien arriver de pire ! songea l'Italien.

— Que savez-vous d'autre ? ajouta-t-il.

— Rien de plus, mais Bréval nous a demandé de nous éloigner quelque temps. Nous devons nous retrouver à Mantes dans trois jours. Savez-vous quand le convoi d'or partira ?

1. Ganducci avait rencontré Fronsac et Tilly dans *La Conjecture de Fermat*, du même auteur.

— Messieurs, il n'y aura pas de convoi d'or ! décida le gantier.

— Quoi !

— Laissez-moi parler ! Laissez-moi plutôt vous présenter ce Tilly et ce Fronsac… Tilly est maître des requêtes, ancien commissaire et procureur du roi. Fronsac a été agent de Mgr Mazarin et de Mgr de Condé. Vous ne pouviez tomber sur pires adversaires ! Ces deux-là sont perspicaces et opiniâtres au-delà du raisonnable !

— Comment le savez-vous ? s'agaça Sociendo, incrédule.

— Je le sais, c'est tout ! Et je me retire tout de suite de cette affaire. Je vous conseille même de tout oublier et de vous faire oublier, de vous enterrer au fond d'un tombeau ou dans une cave, au moins durant le temps que Mondreville et Tilly règlent leur querelle.

Il se leva, le visage fâché.

— Quand ils en auront fini, nous reparlerons peut-être de cette histoire. Messieurs, je vous salue.

XXVII

En sortant de l'hôtel de Rambouillet, Louis se rendit au Grand-Châtelet. Entré dans le vieux tribunal, il grimpa les escaliers, suivit le couloir sombre qui contournait l'une des courettes intérieures et déboucha dans la galerie où se trouvait la salle de travail du lieutenant civil Dreux d'Aubray. Saluant quelques archers et magistrats de connaissance, il se dirigea vers la porte conduisant à la grosse tour d'angle. Prenant le petit escalier, il atteignit rapidement le deuxième étage et le cabinet de Gaston.

Son ami croulait sous les sacs portés en son absence. Des affaires sans intérêt ! maugréa-t-il lorsque Fronsac entra.

Comme tous deux n'avaient guère de temps, ils décidèrent de dîner à la *Tête-Noire,* près du pont au Change, rôtisserie installée en bas d'une maison aux pignons sculptés en forme de têtes, à côté de l'église Saint-Leufroy. Situé entre les rues de la Tuerie et de l'Écorcherie, où se trouvaient nombre de bouchers, et la *vallée de la misère*, infâme entrelacs de ruelles coupe-gorge, l'endroit était empuanti par la corruption de l'air. Mais la *Tête-Noire* se révélait commode pour se restaurer sans s'éloigner du Châtelet, aussi l'établissement était-il le rendez-vous des exempts, des archers et des huissiers à verge. S'installant à l'écart des autres policiers, les deux hommes mangèrent un morceau d'oie rôtie entre deux tranches de pain, se désaltérant avec une chopine servie par un marchand de vin.

— J'ai vu Tallemant chez la marquise, expliqua Louis. Il m'a conseillé de me renseigner sur Nardi auprès du secrétaire de monsieur de Bussy dont le père appartenait à Concini. Avec un peu de chance, je le trouverai à la maison du comte, dans l'enclos du Temple.

Gaston lui raconta à son tour qu'il avait reçu Desgrais et La Goutte. Après leur avoir narré ses aventures, il les avait questionnés sur Pichon, Canto et Sociendo. Desgrais n'en avait jamais entendu parler mais La Goutte, grand amateur de garces, connaissait les puterelles d'un nommé Sociendo.

— Je lui ai demandé de se mettre en faction devant leur maison. S'il voit notre homme, il le suivra et me rapportera ce qu'il aura appris.

Le rapide dîner terminé, Louis se dirigea seul vers l'enclos du Temple, puisque Gaston avait trop de travail.

⚜

Devant le portail fortifié encadré de deux tours à archères, il dut attendre un moment, tant les gens se pressaient pour entrer dans l'enclos. En cette période de disette financière, des débiteurs venaient se mettre à l'abri de leurs créanciers ; le Temple étant lieu d'asile. Les officiers, en manteau des hospitaliers, vérifiaient cependant qu'ils disposaient des moyens de louer une chambre.

Quand son tour arriva, Louis s'enquit de savoir si le comte de Bussy était là. L'hospitalier de garde lui répondit que non, mais le concierge de sa maison pourrait mieux le renseigner.

Connaissant les lieux, Fronsac, traversa la grande cour, fit boire sa jument à l'abreuvoir devant le cabaret du *Chêne-Vert*, puis prit la ruelle qui contournait l'église Sainte-Marie-du-Temple.

L'enclos avait tout d'une petite ville. D'ailleurs, les Templiers ne l'avaient-ils pas appelée la Villeneuve quand ils avaient construit la forteresse ? La ruelle se bordait de boutiques d'artisans et les chalands étaient nombreux. À un carrefour, il se dirigea vers le grand donjon dépassant des toits, puis déboucha dans une autre rue longée d'échoppes. Quelques maisons n'avaient cependant pas de boutique ; en particulier la plus vieille, une demeure de pierre à un étage, un peu de guingois à cause de son âge, dotée d'une minuscule fenêtre en façade et d'une porte voûtée en ogive. Au-dessus, creusée, une croix templière. C'était l'ancienne maison de Jacques de Molay devenue le logis de M. de Bussy-Rabutin.

Fronsac descendit de cheval, l'attacha à un anneau et tira la chaîne de la cloche. Presque aussitôt, le valet qui assurait la garde et l'entretien des lieux vint ouvrir, le fit entrer et lui confirma l'absence du comte.

— ... Cependant monsieur, monsieur le grand prieur a reçu un courrier de mon maître lui annonçant son retour. Mgr de Condé viendra à Paris pour le retour de Sa Majesté et monsieur le comte l'accompagne, comme tous ses officiers. J'ai été prévenu que monsieur de Bussy serait présent jeudi ou vendredi, peut-être même plus tôt.

Ayant demandé un papier, une plume et de l'encre, Louis écrivit un courrier prévenant le comte de sa visite et de son désir de rencontrer son secrétaire, M. Corbinelli. Il précisa qu'il logeait chez M. de Tilly.

Le soir, chez Gaston, il apprit de la bouche de ce dernier que Sa Majesté entrerait dans Paris le mercredi soir. Gaston devrait se trouver au Palais-Royal à l'arrivée de la Cour.

Fronsac avait envisagé de rentrer à Mercy après avoir vérifié les travaux dans sa maison, mais décida finalement de rester, puisque Bussy pouvait apparaître plus tôt. De surcroît, il souhaitait assister à l'entrée solennelle du roi, de la reine et de Mazarin afin de savoir comment les Parisiens les accueilleraient après leur fuite du 6 janvier et le siège de la ville.

⚜

Le mercredi 18, sur le point du jour, le tonnerre gronda à plusieurs reprises. Malgré la chaleur, ce n'était pas l'orage mais le bruit de pétards tirés de l'Hôtel de Ville pour préparer les esprits au retour du jeune Louis XIV.

Gaston restant au Palais Royal, Fronsac proposa d'emmener Armande en carrosse sur le chemin de Saint-Denis jusqu'à l'arrivée du cortège royal. La veille, les rues s'étaient pavoisées de tapisseries, de guirlandes et de fleurs. Ce matin-là, certaines façades affichaient tellement de décorations qu'on ne voyait plus ni les murs ni les colombages. À l'évidence, les Parisiens ne tenaient pas rigueur au roi et à sa mère qui les avaient pourtant affamés durant les deux mois du siège. Bien au contraire, ils semblaient brûler d'impatience de pouvoir acclamer leur souverain, la Cour… et le cardinal Mazarin.

La foule se révélait si nombreuse et pressante que les rues n'étaient pas assez larges pour la contenir. De plus, les carrosses innombrables paralysaient la circulation, aussi Louis et Armande mirent-ils près de trois heures avant d'arriver à la porte Saint-Denis, malgré un Bauer qui conduisait la voiture en menaçant ceux qui ne s'écartaient pas assez vite du chemin.

Une fois hors de Paris, les encombrements ne cessèrent pas à cause de l'immense cortège du duc d'Orléans juste devant eux. Enfin, après une patiente recherche, Bauer trouva une place libre permettant d'attendre la procession royale. L'endroit, appelé la Croix-de-la-Chapelle, n'était pas loin d'une auberge où ils purent se restaurer et désaltérer. Ils revinrent au carrosse au moment même où les premières cavalcades des gendarmes et des chevau-légers du roi et de la reine arrivaient.

Le duc de Montbazon – gouverneur de Paris –, le prévôt des marchands, les échevins et les conseillers de la ville, les quarteniers [1] et les plus notables bourgeois attendaient, tous en robes de cérémonie. Peu de temps après retentirent autour d'eux de retentissants : *Vive le roi !* Le cortège royal apparaissait.

La foule, considérable, reçut la Cour avec des cris de joie. Louis XIV, penché à une portière du carrosse, affichait un visage fermé et résolu. Il avait son jeune frère à côté et, en face, le duc d'Orléans et la reine, sa mère. Le prince de Condé et le cardinal se faisaient acclamer à l'autre portière [2].

Les voitures s'arrêtèrent et, tandis que le corps de ville s'agenouillait, le prévôt des marchands entama une longue harangue assurant le roi de l'obéissance des Parisiens et de leur immuable fidélité. Il y eut ensuite d'autres discours, tous ponctués de vivats, de : *Vive le roi ! Vive la reine !* La chaleur devenait insupportable et Louis, monté sur le siège du cocher avec Armande, songeait combien la famille royale devait étouffer dans sa voiture.

1. Commandant de quartier, sorte de syndic chargé de sa surveillance.

2. Nous avons repris ici, presque mot pour mot, le récit de Mlle de Montpensier.

Les cris d'allégresse se succédaient et se mélangeaient. Les Parisiens manifestaient d'autant plus leur joie que leur jeune roi était parti depuis plusieurs mois. La reine, elle, paraissait satisfaite du respect et de l'amour des présents. Pourtant, Fronsac n'entendit pas un seul : *Vive le cardinal !*

Enfin, le cortège s'ébranla à nouveau. Les gardes du corps du roi, de la reine et du duc d'Orléans suivirent le carrosse royal avec quelques officiers. La voiture de Louis et d'Armande, toujours précédée de Bauer, reprit la route quand la voie fut dégagée.

La Cour entra à cinq heures du soir par la porte Saint-Denis et n'arriva qu'après huit heures au Palais-Royal. On avait accroché partout des lanternes aux fenêtres. En même temps, les décharges de pétards et des canons de la ville ne cessaient pas.

Le soir, il y eut un beau feu d'artifice à la place de Grève et des feux de joie devant toutes les maisons. On rapporta que la reine avait dit qu'après ce bel accueil, elle oublierait le passé.

La seule fausse note de la journée fut la venue tardive du duc de Beaufort au Palais-Royal, même s'il s'en excusa. Quant au coadjuteur, Paul de Gondi, il n'apparut pas du tout.

⚜

C'est seulement le samedi matin que M. de Bussy se présenta chez Gaston de Tilly. Il était encore très tôt et sexte venait juste de sonner au couvent de Sainte-Croix [1].

La veille, au Palais-Royal, un valet avait porté à Gaston un billet de Bussy s'excusant et prévenant qu'il passerait le lendemain assez tôt, car il devait ensuite rejoindre le Prince pour un dîner.

Comme toujours, le maître de camp de Mgr de Condé affichait belle prestance, surtout en costume de Cour avec une épée à garde d'argent pendue à son baudrier de soie brodée. L'œil pétillant, le regard ironique et le sourire perpétuellement infatué ne parvenaient pas à dissimuler son caractère ferme et loyal. Le comte était accompagné d'un homme de son âge, c'est-à-dire la trentaine, au visage triangulaire et à la bouche perpétuellement entrouverte comme souvent les timides. Le reste de son expression traduisait le serviteur réservé et respectueux. Il portait pourtant épée à l'instar de son maître.

1. L'entrée en était rue Sainte-Croix-de-la-Bretonnerie.

— Corbleu ! Quel plaisir de vous revoir mes amis ! Je suis confus de me présenter à cette heure, mais je dois assurer mon service auprès de Monsieur le prince, même s'il ne m'apprécie plus guère. J'aurais voulu venir plus vite, mais il a exigé que je reste près de lui hier et avant-hier, quand Sa Majesté a reçu le duc de Beaufort, les cours souveraines et Mgr le coadjuteur. Je ne resterai guère, car il doit déjà me demander !

— Je vous ai aperçu mercredi avec les chevau-légers, lui dit Fronsac, tandis qu'Armande faisait entrer les deux visiteurs dans la bibliothèque où ils prirent l'un un fauteuil, l'autre un tabouret.

— Le Prince est un maître exigeant, confirma Gaston qui avait été sous ses ordres.

— Je crois vous l'avoir dit, Son Altesse veut donner ma lieutenance à Guitaut mais je refuse de la vendre. Il est donc fâché contre moi et m'inflige toutes sortes de vexations. En même temps, il exige de m'avoir près de lui, comme tous ses officiers, pour montrer sa puissance à Son Éminence qui ne veut toujours pas donner Pont-de-l'Arche à monsieur de Longueville !

» Quand j'étais en Bourgogne, il a même réclamé que je sois présent à Dijon. Par bonheur, cela ne m'a pas trop contrarié car j'ai eu la chance de rencontrer la fille du premier président, une demoiselle si charmante et si riche que j'ai même songé à l'épouser. J'y serai parvenu si, au bout des trois semaines, quelqu'un n'avait pas ruiné mon affaire. Après cela, mes relations avec le Prince sont devenues si mauvaises que, sans des amis m'ayant persuadé de ne rien faire, j'aurais accepté de rendre ma charge.

Louis souriait, tant Bussy pouvait être un intarissable bavard !

— Beaucoup pensaient ici que Monsieur le Prince ne viendrait pas lors du retour du roi, commenta Tilly.

— Condé a jugé avoir assez puni le Mazarin en refusant de commander une armée cette année et en restant dans son gouvernement de Bourgogne. Mais le cardinal l'a tant et tant supplié, lui promettant de grands honneurs et lui proposant d'être dans le carrosse avec le roi, qu'il s'est laissé fléchir. De surcroît, le Mazarin lui fait miroiter la charge d'amiral qu'il a déjà promise à monsieur de Vendôme pour le mariage de mademoiselle Mancini avec monsieur de Mercœur !

Bussy soupira, l'œil ironique.

— Le Prince est un homme à se repaître de vent !

Pendant que Bussy parlait ainsi, Louis observait son compagnon en train d'écouter attentivement son maître.

— Mais je ne fais que parler comme une vieille femme ! lança brusquement le comte dans un éclat de rire, alors que j'ai amené mon fidèle Corbinelli. Je ne sais ce que vous lui voulez, ami Fronsac, mais sachez que c'est un gentilhomme d'esprit et de mérite. Son père, malheureusement engagé d'amitié avec le maréchal d'Ancre, l'a laissé sans bien, et j'ai été assez heureux pour me l'attacher.

— Monsieur le comte est trop bon, fit Corbinelli, le visage tout rouge.

— C'est justement au sujet du maréchal d'Ancre que je souhaite poser quelques questions à monsieur Corbinelli, avança Louis.

Levant haut ses sourcils, le secrétaire ne cacha pas sa surprise.

— Laissez-moi vous en dire en plus, monsieur. Gaston enquête sur une tragique affaire… la mort de ses parents… Il préfère donc que ce soit moi qui vous en parle…

Bussy changea d'expression, devenant soudain sérieux.

— C'était dix jours avant celle du maréchal d'Ancre. Le père de Gaston, lieutenant des maréchaux de Rouen, enquêtait sur un vol auquel Concini aurait été lié. Gaston a retrouvé un mémoire dans lequel son père nommait plusieurs de ceux qui auraient participé à ce vol. Il est possible que l'un d'eux l'ait assassiné.

— Vous avez dit : ses parents… remarqua Bussy.

— Ce fut un accident de voiture, certainement contrefait ou provoqué. La mère de Gaston est aussi décédée dans ce malheur.

— Que voulez-vous savoir, monsieur de Tilly ? interrogea Corbinelli.

— Votre père connaissait-il un certain Balthazar Nardi ?

Le secrétaire pâlit légèrement et ne répondit pas d'emblée. Mais comme chacun gardait son regard fixé sur lui, il demanda, se frottant les mains nerveusement :

— Croyez-vous qu'il puisse être l'un des assassins ?

— Nous l'ignorons… Mais vous semblez le connaître…

— Mon père m'en a souvent parlé, laissa tomber le secrétaire après avoir marqué une nouvelle hésitation.

— Est-il encore vivant ?

— Je ne sais. Mon père faisait partie des plus fidèles serviteurs du maréchal. Après l'assassinat, tous deux sont restés en relation pendant quelques années. Nardi a été arrêté à sa maison de la Croix-du-Trahoir, puis libéré, et s'est réfugié en Hollande. Il est devenu marchand de tableaux. Mon père et lui s'écrivaient parfois, mais je n'ai plus de nouvelles depuis des années.

Gaston et Louis échangèrent un regard. Le nom ne les menait donc nulle part et leurs visages affichaient cette déception.

— Vous ne savez rien d'autre ?

— Je crois que Nardi était avocat et archiprêtre. Très proche de Concini, il traitait ses affaires confidentielles, surtout dans le domaine diplomatique…

Il laissa sa phrase en suspens, ce qui intrigua Fronsac.

— Connaissez-vous autre chose ?

— Oui, mais en mémoire de mon père, je ne voudrais pas causer de torts à Nardi, son ami.

— Si Nardi était un vrai gentilhomme, que risquerait-il ? riposta Bussy.

— Vous avez raison, monsieur. En vérité, je connais un prêtre, lui aussi italien et aussi proche de Concini que Nardi ou mon père…

— Désirez-vous un engagement qu'il ne subira aucun préjudice de notre part ? proposa Louis. Nous pouvons vous le promettre, quoi qu'il ait fait. Sachez que ses réponses nous apporteraient sans doute beaucoup.

— Je peux m'associer à cet engagement, intervint Bussy, car je ne connais personne d'aussi honorable et respectueux de leur parole que messieurs Tilly et Fronsac.

— J'ai toute confiance en vous, balbutia Corbinelli. Cet homme, ce prêtre, se nomme Bernardo Gramucci.

Il considéra Gaston, puis Louis pour savoir si ce nom leur disait quelque chose.

— C'était l'un des secrétaires du maréchal d'Ancre. Plus exactement, il s'occupait des affaires et des biens de madame la maréchale. Mais monsieur Concini avait une totale confiance en lui, tout comme en mon père.

— Pourrions-nous le rencontrer ?

— Oui, il vit à Paris. Mais je vous le dis tout franc, il est impossible qu'il soit l'assassin de votre père, monsieur de Tilly, ou même qu'il puisse y être mêlé. Monsieur Gramucci est un homme respectable. Certes, il a tué, mais toujours dans d'honorables duels.

— Vous dites qu'il se trouve à Paris, mais comment se fait-il que je n'en aie jamais entendu parler ? s'enquit Gaston.

— C'est le prieur du couvent des Cordeliers.

— Depuis quand ? s'étonna Fronsac.

— Je l'ignore. Je suis souvent allé le voir avec mon père. Il nous a plusieurs fois raconté comment il avait trouvé la foi. Soit au lendemain de l'assassinat du maréchal, sur le pont du Louvre. La populace avait sorti le cadavre de son maître et le traînait dans les rues, lui infligeant toutes sortes d'infâmes violences. Les gens applaudissaient à ces profanations. Finalement, quelques valets, plus indignes encore que les autres, ont découpé le corps du maréchal, puis l'ont fait cuire et mangé comme des bêtes fauves. À la vue de ce sacrilège, Bernardo Gramucci s'est évanoui. Quand il a repris connaissance, il avait décidé de consacrer sa vie à Dieu pour racheter les atrocités auxquelles il avait assisté.

Tous l'avaient écouté avec émotion. Armande s'était même signée plusieurs fois durant l'effroyable récit.

— Pourriez-vous nous accompagner aux Cordeliers et nous présenter, monsieur Corbinelli ?

— Si vous le souhaitez, acquiesça le secrétaire, après avoir sollicité d'un regard l'autorisation du comte. Mais ce n'est pas tout ce que je sais. Les franciscains des Cordeliers sont *prédicateurs de la pénitence*, vous le savez. Encore novice, c'est monsieur Gramucci qui a apporté les soulagements de la foi à madame la maréchale avant qu'elle ne soit brûlée comme sorcière. Il nous en a parlé à plusieurs reprises, pleurant chaque fois toutes les larmes de son corps.

— Partons maintenant ! décida Gaston. Je ne peux attendre un instant de plus ! Je suis certain que ce Gramucci nous apprendra beaucoup de choses.

Bussy se leva.

— Je vous laisse. Mon carrosse est dans la cour avec mon ordonnance monsieur de Saint-Félis. Corbinelli, je vous retrouverai ce soir.

XXVIII

Une heure plus tard, la voiture de Gaston entrait dans la cour du couvent. S'adressant au frère tourier, Corbinelli demanda à rencontrer le prieur. Le dîner était terminé mais beaucoup de religieux occupaient encore le réfectoire, dont Gramucci. On les conduisit donc dans l'immense salle aux colonnes de bois [1].

Corbinelli repéra tout de suite le prieur et se dirigea vers lui, mais ce fut Gaston qui parla en premier.

— Mon père, dit-il, je me nomme Gaston de Tilly. Je suis procureur à la prévôté de l'Hôtel. Mon compagnon est Louis Fronsac, peut-être avez-vous entendu parler de lui…

Devant la dénégation intriguée du prêtre, il poursuivit.

— Je n'ai pas la réputation d'être un homme mesuré, mon père, bien au contraire, et je vous demande de pardonner ma brusquerie. Vous étiez proche du maréchal d'Ancre, nous a dit monsieur Corbinelli, et j'ai besoin d'informations.

— J'ai en effet connu le maréchal, mais il y a si longtemps ! C'était une autre vie. Néanmoins… si je peux vous aider, obtempéra le prêtre sans cacher sa surprise.

— Je recherche les assassins de mes parents ! laissa tomber Gaston.

Le visage du prêtre se ferma lorsqu'il ajouta :

— Croyez-vous que le maréchal y soit pour quelque chose ?

— C'est possible, mais Concini étant mort, paix à son âme. Seulement d'autres sont encore vivants, répliqua farouchement Gaston de Tilly.

1. Qui existe encore.

— Je suis un homme de Dieu, mon fils, et le Seigneur a dit : « La vengeance m'appartient. » Ce passé n'existe plus pour moi.

Le ton fut sec. Comme une fin de non-recevoir. Aussi Louis intervint-il.

— Nous ne vous demandons pas grand-chose mon père, écoutez-nous, au moins… Comme vous le feriez pour une confession. Vous jugerez après si vous pouvez, ou non, nous parler.

Le prêtre le considéra un instant avant d'accepter d'un simple signe de tête.

— Les parents de mon ami monsieur de Tilly ont été tués une dizaine de jours avant la mort du maréchal d'Ancre. Monsieur de Tilly était prévôt. Il conduisait une enquête importante. Un vol de la recette des tailles de Normandie.

— Que dites-vous ? s'exclama le prêtre qui perdit instantanément toute couleur.

Ces mots lui avaient échappé.

— Vous savez ! rugit Gaston, si fort que les autres cordeliers dans la salle se retournèrent.

— Faisons quelques pas, proposa le prieur, bouleversé. Je n'aurais jamais cru entendre reparler de cette affaire.

» Que savez-vous exactement ? demanda-t-il, après qu'ils se furent éloignés vers un coin isolé.

— Mon père a laissé un mémoire seulement retrouvé récemment. Il avait recueilli le témoignage d'un des voleurs, mourant. Celui-ci avait livré trois noms : Petit-Jacques, Mondreville et Nardi.

— Dieu tout-puissant ! murmura le prêtre en fermant les yeux.

— Vous les connaissiez ?

— Que le Seigneur me pardonne, mais j'étais avec eux.

— Vous, mon père ? s'étonna Corbinelli.

— Laissez-moi m'expliquer, et justifier les actions de mon maître. Oui, j'étais avec eux, avec ces voleurs. Au début de l'année 1617, le maréchal d'Ancre était persuadé que les attaques contre lui ne cesseraient jamais. Pourtant, il tentait de gouverner le royaume au mieux de ce qu'il croyait être les intérêts de ce pays.

» En vérité, je vous le dis, mon maître avait du jugement, il se montrait généreux et toujours de belle humeur [1]. Mais le jeune roi le haïssait plus que tout le monde et le maréchal devinait que, tôt ou tard, il serait chassé comme un valet, ou plus certainement arrêté, voire assassiné. Il avait donc décidé de rentrer en Italie. Le pape lui proposait l'usufruit du duché de Ferrare contre six cent mille écus. Léonora était d'accord pour partir. Nous n'étions que quelques proches à le savoir : Nardi, Ludovici, votre père Raphaël Corbinelli et moi.

Louis écoutait le plaidoyer du prieur avec intérêt. On lui avait toujours parlé de Concini comme du *coyon infecté*, du grand voleur, de l'*estranger* voleur et rapace. Or, pour son ancien serviteur, il s'agissait d'un bon maître qui servait au mieux le royaume. Une fois de plus, il observait qu'il y avait les réputations et les vérités. Concini avait perdu, donc il resterait dans l'Histoire comme *Conchine*, le bardachon fourbe aimant tellement la France qu'il voulait toute la posséder ! Qu'en aurait-il été de Mazarin si les frondeurs l'avaient emporté ?

— Monsieur Concini possédait plus de dix millions, beaucoup de bijoux, mais pas grand-chose en or, poursuivit Bernardo Gramucci. Or, pour fuir, il lui fallait de l'or, au moins quatre millions. Ludovici, son trésorier, vendait discrètement ses biens, mais avait prévenu qu'il n'en obtiendrait pas plus de deux millions. En liquidant les bijoux, il manquait encore un million. Le maréchal décida donc de le prendre à la Couronne. Pour lui, ce n'était en rien un forfait, puisqu'en partant il laisserait tant de richesses qu'elles compenseraient largement ce dont il se serait emparé. Nous préparâmes donc le vol du transport des tailles de Normandie.

— Vous voulez dire que mon père en était ? demanda Corbinelli.

— Il le savait, Jean, mais n'a pas participé à l'opération. Monseigneur, comme gouverneur de Normandie, avait ordonné au receveur général des tailles de Rouen de préparer le transport d'un million de livres. Seulement, nous étions incapables de les voler nous-mêmes. Il nous fallait un voleur.

1. Cette opinion est celle du maréchal d'Estrées.

— Petit-Jacques ! intervint Louis en hochant la tête.

— Vous savez ?

— Oui. Nous avons découvert ce morceau de l'histoire.

— Avec Nardi, nous connaissions la réputation de ce Petit-Jacques. Par un complice, arrêté et torturé, nous savions qu'il fréquentait un cabaret sur la Seine. Mais il était impossible de le rencontrer nous-mêmes. Or, j'appris qu'un commis des tailles, un certain Mondreville, détournait une partie de la recette par de fausses écritures. Nardi l'arrêta et le conduisit auprès de Son Excellence. Afin d'éviter les galères, Mondreville accepta de rencontrer Petit-Jacques et de le convaincre. Pour mon malheur et celui du maréchal, nous avions donc choisi les plus grandes canailles que la terre ait portées ! Qu'ils brûlent en enfer !

Il se signa avant de raconter le vol sur la Seine.

— Nous avions prévu qu'il n'y aurait pas de témoins. Petit-Jacques et ses acolytes méritaient amplement la mort ; malheureusement, le brigand était très méfiant et parvint à nous échapper.

— Mondreville aussi, affirma Gaston.

— Non ! Monseigneur avait décidé de se l'attacher, croyant sincèrement à sa fidélité. Il nous a donc accompagnés à Paris. Nous avons remis notre butin à madame la maréchale et à votre père, dit-il à l'attention de Corbinelli. Puis j'ai donné un cheval à Mondreville, avec sa part. Une erreur qui nous a coûté cher.

— Pourquoi Concini n'est-il pas parti à ce moment-là ?

— Il ne se trouvait pas encore à Paris. Nous avons ensuite préparé la fuite de monseigneur, jusqu'à ce matin du 24 où une foule en furie a enfoncé la porte de ma maison, rue de Tournon. Je crus d'abord qu'il s'agissait d'une émeute, comme il y en avait déjà eu, et je parvins à fuir par les toits avec quelques centaines d'écus, mais j'appris vite que monseigneur avait été assassiné. Je tentais de retrouver Nardi, mais lui avait été arrêté. Je réussis cependant à échapper aux recherches et, le lendemain, de nouveau dans la rue, j'assistai au plus infâme spectacle qui soit…

— Je le leur ai raconté, mon père, intervint Corbinelli.

— Merci, cela m'évitera une douloureuse épreuve. Je ne réussis toujours pas à en parler sans pleurer, et je n'y parviendrai jamais. Mais ce que tu ne sais pas, Jean, c'est que je vis Mondreville et Petit-Jacques en train d'assister à cette scène infernale et y prendre du plaisir.

— Ils étaient donc à Paris ? s'étonna Louis.

— Oui. Je perdis connaissance, et quand je repris mes sens, j'avais décidé de consacrer à Dieu le reste de ma vie. Je me rendis aux Cordeliers et remis tout ce que je possédais au prieur qui m'accepta comme novice.

— Pourriez-vous reconnaître Petit-Jacques et Mondreville ? demanda Gaston.

— Trente ans après ? Rien n'est moins sûr ! Je me souviens qu'ils n'étaient pas très grands, ni l'un ni l'autre. Je reconnaîtrais plus facilement Mondreville que j'ai côtoyé durant trois jours... Et puis, sont-ils seulement encore en vie ?

— Mondreville est vivant, mon père, assena Gaston, ainsi qu'une autre personne dont je pense qu'il s'agit de Petit-Jacques.

— C'est incroyable ! s'exclama le prêtre... Après tant d'années. Mais voulez-vous entendre la suite ?

Louis et Gaston ayant hoché la tête, Gramucci poursuivit :

— Heureusement, le roi n'eut pas de haine envers les amis du maréchal et ne poursuivit personne, hormis Léonora. Malgré cela, durant mon noviciat, je sortis plusieurs fois du couvent afin d'aider mes amis. C'est de l'un d'eux que j'appris les raisons ayant décidé Sa Majesté à tuer mon maître : le roi avait reçu une lettre du duc de Sully le mettant en garde et lui annonçant que le maréchal d'Ancre s'était emparé de la recette des tailles de Normandie pour lever une armée contre lui. Or, nous n'étions que quelques-uns à le savoir. Comment Sully l'avait-il su ?

— Sans doute par mon père qui l'avait rencontré, intervint Gaston.

— Peut-être. Pour ma part, je soupçonnais plutôt Petit-Jacques et Mondreville de félonie, depuis que je les avais vus rire tandis qu'on faisait frire le cœur de mon maître. L'avenir me donna raison.

Il poursuivit :

— Les cordeliers prêchant la pénitence et la paix aux détenus, j'obtins de rencontrer madame la maréchale dans sa prison de la

Conciergerie. Elle me demanda de payer son geôlier pour qu'il la laisse fuir. Elle lui avait promis un million.

— Un million ! s'exclama Corbinelli.

— Ce million, nous l'avions ! Car nous avions caché l'or des tailles.

— Il n'était donc pas dans l'hôtel Concini ? s'étonna Fronsac.

— Non. Monseigneur possédait plusieurs maisons, dont l'une achetée par Nardi en bas de la rue de Tournon, à l'angle avec la rue de l'hôtel de Condé, face au palais du Luxembourg. Elle avait appartenu au chevalier de Valois et communiquait *via* un souterrain avec l'hôtel Concini. C'est là qu'avec Mondreville nous avions apporté l'or avant de le cacher dans le souterrain. Bien sûr, je n'en avais pas les clefs, mais je savais où se trouvait le passage dans l'hôtel Concini. Or, l'hôtel avait été pillé et était abandonné. Je m'y rendis, brisai la porte du passage secret et descendis dans le souterrain.

Tilly, Fronsac et Corbinelli étaient pendus aux lèvres du prieur.

— Eh bien, il n'y avait plus rien ! Tout avait été volé, y compris quelques sacs d'or appartenant au maréchal.

— Selon vous, c'était Mondreville ?

— Qui d'autre ? Il connaissait la maison, hantait Paris avec Petit-Jacques, et ils ont envoyé au roi une lettre le contraignant à assassiner mon maître, énuméra le prieur sur ses doigts.

— Et, entre-temps, ils avaient assassiné mon père et ma mère, s'énerva Gaston.

— Moi, je n'ai pu sauver ma maîtresse qui a été brûlée, murmura l'Italien.

— Je ferai payer ses crimes à Mondreville, soyez-en sûr, ajouta Tilly les poings serrés.

— Comment l'avez-vous retrouvé ? interrogea le prieur.

Tilly raconta alors sa venue à Mondreville, son emprisonnement au château des Tourelles et comment Louis Fronsac, son ami, l'avait retrouvé et délivré.

— Ce Bréval, ami de Mondreville, est un négociant en blé. Je suis certain que c'est Petit-Jacques. Seriez-vous prêt à l'identifier ?

— Comment ? Je ne me déplace guère…

— Je vais saisir Mondreville. Peut-être sera-t-il jugé. Quant à Bréval, je n'ai rien contre lui mais si je le ramène à Paris, accepterez-vous de le voir et de me donner votre sentiment ?

— Pour Léonora Galigaï, certainement, mais après tant d'années, les hommes changent, monsieur le procureur. Peut-être ne le reconnaîtrai-je pas.

XXIX

Samedi 21 août 1649

En sortant des Cordeliers, Corbinelli rejoignit le comte de Bussy au Palais-Royal, tandis que Gaston et Louis prenaient le chemin de la rue de Tournon. Bien qu'ils fussent affamés et eussent besoin de se rafraîchir le gosier dans une taverne, tous deux voulaient en premier lieu examiner la maison où avait été entreposé le million de livres en or.

En bas de la rue, ils découvrirent un petit hôtel en brique et en pierre, avec un seul étage et une cour ceinte d'un mur élevé. Des fenêtres grillagées, de l'herbe folle poussant devant les portes, le portail de la cour hérissé de clous à grosse tête au linteau gravé de trois fleurs de lys – les armes des Valois – ; l'endroit semblait abandonné depuis des années.

— Il n'y a rien à découvrir ici, maugréa Gaston en s'essuyant le front avec son mouchoir.

— Je serais pourtant curieux de voir les lieux, répliqua Louis, et aussi de savoir à qui la maison appartient.

— Peux-tu y parvenir ?

— Je vais essayer.

— Entrer relève de l'impossible. Les portes sont bardées de fer, il y a des grilles, un portail solide. À moins de passer par-dessus les murs avec une échelle… Mais agir ainsi devant le palais d'Orléans reviendrait à se faire remarquer !

Louis examina un moment l'une des portes et sa serrure.

— Un serrurier habile l'ouvrirait.

— Je peux en dénicher un au Châtelet.

— Quelle imprudence ! Inutile que quelqu'un d'autre connaisse nos intentions. D'autant que nous avons un ami pour cela : Jacques Hérisson. Si Bauer part le chercher aujourd'hui, il sera là demain soir.

— Avec cette chaleur ! Pauvre Bauer ! s'exclama Gaston.

Ils rentrèrent rue de la Verrerie. En remontant la rue de Tournon, Louis observa longuement l'ancien hôtel Concini devenu l'hôtel des Ambassadeurs. C'était là qu'on logeait désormais les visiteurs de marque. Il se demanda ce qu'était devenu le souterrain, si même il avait été découvert.

Gaston partit chez lui, tandis que Louis poursuivait jusqu'à sa maison de la rue des Blancs-Manteaux.

⚜

Cette demeure se dressait à l'angle de l'impasse située à proximité de l'hôtellerie la *Grande Nonnain qui Ferre l'Oie*. Quelques années plus tôt, Fronsac en avait occupé le premier étage. Et un jour, les autres logements ayant été mis en vente, il avait pu acheter l'immeuble à bas prix. La boutique du rez-de-chaussée avait été transformée en écurie, cellier et cuisine et les niveaux supérieurs en logements. Chacun comprenait une chambre, une salle et un petit bouge sans lumière.

Germain Gaultier, serviteur venu de Mercy, occupait la chambre du premier étage, Bauer le galetas dont il partageait la couche avec Marie, la sœur de Germain. La salle principale était la pièce commune, tandis que le second niveau constituait l'appartement privatif des Fronsac. Enfin, les autres domestiques se serraient sous les combles.

Malgré son exiguïté, il s'agissait d'une maison pratique disposant même d'un siège d'aisance dans un cabinet en saillie, accroché en façade, sur l'impasse, et raccordé à une fosse sous le sol. Malheureusement, durant les troubles de la fronderie, des gens de rien à la solde du duc de Beaufort l'avaient ravagée pour venger l'emprisonnement du duc dont il jugeait Louis responsable [1]. Les pillards avaient volé ou détruit meubles, vaisselle,

1. Voir *La Conjuration des Importants* et *Le Secret de l'enclos du Temple*, du même auteur.

tentures et literie, brisé les portes et même mis le feu à une partie de l'écurie. Tout l'été, artisans et maçons avaient dû travailler à remettre l'endroit en état. La maison était enfin presque entièrement meublée de neuf. Louis, passé au début de la semaine, avait été satisfait des travaux.

Il trouva Bauer au premier étage. Sous le regard admiratif de sa maîtresse Marie Gaultier, celui-ci terminait un monstrueux repas commencé deux heures auparavant. Louis se fit servir la cuisse de canard qui restait et expliqua à son serviteur ce qu'il attendait.

— Tu pars tout de suite pour Mercy. Tu y seras à la nuit. Demain, à l'aube crevant, avec Nicolas, vous prenez le carrosse et vous vous rendrez à Senlis chercher Jacques Hérisson. C'est le clavellier de la rue du Puits-Tiphaine. Nicolas m'a déjà conduit et je crois que tu te trouvais avec nous. Jacques était pensionnaire à Clermont avec moi.

Sans poser de question, le Bavarois opina du chef en se levant. Il rassembla ses armes, puis vida un dernier verre de vin, pour la route.

— Que Hérisson prenne ses outils de clavellier. Il s'agit d'ouvrir une porte…

Bauer alla seller sa jument. Fronsac vida son pichet, saisit une pomme pour la croquer en route et se rendit à l'étude familiale.

Il trouva son père dans la cour avec les frères Bouvier. Jacques et Guillaume, anciens soldats, étaient les gardiens de l'étude. Tous deux se ressemblaient beaucoup, aussi Jacques arborait-il une longue moustache et Guillaume – le père de Nicolas, cocher de Louis – une barbe bien fournie.

Après les salutations et les embrassades, Fronsac expliqua qu'il voulait connaître le propriétaire d'une maison de la rue de Tournon. Quel notaire du quartier de l'Université serait le mieux à même de l'aider ?

— Je suppose que c'est urgent, sourit son père. Le plus simple est que tu ailles chez La Granche, rue de Buci. C'est un ami. Si tu veux, je t'accompagnerai. Jacques Bouvier nous conduira en carrosse.

⚜

Rue de Buci, Nicolas de La Granche habitait en face du pilori. En ce samedi après-midi, il recevait des amis qu'il abandonna un moment afin de recevoir ses visiteurs.

— La maison du chevalier de Valois, rue de Tournon, réfléchit-il un moment. Je crois me souvenir que l'acte de vente a été fait par l'étude d'Étienne Leroy. Étienne s'est retiré, mais son fils Jean-Baptiste a repris l'affaire. Vous le trouverez rue des Fossés-Saint-Germain-des-Prés, à l'image de Notre-Dame.

M. Fronsac père connaissant mal le jeune notaire, Nicolas de La Granche lui fit une lettre d'introduction. Ils repartirent aussitôt vers la rue des Fossés-Saint-Germain-des-Prés.

⚜

La journée étant terminée, Me Jean-Baptiste Leroy s'apprêtait à laisser partir ses deux employés d'écriture quand ses visiteurs imprévus arrivèrent. Évidemment, quand il sut que le célèbre Louis Fronsac venait l'interroger afin de rechercher un acte, il ordonna à ses gens de rester les aider. Aux yeux du jeune notaire, Fronsac était le parangon de la réussite notariale. Ne disait-on pas qu'il avait été anobli pour avoir sauvé la vie du roi Louis XIII et du cardinal Mazarin ? N'était-il pas l'ami des princes et des présidents des cours souveraines ?

Tout le monde se mit au travail, ouvrit et tria le contenu de vieux sacs archivés. Louis avait précisé qu'il ne s'intéressait qu'aux actes postérieurs à 1617. Jean-Baptiste Leroy trouva assez rapidement, la maison du chevalier de Valois ayant été achetée au début 1618.

L'acquéreur ? Jacques Mondreville. Un second acte, attaché au premier, précisait que la bâtisse avait été revendue à Noël Bréval quatre ans plus tard.

Louis les lut deux fois, méditant sur ce que cette révélation impliquait.

— Voulez-vous que je fasse faire une copie de ces pièces ? demanda Leroy en le voyant si concentré.

— Volontiers… J'observe que le premier vendeur s'appelait Balthazar Nardi et n'était pas présent à la vente… remarqua Louis.

Jean-Baptiste Leroy parcourut les documents.

— Vous avez raison. Il manque sans doute des actes.

Il fouilla un moment dans la pile et trouva une lettre et un papier glissés par erreur dans une autre vente. Ayant rapidement parcouru la lettre, il la tendit à Louis avec le texte.

— Ce Balthazar Nardi était secrétaire du maréchal d'Ancre, dit-il. Il a envoyé ce pli à mon père afin de demander la vente. Vous voyez, il justifie son absence par ce qui était arrivé au maréchal. Il déclare être en Hollande et ne pouvoir rentrer, mais avoir déjà envoyé les clefs de la maison à son ami Mondreville qui souhaite l'acheter. L'autre document est un acte décrivant la maison et les termes de la vente quand il l'avait acquise.

C'était une formulation singulière, mais Fronsac agissait lui-même parfois ainsi, en prenant tout de même des précautions. Néanmoins, Louis se demandait si toutes ces pièces n'étaient pas contrefaites, bien que l'acte joint par Nardi parût authentique. Car la bâtisse avait été vendue douze cents livres, une somme dérisoire. Nardi demandait que l'argent soit conservé par l'étude et disait qu'il le prendrait plus tard.

— Est-il venu ? s'enquit-il.

L'un des clercs vérifia les livres de compte.

— Non, monsieur, l'argent est toujours dans nos caisses. En revanche, j'y vois aussi que monsieur Bréval a fait porter deux cents livres, il y a huit ans, pour des frais que nous lui réclamions, suite à des taxes payées par nous.

Louis examina ensuite l'acte entre Mondreville et Bréval, où les deux hommes étaient présents.

N'ayant pas besoin d'en savoir plus, il remercia le notaire et repartit avec son père. Celui-ci lui posa quelques questions sur cette maison et ce Mondreville, mais Louis demeura évasif, songeant avec inquiétude à tout autre chose.

Les vêpres avaient sonné depuis longtemps, pourtant il faisait toujours aussi chaud quand il descendit de voiture, non loin de la rue de la Verrerie, pour se rendre chez Gaston.

⚜

Chez son ami, il découvrit Anaïs Moulin Lecomte soupant avec Gaston et Armande. Sa dame de compagnie se trouvait avec elle, les deux femmes étant arrivées moins d'une heure auparavant.

Fronsac resta un instant ébahi, les questions se bousculant dans son esprit. Comment la filleule de Bréval pouvait-elle être là ? D'ailleurs, où était ce dernier ? Et comment avait-elle connu l'adresse de Gaston, se souvenant avoir été prudent et ne pas l'avoir dévoilée.

C'est elle qui s'expliqua. Pour la seconde fois, puisque Gaston et Armande avaient entendu son récit.

Vendredi, par la poste au courrier, son parrain avait reçu une lettre de ses parents annonçant leur retour. Ils s'installaient à Lyon quelques jours et demandaient à Bréval de ramener leur fille chez eux. Celui-ci ne pouvant la raccompagner, il avait fait préparer sa voiture et confié sa filleule à son cocher et un de ses valets.

Mais aussitôt partie, Anaïs leur avait ordonné de les conduire chez le procureur Gaston de Tilly.

— Comment saviez-vous où il habitait ? interrogea Louis avec une ombre de suspicion.

— Le vendredi, après avoir reçu la lettre de mes parents, ma décision était prise. Je suis allée voir le curé de Longnes et l'ai supplié d'envoyer quelqu'un à Tilly, chez son frère. Celui-ci a demandé à vos domestiques où vous demeuriez et le soir je disposais de votre adresse : rue de la Verrerie, la maison mitoyenne à celle du marchand de porcelaine Trincard [1].

Louis eut une moue d'admiration.

— J'éprouvais le besoin d'apprendre ce que vous aviez découvert, poursuivit-elle, les yeux noyés de larmes. Depuis que Thibault a disparu, je suis résolue à me retirer du monde, bien que je garde encore un peu d'espoir dans mon cœur.

Louis ignorait quoi répondre, mais Gaston lui avait déjà dévoilé la vérité : ils ignoraient toujours ce qu'était devenu Richebourg.

— Je rentrerai chez moi demain, décida-t-elle, la voix cassée. Je ne tiens à inquiéter ni mon parrain ni mes parents.

1. Les porcelaines les plus recherchées de Paris, à cette époque.

— Je m'en voudrais de vous donner un espoir inutile, l'interrompit Louis après une hésitation, mais… ne pouvez-vous attendre jusqu'à lundi ?

— Certes, mais pas plus tard. Mon parrain s'inquiétera s'il ne voit pas revenir son cocher lundi ou mardi. Pour l'instant, ils sont dans une auberge.

Gaston regardait Fronsac, interloqué.

— La maison des Valois appartenait à Mondreville, laissa tomber ce dernier à l'attention de son ami.

— Tu viens de l'apprendre ?

— Oui.

— De quelle maison s'agit-il ? demanda Anaïs, tandis qu'Armande restait silencieuse, son époux lui ayant préalablement raconté ce qu'avait révélé le prieur des Cordeliers.

— Une bâtisse abandonnée dans Paris. J'ai envoyé chercher un ami clavellier qui nous ouvrira la porte. Et nous irons visiter l'intérieur, demain soir.

Anaïs le considéra avec un mélange d'indécision et de curiosité, mais finalement demanda :

— Croyez-vous que Thibault puisse y être… enfermé ?

— C'est possible, mademoiselle, mais je ne veux pas que vous vous berciez de faux espoirs. Il a disparu depuis le 8, et nous sommes le 21.

Elle comprit que Thibault était sans doute mort et, ne pouvant retenir ses larmes, se leva en balbutiant des excuses afin de se retirer dans la bibliothèque.

Armande et la dame de compagnie la rejoignirent pour la consoler.

— Elle logera ici cette nuit, dit Gaston quand ils furent seuls (les domestiques étaient dans la cuisine). Crois-tu que nous trouverons Thibault dans cette maison ?

Louis écarta les mains en signe d'impuissance.

— Je n'ai pas tout révélé en sa présence, ajouta-t-il à voix basse. Mais j'ai découvert que la maison appartient désormais à Bréval.

⚜

La bibliothèque de Tilly étant occupée par Anaïs et sa domestique, Louis rentra chez lui avec cheval et bagages.

Le lendemain, après avoir déjeuné d'une soupe et de confitures préparées par Marie Gaultier, il se rendit à la messe à Saint-Merry, puis alla dîner chez ses parents à qui il raconta les aventures de Gaston avant de leur donner des nouvelles de Mercy.

Il revint rue des Blancs-Manteaux en fin d'après-midi et soupa avec Marie et son frère Germain. Vers huit heures du soir, pendant qu'il lisait le seul ouvrage échappé au pillage des gens de Beaufort, il entendit les roues d'un carrosse entrant dans le cul-de-sac. Il descendit aussitôt au premier étage.

Quelques instants plus tard, Bauer introduisait Jacques Hérisson.

⚜

Jacques avait été pensionnaire au collège de Clermont avec Fronsac entre 1624 et 1630. À l'époque, comme les autres élèves, Louis le croyait fils de clavellier. D'ailleurs, n'était-il pas capable d'ouvrir n'importe quelle serrure ? Et ne lui avait-il pas permis de sortir avec Gaston, une nuit, afin de rencontrer le Liron, un célèbre voleur [1] ?

Seulement Jacques leur avait menti. Car c'est son oncle qui lui avait appris le savoir-faire des serruriers, son propre père étant en vérité l'exécuteur de la haute justice de Senlis. Ce que Louis avait découvert plus tard. Adulte, Hérisson n'avait pas succédé à son père mais était devenu maître clavellier en reprenant un métier familial mais moins entaché de mépris et infamie. Il s'était néanmoins installé dans sa ville natale pour rester avec ses proches.

— Me voici, monsieur le marquis, fit-il en entrant, tout intimidé.

— Merci d'être venu, Jacques. Assieds-toi. Marie va te servir de sa bonne soupe qui mijote encore dans la cheminée. Ensuite, nous irons chercher Gaston. Tu monteras en croupe avec moi et nous nous rendrons rue de Tournon où j'ai besoin de tes talents. Il y a une maison fermée, inhabitée, que nous devons visiter. As-tu pris tes outils ?

— Oui, monsieur, mais nous aurons besoin de lanternes.

1. Voir *Les Ferrets de la reine*, du même auteur.

— J'en ai.

— Et s'il passe le guet ?

— Il ne vient pas là-bas. En revanche, les chevau-légers du palais d'Orléans pourraient nous voir. Il faudra être discrets et silencieux. Mais ne t'inquiète de rien, Gaston est procureur, et cette visite relève d'une enquête criminelle.

Nicolas apparut à son tour et se mit à table. Bauer, qui avait monté un pichet de vin de Montmartre depuis le cellier, remplit les verres de chacun en se plaignant de la chaleur. Ayant vidé le sien d'une gorgée, il le remplit à nouveau.

— Friedrich, nous partons dans un instant. Comme il s'agit d'une expédition sans danger, tu peux rester ici. D'ailleurs, tu dois être fatigué. De plus, tu n'as pas de monture et les chevaux du carrosse seraient trop fourbus pour te porter, plaisanta Louis.

— J'avais mis ma jument en longe derrière le carrosse, monsieur. Elle me portera bien jusqu'où vous voulez aller. Quand aux expéditions sans danger, croyez mon expérience, cela n'existe pas.

⚜

Ils partirent un peu plus tard, passèrent prendre Gaston et arrivèrent rue de Tournon vers neuf heures.

Nicolas et Bauer surveillèrent les chevaux dans un cul-de-sac, tandis que Louis, Gaston et Jacques Hérisson se rendaient à la maison des Valois munis d'une lanterne. Devant la porte, Gaston et Louis masquèrent le clavellier qui commença à examiner la serrure, puis à la farfouiller à l'aide de ses précieux instruments.

XXX

Au palais d'Orléans, toutes fenêtres illuminées, il y avait du monde au corps de garde dont les lanternes resteraient allumées jusqu'après minuit. Carrosses et cavaliers entraient et sortaient continuellement, mais la plupart passaient par la rue conduisant à l'hôtel de Condé.

Dans son dos, Louis entendait toutes sortes de grincements et claquements, puis, soudain, Hérisson annonça :

— C'est fait, monsieur !

Il poussa la porte et les trois hommes s'engouffrèrent.

⚜

Leurs lanternes à chandelle de suif révélèrent une antichambre communiquant avec une salle dépourvue de meubles ou tentures. Les boiseries sentaient le moisi. Tout était couvert d'une épaisse couche de poussière et de toiles d'araignées. Ils firent quelques pas, découvrirent une chambre, puis un escalier montant à l'étage avec, au-dessous, des marches raides conduisant aux caves.

Ils montèrent. En haut se succédaient trois salles lambrissées aux plafonds peints. Vides elles aussi, sauf la dernière dans laquelle restait un vieux lit couvert défraîchi, une table, un coffre et quelques vieilles armes rouillées. Déçus, ils redescendirent jusqu'à la cave voûtée en ogive.

Dans un recoin ouvrait le trou béant d'un étroit escalier de brique. Gaston en tête, lanterne et pistolet en main, ils l'empruntèrent. Les marches descendirent profondément jusqu'à une excavation creusée dans le rocher.

— Nous sommes dans d'anciennes carrières, annonça Gaston, dont la voix résonna.

— Vers où aller ? demanda Louis en désignant plusieurs galeries partant de la salle dans laquelle ils se trouvaient.

— Surtout ne nous perdons pas, répondit Tilly, hésitant.

C'est alors qu'ils perçurent des cognements sourds.

— Par là ! fit Gaston.

Ils prirent une galerie en partie éboulée, marchant avec précaution sur des morceaux de roche épars tant ils craignaient la présence de puits dans lesquels ils auraient pu tomber.

Les bruits devenaient plus forts à mesure de leur avancée.

Soudain retentit un long bruissement mélangé à des claquements d'ailes. De petites ombres tourbillonnèrent autour d'eux comme de minuscules démons. Gaston se figea, pris d'effroi. S'il ne craignait personne l'épée à la main, il détestait ces souterrains ressemblant à des tombeaux. L'une des ombres virevoltantes lui effleura la joue et il ne put réprimer un cri. Louis n'était pas plus rassuré.

— Ce n'est rien, monsieur, ce sont des chauves-souris ! les rassura Jacques Hérisson. Il y en a aussi beaucoup dans les carrières souterraines de Senlis.

À demi rassuré, Tilly fit à nouveau quelques pas et lança d'une voix tonitruante :

— Il y a quelqu'un ?

Pas de réponse, sinon toujours le même bruit sourd.

Ils continuèrent lentement, puis descendirent de nouvelles marches jusqu'à une intersection. Le bruit semblait maintenant proche. Et là, ils aperçurent une grille rouillée. Une odeur d'excréments et d'urine les prit à la gorge.

— Qui êtes-vous ? répéta Gaston, avançant plus prudemment.

Louis, le cœur battant à tout rompre, était maintenant certain de ne pas s'être trompé.

Gaston tendit le bras pour éclairer l'autre côté de la grille. Un homme pieds nus, en chausses et chemise, à la barbe fournie, était assis contre la paroi. Le visage hâve, les lèvres racornies et desséchées, clignant de ses yeux éblouis par la lumière de la lanterne, pourtant bien faible, il les considérait avec une expression égarée et reconnaissante.

— Richebourg ? s'enquit Fronsac.

Le prisonnier hocha à peine la tête. De sa main gauche, il continuait à frapper machinalement la roche avec un quartier de pierre. Louis s'inquiéta. Avait-il perdu la raison, enfermé ainsi dans le noir sans eau avec pour seule compagnie ses excréments ?

Déjà Gaston avait introduit sa dague à l'extrémité du verrou, le forçant plusieurs fois sans succès. Jacques Hérisson lui proposa de le faire à sa place. Sans doute savait-il mieux s'y prendre, car le verrou joua immédiatement.

— Nous sommes venus vous délivrer, expliqua simplement Tilly en tirant la grille.

Richebourg essaya de se lever et murmura dans ses lèvres racornies :

— Soif !

— Sortons-le d'ici, dit Louis. Jacques, remonte ! Dans la cour, il doit y avoir un puits, car je n'en ai pas vu dans la maison.

Le clavellier partit en courant, tenant sa lanterne devant lui pendant que Gaston et Louis prenaient chacun Richebourg par une épaule.

La remontée ne fut pas trop longue, Richebourg semblant puiser un regain d'énergie dans sa délivrance et parvenant à marcher quasiment seul. En haut, la porte sur la cour était ouverte. Jacques les interpella :

— Par ici ! Le seau est pourri, mais j'ai réussi à monter un peu d'eau.

Comme ils ne disposaient d'aucun récipient, Richebourg but à même le seau, puis Louis mouilla son mouchoir et le passa sur son visage.

— Merci, parvint à souffler le jeune homme.

Il but à nouveau avant de tremper longuement ses lèvres dans l'eau.

— Qui… qui êtes-vous ? s'étonna-t-il ensuite.

— Des amis d'Anaïs Moulin Lecomte.

— Oh ! Où est elle ?

— Chez moi, je suis procureur du roi. Avec mon ami Louis Fronsac – il le désigna – nous enquêtions sur votre disparition.

Il but à nouveau et Jacques puisa encore de l'eau. Cette fois, Richebourg vida le contenu du seau sur sa tête.

— Avez-vous la force de monter à cheval ? Nous n'irons pas loin.

— Pour… pour voir Anaïs, certainement… fit le prisonnier dans son premier sourire.

— Partons tout de suite. Jacques, peux-tu refermer la serrure derrière nous ?

— Bien sûr, monsieur.

⚜

Richebourg monta avec peine en croupe derrière Gaston, tandis que Louis chevauchait à côté. Une fois en selle, le jeune homme commença à donner des explications.

— J'ai été attaqué chez moi…

— Je sais, l'interrompit Louis. Je m'y suis rendu trois jours plus tard, je vous raconterai. J'ai trouvé votre serviteur, mort.

— Oui, ils ont tué ce pauvre Thomas… Ils étaient trois… J'ai percé le bras de l'un d'eux.

— Vous les connaissiez ? demanda Gaston.

— Ils étaient masqués, mais je suis certain d'avoir reconnu une voix… le satané Mondreville… C'est ce nuisible qui a tué Thomas.

— Le père ou le fils ? demanda Gaston.

— Vous… vous les connaissez ?

— J'ai un compte à régler avec le père.

— C'était le fils, Charles.

— Que s'est-il passé, ensuite ? intervint Louis.

— Ils m'ont assommé. J'ai repris conscience dans une voiture, solidement attaché, les yeux bandés et bâillonné. Il y avait deux de mes agresseurs avec moi. À leurs propos, j'ai deviné que l'un pansait celui que j'avais blessé. Comme il faisait nuit, la voiture roulait lentement. Puis celui qui avait soigné l'autre est sorti monter sur un des chevaux afin d'éclairer la route.

» Je me suis endormi. J'ai été réveillé avec le jour et les paroles de Mondreville qui avait rejoint le scélérat blessé. Ils ont mis la voiture au trot. On a changé de chevaux une fois, puis j'ai entendu les cloches. Sexte sonnait quand la voiture s'est arrêtée. On m'a sorti et ôté le bandeau. J'étais dans la cour où vous m'avez fait boire. On m'a descendu dans le souterrain et enfermé.

Ils m'ont laissé trois pains et deux cruchons d'eau. Puis ils sont partis.

— Et depuis ?

— Rien ! Cela fait des jours que je n'ai pas mangé. Je n'avais plus d'eau. Je léchais l'humidité des murs.

— Pourquoi vous enfermer et vous laisser ainsi mourir ? s'étonna Tilly.

— Sans doute avaient-ils prévu de revenir, mais avec ta libération, Gaston, ils ont pris peur.

— De quoi parlez-vous ? Je ne comprends pas, les interrompit Thibault.

— Nous allons vous raconter. Auparavant, dites-nous : ont-ils raconté pourquoi ils vous conduisaient ici ?

— Non, mais ils ne m'avaient pas bouché les oreilles ! Le blessé n'était pas d'accord avec Charles Mondreville, expliquant qu'il aurait mieux valu me jeter dans un fourré après m'avoir coupé la gorge, que c'était dangereux d'aller à Paris avec un prisonnier. Mondreville a répondu qu'il ne changerait pas ses plans, ne voulait pas seulement me tuer mais qu'elle soit au désespoir de m'avoir aimé. Qu'il fallait qu'on retrouve mon corps seulement après le vol afin que la justice soit persuadée que j'étais le voleur.

Thibault s'arrêta un instant pour reprendre son souffle.

— Vous nous relaterez la suite en arrivant, proposa Gaston.

— Non, je ne suis pas si faible ! Mondreville a ajouté : « Quand elle apprendra qu'il n'était qu'un maraud, elle jugera comme un affront insupportable d'avoir écouté ses mensonges. Elle éprouvera une haine infinie envers lui et, par dépit, elle m'aimera et m'épousera. »

» Je suis sûr qu'il parlait d'Anaïs. J'ignore comment vous la connaissez mais il la courtise aussi. Il a ensuite rassuré son compagnon, lui précisant qu'il connaissait la maison et en avait les clefs, affirmant qu'ils seraient de retour à la nuit et que personne ne se douterait de rien. Il a ajouté que la découverte de mon corps après le vol entraînerait la justice dans une mauvaise direction.

— Un vol ? répéta Louis, intrigué. Mais quel vol ?

— Je ne sais.

— Ce Mondreville est pire que son père pour échafauder un procédé si tortueux, remarqua Tilly. Vous n'avez rien remarqué sur vos autres agresseurs ? Mondreville les a-t-il nommés ?

— Il n'y a pas eu de nom. Je sais seulement que l'un était blessé.

— Pichon était blessé, Gaston.

— J'ai rencontré un nommé Pichon de La Charbonnière, un jour où je voulais me battre avec Mondreville, intervint Richebourg. Il m'en a empêché.

— C'est certainement lui, dit Tilly. Je vais le retrouver, soyez-en certain.

Il expliqua ensuite à Richebourg comment il avait été enfermé par Mondreville père, certainement l'assassin de ses parents. Puis de quelle manière Fronsac avait découvert son emprisonnement en interrogeant Charles Mondreville, après être allé dans son château de Richebourg. Enfin il raconta sa rencontre avec Anaïs Moulin Lecomte, et lui annonça qu'ils allaient la rejoindre.

Durant tout ce temps, Louis resta silencieux.

⚜

Chez Gaston, ils durent aider Richebourg à monter l'escalier. Mais devant la porte, il se dégagea, ne voulant pas apparaître affaibli devant celle qu'il aimait.

Gaston tira le cordon et François vint ouvrir. Anaïs attendait. Découvrant Thibault, elle se jeta dans ses bras avec tant de violence qu'il chancela.

— Attention, mademoiselle, monsieur de Richebourg vient de passer deux semaines dans d'atroces conditions. Il faut qu'il s'assoie, boive et mange, la prévint Louis en riant.

On poussa un fauteuil où, moitié soutenu, moitié porté, Thibault fut installé. Armande lui servit à boire, tandis que François partait chercher des charcutailles et du pain.

Pour éviter qu'il ne se fatigue, ce furent Gaston et Louis qui racontèrent leur expédition. Ses mains dans celles du jeune homme, Anaïs ne les interrompit guère, sinon pour marquer son horreur en prenant connaissance du plan infâme du fils Mondreville.

— Mademoiselle, lui déclara enfin Louis, vous rentrerez demain chez vous. Friedrich Bauer escortera votre carrosse. Vous raconterez tout à vos parents. Ne retournez plus à Longnes. Il ne faut pas que Mondreville puisse vous approcher.

— Mais mon parrain...

— Vous donnerez une lettre au valet qui vous accompagne expliquant que vous êtes passé voir Gaston, rien de plus. Vous ne révélerez quoi que ce soit sur monsieur de Richebourg. Je vous dois la vérité, mademoiselle : je ne sais encore le rôle joué par monsieur Bréval dans cette infâme entreprise, mais sachez que la maison où a été enfermé Richebourg lui appartient.

— Ce n'est pas possible ! balbutia-t-elle en portant une main à sa bouche.

— J'ai toujours considéré Bréval comme un honnête homme, protesta Thibault, même s'il ne m'aimait pas.

— Il est possible que Charles Mondreville lui ait seulement emprunté les clefs, suggéra Louis.

— Nous tirerons cela au clair, conclut Gaston. Grâce à vous, monsieur de Richebourg, nous savons que le jeune Mondreville et ses amis préparent un vol. Son père est-il averti ? Bréval complice ? À nous de le découvrir.

— Après notre départ, avez-vous revu Pichon de La Charbonnière et ses amis ? demanda Louis à Anaïs.

— Non, monsieur Bréval m'a dit qu'ils étaient partis.

Ni Gaston ni Louis n'avaient évoqué l'affaire de 1617, ne jugeant pas utile que les jeunes gens en soient informés. Apparemment, Bréval n'avait rien dit à sa filleule de ce que Gaston lui avait appris.

— Quant à vous, monsieur de Richebourg, restez quelques jours chez moi, conseilla Louis. Mes domestiques trouveront de quoi vous habiller. Vous vous reposerez et reprendrez des forces.

— J'aurais voulu raccompagner mademoiselle, dit-il.

— Surtout pas ! Mondreville et ses amis doivent vous croire mort. La partie ne fait que commencer. J'ai aussi à vous remettre quelque chose auquel vous tenez.

— Quoi donc ?

— L'épée des Richebourg.

XXXI

Le lundi 23 août, Gaston de Tilly put enfin rencontrer le chancelier Séguier revenu dans sa maison de la rue du Bouloi. Il lui raconta son emprisonnement et sa délivrance, lui parla du vol de 1617 (sans donner de détails afin de ne point embarrasser le prévôt de Vernon) et de la mort de ses parents, mais ne dit mot sur Richebourg et les trois faquins Pichon, Canto et Sociendo.

En lui remettant un mémoire sur l'affaire, il suggéra que le Grand Conseil décrète une prise de corps de Jacques Mondreville et lui confie une lettre *pareatis* [1] pour qu'il soit chargé de l'arrestation.

— Ainsi je mettrai les prévôts de Vernon et de Mantes sous mes ordres. Nous ferons le siège de la maison de Mondreville et le saisirons. Après quoi, je le ramènerai à Paris où il sera interrogé.

— Je préfère demander conseil à monseigneur, tergiversa Séguier, visiblement embarrassé. Certes, ce Mondreville doit recevoir son châtiment, mais soyez patient. En ce moment, Son Éminence négocie âprement avec Monsieur le Prince au sujet de Pont-de-l'Arche ; et Mondreville est l'homme lige du duc. Une telle opération de police pourrait provoquer l'ire du duc et entraîner Condé dans une rébellion ouverte. De plus, comme chancelier, je ne suis pas le mieux placé pour prononcer une

1. Ces lettres, portant le sceau de la grande chancellerie, donnaient à leur porteur le droit d'exécuter une sentence ou un décret de prise de corps sur le territoire de n'importe quel parlement ou tribunal criminel.

sentence et la faire exécuter en Normandie. Vous devinez pourquoi…

Dix ans plus tôt en effet, après avoir, à plusieurs reprises, augmenté les impôts de la Normandie, la province la plus riche du royaume, Richelieu avait décidé de supprimer plusieurs privilèges sur la gabelle. Ce nouvel alourdissement de taxes n'avait pas été accepté. Un collecteur d'impôts avait été assassiné et la province entière s'était soulevée, arguant de ses anciens droits à lever elle-même l'impôt.

La répression de Richelieu s'était montrée d'une férocité effroyable. Pour réduire la jacquerie, il avait envoyé Jean de Gassion [1] et ses troupes, lesquelles avaient traité la province comme prise de guerre. Ensuite, les châtiments avaient été confiés à Séguier. Sans juge ni assesseur, sans avoir vu ou ouï les accusés, celui-ci avait condamné les séditieux capturés à de telles tortures que Michel Le Tellier, alors commissaire chargé de recueillir les aveux, avait dû quitter la salle d'interrogatoire, incapable de supporter les hurlements des suppliciés.

Finalement, les chefs rebelles roués et pendus, le parlement de Normandie avait été interdit pour ne s'être pas suffisamment opposé à la sédition. La ville de Rouen s'était même vue condamnée à une prodigieuse amende.

Certes, dix ans avaient passé. Mais la mise en place du parlement semestre avec la création de nouvelles charges de conseillers, puis le déplacement du parlement à Vernon pour punir Rouen d'avoir rejoint la Fronde avaient fait ressurgir toutes les rancœurs en Normandie.

⚜

La réponse du chancelier ne satisfaisait pas Gaston, mais il la comprenait. Il ne lui restait plus qu'à ronger son frein. Quittant la rue du Bouloi, il se dit qu'il allait utiliser ce délai pour rechercher Pichon de La Charbonnière, ses compères, et s'intéresser au vol en préparation.

⚜

1. Colonel français mercenaire possédant son propre régiment. Protestant, il fut proche de Condé et participa à la victoire de Rocroy.

Tandis que Gaston rencontrait le chancelier, Louis faisait porter, par Nicolas, un billet à Mme de La Bazinière.

Françoise de Chémerault, de son nom de jeune fille, avait tenu le tripot et bordel du marquis de Fontrailles, *le Hazart*, sous son nom de *Belle Gueuse*. Espionne au service du marquis, elle avait séduit Gaston de Tilly qui aurait été tué par Fontrailles si Fronsac n'avait réussi à le délivrer [1]. Plus tard, par sa beauté et ses avantages, elle était parvenue à se faire épouser par M. de La Bazinière, trésorier de l'Épargne proche du prince de Condé, bien qu'elle eût aussi été la maîtresse de Michel Particelli [2]. Au sein du luxueux hôtel du trésorier, quai Malaquais, les médisants prétendaient qu'elle poursuivait discrètement ses immorales mais lucratives activités.

Dans son billet, Louis lui demandait de faire savoir à son mari qu'il souhaitait le rencontrer en vue d'obtenir un renseignement. Nicolas revint avec une réponse du secrétaire de Mme de La Bazinière déclarant que sa maîtresse était absente jusqu'à la fin de la semaine. Comme Fronsac n'avait rien d'autre à faire à Paris, il prévint Gaston de son départ à Mercy pour les moissons et qu'à cette occasion il ramènerait Jacques Hérisson à Senlis. Durant cette absence, Richebourg séjournerait chez lui.

⚜

Tous les jeudis avant l'aube, Mazarin avait l'habitude de réunir son service secret. Ce 26 août, dans son grand cabinet du Palais-Royal, s'étaient rassemblés autour de lui Ganducci, Ondedei et l'abbé Fouquet.

Ondedei présenta le mémoire que Gaston de Tilly avait remis à Séguier, lequel complétait ce qu'avaient rapporté Pichon, Canto et Sociendo à Ganducci à *la Fosse aux Lyons*, la semaine précédente.

— Fronsac et Tilly sont fort capables de percer l'intrigue que tu préparais, Ondedei, maugréa Mazarin, contrarié. Il faut tout arrêter et faire disparaître la moindre trace de cette entreprise.

— J'ai pris les devants, monseigneur, et déjà coupé les ponts avec mes pendards. Par sécurité, j'ai aussi fermé mon magasin, annonça Ganducci.

1. Voir *La Conjecture de Fermat*, du même auteur.
2. Voir *L'Homme aux rubans noirs*, du même auteur.

— Et Mondreville ? questionna Ondedei.

— Que peut-il faire ? Mes trois scélérats ne retourneront pas le voir et aucun transport d'or ne traversera la Seine. Impossible d'établir le moindre lien avec nous.

Le visage grave, le cardinal approuva de la tête en déclarant, le front plissé :

— Tilly demande la saisie de corps de Mondreville. Refuser attirera l'attention de Fronsac, mais accepter revient à prendre le risque de voir l'affaire découverte si Mondreville se met à bavarder.

— Demandez à monsieur de Tilly qu'il fournisse des preuves, monseigneur, cela fera traîner les choses, conseilla suavement l'abbé Fouquet.

Mazarin hocha la tête.

— Et pour Longueville et Pont-de-l'Arche ? renchérit Ganducci.

— Aux échecs, il faut parfois perdre un pion afin de gagner la partie. Je suis contraint de céder Pont-de-l'Arche pour me réconcilier avec Monsieur le Prince, annonça Mazarin avec un sourire ambigu.

— Mais si vous cédez, monseigneur, Condé réclamera plus encore et finira par vouloir votre place ! protesta Ondedei.

— Non. Monsieur le prince n'a pas envie de gouverner le royaume. Il souhaite seulement tenir le sort de chacun entre ses mains et ne rencontrer aucun obstacle à ses désirs. Louis de Bourbon n'est qu'un féodal représentant d'une époque révolue, rétorqua le cardinal en un immense mépris. De plus, céder ne me coûtera rien, car… je dispose d'une parade.

⚜

Ce même jour, l'exempt Desgrais se présenta en fin d'après-midi au domicile de Tilly.

— Je suis confus de venir à cette heure, monsieur le procureur, s'excusa-t-il, le chapeau à la main, après qu'il eut salué Armande, mais j'ai pensé que vous aimeriez le savoir : j'ai retrouvé la trace du sieur Canto de La Cornette. Un officier de l'Hôtel de Ville m'en a parlé.

— Magnifique ! Qu'avez-vous appris ?

— Il est entré dans l'armée de la ville durant la Fronde. Il se fait passer pour gentilhomme, mais n'est qu'un ancien commis de monsieur de La Rallière ayant eu maille à partir avec la justice. Je ne sais encore de quelle façon, mais je le découvrirai. Il loge dans la Couture-Sainte-Catherine, derrière les Minimes, partage sa chambre avec le nommé Pichon, qui a effectivement un bras en écharpe. Voulez-vous que je les fasse saisir ?

Gaston réfléchit un moment. Il ne possédait aucune charge à opposer aux deux hommes, sinon l'enlèvement de Richebourg. Mais dans un procès, ce dernier n'aurait aucun moyen de les confondre.

— Ne faites rien pour l'instant. Je sais où les trouver, cela suffit. La Goutte a-t-il découvert autre chose sur Sociendo ?

— On lui a rapporté qu'il aurait été marchand à Bordeaux et banqueroutier. Dans les cabarets, il tient d'infâmes discours contre la reine, ce qui lui permet d'être apprécié des frondeurs de son quartier.

— Que La Goutte continue de le garder à l'œil, et surveille aussi Pichon et Canto. Je veux savoir s'ils quittent Paris.

⚜

À Mercy, les moissons avaient commencé. Les blés [1] étaient la principale nourriture des habitants de la seigneurie. Qu'ils en aient suffisamment et ils ne souffriraient pas de la faim ; qu'ils en manquent, et beaucoup mourraient.

Voilà pourquoi tout le monde participait. Levés bien avant le lever du soleil, après une soupe et un verre de vin, hommes, femmes et enfants se retrouvaient dans les champs, aidés de quelques journaliers engagés par le fermier.

Pliés en deux, chantant pour ne pas ressentir la fatigue, les hommes avançaient par rangées, saisissant l'une après l'autre une poignée de brins qu'ils coupaient à la faucille, au ras du sol. Dès qu'ils en avaient tranché suffisamment, ils les posaient à terre.

Femmes et enfants passaient derrière eux pour lier et rassembler les gerbes. Celles-ci étaient ensuite regroupées et, tant qu'il faisait beau, on les laissait encore mûrir au soleil.

1. Ce qu'on appelait les blés comprenait le froment, le seigle, l'orge, le méteil, et plus généralement les céréales.

Au plus chaud de la journée, tout le monde s'arrêtait et, à l'ombre de quelques arbres, mangeait un solide repas arrosé d'un vin tiède tiré d'un tonneau transporté sur une charrette. Ensuite, le fermier laissait les plus fatigués se requinquer d'une courte sieste avant de les remettre à l'ouvrage. Le travail reprenait jusqu'au coucher du soleil.

Le soir, on regroupait les gerbes en meules, au milieu du champ. Deux hommes armés les surveillaient toute la nuit, car les miséreux, rôdant dans les campagnes, cherchaient à manger ou voler les grains.

Durant ces quelques jours, dès que possible, Louis Fronsac s'était joint aux coupeurs. Certes, il se montrait moins adroit que ses paysans avec une faucille, mais il savait combien ses serviteurs appréciaient que le maître reste parmi eux et accomplisse le même travail exténuant. De plus, ces gestes répétitifs libéraient son esprit et laissaient ses idées divaguer.

La présence de Canto, Pichon, Sociendo à Longnes, leurs relations avec Bréval et les Mondreville, les faits que Gaston et lui avaient découverts sur l'année 1617, et enfin les paroles entendues par Richebourg au sujet d'un vol, ne laissaient guère de doute. Pourtant, l'impression confuse d'une vérité autre que celle-ci ne le quittait pas. Une phrase, lue quelques semaines auparavant dans un livre d'Averroès [1] prêté par son intendante, l'ancienne libraire Margot Belleville, l'obsédait : *L'aveugle se détourne de la fosse où le clairvoyant se laisse tomber.*

N'était-il pas trop clairvoyant ? Les choses trop évidentes ? Il avait hâte de rencontrer M. de La Bazinière.

Il quitta Mercy le corps endolori mais le cœur satisfait. Le temps devenait de plus en plus chaud, mais pas encore orageux. Son fermier aurait le temps de rentrer les premières meules, puis de les battre. Une bonne partie de la récolte se voyait d'ores et déjà assurée.

Arrivé à sa maison des Blancs-Manteaux le vendredi 27 août, il trouva chez lui un billet qu'un page venait de porter. Le trésorier de l'Épargne acceptait de le recevoir le lendemain matin, à

1. Voir *Marseille, 1198*, du même auteur.

neuf heures. Quant à Richebourg, bien nourri par Marie Gaultier, il avait repris des forces et souhaitait rentrer chez lui et revoir Anaïs. Louis expliqua qu'il préférait lui offrir l'hospitalité aussi longtemps que nécessaire, ne voulant pas que Mondreville fils, ou Bréval, le sachent toujours vivant.

— Avec monsieur de Tilly, nous aurons certainement besoin de vous dans quelques jours, si nous nous attaquons à Mondreville. On ne pourra se passer d'une lame comme la vôtre.

Richebourg lui devait trop pour refuser. Mais surtout, pour rien au monde il n'aurait manqué l'entreprise évoquée.

Fronsac envoya aussi un billet à Gaston afin de le prévenir de son retour et lui annoncer qu'il viendrait le chercher le lendemain, au lever du soleil, avec son carrosse.

⚜

Le samedi, Gaston attendait son ami, brûlant d'impatience puisque Louis ne lui avait pas révélé ce qu'ils allaient entreprendre.

— Où allons-nous ? furent ses premiers mots.

— Chez Bertrand de La Bazinière. Il nous attend.

— Qu'irions-nous faire chez ce rustre ? demanda Gaston, jetant un regard inquiet vers Armande qui arrivait par la bibliothèque et ignorait tout de sa brève liaison avec la *Belle Gueuse*.

— Pichon, Canto, Sociendo, Mondreville et Bréval s'apprêtent à voler les tailles de Normandie lors de leur transport sur la Seine, asséna Louis.

— Que dis-tu ?

— Je dis que Mondreville veut recommencer ce qu'il a déjà réussi avec Petit-Jacques. C'est la seule explication de la présence des trois pendards. Mais pour m'en assurer, je veux interroger le trésorier de l'Épargne. Qui mieux que lui connaît la façon dont les recettes sont transportées ?

Gaston resta muet un instant. Mais, maintenant, ce vol lui paraissait en effet évident. Pourquoi n'y avait-il pas songé ? se morigéna-t-il.

— Que racontera-t-on à La Bazinière ? Vas-tu le prévenir ?

— J'ai seulement quelques questions à lui poser. Quant à l'avertir, à quoi cela servirait-il ? Nous ne disposons d'aucune preuve. Pour l'instant.

Après avoir donné à Armande quelques nouvelles de Julie et de leurs enfants, Louis et Gaston partirent vers le quai Malaquais. Ils eurent à subir d'incroyables encombrements sur le chemin, surtout jusqu'au Pont-au-Change à cause du personnel judiciaire se rendant au Palais ou au Châtelet, puis à nouveau sur le pont Neuf toujours envahi par la populace. Ils arrivèrent finalement quelques minutes avant neuf heures à l'hôtel de La Bazinière.

Un suisse leur ouvrit le portail et les fit entrer dans la grande cour où se trouvaient de nombreux gardes en uniforme, tous nantis de mousquets. Il y avait aussi plusieurs voitures utilisées par les receveurs pour les transports de numéraire.

Un maître d'hôtel en livrée les attendait. Épée au côté, il vint les chercher tandis qu'ils sortaient de leur carrosse et les conduisit au vestibule que Louis connaissait déjà. De là, il les précéda dans le grand escalier vers les appartements de M. de La Bazinière, au premier étage [1].

Dans un mélange d'attirance et de rejet, Gaston se demandait s'il verrait Françoise de Chémerault. La belle espionne qui l'avait séduit, pour le livrer au marquis de Fontrailles, s'était rachetée plus tard, lors d'un bal où elle lui avait offert ses faveurs. Un don qui lui avait peu coûté tant ses amants se trouvaient nombreux. Depuis, il ne l'avait revue qu'à l'occasion de son mariage avec Armande.

À l'instant où on les introduisait dans le cabinet de travail du trésorier, Françoise de Chémerault surgit d'une autre pièce. Sans doute avait-elle demandé à être prévenue de la venue des visiteurs. Pourtant, elle simula la surprise, laissant quand même échapper un regard calculateur.

Elle portait une jupe droite en satin bleu, une de ses jupes que l'on appelait les *modestes.* En haut, un busc aux boutons d'or et un collet de dentelle mettaient en valeur son opulente gorge. Ses cheveux bruns étaient crêpés en *bouffons* de part et d'autre de son joli visage à peine maquillé.

Gaston salua celle qui avait été sa maîtresse le temps d'une nuit. La *Belle Gueuse* inclina la tête à son tour, dissimulant à peine un sourire ensorceleur.

1. Voir *L'Homme aux rubans noirs*, du même auteur.

Engoncé dans un costume de soie galonné d'or, Bertrand de La Bazinière ne remarqua rien. Bien au contraire, il accola ses visiteurs comme de vieux compagnons.

Louis se prêta à cette comédie, Gédéon Tallemant lui ayant rapporté à quel point le trésorier de l'Épargne était lâche et perfide. C'est son père, déjà trésorier de l'Épargne, qui lui avait laissé cette charge ainsi que quelques millions de livres. Avant d'hériter, Bertrand de La Bazinière avait cependant voulu se couvrir de gloire dans un escadron du marquis d'Effiat. Seulement, il s'était enfui au premier engagement et couvert de honte. À la Cour, on le surnommait *Bazinière Farouche*. Mais il n'en avait cure, racontant partout, haut et fort, ses exploits militaires, entouré d'une troupe de traîne-rapière écartant ceux qui se gaussaient de lui.

Un sourire amical se dessina sur ses épaisses lèvres.

— C'est un plaisir et un honneur pour moi de vous recevoir, monsieur le marquis, et vous aussi monsieur le procureur, ânonna-t-il en s'inclinant.

Leur faisant signe de s'installer dans des fauteuils tapissés, il s'assit sur une banquette recouverte de cuir de Cordoue.

— Monsieur de La Bazinière, débuta Fronsac, manquant cruellement d'information sur un sujet que vous connaissez parfaitement, celui de la collecte de la taille, je me suis dit : pourquoi ne pas interroger mon ami ?

— Il est vrai que nul mieux que moi ne connaît la façon dont l'impôt est collecté, répliqua le trésorier avec un gonflement de poitrine plein de suffisance. Mais vous n'ignorez pas que, pour l'instant, la Cour des aides a fait défense, sur peine de la vie, de mettre les tailles en parti [1].

— À dire vrai, je m'intéresse surtout à ce que devient l'impôt une fois centralisé chez les receveurs généraux. Je sais qu'une partie reste sur place pour payer les gages des officiers, les rentes et les travaux, et que le solde est envoyé à Paris... à l'Épargne justement.

— C'est cela, c'est la voiture des deniers.

— Je suppose qu'il s'agit d'une opération délicate.

1. C'est-à-dire de les affermer.

— Très délicate ! Surtout à cause des vols. Les campagnes sont infestées de gueux malfaisants, de soldats mendiants et de bohémiens prêts à piller le moindre transport ! Une escorte est toujours fournie par les prévôts. Parfois, des soldats en armes.

— Comment cela s'est-il passé en Normandie, depuis le début des troubles ?

— Il n'y a eu aucun transport, évidemment ! Après le remplacement des intendants, qui s'en occupaient, le gouverneur monsieur de Longueville a prétexté l'insécurité du grand chemin pour ne rien faire ; ce en quoi il n'avait pas tort.

— Mais maintenant que la paix est revenue, les transports vont-ils reprendre ?

— Incessamment. Et certainement avant l'hiver.

— Combien représentent les tailles de Normandie ? s'enquit Gaston.

— Six millions. Je dois vous dire que Son Éminence attend avec impatience cet argent.

— Il ne sera pas transporté six millions…

— Non, bien sûr, mais certainement deux millions.

— Avec une forte escorte, sans doute.

— Très forte ! Monsieur de Longueville la fournira.

— Ces transports se font toujours sur le grand chemin, et je suppose que leur trajet ainsi que les jours du transport demeurent secrets ?

— Absolument. Même moi je les ignore.

— Y a-t-il parfois des transports sur la Seine ?

— C'est arrivé. Rarement, mais cela s'est fait.

— La Seine est pourtant plus sûre que le grand chemin.

Le trésorier réfléchit un instant.

— Je le pense, mais il y a les aléas de la rivière. Certains passages du fleuve sont difficiles, comme à Vernon.

— Croyez-vous que le prochain transport puisse se faire *via* le fleuve ?

— Personne ne peut le savoir à l'avance ! Je vous l'ai dit, le secret est bien gardé.

Louis hocha de la tête, pour l'approuver, avant de demander :

— Savez-vous, monsieur de La Bazinière, ce qu'il s'est passé en 1617 ?

— Ce fut l'assassinat du *coyon* ! De Concini ! s'esclaffa le trésorier.

— Je parlais des transports des tailles.

— Non… Je ne vois pas… Voulez-vous que je me renseigne ?

Louis se leva, imité par Gaston.

— Ce sera inutile, monsieur de La Bazinière.

⚜

Ils n'échangèrent pas une parole jusque dans leur carrosse. Là, enfin à l'abri des indiscrets, Gaston laissa tomber :

— Tu as raison, une fois de plus. Ils ont dû entendre parler de ce transport et Mondreville a décidé de recommencer.

— C'est plus grave. Tu as écouté : personne ne sait quand le convoi partira. Dès lors, de quelle manière Mondreville pourrait-il l'apprendre ?

— Il l'a bien su en 1617.

— Oui, et qui le lui avait dit ?

— Concini…

Brusquement, le ton de Tilly changea.

— Tu veux dire : le gouverneur de Normandie… Ce serait Longueville… fit-il d'une voix chargée d'inquiétude.

— Qui d'autre ? Mondreville est au plus proche de Longueville, nous a-t-on expliqué. Et il a toujours besoin d'argent.

— Ce serait effroyable ! Condé exige Pont-de-l'Arche pour son beau-frère. Que l'affaire soit découverte et le Prince passera pour le complice d'un larron, voire un larron lui-même.

— Il faut le prévenir, décida Fronsac. Il pourra parler au duc, le raisonner. Si Monsieur le Prince est impliqué dans cette criminelle entreprise, il est perdu.

Il retint un soupçon encore plus grave qui le tourmentait. Pichon n'avait-il pas dit être officier du Prince ?

CINQUIÈME PARTIE

La tentation des grands

XXXII

Le mercredi 19 août, comme convenu, Bréval s'était rendu à Mantes, à l'auberge du *Gros-Poisson*. Pichon, Canto et Sociendo ne s'y trouvaient point. Il les avait donc attendus la journée durant, puis avait soupé et passé la nuit sur place. Contrarié, il était rentré chez lui, en laissant une lettre à l'aubergiste destinée à ses compères. Dans ce mot, il leur demandait de le prévenir dès leur arrivée.

Le vendredi, le garçon de la poste, qui passait une fois par semaine à Mantes, lui apporta une missive. Mais ce n'était pas celle espérée. Dans ce courrier, les parents d'Anaïs annonçaient leur retour. Ils seraient chez eux le 22 août et demandaient à Bréval de ramener leur fille, ou de la faire ramener avec sa dame de compagnie. Ne pouvant s'absenter, il ordonna à son cocher de conduire Anaïs au Coudray le lendemain. Au fond de lui, il admettait ne pas être mécontent qu'elle parte : depuis leur dernière discussion il ne l'avait plus revue et elle s'était cloîtrée dans sa chambre pour prier, acceptant juste de recevoir du bouillon.

Rendu à Richebourg pour se renseigner, Bréval avait seulement eu confirmation de la disparition de Thibault et de la mort de son domestique. L'enquête avait été transmise au prévôt de Montfort.

Le négociant s'était demandé avec inquiétude si Charles Mondreville pouvait être responsable de quelque chose dans cette affaire, puis s'était rassuré en songeant que si Charles avait tué Richebourg, on aurait retrouvé son corps. De plus, il aurait eu besoin de complices, or il ne disposait pas d'amis. Évidemment, il avait envisagé la participation de Pichon et Canto, ce qui aurait expliqué la blessure de l'officier, mais il ne pouvait les interroger, puisqu'ils ne se manifestaient pas.

⚜

Le samedi et le dimanche passèrent sans nouvelles ; aussi le lundi 23 août Bréval se rendit-il chez Mondreville.

Le lieutenant du prévôt de Rouen avait envoyé au gouverneur de Normandie un mémoire décrivant l'agression de Gaston de Tilly et la raison de son enfermement au cachot afin de le corriger. Seigneur haut justicier, il en avait le droit, se justifiait-il. Le duc n'avait pas répondu, mais certainement s'occupait-il d'affaires autrement plus importantes. Pour autant, Mondreville n'avait pas sollicité de décret de prise de corps contre Tilly, comme conseillé par Bréval : si la chambre de la Tournelle [1] s'intéressait de trop près à lui, cela provoquerait de fâcheuses enquêtes, tant quant au vol des tailles de 1617 que relatives à la mort des parents de Tilly. Mieux valait, sur ce point, faire profil bas.

Bréval dîna avec Mondreville et son fils. Après le repas, les domestiques les ayant laissés seuls, ils évoquèrent l'absence de Pichon, Canto et Sociendo.

— À cause de Fronsac et Tilly, ils ont eu peur et ne reviendront pas, estima Bréval.

— Seulement, eux seuls pouvaient apprendre les dates du transport, observa sombrement Mondreville.

— D'autres doivent forcément les connaître ! intervint le jeune Charles.

— Tu as raison. Outre le receveur général, il en existe au moins un : le gouverneur de Normandie, répliqua énigmatiquement Bréval.

— Longueville ? Tu crois possible de l'interroger ? éclata de rire Mondreville. Je t'ai pourtant dit qu'il ne m'a même pas reçu la dernière fois où je lui ai demandé audience. Alors, lui suggérer de devenir voleur de grand chemin, nous finirions pendus et étranglés. Le duc est d'une autre étoffe que Concini !

— Je ne te propose pas d'aller le voir, sourit Bréval. En vérité, je pensais plutôt à des intercesseurs. Si des gens de sa race lui

1. Chambre criminelle dans les parlements.

suggèrent de saisir les tailles, il les écoutera. En période de guerre civile, s'approprier les biens de son ennemi constitue une action d'éclat, et non un rapinage.

— Peut-être, reconnut Mondreville.

— Seulement, cela entraînera pour nous une part réduite.

— Nous verrons ! Lors du dernier partage, Concini n'a pas eu grand-chose ! ricana le prévôt. Dis-moi plutôt ce que tu as envisagé.

— Je songeais au duc de Beaufort. Il a passé cinq ans en prison, s'est évadé en se brisant un bras et, maintenant que tout le monde a fait la paix avec Mazarin, que tous les capitaines de la Fronde ont obtenu des récompenses pour s'être révoltés contre le roi, lui n'a rien obtenu. Trouves-tu cela juste ?

— La vie est injuste, mon ami.

— Si nous pouvions convaincre Beaufort de l'intérêt pour les frondeurs à voler les tailles, il en parlerait à Longueville. Ne se trouvaient-ils pas alliés durant la fronderie et Beaufort ne doit-il pas épouser une fille Longueville ?

— Comment le convaincre ?

— Tu t'es rendu plusieurs fois à Anet, tu connais du monde là-bas. Dimanche, à l'église, j'ai entendu dire qu'il s'y trouvait actuellement, son père lui ayant demandé de le rejoindre.

— Je ne peux débarquer à Anet rencontrer le duc et lui proposer de voler les tailles de Normandie ! fit Mondreville en haussant les épaules. Beaufort est le petit-fils d'Henri IV, tout de même ! Il me tuera ! D'ailleurs, il ne me recevra même pas.

— Quand il n'était que roi de Navarre, Henri IV tirait gloire de dérober les bagages et les biens des capitaines du roi de France, rétorqua Bréval, aussi veux-je bien lui parler, moi. Quant au moyen de rencontrer Beaufort, je t'en propose un : j'ai entendu dire qu'un ancien commis des Aides que je connaissais se trouvait désormais chargé des affaires du duc de Vendôme. Un nommé Bonnesson…

— Je m'en souviens, mais il se fait appeler maintenant Bonnesson de Chassy et passer pour noble, ricana Mondreville.

— Comme d'autres ! sourit son complice. Va le voir cet après-midi, Anet n'est pas loin. Donne-lui quelques louis et parle-lui d'un de ses amis d'autrefois, du temps où il était commis. Il détestera qu'on lui rappelle cette période maintenant qu'il fait croire à sa noblesse. Laisse comprendre que tu sais maintes choses à son sujet. Il doit avoir toutes sortes de malversations sur la conscience ! En échange de ton silence, et de tes louis, il devrait arranger une rencontre avec le duc.

— Je n'aime pas ça, maugréa Mondreville.

— Je ne te reconnais guère ! Tu n'étais pas pusillanime, avant ! Tu sais bien qu'il faut parfois prendre des risques…

⚜

Le duc César de Vendôme était fils de Henri IV et de Gabrielle d'Estrées. C'est par sa mère qu'il tenait le château d'Anet. Après la mort de son frère Alexandre, compromis dans la conspiration de Chalais, César avait continué à comploter contre son demi-frère Louis XIII. Tour à tour en prison, en exil, en disgrâce, il avait fui en Angleterre, sur l'accusation d'avoir tenté d'assassiner le roi, et n'était rentré en France qu'après la mort du cardinal de Richelieu.

N'ayant désormais plus aucun espoir de monter sur le trône, il s'était rapproché de la régente et de Mazarin afin d'écarter les Condé. Les deux familles princières, Vendôme et Condé, se haïssaient et le cardinal jouait habilement de leur opposition. Depuis des années, Vendôme et Condé voulaient l'Amirauté, charge prestigieuse qui donnait la maîtrise des places maritimes de la France, en particulier du Havre, de La Rochelle et de Toulon. Pour ces mêmes raisons, Richelieu l'avait gardée dans sa famille et, à la mort d'Armand de Brézé, son dernier possesseur, Mazarin avait conseillé à la reine de la conserver.

En cet été 1649, l'Amirauté venait finalement d'être promise aux Vendôme si Mercœur, le fils du duc, épousait la nièce de Mazarin. Mais Vendôme se méfiait des promesses du cardinal, lequel avait aussi laissé entendre à Condé qu'il pourrait obtenir la charge s'il rentrait dans l'obéissance. Le duc de Beaufort, qui n'avait rien obtenu depuis la fin de la fronderie, aurait accepté de prêter allégeance au cardinal, si on la lui avait proposée. Le 19 août, il était même venu au Palais-Royal, espérant la recevoir. Mais ni Mazarin ni la reine ne la lui avaient offerte. Son père lui avait expliqué plus tard qu'il aurait dû, d'abord, afficher sa soumission. Or Beaufort s'y refusait. Peu lui importait sa pauvreté, répétait-il, puisqu'il était dans le cœur des Parisiens et dans l'esprit du duc d'Orléans, qui suivait aveuglément ce qu'il déclarait.

Seulement, sans argent l'honneur n'est qu'une maladie et Beaufort vivait aux crochets de son père. La situation ne pouvait durer. Le duc de Vendôme avait donc fait venir son fils à Anet pour le convaincre de conclure enfin une paix avec le cardinal.

⚜

Mondreville entreprit ce que Bréval lui avait suggéré. À Anet, il parvint à rencontrer M. Bonnesson de Chassy qui accepta, de mauvaise grâce, de parler de lui au duc.

— Dites-lui bien, monsieur de Chassy, que je ne viendrai pas en quémandeur. Je souhaite au contraire offrir à monseigneur une fortune (il insista sur ce mot magique) lui permettant de tenir son rang sans rien devoir à personne.

Le lendemain, un messager d'Anet porta un courrier. C'était une lettre du duc, écrite par son secrétaire, Beaufort sachant à peine lire. Où Beaufort annonçait son départ pour Paris jeudi matin et vouloir bien rencontrer M. Mondreville mercredi soir avant souper, à son retour de la chasse.

Le mercredi à quatre heures, Mondreville et Bréval arrivèrent à Anet en carrosse. Ils passèrent le portail dressé à la gloire de Diane et poursuivirent jusqu'à la cour d'honneur. Nombre de serviteurs y attendaient les chasseurs. Un majordome vint s'informer auprès des arrivants, reconnut le seigneur de Mondreville et fit chercher le valet de chambre du duc de Beaufort. Celui-ci les fit entrer dans le grand vestibule, avant de les précéder dans l'escalier jusqu'à la salle des gardes, immense pièce décorée de tapisseries. D'autres visiteurs patientaient sur des banquettes. Ils s'installèrent. Dans une chaleur lourde et oppressante, l'attente dura plus d'une heure jusqu'à ce que retentisse un vacarme de cavaliers, d'aboiement de chiens, de cris et d'interjections. Enfin ils virent entrer un groupe de gentilshommes, Beaufort à leur tête.

Le duc était bien fait de sa personne. Grand, vigoureux et infatigable, il avait de la bravoure et de l'audace, de la loyauté et de la chevalerie. Mais ces qualités relevaient de la seule apparence. Ceux qui l'approchaient connaissaient surtout son esprit pesant et grossier, plein de malignité. Surtout, incapable de conduire de grandes affaires, il n'en avait que les intentions.

Botté, en habit de chasse, il tenait à la main un chapeau à longues plumes blanches. Sa chevelure blonde tombait en boucles sur ses épaules. Si son visage était régulier, son expression se voyait gâtée par une bouche aux lèvres boudeuses et des sourcils perpétuellement froncés, comme s'il avait du mal à comprendre ce qu'on lui racontait.

— Monsieur Mondreville ! Vous voulez me voir quelques instants, m'a-t-on dit, fit-il assez sèchement.

— Oui, monseigneur, pour une affaire de la plus haute importance.

— Je n'ai guère de temps… Mes amis, attendez-moi sur la terrasse, je vous rejoindrai vite, lança le duc à son entourage. Quant à vous, suivez-moi !

Il leur tourna le dos et se dirigea vers l'escalier. Au second palier, il prit la direction de son appartement et fit entrer Mondreville et Bréval dans un petit cabinet dont il ferma soigneusement la porte.

— Expliquez-moi donc ce qui vous amène, demanda-t-il dans un mélange de morgue et de curiosité.

Resté debout, il ne leur avait pas proposé de s'asseoir.

— Monsieur le duc, puis-je vous présenter mon compagnon, monsieur Bréval qui est négociant en blé ?

Beaufort hocha la tête, tapotant de la main une console soutenant un bouquet de fleurs.

— Je serai bref, monseigneur, fit Bréval en s'inclinant profondément. Nous savons tous ici combien le Mazarin a été injuste envers vous. Pourtant, vous êtes le seul à avoir mené le combat jusqu'au bout pour aider les gens comme moi…

— C'est vrai.

— Je sais, comme tout le monde, que vous avez toujours refusé d'être associé aux finasseries et aux tromperies de la finance.

— C'est encore vrai, et croyez que j'en paye le prix ! Même mon père refuse désormais de m'ouvrir les cordons de sa bourse, tant que je n'aurai pas salué le Mazarin.

— Aussi me suis-je dit qu'il était justice que je vous propose un moyen de prendre votre revanche.

— Vous ? s'enquit Beaufort, levant un sourcil de surprise.

— Son Éminence utilise des méthodes perfides, indignes même, pour imposer sa volonté. Au lieu de se battre comme un gentilhomme, qu'il n'est pas, il achète ses ennemis, ainsi que le ferait un marchand, ôtant ainsi leurs appuis à ses adversaires.

— Je ne le sais que trop ! C'est ainsi qu'il a acquis l'armée que Turenne devait nous envoyer !

— Mais ôtez-lui ses finances, et tel un lion sans griffes, il sera incapable de faire le mal, monseigneur.

— Je n'y avais jamais songé ! Mais vous avez raison ; seulement se trouvent derrière lui les finances de l'État qui, même mal en point, sont immenses.

— Les finances ne sont pas si fortes, monseigneur. Au contraire, elles sont encore plus en désarroi qu'on ne le dit. Les banqueroutes se multiplient. Un colporteur m'a rapporté qu'on a pillé les fermes du roi à Valence. On prétend aussi que les trésoriers de France refusent d'établir de nouveaux impôts. La misère est générale, du Languedoc à la Bretagne. Le Dauphiné serait en rébellion au sujet des impôts.

» La Cour même manque d'argent. La reine ne vit plus que des coupes qu'elle fait dans les forêts de Normandie, de Compiègne et de Guise ; bientôt ces ressources s'épuiseront. Les impôts ne rentrent plus. La ferme des gabelles, le plus productif des revenus du royaume, est partout au pillage. D'autres colporteurs m'ont averti que, comme en Normandie, dans les généralités de Picardie et de Champagne, on ne vend plus de sel. Le faux saunage est organisé par les déserteurs d'armée et les vagabonds. J'en ai même vu à Longnes proposer leur sel aux cabaretiers, au su et vu des gens de la gabelle ! Des habitants d'Orléans, de Blois et de Tours ont fait descendre des bateaux pour aller charger du sel à Nantes et le revendre dans leur ville. C'est en vain que capitaines, archers et commis des gabelles essayent de s'y opposer et les succès contre eux enhardissent les contrebandiers. Les finances sont ruinées au point de ne plus payer les rentes de l'Hôtel de Ville de Paris, gagées sur les revenus de la ferme des gabelles.

— Je sais tout cela ! Mais où voulez-vous en venir ? s'agaça Beaufort qui avait écouté ce long discours avec une évidente impatience.

— Il ne serait pas si difficile de rendre le Sicilien impuissant, lui qui attend impatiemment le transport des tailles de Normandie à Paris. Deux millions passeront non loin d'ici. Prenez-les, et Mazarin sera ruiné !

— Vous me proposer de voler la recette des tailles ? demanda Beaufort, incrédule.

— Pas de voler, monseigneur ! D'empêcher Mazarin de les utiliser contre vous et le pauvre peuple de France. Votre aïeul le roi de Navarre n'aurait jamais hésité à un tel coup de main ! Si je suis venu vous proposer cette entreprise, c'est parce que je connais votre audace et votre loyauté chevaleresque, que vous tenez de votre grand-père.

Le silence s'installa. Hostile au début, tant Beaufort avait été choqué par cette idée de vol, il se transforma peu à peu en mutisme de connivence.

C'est que si le duc avait choisi de garder sa popularité auprès des Parisiens en s'opposant au mariage de son frère Mercœur avec la *Mazarinette*, il se rendait compte être désormais acculé dans une impasse. Si son père ne lui donnait plus d'argent, que deviendrait-il ? Certes, les femmes des Halles lui avaient crié quelques jours auparavant : *Monsieur, ne consentez pas au mariage de M. de Mercœur avec la nièce de Mazarin, quoi que vous dise M. de Vendôme. S'il vous abandonne, vous ne manquerez de rien. Nous vous ferons tous les ans une pension de soixante mille livres aux Halles.* Mais soixante mille livres étaient bien peu, en face des revenus de l'Amirauté !

— C'est certainement impossible, laissa-t-il enfin tomber, reconnaissant par ses mots qu'il était tenté.

— Savez-vous, monseigneur, qu'en 1617, monsieur le maréchal d'Ancre, gouverneur de Normandie, s'est emparé de la recette des tailles pour affaiblir le roi ? intervint Mondreville, rassuré par ces dernières paroles.

— Non, j'ignore cela…

— Elles étaient transportées sur la Seine, comme le seront les prochaines tailles.

— Songez-y, monseigneur. Quelle action d'éclat ! La perte de cette recette ruinerait les ambitions de Mazarin qui ne pourrait même plus payer ses troupes. La reine le chasserait, et vous, auréolé de cette victoire, prendriez sa place ! Ce serait un exploit digne d'être chanté par tous les poètes du monde !

— Voilà qui est vrai ! reconnut encore le duc après un nouvel instant de réflexion.

Il resta silencieux encore un moment, fronçant encore plus les sourcils comme pour ordonner ses idées, puis déclara :

— Retrouvez-moi à Paris, la semaine prochaine. Je serai mardi au palais d'Orléans avec Monsieur et l'abbé de La Rivière afin de préparer un accommodement avec le cardinal. Passez à l'hôtel de Vendôme le soir à cinq heures, nous irons ensemble chez le coadjuteur proposer votre idée.

Le duc leur fit signe que l'entretien était terminé.

⚜

Bréval et Mondreville s'inclinèrent, à demi satisfaits. Ils n'avaient pas réussi à dire au duc que seul Longueville connaîtrait le jour de départ du convoi. Quant à mêler le coadjuteur de Paris à leur projet, ce n'était en rien ce qu'ils avaient souhaité.

XXXIII

A Paris, en cette fin août, la réconciliation entre la Cour et les frondeurs avançait à bonne allure.

Le 25, jour de la Saint-Louis, le cardinal se rendit à la maison des jésuites de la rue Saint-Antoine. Traversant cette partie populeuse de la capitale, il ne reçut que des témoignages de sympathie et en conclut la Fronde terminée. Le soir, il y eut une fête avec d'immenses manifestations de joie le long du cortège. Une autre fut prévue au début septembre, à l'occasion de l'anniversaire de la naissance de Louis XIV. Tout allait donc au mieux pour le ministre et l'alliance entre sa nièce et le duc de Mercœur lui permettrait bientôt d'échapper à la pression du prince de Condé.

Ce dernier ne s'y trompa pas. Il rappela qu'il ne consentirait jamais à cette union si on n'accordait pas Pont-de-l'Arche à son beau-frère Longueville. Comme prince de sang, il était d'usage qu'il signe le contrat de mariage et Mazarin ne pouvait se passer de son consentement. De plus, le Prince avait rassemblé autour de lui des centaines de jeunes messieurs, insolents et railleurs, affichant partout leur mépris envers les parlementaires ralliés à la Cour et au cardinal italien.

Beaufort restait aussi une épine, mais Mazarin espérait se l'attacher par l'intermédiaire de Monsieur. Le 31 août, le roi des Halles rencontra longuement le duc d'Orléans et l'abbé de La Rivière, en vue d'un accommodement. Seulement rien ne sortit de cet entretien, car on ne lui offrit pas l'Amirauté.

Le duc décida donc de s'impliquer dans le vol des tailles proposé à Anet. Tard en soirée, accompagné de Mondreville et de Bréval retrouvés un peu plus tôt à l'hôtel de Vendôme, il se présenta chez le coadjuteur.

⚜

Même si la Fronde était terminée, Paul de Gondi demeurait prudent et le vestibule du petit archevêché se voyait gardé par nombre de gentilshommes amis, tous munis d'épée et pistolets.

La troupe était dirigée par M. de Bragelonne, gentilhomme aux traits grossiers, à la peau vérolée et à la moustache abondante sous un nez cassé. Il portait une lourde colichemarde, une casaque de buffle avec une miséricorde en travers de la poitrine et des bottes à éperons de cuivre.

— Monseigneur, fit-il en s'inclinant devant le duc de Beaufort, son chapeau à la main.

— Je viens voir Gondi, laissa tomber dédaigneusement le duc.

— Certainement, monseigneur ! Puis-je vous accompagner ?

En même temps, il lançait un regard incisif sur les deux inconnus qui suivaient le duc : un petit-bourgeois quelconque et un gentilhomme de province.

— Par ici, monseigneur, proposa-t-il, montrant l'escalier conduisant aux appartements du coadjuteur.

À ce moment, la porte à double battant de la grande salle capitulaire s'ouvrit et deux hommes titubants en sortirent. Le premier, la trentaine, le regard égrillard, visiblement éméché, tenait par les épaules un gentilhomme plus âgé, la quarantaine passée, tout aussi aviné, qui chantonnait :

> « *... Je n'ai rien dit, ne vous déplaise,*
> *Je vous honore infiniment*
> *J'estime votre fondement !* »

Beaufort s'arrêta un instant et laissa filtrer un sourire en reconnaissant Claude de Chouvigny, baron de Blot, membre du conseil de *vauriennerie* de Monsieur ; la coterie de libertins qui faisait la débauche avec l'oncle du roi.

⚜

Mondreville et Bréval jetèrent un regard curieux dans la grande salle capitulaire du petit archevêché. Des laquais en livrée remplissaient les verres et proposaient des pâtés et des fruits confits à deux douzaines d'énergumènes qui jouaient aux cartes en buvant et fumant du tabac dans de longues pipes. La plupart criaient, s'interpellaient ou chantaient.

C'était ce que Paul de Gondi appelait son académie de belles-lettres. S'y retrouvaient quelques bons esprits, des clercs et des abbés, parfois des écrivains de talent mais, surtout, des gentilshommes sans fortune. Tous gros buveurs, libertins et impies auxquels le coadjuteur offrait le boire et la ripaille pour autant qu'ils écrivissent des bouts-rimés contre Mazarin.

— Baron, reviens-nous vite ! cria un jeune abbé, le visage couperosé. J'ai besoin de toi pour les dernières strophes !

— Ne crains rien, Marigny [1], rétorqua celui qui était sorti et que son ami soutenait par l'épaule. En voici déjà deux :

« Il faut louer l'acte divin,
Qui changea l'eau en vin ! »

Pendant que l'ivrogne faisait rire le corps de garde, son ami l'abandonna un instant et s'intéressa à Beaufort et à ses deux compagnons. Quand ils eurent disparu de sa vue, il reprit le baron par le bras et l'entraîna dans la cour à carrosses.

Blot examina les voitures en titubant. Dans l'une, une femme attendait un visiteur ; Gondi interdisant aux personnes du beau sexe l'entrée du petit archevêché (sauf à ses maîtresses qu'il faisait passer par la porte secrète entre sa chambre et l'église Saint-Denis-du-Pas, accolée à la cathédrale). Sous l'emprise du vin, il s'adressa à la femme, lui chantant d'une voix éraillée :

« Si tu veux, Belle, nous ferons
Tuton, tuton, tutaine, tutu,
Et ton mari cocu ! »

Devant l'expression outrée de la visiteuse, son ami entraîna le libertin à l'écart.

— Assez baron, madame est fâchée ! Vous avez suffisamment pris l'air, rentrons ! Nous laisserons la porte ouverte si vous avez encore besoin de vous ravigoter.

L'ivrogne se laissa faire, entamant un chant sinistre :

1. Jacques Carpentier, abbé de Marigny et prieur de diverses abbayes, auteur de nombreuses mazarinades.

« Le monde ici n'est que misère,
Et l'autre n'est qu'une chimère… »

⚜

En haut de l'escalier, le maître d'hôtel de Paul de Gondi, petit homme corpulent au regard sournois, s'inclina devant le duc. Pendant que Bragelonne redescendait, il accompagna Beaufort et ses compagnons et les fit s'installer directement dans le cabinet de travail du coadjuteur, sans passer par l'antichambre.

Dans le cabinet, assis à une table, l'abbé Ménage rédigeait un courrier. Voyant le duc, le secrétaire du coadjuteur se leva aussitôt, s'inclina respectueusement et fit signe au maître d'hôtel de sortir.

— Monseigneur de Gondi est avec monsieur Joly, expliqua-t-il à Beaufort en grattant à la porte du salon du coadjuteur qu'il ouvrit ensuite sans attendre de réponse.

Paul de Gondi et Guy Joly devisaient dans un petit boudoir tendu de tapisseries.

— Monseigneur, monsieur le duc…

Il n'eut pas le temps de terminer que Beaufort était entré.

Le duc salua brièvement Joly, jeune conseiller au Châtelet que Gondi appréciait pour sa capacité à fomenter l'agitation de la populace et le désordre.

— Quelle surprise et quel plaisir, monseigneur ! s'exclama Gondi, clignant ses yeux de myope pour essayer d'identifier ceux qui accompagnaient François de Beaufort.

Le coadjuteur avait l'habitude des visites surprises du duc et fit signe à chacun de s'asseoir. Déjà, Joly s'était retiré avec Gilles Ménage.

— Paul, voici monsieur Mondreville et monsieur Bréval, commença Beaufort sans préliminaire. Monsieur Mondreville fait partie de la fine fleur de notre noblesse normande autour d'Anet. Il est principal lieutenant du prévôt des maréchaux de Rouen et proche de Mgr de Longueville.

Gondi inclina la tête poliment, n'ayant jamais entendu parler de cet homme. De surcroît, si ce Mondreville était tenu en grande estime par Longueville, homme de rien, c'est qu'il ne valait pas cher, se dit-il. Mais depuis le début de la fronderie, le coadjuteur avait une telle habitude des coquins, bouffons, aveugles et incapables qu'il les écoutait toujours avec attention, sans marquer ce qu'il en pensait.

— Monsieur Bréval, honorable négociant en grains, est son voisin. Tous deux sont des nôtres, poursuivit Beaufort. Monsieur Mondreville a payé sur ses deniers une levée de troupes pour monsieur de Longueville, laquelle faisait partie de l'armée qui ne nous est jamais parvenue…

Gondi opina. Il avait bien été le seul à ne pas croire aux promesses de Longueville, personnage irrésolu qui n'aimait que le commencement des affaires.

— Comme nous tous, messieurs Mondreville et Bréval sont enragés de voir le gredin de Sicile toujours en place. L'idée de monsieur Bréval est que tout n'a pas été tenté contre le Mazarin, en particulier ne pas avoir cherché à l'affamer.

— Comment cela ? demanda Gondi, intrigué.

Bréval prit la parole :

— Le Sicilien a vaincu en affamant Paris, mais le même moyen pourrait être utilisé contre lui. Qu'il ne reçoive plus d'argent, et, tant ses troupes que ses fidèles l'abandonneront. Le cardinal se trouve actuellement en grande disette financière. Déjà, cet hiver, c'est Monsieur le Prince qui lui a prêté le nécessaire, or il est impensable qu'il l'aide à nouveau…

— Je suis tout ouïe, fit Gondi, joignant l'extrémité de ses mains.

— Les impôts ne rentrent plus, en particulier la gabelle…

— Je le sais. Monsieur Joly venait justement m'en parler, car on ne paye plus les rentes de l'Hôtel de Ville gagées sur les fermes de la gabelle.

Bréval hocha la tête.

— La taille reste le dernier impôt sur lequel Mazarin peut compter. Qu'on empêche les recettes d'arriver à Paris et le cardinal n'aura plus rien.

— Séduisante construction de l'esprit, monsieur, mais la taille vient de tous les gouvernements de province. Comment assécher un tel courant ?

— Le quart ou le cinquième arrive de Normandie. Il est facile de le détourner.

— De quelle manière ?

— Monsieur Mondreville, racontez au coadjuteur ce que vous avez découvert.

— En 1617, monseigneur, le maréchal d'Ancre, alors gouverneur de Normandie, a organisé pour lui-même le vol de la recette des tailles...

Mondreville fit un récit de l'entreprise que Gondi écouta, le visage impassible. Quand il eut terminé, le coadjuteur laissa tomber, d'un ton assez méprisant :

— Vous nous proposez de faire ce qu'a fait Concini ? Voler les tailles ?

— Ce ne serait pas un vol mais un butin, remarqua Beaufort.

Gondi afficha une moue dédaigneuse pour marquer qu'à ces yeux la nuance relevait de l'infime.

— En prenant les tailles, nous ferions d'une pierre deux coups, car ce butin nous permettrait de disposer de quelques clicailles pour poursuivre la lutte, ajouta Beaufort. Quand monsieur Mondreville est venu me voir à Anet, j'étais là pour obtenir de mon père les ressources me faisant défaut. Mais il a refusé de me prêter le moindre écu tant que je n'aurais pas salué le Mazarin.

— C'est tout à ton honneur, François. Tu sais pouvoir compter sur ma bourse, bien que moi-même, je dépende aussi beaucoup de mon frère [1].

— Mais je ne te propose pas cette entreprise afin de nous enrichir, Paul ! Tu me connais, peu m'importe l'argent ! s'emporta le duc, voyant combien le coadjuteur restait réservé. Après tout, les harengères des Halles m'ont proposé une pension de soixante mille livres si je m'opposais au mariage de mon frère avec la guenon Mazarine. Je n'ai donc besoin de rien. Seulement les tailles de Normandie nous donneraient les moyens de lever des hommes.

— Combien cela représenterait-il ? s'intéressa Gondi.

— Monsieur Mondreville s'est renseigné. Plusieurs transports de tailles ont été repoussés par Longueville, mais il doit maintenant laisser agir le receveur général, puisque la paix est faite. Le

1. Le duc de Retz.

prochain transport se déroulerait en octobre. Deux millions de livres que Mazarin attend déjà avec hâte.

— Deux millions ! Mazette !

— Sans cet argent, l'Italien sera complètement démuni. Une telle privation sera bien supérieure à une victoire militaire.

— C'est certain, reconnut le coadjuteur qui commençait à être tenté par l'entreprise.

— De surcroît, nous avons autant de droits sur cet argent que ce gredin !

Le silence se fit.

Malgré le noble discours de Beaufort, Gondi avait parfaitement deviné que le duc voulait surtout s'approprier la recette des tailles. Néanmoins, priver Mazarin de ressources représentait un solide argument en faveur de l'opération. Quant à lui-même, il reconnaissait intérieurement que disposer d'une part de ce butin soulagerait ses finances. Même s'il utilisait sans vergogne les ressources du diocèse de Paris, il manquait continuellement d'argent, d'autant que le chapitre de Notre-Dame lui reprochait de plus en plus souvent ses dépenses. C'est qu'il menait grande vie, recevait beaucoup, venait d'acheter de la vaisselle d'argent et du linge, bref de s'endetter pour quatre cent mille livres.

— Comment voyez-vous ça ? laissa-t-il tomber d'une voix indifférente.

Mondreville raconta le vol des tailles tel que l'avait conçu et réalisé Petit-Jacques, en 1617.

— Vous pensez que c'est à nouveau réalisable ?

— Oui, monseigneur, pour autant que nous sachions quand le convoi partira. En 1617, Concini était l'organisateur. Cette fois-ci, il nous faudra avoir la participation de monsieur de Longueville.

— J'en fais mon affaire, asséna Beaufort. Tu sais que Longueville a donné son accord pour mon mariage avec sa fille. Devenant son gendre, il ne peut me refuser ce service.

Ce ne sera sans doute pas si simple, songea Gondi. S'il avait toujours jugé Longueville comme un médiocre, il ne sous-estimait pas son sens de l'honneur.

— Donc tu y es favorable, François ? s'enquit-il, soucieux.

— Oui, Paul, répliqua le duc sans hésiter.

— Je ne suis pas entièrement convaincu, mais si tu en es, j'en serai. J'y mets cependant deux conditions : en aucune manière nous ne devons apparaître dans cette entreprise qui sera uniquement conduite par monsieur Mondreville.

— Vous pouvez compter sur moi, monseigneur, accepta ce dernier.

— Combien d'hommes avez-vous ?

— Nous sommes trois, avec monsieur Bréval et mon fils. Il nous faut au moins trois hommes de plus.

— Peux-tu les trouver, François ? demanda Gondi à Beaufort.

— Bien sûr. Je peux solliciter Fontrailles et ses amis.

— Non, Fontrailles, déjà poursuivi par le Parlement, est trop connu.

Il resta méditatif un instant avant d'ajouter :

— Comme en 1617, il serait bon que des voleurs prennent cet or. Donc, il faudrait engager de véritables pendards qu'on reconnaîtrait… en cas de pertes… Comme cela s'est passé avec Concini, suggéra-t-il, s'adressant à Mondreville.

— Je m'en occupe ! intervint Beaufort. Je peux trouver facilement quelques drilles de la cour des Miracles. Quelle est la deuxième condition ?

— Que Monsieur le Prince soit aussi d'accord. Ne pas l'avertir serait le rejeter dans le camp de Mazarin, d'autant que nous avons besoin de Longueville, son beau-frère. Peux-tu en parler, Beaufort ? Moi, il refuse de me rencontrer.

— Je le ferai, même si ce sera malaisé. Je chercherai une opportunité. Penses-tu qu'il nous suivra ?

— Monsieur le Prince connaît le mal dans toute son étendue, donc il ne sera pas surpris. Mais insiste bien sur le fait qu'il s'agit de priver Mazarin de moyens financiers.

Il fit une pause avant d'ajouter :

— Comme il conviendra aussi de parler du partage, abordons ce sujet. Combien voulez-vous, monsieur Mondreville ?

— Cent mille livres pour moi, autant pour mon fils et pour monsieur Bréval, monseigneur.

Gondi remarqua qu'il n'avait pas hésité. C'était un homme de grand sang-froid, et fort habile. Il aurait présenté l'affaire comme un vol, Beaufort l'aurait fait bâtonner. En affirmant qu'il s'agissait de ruiner Mazarin, il avait été écouté.

— Soit. Promettez cinquante mille livres aux truands. Un million ira à Monsieur le Prince. Trois cents pour toi, François, car tu n'as rien eu de la Cour. J'utiliserai le reste à bon escient.

L'accord était scellé.

⚜

Dans l'escalier, le duc de Beaufort proposa aimablement à Mondreville et à Bréval de les ramener à leur hôtellerie des *Trois-Pigeons*, située non loin de l'hôtel de Vendôme.

Au moment où ils arrivaient dans l'antichambre, un homme éméché s'approcha d'eux, venant de la grande salle capitulaire à la porte ouverte. C'était celui qui avait soutenu le baron de Blot lors de sa sortie dans la cour.

— Monsieur de Vincent ! s'exclama-t-il en tentant d'accoler Mondreville. Quel plaisir de vous revoir ici !

— Je ne suis pas celui que vous croyez, monsieur, répliqua Mondreville d'un ton sec, en se dérobant. Je suis Jacques Mondreville, lieutenant du prévôt des maréchaux de Rouen.

— Tête Dieu ! Je vous ai confondu avec mon ami Vincent !... L'obscurité sans doute...

— La boisson, plutôt... laissa tomber Mondreville avec mépris, rejoignant Beaufort et Bréval qui s'étaient déjà éloignés.

⚜

Cet homme était l'un des nombreux agents que Basile Fouquet payait pour savoir ce qui se tramait au petit archevêché. Ami du baron de Blot, il s'était introduit dans le cercle des pamphlétaires du coadjuteur en écrivant quelques chansons paillardes ayant même fait rire le cardinal. Trois jours après la visite de Beaufort, il se rendit donc chez son maître, rue de Richelieu, pour son compte rendu du vendredi.

Il raconta à l'abbé ce qu'il avait appris et dit quelques mots de la visite du duc de Beaufort. Il ajouta qu'il était parvenu à faire révéler son nom à l'un de ceux qui accompagnaient le roi des Halles : un prévôt nommé Mondreville.

Comme à chaque fois, Basile Fouquet lui remit cinq écus au soleil que l'autre empocha avec satisfaction.

Le dimanche, l'abbé rencontra Tomaso Ganducci et lui narra le rapport de son espion. Mais quand le gantier apprit que Mondreville et Beaufort s'étaient retrouvés chez le coadjuteur, il ne put se retenir de jurer tant il ne s'attendait pas à cette visite.

Il ne parvint à voir le cardinal que le lundi, entre deux audiences. Là, en présence de l'abbé Giuseppe Zongo Ondedei, il informa Mazarin de l'embarrassante réunion.

— Il n'existe qu'une explication à cette visite, fit Ondedei. Mondreville s'est mis à son compte. Persuadé du transport de ces deux millions, il a proposé à Gondi et Beaufort de les voler.

— Quelle importance, puisqu'il n'y aura aucun transport sur la Seine ! s'exclama Mazarin en haussant les épaules. Quand ils le comprendront, cela ne fera qu'attiser la défiance entre eux !

— Sans doute. Seulement il y a Fronsac, remarqua Ganducci.

— Quoi, Fronsac ? aboya Mazarin.

— S'il poursuit son enquête, il finira par apprendre que Mondreville a vu Beaufort et le coadjuteur. Il ira alors voir Gondi. Vous savez que ce sont de vieux amis. Au bout de combien de temps Fronsac découvrira-t-il que cette histoire n'est qu'une imposture ? Au bout de combien de temps comprendra-t-il qu'il s'agissait d'un piège pour compromettre Longueville ? Et, surtout, que nous en sommes les auteurs ? Imaginez maintenant qu'il le dise à Son Altesse ? Que se passera-t-il si Monsieur le Prince découvre qu'on lui a tendu un piège ?

Ondedei haussa les épaules :

— Vous prêtez à ce Fronsac des capacités surnaturelles ! Comment pourrait-il découvrir que Mondreville a rencontré Beaufort et Gondi ?

— Vous ne le connaissez pas ! répliqua Ganducci en haussant les épaules.

Mazarin savait que Ganducci avait raison. Il ignorait comment, mais il était certain que ce satané Fronsac allait à coup sûr tout comprendre… sauf si…

— Vous allez rencontrer monsieur Fronsac, Ganducci. Et vous lui révélerez la vérité. Toute la vérité, sans rien cacher. Le marquis de Vivonne a le sens de l'État. Il comprendra ce que j'ai voulu faire et mes raisons justes. Comme c'est vous qui lui aurez appris l'opération, je sais qu'il gardera le silence tant devant

Condé que devant Gondi. Il n'est pas homme à me nuire et à nuire à la reine. Quant à Beaufort, si cela l'amuse de tenter de voler un convoi d'or qui n'existe que dans son esprit, laissons-le agir et se ridiculiser !

Mais le mardi 7 septembre, quand Ganducci se présenta chez Fronsac, rue des Blancs-Manteaux, celui-ci était rentré à Mercy.

XXXIV

Comme les parlements d'Aix et de Rouen, celui de Bordeaux avait rejoint le parti de la Fronde. Mais, tandis que les troubles se terminaient à Paris, ils s'amplifiaient dans la capitale de la Guyenne. Leur origine tenait aux désaccords continuels entre le gouverneur, M. d'Épernon, et les autorités locales, soit le Parlement et la municipalité.

Bernard de Nogaret de La Valette, duc d'Épernon, était un homme brutal et violent. On disait même qu'il avait empoisonné sa femme, Gabrielle de Verneuil, fille d'Henri IV et d'Henriette de Balzac d' Entraigues, marquise de Verneuil [1].

Durant l'été, la querelle entre le duc et les Bordelais avait tourné à la guerre civile, Épernon ayant décidé de traiter Bordeaux comme une ville ennemie et de la réduire par la famine. Pour y parvenir, il réclamait une armée au cardinal Mazarin. Or, la maison de Condé détestait celle d'Épernon. Cette haine remontait au temps d'Henri III, quand le premier duc d'Épernon combattait le grand-père du Prince. Elle s'était renforcée lorsque, en 1638, Bernard de Nogaret, lieutenant général à l'armée de Condé [2], avait honteusement levé le siège de la ville de Fontarabie, désobéissant à son chef. Pour cette lâcheté, il avait été condamné à mort par contumace par Richelieu, avant d'être réhabilité par la régente. De plus, Bernard de Nogaret, marié à une fille de sang royal, se considérait comme prince du sang.

Tout naturellement, les parlementaires et la municipalité de Bordeaux avaient donc envoyé, en août, des députés plaider leur

1. Elle-même fille de Marie Touchet, maîtresse de Charles IX.
2. Henri, père du prince de Condé de notre histoire.

cause auprès du Prince. Celui-ci avait accepté de les défendre à la Cour, et ce d'autant plus facilement qu'il penchait pour un accommodement, *jugeant qu'on ne pouvait hasarder une province aussi importante et remuante que la Guyenne* [1].

Lors d'un Conseil royal qui se tint le 2 septembre, le prince de Condé affirma donc son désaccord avec la reine, Mazarin et les partisans de la manière forte. Comme M. de Villeroy insistait pour qu'on envoie une armée à Bordeaux, Condé lui répliqua, avec ironie :

— Vous y feriez grand feu et mettriez tous ces peuples à la raison.

M. de Villeroy répondit sèchement qu'il irait, si on le lui commandait.

— Je n'en doute pas, et que vous n'y fassiez merveilles, laissa tomber Monsieur le Prince avec un immense mépris.

À ces mots, il se leva et se retira. Embarrassé par cette nouvelle querelle, Mazarin décida seulement de révoquer le parlement de Bordeaux.

Un peu plus tard, le même jour, le commandeur de Jars, fidèle de la reine, faisait le matamore dans le Palais-Royal, jugeant trop accommodante la politique de Mazarin envers les anciens frondeurs. L'ayant entendu, Monsieur le Prince lui lança :

— Vous savez fort bien parler de la guerre, monsieur le commandeur !

Indifférent, Jars poursuivit ses rodomontades, assurant qu'il fallait assommer les rebelles qui incommodaient le monde. Condé le cingla alors de ces mots :

— Monsieur, s'ils ne valaient pas mieux que vous, il y aurait justice de les laisser assommer !

On s'en souvient, lors de la querelle de juin dans les jardins des Tuileries, les tenants de la Cour contre le duc de Beaufort comprenaient des partisans de la reine, dont le commandeur de Jars, et des fidèles du prince de Condé à l'instar M. de Bouteville. Cette alliance de circonstance venait de faire long feu.

Or, à ce moment peu favorable, M. Le Tellier insista à nouveau pour obtenir du Prince son consentement au mariage du

1. *Mémoires* du cardinal de Retz.

duc de Mercœur avec la nièce de Mazarin. Condé lui répondit qu'il s'étonnait fort de voir que Son Éminence songeât encore à cette union qui ne lui apporterait aucun avantage. Le soir de ce quasi-refus, Louis XIV, sa mère, son oncle d'Orléans, le prince de Condé et le cardinal assistèrent, à l'Hôtel de Ville, au festin et au feu d'artifice donnés par le prévôt des marchands en l'honneur de l'anniversaire du roi. Si ces festivités, où la Cour fut traitée splendidement, marquaient la fin de la querelle entre la ville et Leurs Majestés, Condé, lui, resta de marbre, observant avec dépit que, lors du bal, le roi dansa deux fois avec l'aînée des nièces du cardinal.

⚜

C'est dans un état d'esprit de grande colère envers Mazarin et la Cour que le Prince répondit donc à la demande d'entretien de Fronsac.

Louis lui avait écrit le jour même de sa rencontre avec La Bazinière. Il savait que Condé ne réagirait pas rapidement, aussi avait-il pris la précaution d'indiquer dans sa missive qu'il se trouverait dans sa seigneurie de Mercy, mais que Friedrich Bauer, que le Prince connaissait et estimait, serait à sa maison de la rue des Blancs-Manteaux et le préviendrait dès la convocation reçue.

Le dimanche 5 septembre, Bauer arriva à Mercy. Il avait reçu la veille un courrier, comminatoire, du secrétaire du Prince ordonnant au marquis de Vivonne de se présenter à l'hôtel de Condé lundi à six heures du matin.

La duchesse de Nemours a brossé un portrait peu flatteur du Prince à cette époque : Condé aimait plus à gagner les batailles que les cœurs et s'attachait avec plaisir à fâcher les gens. Il aimait dire des choses si offensantes que personne ne pouvait les souffrir. Dans les visites qu'il rendait, il affichait un ennui dédaigneux. De quelque qualité qu'on fût, on patientait des temps infinis dans son antichambre, et fort souvent, il renvoyait ses visiteurs sans les recevoir. Quand on lui déplaisait, il poussait les gens à la dernière extrémité et paraissait incapable d'aucune reconnaissance envers les services qu'on lui avait rendus.

Louis Fronsac fut donc plutôt bien traité lorsque Condé entra dans le cabinet où il attendait depuis trois grosses heures. Le

Prince arborait cependant le visage contrarié et hautain de ses mauvais jours.

— Je n'ai pas de temps à perdre avec vous, marquis, cracha-t-il. Je sais pourquoi vous êtes là !

Devant l'air surpris de son visiteur, le long visage décharné du Prince montra un rictus satisfait. Il poursuivit alors avec colère :

— Mon beau-frère Longueville m'a raconté que Tilly a maltraité un prévôt de Rouen, que celui-ci l'a fait jeter en prison d'où vous l'avez tiré. Qu'ensuite vous êtes allés tous deux menacer ce prévôt. Sachez que je ne tolère pas ces insolences ! Ce n'est pas parce que vous vous croyez protégé par le gredin de Sicile que vous, petit tabellion, pouvez imposer votre loi aux princes du sang ! Et je ne veux même pas parler de vos insignifiants complots avec ce faquin de Bussy !

Agressé par ces accusations, Louis s'inclina en baissant les yeux, mais comme le Prince semblait lui laisser la parole, il répondit :

— Je resterai toujours votre obligé, monseigneur, et je serais un monstre d'ingratitude de l'oublier. En vous plaignant de moi, vous me rendez le plus malheureux des hommes, car mon attachement et mon respect envers vous sont sans réserve aucune. Me laisserez-vous me justifier et vous dire pourquoi je suis venu me jeter à vos genoux ?

— Niez-vous votre commerce avec le Sicilien et Bussy ? fit Condé, un peu rasséréné.

— Non, monseigneur. Mais si je sais tout ce que je vous dois, j'ai aussi des dettes envers Mgr Mazarin. Son Éminence m'a parfois demandé mon concours, comme l'a fait monsieur le comte de Bussy. Je le leur ai accordé, ainsi que je l'ai toujours fait envers vous. Mais aujourd'hui, si je viens vous supplier de m'entendre, ce n'est pas pour vous demander un service. C'est au contraire afin de vous prouver mon attachement.

— Expliquez-vous ! lança le Prince avec morgue.

Louis raconta rapidement les mésaventures de Tilly qui soupçonnait Mondreville de vol et d'assassinat envers ses parents. Qu'ils avaient tous deux désormais la preuve que ce prévôt avait volé les tailles royales en 1617 pour le maréchal d'Ancre.

— Si ce conte ne venait pas de vous, je n'en croirai pas un mot ! laissa tomber Condé avec condescendance, mais en laissant Fronsac poursuivre, il laissait paraître son intérêt.

— Nous avons un témoin qui a participé au vol, monseigneur, et nous avons un mémoire accusatoire du père de Gaston. Mais ce n'est pas la raison de ma visite, monseigneur. Cette raison, la voici : Mondreville s'apprête à recommencer. Avec une bande de coquins, il prépare le vol de la recette des tailles de Normandie, transportée sur la Seine. Cela représenterait deux millions de livres.

— Et alors ? Allez donc voir Le Tellier, c'est lui que cela regarde !

— Certes, monseigneur. Mais en 1617, le vol avait été organisé par le maréchal d'Ancre qui connaissait tous les secrets du transfert, en particulier le jour, l'escorte et la forme du transport. Mondreville a besoin d'obtenir les mêmes informations.

Comme Condé fronçait les sourcils, Louis ajouta.

— En 1617, le maréchal d'Ancre était gouverneur de Normandie, monseigneur, et il disposait de ces informations.

— Que voulez-vous dire, Fronsac ? laissa tomber le Prince, soudain glacial.

— Excusez mon audace, monseigneur, mais je devais vous prévenir. Si les circonstances se révélaient être les mêmes, je serais mort de honte de ne pas l'avoir fait, et d'avoir laissé le nom de votre glorieuse famille compromis à cause de monsieur de Longueville.

Sur le coup, le Prince resta incrédule, ses yeux bleus plantés sur Fronsac, médusé par son audace. Puis sa fureur éclata :

— Que venez-vous de dire ? Vous osez ? Croyez-vous que je vais souffrir votre insolence encore un instant ? Vous prétendez que vous me témoignez du respect et vous me traitez de voleur ! Sachez que vous m'en rendrez raison et que vous allez durement vous en ressentir ! Estimez-vous heureux que je ne vous fasse pas bâtonner par mes laquais ! Rentrez chez vous à Mercy et attendez mes ordres !

Il sortit en claquant la porte.

⚜

Blême de peur et de honte, Louis resta figé un long moment. Il venait de se créer un ennemi mortel. Puis, il se décida à partir. Maîtrisant ses tremblements, il sortit dans la longue galerie où se tenaient des serviteurs et des officiers. Plusieurs le regardèrent avec dédain. Avaient-ils entendu le bruit de l'altercation ? Sans doute.

Accablé de désespoir, Fronsac se composa un visage indifférent pour se diriger vers le grand escalier. En bas, il crut distinguer du mépris sur le visage d'un laquais qui le salua. Il passa l'antichambre et sortit dans la grande cour. Nicolas attendait avec le carrosse. Il monta en silence dans la voiture après lui avoir dit de rentrer rue des Blancs-Manteaux.

Il avait le sentiment d'avoir fait son devoir envers le Prince, et en même temps d'avoir creusé l'abîme dans lequel il était tombé.

Car il ne pouvait qu'obéir aux ordres, donc rentrer à Mercy. Chez lui, il trouva Richebourg s'apprêtant à sortir avec Bauer pour s'entraîner à la salle d'armes de la rue du Jour. Il leur raconta la colère du Prince et annonça son départ.

— Que puis-je faire pour vous aider ? demanda Richebourg.

— Je vais rédiger un courrier pour monsieur de Tilly, portez-le et répétez-lui ce que je viens de vous dire. Gaston jugera de ce qu'il doit entreprendre, mais je lui conseille d'attendre avant d'agir contre Mondreville. Peut-être Mgr de Condé va-t-il réfléchir plus calmement à ce que je lui ai révélé.

Ensuite, Louis demanda à Bauer de préparer leurs affaires. Ils retournaient à Mercy.

⚜

L'hôtellerie de la *Croix-de-Fer*, rue Saint-Martin, était située presque en face de la rue aux Ours. Il suffisait de suivre cette rue aux Ours, de remonter la rue Saint-Denis et d'emprunter l'impasse Saint-Sauveur pour arriver dans la cour des Miracles.

C'était la raison pour laquelle le duc de Beaufort l'avait choisie.

Malgré sa proximité avec le quartier des truands, l'hôtellerie affichait belle réputation. Avec ses belles salles et ses vastes écuries, il n'était pas rare que des ambassadeurs y logent.

Passé dans la matinée, Mondreville avait retenu une chambre à laquelle on accédait par une galerie et un escalier extérieur. Il s'était rendu ensuite dans la cour des Miracles, accompagné d'un serviteur du duc qui *savait à qui s'adresser.*

Il y avait laissé la clef de la chambre.

⚜

Le lundi 6 septembre, la nuit étant tombée, un petit carrosse noir à deux chevaux, sans armes sur les portières, entra dans la cour de la *Croix-de-Fer.* Mondreville et Bréval en sortirent les premiers avant d'entourer le troisième personnage qui descendit lentement. Enveloppé dans un manteau de drap noir, l'homme, de grande taille et aux cheveux blonds sous un chapeau noir à larges bords, avait le visage caché par un masque, pratique courante pour les gentilshommes ne voulant pas être reconnus.

Tandis que les garçons d'écurie s'occupaient du véhicule, sous la surveillance du cocher, Mondreville entraîna l'homme en noir vers l'escalier extérieur conduisant aux chambres. Quelques palefreniers les remarquèrent tous trois armés de lourdes rapières, l'un des visiteurs dissimulant, en outre, un pistolet à silex glissé sous son pourpoint.

À l'étage, Mondreville se dirigea vers une porte à laquelle il toqua quatre coups. Elle s'ouvrit presque aussitôt. Les visiteurs entrèrent.

La pièce était éclairée de plusieurs chandeliers. Il y avait là, debout, trois hommes au visage de gredin et un quatrième masqué. Ce dernier, de petite taille, vêtu de soie lie-de-vin, portait un élégant chapeau noir et des cheveux blancs bouclés. C'était à l'évidence le chef. Il s'inclina légèrement quand l'homme grand et blond entra.

— Monseigneur, fit-il, d'une voix grinçante.

Le duc de Beaufort enleva son masque et, avisant un fauteuil, s'y affala.

— Je t'apporte une affaire, l'*Échafaud*, dit-il en joignant l'extrémité de ses doigts.

— C'est ce que j'ai cru comprendre, monseigneur, répondit prudemment celui demeuré masqué.

» Ce sont vos amis ? ajouta-t-il, désignant Bréval et Mondreville.

— Disons des associés, comme toi. Asseyez-vous, maintenant. Je vois que tu as fait monter du vin. J'ai soif !

— Habituellement, c'est monsieur le marquis de Fontrailles qui me contacte… remarqua l'*Échafaud* en faisant signe à l'un de ses compagnons de remplir les pots posés sur la table.

— Fontrailles a des ennuis et ne pouvait venir. Voici monsieur Mondreville. Il est lieutenant du prévôt de Rouen…

À ces mots, les trois compagnons de l'*Échafaud* portèrent une main sur le pistolet glissé à leur ceinture.

— … Monsieur Bréval est marchand et batelier. Tu lui obéiras comme à moi-même.

— À voir, monseigneur, fit l'*Échafaud* avec une ombre d'insolence… Je n'ai pas pour habitude d'obéir à des inconnus. Oubliez-vous que je suis le roi d'Argot ?

— Le roi d'Argot ! Le *Grand Coesre* ! s'exclama Beaufort hilare, en prenant le pot qu'un des truands lui tendait, tandis que Mondreville et Bréval s'installaient sur une chaise. Mais en vérité tu n'es plus rien, l'*Échafaud* ! Ton portrait est placardé dans la cour de Mai [1], comme celui de n'importe quel gueux recherché. Traqué par le lieutenant civil et ses exempts, tu n'as pu te remplir les poches ces temps-ci que parce que Fontrailles et moi-même avons fait appel à toi et t'avons laissé libre de piller nos ennemis. Ne l'oublie pas !

⚜

Beaufort connaissait depuis des années le roi d'Argot, l'ayant rencontré quand, avec le marquis de Fontrailles et Montrésor, il fréquentait les tripots mal famés des Halles. L'*Échafaud* avait succédé à Carfour, le plus célèbre brigand de Paris, déjà au service des basses œuvres du duc de Vendôme, le père de Beaufort [2]. À l'époque, l'*Échafaud* terrorisait Paris, s'attaquant la nuit aux maisons mal protégées et prenant plaisir à étriper femmes et enfants

1. La cour du Palais de Justice. On y affichait les annonces des criminels recherchés, avec parfois leur portrait.

2. Voir *Le Mystère de la Chambre bleue*, du même auteur.

avant de les dépouiller. Quand le duc avait décidé d'assassiner le cardinal Mazarin pour prendre sa place de chef du Conseil royal, il avait naturellement fait appel à lui et à ses estropiats. Le quartier général du brigand se trouvait alors au cabaret des *Deux-Anges*, tout près de l'hôtel de Vendôme.

Mais l'assassinat de Mazarin avait échoué et l'*Échafaud* avait été tué [1], ainsi que ses complices. Enfin, c'est ce qu'avait cru Beaufort, pendant ses cinq années d'enfermement au donjon de Vincennes, d'où Paul de Gondi l'avait tiré.

C'est Fontrailles et Montrésor qui avaient organisé l'évasion et eux qui avaient appris au duc que l'*Échafaud* n'était pas mort et était même devenu le *Grand Coesre,* le roi d'Argot [2].

Durant les troubles de la Fronde, Fontrailles avait plusieurs fois recouru à ses services et à ceux de ses bandits pour terroriser les fidèles de Mazarin. Ils avaient pu ainsi piller, en toute impunité, plusieurs hôtels et maisons. Mais ce temps-là était terminé. L'ordre revenu, l'*Échafaud* était à nouveau recherché.

⚜

Le roi d'Argot se tut un instant, puis commença à dénouer son masque.

Apparut un visage jeune, malgré les cheveux blancs, mais d'épouvante. La peau était ravinée par la petite vérole, l'œil gauche un trou sombre et quand le chef des truands tourna la tête vers Mondreville, celui-ci vit, avec horreur, qu'il n'avait plus de joue, juste une horrible balafre.

— Ma beauté, monseigneur, c'est à vous que je la dois.

Beaufort connaissait le visage de l'*Échafaud* marqué par la petite vérole. Par le placard dans la cour de Mai, il savait le truand borgne et balafré, mais ne s'attendait pas à cette vision atroce. Il parut mal à l'aise.

— Je n'y suis pour rien si tu as raté ton coup, l'ami ! Pourquoi t'es-tu précipité dans le carrosse de Mazarin, sans même savoir s'il y avait des gens armés ?

— Vous auriez pu me prévenir ! Et m'aider ensuite ! répliqua l'*Échafaud* un ton plus haut.

1. Voir *La Conjuration des Importants*, du même auteur.
2. Voir *L'Homme aux rubans noirs*, du même auteur.

— Te prévenir ! Pouvais-je savoir qu'on te trahissait ? Ensuite, j'étais en prison ! Mais à peine sorti, ne t'ai-je pas fait passer une centaine d'écus ?

— Une centaine d'écus pour ça ?

Un silence hostile s'abattit dans la salle. Finalement, l'*Échafaud* s'assit à son tour et fit signe à ses hommes de faire de même.

— Je veux bien me mettre à votre service, monseigneur, mais, en échange, je veux que vous m'aidiez à retrouver celui qui m'a trahi, le nommé *La Potence* [1], proposa-t-il. Il m'a dit qu'il était au service du roi, mais je n'en sais pas plus.

— J'essaierai, l'*Échafaud*, je te promets d'essayer. Maintenant veux-tu m'écouter ? Il y a cinquante mille livres à gagner facilement.

— Cinquante mille ? répéta l'un des truands, sidéré.

— Cinquante mille, compère ! confirma Beaufort.

— Parlez, monseigneur, dit l'*Échafaud*.

— C'est monsieur Mondreville qui va vous donner les explications. Il vous racontera d'abord un vol remontant à trente ans.

Empreints de curiosité, les truands se tournèrent vers le prévôt qui commença son récit. Il détailla le vol de la recette des tailles en 1617, décrivit la manœuvre sur la Seine, comment ils avaient tué les bateliers de la gabarre et comment Petit-Jacques était parvenu à échapper à l'escorte. Il ne parla pas des deux complices assassinés et conclut par ses mots :

— Un prochain transport aura lieu bientôt. Si on tentait de le voler comme Petit-Jacques, en seriez-vous ?

— C'est pour ça que vous m'avez écrit de venir avec des hommes sachant manœuvrer et naviguer, monseigneur ?

— Oui. Ceux-là en sont-ils capables ?

— Le Flamand et Ponton, oui. Froideviande, non. C'est mon lieutenant. Lui et moi ne sommes jamais montés sur une barque, sauf pour traverser la Seine !

Mondreville regarda avec attention les nommés Le Flamand et Ponton, tous deux de taille moyenne avec un visage buriné. Le Flamand avait la quarantaine et le poil jaunasse. Ponton était

1. Ce *La Potence* n'était autre que Louis Fronsac !

plus jeune et pourtant presque chauve avec une denture de chicots.

— Vous avez navigué où ? demanda-t-il.

— J'étais à Bruges, répondit Le Flamand. J'ai eu aussi une barque sur le Rhin avant de venir ici.

— J'ai eu une gabarre, jadis, ajouta évasivement Ponton.

Mondreville grimaça, ce n'était pas les mariniers qu'il aurait souhaités. Mais pouvait-il espérer mieux ?

— Il faudra être très rapides, très précis. Vous devrez vous entraîner avec nous. On commencera demain, car nous n'avons guère de temps.

— Ce sera pour quand ? demanda l'*Échafaud.*

— Je ne sais pas encore, répondit Mondreville. Nous l'apprendrons bientôt, mais nous devrons nous tenir prêts.

— Parlons du partage. Combien y aura-t-il dans la recette des tailles ?

— Beaucoup ! répondit Beaufort, mais ce n'est pas pour vous. Ce sera un coup de main contre le Mazarin. Vous serez seulement payés pour y participer. Vous aurez cinquante mille livres, rien de plus et rien de moins. Vous n'avez pas besoin d'en savoir plus.

Un nouveau moment de silence tomba. L'*Échafaud* n'appréciait pas la façon dont il était traité, mais savait que Beaufort avait raison : il était recherché et ne pouvait plus sortir sans masque. Le temps venait pour lui de quitter Paris. Or, pour cela, il avait besoin d'argent.

— Où devons nous aller ?

— À Mondreville, répondit le lieutenant du prévôt. Tachez d'y être après-demain. Vous trouverez facilement ma maison. J'y loge mes archers et je vous fournirai un lit. Je vous ferai passer pour des domestiques. Tous les jours, nous irons à la Seine et vous naviguerez. Je veux que vous sachiez parfaitement ce que vous aurez à faire.

Le *Grand Coesre* hocha la tête.

XXXV

Le lundi 13 septembre, précédé de vingt chevau-légers en casaque à parements rouges conduits par le comte de Bussy, et suivi d'une imposante troupe de gentilshommes et de laquais en livrée galonnée d'argent, le carrosse du prince de Condé entra avec grand fracas dans la cour intérieure de l'ancien palais de Marie de Médicis[1] devenu le palais d'Orléans.

Sitôt arrêté près du perron, les laquais se précipitèrent pour placer l'escabeau de la voiture et ouvrir la portière. Son Altesse en descendit, le visage sombre et hargneux.

On lui avait rapporté que les fiançailles entre Mercœur et la nièce du cardinal se feraient dimanche matin et que, le soir-même, Mazarin donnerait un souper magnifique à toute la Cour. On l'avait aussi prévenu que s'il se rendait au Palais-Royal, il pourrait être arrêté pour avoir trop défié Son Éminence.

Voici pourquoi Condé se rendait au palais d'Orléans avec une si forte troupe ; voilà pourquoi la colère le submergeait. Il voulait savoir si Gaston d'Orléans allait, enfin, choisir son camp et se ranger à ses côtés contre le Sicilien.

Suivi de M. de Bouteville, qui commandait sa troupe de gentilshommes, le Prince entra dans le vestibule, déjà plein de monde. C'est alors qu'il aperçut l'abbé de La Rivière en compagnie du duc de Beaufort.

Louis Barbier de La Rivière, issu d'une famille pauvre, avait tôt été ordonné prêtre. Bon pédagogue et esprit fin, devenu

1. Le palais du Luxembourg.

régent[1] au collège du Plessis, puis aumônier de Gaston d'Orléans, son habileté et ses conseils pertinents en avaient fait le principal confident du duc, supplantant le comte de Montrésor, qui, par dépit, avait rejoint Paul de Gondi.

Ambitieux et rapace, l'abbé monnayait sa position. Il avait poussé Particelli d'Émery pour qu'il devînt surintendant des Finances et prêtait une oreille complaisante au cardinal Mazarin. Mais depuis qu'on lui avait fait miroiter le chapeau de cardinal, destiné jusque-là au jeune prince de Conti, il s'était rapproché du prince de Condé.

Monsieur le Prince n'éprouvait aucune envie de saluer le duc de Beaufort. L'inimitié entre sa famille et celle des Vendôme, ancienne et profonde, remontait à l'époque où les bâtards royaux, fils de Gabrielle d'Estrées, avaient eu des prétentions au trône et voulaient se voir reconnus princes du sang. La querelle des Importants, à la mort de Louis XIII, puis la guerre civile où Condé était dans le parti du roi contre Beaufort soutenant la populace frondeuse parisienne, avait exacerbé cette mésentente. Mazarin n'avait rien fait pour les réconcilier. Au contraire.

⚜

Ayant vu le Prince, l'abbé de La Rivière se précipita.

— Monseigneur, s'exclama-t-il en s'inclinant, monsieur le duc de Beaufort me parlait justement de vous et souhaitait vous présenter ses hommages.

— Ah ! fit Condé avec une indifférence méprisante.

— Monsieur le duc me parlait de ses difficultés avec monsieur son père, poursuivit l'abbé, faisant semblant d'ignorer l'insolence du Prince. Monsieur de Beaufort refuse de signer le contrat de mariage, comme il désapprouve l'envoi de troupes royales à Bordeaux afin de soutenir cette canaille d'Épernon.

— Ah ! refit Condé, changeant de ton et agrémentant son interjection d'un maigre sourire.

Il y eut un silence de quelques instants avant que le Prince n'ajoute :

— Pour une fois, nous voici dans le même parti, François.

1. Professeur d'un rang supérieur dans un collège.

— En effet, monseigneur, et je serai fier d'être sous les ordres d'un si brillant capitaine.

Louis de Condé parut satisfait de la louange. Il sourit plus franchement, dévoilant sa denture tordue.

— Pourquoi pas ! Pour l'instant, je dois rencontrer Monsieur, mais nous en reparlerons.

— Je suis votre très humble serviteur, monseigneur. J'ai hâte que nous puissions conférer ensemble, avec nos amis.

Condé le salua d'une infime inclinaison de tête et s'éloigna.

⚜

Très embarrassé par la colère de Condé, le duc d'Orléans fit venir l'abbé de La Rivière. Et il fut convenu que ce dernier proposerait au cardinal de souper le lendemain en vue de tenter un accommodement.

Le 14 septembre, quand le Prince arriva au palais d'Orléans, Son Éminence se trouvait déjà dans le cabinet de Monsieur. Condé fut introduit et Gaston d'Orléans les laissa seuls.

Mazarin complimenta d'abord Louis de Bourbon sur ses succès militaires et sa fidélité à la Couronne, puis l'assura de son amitié. Ce genre de compliment ne coûtait rien à Mazarin, mais le Prince avait trop l'habitude du comportement cauteleux de l'Italien pour le croire un instant. Il resta hautain et désagréable, et quand le cardinal aborda le mariage du duc de Mercœur avec sa nièce, lui demandant d'en signer le contrat, le Prince répondit qu'il n'était point parent, donc que son seing était inutile.

Devant l'air dépité du cardinal, Condé ajouta avoir lui aussi des exigences, dont la première était le gouvernement du Pont-de-l'Arche pour le duc de Longueville, son beau-frère, suivant la parole déjà donnée. Mazarin répliqua benoîtement ne pouvoir l'accorder, Sa Majesté n'ayant pas donné son accord.

Le Prince partit alors dans une violente colère, reprochant au cardinal ses mensonges, sa fourberie, et terminant sa diatribe en jurant que, désormais, il ne le saluerait plus lorsqu'il le rencontrerait au Palais-Royal ou ailleurs.

Là-dessus, il se retira.

Un quart d'heure plus tard, toute la ville connaissait l'altercation, en particulier Paul de Gondi. Quant au Prince, il répandait partout que les *Mazarinettes*, surnom donné aux nièces du ministre, n'étaient bonnes qu'à épouser des valets. Sans imaginer que son frère, le prince de Conti, épouserait bientôt l'une d'elles, Anne-Marie Martinozzi.

⚜

Le lendemain mercredi, prévenu qu'on allait l'arrêter s'il se présentait au Palais-Royal, Condé décida de mettre à l'épreuve la résolution et le courage du cardinal. Avec ses amis et serviteurs, il se rendit au palais et se fit introduire dans la chambre de la reine peu avant son souper. Quelques instants plus tard, le cardinal parut avec un visage fort résolu. Dans un premier temps, le Prince lui tourna le dos pour ne pas le saluer puis, avant de sortir, se dirigea vers Mazarin et lui lança à haute voix, devant tous les courtisans présents :

— Adieu, Mars !

Certains témoins assurèrent même qu'il lui tira la barbe.

L'humiliation fut considérable. L'agressé demeura impassible, mais chacun comprit que la guerre était désormais déclarée. Une guerre qui se terminerait uniquement par la ruine de l'un des deux belligérants.

Pourtant, le lendemain, la reine et le cardinal envoyèrent M. Le Tellier au palais d'Orléans prier M. l'abbé de La Rivière de faire en sorte que Monsieur accommodât cette nouvelle affaire.

En même temps, Anne d'Autriche, craignant à juste titre une alliance de Condé avec les anciens frondeurs, envoya un gentilhomme au duc de Beaufort lui dire qu'il pouvait venir librement au Palais-Royal et ne manquerait point de charges, s'il en souhaitait. Le duc remercia fort Sa Majesté de la bonté qu'elle avait pour lui, répondit qu'il était son très humble serviteur, mais s'était engagé avec le Prince.

Ce jour-là, l'hôtel de Condé fut d'ailleurs visité par tous les anciens frondeurs offrant leurs services au Prince. Celui-ci leur annonça qu'il présenterait une requête au Parlement afin que soit appliqué l'arrêt de 1617 excluant, sous peine de mort, la participation d'étrangers au gouvernement de la France. Ce décret, pris contre Concini, visait évidemment *Mazarini*. Si le Prince obtenait l'appui du Parlement, la querelle allait prendre une tout autre tournure. Le cardinal jugea temps de faire retraite. Le 17 novembre, après bien des rencontres et des discussions, un accommodement fut trouvé dans le cabinet de la reine. Mazarin accorda le gouvernement du Pont-de-l'Arche au duc de Longueville et promit que ni le duc de Vendôme ni son fils le duc de Mercœur n'obtiendraient l'Amirauté. De plus, le Prince, grand maître de France, se vit attribuer le droit de vendre quelques dizaines de charges de maîtres d'hôtel et de gentilshommes de la chambre pour un total de près de un million de livres. La paix étant ainsi scellée, la reine et le duc d'Orléans prièrent le Prince d'aimer désormais le cardinal, à quoi Condé répondit ne haïr personne.

En quittant le Palais-Royal, il se rendit chez le duc de Beaufort. Celui-ci étant absent, il lui envoya peu après un gentilhomme l'assurant n'avoir rien fait à son préjudice.

Le soir, le duc d'Orléans mena le cardinal souper chez Condé. Avant de se mettre à table, Monsieur, Condé et Mazarin furent un quart d'heure en conférence dans un cabinet ; mais cette rencontre ne produisit aucun effet puisque le Prince ne parla pas au cardinal durant tout le repas.

Ainsi, non seulement Condé avait tout obtenu – sauf l'Amirauté – mais encore se refusait toujours à accorder le moindre égard à Mazarin !

⚜

Le dimanche 19 septembre, le coadjuteur et le duc de Beaufort se rendirent après dîner à l'hôtel de Longueville où ils avaient été invités. Ils y trouvèrent le Prince dans la chambre de la duchesse, sa sœur. Après qu'ils lui eurent à nouveau offert leurs services, ils partirent ensemble souper chez *Prudhomme* [1] avec d'autres frondeurs. Là-bas, avant le repas pour lequel le Prince avait fait venir des violons, le duc de Beaufort parvint à s'entretenir un instant avec lui.

— Vous avez porté un rude coup au Sicilien, Votre Altesse, et je vous en félicite !

1. *Prudhomme* tenait des étuves se trouvant rue d'Orléans où se dressait jadis l'hôtel de Bohême ou d'Orléans. Son établissement était un des quartiers généraux des frondeurs.

— Et ce n'est pas terminé, répliqua l'autre avec suffisance.

— Un capitaine tel que vous ne peut que pousser son avantage, monseigneur, approuva le duc, et si vous souhaitez mon aide, j'aurais une affaire à vous proposer qui pourrait entraîner la ruine définitive du faquin italien.

— Pourquoi pas ? Tant qu'elle ne conduira pas à la guerre civile.

— Rassurez-vous, monseigneur, il s'agirait seulement de ruiner le fripon avant qu'il ne nous ruine.

— Comment cela ? s'étonna Condé, pour qui une guerre se faisait au canon et au mousquet.

— Vous connaissez le dicton, monseigneur : *Point d'argent, point de Suisses.*

— Oui, on dit aussi : *Beaucoup d'argent, beaucoup d'Allemands* ! plaisanta le Prince, décidément de bonne humeur.

— *L'homme est bête sans argent,* répète sans cesse Son Éminence. Prenons-le au mot et privons-le de clicaille. Vous avez appris la banqueroute des fermiers de la gabelle. Les rentes de l'Hôtel de Ville ne sont plus payées. Les aides rentrent mal. Supprimons la dernière recette qui reste à l'État et que le voleur sicilien utilise pour ses besoins : la taille. Sans ressources, ses courtisans l'abandonneront et il ne pourra plus payer ses troupes.

À ces mots, Condé fut brusquement sur ses gardes.

— Dites-m'en plus… proposa-t-il prudemment.

— Pas ici, monseigneur, c'est une affaire que nous étudions avec monsieur le coadjuteur. Nous pourrions vous l'expliquer en détail, mais à l'écart d'oreilles indiscrètes.

Condé hésita un instant avant de hocher la tête.

— Demain n'est pas possible, car je reçois monsieur Le Tellier, toujours en vue de ce maudit mariage, mais je vous propose mardi matin, à quatre heures, chez moi. Je me charge de prévenir Gondi.

— Monsieur de Longueville pourrait-il assister à notre entretien ? osa Beaufort.

— Aurait-il un rôle à jouer dans l'entreprise ?

— Un rôle fondamental, monseigneur.

— Le sait-il ?

— Pas encore, monseigneur.

— Ma sœur m'a dit tout à l'heure qu'il ne serait pas à Paris avant quelques jours, mais je lui en parlerai dès son arrivée, décida Condé.

Le souper fut somptueux et se prolongea tard dans la nuit, mais le Prince parut comme absent et partit l'un des premiers.

XXXVI

Le lundi 20 septembre, Fronsac travaillait dans sa bibliothèque avec son fermier. Les deux hommes terminaient les calculs sur les quantités de blés moissonnés et s'apprêtaient à descendre dîner quand ils entendirent une troupe de cavaliers arriver et faire grand fracas dans la cour du château. Louis se leva aussitôt et s'approcha de la fenêtre.

En découvrant des chevau-légers du prince de Condé, son cœur se mit à battre le tambour.

Venait-on l'arrêter ?

Il descendit immédiatement. Déjà, un lieutenant était dans la grande salle. Ils se saluèrent cérémonieusement.

— Monsieur le marquis ? demanda l'officier.

— C'est moi.

— Son Altesse Monsieur le Prince vous mande à son hôtel immédiatement.

— Dois-je partir sur-le-champ ? Nous allions nous mettre à table.

— Monseigneur m'a ordonné de faire au plus vite. Mais le temps que les chevaux s'abreuvent et que vous prépariez vos affaires et votre monture, je veux bien avaler un verre de vin et quelques tranches de ce pâté, fit le soldat avec une expression gloutonne.

Louis donna des ordres. Déjà Julie était arrivée. Il lui expliqua qu'il partait.

— Savez-vous pourquoi Son Altesse m'enlève mon mari ? s'enquit-elle.

— Non, madame. Je dois seulement le conduire à l'hôtel de Condé. J'ai cru comprendre qu'il y sera logé pour la nuit.

Donc, je ne vais pas encore en prison, pensa Louis, un brin rassuré.

⚜

Ce même jour, tandis qu'il sortait d'une assemblée du Conseil des parties, Gaston de Tilly fut abordé par le comte de Bussy.

— Monsieur le procureur, fit ce dernier fort sérieusement, je viens vous porter une commission.

— De la part ?

— De monseigneur le prince de Condé. Son Altesse vous demande de vous présenter demain matin à son hôtel, un quart d'heure avant quatre heures.

— Si tôt ?

— Son Altesse m'a dit qu'elle ne tolérerait aucun retard.

— J'y serai. Mais, entre nous, monsieur de Bussy, savez-vous de quoi il s'agit ?

— Je l'ignore, monsieur. Monseigneur ne m'a rien confié de plus, néanmoins…

Il prit Gaston par le bras et le conduisit à l'écart.

— Je dois vous dire qu'un officier de mes amis est parti pour Mercy arrêter monsieur Fronsac, qui se trouvera aussi chez Son Altesse demain matin. Monseigneur serait fort fâché contre lui, m'a-t-on rapporté.

— Je le sais, et le Prince a tort. Louis est venu le prévenir d'une épouvantable affaire, mais Son Altesse ne l'a pas cru. *Les mauvaises nouvelles sont fatales à celui qui les apporte*, affirmait déjà Sophocle.

— Cela a-t-il un rapport avec ce que vous a appris Corbinelli ?

— Indirectement, mais, rassurez-vous, vous n'êtes pas en cause. Je ne peux vous en dévoiler plus.

Bussy hocha la tête.

— Si vous avez besoin de moi, vous me trouverez près de vous, dit-il simplement.

⚜

Durant cette même journée du 20 septembre, M. Le Tellier vint chez le Prince tenter une nouvelle fois de l'apaiser. Il lui assura que si le mariage de la nièce du cardinal le contrariait, celui-ci ne se ferait point tant Son Éminence souhaitait son amitié. Toujours aussi désagréable, Condé répondit que cette union lui était aussi indifférente que l'amitié de Mazarin. Le Tellier repartit donc déconfit.

Peu après, le Prince fit préparer son équipage pour se rendre au petit archevêché. Le coadjuteur le reçut avec les plus grands honneurs et la plus grande déférence, un signe en soi remarquable tant il détestait prêter hommage à un supérieur. De son côté, Condé fut plutôt aimable, sondant Paul de Gondi sur ce que lui avait expliqué Beaufort, mais sans rien en tirer de précis, sinon que le duc exposerait son projet, et que, en vue de sa réalisation, la participation de Longueville serait nécessaire.

Le Prince lui confirma qu'il le recevrait le lendemain matin à quatre heures [1].

⚜

Le 21 septembre, Beaufort et Paul de Gondi arrivèrent quasiment au même moment. Malgré l'heure plus que matinale, les serviteurs étaient déjà en place ; le maître d'hôtel conduisit les invités dans une antichambre où se trouvait M. de Bouteville [2]. Celui-ci partit réveiller le Prince qui les reçut dans sa chambre.

Encore en chemise de nuit, Condé congédia ses domestiques et s'installa dans un grand fauteuil, offrant un siège plus petit à Gondi et à Beaufort. Avant que Bouteville ne sorte, il lui glissa un mot à l'oreille.

— Monsieur de Beaufort, j'attends avec hâte d'entendre votre proposition, débuta-t-il.

— Avant de commencer, je dois vous préciser, Votre Altesse, que l'idée n'est pas de moi mais d'un prévôt habitant non loin d'Anet. Cet homme a découvert qu'en 1617 le maréchal d'Ancre a procédé au vol de la recette des tailles de Normandie sur la Seine…

1. Dans ses *Mémoires*, le cardinal de Retz précise qu'il reçut aussi un petit billet par lequel le Prince lui ordonnait de le trouver le lendemain matin à quatre heures.

2. François-Henri de Montmorency, comte de Bouteville, compagnon de Condé. Il deviendra maréchal de Luxembourg.

— Voler ? Le maréchal d'Ancre ? répéta Condé d'un ton ironique qui déplut au coadjuteur.

— Oui, monseigneur. Pourquoi ce vol ? Je l'ignore, et nous l'ignorerons toujours, car Concini a été assassiné par le roi quelques jours plus tard. Mais il n'en reste pas moins vrai que le maréchal d'Ancre s'était approprié un million de livres fort facilement, avec seulement quatre ou cinq compères à son service.

Comme le Prince n'ajoutait rien, Beaufort poursuivit.

— Ce prévôt a un ami, marchand de blé de son état qui, comme tous les boutiquiers, n'aime guère le Mazarin ! Cet homme, plutôt fin quand il s'agit de clicaille, a songé qu'en cette période de grande disette d'impôt, empêcher les tailles d'arriver à Paris priverait le Sicilien de tout pouvoir. Ruiné et sans argent, il n'aurait plus aucun moyen ni de se faire obéir ni d'acheter des serviteurs. Il serait alors facile de le chasser.

— En effet, fit Condé, cette fois d'un ton glacial qui inquiéta littéralement Paul de Gondi. Si je comprends bien, vous envisageriez de recommencer l'entreprise du maréchal d'Ancre ?

— C'est cela, monseigneur, laissa tomber Beaufort.

— Ce serait du brigandage.

— Un acte de guerre, plutôt. Votre grand-père et votre oncle Henri de Navarre ont souvent agi ainsi contre le roi de France.

— Qu'en dites-vous, monsieur le coadjuteur ? interrogea le Prince après un instant de réflexion.

— La finance est un moyen d'ébranler le pouvoir. Depuis trois jours, par la faillite des traitants de la gabelle, la banqueroute a été décrétée sur les rentes de l'Hôtel de Ville. Le peuple gronde à nouveau contre le Mazarin. Le priver des recettes de la taille constituerait un nouveau coup de boutoir et l'empêcherait de nous nuire, mais l'entreprise serait rude, monseigneur.

— Comment cela ?

— Il est prévu un transport des tailles sur la Seine, a-t-on appris. Mais il sera accompagné d'une forte escorte, et nous ignorons le jour de son départ de Rouen.

— Vous ignorez aussi la somme transportée.

— Cela non, monseigneur, il y aura deux millions de livres.

— Deux millions ! Mazette !

— Seul monsieur de Longueville pourrait connaître les dates et la force de l'escorte, poursuivit Beaufort.

— Que sait-il de votre dessein ?

— Rien, monseigneur.

— Pourquoi avez-vous besoin de moi, alors ? Désirez-vous que je vous donne un régiment pour attaquer ce convoi ?

— Non, monseigneur, nous souhaitons seulement votre accord, et votre aide pour convaincre monsieur de Longueville. Nous avons jugé plus prudent que la prise du convoi soit réalisée par des voleurs, exactement comme avait agi Concini. Ainsi, en cas d'échec, aucun d'entre nous n'apparaîtra.

— Et vous avez vos voleurs ?

— Je m'en suis occupé, monseigneur. Le prévôt qui a amené l'affaire les commandera.

— Drôle de prévôt ! ironisa Condé. Messieurs, je vais faire venir deux de mes amis pour connaître leur opinion.

Le Prince se leva et se rendit jusqu'à une porte qu'il ouvrit. Il fit entrer Fronsac et Tilly.

⚜

Beaufort les regarda, interloqué, tandis que Gondi, myope, plissait des yeux pour essayer de reconnaître les nouveaux venus.

Quand à Louis et Gaston, ils ne s'attendaient pas à découvrir Beaufort et Gondi. Arrivé depuis près d'une heure, le second avait été conduit dans l'antichambre où il avait découvert son ami. Tous deux ignoraient les raisons de leur convocation, sinon qu'elle avait certainement un rapport avec la dernière visite de Louis et les menaces du Prince. Allait-on les conduire ensemble à la Bastille ?

— Fronsac ! s'exclama brusquement Gondi qui venait de le reconnaître. Et toi, Gaston ! Que faites-vous ici ?

Gaston de Tilly aurait pu poser la même question, tant il était abasourdi. Quant à Louis, il commençait à deviner s'être sans doute fourvoyé.

— Monseigneur, saluèrent-ils cependant à tour de rôle, en s'inclinant devant Gondi et le duc.

Condé revint tranquillement s'asseoir tandis que Louis et Gaston restaient debout.

— Monsieur de Beaufort est venu me parler de l'idée d'un de ses amis qui suggère de rapiner les tailles de Normandie pour affaiblir Mazarin, fit Condé à Fronsac, usant d'un ton extrêmement méprisant.

Louis considéra successivement Beaufort, qui fronçait les sourcils en essayant de comprendre, Gondi, imperturbable, puis Condé qui paraissait beaucoup s'amuser. Avec les dernières paroles du Prince, la lumière s'était faite chez Fronsac. Le vol des tailles préparé par Mondreville n'était pas une entreprise conduite par Longueville, comme il l'avait cru, mais par Beaufort et Gondi. C'étaient eux qui joueraient le rôle du maréchal d'Ancre. Les anciens frondeurs avaient décidé de s'approprier les tailles !

— Mes amis, dit Condé en s'adressant à Gondi et Beaufort, monsieur Fronsac, que vous connaissez, est venu il y a une quinzaine me mettre en garde contre cette entreprise de maraudage. Comment se nomme ce prévôt qui vous a si bien informé, mon cousin ? demanda-t-il à Beaufort.

— Mondreville, monseigneur.

— Que savez-vous de ce Mondreville, monsieur de Tilly ? s'enquit le Prince.

Gaston aussi commençait à comprendre.

— Mondreville a volé la recette des tailles de Normandie en 1617 pour le compte du maréchal d'Ancre. Il l'a fait avec la complicité d'un brigand bien connu à l'époque, un certain Petit-Jacques. Mon père était alors lieutenant du prévôt. Sur le point de les confondre, ces deux-là l'ont assassiné ainsi que ma mère. Voici un mois, je suis allé demander des comptes à cet homme qui m'a fait saisir et emprisonner. Sans monsieur Fronsac qui m'a délivré, je ne serais sans doute plus de ce monde. Mondreville est un voleur et un assassin qui finira sur l'échafaud. Je m'y suis engagé.

Gondi avait blêmi à ce discours, regrettant de ne pas avoir écouté ses pressentiments lui conseillant de demeurer à l'écart de cette entreprise. Quant à Beaufort, il peinait toujours à suivre.

— Monsieur le duc et monsieur le coadjuteur me proposaient de m'associer avec votre Mondreville pour recommencer l'affaire de Concini, laissa tomber Condé.

Tilly écarquilla les yeux, puis ne put se retenir d'intervenir avec virulence.

— Monseigneur, avec tout le respect que je dois à un prince du sang, quiconque s'associerait avec Mondreville me trouverait sur son chemin. Je ferai payer ses crimes à cet homme, quoi qu'il advienne. Quant à vous, monsieur le coadjuteur, vous êtes issu d'une trop illustre famille pour vous associer avec pareil coquin.

Volontairement, Tilly ignora Beaufort, montrant ainsi le mépris dans lequel il le tenait.

Condé dévisagea successivement Beaufort et Gondi avant de déclarer, assez solennellement :

— Mes amis, deux obstacles m'interdisent de participer à votre entreprise. La première est que je savais déjà, grâce à monsieur Fronsac, la vraie nature de ce Mondreville. Un petit-fils de Saint Louis ne peut s'associer à un scélérat. La seconde est que je ne m'abaisserai jamais à être un chef de guerre rebelle. Je m'appelle Louis de Bourbon et je ne veux pas ébranler la Couronne. Je vous encourage donc à faire comme moi. Quant à Mondreville, je l'abandonne à la justice, *ou plutôt à monsieur de Tilly.*

Il insista sur ces dernières paroles.

— Je comprends vos réticences, monseigneur, insista pourtant le duc de Beaufort, mais n'oubliez pas que s'il devait y avoir une épreuve de force avec le faquin sicilien, ces deux millions de livres feraient la différence.

— Dans la même circonstance, le duc de Guise n'aurait jamais hésité, insista Gondi qui avait eu le temps de réfléchir.

Puisque Mondreville se révélait un scélérat, il serait simple de s'en débarrasser une fois tout terminé, ainsi que des truands recrutés par Beaufort, s'était-il dit. Le vol de la recette des tailles avait certes mûri dans l'esprit d'un coquin, mais il s'agissait quand même d'une bonne idée.

Le Prince lui jeta un regard glacial.

— Je suis d'une naissance à laquelle la conduite du *Balafré* ne convient pas, déclara-t-il du ton cinglant qu'il aimait à prendre lorsqu'il voulait clore un sujet.

Il sourit cependant, dévoilant ses dents mal plantées et sa mâchoire hideuse :

— Je ne crois pas qu'il soit de ma conscience et de mon honneur de prendre part à votre entreprise, messieurs. Sachez pourtant que je n'en parlerai pas, si vous souhaitez la conduire.

De plus, je n'oublierai jamais l'obligation que j'ai envers vous. Si vous le voulez, je vous accommoderai avec la Cour, et si la Cour voulait vous attaquer, je prendrais votre protection.

— Monseigneur, nous ne sommes venus que pour avoir l'honneur et la satisfaction de vous servir, répliqua suavement Paul de Gondi. Nous serions au désespoir de vous avoir désobligé. Nous ignorions tout de ce Mondreville, et puisque cette entreprise vous déplaît, nous nous en retirons. Quant à nos relations avec le cardinal Mazarin, nous vous supplions de nous permettre de demeurer comme nous sommes avec lui. Notre inimitié ne nous empêchera pas de demeurer toujours vos respectueux serviteurs [1].

Le Prince s'étant levé, Beaufort et Gondi se levèrent à leur tour. Condé agita une clochette et Bouteville apparut. La conférence était terminée.

⚜

Le duc et le coadjuteur partirent les premiers, le Prince ayant fait signe à Fronsac et à Tilly de rester un instant.

— Fronsac, fit Condé, grimaçant un sourire, je ne m'excuse jamais, vous le savez.

Louis hocha la tête.

— Pourtant je le fais avec vous. Vous êtes le premier, j'espère que vous serez le dernier. Je ne sais comment vous avez découvert cette ignoble affaire, mais sachez que j'aurais pu être tenté. Je vous dois donc beaucoup. Entrez à mon service, et je ferai votre fortune.

— Vous savez que c'est impossible, monseigneur, Pour mettre mon talent au service de ceux qui me le demandent, je dois garder ma liberté. Mais vous savez que je resterai toujours votre serviteur.

— Nous en reparlerons, fit sèchement Condé. Quand tout sera terminé, vous me raconterez. Quant à vous Tilly, je le répète, *je vous abandonne Mondreville*. Prenez seulement garde à Beaufort et à Gondi. Vous vous en êtes fait des ennemis implacables.

---

1. Nous avons gardé ici à peu près les propres termes que le cardinal de Retz rapporte dans ses *Mémoires* quand il relate cette entrevue.

XXXVII

Ce n'est qu'arrivé dans la grande antichambre de l'hôtel de Condé, bien éclairée par des lustres et des flambeaux, que Beaufort s'adressa à Gondi.

— Puisque ce pleutre de Condé ne veut pas en être, notre part n'en sera que plus forte ! fanfaronna-t-il.

— Monseigneur, vous ne pensez tout de même pas poursuivre ?

— Pourquoi pas ? Que Mondreville soit un brigand, je veux bien l'admettre, mais pour l'instant c'est un brigand utile. Une fois l'or dans notre poche, il disparaîtra comme les truands que je viens d'engager.

— Vous avez déjà engagé des truands ? s'inquiéta le coadjuteur.

— Le roi de la cour des Miracles et ses compères se trouvent en effet chez Mondreville. Ils préparent l'affaire !

Gondi s'abîma dans le silence. Beaufort se croyait habile mais il n'avait aucun esprit. Persuadé d'être brave quand il n'était que bravache, il était capable des plus grandes sottises, songeait le coadjuteur.

— Je suis désolé, monseigneur, dit-il enfin, mais je me retire. Les grandes affaires sont parfois sujettes à des retours de fortune inattendus. Dans de telles conjectures, il vaut mieux faire retraite avant qu'elles ne se transforment en grandes défaites. Monsieur le Prince ne nous appuiera pas, monsieur de Longueville non plus, mais plus grave, notre secret est percé. Monsieur de Tilly sait tout, il est procureur à l'Hôtel du roi, il a l'oreille de Séguier. Si l'affaire a lieu, qu'elle réussisse ou échoue, nous nous retrouverons à la Bastille… ou à Vincennes.

Beaufort parut soudain moins sûr de lui. D'autant qu'il avait pour habitude de se ranger au dernier avis entendu.

— Que faisons-nous alors ? fit-il fort embarrassé. Nous sommes dans le même vaisseau, il faut périr ou se sauver ensemble.

— Rien ! Laissons Mondreville et Tilly face à face. Cette affaire n'a jamais existé, oublions-la [1]. Si Mondreville succombe et nous accuse, il sera facile de nier. Il n'existe aucun témoin. Nous avons un autre moyen pour affaiblir Mazarin : les bourgeois de Paris commencent à s'agiter avec la banqueroute des rentes de l'Hôtel de Ville. C'est par là que nous devons agir désormais.

Beaufort, qui comme le dira justement de lui Paul de Gondi dans ses *Mémoires* n'avait que l'intention des grandes affaires, parut soulagé. Il salua le coadjuteur et rejoignit son carrosse.

⚜

Quand Fronsac et Tilly arrivèrent dans l'antichambre, Gondi les attendait.

— Monsieur Fronsac, fit-il d'un ton très sec, l'une des grandes incommodités des guerres civiles est qu'il faut beaucoup d'application à garder le silence sur ce que l'on ne doit pas dire, surtout si cela peut causer du tort à un ami. Je n'aurais jamais pensé subir votre indiscrétion, ou plutôt votre trahison.

Louis secoua la tête, surpris de ce reproche.

— Monseigneur, Gaston et moi affrontons depuis plusieurs semaines Mondreville et ses comparses. Monsieur de Tilly a été emprisonné et a failli perdre la vie. Depuis peu, nous avons découvert quel était le dessein de ce maraud, et croyant, à tort je l'avoue, que monsieur de Longueville s'y trouvait associé, j'ai cru de mon devoir de prévenir Monsieur le Prince. Sachez que jamais, ni moi ni Gaston, n'avons envisagé ou imaginé que vous pourriez être mêlé à cette répugnante affaire, sinon j'aurais agi envers vous comme envers Monsieur le Prince, et supplié d'en rester à l'écart.

— Vous avez choisi votre parti, messieurs, laissa tomber le coadjuteur avec insolence. J'avais toute confiance en vous, j'avais

1. D'ailleurs, le cardinal de Retz n'y fit jamais allusion dans ses *Mémoires*.

tort. Ceci marque la fin de ce que je croyais être une sincère amitié.

Il tourna le dos sans les saluer et s'éloigna.

Ainsi, songea Louis, dans un mélange de dépit et de tristesse, il venait de retrouver la bienveillance du Prince pour perdre celle de Paul, son plus vieil ami avec Gaston. Des vagues de souvenirs lui revinrent de l'époque où il avait douze ans : combien il avait été surpris en voyant entrer Gondi dans leur chambrée au collège de Clermont, quand celui-ci n'était que l'abbé de Buzay : tout petit, noiraud de peau, le nez camus, avec des cheveux frisés formant tonsure. Immédiatement, il lui avait fait penser à un moricaud. Déjà, il ne saluait personne. Pourtant, malgré la distance écrasante qui les séparait, il était devenu son ami et celui de Gaston, les admirant même pour leur audace et leur jugement. À tour de rôle, tous trois avaient été consuls ou décurions dans leurs classes, la compétition ne cessant jamais entre eux. Plus tard, ils s'étaient souvent entraidés, et c'était à Paul que Gaston devait d'avoir pu quitter Paris au printemps, lorsque les truands de Beaufort semaient la terreur [1].

Tout cela semblait terminé et Louis s'en affligeait. Il regarda Gaston, les mâchoires serrées, et comprit que son ami n'éprouvait pas les mêmes sentiments. Tilly ne pouvait admettre que Paul de Gondi eût noué une alliance avec l'homme ayant tué son père.

— Condé m'a abandonné Mondreville, asséna finalement Gaston. Je n'attendrai pas que Mazarin se décide à agir. J'irai demain à Mondreville et tout se réglera à la façon des Tilly : *Nostro sanguine tinctum*.

— Je n'ai rien mangé hier, tant j'avais le ventre noué par l'inquiétude, Gaston, mais il me prend soudain une furieuse envie de me remplir la panse ! Allons à *La Grande Nonnain*. Et nous préparerons la suite de notre affaire autour d'une fricassée de pigeons.

Tilly approuva. Comme il était venu en carrosse, Louis monta avec lui. Il faisait encore nuit.

1. Voir *Les Ferrets de la reine* et *Le Secret de l'enclos du Temple*, du même auteur.

— Qui aurait imaginé que Paul se lancerait dans une telle aventure, dit seulement Gaston durant le trajet.

— J'aurais pourtant dû m'en douter. L'intrigue est son ragoût, répliqua sombrement Fronsac.

⚜

À *La Grande Nonnain qui Ferre l'Oie*, l'auberge de la rue des Blancs-Manteaux située presque en face de la maison de Louis, la grande salle était à moitié pleine. Ils avaient laissé le carrosse dans le cul-de-sac et prévenu Germain Gaultier de leur passage à l'auberge.

Louis se dirigea vers la petite pièce du fond où se trouvaient des tables pour quatre, contrairement à celles de la grande salle où l'on pouvait tenir à vingt et plus. Ils s'assirent dans un coin éloigné, de façon à ce qu'on ne les entendît pas parler. Les éclats de voix dans la salle auraient de toute façon couvert leurs paroles. Gaston se mit dos au mur afin de pouvoir surveiller l'assistance et ceux qui entraient dans l'hôtellerie.

À cette heure matinale, on venait à peine de mettre à la broche perdreaux, pigeons et faisans, aussi se firent-ils servir de la soupe aux fèves qui cuisait déjà dans une grosse marmite de cuivre rouge, des saucisses et du cervelas avec un pain de Gonesse encore chaud et un grand pichet de vin de Montmartre mis en perce le matin même, selon le crieur entendu dans la rue.

— Comment vois-tu les choses ? demanda Louis. D'abord, combien sont-ils chez Mondreville ?

— Plus de vingt, reconnut Gaston.

— Nous sommes deux. Un contre dix, cela me va ! plaisanta Fronsac. Plus sérieusement, tu peux compter sur Bauer. Il vaut dix hommes à lui seul, et n'oublie pas Richebourg qui se morfond chez moi.

— C'est vrai. Je sais aussi que La Goutte et Desgrais se joindront à moi si je le leur demande.

— À six, la partie est déjà moins inégale, mais tes gens du Châtelet risquent gros.

— Je sais. J'espérais une lettre *pareatis* de la chancellerie et disposer d'une troupe de Suisses pour prendre la place. Puis j'ai attendu au moins un accord verbal de Séguier, mais il ne m'a rien dit. Depuis ton altercation avec le Prince, tout le monde s'écarte de moi à la prévôté de l'Hôtel. Personne ne veut bouger à la Cour car chacun se demande si la reine ne va pas céder aux coups de boutoir de Condé. Auquel cas Mazarin disparaîtra.

Ils s'interrompirent quand la servante leur porta la soupe et le vin. Elle emplit leur écuelle et retourna dans la grande salle.

— Tout va changer, demain, lorsqu'on saura que le Prince m'a rendu son amitié, remarqua Fronsac en trempant son pain.

— Certainement et…

Gaston s'interrompit en apercevant Tomaso Ganducci.

— Ganducci vient d'entrer, murmura-t-il.

Le gantier examinait les tables, passant lentement en revue les faces rubicondes penchées sur les pots, cherchant visiblement quelqu'un. Quand il eut fait le tour de la grande pièce, il se dirigea vers la petite pièce et les aperçut.

S'approchant, il les salua en s'inclinant, tenant respectueusement son chapeau noir à la main, comme un petit-bourgeois déférent.

— Vous me donnez faim, messieurs, plaisanta-t-il.

— Asseyez-vous avec nous et partagez notre repas, proposa Louis.

— Je ne voudrais pas passer pour un goinfre ou un malotru, monsieur Fronsac.

Pourtant, en disant ces mots, le gantier s'installa sur le banc de Louis.

— Avez-vous une boutique dans ce quartier, monsieur Ganducci ? s'enquit Gaston.

— J'en ai eu une, rue du Pas-de-la-Mule, où je vendais gants et parfums mais elle est fermée pour l'instant, répondit évasivement l'espion, caressant sa barbiche carrée.

Il se tut pendant que la servante plaçait devant lui un pot, une écuelle et un plat de saucisses.

— Je vais être honnête avec vous, monsieur Fronsac, je vous cherchais, poursuivit-il quand elle se fut éloignée.

— Nous l'avions compris, répliqua Tilly, se servant dans le plat.

— Vous vouliez nous proposer des gants ? s'amusa Louis en remplissant le pot de Ganducci.

— Pas vraiment, sourit l'agent de Mazarin. En vérité, je vous cherche depuis quelques jours, mais j'ai appris que vous étiez retourné chez vous à Mercy. Son Éminence est contrariée par la querelle entre vous et le Prince.

— Son Éminence sait beaucoup de choses.

— À sa place, il faut tout savoir sur tout le monde, vous ne l'ignorez pas. Mais puisque vous êtes de retour à Paris, cela signifie-t-il que Monsieur le Prince n'est plus fâché contre vous ?

Louis mâchonna un instant le pain qu'il avait porté à sa bouche. Condé devait déjà avoir annoncé dans quelle estime il le tenait désormais. Il n'avait donc rien à cacher.

— Nous arrivons de chez lui. Notre brouille a pris fin. Son Altesse a compris que j'ai toujours agi avec loyauté envers elle.

— Je vous croyais au service de Son Éminence, remarqua le gantier assez froidement.

— Je sais ce que je dois à Mgr Mazarin et il me trouvera toujours à ses ordres quand il me le demandera.

— Je le lui dirai, monsieur Fronsac. D'ailleurs vous allez pouvoir lui prouver rapidement votre fidélité…

Tomaso Ganducci piqua une saucisse dans le plat.

— J'ai une histoire à vous raconter, vous plairait-il de l'entendre ?

Louis opina tandis que Gaston gardait le silence, observant l'espion en s'interrogeant sur les raisons de sa présence.

— Il y a quelques mois, Gabriel Naudet a acheté à un libraire un lot de mémoires jamais imprimés. Son Éminence est très friande de ce genre de documents pour sa bibliothèque. C'étaient des textes du temps du roi Henri ou de la régence de Marie de Médicis. Parmi ceux-ci, il y avait les récits d'un nommé Balthazar Nardi.

L'espion s'interrompit un instant pour regarder les visages de Gaston et de Louis, mais ceux-ci restèrent de marbre.

— Ce Nardi, né à Arezzo, avait fait ses études avec le maréchal d'Ancre. C'était à la fois son avocat, son diplomate et son agent secret. Parmi les affaires troubles qu'il relatait, se trouvait un vol de la recette des tailles de Normandie auquel il aurait participé. Mais je ne vais pas m'étendre, monsieur de Tilly, puisque vous en avez parlé à monsieur Séguier et que vous y avez fait mention dans le mémoire remis à Son Éminence. Ce vol avait été préparé par le maréchal d'Ancre, alors gouverneur de Normandie, et par son épouse Léonora Galigaï. Cela nous a donné une idée.

— Nous ? s'enquit Fronsac.

— Moi et quelques personnes qui avons l'honneur d'avoir l'oreille de Son Éminence.

Gaston hocha la tête.

— Vous le savez, Monsieur le Prince exigeait le gouvernement de Pont-de-l'Arche pour son beau-frère, monsieur de Longueville…

— Exigeait ? Ne le veut-il plus ? s'étonna Louis.

— Son Éminence a accordé Pont-de-l'Arche, voici trois jours, intervint Gaston.

— Monseigneur n'a pas eu le choix, expliqua Ganducci. Mais, il y a trois mois, il savait déjà qu'il lui serait difficile de résister à Son Altesse ; c'est pourquoi, l'un de nous a eu l'idée de… comment dire… compromettre monsieur de Longueville de telle sorte qu'il fût évident pour tout le monde, y compris pour le Prince, qu'il ne pouvait mériter Pont-de-l'Arche. Notre idée était de faire croire que se préparait un vol de la recette des tailles, et que, comme en 1617, l'instigateur en était le gouverneur de Normandie.

— Je ne comprends pas, fit Gaston.

— Imaginez qu'on arrête quelques truands préparant le détournement de la recette des impôts, que l'un d'eux se nomme Mondreville, comme celui qui avait volé les tailles en 1617, et qu'il soit un fidèle de Longueville. Qu'à ce moment, on fasse circuler une copie des mémoires de Nardi décrivant le rôle joué par le gouverneur de Normandie à l'époque…

— Longueville apparaîtrait comme un gouverneur corrompu, prêt à voler la Couronne pour s'enrichir, intervint Louis qui venait de saisir. C'était habile… Il n'y aurait eu aucune preuve, seulement des faits compromettants et une rumeur s'appuyant sur un précédent…

— Vous avez l'esprit fin, monsieur Fronsac, sourit l'espion.

— Tout n'aurait donc été qu'une mystification ?

— Une mystification ? répéta Gaston.

— Exactement, messieurs. Il s'agissait seulement de discréditer Longueville, sans vol ni violence. Uniquement par la calomnie. Malheureusement, vous êtes intervenus dans notre affaire. Ce n'était pas prévu. Et vous avez disloqué notre belle machination.

Le gantier vida le reste de son pot d'un seul coup et le silence s'installa un instant. Louis reconstruisait mentalement une nouvelle interprétation de ce qu'il savait et avait vécu. Mais Gaston interrompit ses pensées en déclarant :

— Mondreville est pourtant le voleur de 1617 !

— Peut-être. Certainement, même. Mais nous l'ignorions quand nous avons échafaudé notre intrigue. Il semble que ce soit vous qui l'ayez découvert.

— Je ne comprends toujours pas ! fit Tilly en secouant la tête. D'où sortent ces trois pendards : Canto, Pichon et Sociendo ?

— C'est moi qui les ai trouvés. Je les ai appâtés en leur parlant du vol de 1617 et en prétendant qu'un nouveau transport aurait lieu bientôt. J'ai cité le nom du prévôt Mondreville comme un complice possible. C'était le seul Mondreville que j'avais trouvé proche de Longueville. Par un effet du hasard, il s'agissait du voleur de 1617 !

— Par manque de chance, ils ont croisé notre route quand tu recherchais les assassins de tes parents, poursuivit Louis pour Gaston. Si ton oncle Hercule n'était pas mort, rien de tout cela ne se serait produit.

— Il n'y aura donc aucun transport de la recette des tailles ? insista Tilly.

— Aucun ! Et cette intrigue n'a plus d'intérêt.

— Je vous remercie d'être venu nous dire que nous nous étions fourvoyés, monsieur Ganducci, fit froidement Louis.

— Fourvoyés ? Sans doute, mais vous auriez fini par découvrir la vérité.

— Peut-être, mais pourquoi nous la révéler maintenant ? s'agaça Gaston.

Ganducci ne répondit pas d'emblée, aussi Louis le fit-il à sa place.

— Si nous avions découvert la vérité et l'avions confiée au prince de Condé, l'affaire aurait fait scandale, c'est cela ? Et la reine aurait été contrainte d'abandonner Son Éminence pour avoir échafaudé une telle calomnie.

— Décidément, on ne peut rien vous cacher, reconnut le gantier dans un sourire sans joie. Mais il y a plus grave, Mondreville a rencontré Beaufort et Gondi. Je crains qu'il ne leur ait apporté l'affaire.

— Il l'a fait. Confidence pour confidence, monsieur Ganducci, vous pouvez être fier, car je me suis laissé berner par votre intrigue. Persuadé que Mondreville agissait pour Longueville, j'ai prévenu le prince de Condé qui ne m'a pas cru et s'est fâché. Voilà l'origine de notre brouille. Seulement, peu après, Beaufort lui ayant présenté l'affaire, Son Altesse m'a fait revenir de Mercy. Tout à l'heure, devant Beaufort et Gondi, Monsieur le Prince a dit qu'il se refusait à devenir un voleur et à ébranler la Couronne. Le duc et le coadjuteur ont donc décidé d'abandonner.

— Vous me rassurez ! soupira Ganducci. Et je vous sais gré de me confier tout cela. Son Éminence sera aussi tranquillisée, mais ce ne sera pas suffisant…

— Que souhaite monseigneur ?

— Que vous vous désintéressiez de cette histoire et votre parole que vous n'en parlerez jamais.

— Difficile ! laissa tomber Tilly.

— Que deviendront Canto, Pichon et Sociendo ? demanda Louis.

— Ils n'ont été que des marionnettes. Comme ils ne vous ont pas nui, laissez-les tranquilles. J'aurai peut-être encore besoin d'eux.

— Qui sont ces marauds ?

— Canto de La Cornette était commis chez monsieur de La Rallière. Chargé du recouvrement de la gabelle, il a été condamné à la potence. Pichon, qui se dit seigneur de La Charbonnière, est fils d'un avocat du Mans. Il a été condamné dans cette ville à être pendu pour le viol d'une fille. En fuite, il a été roué en effigie et est entré au service de Venise où il a obtenu une charge de capitaine d'infanterie. Là-bas, il a été poursuivi pour vol, viols et brigandage et a dû s'enfuir à nouveau. Il est revenu en France et s'est fait passer pour un officier de Monsieur le Prince. Mais ayant poursuivi ses friponneries, il a été condamné au gibet pour vol de chevaux.

— Et Sociendo est courtier en fesses dans la rue de la Pute-y-Muse, ajouta Louis. Vous avez des comparses assez répugnants, monsieur Ganducci.

— J'exerce un métier que personne ne veut faire, monsieur Fronsac, s'emporta brièvement le gantier. C'est souvent une charge nauséabonde, il est vrai, mais celle des boueux qui ramassent la merde dans les rues l'est tout autant. Dois-je vous apprendre qu'il faut parfois se salir pour vaincre un adversaire ? J'ai besoin de gens comme eux. Ces trois-là faisaient l'affaire : Sociendo était capable de naviguer sur la Seine et les deux autres avaient l'audace de s'attaquer à une escorte.

Louis ne répondit pas. Ganducci avait fait allusion à l'aventure où il s'était grimé en truand pour sauver la vie de Mazarin. Il regrettait dès lors le reproche qu'il venait de proférer.

— J'ai du mal à comprendre comment vous avez réussi à envoyer ces trois-là à Mondreville, intervint Gaston.

— J'avais une histoire au plus près de la vérité. Mais ces pendards ont bien manœuvré, même si ce n'étaient que des manœuvres inutiles. C'est pourquoi je tiens à les garder à mon service.

Seulement il y avait l'assassinat du domestique de Richebourg et l'emprisonnement de Thibault auquel les pendards avaient participé. Gaston allait en parler quand il croisa le regard de son ami lui faisant comprendre de se taire.

— Nous ne ferons rien contre les sieurs Pichon, Canto et Sociendo, s'ils ne croisent plus notre chemin, promit Fronsac. En revanche, il reste Mondreville. Celui-là a participé à l'assassinat des parents de Gaston. Il doit payer et Son Éminence nous le laisser.

Ganducci hésita un moment, mais comprit que c'était la condition du silence des deux hommes.

— Mondreville étant lieutenant du prévôt de Rouen, une arrestation sera difficile et vous aurez du mal à convaincre un prévôt même avec une lettre *pareatis*, remarqua-t-il. Quand à le prendre chez lui, vous n'y parviendrez pas.

— Je le sais. Proposez donc les termes suivants à Son Éminence. Qu'il nous fasse porter une lettre de cachet pour Mondreville et un décret de prise de corps pour le nommé Petit-Jacques.

Les crimes de ce dernier sont tels que personne ne s'y opposera. L'arrestation sera faite par monsieur Desgrais, exempt au Châtelet, et donc officielle. Mondreville et Petit-Jacques seront ensuite conduits à la Bastille et mis au secret.

— Comment réaliser cela sans l'aide des troupes d'un prévôt ? s'étonna Ganducci.

— Nous y parviendrons, mais il y aura peut-être des blessés et des morts parmi ceux qui résisteront. Je veux donc qu'il s'agisse d'une arrestation officielle.

— Soit. Je pense convaincre Son Éminence. Vous aurez vos documents avant demain soir. Cela vous convient-il ?

— Oui.

— Ai-je votre parole sur votre silence ?

— Vous l'avez, si Son Éminence en reste là.

Ganducci se leva.

— Ce dîner était excellent, ainsi que votre compagnie, mais je dois vous quitter.

Il les salua et partit.

— Nous avions le consentement de Condé. Et maintenant l'accord de Mazarin. Mondreville est à toi, Gaston. Donnons-nous un jour ou deux pour tout préparer.

— Ce sera la guerre, Louis. Je veux bien prendre Bauer mais ne suis pas sûr que ce soit une bonne idée que tu viennes avec nous.

— Tu n'as pas le choix, Gaston, fit Fronsac avec un sourire.

— Pourquoi ?

— Je suis le seul à savoir qui est Petit-Jacques.

SIXIÈME PARTIE

« Ma malédiction te poursuivra jusqu'à ce que ta chair et la chair de ta chair tombent sur l'échafaud »

XXXVIII

Le dessein proposé par Bréval au duc de Beaufort pour appauvrir Mazarin en le privant de revenus était loin d'être absurde. Les finances du pays étaient vraiment exsangues, les impôts rentraient mal et étaient réduits à la portion congrue à cause des bénéfices vertigineux que prenaient les traitants.

Parmi les impôts, la gabelle était la moins bien encaissée, à cause d'une fraude immense et du sel vendu partout en contrebande. Ces pertes venaient même de provoquer la banqueroute des rentes de l'Hôtel de Ville à laquelle Paul de Gondi avait fait allusion lors de la réunion avec le prince de Condé.

Au XVIIe siècle, chaque dépense de l'État était imputée à une recette. C'est ce qu'on appelait l'assignation. Quand une ressource devenait insuffisante, les créanciers qui possédaient des titres de paiement sur celle-ci ne pouvaient être payés, même si une autre recette de l'État se voyait approvisionnée. Bien sûr, des transferts étaient possibles mais ils restaient exceptionnels, car chaque receveur ou trésorier défendait, bec et ongles, les sommes qu'il détenait sur sa recette.

De plus, si la plupart des ressources fiscales étaient transmises à l'Épargne [1], dont La Bazinière était l'un des trésoriers, il existait d'autres institutions qui émettaient des créances et encaissaient des recettes, telles la Caisse des parties casuelles, qui percevait les revenus des ventes d'offices, ou encore celle de l'Hôtel de Ville qui payait les rentes de l'État.

1. L'équivalent du Trésor public actuel.

Cette caisse émettait des emprunts pour le compte de ce dernier que le bureau de la ville plaçait auprès des particuliers. En contrepartie, ceux-ci percevaient des intérêts trimestriels assignés sur les revenus des fermes de gabelle.

Les retards de paiement étaient endémiques et, depuis le début de l'année 1649, le règlement des rentes de l'Hôtel de Ville était repoussé. Certes, les financiers des fermes justifiaient cet ajournement par la guerre civile, puis par l'absence du roi de la capitale, mais maintenant la Cour revenue, les rentiers attendaient avec impatience l'échéance de mi-septembre.

Elle ne fut pas payée.

Pis, le 19 septembre, les bourgeois parisiens apprirent avec une immense émotion la banqueroute des fermiers qui gageaient leurs rentes.

Réunis à l'Hôtel de Ville, des députés du Parlement et des autres compagnies souveraines mandèrent les fermiers des gabelles. Ceux-ci vinrent s'expliquer mais persistèrent dans leur refus de régler les rentes, assurant ne plus en avoir les moyens. On eut beau les retenir prisonniers, ils ne cédèrent pas. Pourtant, malgré leur faillite, ils paraissaient toujours aussi riches ; aussi la bourgeoisie rentière accusa-t-elle le prévôt des marchands de connivence puisqu'il avait garanti les emprunts émis par la ville.

Une requête signée par cinq cents des plus considérables rentiers fut présentée au Parlement afin que les fermiers soient enfermés à la Conciergerie, que l'on procède à la saisie et vente de leurs effets, et qu'en cas d'insuffisance, le prévôt des marchands et les échevins soient tenus d'y suppléer par leur propre fortune.

Les plus radicaux des bourgeois lésés songèrent même à mettre le feu aux maisons des fermiers.

Avec cette agitation, Paul de Gondi jugea qu'un nouveau front anti-Mazarin s'offrait à lui. Son ami Guy Joly, conseiller au Châtelet, créa, à son initiative, un syndicat des rentiers exigeant des mesures draconiennes. Les syndics, tous anciens frondeurs, se réunirent à l'Hôtel de Ville et portèrent à leur tête le duc de Beaufort et le coadjuteur. La première assemblée réunit trois mille personnes et Joly demanda au Parlement de se réunir, toutes chambres confondues, afin d'obtenir une saisie des biens des traitants faillis.

Or, une telle réunion des chambres était interdite par les accords de Saint-Germain.

Ayant parfaitement discerné la manœuvre de Gondi, Mazarin avait demandé à l'abbé Fouquet d'envoyer des espions aux assemblées du syndicat des rentiers pour savoir ce qu'ils tramaient. Seulement si Fouquet avait beaucoup d'agents dans les confréries religieuses, les salles de jeu ou les salons littéraires, il n'en avait aucun au sein de la bourgeoisie rentière.

Par contre, Tomaso Ganducci connaissait beaucoup de marchands. Basile Fouquet sollicita conseil. Connaissait-il des bourgeois ou des gentilshommes connus pour être des fervents anti-Mazarin, mais en même temps susceptibles d'être corrompus ?

Après quelques hésitations, le gantier lui conseilla Canto, Pichon et Sociendo. Les trois hommes se trouvaient toujours à Paris, fort démunis, et, bien payés, Ganducci jugeait qu'ils feraient de bons espions.

Il communiqua les trois noms à l'abbé le lendemain du jour où Fronsac et Tilly avaient accepté de ne plus s'intéresser à eux.

⚜

Fouquet les avait d'abord rencontrés à *la Fosse aux Lyons,* où ils avaient lié connaissance, puis les avait convoqués chez lui, dans sa maison de la rue de Richelieu, les faisant passer par l'entrée discrète du jardin de la rue Sainte-Anne.

L'abbé Basile avait fait préparer dans sa chambre une collation de vins aromatisés et de confitures. Quand son valet introduisit les trois visiteurs, il les reçut en pourpoint et haut-de-chausses avec épée au côté et leur proposa aimablement de s'asseoir.

Canto et Pichon étaient aussi armés, souhaitant passer pour des gentilshommes.

— Messieurs, je suis très satisfait que vous ayez accepté de me rendre visite. Laissez-moi vous servir, leur dit-il.

Quand il les avait abordés à *la Fosse aux Lyons*, il s'était fait passer pour l'intendant d'un seigneur de province cherchant des serviteurs de confiance pour monter sa maison à Paris.

— Savez-vous que vous m'aviez été recommandés ? ajouta-t-il en emplissant les verres.

— Nous ? s'enquit Pichon.

— Oui, par des gens de qualité de votre quartier, que je ne peux nommer. Puis-je maintenant vous poser quelques questions ?

— Bien sûr ! approuva Canto, en se rengorgeant.

— On m'a dit que vous aviez été officier, monsieur de La Charbonnière, et vous marchand à Bordeaux ?

— En effet, officier de Monsieur le Prince, répliqua Pichon. J'ai quitté son service à la suite d'un désaccord, Son Altesse étant insupportable avec ses serviteurs !

— J'étais effectivement marchand de vin, et je m'occupe d'autres affaires ici à Paris, dit Sociendo.

L'abbé hocha la tête chaleureusement, ne laissant en rien savoir que ces affaires étaient deux bordelières.

— Je crois que vous n'aimez guère Son Éminence, fit-il.

— Qui l'aime ! laissa tomber Canto avec mépris.

— Ma proposition va donc être assez délicate… Accepteriez-vous une charge payée un millier de livres par an ?

— Ma foi, c'est bien peu pour des gens comme nous, fit Pichon avec suffisance, mais dites-nous en plus. Y a-t-il des revenus accessoires ?

— Sans doute ! Seulement…

— Seulement…

— Vous seriez au service de monsieur Le Tellier.

— Le ministre ?

— Le ministre.

Déroutés, les trois fripons s'interrogèrent du regard. Ils avaient été pour la Cour, puis pour la Fronde, mais en vérité n'appartenaient à aucune faction, aussi la proposition de leur interlocuteur était-elle inespérée. Le Tellier était ministre de la Guerre et le principal ministre du Conseil royal, à part Mazarin et le garde des Sceaux. Il avait même, disait-on, l'oreille de la reine. À son service, leur fortune semblait assurée.

— Nos gages seraient payés quand ? s'enquit Pichon.

Basile, resté debout, se rendit à une armoire, l'ouvrit et en sortit trois sacs brodés qu'il apporta.

— Voici un premier quartier pour chacun d'entre vous. De plus, vous disposerez d'un brevet signé par monsieur Le Tellier.

— Et quel sera exactement notre service ? demanda Sociendo qui devinait cet homme sur le point de leur proposer une besogne peu ordinaire.

— Vous n'aurez affaire qu'à moi. Je vous enverrai à des réunions ou des conférences et vous me rapporterez ce qui s'y est dit et qui était présent.

— Quel genre de conférence, monsieur ?

— Voici des titres vous assurant la possession de rentes de l'Hôtel de Ville. Vous le savez, les rentes ne sont plus payées, car les fermiers sont en banqueroute. Il vient de s'établir un syndicat des rentiers. Vous irez assister à leurs réunions pour me répéter ce qui s'y dira. N'hésitez pas à gagner la confiance des participants en proférant tout le mal que vous pensez de Son Éminence.

— Autrement dit, nous serons des mouchards, laissa tomber Pichon avec une moue de contrariété.

— Non, vous serez des témoins au service de Sa Majesté. Voici vos brevets.

Basile prit trois lettres scellées sur une desserte.

— Ces brevets sont signés par le roi et, plus bas, par monsieur Le Tellier. Ils portent que Sa Majesté, étant avertie qu'il se trame dans Paris des cabales contre son service et le bien de son État, vous demande de vous trouver aux assemblées publiques et particulières, de voir et écouter tout ce qui s'y ferait et dirait. Par le même brevet il vous est permis, ainsi qu'à ceux qui vous accompagneraient, de proclamer tout ce que bon vous semble contre l'État et Son Éminence sans que vous puissiez être recherchés ni inquiétés.

Les trois coquins se consultèrent du regard, puis empochèrent leurs gages et leur brevet, de larges sourires aux lèvres.

⚜

Après avoir fini leur repas à la *Grande Nonnain*, Louis se rendit à sa maison des Blancs-Manteaux avec Gaston. Richebourg était là. Gaston lui rapporta les dernières nouvelles et proposa de les accompagner pour préparer le plan de bataille contre Mondreville. Pendant ce temps, Fronsac écrivait plusieurs lettres.

Il demanda ensuite à Germain Gaultier d'aller louer un cheval à l'écurie voisine pour porter son courrier à Mercy.

La première lettre s'adressait à Julie : il raconta son entretien avec le Prince. La seconde, à Bauer. Dans celle-ci, il demandait au Bavarois de le rejoindre à Paris en carrosse, avec Nicolas, et d'apporter casques, cuirasses, gantelets, épées et pistolets pour équiper une dizaine de personnes.

Ils se rendirent ensuite chez Gaston où Armande attendait son mari avec inquiétude. Après un récit de l'entrevue chez le Prince, les trois hommes s'installèrent dans la bibliothèque avec du papier, des plumes, de l'encre et des mines de plomb.

Pendant que Richebourg traçait les plans de Mondreville et de ses environs, Gaston rédigeait une lettre destinée au lieutenant civil qu'il fit porter au Grand-Châtelet par un de ses laquais. Il lui demandait de lui envoyer au plus vite l'exempt Desgrais et le sergent La Goutte. Dreux d'Aubray était suffisamment redevable envers lui pour s'exécuter sans barguigner.

— Avant toute chose, crois-tu qu'il soit possible d'éviter une effusion de sang en envoyant un héraut d'armes au pont-levis de Mondreville prévenir que ceux qui s'opposeront à nous seront traités comme des criminels ? demanda Louis à Gaston.

— Non. J'ai vu quelques-uns des archers de Mondreville : ce sont des gens de sac et de corde. Nous sachant si peu nombreux, ils n'auront pas peur. Tu as vu comment ils ont traité le prévôt de Vernon.

— L'attaque sera une rude entreprise. Mondreville est certainement sur le qui-vive.

— Nous serons six, si Desgrais et La Goutte viennent avec nous, ce dont je ne doute pas. Sept si Nicolas nous rejoint.

— Nicolas sera à nos côtés mais je ne veux pas qu'il se batte au risque de se faire tuer. Il gardera donc les chevaux. En revanche, son père et son oncle aimeraient certainement participer à l'expédition.

— Ils ne sont plus très jeunes, remarqua Gaston.

— Ils ne sont pas si vieux, répliqua Louis, et ce sont des combattants aguerris. Nous ignorons combien d'hommes nous affronterons là-bas. Que savez-vous de la maison forte, Richebourg ?

— Je ne m'en suis jamais approché de près, répondit le jeune homme. On y arrive par un chemin au milieu d'un champ. Les bâtiments entourent une cour dans laquelle on ne peut entrer que par un pont-levis sur un fossé.

— Nous avons vu le pont-levis, dit Louis. Il y a deux tourelles pour le protéger. Mais comment est l'intérieur ?

— Désolé, je ne suis pas entré dans la cour.

— Moi, oui, intervint Gaston. Le corps de logis a une porte ferrée. Mondreville m'avait reçu au deuxième étage. Il semble que ses archers soient logés au premier. À ce niveau, les rares fenêtres possèdent d'épaisses grilles. Nous attaquerons de nuit, par surprise. Comme le pont-levis sera levé, avec certainement des sentinelles, il faudra passer par-dessus le mur reliant les granges et les écuries.

— Quelle hauteur ?

— Je dirais deux toises, peut-être un peu plus, et le fossé augmente encore cette hauteur.

— On pourrait utiliser l'échelle de corde qui m'a servi à entrer dans la maison de Nicolas Flamel [1], suggéra Louis.

Gaston grimaça.

— On pourrait, mais ce n'est pas facile de passer un mur avec une échelle de ce type, et Bauer est lourd. Il faudrait surtout connaître le meilleur endroit pour lancer un grappin.

— Et si on envoyait l'un d'entre nous… soliloqua Gaston.

— On serait vite repéré, observa Richebourg.

— La Goutte pourrait se faire passer pour un colporteur, proposa Louis.

— Bonne idée ! reconnut Tilly, mais le laissera-t-on entrer ?

— Essayons ! Sinon, comme la lune est encore pleine, nous bénéficierons d'un peu de lumière, sauf si le temps est couvert. Faire le tour de la ferme afin de trouver un endroit favorable serait dès lors possible, suggéra Louis.

— Faisons ainsi, conclut Gaston après avoir réfléchi. Il nous faut donc ton échelle, des cordes et des grappins.

— Il y aura peut-être des chiens dans la cour, suggéra Richebourg.

1. Voir *L'Homme aux rubans noirs*, du même auteur.

— C'est vrai. Nous laissons deux molosses en liberté la nuit, dans la cour, à Mercy, reconnut Louis.

— Je me procurerai des arbalètes, décida Tilly. Tans pis pour les chiens.

— Une fois dans la cour, il faudra encore entrer dans le corps de logis. Comment est la porte ?

— Ferrée et solide.

— À moins de pouvoir passer par une fenêtre, la seule solution est d'utiliser une mine, déclara Gaston.

— Tu sais utiliser ce genre d'engins ? s'étonna Louis.

— Non, mais peut-être les frères Bouvier.

— Il faut nous procurer de la poudre.

Gaston hocha la tête. Au fur et à mesure de la préparation, il écrivait à la plume d'oie les problèmes qui se présentaient et le matériel dont ils auraient besoin.

— Une fois la porte brisée, nous entrerons, mais est-on certain qu'il n'existe pas d'autre sortie ?

— À vérifier, admit Tilly, mais je ne le pense pas. En revanche, ils pourraient fuir par les fenêtres avec une corde.

— Il ne faut pas leur en donner le temps, intervint Richebourg. Je passerai le premier et serai à l'étage de Mondreville en quelques instants. Si nous attaquons en pleine nuit, ils n'auront même pas le temps de se réveiller.

— L'escalier se trouve en face de la porte, approuva Gaston. Bauer restera au premier palier. Avec le canon à feu, il arrêtera toute résistance.

— Cela fera des morts innocents, remarqua Fronsac.

— Mes parents aussi étaient innocents ! Tu sais, Louis, j'ai fait pendre bien des brigands et je sais que quelques-uns ne méritaient pas la corde. Seulement, ils avaient été pris avec les autres. C'est la malchance.

— Que La Goutte soit au moins en uniforme et que Desgrais annonce qu'ils représentent la justice du roi. Ceux qui se rendront devront être épargnés.

— Et les domestiques ? intervint Richebourg.

— Ils logent au troisième étage, sous les combles. Ils ne sont certainement pas armés et ne nous gêneront pas.

— La porte des appartements de Mondreville, comment est-elle ?

— Je ne m'en souviens pas, mais je ne la crois pas ferrée.

— Il faudra l'enfoncer ou la faire sauter.

— Prévoyons donc deux mines.

— Qui y aura-t-il chez Mondreville ?

— Lui, son fils et quelques serviteurs. Tans pis pour ceux qui résisteront. Quant à Petit-Jacques, c'est-à-dire Bréval, il se trouvera chez lui, à Longnes. Peut-être devrions-nous le prendre avant ? suggéra Gaston.

— Non, quelqu'un pourrait alors prévenir Mondreville, ce qui gâcherait tout. Et, pour tout te dire, Petit-Jacques sera avec Mondreville, dit Louis.

— Comment peux-tu affirmer cela ?

⚜

Ils entendirent des voix dans l'antichambre. La Goutte et Desgrais arrivaient et saluaient Armande. Elle proposa à son mari de servir un repas venu d'une rôtisserie de la rue de la Verrerie.

— Je meurs de faim, reconnut Gaston, qui n'avait pas vu l'heure avancer.

Leur repas à la *Grande Nonnain* était déjà loin.

Desgrais et La Goutte avaient dîné, mais recommencer ne leur faisait pas peur. Les domestiques dressèrent donc une table dans l'antichambre et Armande se joignit aux hommes. Pendant qu'ils se servaient des morceaux du pâté en croûte de belle taille porté par le rôtisseur, Gaston résuma l'affaire au sergent et à l'exempt.

— Il s'agira d'une opération officielle, Desgrais. J'attends une lettre de cachet et un décret de prise de corps. L'arrestation de Petit-Jacques sera donc à ton actif. Cependant la manœuvre ne manque pas de danger et tu es libre de dire non.

— Vous plaisantez, monsieur ! Pour rien au monde, je refuserai de participer à l'arrestation d'un brigand si célèbre il y a trente ans. Racontez-moi plutôt comment vous voyez la chose.

Gaston présenta le plan élaboré, et le rôle de La Goutte.

— Je ferai sans peine le colporteur, assura le sergent. Il y a au Grand-Châtelet une montagne d'almanachs, de livres et d'images saisis chez l'imprimeur Merlot. J'en mettrai quelques poignées dans une hotte en osier.

— Comment faut-il être armé ?

— Bauer arrivera demain avec des corselets, des casques et tout le nécessaire. J'ai aussi ici de quoi vous équiper. Que chacun possède une épée et deux pistolets. Il est inutile de prendre des mousquets. Nous aurons aussi demain les documents officiels envoyés par Son Éminence. Enfin, monsieur Fronsac va proposer aux frères Bouvier de se joindre à nous.

— J'ai une autre visite à accomplir, annonça Louis. Je veux une nouvelle fois interroger Bernardo Gramucci aux Cordeliers.

Ils s'y rendirent après le repas, en compagnie de Richebourg, Desgrais et La Goutte ayant promis de revenir le lendemain en vue d'une ultime conférence.

XXXIX

Aux Cordeliers, Bernardo Gramucci les reçut dans sa cellule. Gaston et Louis présentèrent Richebourg et racontèrent l'avoir retrouvé dans la maison du chevalier de Valois, laquelle avait appartenu à Mondreville puis à Bréval, après 1617.

— Ils avaient dû mettre la main sur les actes de propriété que Nardi conservait au premier étage, fit Gramucci.

Louis annonça ensuite au prieur qu'ils partiraient le surlendemain se saisir de Mondreville, s'installant discrètement dans la maison de Tilly pour attendre la nuit durant laquelle ils attaqueraient.

Ayant écouté leur plan, le cordelier y vit plusieurs faiblesses :

— Mondreville s'attend à votre arrivée. Il y aura des sentinelles, des chiens, et tout le monde sera sur le qui-vive, même la nuit. Au moindre bruit, vous serez repérés. Or, ils connaissent les lieux et sont autrement plus nombreux que vous.

— Nous n'avons pas de solution de rechange, répliqua Gaston, maussade.

— Je peux quand même vous faire quelques suggestions, proposa Gramucci.

Il les leur exposa avant d'ajouter :

— Après votre dernière visite, je me suis souvenu de quelque chose dont je ne vous avais pas parlé.

— Quoi donc ? demanda Tilly.

— C'est de peu d'importance, mais il s'agit d'un souvenir qui m'obsède maintenant, des paroles qu'a prononcées madame la maréchale avant son exécution.

— Qu'a-t-elle dit ? s'enquit Louis.

Le prieur resta un moment les yeux dans le vague, comme plongé dans ses souvenirs.

— La foule criait : « La diablesse ! La sorcière ! La vilaine ! » madame la maréchale restait digne, serrant seulement une croix contre elle. J'étais au pied de l'échafaud. Je peux vous l'avouer, je pleurais. Puis le silence s'est fait, comme pour toute exécution au moment fatidique où la vie va être détachée de l'enveloppe terrestre. L'exécuteur lui a conseillé de se recommander à Dieu. Elle a pardonné à ses bourreaux, comme l'exige la tradition, et, à cet instant, j'ai suivi son regard et aperçu Mondreville et Petit-Jacques. Elle aussi venait de reconnaître le premier. Elle a alors murmuré, en italien, un anathème que je suis seul à avoir entendu.

— Qu'a-t-elle dit ? répéta Louis.

— « *Mondreville ! La mia maledizione andrà a seguirti fino che la tua pelle e la pelle della tua pelle cadonno sul patibolo.* »

Comme trente ans plus tôt, le prieur se signa, tant on ne pouvait proférer sans risque des appels au démon.

— On lui a bandé les yeux, et le bourreau lui a tranché la tête.

— « Ma malédiction te poursuivra jusqu'à ce que ta chair et la chair de ta chair tombent sur l'échafaud ! » traduisit Louis, malgré tout impressionné par ce récit. Mondreville et son fils périront donc sur l'échafaud…

— Corne bouc ! Tu ne vas pas croire à ce genre de billevesées, Louis ! s'exclama Gaston. S'ils finissent sur l'échafaud, c'est nous qui les y enverrons, pas la Galigaï ! Parlez-nous plutôt de Petit-Jacques, monsieur Gramucci. Vous êtes le seul encore vivant à l'avoir vu et côtoyé. Vous souvenez-vous de son allure ? Je vous l'ai dit, je suis persuadé que c'est l'ami de Mondreville, un nommé Bréval.

— Pas très grand, trapu. Mondreville et lui avaient la même taille. Il possédait surtout le regard d'un scélérat, d'un homme qui ne craint personne. À quoi ressemble ce Bréval ?

— Petite taille, dans la cinquantaine, il s'habille comme un bourgeois, d'une tenue sombre, porte une moustache et une courte barbe en pointe piquée de gris avec des cheveux taillés court.

Le prieur grimaça un sourire.

— Certainement des milliers d'hommes correspondent à cette description. Mais il est vrai que Petit-Jacques devait avoir la vingtaine, donc aujourd'hui il aurait bien cinquante ans.

— Votre description correspond à celle de Bréval, conclut Tilly. Une fois arrêté, je le ramènerai à Paris et compte sur vous pour le reconnaître quand il pourrira à la Bastille.

— Si vous y tenez, fit Gramucci, comme absent.

⚜

Peu après leur départ, le prieur quitta le couvent à pied. Bernardo Gramucci aurait souhaité dormir aux Cordeliers de Noisy, mais c'était trop loin. La nuit tombée, il s'arrêta donc aux Capucins de Meudon où on lui servit une soupe et offrit une paillasse. Il repartit à l'aube crevant, demandant son chemin jusqu'au couvent de Montfort, fondé par le duc d'Épernon. Il y passa la nuit et, s'étant fait expliquer le chemin de Tilly et Mondreville, arriva à la ferme fortifiée dans l'après-midi.

Au pont-levis, il sollicita le seigneur de Mondreville. Les moines les plus humbles, comme les cordeliers, recevaient facilement l'hospitalité dans les campagnes. Croyant qu'il cherchait un toit et un dîner, le sergent de garde le conduisit aux cuisines en se disant que c'était le jour des visites. D'abord un colporteur et maintenant un moine !

Gramucci se restaura puis insista pour rencontrer le prévôt, aussi le sergent l'accompagna-t-il au deuxième étage.

Il fut reçu dans une chambre d'apparat contenant un grand lit. S'y trouvaient Mondreville, qu'il reconnut immédiatement, et quelques hommes qu'il n'avait jamais vus, sauf un.

— Que voulez-vous, mon père ? s'enquit le prévôt.

— Vous ne me reconnaissez pas, monsieur ?

Assis sur un fauteuil, le maître des lieux jouait aux cartes avec celui que le cordelier avait identifié. Intrigué, il se leva et s'approcha pour examiner le moine.

— Je vous ai déjà croisé, mon père ?

— Et vous, vous ne me reconnaissez pas ? demanda le prieur au compagnon de Mondreville.

Celui-ci s'approcha à son tour.

— Votre visage me dit quelque chose.

— Certes... nous n'avons passé que trois jours ensemble.

— Trois jours...

— Il y a trente-deux ans.

— Gramucci !

— Oui, cordelier depuis trente-deux ans.

— Vous êtes devenu moine !

— Après la mort de monseigneur.

— Jamais je n'aurais pensé vous revoir, déclara Mondreville, d'un ton égal.

— Moi non plus.

— Mais que nous vaut l'honneur de votre visite ? interrogea Mondreville, légèrement menaçant.

— Je crois bien avoir perdu la foi, messieurs. La vie de moine est trop dure pour un homme tel que moi.

— Je comprends... Comment nous avez-vous trouvés ?

Bernardo Gramucci jeta un regard vers les autres personnes présentes dans la chambre. Elles jouaient aussi aux cartes quand on l'avait fait entrer mais s'étaient interrompues pour les écouter. Des truands, dont l'un défiguré.

— Pourrions-nous en parler tranquillement ?

Mondreville hocha la tête et lui fit signe. La pièce suivante, en enfilade, était sa chambre privée.

L'autre homme les accompagna.

Mondreville ferma la porte et répéta sa question, sur un ton un peu plus dur.

— Comment nous avez-vous trouvés ?

— J'ai eu la visite de deux gentilshommes qui vous connaissent : Fronsac et Tilly. Ils m'ont posé toutes sortes de questions.

— Que voulaient-ils exactement ?

— Ils préparent quelque chose, mais cette information a un prix.

— Je comprends, acquiesça Mondreville après un instant. Combien ?

— Cinq mille livres et je vous dis tout.

— C'est beaucoup.

— Pas pour vous.

— Que ferez-vous si j'accepte ?

— Si vous m'offrez l'hospitalité et un cheval, je quitterai la France pour la Hollande dès demain.

— Comment Fronsac vous a-t-il approché ?

— Cela fait partie du marché.

— D'accord, mais qui m'empêchera de vous reprendre ce que j'aurai donné, une fois tout révélé ?

— Mes précautions ! Je rejoins Nardi en Hollande et je lui ai écrit. Si je n'arrive pas, il enverra un courrier au chancelier.

— Nardi est vivant ?

— Aussi.

— Soit ! décida Mondreville. Vous aurez votre argent.

— Où est-il ?

Le lieutenant du prévôt désigna une armoire.

— Là. Voulez-vous que je compte la somme tout de suite ?

— Je vous fais confiance. Puis-je passer la nuit ici ?

— Oui, et je vous offrirai un cheval.

— Je prendrai l'argent en partant. Fronsac et Tilly possèdent un décret de prise de corps contre vous. Ils ont rassemblé une troupe et attaqueront votre maison la nuit prochaine. Vous disposez d'une journée pour fuir ou la mettre en défense.

Les deux hommes restèrent silencieux un moment.

— Combien sont-ils ?

— Une dizaine.

— Comment comptent-ils entrer ?

— Avec une échelle de corde, dans la cour. Ils passeront le mur et vous surprendront dans la nuit.

— Ils ne nous surprendront pas ! s'exclama Mondreville en un rire cruel. Nous les attendrons, et ils disparaîtront, définitivement.

Le prieur des Cordeliers l'approuva d'un signe de tête.

— Vous pourriez repartir avec plus de cinq mille livres, proposa alors le compagnon de Mondreville.

— Comment cela ?

— Vous avez vu ceux à côté ? dit-il en désignant la porte.

— Oui, des estropiats !

— Un nouveau transport de la recette des tailles doit avoir lieu. Il y aura deux millions. Pourquoi ne pas en être ? Quelqu'un comme vous serait utile.

Le cordelier ferma les yeux un instant avant de demander :

— Quand ?

— Pour l'heure, nous l'ignorons, mais un homme à nous surveille la maison du receveur général, à Rouen. Quand le transport se mettra en route, il accourra nous prévenir. Nous enverrons alors quelqu'un à Vernon évaluer l'escorte.

— Je n'ai pas envie de patienter des semaines et monsieur Nardi m'attend.

— Réfléchissez quand même, vous repartiriez avec quelques centaines de milliers de livres. Quant à Nardi, il est possible de lui envoyer un messager…

Le prieur ne releva pas. Mondreville comprit le refus.

— Je vais donner des ordres pour vous loger. Vous partagerez un grand lit à l'étage au-dessous où résident mes archers et mes sergents. Venez avec moi.

Ils repassèrent dans la chambre d'apparat, puis sortirent de l'appartement.

— Je suis surpris que vous nous ayez reconnus si vite, avoua Mondreville dans l'escalier. Je croyais que nous avions bien changé !

— Changé en effet ! se dérida le cordelier.

Ils éclatèrent de rire.

⚜

Après leur visite, Tilly ramena Richebourg chez lui pour qu'il choisisse son équipement, tandis que Louis se rendit à l'étude familiale, rue des Quatre-Fils. Là-bas, il raconta à son père, sa mère et son frère les dernières péripéties vécues avec Gaston, puis demanda s'il pouvait emprunter les frères Bouvier. Bien sûr, le notaire accepta, et Louis réunit les deux frères dans la salle commune, entre la cuisine et le grand vestibule de l'étude.

Anciens soldats, Guillaume et Jacques Bouvier étaient entrés au service de M. Fronsac lorsque Louis n'avait que douze ans. À cette époque, l'étude ayant été attaquée par des bandits, le notaire avait engagé des gardes du corps. Comme ils n'étaient guère occupés, leur besogne consistait surtout à nettoyer la cour du fumier et du crottin des visiteurs. Désormais âgés et ventripotents, si les deux frères ressemblaient maintenant à de braves gardiens, en réalité, ils demeuraient d'effroyables brutes d'une impitoyable sauvagerie.

Louis leur raconta l'histoire du vol de 1617, la mort des parents de Gaston et son récent emprisonnement. Il termina ainsi :

— Son Éminence nous a promis un décret de prise de corps, aussi agirons-nous au nom du roi. Mais ce Mondreville et ses gens ne se laisseront pas saisir. Il y aura bataille et je comprendrais que vous ne vouliez pas venir. Bien sûr, c'est moi qui vous équiperai.

— Vous plaisantez, monsieur ! protesta Guillaume. Nous nous rouillons ici ! Pour une fois qu'on pourra s'amuser ! Et puis, vous avez besoin de gardes du corps !

Louis n'avait jamais douté de leur décision.

— Venez demain après-midi chez monsieur de Tilly. Tous réunis, nous vous expliquerons le plan. Vous souperez là-bas et nous partirons après-demain à l'aube crevant. Voici cinquante écus. Ils sont pour louer des montures qui vous conviennent. Il y aura aussi du butin, après l'arrestation.

⚜

Le lendemain, Bauer arriva rue des Blancs-Manteaux après dîner. Le carrosse, conduit par Nicolas, débordait d'épées, pistolets, cuirasses, casques et brigandines. Le géant bavarois avait emporté l'équipement saisi aux cuirassiers du Württemberg ayant attaqué Mercy à la fin de l'hiver [1]. Les plastrons de fer et les cuirasses, tous doublés de cuir, étaient confortables. Il y avait aussi des tassettes pour protéger les jambes, des casques avec couvre-chefs et des épées de bonnes lames faites pour les coups de taille. Surtout, l'équipement noirci serait invisible la nuit.

Germain Gaultier prévint Bauer que leur maître se trouvait chez Gaston. Le carrosse repartit pour la rue de la Verrerie où toutes les armes furent montées à l'étage.

1. Voir *Le Secret de l'enclos du Temple*, du même auteur.

⚜

Un peu plus tard, Charles de Baatz, seigneur d'Artagnan, se présenta au moment où les domestiques s'apprêtaient à dresser une grande table dans l'antichambre, les membres de l'expédition allant souper. D'Artagnan appartenait au cardinal depuis la dissolution du corps des mousquetaires de M. de Tréville. Homme de confiance du ministre, on le chargeait des dépêches importantes.

Comme souvent, il était élégamment vêtu, non en bourgeois mais en gentilhomme de Cour, avec un pourpoint cramoisi piqueté d'un petit motif en fil d'argent, une chemise à grand col aux manchettes de dentelle garnies de nœuds de rubans, des culottes de drap portant des flots de galants rouges, des bas de soie et des souliers à talons et bouts carrés, ornés de nœuds. Il avait dû venir en carrosse, car il n'était pas crotté. Seule fausse note dans cette tenue raffinée : une rapière de duel suspendue à son baudrier brodé.

— Monsieur de Tilly ! Monsieur le marquis ! s'exclama-t-il en les étreignant successivement dans une sincère brassée. Quel plaisir ! Quand Son Éminence m'a dit avoir à vous faire porter quelques papiers, je l'ai suppliée de me les confier tant j'avais hâte de vous revoir. D'ailleurs, les voici, dit-il en les sortant d'une poche du manteau porté sur ses épaules.

Gaston les prit, tandis que Baatz humait l'air en caressant sa moustache en crocs.

— Cela sent rudement bon chez vous, fit-il avec envie.

— Pâté d'anguilles, bisque de pigeons et terrine de saumon au premier service, pieds de veau farcis et poulardes aux truffes au deuxième service, tourte d'agneau à la crème et truffes au court-bouillon au troisième ! s'exclama Bauer qui, arrivant de la cuisine, accola à son tour d'Artagnan.

Pendant ce temps, Gaston lisait les documents remis par l'ancien mousquetaire.

Le premier était une ordonnance de prise de corps rendue contre les nommés Petit-Jacques et Jacques Mondreville, pour être ouïs par leur bouche sur des faits de brigandage. Le décret, signé du procureur général, précisait qu'on les devait conduire à la Bastille et mettre au secret. Le second papier était une lettre pliée et cachetée par ce sceau plus petit que celui de la chancellerie, dit du secret. Était jointe une copie non cachetée :

« M. Leclerc du Tremblay, mon intention étant que les nommés Petit-Jacques et Jacques Mondreville soient conduits en mon château de la Bastille par M. Gaston de Tilly, procureur en la prévôté de mon Hôtel.

« Je vous écris cette lettre pour vous dire que vous avez à les y recevoir lorsqu'ils y seront amenés et à les y garder et retenir au secret jusqu'à nouvel ordre de ma part. La présente n'étant à d'autre fin, je prie Dieu qu'il vous ait, M. du Tremblay, en sa sainte garde.

« Écrit à Paris, le 22 septembre 1649, Louis. »

Une lettre de cachet en bonne et due forme. Satisfait, Tilly passa les papiers à Desgrais.

— Pourquoi ne resteriez-vous pas souper avec nous, monsieur de Baatz ? sourit-il. Vous feriez connaissance avec monsieur de Richebourg, fine lame comme vous, et vous savez combien mon épouse apprécie vos visites. Pour parler franc, nous avons décidé d'un plantureux repas, au cas où ce serait le dernier !

— Je devais rester chez moi mais votre souper m'a l'air plus attrayant ! répondit le Gascon d'une voix de stentor, et je suis incapable de résister à la tentation de ces flacons poussiéreux que votre servante vient de poser !

— Nous parlions de notre expédition, ajouta Fronsac en le conduisant dans la bibliothèque où se trouvaient les autres participants de l'entreprise. Votre sentiment va nous être utile, monsieur de Baatz.

XL

Le 24 septembre 1649

Le colporteur se dirigeait vers le pont-levis quand le factionnaire de garde donna l'alerte. Aussitôt deux archers vinrent à sa rencontre pour le conduire dans la maison forte ; les lieutenants des prévôts des maréchaux étant aussi chargés d'empêcher les marchands ambulants de faire circuler des pamphlets interdits. Pourtant les gens de Mondreville n'avaient pas seulement arrêté le visiteur pour vérifier sa hotte, ils voulaient aussi profiter des nouvelles qu'il apportait. C'est que, depuis quelques semaines, le prévôt ne sortait plus et ne recevait personne. Aussi, les habitants de la maison ne savaient-ils rien de ce qui se passait dans le royaume, sinon de vagues rumeurs circulant sur le parvis, après la messe.

Le visiteur fut conduit près d'un homme sachant lire qui examina ce qu'il transportait. N'ayant rien trouvé d'interdit, il le laissa aller à la cuisine où on lui servit du potage avec du pain de seigle et un pichet de piquette pendant que les serviteurs regardaient les ouvrages de la hotte. La Goutte, car c'était lui, les laissa faire.

Le sergent du Châtelet avait apporté toutes sortes d'almanachs – dont ceux de Nostradamus –, des livres de contes et de chansons, et surtout des exemplaires du *Calendrier des bergers* avec les prévisions du temps à venir, les annonces des jours fastes et néfastes et celle des foires. Très illustrés, on pouvait les comprendre sans savoir lire, aussi ce calendrier était-il recherché par les femmes, d'autant plus qu'il contenait des recettes de cuisine.

Tout en mangeant, La Goutte posait des questions innocentes sur le nombre d'archers dans la ferme, les entrées du bâtiment, les chiens de garde et les sentinelles.

Petit, maigrichon et franchement laid, le sergent était un grand coureur de jupons, même s'il fréquentait surtout les ribaudes vérolées. Pour des raisons inexplicables, peut-être parce qu'il savait lire et se montrait beau parleur après avoir bu, il plaisait aux femmes de peu. Quand la plupart des hommes furent partis, il montra aux servantes et aux cuisinières ses ouvrages de la Bibliothèque bleue illustrés de gravures sur bois, dont il avait apporté les plus connus : *la Malice des femmes*, *la Méchanceté des filles*, *la Consolation pour les cocus* et *le Secret des Secrets du Petit Albert et autres philosophes hébreux, grecs, arabes, chaldéens, latins et modernes*.

Ce dernier livre, plein de formules mystérieuses dont celles de l'ensorcellement d'amour, rencontra un grand succès. Il vendit tous ses exemplaires.

Les achats terminés, La Goutte rangea son matériel, prenant garde à ce qu'un paquet de saucisses, préalablement apporté, soit sur le dessus de la hotte. Une idée de d'Artagnan : de la charcutaille remplie de pavot.

Quittant la cuisine, il retourna dans la cour. À son arrivée, les chiens étaient venus le sentir. Face au lévrier toujours là, couché devant le seuil, La Goutte posa sa hotte, prit discrètement les saucisses et alla uriner contre un mur. Personne ne faisant attention à lui, il en jeta une au chien qui l'avait suivi. L'animal l'avala d'une bouchée. Le sergent s'approcha alors d'une autre bête, un dogue, à qui il parla un moment en faisant tomber une seconde saucisse. Deux molosses dormaient encore l'un près de l'autre, il leur abandonna le reste de la viande droguée avant de retourner vers son barda, en ayant aussi profité pour observer les lieux et repérer les passages où le mur était le plus bas.

Revenant au porche d'entrée, il aida les gardes à baisser le pont-levis avec la grosse manivelle, puis s'éloigna en sifflotant, satisfait de la dizaine de liards gagnés par ses ventes.

⚜

La nuit vint. À une lieue de Mondreville, pas très loin de Tilly, la troupe attendait dans un bois.

La Goutte les ayant rejoints, il raconta sa visite en revêtant son habit de sergent à verge. Sur le coup de onze heures, les deux carrosses prirent le chemin de Mondreville. À l'entrée du village, ils laissèrent les voitures à la garde de Nicolas et se dirigèrent à pied, à travers champs, vers la ferme fortifiée.

⚜

C'était en vérité une troupe terrifiante. Revêtus de cuirasses ou de plastrons noirs, coiffés de bourguignottes à couvre-nuque, ils rappelaient ces légions de diables descendus sur terre que l'on voit dans les églises. Quelques-uns, dont Louis et Gaston, avaient la cuirasse prolongée de tassettes sur les cuisses. Tous portaient une lourde épée et un ou deux longs pistolets au travers de leurs baudriers. Bauer y ajoutait son espadon et Guillaume Bouvier le canon à feu. Les autres transportaient cordes, grappins, échelle, poudre et balles.

Arrivés à la ferme, ils suivirent les indications de La Goutte. Devant le fossé asséché, peu profond, s'étendait un champ de seigle moissonné ; ils contournèrent un tas de gerbes n'ayant pas été rentrées. Louis leva les yeux vers le corps de logis au-dessus d'eux.

Aucune lumière ne brillait. Tout le monde dormait comme ils l'avaient prévu.

Ils purent donc poursuivre jusqu'à l'endroit choisi par La Goutte. De l'autre côté du mur, expliqua-t-il à voix basse, se trouvait un chemin de ronde avec une échelle. Une fois en haut, ils descendraient facilement.

Bauer lança le grappin, qui s'accrocha sur un créneau sans faire le moindre bruit, Guillaume Bouvier ayant pris la précaution d'entourer les morceaux de fer de tissu. Ils attendirent un moment, mais aucun chien n'aboya. Gaston grimpa le premier. Arrivé en haut, il eut beaucoup de difficulté avant de trouver une prise lui permettant de lâcher la corde et d'agripper le mur. Finalement, il parvint à passer une jambe dans un créneau, puis son corps tout entier. Une fois de l'autre côté, il s'installa sur le chemin de ronde et examina la cour obscure. Tout était silencieux. S'il y avait des chiens en liberté, ils dormaient, drogués par le pavot.

Déjà Louis avait lié l'échelle à l'extrémité de la corde. Gaston la tira doucement et l'attacha à l'extrémité d'un merlon. Immédiatement, Bauer monta. Tilly lui tendit la main et l'aida à passer. Les autres grimpèrent après avoir soigneusement attaché armes, lanternes et équipements sur leur dos ou leur ceinture.

Ils étaient dans une semi-obscurité. La Goutte montra l'endroit où se trouvait l'échelle. Ils l'empruntèrent. Toujours en tête, Gaston tenait une courte arbalète à la main, tout comme Desgrais. Les autres tiraient leurs épées.

Ils entendirent alors de faibles sons de voix venant des tourelles du porche. Les sentinelles ne se montraient guère vigilantes. Quand un chien grogna, ou plutôt gémit, ils se figèrent jusqu'à ce que le râle cesse.

La Goutte les guida vers la porte d'entrée de la maison où les deux frères Bouvier attachèrent le petit baril de poudre au loquet. Pendant ce temps, La Goutte surveillait un chien qui continuait de gémir. Desgrais avait son arbalète prête si la bête s'approchait.

Quand la mèche fut installée au tonnelet, Guillaume Bouvier leur indiqua où se mettre à l'abri. Ils avaient tous, maintenant, sorti leurs armes. À peine la déflagration aurait-elle eu lieu qu'ils se précipiteraient dans l'escalier. Chacun savait ce qu'il avait à faire.

Protégé par ses compagnons de façon à rester invisible des sentinelles, Louis alluma les trois lanternes. Ensuite Guillaume enflamma une chandelle à l'une des bougies, puis mit le feu à la mèche courte.

Comme le leur avait ordonné Guillaume, ils avaient appuyé leurs mains sur leurs oreilles quand la déflagration retentit. Malgré cette précaution, Louis resta étourdi un instant. Bauer, qui avait l'habitude, s'était déjà élancé, suivi de Guillaume et de Jacques. Ensuite ce furent Gaston et Desgrais. Finalement, Fronsac bouscula La Goutte pour ne pas être dernier.

L'explosion passée, le silence revint un instant, jusqu'à ce que retentissent des cris d'alarme. Déjà Bauer atteignait le premier étage avec son canon à feu. Il devait y rester avec Desgrais.

Tandis que les autres montaient aux paliers supérieurs, le Bavarois s'installa tranquillement devant la porte et fit feu par deux fois. Ce n'était pas ce qui était prévu, car il devait demander la reddition des occupants avant d'agir, mais lui n'en avait cure. Il savait que, dans ce genre d'assaut, celui qui tirait le premier obtenait un avantage déterminant.

La porte déchiquetée, des hurlements retentirent de l'autre côté.

Desgrais lança :

— Je suis exempt de police ! La maison est investie par les troupes de l'Hôtel du roi. Restez où vous êtes ou vous perdrez la vie !

Il répéta l'avertissement trois fois et personne ne tenta de sortir. Il glissa alors ses pistolets dans son baudrier et sortit la baguette blanche que les exempts brandissaient dans les arrestations. Voyant la situation entre leurs mains, Bauer s'installa devant la cage d'escalier, se doutant que les deux sentinelles du pont-levis allaient arriver.

⚜

Gaston, Louis, Guillaume et Richebourg s'arrêtèrent au deuxième étage, tandis que La Goutte et Jacques montaient dans les combles s'occuper des domestiques.

Guillaume s'apprêtait à placer le second tonnelet de poudre quand résonnèrent des bruits de verrous. Brusquement la porte s'ouvrit et trois coups de pistolets retentirent, heureusement sans toucher personne.

Immédiatement après, Gaston donna un coup de botte dans le battant et se précipita dans la pièce, épée et pistolet en main.

C'était la salle où Mondreville l'avait reçu. Éclairée d'un flambeau que l'on venait d'allumer, quatre hommes se tenaient devant lui, en chausses et chemise. Deux avaient pistolets et épée, les deux autres de grands coutelas.

Gaston ne les connaissait pas. Peu importait. Il tira sur le plus proche pistolet. Guillaume, derrière lui, fit feu presque simultanément. L'un des individus, atteint à l'œil s'écroula. Tilly remarqua juste ses cheveux jaunes et sales. L'adversaire de Guillaume, chauve et édenté, fut touché au-dessous de l'épaule gauche et hurla, mais conserva sa lame à la main.

— Jetez vos armes ! leur cria Gaston qui n'avait utilisé qu'une balle du pistolet à quatre coups que Louis lui avait offert, quelques années plus tôt.

Il voulait éviter les morts pour interroger les prisonniers. Quant à Fronsac et Richebourg, ils avaient conservé leur puissance de feu.

— Je vous arrête au nom du roi ! poursuivit-il. (Il les abusait puisqu'un procureur ne pouvait procéder à une arrestation.)

À ce moment, se produisirent deux événements simultanés. Un nouveau tir du canon à feu de Bauer fit trembler la maison et la porte du fond s'ouvrit. Bréval, Mondreville et son fils surgirent, armés chacun d'un pistolet et d'une épée.

Malgré l'obscurité, Mondreville reconnut Tilly. Il tira et rentra aussitôt dans la chambre dont il claqua la porte derrière lui.

Personne ne fut touché par ce tir trop rapide mais Charles Mondreville et Bréval étaient demeurés de l'autre côté, le négociant en blé visiblement paralysé par la surprise et le fils Mondreville par la peur. Reste qu'ils tenaient chacun un pistolet à silex fort menaçant.

— Rendez-vous ! répéta Gaston. Au nom du roi !

Personne ne bougea.

— Croyez-vous que je vais me laisser faire… ricana l'un des inconnus tenant une épée.

Reculant de quelques pas, il se rapprocha du flambeau. C'est à la lumière de la flamme que Fronsac reconnut son visage. Passé l'instant de stupeur, il lança :

— L'*Échafaud* ! Je n'aurais pas pensé te retrouver ici !

Louis avait deviné le bandit sur le point de jeter le flambeau pour s'enfuir à la faveur de l'obscurité. En lançant son nom à la cantonade, il espérait donc le truand suffisamment surpris pour interrompre son geste.

C'est ce qui se produisit.

— Qui êtes-vous pour me connaître ? demanda le *Grand Coesre*, interloqué.

— Mon visage ne t'évoquera rien, compère, mais peut-être te rappelles-tu ma voix ? Ce sera notre dernière rencontre avant qu'on ne te mette sur la roue.

Le *Grand Coesre* fixa Louis un instant et la stupéfaction fit place à la rage.

— *La Potence* !

Immédiatement, pris d'une rage démentielle, le brigand se précipita sur Louis, épée haute. Mais il n'avait pas fait deux pas que le pistolet de Gaston avait craché. La balle atteignit le voleur dans la poitrine, l'arrêtant net. Dans la seconde, Louis avait aussi tiré, visant le visage déjà défiguré.

L'*Échafaud* s'écroula, la tête ensanglantée.

Ni Bréval ni Mondreville n'avaient bougé, terrorisés par cette violence dont ils n'avaient pas l'habitude.

— Jetez tous vos armes ! ordonna Tilly, faisant rapidement tourner les deux canons de son pistolet pour s'autoriser deux autres tirs.

Les deux complices de l'*Échafaud*, celui déjà blessé et l'autre qui tenait un coutelas, lâchèrent leurs armes. Aussitôt Richebourg se précipita vers eux et les fit mettre à genoux.

— Richebourg ! Laissez-moi au moins la possibilité de vous tuer ! lança alors d'une voix aiguë le jeune Mondreville qui venait de le reconnaître.

— Non, Charles ! cria Bréval. Nous n'avons rien fait ! Ils ne peuvent rien contre nous ! Le Parlement nous fera remettre en liberté !

Richebourg se tourna vers le garçon, le visage dur.

— Je suis à vos ordres, monsieur, mais jetez d'abord ce pistolet.

— Le duel sera-t-il honorable ? lança Charles Mondreville.

— Je m'y engage, répondit Gaston qui comprenait que Richebourg avait aussi un rude compte à régler.

Tout le monde s'écarta, laissant un espace libre au milieu de la salle. Thibault et Charles tombèrent en garde.

— Je ne veux pas que tu te battes ! supplia Bréval à l'attention du jeune homme.

— Jetez votre pistolet, Bréval ! lui répliqua Tilly, sinon je tire.

Affolé, le négociant laissa tomber son arme et son épée.

La victoire était presque complète, songea Louis tandis que Guillaume donnait un coup de botte dans le visage d'un des deux prisonniers qui tentait de se relever, lui brisant la mâchoire.

Gaston s'approcha alors de Bréval.

— C'est la fin, Petit-Jacques, dit-il en mettant la pointe de son épée sous sa gorge.

— Croyez-vous ? répondit le négociant, blanc comme un linceul.

⚜

Au deuxième étage, La Goutte et Jacques Bouvier avaient rassemblé les domestiques apeurés. Quelques hommes avaient tenté de protester mais le premier, en uniforme sous sa cuirasse de fer, tenant son bâton fleurdelisé de la main gauche, représentait l'autorité du roi que personne n'était prêt à contester. De plus, Jacques Bouvier, effrayant dans son équipement noir, tenait deux pistolets menaçants. Finalement les domestiques furent réunis dans une seule pièce. La Goutte leur expliqua solennellement qu'il détenait une lettre de cachet contre leur maître et n'auraient aucun mal s'ils se laissaient faire. Finalement il abandonna les prisonniers à la garde de Jacques et descendit aider ses compagnons.

Arrivé dans la salle du premier étage, il claironna :

— Nous sommes maîtres des domestiques !

Comme si ces paroles correspondaient à un signal, les épées des duellistes s'entrechoquèrent. Le jeune Mondreville avait lancé le premier assaut que Richebourg para facilement. Charles se lança aussitôt dans une série de battements appris par son maître d'armes, lui expliquant que c'était une façon imparable de faire perdre confiance à son adversaire. Richebourg recula et céda en se dégageant, cherchant seulement à jauger ce que valait le garçon.

Puis, il battit son fer deux ou trois fois dans de brèves attaques lui permettant de constater à quel point l'autre se révélait un piètre escrimeur. De plus, Charles avait une médiocre colichemarde quand Thibault avait le fer de sa famille, lame deux fois plus lourde. Jugeant pouvoir en finir rapidement, il conduisit plusieurs contre-pointes, égratignant chaque fois son adversaire afin de l'affaiblir. Mondreville recula peu à peu, se rapprochant de Bréval comme s'il cherchait sa protection. C'est alors que Richebourg en eut assez et se fendit pour lui percer le bras.

De façon inattendue, Bréval se jeta en avant, bousculant Charles pour s'interposer. Et ce fut lui qui reçut la lame dans la poitrine. Un flot de sang remontant dans sa gorge, il s'écroula sur le corps de l'*Échafaud.*

Richebourg, stupéfait, resta un moment désemparé, puis retira l'épée du corps du marchand de blé. Plus rapide, Mondreville s'était baissé et avait ramassé le pistolet à silex de Bréval. Il le saisit et le brandit vers Richebourg :

— Tu n'auras jamais Anaïs ! Meurs donc assassin !

Avant qu'il n'ait pu tirer, Tilly lui avait à son tour passé l'épée au travers des reins. Le garçon laissa tomber le pistolet et cracha un flot de sang. Il eut le temps de balbutier un dernier mot :

— Père…

Et tomba sur l'*Échafaud*.

XLI

Au premier étage, tandis que Bauer attendait les sentinelles, la fumée du canon à feu se dissipa peu à peu et Desgrais découvrit le carnage. Quatre hommes perdant leur sang de multiples plaies gémissaient sur le pavé, atteints par la grenaille ou des échardes de bois. Un cinquième était déchiqueté. Les deux derniers, encore debout, paraissaient abasourdis.

L'exempt balaya la salle des yeux, meublée de deux immenses lits fermés par des portières à rideaux. Il y découvrit plusieurs coffres sur lesquels étaient entreposés des mousquets et des épées. Au milieu se dressait une table couverte de débris de flacons de vin. Au fond, une autre porte, fermée.

Soudain, une voix se fit entendre, provenant d'un des lits.

— Messieurs, je suis Gramucci. Ne me tirez pas dessus !

— Sortez sans crainte ! cria Desgrais.

Le cordelier sortit du lit par une portière.

— Si nous avions su votre présence, Bauer n'aurait jamais tiré ! s'excusa Desgrais.

— J'ai tout fait pour obtenir de dormir dans la pièce d'à côté, mais ils n'ont pas voulu, expliqua le cordelier. Ils sont encore quatre dedans.

Peuvent ils fuir ?

— À part sauter d'une fenêtre, non !

À cet instant, le canon à feu tonna. L'un des deux hommes debout se jeta à genoux et se mit à prier. Les blessés gémissaient.

— Monsieur Bauer attendait les sentinelles. Elles viennent d'arriver, paix à leur âme, fit Desgrais.

En effet, tout était terminé car le Bavarois entra.

— La place est à nous, annonça-t-il.

Avisant Gramucci en robe de moine, il demanda :

— C'est notre ami cordelier ?

— Bernardo Gramucci, se présenta l'ancien secrétaire de Concini. Vous êtes le fameux Bauer ? C'est avec ça que vous avez tiré ?

— Oui. Que fait-on de ces gueux ? Dois-je leur couper la gorge ?

— Pour l'instant, il s'agit de mes prisonniers, le calma Desgrais. Et il en reste quatre dans cette pièce.

— Ceux-là vont se rendre ! décida Bauer d'un air menaçant.

— Toi !

Il s'adressa à l'un des deux hommes valides :

— Va à la porte et raconte à tes amis ce qui est arrivé. Je leur laisse une minute, après je les transforme en hachis.

L'autre obéit pendant que Desgrais emmenait Gramucci vers le palier.

— Monsieur Fronsac est à l'étage supérieur, expliqua-t-il. Voulez-vous une arme ? Il y a eu échange de coups de feu, tout à l'heure.

— Donnez-moi ce que vous avez.

— Votre plan s'est déroulé parfaitement, ajouta Desgrais en tendant son épée. Tout le monde dormait quand nous sommes arrivés.

— Je leur avais dit que vous attaqueriez plus tard. À aucun moment, Petit-Jacques n'a cru que je lui mentais et la garde a été réduite au minimum ce soir afin que ses hommes puissent veiller la nuit prochaine ! sourit le cordelier. Voici le genre de stratagème qui fait gagner une bataille !

⚜

À peine Charles Mondreville et Bréval tombés, Louis s'était précipité vers la porte de la chambre, entraînant La Goutte avec lui.

— Il en reste un autre de l'autre côté !

Il tenta d'ouvrir, mais la serrure était verrouillée.

Gaston était resté un instant désemparé devant les corps de Bréval et de Charles Mondreville dont il n'avait pas souhaité la mort, mais son émotion ne dura guère.

— Richebourg, aidez-moi ! Prenons ce meuble pour enfoncer la porte !

Aussitôt dit, ils se saisirent d'un lourd banc de chêne, tandis que Guillaume surveillait les prisonniers. Avec La Goutte et Louis en renfort, les gonds furent arrachés en quelques coups.

— Attention ! Mondreville est armé, cria Tilly, s'écartant de l'ouverture.

Mais il n'y eut aucun coup de feu. Fronsac s'empara de la lanterne et la fit glisser sur le sol de la chambre. Illuminée, la pièce parut vide.

Gaston prit le flambeau et s'avança le premier. La fenêtre et le volet étant ouverts, un vent glacial entrait dans les lieux.

— Fouillons, dit Gaston, et surtout sous le lit. C'est un piège bien connu de laisser une fenêtre ouverte pour faire croire qu'on est sorti par là. Richebourg, gardez la porte !

Seulement Mondreville ne se trouvait nulle part. Louis s'approcha de la fenêtre. La lune voilée par un nuage, on ne voyait rien, mais il se souvint des gerbes entassées. Seule explication : Mondreville connaissait l'existence du tas et avait sauté dedans. Soit il était loin, soit il était mort.

— Comment a-t-il osé faire ça ? s'énerva Gaston en comprenant que l'assassin de ses parents avait fui en sautant de plus de quatre toises [1].

— Il est peut-être mort, les membres brisés, remarqua Louis.

— Tu as raison. La Goutte, va avec Guillaume, prenez des lanternes et cherchez-le. Mais avant, rechargez vos pistolets, il est dangereux. Prévenez aussi Nicolas et ramenez les carrosses.

Quand ils revinrent dans la pièce, Gramucci administrait les derniers sacrements à Bréval. Le fils Mondreville était déjà *ad patres*.

Desgrais se tenait là aussi, Bauer ayant enfermé les archers de Mondreville avant de partir avec La Goutte et Guillaume.

— Le talent de sorcière de la Galigaï était usurpé ! ricana un Tilly d'humeur morose maintenant que l'assassin de ses parents lui avait échappé. Mondreville a fui et Charles, la chair de sa chair, n'est pas mort sur l'échafaud…

1. Huit mètres.

Il s'arrêta, prenant brusquement conscience du nom du brigand.

— … L'*Échafaud*… balbutia-t-il.

En même temps, il écarquillait les yeux en considérant Bréval en train d'agoniser. Fronsac s'était déjà approché du négociant.

— Vous n'êtes pas Petit-Jacques, n'est-ce pas ?

— Non.

— Mais qui est-il, alors ? s'étonna Gaston.

— Tu ne devines pas ? La malédiction aurait dû te mettre sur la voie : c'est lui, le vrai Mondreville.

Un frisson glacial parcourut Tilly.

— Vous aviez deviné ? demanda Bréval dans un sourire déjà figé par la mort.

— Depuis longtemps. Vous aimiez trop le fils Mondreville, dont le père ne paraissait guère s'occuper. Il était votre fils, c'est ça ?

— Oui.

— Pourquoi avez-vous interverti vos noms ?

Bréval fermant les yeux, ils crurent un instant qu'il était passé, mais il murmura :

— Après nous être appropriés les tailles, nous étions riches… Petit-Jacques voulait acheter des bateaux, se lancer dans le grand négoce sur l'océan. Son rêve. Moi, je voulais la seigneurie de Mondreville. Je me voyais seigneur justicier.

Un flot de sang l'étouffa. Il toussa, cracha et parvint à poursuivre :

— Mais les choses furent plus difficiles… L'achat de la seigneurie impliquait de passer devant la Chambre des aides. On m'y connaissait, donc se l'approprier était impossible. Quant à Petit-Jacques, il craignait d'être reconnu des bateliers s'il devenait négociant à Rouen. C'est ainsi que naquit l'idée de changer nos personnes. Il a fait faire de faux documents et s'est présenté à la Chambre des aides comme un Mondreville… Moi je suis devenu Bréval. J'étais doué pour les affaires et Petit-Jacques m'apprit à naviguer. Quant à lui, il s'est transformé en ce prévôt que vous avez connu.

— Et Charles ? demanda Louis.

— Ma femme est morte à la délivrance, Charles n'avait plus de mère… À ce moment-là, l'épouse de Petit-Jacques était grosse, mais a perdu son fruit. J'ai pensé l'occasion unique pour mon fils d'entrer dans la noblesse. Madame Mondreville, puisqu'elle portait mon nom, a accepté, elle en était même heureuse, mais elle est morte de la variole peu après. Lui, les enfants ne l'intéressaient pas. Seule sa personne comptait. Hélas ! au contact de Petit-Jacques, les mauvais penchants de mon fils se sont développés. J'en étais désespéré.

De nouveau, il eut un flot de sang, mais cette fois, ne put le recracher.

— Il s'étouffe, s'alarma Richebourg, aidez-moi à le mettre sur le côté.

Ils le soulevèrent, mais le véritable Mondreville expira dans leurs bras.

— C'est fini, dit Louis.

— Je vais rejoindre La Goutte, décida Gaston.

Fronsac hocha la tête, méditant sur l'étrange malédiction.

— Je n'ai pas tout compris, monsieur, lui avoua alors Desgrais. À quoi monsieur de Tilly faisait-il allusion en parlant du talent de sorcière de la Galigaï, de la chair de la chair…

— Avant de mourir, la maréchale d'Ancre a proféré une malédiction envers Mondreville qui assistait à son exécution. Monsieur Gramucci, présent, l'a entendue. Elle a dit : *La mia maledizione andrà a seguirti fino che la tua pelle e la pelle della tua pelle cadonno sul patibolo.* Vous comprenez l'Italien ?

— Un peu. « Ma malédiction te poursuivra jusqu'à ce que ta chair et la chair de ta chair tombent sur l'*Échafaud*… » C'est cela ?

— Oui. Mais l'*Échafaud*, ce n'était pas celui du bourreau, c'était ce brigand. Le *Grand Coesre.* Le roi d'Argot que toute la police recherche à Paris. Je l'ai rencontré deux fois, et c'est à cause de moi qu'il était défiguré. Mais comment la Galigaï pouvait-elle deviner ?

— Madame la maréchale savait beaucoup de choses que nous ne connaîtrons jamais, commenta sombrement Gramucci en se signant. Je vais m'occuper de l'autre blessé, dit-il pour changer de sujet.

Le cordelier pansa sommairement l'épaule du brigand. Ce qui n'était guère utile puisqu'il finirait pendu. Pendant ce temps, Desgrais garrotta son complice et Louis rejoignit Jacques à l'étage supérieur.

Il annonça aux domestiques l'opération de police terminée et qu'ils étaient libres de circuler dans la maison. Il leur donna ordre de remettre les lieux en état, d'allumer des flambeaux et de descendre les cadavres dans la cour.

Accompagné de Jacques, il se rendit ensuite au premier étage, où Bauer avait rassemblé les archers prisonniers. Fronsac leur expliqua la supercherie : Mondreville était le brigand Petit-Jacques recherché depuis trente ans, et ajouta être désolé pour ceux d'entre eux qui étaient morts, mais qu'ils auraient dû réfléchir avant de s'engager sous les ordres de cet homme, à tout le moins se rendre quand le prévôt de Vernon était venu. Pour l'instant, ils resteraient enfermés dans la chambre jusqu'à la venue du prévôt de Mantes, lequel prendrait des décisions à leur sujet.

Il n'y eut pas de question mais un sergent assura qu'ils ignoraient tout, que Mondreville les terrorisait et qu'ils s'étaient toujours montrés d'honnêtes archers au service de la loi.

Gaston arriva à ce moment avec La Goutte, Guillaume et Nicolas. Il prit Louis à part :

— Il a vraiment sauté, les traces sont visibles. Mais il n'y a pas de sang et il est parvenu à fuir.

— Il n'ira pas loin, à pied.

— J'espère.

Fronsac raconta ce qu'il avait fait et Tilly suggéra qu'ils aillent dormir un couple d'heures avec Richebourg et Bauer. Ils devraient partir tôt pour Mantes et Vernon.

La garde fut confiée à Desgrais, La Goutte et aux frères Bouvier.

⚜

Le samedi, au lever du soleil, Gaston rassembla ses compagnons et fit chercher le sergent de Mondreville qui avait parlé la veille.

— Je pars à Mantes avec Richebourg dans le carrosse de Mondreville, expliqua-t-il. Je ramènerai le prévôt. Toi, Louis, va à Vernon avec Bauer et Nicolas et ramenez monsieur Langlois et son fils. Quand ils seront là, nous leur confierons la place et rentrerons à Paris. Richebourg me remplacera ici. Je demanderai à Séguier qu'il soit nommé par commission lieutenant du prévôt de Rouen. Durant notre absence, Desgrais et La Goutte, écrivez un mémoire racontant notre intervention et rapportez la confession de Bréval entendue. Elle nous sera utile.

Il s'adressa au sergent de Mondreville :

— Vous, vous partirez en patrouille avec vos hommes les plus loyaux. Guillaume Bouvier vous accompagnera. Recherchez les traces de Mondreville. J'offre cent pistoles si vous le ramenez. Jacques, vous garderez la maison en compagnie de Desgrais et La Goutte.

— Si vous êtes d'accord, proposa Gramucci, j'irai avec eux. Moi aussi j'ai un rude compte à régler avec ce Petit-Jacques.

⚜

Les deux prévôts arrivèrent dans l'après-midi, chacun accompagné d'une dizaine d'archers. Langlois avait même eu le temps d'envoyer un courrier au prévôt des maréchaux de Rouen, relatant le récit de Louis. Il avait aussi demandé au procureur du roi de Vernon de l'accompagner, tant l'affaire se révélait importante.

En chemin, Gaston et Louis avaient expliqué aux magistrats les véritables personnalités de Mondreville et Bréval, leurs rôles en 1617, et l'imposture menée depuis trente ans. Ils n'avaient pas parlé du nouveau projet de vol de la recette des tailles, mais la présence de l'*Échafaud*, roi d'Argot à Paris, et de sa bande, prouvait qu'une importante opération criminelle se préparait.

Sur place, on fit visiter les lieux aux magistrats en leur racontant l'intervention. Tilly montra ses ordres, la lettre de cachet du roi, le cadavre du *Grand Coesre* et fit faire des copies de la confession de Bréval. Richebourg détailla le meurtre de son domestique par le fils Mondreville, puis les deux membres de la bande de l'*Échafaud* furent remis au prévôt de Vernon.

Tout le monde dormit sur place. Gaston, Louis et les frères Bouvier rentrèrent à Paris le dimanche avec Gramucci, Desgrais et La Goutte. Comme convenu, Richebourg resta à la ferme fortifiée, nommé provisoirement lieutenant de prévôt.

SEPTIÈME PARTIE

La justice passe et les alliances changent

XLII

Le lundi 27 septembre, à la première heure du jour, Gaston de Tilly et Louis Fronsac se rendirent chez le chancelier Séguier, rue du Bouloi, à qui ils racontèrent l'expédition contre Mondreville.

Le coup de main se soldait par un échec, même si Petit-Jacques était enfin identifié et si l'*Échafaud* – le *Grand Coesre* – cesserait désormais de terroriser Paris.

— Je le retrouverai ! assura Gaston.

— Je l'espère, fit Séguier, soucieux, mais vous vous doutez que les choses seront difficiles à présent. Vous auriez arrêté et enfermé ces deux bandits, nous disposerions de leur confession et personne n'aurait bougé. Mais, maintenant, vous ne possédez plus aucune preuve de leur culpabilité. Le parlement de Rouen va s'emparer de l'affaire, nous accuser d'avoir outrepassé nos droits et demander les raisons de votre intervention. Longueville soufflera sur les braises, même si le prince de Condé, qui vous protège, l'empêcherait d'aller trop loin.

— Il existe des témoins de la confession de Bréval : monsieur de Richebourg et monsieur Desgrais, protesta Fronsac.

— Nous les ferons témoigner, mais je doute que ce soit suffisant. Je suppose que Bernardo Grannucci ne voudra pas venir au tribunal ?

— En effet. Il nous a aidés mais aussi prévenus qu'il refusera d'avouer avoir participé à un crime. Il serait difficile de passer outre à sa décision, d'abord pour la reconnaissance que nous lui devons, mais surtout parce que les cordeliers s'y opposeront, ainsi que Rome.

Séguier soupira.

— Je devrais parvenir à convaincre monsieur Faucon de Ris, le premier président du parlement de Rouen, que Mondreville et Bréval étaient bien des criminels. Monsieur de Ris est un homme modéré resté loyal à Sa Majesté. Le procureur général monsieur Courtin et l'avocat général monsieur Hue de la Trourie ont toujours été contre la Fronde, ils devraient donc suivre mes instructions, même si procureur et avocats du roi se trouvent toujours en querelle à Rouen. Il n'en restera pas moins que la plupart des magistrats se ligueront contre nous et le retour du parlement de Vernon à Rouen n'arrangera pas nos affaires maintenant que Son Éminence a décidé de supprimer les charges des seuls conseillers qui lui étaient fidèles !

— Mais je suis intervenu sur ordre du roi, avec une lettre de cachet et un décret de prise de corps, monsieur ! protesta Gaston.

— Des documents signés par moi-même et Le Tellier, je le sais. Mais ne vous y trompez pas, monsieur de Tilly, à travers vous, c'est nous que les parlementaires de Rouen chercheront à atteindre.

Gaston et Fronsac restèrent silencieux, devinant qu'ils joueraient le rôle de pions dans une plus vaste partie.

— Bien sûr, si la culpabilité de Bréval et de Mondreville est reconnue, la Couronne se fera attribuer leurs biens et je veillerai à ce que vous receviez un juste dédommagement, conclut le chancelier.

— Comment cela ? s'étonna Louis.

— Ces deux brigands se sont enrichis en volant les tailles, donc leurs biens doivent revenir au domaine royal, sauf si le Parlement conteste aussi cette attribution.

— Monsieur de Tilly est en droit de demander une importante réparation pour les crimes commis par Mondreville et Bréval, c'est-à-dire l'assassinat de ses parents et l'incendie de sa maison, sans compter son emprisonnement.

— Sans doute ; encore faudra-t-il prouver qu'ils étaient les assassins. La procédure sera longue et onéreuse. Vous devez vous atteler dès aujourd'hui à plusieurs mémoires. L'un sur la culpabilité de Mondreville et de Bréval dans le vol des tailles. Un autre sur leur refus d'obéir au décret de prise de corps et à la présence chez eux de l'*Échafaud*, preuve de leur lien avec les truands de la cour des Miracles. Dans un troisième mémoire, vous essayerez de prouver que ces deux-là ont tué vos parents et mis le feu à votre maison, fit Séguier en s'adressant à Gaston. Pour votre emprisonnement, vous bénéficierez du témoignage du prévôt de Vernon. Chiffrez les dédommagements que vous demandez, et s'ils sont raisonnables, Son Éminence les acceptera, peut-être. Je présenterai ces pièces au Conseil des parties pour obtenir que le jugement soit prononcé à Paris, mais si le parlement de Rouen s'agite trop, vous n'aurez d'autre choix que d'aller plaider là-bas.

— Pendant ce temps, Petit-Jacques restera libre ! protesta Tilly.

— Mettez Dreux d'Aubray et le chevalier du guet sur l'affaire. Que l'on affiche un placard au Palais de Justice. Avez-vous un dessin le représentant ?

— Il y avait un tableau de lui à Mondreville que j'ai pris la précaution d'emporter.

— Faites-le copier et afficher. S'il est à Paris, on le trouvera, mais je pense qu'il a déjà dû quitter le pays.

Gaston hocha la tête avant d'ajouter :

— Nous avons laissé monsieur de Richebourg chez Mondreville afin d'éviter que quelque brigand se réfugie dans sa maison forte ou qu'on ne la pille. Il serait judicieux, monsieur le chancelier, de demander à monsieur Le Tellier une lettre de commission pour que Richebourg soit nommé provisoirement lieutenant du prévôt de Rouen.

— Vous portez-vous garant de ce Richebourg ?

— Oui, monsieur. Sa famille est une des plus honorables de Normandie.

— Je sais cela…

Le chancelier Séguier réfléchit un instant avant de déclarer.

— Je reconnais que c'est en effet judicieux, il serait dommageable d'avoir une nouvelle affaire de brigandage. Je vais faire venir le grand prévôt de la Connétablie pour qu'il prépare les documents et les expédie au prévôt des maréchaux de Rouen [1]. Nous aurons ainsi un homme à nous sur place.

1. Les lettres de commission étaient expédiées par la grande chancellerie et enregistrées au tribunal de la Connétablie et maréchaussée de France. Michel Le Tellier, secrétaire d'État à la Guerre, avait en charge la Connétablie qui siégeait à la Table de marbre au Palais.

⚜

Dans l'après-midi du mercredi 6 octobre, Gaston de Tilly reçut la visite d'un procureur du parlement de Rouen qui lui remit une citation à comparaître le lundi 18 octobre devant la chambre de la Tournelle pour pillage de la maison du lieutenant du prévôt de Rouen et assassinat de son fils et de l'honorable négociant Bréval.

L'homme de loi refusa de commenter la citation mais, comme Tilly s'étonnait quant à la date de sa comparution, le procureur précisa que cette année, suite aux troubles ayant empêché le déroulement de nombreux procès, la rentrée du parlement de Rouen ne se ferait pas à la Saint-Martin [1], comme c'était la tradition depuis Louis XII, mais un mois plus tôt.

Gaston se précipita aussitôt à la chancellerie où, embarrassé, Séguier lui confirma n'avoir rien pu faire. Son ami, Fronsac, avait dû recevoir la même citation.

— Ce n'est pas vous qu'ils visent, monsieur de Tilly, c'est moi et monsieur Le Tellier pour avoir obéi au cardinal Richelieu et parce que nous sommes de fidèles soutiens à la politique de Son Éminence. Nos ennemis se sont dévoilés et vont maintenant tout faire pour obtenir votre condamnation suivant l'adage qui conseille de battre le chien devant le lion. Après, ils s'en prendront à nous qui avons contresigné la prise de corps et la lettre de cachet, arguant que selon les accords de Saint-Germain nous aurions dû faire entendre ces marauds par un juge et non les tuer et meurtrir leurs serviteurs. À ce sujet, vous êtes aussi accusé d'avoir fait passer à trépas huit innocents.

— Comme si j'avais eu le choix !

— Rassurez-vous quand même, j'ai vu Son Éminence qui mettra tout son poids pour vous protéger. Monsieur Faucon de Ris s'y est aussi engagé.

Ce n'était pas pour rassurer Gaston, tant il savait que Mazarin n'aurait aucun scrupule à les abandonner s'il se sentait serré de trop près.

— Je pourrais ne pas me rendre à l'audience, suggéra Gaston. Ils ne viendront pas me chercher ici et ce n'est pas dans leurs attributions de juger un procureur à l'Hôtel du roi.

1. Le 14 novembre.

— Je ne vous le conseille pas, monsieur de Tilly. Vous savez qu'après trois absences, vous serez jugé par défaut. Ils s'en prendront ensuite à nous. Au contraire, allez à Rouen et tenez-leur tête. Son Éminence assurera vos dépenses. Après tout, pourquoi ne gagneriez-vous pas ? Vous êtes dans votre droit.

Gaston comprit qu'il représentait la première ligne de défense de Séguier, mais releva le défi. Il se battrait pour gagner et pour l'honneur de ses parents assassinés.

⚜

Quand il rentra chez lui, il trouva Fronsac. Lui aussi avait reçu la citation à comparaître, portée par un sergent à verge du parlement de Rouen.

— Je suis d'accord avec toi, admit Louis après le récit de l'entretien avec le chancelier. Je crois que nous ne sommes pas de mauvais juristes et puisqu'ils veulent un procès, gagnons-le !

— Le plus urgent est de trouver un bon procureur et un excellent avocat, or je ne connais pas suffisamment de juristes à Rouen. Ton père pourra peut-être se renseigner auprès d'un notaire de cette ville.

— Certainement, avocats et procureurs sont, paraît-il, plus de cent ! Mais nous serons contraints de nous y installer un mois ou deux.

— Pour gagner un procès, il faut trois sacs à un plaignant : un sac de papiers, un sac d'argent et un sac de patience, dit-on souvent au Palais !

— Pourquoi ne vous adresseriez-vous pas à Pierre Corneille ? proposa Armande, qui assistait à leur entretien.

— Mais il est avocat à la Table de marbre, pour les Eaux et Forêts, répondit Louis. De plus, je doute que l'auteur du *Cid* s'intéresse à nos petites personnes. Il ne nous connaît pas !

Armande resta un instant à se mordiller les lèvres avant de lâcher :

— Je le connais, moi, même si c'est très indirectement. Poquelin et lui s'écrivaient souvent.

— Poquelin connaît Corneille ? s'étonna Louis ;

— Oui.

Elle se tut encore un instant avant de dire :

— J'ai un peu honte de commettre une indiscrétion… C'est quelque chose que j'ai appris d'Armande Béjart.

— Si vous vous êtes engagée au silence, ne nous révélez rien, tempéra Louis. Sinon, vous savez que cela ne sortira pas d'ici. De plus, Gaston a plusieurs fois aidé Poquelin.

— Si monsieur Corneille était avec nous, cela constituerait un énorme avantage, reconnut Gaston. Il appartient à une famille de juristes prestigieux et serait de bon conseil.

— Je ne me suis pas engagée au silence. Voici donc ce que je sais : d'après Madeleine, cela s'est passé en 1643. Cette année-là, elle avait monté la troupe de l'Illustre-Théâtre et venait de rencontrer Poquelin. Il aimait tous deux le théâtre, et lui apportait l'héritage de sa mère reçu en janvier. Il a donc été accepté dans la troupe.

Louis hocha la tête. Il se souvenait de cet après-midi de janvier 1643 quand il s'était rendu avec Julie et Julie d'Angennes assister au jeu de paume des Métayers, dans le faubourg Saint-Germain, à une représentation du *Médecin cocu*, une farce écrite par Poquelin [1].

— Mais un peu plus tard, alors même qu'il venait de signer l'acte notarié de création de la troupe, Poquelin a été emprisonné pour dette. Après sa libération, grâce à l'intervention de Gaston auprès de Laffemas [2], il a quand même réussi à financer quelques travaux dans leur théâtre…

— Je me souviens combien la salle des Métayers était infâme avec ses tapisseries crasseuses et sa barrière de scène vermoulue.

— C'est ce que m'avait dit Madeleine, sourit Armande. Mais pendant les travaux, la troupe ne pouvait plus jouer, aussi est-elle partie à Rouen, à la foire Saint-Romain. Corneille est venu assister à plusieurs représentations et a rencontré Poquelin. Malgré leur différence d'âge, ils se sont découvert bien des points communs. Ainsi, ils avaient fait leurs études chez les jésuites et possédaient la même conception du théâtre. Ils sont devenus de vrais amis. Le jour de leur départ, Corneille a même offert à l'Illustre-Théâtre une petite comédie : *Le Médecin volant*.

1. Voir *Le Mystère de la Chambre bleue*, du même auteur
2. Voir *L'Exécuteur de la haute justice*, du même auteur.

Ensuite, ils sont restés en relation épistolaire. Poquelin envoyait ses projets de pièces à Corneille qui les lui corrigeait. Mais bien sûr, il ne veut pas que ça se sache.

» En résumé, je peux écrire à Corneille en lui expliquant que j'étais dans la troupe de l'Illustre-Théâtre. Je lui raconterai comment mon époux a fait libérer Poquelin deux fois. Je suis certain qu'il vous recevra et vous conseillera.

⚜

Ayant interrogé Gaston du regard, Louis approuva l'idée et François porta le soir même une lettre pour Rouen au maître des courriers de Normandie, à la maison du Chapeau Rouge.

Durant le reste de la semaine, Gaston et Louis préparèrent des copies du mémoire du père de Gaston et des témoignages de Desgrais et de Richebourg faits devant le président Mathieu Molé.

Le jeudi 14 octobre, Louis et Gaston s'apprêtaient à partir pour Rouen quand ils reçurent une lettre de Pierre Corneille. Le grand auteur leur proposait de les rencontrer dès qu'ils arriveraient dans la capitale normande.

Il leur offrait même l'hospitalité.

XLIII

Pierre Corneille habitait avec son frère un corps de logis à colombages dans la rue de la Pie, là où il était né, à quelques pas de la place du Marché, deux vieilles bâtisses mitoyennes que l'on appelait familièrement la Grande et la Petite Maison.

Louis et Gaston arrivèrent en carrosse dans l'après-midi du dimanche avec Bauer pour seule escorte. Le concierge, Picard volubile, nommé Petit-Jean, les attendait et les conduisit lui-même auprès du grand auteur.

Corneille, la quarantaine dépassée, était en train d'écrire. Il se leva pour les accueillir avec une grande chaleur. De haute taille et plutôt corpulent, il avait le nez grand, les yeux pleins de feu, le regard vif. Il donna à Fronsac l'impression de vivre simplement et même d'être assez négligé. De fait, il n'était pas rasé depuis trois jours et ses vêtements noirs laissaient paraître quelques taches.

— Monsieur le marquis de Vivonne, monsieur de Tilly ! J'avais grand-hâte de vous voir arriver ! Je vous ai fait préparer une chambre dans la maison d'à côté, que nous partageons avec mon frère. Petit-Jean va vous y conduire et faire chercher vos bagages. Combien êtes-vous ?

— Nous avons deux serviteurs, Nicolas, mon cocher et secrétaire, et mon garde du corps, monsieur Bauer. Mais nous transportons surtout une malle de sacs de pièces !

— Votre audience est pour demain ai-je appris, avez-vous déjà choisi un avocat et un procureur ?

— Hélas, non ! Nous ne connaissons personne. Demain, nous demanderons un délai au rapporteur [1] afin de nous préparer. Mais je suis moi-même procureur et je peux commencer seul.

— Ce n'est pas une bonne idée. Les conseillers apprécieront qu'un procureur et un avocat de la ville suivent votre affaire. Pour tout vous dire, à partir de ce que je sais et de ce que m'a écrit madame votre épouse, monsieur de Tilly, j'en ai touché quelques mots à monsieur Dufour, un ami avocat au Parlement, et à monsieur de la Barre, l'un des meilleurs procureurs du palais. Le temps que vous vous installiez, je peux envoyer mon valet les chercher. Ils ont hâte de vous rencontrer.

Les deux hommes ne devaient pas habiter loin, car ils arrivèrent peu après. Entre-temps, Pierre Corneille expliqua à ses invités que M. de La Barre, l'un des rares procureurs loyalistes du palais, admirait beaucoup Son Éminence. D'où, notamment, son choix.

Ils se réunirent dans la chambre du maître de maison, en présence du jeune Thomas, le frère de Pierre Corneille, tout juste reçu avocat. Une femme de chambre avait porté des liqueurs, du vin et des confitures. Gaston commença l'histoire depuis le début, soit le vol des tailles de 1617. Son récit prit près d'une heure, parfois entrecoupé d'une précision apportée par Louis, ou de quelques questions de l'avocat ou du procureur. Tilly n'évoqua cependant pas le faux dessein de vol des tailles machiné par les espions de Mazarin, ni Richebourg et les trois pendards : Pichon, Canto et Sociendo.

— Tout est consigné dans ces mémoires, messieurs, conclut-il, en montrant son sac de documents. Sur le fond, notre assignation n'a aucune raison d'être, tant il est évident que Mondreville, *alias* Petit-Jacques, le brigand le plus célèbre de Normandie, méritait la corde pour ses crimes.

— Je prends l'affaire en main, assura M. de La Barre, petit homme rondouillard. Je vais étudier vos pièces qui compléteront ce que je sais déjà, mais attendez-vous à de rudes adversaires. Le président et toute la chambre de la Tournelle [2] sont des anti-Mazarin. Au palais, vous ne trouverez pas grand monde pour

1. Les causes étaient distribuées par le président de chambre à des conseillers rapporteurs.

2. Ce nom venait de ce que les conseillers y allaient par roulement.

défendre Son Éminence, même parmi les conseillers semestres. De plus, depuis que monsieur de Longueville vient d'obtenir Pont-de-l'Arche, ceux qui restaient indécis, donc les plus nombreux, se sont rangés dans le parti des opposants à la Cour, chacun étant persuadé que Monsieur le Prince finira par imposer sa volonté et devenir chef du Conseil.

— Nous avons aussi le soutien de Monsieur le Prince, remarqua Louis.

— Et je vais en user, soyez-en sûr ! Je déposerai dès demain un déclinatoire de compétence [1] compte tenu de la charge de monsieur de Tilly à la prévôté de l'Hôtel. Je serai certainement appuyé par le procureur du roi. Laissez-moi vos dossiers, j'y travaillerai cette nuit et je remettrai mon mémoire dès demain au conseiller rapporteur.

⚜

Dans la justice de l'Ancien Régime, les avocats plaidaient et les procureurs s'occupaient de la procédure. En simplifiant, ces derniers jouaient les stratèges et les avocats les combattants des batailles juridiques. C'était chez un procureur qu'on apprenait la chicane, tant les lois se révélaient nombreuses, souvent incohérentes et s'appliquant de façons différentes suivant la façon dont on présentait les affaires devant la cour.

— Devrons-nous venir au palais ? s'enquit Louis.

— La procédure étant écrite, ce ne serait pas nécessaire, mais la procédure judiciaire joue le rôle des cérémonies en matière de religion. Les conseillers et le président de la Tournelle seraient flattés de votre présence ; mieux vaudrait donc que vous soyez là. Je déposerai immédiatement mes conclusions au greffe. Ensuite, il vous suffira de venir assister aux audiences.

» Monsieur Dufour, poursuivit-il en s'adressant à l'avocat, je vous rendrai toutes ces pièces dans l'après-midi ; d'ici là j'aurai eu le temps de les faire copier. Vous préparerez une plaidoirie arguant que messieurs Tilly et Fronsac ont agi sur ordre du roi.

— N'attendez-vous pas le résultat du déclinatoire de compétence ? s'intrigua Gaston.

1. Contestation de la compétence du tribunal avant toute conclusion au fond.

— Absolument pas. Ce déclinatoire ne sert à rien ! Il servira juste à gagner du temps pour mieux préparer l'affaire. Certes, sur le fond, il devrait être retenu et le procès renvoyé à Paris, mais la distance est immense entre le droit et les faits, n'est-ce pas, monsieur Dufour (l'avocat hocha la tête). Ces gens de la Tournelle veulent la peau de monsieur Séguier, et ce n'est pas mon déclinatoire qui les arrêtera. Tout au plus va-t-il les entraver un moment. Je lancerai d'ailleurs d'autres procédures de contestation sur les pièces que la partie adverse aura déposées au greffe. Ces escarmouches dureront bien une quinzaine avant que nous commencions à aborder le fond. Quand nous y arriverons, monsieur Dufour plaidera que vous devez être renvoyés hors de cour. Certes, cela n'arrêtera pas plus les ennemis de monsieur Séguier, mais ils seront déjà moins nombreux, surtout qu'entre-temps la situation aura évolué à Paris. Nous établirons alors une troisième ligne de défense arguant que la présence de ce truand, l'*Échafaud*, est une preuve manifeste de la participation de Mondreville à des actions délictueuses.

— Les faits sont tellement évidents ! intervint Louis.

— On ne jugera pas l'évidence, ici, monsieur Fronsac. On ne s'intéressera pas plus au droit ! On voudra sanctionner un homme ayant été le bras armé de Mgr Richelieu. Il y a trop de haine contre monsieur Séguier, et trop de sang encore frais pour laisser place à une justice sereine ! L'ennui, c'est que vous en ferez les frais !

Tilly écarta les mains pour montrer qu'ils se laissaient guider. Ce procureur semblait maître dans sa profession.

— Vous êtes entre de bonnes mains, messieurs, confirma Pierre Corneille. Dans la chicane, il n'y a pas meilleur procureur que monsieur de La Barre au parlement de Normandie !

— Imaginons, je dis bien imaginons, que nous perdions, monsieur de La Barre. Que risquons-nous ? demanda Fronsac.

— D'abord la condamnation au dépens, c'est-à-dire le payement d'amendes et d'épices, sans doute pour quelques milliers de livres. Ensuite, une exposition au pilori et une dégradation de la noblesse sont possibles. Vos juges pourraient aller jusqu'aux galères à cause de la mort des archers de Mondreville et de son fils, mais évidemment nous nous opposerons à l'exécution. Il y aura appel et, dans tous les cas, le roi ne laissera pas faire. Vous aurez certainement une lettre de rémission [1].

— Ce serait bien le moins ! ironisa sombrement Gaston.

— En vérité, ce que je crains, c'est plutôt une prise de corps si on juge suffisamment graves les faits que l'on vous reproche.

— Ce qui veut signifie ? interrogea Louis avec inquiétude.

— Vous seriez écroués dans une de nos prisons. Soit dans la tour des Normands, soit dans la tour de l'Aubette qui sert de chiourme aux galériens. Leurs souterrains sont redoutés à cause de l'humidité. On y descend à vingt-cinq ou trente pieds de profondeur. Il y a là quelques caves voûtées qui ne reçoivent le jour et l'air que par de pauvres lucarnes infiniment étroites. Les prisonniers sont scellés par des fers dans l'épaisseur des murs ou mis sans distinction de sexe dans des cages. Ils reçoivent peu de nourriture et restent dans leurs excréments. Si on vous y enfermait, j'aurais du mal à vous en faire sortir avant que vous ne deveniez fous.

Louis et Gaston se regardèrent, jurant silencieusement de ne pas se laisser prendre.

⚜

M. de La Barre remporta plusieurs succès qui rendirent Fronsac optimiste. Obtenant des contre-enquêtes, des appels incidents, des vérifications de pièces, des ajournements, multipliant les procédures annexes, les enquêtes, les interlocutoires, les appointements, usant et abusant d'exploits, d'instances et d'arrêts de défense, exigeant des décrets de prise de corps pour interroger des archers de Mondreville, découvrant des incohérences dans les dépositions, les recollements et les confrontations, il faisait feu de tout bois. Il alla jusqu'à paralyser la procédure en gardant les sacs confiés au greffe, choses pouvant pourtant le conduire à la prison.

Il savait aussi adroitement jouer des querelles entre les personnes. Une déclaration royale de 1581 exigeait que les décisions du parquet, c'est-à-dire des deux avocats et du procureur du roi,

1. Acte par lequel le roi accorde son pardon à la suite d'un crime ou d'un délit, arrêtant ainsi le cours de la justice.

fussent collégiales, mais qu'en cas d'avis différent, celui qui était seul suivît les conclusions des deux autres. L'arrêt prévoyait en outre que le plus jeune prît l'avis d'un des anciens et qu'au cas où il y aurait seulement deux avis différents, on fît appel à un ancien avocat pour tiers. Or les deux avocats s'étaient rangés du côté de ceux qui voulaient la condamnation des serviteurs de Séguier, tandis que le procureur général suivait l'avis de la cour. Ces querelles étaient pain béni et M. de La Barre rappelait sans cesse que seul le procureur du roi pouvait porter la parole à l'audience, récusant systématiquement les avis des avocats du roi.

Cela dura jusqu'à la mi-novembre.

⚜

À Rouen, Louis et Gaston s'occupaient comme ils le pouvaient. Ils écrivaient tous les jours chez eux, recevant aussi des lettres qui mettaient parfois dix jours à arriver. Heureusement, la capitale normande était une immense ville, la plus grande du royaume après Paris. Même si elle gardait ses remparts et ses dédales de ruelles tortueuses bordées de maisons à pans de bois, on y découvrait aussi de magnifiques monuments, dont le palais de Justice, le beffroi avec sa grande horloge et le nouvel hôtel de ville construit par Jacques Gabriel.

Corneille les faisait inviter dans la société de qualité, flattée de recevoir deux hommes proches de Mazarin et de M. le Prince, même si chacun connaissait le procès qu'on leur faisait.

Imprimeurs et libraires étaient innombrables et le concierge de Corneille, que Louis appelait d'un *monsieur de Petit-Jean* gros comme le bras, tant il savait l'importance de ménager les serviteurs, les conduisit chez les plus réputés où Fronsac acheta quelques ouvrages qui l'intéressaient. Enfin, le Parlement ayant autorisé dès la fin du siècle précédent les troupes de comédiens à jouer dans les salles de jeu de paume de la ville, se rendirent-ils souvent à des représentations.

Le quartier de Saint-Sauveur où ils logeaient se révélait calme et bourgeois, sauf durant les exécutions qui avaient lieu sur la place du Vieux-Marché, là où Jeanne d'Arc avait été brûlée. Le dimanche, ils se rendaient à la messe à l'église Saint-Sauveur malheureusement bien ruinée depuis son pillage par les huguenots.

Louis et Gaston dînaient souvent à la table du grand auteur, avec son épouse, Marie de Lampérière, et ses enfants. La double maison était grande, mais ses habitants si nombreux, avec tous les serviteurs à domicile, qu'ils quittèrent rapidement leur chambre où ils étaient très serrés pour une grande pièce dans l'auberge voisine *de la Pie*.

Ils rencontraient quand même chaque jour Pierre Corneille qui exerçait avec sérieux ses charges d'avocat du roi pour les Eaux et Forêts et d'avocat du roi à l'Amirauté de France. Avec lui, ils se rendirent fréquemment aux audiences de la Table de marbre du palais où, trois jours par semaine, se réglaient les affaires dont il avait la charge.

Corneille leur parlait aussi de ses pièces avec un brin de nostalgie. Le grand auteur n'avait plus connu de succès depuis *Polyeucte* et *le Menteur*, aussi préparait-il une nouvelle tragédie dont il attendait beaucoup. L'histoire traitait de l'affrontement entre un héros et de vils politiciens, expliqua-t-il. Nicodème et Attale étaient des demi-frères, mais la mère d'Attale voulait placer son fils sur le trône à la place de l'autre, héritier naturel. Celui-ci était emprisonné mais finalement libéré par son frère qui lui rendait le pouvoir. Un soir, écoutant Corneille leur lisant un extrait, Louis se rendit compte que Nicodème, qui recherchait la gloire et la reconnaissance, ressemblait trait pour trait au prince de Condé. Cette pièce ne connaîtra le succès, songea-t-il, que si ce dernier l'emporte dans sa partie contre la Cour [1].

Corneille souhaitait que Poquelin, qu'il appelait de son surnom Molière, fût l'interprète du rôle. Il lui avait écrit à ce sujet, mais Louis n'était pas certain de ce choix tant, si Poquelin savait faire rire dans les comédies, il faisait tout autant rire, mais sans le vouloir, dans les rôles tragiques comme il l'avait observé en assistant à la représentation d'*Artaxerce*, au jeu de paume de la Croix-Noire [2].

1. Effectivement, la représentation de *Nicodème* eut lieu alors que Condé s'était rebellé. Mazarin y vit un éloge inopportun et Corneille perdit la charge de procureur qu'il venait d'obtenir ainsi que sa pension.

2. Voir *L'Exécuteur de la haute justice*, du même auteur.

⚜

Au début de la troisième semaine de novembre, Fronsac et Tilly reçurent, un soir, la visite de M. de La Barre.

En entrant dans la chambre de leur auberge, le procureur parut particulièrement sombre.

— Le monde est devenu, sans mentir, bien méchant, messieurs. J'ai de fâcheuses nouvelles. Depuis quelques jours, le premier président monsieur Faucon de Ris et le procureur général monsieur Courtin, qui vous étaient favorables, se trouvent à Paris. C'est précisément le moment qu'a choisi le rapporteur pour attaquer la véracité du mémoire de votre père. Ce document n'étant pas signé, il a fait faire une enquête auprès du prévôt des maréchaux, lequel a déclaré n'en avoir aucune trace…

— Évidemment puisque mon père est mort avant de l'avoir envoyé !

— Je le sais, mais la pièce a été retirée. Quant aux mémoires de monsieur Nardi, il les a aussi balayés comme textes sans valeur. Bref, après dîner, une délibération collégiale a eu lieu qui a rejeté mes dernières requêtes et durant laquelle les avocats du roi ont mis en minorité le procureur. Les conclusions arrêtées par le parquet sont donc contre vous et vont emporter la sentence. J'ai, en vain, exigé un arrêt sur requête et même proposé un accommodement. La cour a requis une saisie de corps et votre emprisonnement pour la suite du procès. Je fais partir ce soir un courrier pour monsieur Séguier et demande une suspension de procédure auprès de monsieur de Longueville, argumentant qu'on n'a pas encore examiné la présence de l'*Échafaud* chez monsieur Mondreville, mais je dois vous avouer que la situation est fort grave. Je vais quand même attaquer leurs conclusions en objectant que le parquet est en désaccord et récuser la demande des avocats du roi, mais je crains de gagner seulement quelques jours.

— Que conseillez-vous ?

— Quittez la ville sur-le-champ, en espérant que les capitaines des portes n'aient pas déjà votre signalement, laissa tomber le procureur.

Déjà Bauer rassemblait leurs bagages. C'est alors qu'on gratta à la porte.

Serait-ce déjà des sergents ? s'inquiéta Louis.

Il alla ouvrir, mais ce n'était que l'hôtelier.

— Monsieur le marquis, un moine insiste pour vous rencontrer.

— Un moine ?

— Oui, monsieur. Un cordelier. Il dit s'appeler Bernardo Gramucci.

XLIV

Le prieur des Cordeliers embrassa avec effusion Gaston et Louis et leur dit son bonheur de les revoir.

Fronsac et Tilly s'interrogeaient sur une visite aussi inattendue. S'ils expliquèrent à M. de La Barre que le père Bernardo avait été un proche du maréchal d'Ancre avant d'entrer en religion et connaissait ceux ayant volé les tailles en 1617, ils n'en révélèrent pas plus. Ils firent monter du vin, des potages et des volailles farcies, installèrent le prêtre dans le meilleur fauteuil de leur chambre, devant la cheminée pétillante, et attendirent d'entendre de sa bouche les raisons l'ayant conduit à marcher quatre jours dans le froid et la neige afin de les retrouver.

— Il y a une quinzaine, j'ai reçu la visite de Corbinelli, qui vient régulièrement me donner des nouvelles quand il est à Paris. Bien sûr, nous parlâmes de votre affaire et il m'apprit que vous étiez poursuivis par le parlement de Rouen pour vous être attaqués à Mondreville. La rumeur circula à la Cour que le cardinal s'inquiétait pour vous, car vous manquiez de preuves contre cet homme, que ce soit au sujet de la mort de votre père ou de sa participation au vol des tailles.

» C'est alors que je me souvins d'une demande faite par madame la maréchale après que je lui eus annoncé la disparition de l'or de son mari.

La Barre écoutait, captivé, comprenant que ce cordelier connaissait bien des secrets du temps de Concino Concini.

— C'était la veille du jour de la sentence, poursuivit Gramucci. Pour la dernière fois, j'étais seul avec elle. Elle me confia qu'il existait des papiers, sans doute restés entre les mains de

Nardi, concernant des entreprises de son mari dont ses juges n'avaient jamais fait mention. Elle me demanda de les détruire, si je les trouvais, car ils pourraient causer du tort à sa mémoire.

» Je vous l'ai dit, Nardi avait quitté la France et j'avais oublié cette requête. Or, quand Corbinelli me parla de vos ennuis, ces paroles me revinrent en mémoire. Pris d'une subite inspiration, je lui demandai s'il n'avait pas conservé des documents de son père. Je pensais en particulier à un texte que monsieur le maréchal avait fait signer, en ma présence, à monsieur Mondreville. Corbinelli me promit de chercher et est revenu, voici cinq jours, avec un gros sac de papiers et lettres. Je les examinai et les brûlai soigneusement dans ma cellule au fur et à mesure, jusqu'au moment où je suis tombé sur celui recherché.

Il sortit un feuillet jauni d'un portefeuille glissé dans sa robe et le tendit à Gaston.

C'était l'acte dans lequel Mondreville s'engageait à voler les tailles de Normandie et à les remettre à M. Concino Concini, maréchal d'Ancre, en échange d'une part de dix mille livres.

Gaston frissonna et tendit le papier à Louis.

— Mon père, vous nous sauvez du déshonneur et peut-être de la prison, fit-il, les larmes aux yeux.

À son tour, La Barre eut le document entre les mains. Après l'avoir lu, il afficha un sourire carnassier :

— Messieurs, votre affaire est gagnée ! Comme le répète sans cesse le concierge de monsieur Corneille : *Tel qui rit vendredi, dimanche pleurera !* Ces avocats du parquet vont l'apprendre à leurs dépens.

⚜

Laissant Bernardo Gramucci se reposer, ils se rendirent chez leur avocat. Ce dernier fut sincèrement soulagé, car le papier changeait le cours du procès. Avec l'aide du procureur, il prépara dans la nuit un nouveau mémoire qu'ils déposèrent le lendemain accompagné d'une copie de la lettre du maréchal d'Ancre.

Cette fois, malgré les artifices et les subtilités, les juges de la Tournelle ne purent aller contre l'évidence que Mondreville était un coquin, sauf en prenant le risque de déconsidérer leur juridiction. Le lendemain, après une brève délibération, ils reconnurent à l'unanimité que Gaston de Tilly et Louis Fronsac avaient agi sur ordre du roi et fait leur devoir en pénétrant chez la victime pour la saisir. Dans le même attendu, Bréval était reconnu comme étant le véritable Mondreville, et le lieutenant du prévôt de Rouen comme le brigand Petit-Jacques qui s'apprêtait, avec l'*Échafaud*, à commettre un nouveau crime.

Le jour suivant cet arrêt, le procureur de La Barre déposa une requête demandant que les biens meubles et immeubles de Mondreville et de Bréval fussent attribués à Gaston de Tilly, en dédommagement du meurtre de ses parents.

Cette procédure prit de court la chambre des requêtes. La Couronne avait fait valoir que les biens de Bréval et Mondreville seraient confisqués, puisqu'ils avaient été acquis à partir de la recette volée des tailles de Normandie. Une instruction était d'ailleurs en cours et une requête avait été faite pour que les notaires des deux criminels fissent un inventaire de leurs biens. Mais Bréval et Mondreville reconnus assassins des parents de Gaston de Tilly, sa demande d'attribution des biens des assassins devenait recevable. Très vite informée, la chancellerie s'y opposa et M. de La Barre trouva cette fois devant lui un procureur général ayant reçu des instructions écrites. Par rétorsion, les deux avocats généraux approuvèrent la demande de Tilly !

⚜

Dans ce nouveau procès, la chancellerie ne semblait pas à son avantage, car les preuves étaient apportées par Gaston. Pendant que les mémoires, requêtes et contre-requêtes s'échangeaient, Louis étudia les inventaires notariaux et rendit visite aux deux notaires à plusieurs reprises.

Ensuite, avec l'accord de Tilly, il se rendit à Paris où il tint plusieurs réunions avec son père, son ami le banquier Gédeon Tallemant et son demi-frère Pierre Tallemant de Boisneau, directeur de la banque Tallemant.

Au troisième jour, Fronsac demanda une audience à Toussaint Rose, le secrétaire de Mazarin. Celui-ci le reçut dans la journée. La première parole du secrétaire fut pour expliquer combien Son Éminence était contrariée de l'action de M. de Tilly. Et que s'il persévérait, il perdrait sa charge de commission de maître des requêtes.

— C'est à ce sujet que je viens vous trouver, monsieur Rose, répondit Fronsac. Pourriez-vous m'obtenir un entretien avec monseigneur ? Je pourrais lui proposer une transaction.

— Je ne crois pas qu'il puisse y avoir de transaction avec Son Éminence, répliqua Rose avec hauteur. Néanmoins, par amitié, je vais lui en parler. Attendez un moment.

Il quitta son bureau et gratta à une porte dont Fronsac savait qu'elle ouvrait sur le grand cabinet du ministre. Cela signifiait que Mazarin était là. Rose entra et referma derrière lui.

Louis attendait dans un mélange d'inquiétude et d'espoir. Son Éminence accepterait-elle de le recevoir ? Et surtout, dans combien de jours, sinon de semaines ? Tallemant lui avait longuement parlé de la situation à Paris, des rentiers de l'Hôtel de Ville qui exigeaient l'emprisonnement des fermiers des gabelles et la saisie des biens des échevins, de Condé qui réclamait, au contraire, l'arrestation des syndics des rentiers, et de Mazarin qui louvoyait entre ces deux partis. Le cardinal, ne voulant pas d'une nouvelle affaire Broussel, savait que s'il utilisait la force contre les traitants des gabelles, plus aucun financier ne prêterait à l'État.

Dans une situation si confuse et explosive, le temps de Mazarin devait être précieux et les affaires de Gaston de Tilly de peu d'importance. Pourtant, Toussaint Rose l'avait reçu dès sa demande formulée et était allé consulter le cardinal. C'était donc que Son Éminence s'intéressait à l'affaire. Louis en était là de ses réflexions quand la porte s'ouvrit.

Giulio Mazarini entra, les traits tirés, la barbiche et la moustache grises, des plis d'amertume autour de la bouche.

— Fronsac, m'apportez-vous de bonnes nouvelles ? Avez-vous mis Tilly à la raison ? s'enquit-il sans même saluer, ce qui n'était pas dans ses habitudes, le ministre étant la courtoisie même.

— Je viens vous proposer un compromis qui devrait vous satisfaire, monseigneur.

— Ah !

Mazarin réprima un sourire. Compromis, transaction, arrangement, *combinazione*, étaient des mots qu'il entendait, tant il détestait les conflits inutiles.

— J'ai consulté les notaires de messieurs Mondreville et Bréval, Votre Éminence. Selon eux, la fortune amassée par Mondreville est grossièrement évaluée à trois cent mille livres, dettes payées, pour ses terres, ses forêts et ses maisons. Celle de Bréval est à peu près identique avec son entreprise de négoce. Le million volé n'a donc pas donné de fruits !

— Nous savons cela ! intervint Rose. Nous estimons qu'une vente rapide ne rapportera pas plus d'un demi-million. Son Éminence est donc prête à laisser vingt mille livres à monsieur de Tilly. Il n'y aura pas d'autre offre.

— Je vous propose un traité, monseigneur, dit Fronsac en ignorant la proposition du secrétaire.

— Un traité ?

— Oui, comme la surintendance des Finances en signe avec des partisans. Je vous remets un demi-million en or sonnant et trébuchant, qui vous sera porté par la banque Tallemant, et vous abandonnez tous les biens de messieurs Bréval et Mondreville à monsieur de Tilly.

Mazarin resta un instant interloqué avant de demander :

— Où est le piège ?

— Il n'y a pas de piège, monseigneur. J'ai examiné en détail les biens de ces brigands, j'ai trouvé des acquéreurs pour certains d'entre eux. J'ai un accord avec le directeur de la banque Tallemant, lui ayant fourni des gages suffisants. Vous aurez votre demi-million tout de suite et il restera à Gaston bien plus de vingt mille livres. Ce traité ne sera pas différent de ceux faits par la Surintendance, sinon que l'Épargne reçoit la somme convenue souvent à terme. Avec moi, vous l'aurez immédiatement. En contrepartie, de la même façon que le syndicat de traitants s'arrange pour encaisser les taxes qu'on lui a affermées, je m'occuperai de vendre les biens que vous aurez laissés. Ce que monsieur de Tilly obtiendra correspondra à la remise habituelle faite aux traitants.

— Qu'en pensez-vous, Rose ?

— Le marché me paraît équitable, monseigneur. Cet argent nous serait bien utile en ce moment, et si la chancellerie s'occupe elle même de la vente des biens, une grande partie des sommes disparaîtra en chemin ! Chacun se servira ! observa le secrétaire avec cynisme et lucidité.

— Je m'interroge sur cette remise, de combien serait-elle ? demanda Mazarin.

— On dit que les impôts sont affermés avec une remise du tiers, ce serait beaucoup moins, monseigneur, persifla Fronsac. Ce traité aura d'autres avantages pour vous, il n'aura pas à être enregistré par le Parlement, puisqu'il s'agit de biens confisqués au profit du domaine royal. Vous pourrez considérer la somme comme des comptants [1].

— Hum… mais dans un traité, l'adjudicataire fournit auparavant une caution, et surtout il y a des enchères.

— Libre à vous d'organiser des enchères, monseigneur, mais cela prendra des semaines et, pendant ce temps-là, monsieur de Tilly pourrait bien gagner son procès. Quant à la caution, elle est inutile puisque j'ai d'ores et déjà un accord de la banque Tallemant. Tout au plus puis-je vous signer un accord préalable.

— Quand aurai-je l'argent, monsieur Fronsac ?

— Lorsque le procès sera terminé par un accord entre les parties. Laissez-moi deux semaines, monseigneur. Monsieur Boisneau rassemble la somme en ce moment ; disons que vous pourriez l'obtenir avant la mi-décembre.

— J'ai encore besoin d'y réfléchir, décida Mazarin. Je consulterai monsieur Séguier, monsieur Avaux et monsieur Servien [2] cet après-midi. Êtes-vous chez vous ?

— Oui, monseigneur, dit Louis qui sut avoir gagné. Cependant, j'ai deux autres requêtes, monseigneur.

— Ah ! Je me doutais bien que ce n'était pas simple !

— Rien qui ne coûte, monseigneur, rassurez-vous.

Le visage du cardinal s'éclaira.

— Monsieur de Tilly souhaite garder le titre de seigneur de Mondreville, qui a été dans sa famille, et les droits de haute justice y afférant.

1. C'étaient des sommes non assignées sur des recettes que le roi pouvait dépenser sans qu'il soit mentionné de l'usage qu'il en faisait auprès de la Chambre des comptes.

2. Avaux et Servien étaient surintendants des Finances.

— D'accord.

Mazarin acceptait facilement d'offrir ce qui ne lui coûtait rien.

— Un homme nous a aidés, monseigneur. Il se nomme Thibault de Richebourg. C'est un jeune gentilhomme dont la famille a toujours été loyale à la Couronne, mais qui ne s'est jamais donnée à personne. Pour l'instant, il exerce par commission la charge de lieutenant de prévôt à la place de Mondreville. Il serait intéressant pour Votre Éminence qu'elle lui fût confirmée.

— C'est une charge d'au moins trente mille livres, remarqua matoisement le ministre.

— Disons vingt mille, sourit Louis. Monsieur de Tilly vous les paiera directement.

Louis savait que Mazarin ne détestait pas les pots-de-vin pour ses petites dépenses.

— Dans ce cas… Attendez ma réponse. Vous l'aurez sous peu.

L'entretien était terminé et Louis partit satisfait.

⚜

Son père avait informé plusieurs notaires des biens à vendre et avait déjà des acquéreurs, tout comme les deux notaires de Rouen. Boisneau savait que le comptoir Tallemant de La Rochelle [1] était intéressé par les barques de Bréval, et Nicolas Rambouillet, le beau-père de Gédéon, qui possédait des comptoirs à Rouen, était preneur de ses maisons, hangars et remises. Au total, même en gardant quelques bois, de belles terres et une ferme, et après avoir déduit le demi-million, Gaston conserverait trois cent mille livres de ces ventes. Largement de quoi reconstruire sa maison et vivre de ses rentes, s'il le souhaitait. Quant aux vingt mille livres pour Richebourg, ce serait peu payer pour bénéficier sur place d'un lieutenant du prévôt capable de surveiller ses terres.

1. Les Tallemant formaient un groupe financier. À La Rochelle, leur comptoir armait des navires bretons et normands pour vendre, avec d'énormes bénéfices, des marchandises au Nouveau Monde d'où ils rapportaient du sucre, du cacao et des fourrures.

Le lendemain, un secrétaire et un notaire du roi vinrent porter une lettre présentée sous forme d'acte officiel. Le ministre détaillait les conditions de l'accord. Pour la lieutenance de Richebourg, Mazarin réclamait vingt-cinq mille livres, et dix mille pour que Gaston devînt seigneur de Mondreville !

Louis signa l'acte qui devrait encore être avalisé par le Conseil d'État. Une réunion, à une date non fixée, se déroulerait en décembre.

Louis repartit le surlendemain pour Rouen.

Gaston accepta bien sûr tous les termes. Deux jours plus tard, le procureur général reçut de nouvelles instructions ainsi que le président du parlement de Rouen. Un accord général fut aussi signé dans lequel Tilly payait, à hauteur de vingt mille livres, les frais de justice de ce dernier procès. Avec les dix mille livres qu'il dût laisser à M. de La Barre et un peu moins à son avocat, ses gains dans la transaction se voyaient certes un peu écornés, mais il demeurait largement gagnant.

Ils quittèrent Rouen après avoir offert un tableau hollandais à Pierre Corneille afin de le remercier de tout ce qu'il avait fait pour eux.

XLV

Revenons quelques semaines en arrière…

À peine eut-il fermé la porte de la chambre que Petit-Jacques sut qu'il allait être pris. Gramucci l'avait trompé. Le bandit songea immédiatement aux fenêtres, mais, en connaissant la hauteur, il devina n'avoir aucune chance. Pouvait-il tresser une corde à l'aide de linges ? Il essaya, mais constata vite que le travail lui prendrait trop de temps. Il retourna alors à la fenêtre. La mort immédiate ne valait-elle pas mieux que les supplices et la roue ? C'est alors qu'il se souvint de la gerbe rassemblée dans l'après-midi. D'une hauteur, il avait regardé ses paysans l'élever. Mais où se trouvait-elle exactement ?

Il entendit des bruits métalliques dans la pièce d'à côté, des coups d'épée. On se battait. Il se rendit à la lanterne que Bréval avait allumée – une boîte de fer fermée par des morceaux de verre –, la prit, enfila des chausses supplémentaires, un second pourpoint, des bottes, hésita à prendre une arme qui pouvait le blesser dans sa chute, puis gagna la fenêtre la plus proche de la meule, ouvrit le volet et monta avec précaution sur l'appui. En bas, le fossé faisait une toise. Il fallait qu'il saute devant, et ne rate pas la meule. Il lâcha la lanterne qui, en tombant, éclaira un instant le fossé et la meule. Aussitôt, il s'orienta sur le tas de foin et sauta.

Le choc fut extrêmement violent, mais la meule était haute et il roula sur lui-même en la pénétrant. Il se retrouva vite au fond, au milieu de la paille qui l'étouffait, mais vivant. Donnant de grands coups autour de lui pour écarter les épis, il parvint ensuite à l'air libre. Dans sa chute, il sentit qu'il s'était meurtri un genou, mais il pouvait encore marcher. Il partit en courant, se dirigeant grossièrement vers le nord, son cœur battant à tout rompre après ce qu'il venait de faire.

⚜

Petit-Jacques avait l'avantage de connaître parfaitement les lieux. Tout en boitillant, il essaya de mettre de l'ordre dans ses idées. Qu'était devenu Bréval, *alias* son ami Mondreville ? Et son faux fils ? En vérité, il pensa que peu importait désormais : il ne les reverrait jamais plus.

Au bout d'une dizaine de minutes, n'entendant rien derrière lui, il comprit qu'on ne le poursuivait pas, ou qu'on avait perdu sa trace. Il lui fallait maintenant songer à l'avenir. S'asseyant contre un arbre pour reprendre son souffle et masser son genou douloureux, il dressa le bilan de cette fuite : il n'avait ni argent ni arme, il faisait froid et une pluie fine commençait à tomber.

Le jour venu, quand on aurait lancé les compagnies prévôtales à ses trousses, on le capturerait rapidement. Il songea un moment à aller jusqu'à la Seine, puis à voler une barque. Mais après ? Il serait forcément rattrapé à Vernon. C'est alors qu'il pensa de nouveau à Bréval. Pourquoi ne pas se rendre chez lui ? On le connaissait là-bas. Il pouvait se faire ouvrir en pleine nuit, expliquer aux serviteurs qu'il venait de la part de leur maître.

Il regarda alentour et, malgré l'obscurité, repéra à peu près l'endroit où il était. Il serait à Longnes avant une heure.

Il repartit dans la nuit. Malgré la pluie, la marche rapide le réchauffa un peu. Arrivé à la maison de Bréval, il tira plusieurs fois la cloche. Finalement, quelqu'un approcha avec deux chiens aboyant à qui mieux mieux.

— Je suis le prévôt Mondreville, monsieur Bréval m'envoie chercher des papiers importants ! cria Petit-Jacques.

Le domestique dut reconnaître sa voix, car il y eut des bruits de verrous et la porte s'entrebâilla.

— Le maître ? Mais pourquoi n'est-il pas avec vous ? s'enquit le serviteur, avec une expression de surprise.

D'une main, il serrait fermement la laisse des chiens qui s'étaient calmés en reconnaissant le prévôt, de l'autre, il tenait une lanterne sourde.

— Il ne pouvait pas ! lança autoritairement l'intrus. Je sais où sont les papiers dont il a besoin, je vais les chercher. Donnez-moi votre lanterne et préparez-moi un cheval pour rejoindre Bréval.

Le domestique hésita un instant, mais que pouvait-il faire d'autre ? Il obéit.

Petit-Jacques grimpa à la chambre. À la lueur de la flamme, il fouilla la pièce, rassembla quelques vêtements dans une petite malle de cuir ainsi qu'une épée, deux pistolets, de la poudre, des balles et une dague. Il avisa ensuite le cabinet flamand sur lequel son ancien complice travaillait et faisait sa correspondance et ses comptes, un meuble à secret dans lequel l'ancien commis de la taille conservait toujours une somme suffisante en vue de ses dépenses courantes. Le reste se cachait dans un coffre de fer scellé dans le mur, mais la clef pendait à son cou !

Le meuble était formé d'un corps supérieur avec deux vantaux peints supportés par des colonnes. Comme ils étaient fermés, Petit-Jacques força la serrure avec la dague. À l'intérieur, se trouvaient six tiroirs superbement décorés et trois casiers à secret. Il fit jouer le mécanisme, une petite clavette derrière l'un des pieds, et les casiers s'ouvrirent, dévoilant une centaine d'écus d'or et d'argent.

Il les prit, les mit dans le sac, saisit les armes, attrapa un manteau qu'il jeta sur ses épaules, sortit, dévala les marches et courut à l'écurie. Le domestique avait terminé de seller une jument. Sans prononcer une parole, Petit-Jacques attacha le sac à la selle, enfourcha le cheval et vida les lieux.

⚜

Il arriva aux environs de Paris le samedi soir, à la nuit tombée, après avoir fait peu de haltes, et juste quelques-unes pour soigner sa monture. Avisant une auberge du faubourg Saint-Germain, *l'Hostellerie de l'Arbalète*, il y prit une chambre et s'endormit comme une souche.

C'est le dimanche matin, devant une copieuse et épaisse soupe, qu'il commença à réfléchir. Il avait tout perdu. À cinquante ans, il se retrouvait tel qu'à vingt. Et encore, pas tout à fait : il n'avait plus d'amis, de compagnons d'armes et n'était plus le bandit redouté d'autrefois. Mais il était vivant et disposait de quelque cinq cents livres. De quoi vivre deux ans, au moins.

Petit-Jacques, pas vindicatif, n'en voulait pas à Gaston de Tilly et à Louis Fronsac. Pourtant, après avoir réfléchi toute la journée du samedi, il avait décidé de les assassiner. Il les tuerait, non par vengeance, mais parce que s'il ne le faisait pas, eux le trouveraient. Il devait donc s'atteler à cette tâche avant tout. Ensuite, il aurait le temps de faire son trou à la cour des Miracles. L'*Échafaud* mort ou prisonnier, la place de *Grand Coesre* était libre et il se sentait de taille à la prendre.

Un peu plus tard, il rassembla ses affaires et entra dans la ville. Il trouva une chambre chez une veuve, rue de la Bûcherie, dans une maison, au fond d'une cour sombre, étroite et toute en hauteur, soutenue par des piliers de guingois. Ses étages, ceinturés de grosses poutres à la peinture écaillée, débordaient les uns au-dessus des autres. La veuve, qui habitait en bas, devant un tas de fumier sur lequel picoraient des poules, lui demanda dix livres par semaine, qu'il marchanda à sept et paya d'avance. Elle le conduisit ensuite à sa chambre par un escalier en colimaçon dans une tourelle et lui remit sa clef.

Il s'installa, sachant que ce ne serait qu'un logis provisoire, avant de conduire son cheval à une écurie proche. Ensuite, il explora le quartier et se rendit aux alentours du Palais de Justice. Prévôt Mondreville, il venait parfois à Paris mais il connaissait mal la ville. Il avait tant à découvrir !

Le lendemain, ayant gardé sur lui les écus saisis chez Bréval, il se rendit dans l'échoppe d'un barbier. Il s'y fit raser la barbe et la moustache et couper les cheveux très court. Le barbier lui indiqua un perruquier chez qui il acheta une perruque de cheveux noirs. Il se procura encore quelques produits chez un apothicaire, un chapeau droit et noir comme en portaient les honnêtes marchands, puis revint à son logis.

Ayant monté un seau d'eau, il se teignit la peau avec les philtres achetés à l'apothicaire et se dessina quelques fausses rides, assombrissant par la même occasion ses cernes. Ayant repris son cheval, il se rendit au Palais avec des habits propres.

Après avoir laissé sa monture dans la cour de Mai, il acheta un pâté chaud à l'une des baraques dressées devant l'édifice. En mangeant, il s'approcha du mur de la Conciergerie sur lequel étaient accrochés des écriteaux avec les noms et les portraits des criminels recherchés. Il y reconnut l'*Échafaud*, avec sa blessure à la joue et son œil en moins, son nom suivi d'une longue liste de crimes.

Une fois terminé son frugal repas, il gravit le grand escalier et entra dans la galerie mercière. La foule s'y pressait dans un vacarme infernal. Il y avait beaucoup de magistrats en robe noire et bonnet à quatre cornes, mais aussi des plaideurs, des promeneurs et des gens d'armes en uniforme : archers, sergents à verge, gardes ou gens du guet. Contre les murs se dressaient des boutiques de passementerie dont les jeunes et jolies marchandes débitaient les colifichets de la mode, rubans, aiguillettes, bonnets, guimpes et lingerie. Elles babillaient à voix forte et interpellaient badauds et clientes qui passaient devant elles.

Plus loin, près des boutiques des libraires, Petit-Jacques découvrit des gens parlant bruyamment. Intrigué, il s'approcha. Le sujet de leur conversation était la faillite des fermiers des gabelles et le non-paiement des rentes de l'Hôtel de Ville. Bien que non concerné, il écouta ce qui se colportait. Ayant entendu les reproches de plusieurs bourgeois particulièrement virulents, il comprit que l'État avait émis des emprunts dont il ne pouvait payer les rentes. Autrement dit, l'État avait volé ceux qui lui avaient fait confiance. Mais l'indignation tenait surtout au fait que le Parlement ne voulait pas se saisir de l'affaire, afin de ne pas faire de tort à la Cour. Ainsi, pensa le brigand avec une ironie teintée de dépit, quand un truand vole un marchand le long du grand chemin, toute la maréchaussée est à ses trousses, mais quand l'État blouse les bourgeois, la justice refuse d'agir. Que n'était-il devenu traitant !

Il s'éloigna finalement vers la Grand-Salle. Observant discrètement magistrats, greffiers, plaideurs et gens d'armes, il avisa enfin un sergent à verge du Châtelet à l'air particulièrement niais.

— Que Dieu vous garde, l'ami ! dit-il en lui glissant un liard, je viens de Normandie pour un procès mais je ne connais pas d'avocat.

L'autre lui indiqua les piliers de la salle.

— Ils attendent leurs clients là-bas, devant les colonnes.

Petit-Jacques le remercia et se rendit à l'un des piliers devant lequel se tenaient deux hommes en noir.

— Messieurs, les salua-t-il, son chapeau à la main, je cherche un avocat.

— Vous l'avez trouvé, répondit l'un dans un mélange de dédain et de curiosité.

— J'arrive à l'instant de Rouen pour un appel et j'ai mes sacs de pièces à mon auberge. Serez-vous là après dîner ?

— J'y serai, mais si vous revenez avant, nous pourrions en parler à *la Pomme de Pin*, c'est tout près, et vous m'expliquerez votre affaire autour d'une table.

— D'accord ! J'ai cependant encore une visite à faire. Connaissez-vous un procureur à l'Hôtel du roi du nom de Gaston de Tilly ?

— Je le connais, répondit le voisin de l'avocat.

— Je dois lui porter une lettre mais je n'ai pas son adresse, croyez-vous qu'on la connaisse au greffe ?

— Il loge rue de la Verrerie. À côté du marchand de porcelaine Trincard.

— J'y vais sur-le-champ et je vous retrouve ici tout à l'heure, promit Petit-Jacques.

Il partit.

⚜

Rue de la Verrerie, il laissa son cheval aux écuries de La Trinité puis se dirigea vers la maison mitoyenne de Trincard pour trouver un moyen d'y pénétrer. Le portail de la cour était fermé, aussi chercha-t-il un endroit où se mettre en sentinelle sans se faire remarquer. Devrait-il encore louer une chambre ? se demandait-il, lorsqu'il aperçut une immense silhouette bien connue.

Midi, dans la rue encombrée de voitures, de chevaux et de colporteurs, un géant, sur un cheval gigantesque, faisait écarter les voitures. Il précédait un carrosse. Petit-Jacques le reconnut à son chapeau à pennache multicolore. Il portait le même le jour où Fronsac et le prévôt de Vernon étaient venus l'interpeller. Le carrosse s'arrêta devant Trincard et un rouquin en descendit. C'était bien Gaston de Tilly, observa Petit-Jacques, dissimulé dans une ruelle entre deux maisons. Il était donc déjà revenu de Mondreville !

Le brigand aurait donné cher pour savoir ce qui s'était passé. Bréval dormait-il en prison ? Était-il mort ? Il chassa ces questions en observant Tilly qui, par la portière de la voiture, parlait à une autre personne. Ce carrosse devait être celui de Fronsac. En le suivant, il découvrirait sa maison.

Déjà la voiture était repartie avec le géant ouvrant la voie.

⚜

Louis Fronsac et Gaston de Tilly revenaient en effet de leur visite chez le chancelier Séguier à qui ils avaient raconté les événements de la nuit du vendredi. Par la portière, Louis avait annoncé qu'il rentrait à Mercy.

Heureusement pour Petit-Jacques, les encombrements étaient tels qu'il ne perdit pas la voiture des yeux. Elle tourna à gauche à la rue des Billettes, traversa la rue de la Bretonnerie, suivit la rue de l'Homme-Armé et vira finalement dans celle des Blancs-Manteaux.

Là, le carrosse pénétra dans un cul-de-sac, à quelques pas de la *Grande Nonnain qui Ferre l'Oie*. Petit-Jacques resta à quelques distances, puis s'approcha sans inquiétude puisque Fronsac ne l'avait jamais vu. Il découvrit le carrosse dans l'impasse et un domestique en train de le nettoyer.

— Belle voiture, fit-il en s'approchant avec l'air admiratif des hommes devant les véhicules qu'ils ne peuvent s'offrir.

— C'est celle de monsieur le marquis.

— Le marquis ?

— Monsieur Fronsac, marquis de Vivonne, monsieur.

— C'est sa maison ?

— Oui, et je suis son majordome, répondit fièrement Germain Gaultier.

— Heureux homme d'avoir un serviteur comme vous ! le complimenta Petit-Jacques en ôtant son chapeau.

Il s'éloigna, satisfait.

Désormais, il savait où ses futures victimes habitaient. Il suffisait désormais de les guetter. Un coup de poignard quand ils sortiraient à pied, et c'en serait fini. Quant à entrer chez eux, c'était difficile, sauf à recruter une bande de truands car il faudrait tuer tout le monde. Pourtant, peut-être devrait-il s'y résoudre un jour s'ils ne circulaient qu'en carrosse.

Il revint jusqu'à la rue de la Verrerie.

En chemin, il passa devant la boutique d'un tailleur, ce qui lui donna une idée.

— J'ai besoin d'un pourpoint et d'un manteau, dit-il en s'adressant à l'homme qui cousait devant l'ouvroir. Pouvez-vous me le couper et le coudre tout de suite ?

— Je peux le couper, mais le coudre sera plus long. Vous ne les aurez que demain matin. J'ai ici du taffetas et du velours, voulez-vous voir ce qui vous convient ? Sinon mon ouvrier ira chercher le tissu qu'il vous faut chez un ami drapier.

— D'accord, décida Petit-Jacques.

Il entra et fit prendre ses mesures, expliquant ce qu'il voulait. Tant le pourpoint que le manteau devaient être de deux couleurs et parfaitement réversibles. La partie la plus élégante serait en velours cramoisi et l'autre en toile noire plus grossière, du boucassin ou du camelot. Donc, il n'y aurait pas de doublure, mais deux faces aux vêtements. Il voulait pouvoir les retourner facilement et les porter tant d'un côté que de l'autre, ce qui masquerait la saleté, expliqua-t-il.

Le tailleur lui proposa un velours rouge foncé à quarante sous de l'aune que Petit-Jacques accepta. Pour la toile noire, ce fut plus facile. Le tailleur insista pour placer des galons aux manches, des rubans aux épaules (entre trois et six sous de l'aune) mais Petit-Jacques refusa les pointes en dentelle. Quant au manteau, il suggéra un cordon en sergé noir et des aiguillettes de Padoue. Finalement, l'ensemble lui coûterait quatre-vingt-dix livres.

C'était cher, mais Petit-Jacques savait de tels vêtements réversibles fort commodes pour suivre quelqu'un sans se faire repérer, dépister les exempts ou tromper ceux qu'on voulait détrousser. Avec de tels habits, il passerait successivement du gentilhomme au bourgeois, voire au manant, car comme chacun sait, l'habit fait la condition. Il accepta.

La prise des mesures dura près d'une heure, car les pièces étaient coupées au fur et à mesure. Quand tout fut terminé, le tailleur lui promit d'y travailler avec ses compagnons la soirée. Petit-Jacques aurait ses vêtements à l'ouverture de la boutique.

Le lendemain, il passa chercher ses habits réversibles et revint dans la matinée rue des Blancs-Manteaux. Le plus simple, avait-il jugé, était de loger à la *Grande Nonnain*, auberge dotée de fenêtres d'où il verrait le cul-de-sac de la maison de ce Fronsac.

Mais les chambres étaient chères, ce qui écorna à nouveau son pécule. Il s'y installa pourtant, afin de surveiller la sortie du carrosse ou du marquis. Petit-Jacques, qui tenait prête une fine dague achetée à un coutelier, pouvait planter son arme dans les reins de sa proie et s'éloigner rapidement sans que sa victime ait même pris conscience qu'elle venait d'être poignardée.

Mais comme durant deux jours il ne se passa rien, il décida d'aller interroger le domestique ayant nettoyé le carrosse. Il l'attendit dans la rue et, le voyant sortir pour quelque commission, l'aborda, comme par hasard.

— Monsieur le majordome ! s'exclama-t-il en ôtant son chapeau.

Germain Gaultier, flatté, lui rendit son salut.

— Comment va monsieur le marquis ? s'enquit Petit-Jacques.

— Il n'est pas là en ce moment, monsieur.

— Ah bon ? Serait-il en voyage ?

— Il est dans sa seigneurie de Mercy.

— Je croyais qu'il vivait là ! dit Petit-Jacques en désignant la maison.

— Non, ceci n'est que sa maison de Paris. Je suis moi-même de Mercy, comme ma sœur.

— Vous devez être tranquille quand votre maître n'est pas là !

— Il y a toujours du travail, monsieur, et je ne sais jamais quand il arrivera.

— Vous voulez dire que vous ignorez quand il retournera à Paris ?

— C'est cela, monsieur.

Petit-Jacques abrégea la conversion, alla récupérer ses affaires à l'auberge et vida les lieux, enragé de ses pertes de temps et d'argent.

XLVI

Le lendemain, il tombait un mélange de pluie et de neige quand Petit-Jacques revint rue de la Verrerie. Le soleil n'était pas levé mais il savait que les magistrats partaient tôt au Palais. Comme il ignorait où officiait Tilly, le seul moyen de l'apprendre consistait à attendre patiemment, dans un recoin de la rue, sur la selle de son cheval, la pluie glacée dégoulinant sur son manteau.

Prime ayant sonné, il vit un homme en livrée ouvrir le portail de la maison et courir vers les écuries de La Trinité en essayant d'éviter les trous puants. Peu après, guidé par un palefrenier, un carrosse attelé sortit. L'homme en livrée en était le cocher. Le carrosse passa devant Petit-Jacques qui reconnut les armes sur la portière : une fleur de lys de gueule en champ d'or avec la légende : *Nostro sanguine tinctum.* La voiture s'arrêta devant la maison d'où un concierge sortit. Peu après, le procureur à l'Hôtel du roi apparut, reconnaissable entre mille avec les boucles rouges dépassant de son chapeau. Il monta dans le carrosse et partit.

Petit-Jacques le suivit jusqu'au Grand-Châtelet. Le carrosse entra sous la voûte du tribunal et disparut de sa vue. Le brigand attendit un moment devant la Grande Boucherie, hésitant à pénétrer sous ce porche qui conduisait à la sinistre prison. Mais le passage permettait aussi d'emprunter le Grand-Pont [1] par la rue Saint-Leufroy. C'était peut-être le chemin que le carrosse avait emprunté. Finalement, ayant enfoncé son chapeau jusqu'aux yeux, il se décida à entrer.

---

1. Le pont au Change.

Sous la voûte ouvrait l'entrée de la cour du Châtelet. Il y aperçut le carrosse. Tilly était donc là, il n'avait qu'à attendre son départ.

Retournant vers les étals de bouchers, il laissa son propre cheval dans une écurie et se mit à l'abri de la pluie sous un auvent. Dans une échoppe proche, il acheta un verre de vin chaud pour se réchauffer et attendit. Le carrosse ne ressortait pas. Peut-être Tilly assistait-il à une audience.

Petit-Jacques ignorait que le procureur écrivait tranquillement un mémoire dans son bureau de la grosse tour du Châtelet. Le brigand attendit donc jusqu'à trois heures de l'après-midi, avalant rapidement un plat de tripes sans perdre des yeux le passage. Transi, mort de froid, il vit enfin le carrosse sortir et le suivit jusqu'à la rue de la Verrerie.

Tilly rentrait chez lui.

Petit-Jacques comprit que si ce procureur ne circulait qu'en voiture, il n'arriverait pas à le poignarder !

⚜

Malgré un catarrhe et une toux déchirante, Petit-Jacques revint en faction le lendemain. Le début de la journée se déroula de la même façon que la veille et, une fois Tilly entré au Châtelet, le bandit revint se mettre à l'abri sous le même auvent d'échoppe.

Lors d'une accalmie, et comme il grelottait, il décida pour se réchauffer de faire quelques pas dans la rue de la Triperie qui, longeant le Châtelet, conduisait au pont au Change. Il s'en approchait lorsqu'il discerna les cris d'une altercation venant de la rue de l'Écorcherie où travaillaient ceux qui récupéraient les peaux de mouton et de porc.

Un homme se défendait à coups de poing contre trois adversaires, lesquels eurent vite fait de le faire tomber dans la boue, puis de le rouer de coups de pied. Petit-Jacques les vit ensuite revenir vers leur étal. Intéressé, il s'approcha du groupe de badauds qui commentaient la bagarre.

Déjà l'homme pris à partie se relevait, tapissé de boue, d'excréments et du sang provenant des échaudoirs des boutiques. Il eut un geste menaçant envers les curieux qui l'entouraient afin qu'ils s'éloignent.

— Trois contre un ! Quels braves à trois poils ! ironisa Petit-Jacques, seul à être resté.

— Ça va ! *Carpissez* aussi !

— Voilà un liard, tu iras boire à ma santé pour t'être bien défendu, ajouta-t-il en tendant une pièce préparée.

L'autre hésita. C'était un colosse court sur pattes avec d'énormes arcades sourcilières dont l'une couverte de sang, tout comme son nez cassé.

Finalement, il saisit la pièce.

— Tu peux te nettoyer quelque part ? demanda Petit-Jacques.

— Je vais descendre à la vallée de la Misère, je me laverai à la Seine.

— Retrouve-moi à l'entrée du *Bœuf Couronné*, j'ai besoin de quelqu'un comme toi.

Le *Bœuf Couronné* était un cabaret situé devant la halle des bouchers.

— Pour quoi faire ?

— Un service facile à me rendre. Je te donnerai un écu.

La brute hocha la tête après une ultime hésitation, puis descendit vers la vallée de Misère. Il irait jusqu'à Saint-Leufroy et descendrait sur la rive par la rue Merderet se laver dans l'eau glacée.

⚜

Petit-Jacques le vit apparaître un quart d'heure plus tard.

— Mon nom, c'est Jacques, lui dit-il.

— Moi, c'est Bertrand L'Écorcheur.

— Allons boire un verre de vin chaud.

Devant le comptoir d'une échoppe, toujours l'œil aux aguets sur le passage du Châtelet, l'ex-Mondreville l'interrogea :

— Que te voulaient-ils ?

— Je suis compagnon. Mon maître me devait de l'argent. Il n'a pas voulu me payer parce que je m'étais battu avec un client. Ses frères l'ont aidé à me chasser.

— Tu te bats souvent ?

— Quand on me cherche ! rétorqua l'autre, buté.

— Que vas-tu faire maintenant ?

— Je ne sais qu'écorcher et tuer ! J'irai au royaume d'Argot où on trouvera bien à m'utiliser, cracha-t-il.

— Je te l'ai dit, je t'engage.

— Pour faire quoi ?

— Je vais me réchauffer au *Bœuf Couronné*. Toi, tu restes là. Il y a un carrosse noir avec une fleur de lys rouge sur la portière dans la cour du Grand-Châtelet. Si tu le vois sortir, tu me préviens et je te gratifie d'un écu d'argent.

— C'est tout ?

— C'est tout.

L'autre acquiesça.

Petit-Jacques entra dans le cabaret et se fit servir à dîner.

Bertrand L'Écorcheur vint le chercher vers trois heures. Le carrosse sortait et se trouvait encore devant la Grande Boucherie.

— Reviens demain ! lui cria Petit-Jacques en partant. Si je suis par là, j'aurai besoin de toi.

Le lendemain se déroula de la même façon, mais Tilly rentra chez lui plus tôt. Petit-Jacques, ayant retourné sa veste et son manteau, attendit alors un moment dans la rue de la Verrerie, car le carrosse n'avait pas été rentré. Comme il pleuvait toujours, il regrettait de ne pas avoir gardé Bertrand L'Écorcheur avec lui. Un peu plus tard, Tilly ressortit, cette fois en compagnie d'une jeune femme.

De nouveau Petit-Jacques suivit la voiture qui traversa la Seine par le pont au Change et pénétra dans la cour de Mai du Palais de Justice. Il attendit que Tilly et sa compagne grimpent les marches de l'escalier pour laisser son cheval aux garçons s'occupant des montures, repassa devant les placards, détrempés par la pluie, et vit que celui de l'*Échafaud* n'était plus là. Sans doute était-il pris, ou mort. Il balayait les autres placards des yeux quand son cœur s'arrêta un instant : sur une affiche, il se reconnut. Sous un portrait à la plume du tableau qu'il avait chez lui, était écrit : *Petit-Jacques, qui se fait aussi passer pour le seigneur de Mondreville*. On le recherchait pour vol.

Décidément, ce Tilly allait vite en besogne. Il était temps qu'il se débarrasse de lui, songea-t-il en serrant la dague sous son manteau.

Dans la galerie marchande, retrouvant le couple devant une boutique de mercerie, il devina que la femme avait besoin de colifichets. Elle était plutôt jolie avec sa coiffure à *bouffons* et une friponne [1] assortie à ses chaussures, laissant apparaître la *fidèle* [2] de la même couleur que ses rubans. S'agissait-il de son épouse ? Si tel était le cas, elle serait bientôt veuve.

Malgré l'heure avancée, la foule ne manquait pas dans la galerie mercière. D'un coup d'œil, il évalua les distances pour fuir et les risques à courir. Il s'approcherait et assénerait son coup de poignard avant de poursuivre son chemin comme si de rien n'était. Quand retentiraient cris et hurlements, il faudrait qu'il soit près de la sortie.

Petit-Jacques contourna le couple afin d'arriver du bon côté et adopta le pas lent d'un promeneur. À moins d'une toise de sa victime, il sortit la dague de son fourreau, la dissimulant sous son manteau. Deux personnes lui cachaient les Tilly et il attendit qu'elles s'écartent.

— Nous prenons vingt aunes de ce ruban incarnat, dix de ce cordon de soie, trois aunes de ces dentelles au point de Raguse et une de ces dentelles noires d'Angleterre, expliquait Gaston à la vendeuse. Avez-vous choisi parmi les autres galants qu'il vous faut, ma mie ?

Ce seraient ses dernières paroles, ricana intérieurement le furtif en extrayant la lame du manteau.

— Au voleur ! Attrapez-le ! entendit-on soudain.

Immédiatement, il rengaina la dague et se tourna en direction du bruit. Une dizaine de gardes couraient derrière quelqu'un. Un gentilhomme se jeta en travers du chemin du fuyard et le fit tomber, puis le cingla de son épée. Le voleur hurla, mais déjà les gardes le rouaient de coups de bâton. Toute une foule accourut se repaître du spectacle.

— Il faut le pendre ! criaient les plus virulents.

— Oui ! Pendons-le ! insistaient plusieurs voix.

— À la hart !

Les femmes battaient des mains en babillant, toutes joyeuses du futur spectacle. Un homme exécuté devant elles ! Elles le

1. Robe de dessus.
2. Jupe de dessous.

verraient gigoter en s'étranglant, avoir les derniers spasmes de la vie ! Quel plaisir !

Évitant de se faire voir de Tilly, Petit-Jacques se retira discrètement vers les escaliers. Il aperçut de loin le procureur s'avancer vers les gardes et intervenir, sans doute pour faire emprisonner le pauvre voleur. Petit-Jacques lui en fut reconnaissant, puis se dit que l'expérience lui servirait de leçon. Il devrait tuer Tilly uniquement dans la rue, sinon il serait pris.

Sa filature reprendrait le lendemain. Après tout, n'avait-il pas tout son temps ?

⚜

Il crut bénéficier d'une autre occasion le dimanche. Mais comme il s'apprêtait à agir sur le parvis de Saint-Jean-en-Grève, à la sortie de la messe, on le bouscula alors qu'éclatait une altercation entre des partisans de Condé et de Mazarin, querelles de plus en plus fréquentes depuis la capitulation du cardinal. Celui-ci ayant annoncé qu'il obéirait désormais en tout au Prince, assurés de l'impunité, les séides de Condé s'en prenaient désormais avec arrogance aux tenants du ministre vaincu.

Tilly intervint pour ramener l'ordre avant de rentrer avec ses serviteurs. Petit-Jacques ne put l'approcher une seconde fois.

La semaine suivante, le procureur se rendit encore au Châtelet et Petit-Jacques retrouva Bertrand L'Écorcheur. Avant de lui proposer de surveiller de nouveau le carrosse à la fleur de lys, il l'interrogea.

— Où vis-tu ?

— Sous une maison à piliers, dans la vallée de la Misère.

— Je peux te garder chez moi et te nourrir de deux soupes chaudes par jour, mais tu obéiras sans discuter. Tu recevras dix livres par mois.

— Je suis votre homme, monsieur, acquiesça l'autre en pliant un genou, plein de reconnaissance.

— Va surveiller le carrosse. Ce soir, tu viendras avec moi.

La journée s'écoula comme les précédentes et Tilly rentra tard sans que Petit-Jacques eût l'opportunité d'agir. Il conduisit le boucher chez lui et le laissa dormir par terre. Il avait au moins gagné un valet et un garde du corps avec cette brute à laquelle il expliqua être un ancien prévôt nanti d'ennemis redoutables, dont l'un était magistrat. Il le suivait pour s'en débarrasser.

— Je peux le tuer, monsieur le prévôt, si vous voulez, suggéra naïvement le boucher.

⚜

Le jour suivant, au *Bœuf Couronné*, on parlait toujours du prince de Condé. Mais personne ne se réjouissait de sa victoire sur le cardinal, car les bouchers étaient des partisans du duc de Beaufort et s'inquiétaient de la nouvelle puissance du Prince.

Petit-Jacques ne s'intéressait pas à ces débats. Il avait repéré un homme seul, déjà aperçu la semaine précédente. La trentaine, grand et vigoureux, vêtu de peu, des chaussures percées, pas de manteau, il jetait régulièrement des regards inquiets vers la porte en trempant sa soupe. Dès qu'il eut fini son écuelle, il partit.

Le surlendemain, il l'aborda. L'homme siégeait à l'extrémité d'une grande table, une place libre à côté de lui.

— Tu bois, l'ami ? demanda Petit-Jacques en s'asseyant un cruchon de vin à la main.

L'autre le considéra avec inquiétude et méfiance. Puis il tendit son pot afin qu'on le remplisse.

— Je cherche quelques compagnons, fit Petit-Jacques.

— Pourquoi ?

Petit-Jacques haussa les épaules.

— Juste des compagnons. Tu viens d'où ?

— Lorraine.

— Soldat ?

— Ça te regarde ?

— Comme tu veux, je ne suis pas un exempt.

— Vaut mieux pour toi.

Petit-Jacques avait recruté suffisamment d'archers dans le monde des gueux de sac et de corde pour être certain d'avoir affaire à un déserteur, l'un de ces hommes risquant l'estrapade [1] s'ils étaient pris.

1. Supplice réservé aux déserteurs qui étaient lâchés depuis un mât à vingt pieds du sol, pieds et mains liés, jusqu'à ce qu'ils aient les membres brisés. On le pratiquait à Paris devant la porte Saint-Jacques.

— Tu as mangé ?

— La soupe…

— Ça te dirait un ou deux pigeons rôtis ?

L'autre hocha la tête en conservant son regard buté.

Petit-Jacques commanda.

Mis en confiance, le soldat se montra un peu plus loquace. Il s'appelait Sans-Chagrin et avait bien quitté son régiment. Petit-Jacques le présenta à L'Écorcheur quand celui-ci vint avertir de la sortie du carrosse.

— Monsieur, la voiture va partir ! s'inquiéta L'Écorcheur.

— Je laisse tomber, décida Petit-Jacques. On a mieux à faire.

Il sortit, les habilla chez un fripier pour qu'ils ressemblent à des bourgeois, puis alla leur acheter un coutelas chez un fourbisseur.

— Tu souhaites rester à mon service, Sans-Chagrin ?

— Oui, monsieur, fit l'ex-soldat à voix basse.

— On va voir ce soir ce que vous savez faire tous les deux.

Il récupéra son cheval et ils passèrent ensemble le pont au Change, la Cité, puis se dirigèrent vers la porte de Bussy. Il pleuvait à peine mais ils étaient bien mouillés. Ses deux nouveaux serviteurs suivaient en silence, sachant pertinemment partir pour un mauvais coup.

Passée la vieille porte de Bussy, ils empruntèrent le chemin de l'abbaye de Saint-Germain. Plus grand monde n'entrait en ville à cette heure. Vers l'hôpital de la Charité, ils empruntèrent le chemin Saint-Dominique et s'arrêtèrent à l'abri sous un gros chêne.

⚜

— Attendons ici que la nuit soit noire, puis nous reviendrons sur la route. Même à cette heure, il arrivera encore quelques voyageurs. Quand je vous le dirai, vous sauterez sur ceux désignés. Il faudra les tuer en silence. Ensuite, on les tirera dans les fourrés et on prendra leur argent. Le partage se fera chez moi.

Ni Sans-Chagrin ni l'Écorcheur ne protestèrent.

Une heure plus tard, ils avaient égorgé deux marchands et leur valet. Ils abandonnèrent la mule, la charrette à deux roues et les coupons de laine qu'elle contenait, mais prirent les manteaux, les chaussures et surtout une bourse contenant plus de trois cents livres en écus et pistoles espagnoles.

Ils rentrèrent dans Paris chacun par une porte différente et se retrouvèrent devant l'abreuvoir Mâcon [1], en bas de la rue de la Harpe.

— Sans-Chagrin, si tu veux rester avec nous, je te ferai les mêmes conditions qu'à L'Écorcheur. Un lit chez moi, la soupe et dix livres par mois.

— Oui, monsieur.

— Pour le butin, vous aurez le denier dix [2]. Je vais vous compter trente livres à chacun et nous irons dîner au *Lion-Ferré* en bas de la rue, bien au chaud !

À compter de ce soir-là, Petit-Jacques oublia Tilly et Fronsac. Il devint le *Prévôt*, et sa réputation chez les truands de l'Université ne fit que croître. Les effectifs de sa bande aussi.

1. L'abreuvoir était à l'emplacement de la fontaine Saint-Michel.
2. Le dixième.

XLVII

Après avoir cédé sur le gouvernement de Pont-de-l'Arche, Mazarin avait donc reculé à nouveau. Sur l'insistance du Prince, la reine accorda les honneurs du tabouret à l'épouse de M. de La Rochefoucauld, privilège parmi les plus recherchés puisqu'il permettait de rester assis devant elle et son fils.

Plus grave, le cardinal capitula complètement le 2 octobre en signant avec Condé un traité dont le président Molé fut dépositaire. Dans ce document, il s'engageait à ne pourvoir à aucun gouvernement, à aucune grande charge de la maison du roi, de l'armée ou de la diplomatie, à ne prendre aucune mesure importante sans l'avis préalable du Prince. Mazarin promettait de plus qu'il servirait désormais les intérêts de Louis de Bourbon envers et contre tous et ne marierait ni son neveu ni ses nièces sans l'avoir arrêté avec lui. Devenu un laquais docile, le ministre se voyait désormais asservi, chargé seulement des ingrates tâches administratives.

Dès lors, si une certaine sérénité revint dans les rapports entre le Prince et la Cour, rien ne changea dans l'agitation de la bourgeoisie parisienne persuadée que le cardinal Mazarin avait détourné l'argent des rentes de l'Hôtel de Ville. Et ce malgré une répression effroyable contre les faux sauniers, pendus et étranglés chaque fois qu'on en prenait un, ou plus miséricordieusement envoyés aux galères. Néanmoins, l'impôt rentrait toujours aussi mal dans les caisses des fermiers de la gabelle.

⚜

Pour défendre leurs droits, les rentiers avaient nommé douze syndics et tenaient des assemblées à l'Hôtel de Ville. Durant le mois de novembre, ces réunions prirent un tour politique puisque les syndics étaient tous des frondeurs et leurs protecteurs Paul de Gondi et le duc de Beaufort. D'ailleurs, le coadjuteur demandait aux curés du diocèse d'annoncer dans les églises la tenue des assemblées.

En quelques semaines, l'Hôtel de Ville se transforma en second Parlement. Le premier président Mathieu Molé le traita même de Chambre des communes, allusion au Parlement anglais. Cependant, pour éviter que le désordre s'étende, il fit condamner les fermiers à payer la moitié de ce qu'ils devaient, le reste devant être réglé en quelques mois.

Cette mesure ne suffisant pas à calmer l'agitation, une chambre du Parlement interdit les assemblées de rentiers. La décision fut confirmée par la Grand'Chambre sous la justification que des réunions, sans l'autorité du Prince, n'étaient pas légitimes.

Les syndics passèrent outre, prétendant que leur syndicat pouvait seulement être cassé par le Parlement réuni en corps, soit toutes les chambres, chose interdite par les accords de Saint-Germain. Pour Gondi et les frondeurs, le but était d'obtenir cette assemblée plénière qui raviverait l'esprit de la chambre de Saint-Louis, c'est-à-dire le vote d'une constitution et le renvoi de Mazarin.

La Cour riposta en envoyant des archers chez un des douze syndics. Le lendemain, les rentiers s'assemblèrent en masse à l'Hôtel de Ville et présentèrent une requête réclamant justice de la violence qu'on avait voulu faire à l'un des leurs.

Au début de décembre, le coadjuteur pouvait être satisfait. Ses affaires avançaient à souhait et on discutait enfin d'une réunion de toutes les chambres du Parlement. Pourtant, le diable monta alors à la tête de ses amis. Dans un conseil qui rassembla les frondeurs les plus enragés chez le président de Bellièvre, le comte de Montrésor suggéra que l'on provoque une émeute en tirant un coup de pistolet à l'encontre d'un des syndics. Comme la tentative d'arrestation avait provoqué une immense émotion, un tel forfait, dont on accuserait Mazarin, entraînerait une insurrection qui obligerait le Parlement à s'assembler.

Gondi s'y opposa. Non à cause de raisons morales, mais parce qu'il savait un accord proche pour la réunion des chambres et que cet expédient supportait mille inconvénients.

Le président de Bellièvre traita alors son scrupule de « pauvreté ». Le coadjuteur rétorqua que personne ne pouvait répondre du succès d'une telle entreprise et que la fortune jetterait cent incidents dans une telle affaire de cette nature, laquelle virerait au ridicule si elle ne réussissait pas.

Il ne fut pas écouté. Le duc de Beaufort, Brissac, Noirmoutier, Bellièvre et Montrésor s'unirent contre lui et il fut résolu qu'un gentilhomme de Noirmoutier tirerait un coup de pistolet dans le carrosse de Guy Joly, le principal des syndics des rentiers. Joly se ferait une égratignure pour laisser penser qu'il avait été blessé, puis se mettrait au lit et exigerait des poursuites.

L'attentat fut prévu pour le samedi 11 décembre. Guy Joly irait le vendredi chez le marquis de Noirmoutier avec un de ses bras protégé par de la paille. Quelqu'un lui tirerait dessus et la balle ne lui ferait aucun mal.

XLVIII

Le faux attentat acté, il était nécessaire que des troubles éclatent immédiatement après. Pour s'en assurer, le comte de Montrésor se rendit chez son ami le marquis de Fontrailles.

Claude de Bourdeille, comte de Montrésor, petit-neveu de Brantôme [1], avait d'abord été au service du duc d'Orléans, avant d'entrer dans la conspiration de Cinq-Mars conduite par Fontrailles. Le complot ayant raté, et le duc d'Orléans l'ayant dénoncé comme l'un des conjurés, il avait fui en Angleterre, perdant tous ses biens. À Londres, il s'était lié au duc de Beaufort et, revenu en France après la mort de Louis XIII, avait participé à la cabale des Importants et à la tentative d'assassinat de Mazarin. Cette entreprise ayant elle aussi échoué, il s'était réfugié en Hollande où il était devenu l'amant de Marie de Chevreuse. Plus tard, rentré en France, il avait été arrêté et enfermé dans le donjon de Vincennes.

Après plus d'un an de cachot, Mazarin l'avait libéré et avait tenté de le débaucher, mais Montrésor avait trop souffert en prison à cause de lui. Il avait aussi tourné le dos au duc d'Orléans, qui l'avait trahi, et s'était finalement attaché au coadjuteur Paul de Gondi.

Quant à son ami le marquis de Fontrailles, c'était un vieux compagnon de complots et cabales. Depuis vingt ans, ce dernier essayait de renverser la royauté pour instaurer en France une

1. Pierre de Bourdeille, abbé de Brantôme, aventurier gentilhomme proche de Charles IX et auteur des *Vies des dames galantes*.

république à l'image de ce qui se passait en Angleterre. Pour avoir été traité de monstre par Richelieu, qui se moquait de sa laideur et de ses difformités, il avait d'abord tenté de l'assassiner à Amiens avec l'aide de Montrésor. Mais le duc d'Orléans, instigateur du complot, avait finalement déclaré aux conjurés *n'avoir ni la force de le commander ni celle de l'entreprendre*. Plus tard, allié à la duchesse de Chevreuse, Fontrailles avait participé à plusieurs cabales comme celles de M. de Cinq-Mars, puis essayé d'empoisonner Louis XIII avant d'échouer à assassiner Mazarin [1]. Il avait ensuite mis en place un réseau d'espions au profit de l'Espagne et préparé plusieurs opérations contre le cardinal. Toutes ayant viré au désastre, il avait fini à la Bastille d'où il était sorti l'année précédente. Il était alors entré lui aussi au service du coadjuteur pour conduire l'évasion du duc de Beaufort du château de Vincennes.

⚜

Durant la fronderie du printemps, Fontrailles avait engagé les truands de Paris, et particulièrement l'*Échafaud* – déjà son complice lors de la tentative d'assassinat de Mazarin en 1643 –, afin qu'ils s'attaquent aux fidèles de Mazarin. Mais depuis la paix de Saint-Germain, menacé de prise de corps, en particulier après avoir roué de coups de bâton des valets de pied du roi, le marquis se tenait désormais coi dans le logement que lui laissait son ami le duc de La Rochefoucauld, à l'hôtel de Liancourt, la reine n'attendant qu'un prétexte pour le faire enfermer à nouveau dans la Bastille.

C'est dans cet appartement, à l'abri d'oreilles indiscrètes, que Montrésor expliqua à son ami le projet de faux attentat contre Joly.

— … Il est certain que la populace se dressera contre une si infâme tentative d'assassinat (à ces mots, Fontrailles eut un sourire). Nos amis ameuteront la foule qui se rendra au Palais exiger la réunion des chambres afin de débattre du crime de Mazarin (nouveau sourire), mais tu sais combien le peuple est versatile et craintif. Il suffirait que quelques troupes se déplacent, que Condé agisse énergiquement, et toute notre affaire s'écroulerait.

1. Voir *La Conjuration des Importants*, du même auteur.

— C'est vrai, reconnut laconiquement Fontrailles, sans la moindre envie de s'impliquer dans un nouveau mouvement de foule, lui qui souffrait toujours de son bras blessé en protégeant le coadjuteur, lors des émeutes de l'année précédente.

— Voici le dessein que j'avais en tête, poursuivit Montrésor. Les truands de la cour des Miracles avaient fait du bon travail, il y a quelques mois. En pillant ici ou là, en s'opposant aux forces de l'ordre, en s'attaquant aux suppôts de Mazarin, ils avaient multiplié le chaos. Mais il n'y a que toi qui saches comment rencontrer le roi d'Argot.

— Malheureusement, le *Grand Coesre* est mort. Depuis, la guerre fait rage entre ses lieutenants. Et je suis incapable de les approcher.

Claude de Bourdeille grimaça.

— S'il ne faut compter que sur les bourgeois, l'affaire sera rude. Tu sais qu'ils battront en retraite au premier coup de feu.

— Il existe peut-être une solution, mon ami, si tu n'as pas peur de m'accompagner.

— Peur, moi ? répliqua Montrésor avec superbe.

— Je te prends au mot, compère ! Tu as entendu parler du *Prévôt* ?

— Le prévôt de Paris, le gros Saint-Brisson qui *dépense plus en son que Guillaume en farine* [1] ? ricana l'autre.

— Non, un truand apparu dans le faubourg Saint-Germain et l'Université depuis quatre ou cinq semaines. On ne connaît de lui que ce surnom. C'est un gueux d'une extrême sauvagerie et d'une habileté diabolique qui s'attaque aux marchands entrant en ville et quelquefois aux maisons riches. Il s'entoure d'une petite bande d'estropiats, tous incroyablement audacieux. Peut-être pourrait-on le convaincre de travailler pour nous, contre une centaine de pistoles.

— Centaine ? Diable ! Le maraud est exigeant ! Mais je te les accorde. Seulement où trouver ton homme ? Je suppose que Dreux d'Aubray, Jacques Tardieu [2] et le chevalier du guet sont déjà après lui.

1. Louis Séguier, baron de Saint-Brisson, était un gros bonhomme à la mâchoire chevaline, objet perpétuel de chansons satiriques pour sa lourdeur d'esprit.

2. Respectivement lieutenants civil et criminel.

— J'ignore où il se cache mais je connais un endroit où on doit pouvoir le faire venir. Seulement… c'est l'antichambre de l'enfer. Si nous ne plaisons pas à ces messieurs… Couic !

Avec la main, il fit le signe d'une gorge qu'on tailladait.

— Ce ne sont pas des truands qui me feront peur ! fanfaronna Montrésor.

— Schelme ! ironisa Fontrailles.

Son interjection préférée.

⚜

Bien que depuis le XIVe siècle le prévôt de Paris eût rendu une ordonnance interdisant aux femmes de mauvaise vie de s'assembler à l'abreuvoir Mâcon, le soir après dix heures, sous peine de vingt sols d'amende, les garces n'en pullulaient pas moins.

Quand le carrosse s'arrêta, deux individus masqués en descendirent, sous les regards intéressés des bougresses. Des gentilshommes venant s'encanailler, pensa l'une d'elles, en robe écarlate sous son maigre manteau de toile.

Les deux individus remontèrent à pied la rue de la Harpe. Fontrailles, qui ne voulait pas être remarqué tant il savait les guetteurs nombreux, avait revêtu un simple habit de toile, gardant quand même la lourde épée de duel qu'il manœuvrait avec dextérité malgré sa petite taille et sa difformité.

Il n'avait pas emmené de laquais, aussi portait-il lui-même la lanterne. Guidant Montrésor, il prit la rue du Foin-Saint-Jacques jusqu'à l'arrière du collège de Cluny, puis s'engagea sous une arcade. Là, sur son conseil, Montrésor sortit sa lame et un pistolet à silex à deux coups.

Le passage les conduisit vers une sorte de cour bordée de vieilles maisons affaissées et de guingois. L'endroit puait malgré le froid. Fontrailles devait connaître les lieux, car il prit sans hésiter un chemin étroit jusqu'à un verger abandonné où se dressaient des ruines. Le marquis parut alors hésiter, mais il est vrai que la lanterne éclairait peu. Enfin il découvrit une volée de marches en brique descendant sous terre et les dévala. Ils se retrouvèrent dans une sorte de long boyau souterrain, humide et étroit, qu'ils suivirent en silence avant de déboucher sur un autre escalier conduisant à une cave ornée de niches en hémicycle.

Montrésor jugea qu'ils ne devaient pas être loin de la rue de la Harpe, sachant les maisons de ce quartier construites sur un ancien palais romain. Sans doute se trouvaient-ils dans l'une de ses anciennes pièces.

Ils traversèrent la salle, d'où partaient d'autres galeries, pour s'arrêter devant une porte basse toute en fer. Fontrailles frappa plusieurs fois avec la poignée de son épée.

Après une longue attente, une ribaude ouvrit. Maigre et dépoitraillée, elle eut un mouvement de recul en découvrant les visiteurs masqués dont l'un était petit, gros et difforme.

— Que voulez-vous ? grogna-t-elle.

— Je suis un ami de l'*Échafaud*, fit le difforme d'une voix grinçante.

— On dit que l'*Échafaud* est mort.

— C'est vrai, mais je veux rencontrer le *Prévôt*.

— Connais pas ! cingla-t-elle en essayant de refermer la porte.

— Laissez-nous entrer ! insista Fontrailles en faisant briller une double pistole et proférant sa phrase d'une voix la plus menaçante du monde.

— Si ça vous amuse, grommela-t-elle en prenant la pièce.

Ils pénétrèrent dans une galerie voûtée. Après encore quelques marches, ils entrèrent dans une longue cave en brique, à peine éclairée de bougies de suif. L'endroit, une vieille salle romaine, était glacial, mais il y trônait un gros poêle de fer autour duquel se serraient quelques coquins et drôlesses.

Les visiteurs s'approchèrent sous les regards méfiants. Celle qui les avait fait entrer disparut par un autre souterrain avant de revenir accompagnée d'un gueux édenté porteur d'un long coutelas.

— Vous voulez quoi au *Prévôt* ? demanda-t-il, le menton agressif.

— J'ai une proposition à lui faire, répliqua Fontrailles. J'étais un ami de l'*Échafaud*.

— Je vous reconnais, malgré votre masque ! fit le gueux. Quand on vous a vu, on s'en souvient, ricana-t-il. Vous êtes le marq…

Il est vrai qu'on ne pouvait oublier Fontrailles avec ses yeux enfoncés au fond de leurs orbites, sa bouche aux dents gâtées, son mufle de crapaud et sa peau blanchâtre grêlée de marques de vérole.

— Silence ! Je sais, moi, un bon moyen de te faire perdre la mémoire, menaça Fontrailles, dégainant avec la rapidité de l'éclair.

— Tu ne me fais pas peur ! Ici, t'es chez moi... glapit le coupe-jarret en reculant néanmoins.

Déjà le marquis avait mis la pointe de son épée sur la gorge du maraud.

La vermine se leva d'un bond. Les gueux, tant hommes que femmes, brandissaient des couteaux. Montrésor s'écarta pour les tenir en respect avec son pistolet.

— Excuse-toi ! ordonna Fontrailles au coquin.

L'autre resta muet. La pointe de l'épée de Fontrailles s'enfonça dans sa peau et le sang perla.

— Pardon, monseigneur, lâcha enfin le truand.

— Tu garderas ta langue ?

Le brigand connaissait Fontrailles et savait que ce n'était pas une menace en l'air.

— Oui, monseigneur.

Fontrailles baissa la lame. Fléchissant les genoux en gardant le maraud à portée d'épée, il posa la lanterne par terre puis fouilla une poche de son pourpoint et en sortit une poignée de piécettes de cuivre qu'il jeta aux truands et aux garces.

La gueuserie se précipita pour les ramasser et la tension disparut.

— Vous avez du bon vin ? lança Fontrailles, assortissant sa question d'un rire grinçant.

— Oui, monseigneur, je vous en apporte.

Les deux gentilshommes s'approchèrent d'un des bancs. À quelques pas, un muret de brique soutenait un tonneau en perce. Le sol de marbre était souillé de toutes sortes de déjections. Ils s'assirent, essayant de ne pas se salir. Les gueux retournèrent à leur place et une drôlesse dépoitraillée eut un sourire aguicheur envers Montrésor qui lui rendit son regard.

Finalement, les pendards reprirent les cartes et les dés délaissés. Une ribaude apporta une cruche de vin blanc de Montmartre avec deux gobelets qu'elle déposa sur un tonneau devant les visiteurs.

Celui avec qui Fontrailles s'était querellé avait disparu. Était-il allé chercher le *Prévôt*, ou des compères pour revenir se venger ? Prudents, ils avaient conservé leurs armes à portée de main. Montrésor emplit les verres et goûta le vin. La ribaude revint leur proposer de l'eau-de-vie, mais Fontrailles répondit que le vin suffirait.

Le temps s'écoula. De nouveaux gueux apparurent : des capons [1], des bougresses et des malingreux [2]. À chaque fois, ils interrogeaient du regard leurs compagnons en désignant les gentilshommes. Rassurés, ils s'installaient pour la nuit, se couchant sur leurs guenilles, à même les dalles du sol.

Soudain retentirent des bruits de bottes ferrées, puis des éclats de voix. Cette fois, les nouveaux venus étaient différents. Ils portaient des colichemardes espagnoles à large lame à leur baudrier et des pistolets à rouet, glissés dans leur ceinture. Celui qui paraissait le chef, la cinquantaine, arborait une casaque de cuir foncée, des trousses [3] et des culottes noires avec bottes à revers. Pas de dentelles, pas de rubans sinon des cordons de cuir noir. Un feutre, noir aussi, le couvrait. Les deux autres étaient massifs. Le plus musculeux, avec une mâchoire de bœuf et un petit crâne, présentait l'allure d'un bas officier. L'autre, colosse au nez cassé, avait tout du garçon boucher. Tous deux étaient aussi vêtus de vêtements de cuir sombre avec des chapeaux noirs à large bord.

Ils s'avancèrent. Fontrailles inclina brièvement la tête, sans se lever.

— C'est vous qui me cherchez ? s'enquit l'homme en noir.

— C'est nous. Tu es le *Prévôt* ?

L'autre hocha la tête.

— Peut-on parler ?

— Venez.

Montrésor et Fontrailles prirent leurs armes et lui emboîtèrent le pas. Ils empruntèrent une des galeries jusqu'à une salle voûtée

1. Mendiants.
2. Faux malades.
3. Chausses.

meublée confortablement de chaises tapissées, d'un lit à piliers et d'une table.

L'homme en noir les fit asseoir et prit une chaise. Les deux autres restèrent debout.

— Lui, c'est Bertrand L'Écorcheur, et lui, Sans-Chagrin, fit le *Prévôt* en désignant ses compagnons.

⚜

Le *Prévôt*, c'était donc Petit-Jacques. En trois mois, le bandit avait fait du chemin et abandonné toute idée d'écarter Tilly et Fronsac. Désormais, seul comptait le présent. Avec L'Écorcheur et Sans-Chagrin, il s'était attaqué à d'autres marchands et maisons. Sa férocité et sa sauvagerie furent répercutées et redoutées par les mendiants, les gueux et les garces de cette rive de la Seine. La guerre faisant rage entre les lieutenants de l'*Échafaud* avait facilité son emprise puisque personne ne lui avait disputé le pouvoir. Ayant recruté de nouveaux lieutenants, des hommes aussi cruels, ainsi que tous les voleurs du pont Neuf, il était devenu le chef incontesté des truands du quartier de l'Université.

— Vous savez qui je suis, débuta Fontrailles. Quant à mon compagnon, il est inutile que je le nomme.

» Avant je traitais avec l'*Échafaud*, poursuivit-il après un silence.

Petit-Jacques opina sans piper mot.

— Vous savez aussi combien le peuple gronde, poursuivit Fontrailles. Des troubles éclateront vendredi vers la place Maubert et autour du Palais. Des émeutes comme il y en a déjà eu l'année dernière quand on a arrêté monsieur Broussel. L'*Échafaud* et ses gueux en avaient bien profité.

Comme le *Prévôt* ne mouftait toujours pas, le marquis demanda :

— Combien d'hommes avez-vous ?

— Quelques-uns.

— Les bourgeois sont vite effrayés, vous ne l'ignorez pas. Il suffirait que quelques gentilshommes de la Cour interviennent pour que les troubles cessent. Mais ce n'est pas ce que je veux et vous pourriez profiter de ce désordre, suggéra le marquis.

— Cela ne me concerne pas.

— Même pour cent pistoles ?

Cent pistoles ! Petit-Jacques retint un sourire teinté de mépris. Ce Fontrailles l'imaginait-il se mettre à son service contre de si misérables gages [1] ? Chaque semaine, les bagasses, mendiants et voleurs à la tire de l'Université lui versaient une dîme plus élevée !

D'un autre côté, en acceptant, il deviendrait partenaire de ce Fontrailles dont il savait l'alliance avec Beaufort et le coadjuteur, autrement dit la Fronde. Or Petit-Jacques désirait lancer une offensive sur le royaume d'Argot et avait besoin de la bienveillance de certains grands seigneurs.

— Que voulez-vous de moi ?

— Vendredi, installez-vous sur le pont Neuf ou sur la place Dauphine avec quelques cavaliers. Si vous voyez passer des carrosses de fidèles de Mazarin, alertez la populace afin qu'on les prenne à partie. Criez que ce sont eux qui volent et pillent le pauvre peuple. Tuez quelques laquais, si nécessaire. La suite viendra toute seule.

Le *Prévôt* hocha la tête.

— Quand aurai-je mon argent ?

— Voici cinquante pistoles. Je porterai le reste ici si vous avez accompli cette mission.

1. En 1652, les louis d'or et la pistole valaient onze livres.

XLIX

Après un long et pénible voyage depuis Rouen sur des routes enneigées, Louis Fronsac et Gaston de Tilly arrivèrent à Paris le lundi 7 décembre dans l'après-midi. Ils se rendirent en premier lieu chez le chancelier Séguier qui annonça que leur affaire serait réglée dans un Conseil d'État se tenant le vendredi 11 décembre à quatre heures. Le duc d'Orléans serait présent, ainsi que le prince de Condé puisque désormais Son Éminence ne décidait plus rien sans lui. Mais l'accord ayant été formalisé, inutile de s'inquiéter.

Leur seconde halte fut à la banque Tallemant, rue des Petits-Champs, où Boisneau confirma les actes de vente des biens de Bréval prêts, avec même un petit bénéfice supplémentaire. Pour une fois, il avait réussi à flouer son cousin Nicolas Rambouillet qui paierait les entrepôts de Bréval à un prix supérieur à ce qu'ils valaient [1]. Il ajouta avec un rire satisfait :

— Il a si souvent volé notre famille que ce n'est que justice !

Boisneau leur remit la lettre de change de cinq cent mille livres qui permettrait à l'Épargne de se faire payer. Après l'avoir remercié, nos deux amis passèrent à l'étude Fronsac. Le père de Louis leur apprit que la plupart des biens de Mondreville étaient sur le point d'être vendus. Il avait seulement conservé, comme prévu, deux forêts, une ferme et quelques centaines d'arpents de belles terres. Les opérations terminées, Gaston devrait conserver plus de trois cent mille livres.

1. Sur les relations entre la banque Tallemand et le financier Nicolas Rambouillet, voir *L'Homme aux rubans noirs*, du même auteur.

Rassuré, Louis soupa chez son ami où Armande ne cessa de l'interroger sur la vie du grand Corneille et les tragédies qu'il préparait. Bien sûr, ils parlèrent aussi de leurs procès à Rouen et, à la fin du souper, bien que ne voulant pas marchander la peau de l'ours avant que la bête ne fût morte, comme on disait dans les campagnes, Gaston évoqua ce qu'il ferait des trois cent mille livres devant tomber bientôt dans son escarcelle.

— D'abord, nous quitterons cette maison, ma mie, dit-il à Armande, tandis qu'une servante faisait passer des fruits et des confitures.

— Tu pourrais obtenir la maison des Valois qui appartenait à Bréval, suggéra Louis.

— Elle est trop petite et surtout trop proche du palais d'Orléans. Et puis, ces souterrains ne sont guère rassurants. Non, j'ai en vue un petit hôtel dans la rue Hautefeuille. En pierre, avec une échauguette d'angle et, à ce qu'on m'a dit, deux appartements. Ainsi, tu auras le tien pour recevoir tes amis, et je travaillerais chez moi.

— A-t-il une cour ?

— Oui, avec écurie, remise, cuisine et cellier.

— Pourquoi n'achètes-tu pas aussi un office de conseiller d'État ? suggéra Louis.

Gaston ne répondit pas tout de suite, prenant le temps de peler une pomme.

— Le roi a onze ans.

— Et alors ?

— Je l'ai vu plusieurs fois, on m'a aussi souvent parlé de lui. C'est un garçon taciturne, vindicatif et despotique. Dans deux ans, il régnera.

— Disons que Mazarin régnera ! plaisanta Fronsac. S'il est toujours là et si le prince de Condé n'a pas pris sa place.

— Peu importe. Pour l'instant, le roi observe l'attitude de chacun. Il n'en dit mot mais se souviendra de tout. Louis XIV perce sous l'enfant qu'il est. Ce sera un souverain dur, sévère, intolérant. Je ne suis pas certain de souhaiter rester magistrat. Et je songe plutôt à cesser toute activité et à vivre comme un rentier avec ma jolie épouse.

— Pour être rentier, mon ami, il faut encore qu'il y ait des rentes. Tout Paris s'agite depuis la faillite des fermiers.

— Je sais ! Et ayant moi-même placé quelques milliers de livres en rentes de l'Hôtel de Ville, j'irai à la prochaine assemblée, puisqu'on parle malgré tout d'en payer une partie. Tu es toujours décidé à rentrer à Mercy demain, malgré le mauvais temps ?

— Oui, j'ai hâte de revoir ma famille !

— La prochaine assemblée est ce soir, mon ami. Le curé de Saint-Jean-en-Grève l'a annoncée hier à la messe, intervint Armande.

— Pourquoi ne pas aller voir ? proposa Fronsac. L'Hôtel de Ville n'est qu'à quelques pas.

La décision fut vite prise et ils partirent avec un valet portant un flambeau, car la neige ne tombait plus. Bauer ne se trouvait pas avec eux, resté avec sa maîtresse dans la maison des Blancs-Manteaux.

Quand ils entrèrent dans la grande salle de l'Hôtel de Ville, deux ou trois cents personnes étaient déjà assemblées, mais la réunion n'avait pas commencé. Avec le froid, chacun était enveloppé dans son manteau et coiffé de son chapeau. Sur une estrade, Gaston aperçut Guy Joly avec d'autres syndics, tous frondeurs.

Ils circulèrent un moment entre les groupes. Les conversations portaient sur l'attitude de la Cour qui avait voulu faire saisir un des syndics, mais qui n'agissait pas avec la même vigueur contre les fermiers et les financiers, tous copains comme larrons en foire avec Mazarin et ses amis.

C'est alors que Louis aperçut, sous l'un des flambeaux de résine éclairant la salle, trois silhouettes qu'il reconnut. Il enfonça son chapeau jusqu'à ses yeux, remonta le col de sa cape et murmura à Gaston :

— Tu vois ce trio, là-bas ? Les deux à l'allure de gentilshommes avec épée au côté et le gros qui semble un marchand.

Oui.

— Ce sont Canto, Pichon et Sociendo. Le gros, c'est Sociendo. Le visage long et fardé avec les cheveux blonds, Pichon, celui qu'on a roué en effigie.

— Que font-ils là ? s'interrogea Tilly, stupéfait.

— Si tu allais écouter ce qu'ils disent… Ils ne te connaissent pas.

Gaston approuva d'un hochement de tête et s'approcha des pendards avec nonchalance.

La réunion commença. Guy Joly expliqua que la dilapidation des deniers publics et la ruine de tant de familles découlaient du mépris de la Cour envers la loi fondamentale que la chambre de Saint-Louis avait votée.

— On veut détruire ce grand ouvrage ! lança-t-il avec fougue, briser ces tables sur lesquelles se trouvent si magnifiquement gravées la grandeur du prince et le repos des sujets ! À qui le peuple de Paris doit-il s'adresser dans sa misère ? Il ne lui reste que ces généreux protecteurs que sont monsieur le duc de Beaufort et monsieur le coadjuteur, lesquels ont donné maintes preuves de leur zèle pour les libertés publiques…

À ces fervents propos [1], la salle éclata d'applaudissements et de vivats.

Joly annonça ensuite qu'il changeait chaque nuit d'endroit pour dormir, les sbires de Mazarin se trouvant à ses trousses. (Il y eut des huées.) Il ajouta avec grandiloquence être prêt à donner sa vie pour la liberté du peuple, mais que s'il tombait sous les coups des assassins des sbires de l'Italien, il réclamait d'avance à être vengé.

Les acclamations, cris et menaces qui suivirent ce discours martial s'éternisèrent plusieurs minutes, puis Louis Charton, président de la chambre des requêtes du Palais et lui aussi syndic, prit la parole. Charton, virulent frondeur, était très populaire depuis son arrestation avec Broussel, l'année précédente, arrestation ayant provoqué les barricades [2]. Il expliqua où en étaient les discussions avec les fermiers et M. Molé, le premier président du Parlement. Puis, à son tour, il fit copieusement huer Mazarin et la reine.

Gaston de Tilly constata que les trois pendards étaient parmi ceux qui criaient le plus fort contre le gredin de Sicile, mais après

1. Authentiques.
2. Voir *Le Secret de l'enclos du Temple*, du même auteur.

l'intervention du président Charton il entendit distinctement Pichon murmurer à Canto :

— Fouquet et Le Tellier seront contents de ce qu'on leur ramène ! J'ai pris les noms de ceux qui ont parlé le plus fort ! Les pauvres gens, s'ils savaient où ils vont finir !

Canto gloussa.

— Faisons tout de même attention à ne pas trop nous faire remarquer, insista le plus corpulent, qui jetait des regards autour de lui, visiblement mal à l'aise.

— Rassure-toi ! répliqua Pichon. Que risquons-nous ? Nous avons tous nos brevets ! N'oublie pas ce qu'il y a dessus ! Sur le mien est écrit : *Sa Majesté, se confiant particulièrement en la fidélité du sieur Pichon, sieur de La Charbonnière, lui a ordonné, par l'avis de la reine Sa Mère, de veiller aux dites assemblées pour découvrir les desseins contre son service* !

— J'ai d'ailleurs une lettre de satisfaction de la reine ! renchérit Canto.

À cet instant, Pichon lui donna un coup de coude, venant de s'apercevoir que Tilly n'était pas loin ; mais ce dernier paraissait indifférent aux paroles des trois hommes.

Il avait pourtant tout entendu. Et quand il rapporta la conversation à Louis, celui-ci comprit pourquoi Ganducci souhaitait qu'ils laissent tranquilles les trois pendards.

Ils étaient devenus des espions de Mazarin.

L

Le samedi 11 décembre, à sept heures et demie du matin, rue des Bernardins, un cavalier dont le manteau drapé cachait le pourpoint et la figure, s'approcha du carrosse dans lequel Guy Joly, conseiller au Châtelet et syndic des rentiers de l'Hôtel de Ville, venait de monter. S'appuyant contre la portière, il déchargea à bout portant un pistolet d'arçon. La fumée enveloppa suffisamment la voiture pour que Joly fasse disparaître la paille protégeant son bras et que l'agresseur puisse se sauver à toute bride. Dans la surprise et l'obscurité, personne ne reconnut M. d'Estainville, écuyer du marquis de Noirmoutier. Un des conjurés.

Ameutée par les cris de quelques frondeurs postés là comme par hasard, une foule s'amassa immédiatement. On se mit à plusieurs pour descendre la victime inconsciente et la transporter jusqu'à la boutique d'un barbier chirurgien, au bout de la rue des Bernardins, en face de la rue Saint-Nicolas-du-Chardonnet.

L'homme de l'art déshabilla Guy Joly et découvrit au bras gauche une mauvaise plaie, à l'endroit où les balles étaient passées ; une blessure que le syndic s'était infligée lui-même la nuit précédente, avec de la poudre. Le chirurgien ne douta point que ce ne fût un coup de feu. Il posa un pansement pendant que, dans la rue, des partisans du duc de Beaufort affirmaient que l'entreprise ne pouvait venir que de la Cour et du cardinal Mazarin, eux qui cherchaient à se défaire des syndics.

Louis Charton, président à mortier au Parlement et l'un des syndics vus par Gaston et Louis à l'Hôtel de Ville, habitait en face de l'endroit d'où le coup de feu était parti. Colonel du quartier [1], mais ignorant tout de la cabale, il fut persuadé qu'on voulait l'assassiner comme Joly. Immédiatement, il rassembla la milice et fit battre le tambour.

L'ensemble du quartier s'agita, la populace sortit des maisons et des boutiques. Quand la foule fut suffisante, les meneurs l'entraînèrent jusqu'au Palais, criant toutes sortes de menaces contre Mazarin et le prince de Condé.

Au Palais de Justice, la horde pénétra dans la chambre de la Tournelle. Quelques frondeurs, membres du complot, affirmèrent avec aplomb qu'on leur avait aussi tiré dessus, que Joly était mort et qu'il fallait, sur le champ, décréter une prise de corps contre le Mazarin qui s'attaquait maintenant ouvertement aux syndics des rentes après avoir tenté de les museler au profit de ses amis les grands voleurs financiers.

Le président Charton exposa, avec une immense émotion, le danger (imaginaire) auquel il venait d'échapper. Il exigea des gardes du corps. Broussel, encore plus effrayé, proposa que l'on ferme les portes de la ville. Pendant ce temps, l'un des conjurés, le marquis de La Boulaye, parcourait les rues à cheval avec une trentaine d'hommes, tous épée haute, faisant un grand tumulte, criant qu'on assassinait le duc de Beaufort et appelant le peuple aux armes afin de défendre les bons citoyens qu'on voulait égorger.

Seulement, cette fois, le petit peuple parut indifférent. Peut-être était-il las de la guerre civile ou tout simplement ne se sentait-il pas concerné par les préoccupations des rentiers, tout de même riches bourgeois.

En même temps, quelques conseillers du Parlement soupçonnaient déjà que l'assassinat de Joly relevait de l'imposture.

C'est au milieu de la matinée que le cardinal Mazarin fut avisé de l'agression et du tumulte régnant au Palais, comme dans les rues alentour. Il envoya aussitôt des gens à lui se renseigner, mais fut vite rassuré par le prévôt des marchands venu au Palais-Royal le prévenir qu'aucune émeute n'avait éclaté et que les boutiques n'avaient même pas été fermées.

1. Colonel de la milice urbaine.

En vérité, cette agitation concernait seulement l'île de la Cité, la rive droite s'y montrant complètement indifférente. Le prince de Condé, qui se trouvait à l'hôtel de Longueville, fut à son tour averti en fin de matinée. Comme il recevait des rapports contradictoires, il décida de se rendre plus tôt au Palais-Royal où devait se tenir à quatre heures la réunion du Conseil d'État relative au traité sur les biens de Mondreville.

Le Prince bouillait de colère. Cela faisait des semaines qu'il s'irritait contre les assemblées des rentiers de l'Hôtel de Ville où l'on tenait des propos injurieux contre lui. Plusieurs fois, il avait demandé au cardinal d'employer la manière forte, et comme toujours Mazarin avait biaisé et laissé faire. Cela devait cesser !

Au Palais-Royal, Condé et le cardinal eurent donc une nouvelle discussion orageuse. Le premier déclara au ministre que s'il avait été plus sévère, rien ne serait arrivé, tandis que Mazarin lui répondait que l'arrestation de Broussel avait déjà provoqué suffisamment de troubles, l'année précédente. En réalité, Mazarin voyait avec plaisir cette discorde entre le Prince et le peuple et ne manquait pas de l'envenimer en lui rapportant tout ce qui pouvait le blesser davantage.

Mais comme Condé exigeait qu'on envoie des troupes, le cardinal lui montra les rapports rassurants juste reçus de ses espions : il n'y avait pas d'émeute, et si les amis de Paul de Gondi faisaient toujours grand fracas autour du Palais, aucune sédition n'éclatait et aucune barricade n'avait été dressée.

⚜

Louis Fronsac et Gaston de Tilly arrivèrent un peu avant quatre heures au Palais-Royal. Louis avait quitté Mercy le matin même pour se rendre chez Gaston. Après avoir dîné, ils avaient vérifié, une ultime fois, les pièces de l'accord devant être entériné par le Conseil d'État. À aucun moment ils n'entendirent parler des troubles autour du Palais de Justice, d'ailleurs déjà calmés. Ils partirent avec le carrosse de Gaston, escorté par Bauer.

C'est donc seulement au Palais-Royal qu'ils apprirent l'attentat contre Joly et sa mort. Louis en fut atterré. D'abord parce qu'il connaissait Joly et que la nouvelle de son assassinat l'affectait profondément. Ensuite, car on prétendait l'attentat préparé par

Mazarin, ce qu'il se refusait à croire tant faire couler le sang n'était pas dans la nature du ministre.

Fronsac et Tilly attendaient dans une antichambre, commentant à voix basse l'incroyable agression, quand Toussaint Rose vint les chercher. Si le premier secrétaire de Mazarin avait souvent une expression angélique, qu'il essayait de masquer par un air martial, cette fois il arborait un vrai sourire.

— Monsieur de Tilly ! Monsieur Fronsac ! Quel bonheur de vous rencontrer dans de meilleures circonstances que les fois précédentes ! Venez avec moi, Son Éminence vous attend.

— Savez-vous quelque chose au sujet de la mort de Joly ? s'enquit Gaston en suivant le secrétaire.

— La mort ? Quelle mort ? plaisanta Toussaint Rose. Monsieur Joly est bien vivant, rassurez-vous ! Selon les rapports que nous avons reçus, il semble qu'il s'agisse d'une misérable imposture conduite par le coadjuteur pour soulever Paris. Mais la sédition vire à l'échec, car tout le monde s'est rendu compte du mensonge.

Un faux guet-apens ? Gaston et Louis se regardèrent, sidérés. Connaissant Gondi, une telle affaire était déjà plus vraisemblable qu'un crime commis par Mazarin. Mais si cela s'avérait, le coadjuteur allait être déconsidéré et perdrait probablement sa charge ainsi que tout espoir de devenir archevêque de Paris.

Ils n'eurent pas le temps d'en parler plus, car un laquais ouvrit une porte. Rose les fit entrer dans une vaste antichambre qu'ils traversèrent avant de pénétrer dans une salle immense sur laquelle ouvrait une longue galerie de parade.

Le Conseil se tenait dans le cabinet de travail où Louis avait pour la première fois rencontré Ganducci. Une salle où Mazarin exposait ses trésors afin de montrer à ses visiteurs sa richesse et son bon goût. L'endroit ressemblait à un bric-à-brac de consoles et cabinets en bois rare, ou magnifiquement peints, supportant bustes antiques, bronzes et coupes de porphyre. Un mur entier était occupé par une bibliothèque à colonnes corinthiennes emplie d'in-quarto reliés en pleine peau aux armes du cardinal. Des tableaux, des plus grands maîtres, s'alignaient côte à côte le long des autres murs. Tapis de Turquie, de Perse ou de Chine recouvraient les parquets sur plusieurs épaisseurs.

Un feu d'enfer brûlait dans la profonde cheminée de marbre. Le ministre, en robe écarlate et chapeau carré, était assis sur un fauteuil tapissé entre le prince de Condé et le chancelier Séguier, devant une immense table de travail. En face d'eux, sur une banquette, se tenait Le Tellier.

— Entrez, messieurs, s'exclama Mazarin avec un fort accent sicilien, nous n'attendions que vous !

Ils s'inclinèrent profondément, chapeau à la main. Condé afficha un maigre rictus. Séguier et Le Tellier, un sourire chaleureux.

— Monsieur devait être avec nous, poursuivit Mazarin, mais la goutte le cloue au palais d'Orléans. Monsieur Rose lui adressera un compte rendu de nos décisions. N'est-ce pas Votre Altesse ? demanda-t-il au prince de Condé, avec une obséquieuse déférence.

Le Prince eut un sévère hochement de tête.

— Asseyez-vous ici, proposa le cardinal, désignant deux chaises.

Puis, il fit signe à Toussaint Rose, ayant pris place sur la banquette à côté de Le Tellier, de commencer.

Le secrétaire rappela alors les éléments de l'affaire, le vol des tailles de 1617 et la décision de confiscation des biens des voleurs. Il parla ensuite du traité proposé par Louis Fronsac sans faire allusion aux dédommagements destinés à Gaston de Tilly.

Le ministre laissa alors la parole à chacun, demandant au Prince de s'exprimer le premier.

— J'ai toute confiance en monsieur Fronsac et en monsieur de Tilly, commença solennellement Louis de Bourbon. J'ai encore fort vif le souvenir d'un service qu'ils m'ont rendu, ajouta-t-il énigmatiquement. Le traité de monsieur Fronsac me convient donc parfaitement, pour autant que le demi-million soit bien versé au trésorier de l'Épargne (froncements de sourcils de Mazarin), mais je voudrais qu'il leur soit aussi remis une lettre de satisfaction de Sa Majesté au sujet de leur conduite, de leur courage et de leur perspicacité pour avoir résolu, si élégamment, cette vieille affaire et avoir châtié ces deux bandits.

À la demande de Mazarin, le chancelier Séguier prit la parole.

— La proposition de monsieur Fronsac m'agrée. J'ajoute que je suis très satisfait de la façon dont ils ont gagné ce procès inique conduit par quelques magistrats du parlement de Rouen qui semblent avoir mal digéré la défaite des frondeurs.

Le Tellier, beaucoup plus bref, déclara qu'il demanderait personnellement à la reine une lettre de satisfaction pour Fronsac et Tilly.

Mazarin eut alors un franc sourire, pour autant qu'il fût capable d'en avoir un.

— Nous allons donc examiner et signer les papiers de cette affaire. Je vous l'ai dit, monsieur Rose va écrire un mémoire sur cette réunion. Monsieur Fronsac et monsieur de Tilly, il serait judicieux que ce soit vous qui les portiez à Mgr d'Orléans. Vous pourriez ainsi être à même de répondre à toutes ses questions. Je profiterai de cette lettre pour lui raconter les événements qui se sont produits aujourd'hui [1].

⚜

C'est alors qu'on gratta à la porte.

Rose interrogea le cardinal du regard, lequel lui fit signe d'aller ouvrir.

C'était le prévôt des marchands qui revenait en compagnie de M. Servien et de son neveu Hugues de Lionne, un des secrétaires de Mazarin. Fronsac avait rencontré les deux hommes lors de l'affaire d'espionnage durant laquelle il avait failli perdre la vie [2]. Servien, ancien ambassadeur, était un homme au physique ingrat, borgne de surcroît, dont on disait *Servien n'a qu'un œil, mais il a deux mains* ! sans savoir s'il s'agissait d'une allusion à sa redoutable efficacité ou à sa rapacité. Quoi qu'il en soit, le traité de Westphalie, immense succès de la diplomatie de Mazarin,

1. Cette lettre, qui est aux Archives, commençait ainsi :

« *Monseigneur,*

« *Je dépêche, par ordre de la reine, ce gentilhomme à Votre Altesse Royale pour l'informer de ce qui s'est passé ici ce matin, quoique je ne doute point qu'elle n'en ait déjà eu quelques avis. Un inconnu a tiré un coup de pistolet à Joly, conseiller du Châtelet, qui est un de ceux qui paraissent le plus dans le syndicat des rentes…* »

La lettre ajoutait que Joly n'était point blessé, que le peuple n'avait ni branlé ni remué, et le ministre ajoutait qu'il remettait le surplus à la vive voix du gentilhomme porteur de la lettre.

2. Voir *La Conjecture de Fermat*, du même auteur.

était son œuvre. Quant à son neveu, toujours vêtu à la dernière mode et couvert de rubans multicolores, bien qu'ayant tout du petit-maître des salons précieux, il dirigeait l'espionnage du ministre.

— Nous sommes en conférence ! grogna sèchement Condé.

— Je le sais, Votre Altesse, s'excusa Servien en s'inclinant très bas, mais ce que vient de nous rapporter monsieur le prévôt des marchands est d'une extrême gravité.

— Parlez donc !

— Des rumeurs circulent comme quoi ceux qui ont attaqué monsieur Joly veulent aussi occire Monsieur le Prince. Un guet-apens serait prévu contre vous sur le pont Neuf, déclara Servien, s'adressant à Condé.

— *Ridicolo* ! rétorqua Mazarin. Tout cela n'est que comédie ! Joly se porte comme un charme ! Où en est la soi-disant émeute ?

— C'est vrai, l'émeute n'a pas éclaté, monseigneur, reconnut le prévôt des marchands, mais le bruit court, en effet, que monsieur de Beaufort et le coadjuteur ont fait tenir des gens à la place Dauphine pour assassiner monseigneur lorsqu'il s'en retournera à l'hôtel de Condé.

— Je vais envoyer quelques Suisses nettoyer cette canaille, décida la cible.

— Monseigneur, intervint Mazarin, tout cela est ridicule ! Envoyer des troupes donnera l'impression que nous prenons au sérieux leur comédie. Laissons plutôt Gondi et Beaufort s'enfoncer dans leur manœuvre. Le ridicule les perdra bien plus sûrement que la force qui en fera des martyrs.

Si le Prince craignait quelque chose, c'était le ridicule ! Il resta donc incertain.

— Nos espions sont sûrs d'eux, monseigneur ! insista Hugues de Lionne. Une dizaine d'hommes armés se trouverait place Dauphine.

— Je vous déconseille pour le moins de passer par là quand vous retournerez à votre hôtel, monseigneur, proposa Servien.

— Dans ce cas, je prendrai le pont au Change.

— Rien ne dit qu'il n'y a pas un autre guet-apens là-bas, intervint Gaston de Tilly, qui prenait la menace au sérieux. Il est aisé de préparer ce genre de traquenard sur n'importe quel pont de Paris.

Servien approuva et chacun recommanda au Prince de passer la nuit sur cette rive tandis que ses carrosses rentreraient à vide à l'hôtel de Condé, ce qui permettrait de savoir si se fomentait bien un projet d'attentat.

— C'est une solution acceptable, reconnut Mazarin.

— Je coucherai chez ma sœur, à l'hôtel de Longueville, décida Condé. Laissez-nous maintenant, nous avons à terminer.

⚜

Servien et ses compagnons sortirent.

— Voici l'accord préparé par mon père, le notaire Pierre Fronsac, monseigneur, ainsi que la lettre de change de Pierre Tallemant de Boisneau, directeur de la banque Tallemant. La somme de un demi-million est d'ores et déjà disponible, dit Louis.

— Et voici deux actes notariaux énumérant les possessions respectives de monsieur Mondreville et de monsieur Bréval, ajouta Toussaint Rose. Parmi elles se trouvent plusieurs fiefs avec les privilèges et les droits attenants, dont celui de Mondreville. Ceci est la décision de confiscation de ces biens au profit de la Couronne, prise il y a trois jours au Conseil d'État. Les notaires en ont connaissance. La justification en est que ces biens ont été obtenus par le vol de la recette des tailles en 1617. Monsieur le chancelier l'a déjà signée.

Les documents circulèrent. Si Condé les lut attentivement, Mazarin en avait déjà eu connaissance, car il les parcourut rapidement.

— Enfin, ceci est la lettre par laquelle la Couronne accorde la propriété pleine et entière des biens de messieurs Bréval et Mondreville énumérés dans ces documents en échange de la somme de un demi-million de livres, ajouta Rose. Monsieur de Tilly paiera en sus tous les frais au trésorier pour ces nouveaux acquêts.

Il fit alors passer deux encriers et des plumes déjà taillées.

Chacun apporta son paraphe. Quand les documents passèrent devant Louis, il les relut complètement et vérifia que le courrier de confiscation et celui d'attribution à Gaston étaient bien signés Louis, même si Rose disposait de la signature du roi [1].

Les papiers étant en plusieurs exemplaires, ces paraphes prirent du temps.

— Monseigneur, dit Mazarin à l'attention du Prince quand tout fut terminé, je propose en sus que monsieur de Tilly garde le titre de seigneur de Mondreville, que ses ancêtres ont porté dans le passé, puisqu'il sera le possesseur du fief.

Condé acquiesça avec un sourire envers Gaston, devenu aussi rouge que ses cheveux.

Il y eut une nouvelle lettre que Condé signa et qui fut glissée à Gaston de Tilly. Le chancelier, le roi et Le Tellier l'avaient déjà paraphée.

— J'ai enfin une lettre qui accorde la lieutenance du prévôt de Rouen pour le bailliage de Vernon à monsieur de Richebourg avec une pension de mille livres par an.

— Je ne connais pas ce Richebourg, fit le Prince en fronçant les sourcils.

— C'est un jeune gentilhomme de grande qualité, monseigneur, intervint Fronsac. Il nous a aidés à résoudre cette sombre affaire. Le fils de Mondreville s'est attaqué à lui et a tué son domestique. Vous pouvez être assuré de sa fidélité.

— Je veux bien vous croire, monsieur Fronsac, puisque j'ai toujours eu à me louer de vous avoir fait confiance, mais je veux que vous me le présentiez. Je signerai cette lettre ensuite.

La réunion étant terminée, pour eux tout au moins, Fronsac et Tilly se retirèrent et retrouvèrent Bauer qui les attendait dans une galerie. Ignorant le moment où le cardinal leur ferait passer la lettre pour le duc d'Orléans, ils se rendirent à une buvette, dans une des cours. Le temps était clair et la nuit déjà tombée.

⚜

Vers sept heures, ils virent partir le prince de Condé entouré de ses officiers. Un peu plus tard, Toussaint Rose les rejoignit.

— Voici la lettre, dit-il en la tendant à Fronsac. Monsieur le Prince a donné ordre de préparer ses deux carrosses, qui partiront

1. Louis XIV devenu roi, Toussaint Rose gardera le droit de signer *de la main du roi*.

dans un moment pour son hôtel. Avec ces troubles, il serait prudent que vous alliez avec eux. À l'hôtel de Condé, vous ne serez qu'à quelques pas du palais d'Orléans.

— Le Prince ne rentrera pas de la nuit ? s'étonna Gaston.

— Non. De plus, il a changé d'avis et n'ira pas chez sa sœur. Il part chez le baigneur Prud'homme qui, comme vous le savez, dispose de quelques chambres pour ceux qui veulent dormir chez lui en discrétion.

Bauer alla prévenir le cocher de Gaston et les trois carrosses démarrèrent un peu avant huit heures.

⚜

Petit-Jacques, Bertrand L'Écorcheur, Sans-Chagrin et cinq autres truands, tous à cheval, étaient arrivés sur le pont Neuf au lever du soleil.

Durant une partie de la matinée, ils l'avaient arpenté d'un bout à l'autre, s'arrêtant plusieurs fois devant le singe savant de Brioché [1], se moquant des malheureux hurlant de douleur pendant qu'on leur arrachait une dent, appréciant les spectacles des comédiens en pantalon de fantaisie et avec épées de bois, s'amusant des saltimbanques montreurs d'ours, écoutant les colporteurs débitant sans cesse leurs appels accompagnés de tambours.

Petit-Jacques avait du mal à s'habituer au vacarme infernal de la foule qui se pressait sur les larges trottoirs, devant les baraques des camelots.

— À mort les rats ! glapissait sans cesse un chasseur de rongeurs.

— Bonne graisse de pendu qui soigne les maux de reins ! hurlait un charlatan.

— Régalez-vous ! Régalez-vous ! chantait la vendeuse de billets de loterie.

— Mes châtaignes ! Bonnes mes châtaignes !

La chaussée était continuellement encombrée par les carrosses et charrettes dont les cochers et conducteurs s'invectivaient.

Si le pont était le principal passage entre les deux rives, beaucoup n'y venaient que pour s'y promener, faire le badaud, acheter

1. Singe fort célèbre appartenant à un arracheur de dents. Ils étaient nombreux sur le pont Neuf.

des drogues, vendre des objets volés ou trouver une de ces fraîches puterelles se faisant passer pour des servantes ou des lingères.

En tout cas, ce matin-là, aucun signe du début d'une émeute.

Pourtant, sur le coup de dix heures, une cavalcade déboula du quai de l'Horloge. C'était une bande de cavaliers conduits par le marquis de La Boulaye qui appelaient aux armes, car, criaient-ils, les sbires du Sicilien venaient d'assassiner le syndic Guy Joly et d'autres fidèles du coadjuteur et du duc de Beaufort.

Les voyant passer, Petit-Jacques et ses larrons se tinrent prêts, mais les clameurs suscitèrent seulement de l'indifférence. La troupe de cavaliers s'arrêta à la barrière des sergents, devant la Samaritaine [1], où l'officier de garde avait mis ses soldats en alerte. La Boulaye et ses hommes firent alors demi-tour et disparurent.

L'émeute avait fait long feu. Rien ne se passait comme Fontrailles l'avait annoncé. Petit-Jacques se perdait en conjectures.

À onze heures, les truands retournèrent place Dauphine et s'installèrent sous les arcades de chez Mignolet, le marchand de vin.

Après s'être fait porter à dîner, ils retournèrent sur le pont où la circulation et le vacarme étaient toujours les mêmes. Ne découvrant aucun signe d'émeute, ils revinrent place Dauphine.

Là, vers les quatre heures de l'après-midi, des bourgeois les ayant remarqués leur demandèrent ce qu'ils faisaient. Petit-Jacques répondit que M. de Beaufort les avait envoyés surveiller le pont. Malgré ce propos rassurant, un des bourgeois envisagea de sonner la cloche d'alerte. Pour dissiper cette méfiance, les truands revinrent vers le cheval de bronze [2].

Petit-Jacques songeait maintenant à partir. Mais s'en aller signifiait peut-être perdre la confiance de Fontrailles et les cinquante pistoles. Il annonça à ses compagnons qu'ils resteraient jusqu'à huit heures, puis s'en iraient si rien ne s'était produit.

C'est justement à huit heures, le pont presque vide, que les truands aperçurent un carrosse franchissant la barrière des sergents. Le carrosse fut suivi d'un second, avec laquais tenant un

1. Il s'agit de la pompe à eau.
2. La statue d'Henri IV à cheval.

flambeau par la portière afin d'éclairer la route. Derrière encore, mais bien plus loin, suivait une troisième voiture. Mais aucune escorte.

— Laissons s'éloigner le premier carrosse, fit Petit-Jacques à Sans-Chagrin. On arrêtera le suivant pour prendre les bijoux des passagers. Comme ça, nous ne serons pas venus pour rien et pourrons dire à Fontrailles qu'on a fait quelque chose.

Ils se trouvaient devant les grilles du cheval de bronze quand le premier carrosse passa devant eux. La voiture, aux armes du prince de Condé, était vide. Petit-Jacques pensa le second plein de gens de qualité, peut-être même y aurait-il le Prince. Auquel cas le butin serait prodigieux.

L'absence d'escorte aurait dû l'intriguer, mais le bandit n'eut pas le temps de s'inquiéter, la seconde voiture arrivant. À quelques pas, Sans-Chagrin tira sur le laquais qui tenait la torche ; le cocher arrêta le véhicule. Une dizaine de coups de feu furent échangés, puis les voleurs firent descendre les passagers afin de les détrousser.

Mais ce n'étaient que des laquais !

Ils les dépouillèrent quand même, les rouant en outre de coups.

Après avoir ramassé le flambeau tombé à terre, Petit-Jacques surveillait les opérations lorsque le troisième carrosse apparut à grandes brides. Le cocher avait entendu les coups de feu et fouetté ses bêtes. Pistolet dans une main et flambeau dans l'autre, le *Prévôt* se porta naturellement au-devant du véhicule et s'apprêtait à tuer le cocher quand il reconnut les armes inscrites sur la portière.

Tilly ! C'était Tilly ! Le diable venait de lui livrer son ennemi !

⚜

Dans la voiture, Gaston et Louis avaient saisi leurs armes. Ils ignoraient que Bauer, qui les suivait, s'était arrêté à la barrière des sergents où il avait reconnu un camarade dans l'officier de garde. Bien sûr, au bruit de la pistolade, il s'était précipité, mais il se trouvait encore loin.

Tilly mit la tête à la fenêtre de la portière. Malgré l'absence de barbe, il reconnut immédiatement le visage de Mondreville éclairé par le flambeau.

Et sans hésiter, fit feu, visant la poitrine.

Petit-Jacques, éberlué, reçut la balle à bout portant, dans l'épaule gauche, ce qui lui brisa la clavicule. Sous la violence du choc, il perdit l'équilibre et laissa tomber arme et flambeau. Déjà Gaston sortait et dégainait pour l'achever.

⚜

Mais le bandit, aiguillonné par l'énergie du désespoir qui l'avait si souvent sauvé, n'était pas tombé à terre malgré la douleur. Il tituba un instant, tourna le dos à Tilly et s'enfuit vers ses complices pour saisir un cheval.

Seulement, au coup de feu, les truands s'étaient débandés et les chevaux éloignés. Et, dans la nuit, les montures devenaient invisibles. Lorsque Petit-Jacques heurta une caisse servant d'estrade à un charlatan pour vanter ses drogues, comprenant que dans un instant, Tilly serait sur lui, il grimpa sur la boîte, puis, de là, sur le parapet et sauta dans le fleuve.

Gaston arriva sur lui à l'instant où il disparaissait.

— Qui était-ce ? interrogea Louis qui avait rejoint son ami et n'avait pas compris ce qui s'était passé.

— Petit-Jacques ! Mondreville !

Tilly monta à son tour sur l'estrade et tenta de scruter l'eau. On ne voyait rien et on entendait seulement les flots qui rugissaient et les glaçons qui heurtaient les piles avec violence.

— Où est-il ? demanda louis.

— Je l'ai touché, mais seulement blessé. Il a sauté.

— Dans l'eau ? Mais elle charrie des glaçons !

— Je sais, il doit être mort à cette heure.

Bauer les rejoignit à ce moment.

— Que s'est-il passé ? Êtes-vous saufs ?

En quelques mots, Gaston expliqua la scène. Puis ils se tournèrent vers le carrosse de Condé. Les domestiques avaient allumé une lanterne et l'un d'eux examinait le laquais atteint par le premier coup de feu.

— Est-il… ? demanda Louis.

— Oui, monsieur, il est mort. Qui étaient ces gens ?

— Des gueux… Des truands… répondit Gaston.

LI

Fronsac, Tilly et Bauer reprirent le chemin du palais d'Orléans en suivant le carrosse de Condé transportant le laquais mort. Au palais, ils durent encore attendre près d'une heure avant que le Prince, que l'on saignait, ne les reçût. Ils lui remirent la lettre du cardinal, puis expliquèrent ce qu'ils savaient de l'attentat de Joly avant de raconter l'agression venant de se produire sur le pont Neuf. Ils ne parlèrent pas de Petit-Jacques, mais uniquement d'une attaque de truands, comme il y en avait si souvent à cet endroit.

Le Prince les convia à souper et, malgré leur impatience de retourner au Palais-Royal raconter tout à Mazarin, ils ne purent quitter le palais d'Orléans avant minuit. Comme il était trop tard, ils rentrèrent chez eux.

Le lendemain, ils furent cependant à la première heure chez le chancelier Séguier à qui ils révélèrent la vérité. Ils partirent ensuite avec lui au Palais-Royal et Séguier obtint de voir le cardinal qui se levait à peine.

Dans sa chambre, Mazarin, déjà passé sur sa chaise percée, portait encore une robe de nuit. De nouveau Tilly raconta tout, insistant sur le fait qu'il avait reconnu Petit-Jacques et que le truand était maintenant mort.

— Messieurs, déclara le ministre après un long moment de réflexion, j'exige que vous gardiez le silence sur tout cela.

Devant l'attitude interloquée de ses visiteurs, il ajouta :

— J'étais encore couché quand Monsieur le Prince est arrivé ici. Il avait été prévenu de cette agression dans la nuit. Selon lui, le coadjuteur et le duc de Beaufort sont passés aux actes.

— Mais non, monseigneur, il s'agit de simples truands ! intervint Louis.

— Monsieur Fronsac, il sera impossible de convaincre Monsieur le Prince ! Il exige un châtiment exemplaire contre les frondeurs... Et pour tout vous avouer, cela m'arrange, car si le prince de Condé n'accusait pas le coadjuteur et Beaufort, il serait bien capable de m'accuser moi. Moi qui lui ai demandé de ne pas rentrer à son hôtel cette nuit !

— Mais, monseigneur, objecta Louis, terrifié, si monsieur le coadjuteur est poursuivi pour ce crime, imaginez qu'il soit déclaré coupable, il risque la mort... Il risque même d'être tiré à quatre chevaux pour avoir voulu tuer un prince du sang ! Et il serait innocent !

— Je le sais, fit Mazarin, simulant comiquement la tristesse, mais Gondi a une fois de trop joué au comploteur. Il paiera donc pour la seule intrigue qu'il n'ait pas manigancée !

— J'irai le voir, décida Louis, et je lui dévoilerai la vérité afin qu'il puisse se défendre.

— Je vous l'interdis, Fronsac ! répliqua sévèrement le cardinal. Laissons Monsieur le Prince se débrouiller avec lui. Mêlez-vous des affaires d'État qui ne vous regardent pas et vous vous retrouverez à la Bastille ! N'oubliez pas que je n'ai qu'un mot à proférer pour annuler notre accord d'hier et laisser monsieur de Tilly pauvre comme Job.

Un lourd silence tomba dans la pièce jusqu'à ce que le cardinal ajoute, d'un ton radouci :

— Je ne suis pour rien dans la prétendue agression contre monsieur Joly, monsieur Fronsac, mais Gondi et ses amis ont voulu jouer avec le feu et ont fini par se brûler. Somme toute, cette affaire me convient en rendant le Prince irréconciliable avec les frondeurs. Tentez d'aller à son encontre et, non seulement personne ne vous croira, mais vous y gagnerez votre ruine et celle de votre ami.

Louis comprit qu'il n'avait pas les moyens de s'opposer au ministre. Il restait quand même une chance de sauver Paul de Gondi, pensa-t-il : dévoiler la vérité à Condé.

Gaston s'inclina et Louis l'imita. Dans une révérence de parfaite déférence, ils saluèrent le ministre et sortirent tandis que le chancelier restait avec Mazarin.

⚜

Dans le Palais, on ne parlait que de l'attentat de la nuit. La culpabilité de Gondi ne faisait de doute à personne. Pour ne rien arranger dans les affaires du coadjuteur, Guy Joly, pas mort le moins du monde, avait déposé une plainte au Parlement assurant qu'on avait voulu l'assassiner et qu'il était fort blessé ; aussi avait-on désigné des députés afin d'examiner ses blessures. Seulement, une fois ces derniers arrivés, Joly avait expliqué être pansé et ne pouvoir montrer ses plaies. Chacun en avait conclu que l'attentat relevait de la mystification destinée à créer des troubles. Les plus virulents ajoutaient même que l'agression contre le prince de Condé s'expliquait uniquement parce que le premier guet-apens n'avait pas obtenu l'effet escompté.

D'autres rumeurs circulaient. La plus grave avançait que le coadjuteur et le duc de Beaufort avaient voulu enlever la personne du roi jusqu'à l'Hôtel de Ville et massacrer le Prince. Certains assuraient qu'ils agissaient de concert avec les Espagnols aux portes du pays. Bref, les frondeurs devenaient un objet d'effroi et personne ne voulait défendre un parti capable de perpétrer de tels crimes.

⚜

Dès le matin, ayant appris la nouvelle de l'attentat contre le Prince, les chefs de la Fronde s'étaient rassemblés, consternés et apeurés. Certes, chacun connaissait sa propre innocence mais ne pouvait répondre de celle de ses amis ! L'agression imaginaire contre Joly avait suscité un sentiment général de honte et de culpabilité.

Le duc de Beaufort déclara que la fuite constituait leur seule échappatoire. Quelques-uns proposèrent de provoquer une émeute, mais comment y parvenir ? Seul Gondi conserva courage et lucidité. Il expliqua que, puisqu'ils n'étaient pour rien dans ce second attentat, ils n'avaient qu'à se rendre à l'hôtel de Condé et assurer le Prince de leur loyalisme. C'était faire preuve d'une immense audace, car ce dernier avait rassemblé ses officiers et ses fidèles. Agir ainsi, revenait à se retrouver dans la tanière du lion, à se jeter dans la gueule du loup et devenir complètement à sa merci. Malgré tout, le panache de l'entreprise séduisit Beaufort qui accepta.

Gondi se rendit donc avec le marquis de Noirmoutier à l'hôtel de Condé où toute la Cour défilait afin d'assurer le Prince de son soutien. Les frondeurs furent reçus dans une antichambre où, finalement, Louis de Bourbon les fit appeler les uns après les autres pour les entendre et écouter leur déclaration de loyalisme.

Tous, sauf un : le coadjuteur qui, après trois heures de patience et d'humiliation, repartit plein de ressentiment.

Les frondeurs assurèrent n'être pour rien dans l'effroyable attentat. Le Prince, avec sa hauteur ordinaire, répondit que pareils éclaircissements se révélaient inutiles, puisque, innocents ou coupables, il exigeait qu'ils quittent Paris.

⚜

Quand Fronsac et Gaston franchirent le porche de l'hôtel de Condé, la grande cour était pleine de voitures, aussi comprirent-ils qu'ils auraient beaucoup à patienter. Ils restèrent effectivement la journée entière dans une des antichambres du palais, après avoir annoncé à l'un des gentilshommes du Prince avoir des révélations à faire sur l'agression des deux carrosses.

Condé les reçut à la nuit tombée.

Louis raconta les événements de la veille et la présence de Petit-Jacques, reconnu par Gaston sans confusion possible.

— Selon nous, monseigneur, ce ne fut qu'une coïncidence qu'il s'attaque à vos voitures. Ce Petit-Jacques, ancien brigand, était revenu à son état et devait guetter un convoi à piller avec sa bande. Par malchance, il est tombé sur les vôtres, et sur le nôtre.

Tilly confirma en livrant quelques détails.

Condé les écouta attentivement, resta muet un long moment après qu'ils eurent terminé, comme pour peser les conséquences de ce rebondissement.

— Avez-vous confié cela à Son Éminence ? s'enquit-il, enfin.

— Oui, monseigneur.

— Qu'a-t-il répondu ?

— Que nous devions garder le silence sur cette affaire… au prix de notre liberté.

— Vous êtes pourtant venu me la rapporter.

— Il n'aurait pas été loyal de vous la cacher, monseigneur, expliqua Fronsac.

— Je vous en remercie, messieurs, je saurai m'en souvenir. Mais, pour une fois, je suis de la même opinion que Mazarin, car je n'interprète pas les faits comme vous. Certes, je ne crois pas monsieur de Beaufort capable d'un traquenard de cette nature, mais je n'ai pas le même jugement envers le coadjuteur. Que vous ayez vu votre brigand, et qu'il se soit noyé, je vous crois, mais je suis persuadé qu'il rôdait là pour m'assassiner à la demande de ce félon de Gondi. Je connais trop ses amis Fontrailles et Montrésor et sais combien ils aiment à fréquenter les truands ! Quant au duc de Beaufort, s'étant compromis avec monsieur de Gondi, il est normal qu'il en paye le prix. Je demanderai donc que le Parlement les juge pour leurs crimes.

On le voit, Condé approchait de la vérité, même si Petit-Jacques n'avait jamais envisagé de l'estourbir. Gaston et Louis ne purent rien objecter à cette affirmation, mais tentèrent pourtant de modérer sa colère en lui faisant percevoir les risques encourus. Si le coadjuteur parvenait à s'innocenter ou que les chambres virassent en sa faveur, ce serait lui qui se verrait désavoué, et ce au profit du cardinal Mazarin.

Le Prince les écouta mais ne les entendit point. Il leur fit signe que l'entretien était clos et ils se retirèrent, insatisfaits.

Quelques minutes plus tard, Louis de Bourbon recevait Mathieu Molé à qui il annonçait qu'il déposerait au Parlement des plaintes contre Beaufort et Gondi.

⚜

Le lendemain, les frondeurs, se sentant de plus en plus rejetés à la Cour, firent intervenir des proches pour négocier. Intransigeant, le Prince leur fit répondre qu'il exigeait leur départ de Paris.

Sa sœur, Mme de Longueville, était désormais avec lui. L'une des premières à rejoindre la Fronde, par haine envers le cardinal, elle semblait ravie de la ruine des frondeurs réduits à une faction autour de Gondi et de la maîtresse de Beaufort, Mme de Montbazon, femme qui l'avait calomniée durant la cabale des Importants. Pourtant, son mari, le duc de Longueville, par amitié envers le coadjuteur, tenta d'empêcher son beau-frère de les poursuivre.

Le lundi 13 décembre, l'assemblée de toutes les chambres du Parlement se réunit pour débattre de la plainte du Prince relative à la tentative d'assassinat contre sa personne. Condé se présenta à la séance en compagnie du duc d'Orléans, accompagné de centaines de gentilshommes ; objectif : étaler sa puissance. Le coadjuteur, craignant d'être arrêté en séance, ne vint pas, ni Beaufort.

Trois informations furent ouvertes : la première pour l'assassinat manqué de Joly, la seconde sur l'insurrection tentée par M. de la Boulaye et ses cavaliers, et la troisième au sujet de la tentative contre le Prince. Dans cette dernière, trois personnes furent d'emblée mises en cause par le procureur général : le coadjuteur, le duc de Beaufort et le conseiller Broussel, ce dernier ajouté à la demande d'un Mazarin trouvant là une occasion propice de le faire remettre en prison.

Les interrogatoires commencèrent lentement, car il y avait peu de faits vérifiables, pas de témoins et encore moins de preuve. De plus, les chambres ne siégeaient pas tous les jours. On fit venir des bourgeois de la place Dauphine qui avaient vu les cavaliers attaquer les carrosses. On interrogea les témoins de l'attentat contre Joly et ceux ayant assisté à la cavalcade de La Boulaye. Une prise de corps fut décrétée contre lui, mais il s'était enfui à Bordeaux. Il parut vite évident qu'on ne détenait rien contre Beaufort et Gondi. Pis, le 18 décembre, Joly accusa M. de Champlâtreux, le fils de Molé, premier président, d'être celui qui lui avait tiré dessus !

Ces lenteurs et contre-accusations ne convenaient pas au cardinal qui espérait, à l'occasion de ce procès, se défaire à la fois de Gondi et du prince de Condé. *Il faut aiguillonner le procureur général*, disait-il à Séguier, *car il va trop lentement*[1]. Sur son ordre, le matin du 21 décembre, l'abbé Fouquet fit déposer Pichon, Canto et Sociendo devant le procureur général, le chancelier, le premier président et les avocats généraux.

1. *Mémoires de Mazarin* (carnets).

Ces trois témoins se présentèrent comme des envoyés de M. Le Tellier chargés d'écouter ce qui se disait aux assemblées de rentiers. Devant les conseillers fort attentifs, Canto déclara s'être trouvé à plusieurs reprises à l'Hôtel de Ville où il avait entendu colporter que M. de Beaufort et le coadjuteur avaient dessein de tuer M. le Prince. Un nommé Joly, qu'il ne connaissait pas, lui avait même glissé à l'oreille : *Il faut tuer M. le Prince et se défaire de la Grande Barbe*[1] *!*

Ces révélations – bien sûr mensongères – changèrent le cours de l'instruction. Le procureur général appela Pichon, qui confirma ces paroles, puis Sociendo qui se montra tout aussi affirmatif, précisant que Broussel et Joly étaient de mèche.

Aux yeux du procureur, ces témoignages semblaient suffisants pour assigner Beaufort et Gondi à être ouïs, première étape avant la prise de corps et l'emprisonnement. Un débat s'éleva pourtant entre les trois magistrats du parquet, à savoir le procureur et les deux avocats du roi. La règle, nous l'avons dit, était qu'ils prennent leur décision à l'unanimité. Or, les deux avocats généraux soutinrent que les charges étaient insuffisantes pour motiver un tel affront à des personnes de cette qualité. Pourtant, malgré le fait que le parquet soit majoritairement contre l'arrestation des prévenus, le procureur général s'y opposa, arguant que sa décision, volonté royale, s'imposait.

⚜

À midi, Paul de Gondi fut informé de la décision du procureur général, Blaise Mélian, prise avec l'accord du premier président. Or, depuis quelques jours, le coadjuteur et le duc de Beaufort se persuadaient que les poursuites allaient cesser puisqu'on n'avait rien découvert contre eux. C'est dire s'ils ne s'attendaient pas à cette accusation ni à ses conséquences. Ils se virent soudain perdus ; d'autant que la rumeur circulait en ville que la Cour avait ordonné leur arrestation.

Immédiatement Gondi rassembla ses partisans. Venus dîner chez lui, Beaufort, Brissac, Noirmoutier, Fontrailles et Montrésor voulaient rassembler des troupes et se préparer à la guerre. Prudent, le coadjuteur s'y opposa, arguant qu'agir ainsi revenait à

1. Surnom donné au premier président du Parlement, Mathieu Molé.

reconnaître leur culpabilité avant même d'être officiellement accusés. De plus, ajouta-t-il, *le peuple revient à nous et si nous manquions notre coup, nous serions définitivement perdus.* Il annonça avoir décidé plutôt de se rendre au Palais de Justice comme un simple aumônier et proposa au duc de Beaufort de l'accompagner, escorté seulement d'un écuyer. Tous deux prendraient leur place expliquant venir porter leurs têtes au Parlement pour être punis s'ils étaient jugés coupables mais aussi demander justice contre les calomniateurs si on les découvrait innocents.

Cette suggestion emporta la décision des autres. Et pour cause : Gondi et le duc prendraient seuls les risques !

⚜

C'est Gaston de Tilly qui avertit Louis de la mise en cause du coadjuteur par Canto, Pichon Sociendo et de la décision du procureur général. Le chancelier Séguier, fort embarrassé, lui avait remis la déposition des trois hommes. Elle était précise, inspirait confiance, même s'ils avaient reconnu être des espions à brevet de Le Tellier.

Les deux amis décidèrent alors de passer outre aux menaces de Mazarin et de ne pas laisser commettre l'injustice qui se préparait. Dans la soirée, ils se rendirent chez l'avocat général Jérôme Bignon domicilié au cloître des Bernardins.

Gaston connaissait et estimait Bignon, l'un des magistrats les plus respectés du Palais pour avoir notamment publié son premier ouvrage de droit à dix ans et avoir été élevé comme enfant d'honneur auprès de Louis XIII. Depuis 1626, il était avocat général au parlement de Paris et certainement l'un des plus savants juristes du royaume.

Ce soir-là, Jérôme Bignon n'avait aucune envie d'une visite. C'était un homme âgé et sa querelle avec le procureur général l'avait épuisé, mais Fronsac et Tilly bénéficiaient d'une telle réputation qu'il les reçut dans sa chambre.

— Monsieur l'avocat général, débuta Louis après les salutations d'usage, nous sommes, ou plutôt nous avons été, des amis très proches de monsieur le coadjuteur. Nous savons qu'il est innocent.

— Vous savez ? releva Bignon avec surprise.

— Oui, monsieur, tout simplement car nous connaissons les coupables. Mais nous ne pourrons témoigner.

— Pourquoi ?

— Cela nous est interdit.

L'avocat général les considéra avec encore plus d'attention. Qui pouvait empêcher de tels hommes de témoigner ? Fronsac ne dépendait de personne, même si on le savait proche de Mazarin. Quant à Tilly, il était le protégé du chancelier à qui il avait sauvé la vie.

C'était donc la Cour qui récusait ce témoignage.

— Je comprends, ou plutôt je devine, concéda-t-il, mais quel est, alors, l'objet de votre visite ?

— Voici une lettre que j'ai préparée cet après-midi, monsieur l'avocat. Lisez-la et transmettez-la au coadjuteur. J'y ai mis tout ce que je sais des sieurs Pichon, Canto et Sociendo. Quand le Parlement apprendra que ce sont des fripouilles, nul doute qu'on abandonnera les poursuites.

Jérôme Bignon prit la lettre, chaussa des bésicles et la lut.

— En effet, monsieur Fronsac, voici de belles fripouilles ! admit-il avec un sourire de satisfaction quand il eut terminé. Mais que ne portez-vous vous-même cette lettre à Gondi ? Il vous en serait reconnaissant.

— Je vous l'ai dit, monsieur l'avocat général, nous étions ses amis. Pour des raisons trop longues à vous exposer, il a cru que nous l'avions trahi. Il se trompait et nous voulons qu'il sache que nous n'avons pas changé.

Bignon resta silencieux. Les charges contre Beaufort et le coadjuteur se montraient à ses yeux insuffisantes pour les mettre en cause, mais le procureur général voulait cette condamnation et pourrait bien y parvenir demain, tant le président Molé et la majeure partie du Parlement accepteraient le réquisitoire du parquet, même si les avocats généraux ne s'y étaient pas joints.

Seulement, Mathieu Molé était un magistrat honnête et rigoureux. En apprenant la nature des témoins présentés par le procureur général – des hommes de sac et de corde –, il ne suivrait pas la réquisition.

Cependant, était-ce à lui, avocat général, de transmettre ces informations à un accusé ? Il pesa longuement sa décision avant de convenir qu'il devait accepter.

— Je porterai cette lettre, messieurs, et je plaiderai votre cause auprès de Mgr le coadjuteur.

⚜

Le lendemain, le 22 décembre, avant même le lever du soleil, une foule immense se pressait dans les galeries du Palais et la cour de Mai. Tout Paris et toute la Cour venaient assister à l'arrestation probable du coadjuteur de l'archevêque et du petit-fils d'Henri IV.

Gondi arriva seul, le bonnet à la main, et peu de gens lui rendirent son salut, tant chacun le voyait perdu. Beaufort entra à son tour et tous deux prirent place dans la Grand'Chambre.

Ils n'étaient pas présents en tant qu'accusés, puisque dans les procès de l'Ancien Régime, ceux-ci n'assistaient pas à l'audience, mais là de par leur état : Beaufort était duc et pair, donc siégeait dans les séances plénières, comme le prince de Condé ; quant à Gondi, il avait pris la place de son oncle l'archevêque, ce dernier siégeant aussi d'office parmi les conseillers.

L'audience ouverte, le président de Mesmes fit lire la déposition des trois témoins entendus la veille attestant l'existence d'une conjuration contre l'État et la maison royale. Le seul témoignage de Canto dura quatre heures et fut suivi d'une déclaration du procureur général demandant à faire assigner pour être ouïs, M. de Beaufort, M. Broussel et Mgr de Gondi.

Le coadjuteur ôta alors son bonnet pour intervenir. Le président Molé voulut l'en empêcher, affirmant qu'il parlerait à son tour, mais un tel murmure monta de l'assistance qu'on dut le laisser faire.

Paul de Gondi commença dans un silence de mort [1] :

— Je ne crois pas, messieurs, que les siècles passés aient vu des ajournements personnels donnés à des gens de notre qualité sur des ouï-dire ; mais je crois aussi peu que la postérité puisse souffrir, ni même ajouter foi, à ce que l'on ait seulement à écouter ces ouï-dire de la bouche des plus infâmes scélérats qui soient

1. Les fortes paroles qui suivent sont rapportées dans ses *Mémoires*.

jamais sortis des cachots. Canto, messieurs, a été condamné à la corde à Pau, Pichon a été condamné à la roue au Mans, Sociendo est encore sur vos registres criminels…

À peine eut-il lâché ces paroles accusatoires qu'un immense brouhaha de stupeur se répandit.

En même temps, les amis du coadjuteur faisaient circuler dans les galeries des papiers imprimés durant la nuit décrivant, avec forces détails, les turpitudes de Canto, Pichon et Sociendo, agents à brevet à la solde de Mazarin !

Le coadjuteur parvint à poursuivre :

— … Jugez, s'il vous plaît, de leur témoignage par leurs étiquettes et par leur profession, qui est de filous avérés. Ce n'est pas tout, messieurs, ils ont une autre qualité, qui est bien plus relevée et bien plus rare : ils sont témoins à brevet. Je suis au désespoir que la défense de notre honneur, qui nous est commandée par toutes les lois divines et humaines, m'oblige de mettre au jour, sous le plus innocent des rois, ce que les siècles les plus corrompus ont détesté dans les plus grands égarements des anciens empereurs. Oui, messieurs, Pichon, Canto, Sociendo ont des brevets pour nous accuser. Ces brevets sont signés de l'auguste nom qui ne devrait être employé que pour consacrer encore davantage les lois les plus saintes. Monsieur le cardinal Mazarin, qui ne reconnaît que celle de la vengeance qu'il médite contre les défenseurs de la liberté publique, a forcé monsieur Le Tellier, secrétaire d'État, à contresigner ces infâmes brevets.

De nouveau le tumulte fut indescriptible et le coadjuteur sut qu'il avait gagné quand il vit le premier président prendre sa longue barbe avec la main, signe qu'il se mettait en colère.

Effectivement, à la fin de la plaidoirie, il demanda au duc, au coadjuteur et à Broussel de sortir, car ils étaient des accusés et ne pouvaient participer au vote qui allait suivre. Broussel protesta en récusant M. Molé, homme de la Cour, et demanda un premier vote sur leur exclusion des débats.

Ce vote fut défavorable aux trois hommes, mais à une faible majorité. La séance se poursuivit jusqu'en fin de soirée, mais tant de conseillers et de ducs et pairs étaient indignés par les faux témoignages que tout risque d'arrestation se voyait désormais écarté.

⚜

Quand Beaufort et Gondi quittèrent le Palais de Justice, tout Paris savait que leurs accusateurs n'étaient que de vils truands méritant la corde au service du cardinal Mazarin. Le coadjuteur apparaissait dès lors victime d'une manipulation conduite par des hommes corrompus. C'était aussi faux que les raisons pour lesquelles on avait accusé Beaufort et Gondi, mais c'était ce que beaucoup voulaient entendre.

Une immense foule venue de tous les quartiers de la ville se pressait dans les galeries et la cour de Mai lorsque les deux accusés sortirent de la Grand'Chambre. Les vivats, les *Vive Beaufort !*, *Vive le coadjuteur !* raisonnaient partout. En revanche, quand le prince de Condé sortit à son tour, personne ne l'acclama.

Le coadjuteur avait reconquis sa popularité et Louis de Bourbon devenait le grand perdant de la journée.

C'est en descendant les marches du Palais que Paul de Gondi, serré par ses fidèles, aperçut Louis Fronsac et Gaston de Tilly. Il s'écarta de ses proches et se dirigea vers ses anciens amis.

Devant tout le monde, il les accola et glissa à l'oreille de Fronsac :

— Pardonne-moi, Louis, d'avoir douté de toi. Je sais désormais que je te dois la vie et la liberté.

Avec Beaufort et ses amis frondeurs, le coadjuteur partit dîner au petit archevêché où ils eurent du mal à entrer à cause de la foule qui se pressait pour les acclamer. Sur les onze heures du soir, ils apprirent que, sur décision du Palais-Royal, les chambres ne s'assembleraient pas le lendemain. En vérité, le procès était suspendu.

Malgré cela, dès le lendemain, Broussel attaqua le premier président en récusation et les avocats généraux confirmèrent qu'ils jugeaient la réquisition du procureur général ridicule.

Dès lors, la procédure s'enlisa même si Gondi, par prudence, avait rassemblé une petite armée de gentilshommes chargés de le protéger d'un coup de force de la Cour. Sur ce point, il se trompait. Il n'y eut pas de réplique de la part de Mazarin. Bien au contraire même.

En effet, le jour de Noël, après le prêche que prononça le coadjuteur dans l'église de Saint-Germain-l'Auxerrois, il eut la surprise d'apercevoir la duchesse de Chevreuse et sa fille venir le saluer.

— Voilà un beau sermon, lui déclara Mlle de Chevreuse, laquelle était devenue depuis peu sa maîtresse.

— Nous avons à parler, monsieur le coadjuteur, proposa alors sa mère dans un sourire de comploteuse.

LII

Depuis deux mois, la duchesse de Chevreuse s'était réconciliée avec la reine et Mazarin. Et pourtant Marie de Rohan avait participé à tous les complots contre la royauté depuis trente ans. Un engagement payé fort cher : ruinée, abandonnée de son mari, vieillie et flétrie, la duchesse ne ressemblait plus à la femme magnifique qui séduisait les hommes en leur laissant toucher sa cuisse, comme elle s'en vantait. Revenue de son exil bruxellois, elle avait humblement demandé pardon à son ancienne amie la reine et juré d'être, désormais, loyale à la Couronne. Docile, elle avait rencontré Mazarin à l'automne et proféré les mêmes promesses de fidélité. À cette occasion pourtant, toujours saisie par le démon des cabales, Marie de Rohan avait proposé au cardinal de lui offrir la tête du coadjuteur !

Paul de Gondi, abandonné de sa maîtresse Mme de Guémené, qui avait de plus en plus souvent des *saillies de dévotion* comme le dira Gédeon Tallemant dans ses *Historiettes*, était, lui, devenu l'amant de la fille de la duchesse : Charlotte de Chevreuse.

— Par ma fille, avait assuré Marie de Rohan à Mazarin, je peux manœuvrer le coadjuteur à mon gré. Réconciliez-vous avec lui, offrez lui le chapeau de cardinal et il deviendra l'un de vos fidèles. Je m'y engage. Avec Gondi près de vous, c'est tout le peuple de Paris qui vous aimera.

C'était tentant, mais Mazarin connaissait trop la duplicité de la Chevreuse pour la croire. Il avait donc préféré se débarrasser du coadjuteur par le procès. Mais quand le ministre constata que Gondi s'était sorti du piège, il reconsidéra sa position. Et laissa l'affaire s'enliser dans la procédure, ce qui avait pour avantage d'exaspérer Condé. Une attitude qui faillit provoquer un désastre.

⚜

Le 29 décembre, le procès ayant repris, Beaufort et Gondi vinrent au Palais accompagnés d'un corps de trois cents gentilshommes et entourés d'une foule à leur dévotion. En face, les hommes de Condé étaient encore plus nombreux.

Nous nous faisions civilités, raconta le coadjuteur dans ses mémoires, *mais nous étions dans la défiance et il n'y avait personne qui n'eût un poignard dans la poche. Cette arme*, poursuivit-il, *était à la vérité peu convenable à ma profession.* Comme le manche de sa lame sortait de sa poche, un capitaine des gardes du Prince lança d'ailleurs : *Voilà le bréviaire de M. le coadjuteur !*

Heureusement, il n'y eut pas d'échauffourée. Condé refusait d'aller plus loin dans la provocation de crainte de perdre le procès, et le coadjuteur était persuadé d'emporter la partie.

Car sous l'égide de la duchesse de Chevreuse, un renversement d'alliance s'opérait. Gondi avait écouté les propositions du ministre lui promettant la paix et le chapeau de cardinal. N'ayant jamais été si fort, le coadjuteur pouvait accepter sans se renier. Comme il le rapporta dans ses *Mémoires* : *En fait de calomnies, tout ce qui ne nuit pas sert à celui qui est attaqué.*

Quant à Mazarin, il était pressé de conclure tant le Prince devenait insupportable. Ne l'accusait-il pas, maintenant, d'être l'auteur de l'attentat contre lui, puisque Paul de Gondi en était innocent ? De plus Louis de Bourbon exigeait l'Amirauté avec une insistance forcenée et s'était attiré l'inimitié de la reine en défendant l'un de ses fidèles ayant commis une incroyable grossièreté.

Jarzé, jeune fat qui avait défié Beaufort aux Tuileries, persuadé d'être aimé de la reine, avait glissé une lettre d'amour sur son lit. Celle-ci l'avait très mal pris, et devant la Cour, lui avait déclaré avec un immense mépris :

— Monsieur de Jarzé, vous êtes bien ridicule. On m'a dit que vous faites l'amoureux. Vous me faites pitié, il faudrait vous envoyer aux petites maisons [1] !

1. L'asile des fous.

Humilié, le soupirant avait quitté la Cour. Plus tard, Condé avait exigé la réintégration de son gentilhomme. Pour éviter une nouvelle querelle, la reine avait cédé en jurant intérieurement de faire payer au Prince son audace. Elle avait donc poussé, elle aussi, à la réconciliation avec le coadjuteur.

En janvier 1650, Paul de Gondi, déguisé en cavalier et accompagné de la duchesse de Chevreuse, vint secrètement au Palais-Royal. Après plusieurs discussions en présence de la reine, du cardinal et de Monsieur, les cinq comploteurs convinrent que la paix ne pourrait revenir dans le royaume qu'après l'arrestation du prince de Condé.

⚜

Louis rentra à Mercy pour fêter Noël avec sa famille.

C'est là qu'il reçut, par courrier, une invitation au prochain mariage d'Anaïs Moulin Lecomte et de M. de Richebourg, lieutenant du prévôt de maréchaux de Rouen.

C'est aussi à Mercy qu'il apprit, cette fois par une visite de Mathieu Molé en personne, son voisin seigneur de Champlâtreux, les bouleversements survenus à Paris, le 19 janvier.

Le premier président, accompagné de son fils Champlâtreux, venait prendre quelques jours de repos après la fin d'année difficile qu'il avait connue, expliqua-t-il à Louis quand ce dernier le reçut dans sa bibliothèque, en présence de Julie.

Il raconta d'abord quelques faits insignifiants, parla de sa petite-fille Marie-René [1] qu'il aimait tant, des affaires du Palais et du procès de Gondi qui se terminait.

Fronsac l'écouta en silence, devinant que si un personnage aussi considérable que le premier président du parlement de Paris franchissant son seuil, même en tant que voisin, c'est qu'il était advenu quelque chose de considérable le concernant personnellement. Il attendait donc avec un soupçon d'inquiétude les véritables raisons de cette visite.

Molé en ayant terminé des faits divers lissa longuement sa barbe avant d'adopter un ton solennel.

— Sachez maintenant, monsieur Fronsac, que je viens aussi de la part de Son Éminence. Le cardinal m'a demandé de vous annoncer personnellement la nouvelle…

1. Voir *L'Homme aux rubans noirs*, du même auteur.

— Laquelle ? frémit Fronsac.

— Vous le savez, monseigneur a l'habitude de dire : « Je dissimule, je biaise, j'adoucis, j'accommode tout autant qu'il m'est possible mais, dans un besoin pressant, je ferai voir de quoi je suis capable », fit Molé avec un sourire contraint. Hier soir, le prince de Condé, son frère Conti et son beau-frère, monsieur de Longueville, ont été conviés pour un conseil organisé par Son Éminence en vue d'arrêter l'auteur de l'attentat du 11 décembre. Le Prince est donc arrivé sans méfiance. Il est allé saluer la reine, puis s'est rendu avec son frère et son beau-frère dans la salle du conseil à la demande de Sa Majesté. Tandis qu'ils attendaient, monsieur Guitaut [1] s'est approché d'eux et les a arrêtés.

— Quoi !

— Oui, arrêtés. L'arrogance du Prince ne connaissait plus de borne. Ils ont été conduits au château de Vincennes par monsieur de Miossans, lieutenant des gendarmes du roi.

— Comment a réagi Son Altesse ? demanda Louis, abasourdi.

— Il était aussi surpris que vous, monsieur, plaisanta Molé. Il a seulement déclaré : « Je crois avoir toujours bien servi la reine et j'ai cru monsieur le cardinal mon ami. »

— Son Éminence a pris un bien grand risque, remarqua Fronsac.

— Non, car cette arrestation s'est faite avec l'approbation du duc d'Orléans et le soutien du coadjuteur et de ses amis. Les alliances ont changé, mon cher. Mgr de Gondi s'est engagé à être désormais un fidèle sujet de Sa Majesté.

Grande Barbe eut un sourire équivoque avant d'ajouter :

— Je crois que vous êtes en partie la cause de sa conversion, mais comme vous êtes aussi un fidèle du Prince, Mgr Mazarin a voulu vous marquer sa considération en m'envoyant.

— Je ne crois pas avoir des capacités telles que je puisse convaincre un homme comme Paul de Gondi, dit Louis après un moment de silence. Pas plus que je n'ai pu convaincre le cardinal ou Monsieur le Prince qu'ils faisaient fausse route. Un brigand et trois larrons ont croisé notre chemin, j'ai seulement

1. Le capitaine des gardes de la reine.

tenté d'éviter qu'ils ne causent trop de malheurs. Puisse la paix revenir maintenant que Son Éminence est devenue le *maître du jeu* [1].

1. Ces termes sont de Simone Bertière.

VRAI ET FAUX

Ce roman mêle le vrai et le faux, mais le lecteur souhaite toujours connaître la vérité. La voici : le vol des tailles de 1617 n'a jamais eu lieu, mais l'assassinat de Concini s'est déroulé comme nous l'avons raconté, peu après que Louis XIII eut reçu une mystérieuse lettre de mise en garde.

Les Tilly, très nombreux autour de Vernon, ont été aussi seigneur de Mondreville [1]. Nous avons créé abusivement un Jacques Mondreville, qui aurait acheté la seigneurie et se serait fait anoblir.

Charles de Tilly, marquis de Blaru, était bien gouverneur des ville et château de Vernon.

Marc-Antoine Le Normand, vicomte de Vernon, fut bien poursuivi pour corruption.

Les souterrains de l'hôtel du maréchal d'Ancre et la maison des Valois existent bel et bien. Concini y aurait en effet entassé d'immenses richesses obtenues auprès de l'Espagne ou par ses rapines sur les finances du royaume. Trente ans après son assassinat, le peuple croyait encore qu'un trésor était enfoui dans l'hôtel du maréchal, rue de Tournon. Ainsi M. Dubuisson-Aubenay écrivit dans son *Journal* à la date du 23 avril 1650 : *Hier au soir*

1. *Dictionnaire de la noblesse, contenant les généalogies*, par Francois Alexandre Aubert de La Chesnaye-Desbois, Badier, Édition La veuve Duchesne, 1778.

on travailla par ordre de M. le duc d'Orléans dans le jardin de l'hôtel des Ambassadeurs extraordinaires (l'hôtel Concini) pour chercher deux cent mille pistoles qu'un avis, venant d'Italie, envoyé par une femme, devaient être cachées en terre, en ce lieu-là, dès le temps que le maréchal d'Ancre y demeurait.

⚜

La cabale élaborée par le cardinal Mazarin dans le but de déconsidérer le duc de Longueville est bien sûr imaginaire. Elle n'est pourtant pas invraisemblable, car comme l'a écrit Mme Simone Bertière : *La Fronde a poussé très loin la provocation, l'intoxication, et ce que nous nommons la désinformation. Fausses rumeurs, fausses confidences, accusations mensongères ou forcées, attentats simulés, textes truqués… fausses lettres… autant de pratiques si courantes qu'elles finissent par passer pour naturelles.*

⚜

Quant aux épisodes qui se sont déroulés à l'automne 1649, ils ont eu lieu à peu près comme nous le racontons. Lors de l'entrevue entre Beaufort, Gondi et Condé, le Prince a refusé de s'allier aux frondeurs. Jean-François Paul de Gondi a bien utilisé le syndicat des rentiers de l'Hôtel de Ville pour ébranler Mazarin. Guy Joly a réellement organisé un faux guet-apens le même jour où quelques cavaliers mystérieux se sont attaqués au carrosse, vide, du prince de Condé sur le pont Neuf. Le mystère reste entier sur ce dernier attentat.

Paul de Gondi a bien été mis en accusation pour cette agression, et, la veille du jour où il devait être arrêté, le président Bignon lui a vraiment porté une lettre apportant les preuves que Canto, Pichon et Sociendo étaient des truands et des agents de Mazarin.

On ignore comment il avait eu cette information qui sauva le coadjuteur du déshonneur et de la prison.

BIBLIOGRAPHIE

Association des historiens modernistes des universités, *Le Sentiment national dans l'Europe moderne*, actes du colloque de 1990, Presses Paris Sorbonne, 1991.

Bertière Simone, *La Vie du cardinal de Retz*, Éditions de Fallois, 1990.

Bertière Simone, *Mazarin, le maître du jeu*, Éditions de Fallois, 2007.

Cardinal de Retz, *Mémoires*, Classiques Garnier, 1987.

Chéruel André, *Histoire de France pendant la minorité de Louis XIV*, Hachette, 1879.

Decaux Alain, « La naine hystérique qui gouvernait la France », *Historia* n° 367, juin 1977.

De Chouvigny, Claude, baron de Blot l'Église, *Les Chansons libertines*, Slatkine, 1969.

Dubuisson-Aubenay, François-Nicolas Baudot, *Journal des guerres civiles 1648-1652*, tome I, H. Champion, 1883.

Duccini Hélène, *Concini. Grandeur et misère du favori de Marie de Médicis*, Paris, Albin Michel, 1991.

Esmonin Edmond, *Études sur les institutions financières de la France moderne, la taille en Normandie au temps de Colbert*, Hachette, 1913.

Fritsch Laurence, *La Batellerie sur la Seine au XVIe siècle*, École pratique des hautes études, 1983.

Gisors Henri-Alphonse Guy de, *Le Palais du Luxembourg fondé par Marie de Médicis, régente*, Plon frères, 1847.

Goubert Paul, *Mazarin*, Fayard, 1998.

Goujon Jean-Paul, Lefrère Jean-Jacques, *Ôte-moi d'un doute, l'énigme Corneille-Molière*, Fayard, 2006.

Grisel Hercule, François-Valentin Bouquet, *Les Fastes de Rouen*, Boissel, 1643.

Guth Paul, *Mazarin*, Flammarion, 1972.
Hillairet Jacques, *Connaissance du vieux Paris*, CFL, 1956.
Joly Guy , *Mémoires*, Foucault, 1825.
Lacroix Paul, *XVIIe siècle. Institutions, usages et costumes*, Firmin Didot, 1880.
Lorris Pierre-Georges, *La Fronde*, Albin Michel, 1961.
Le Roux de Lincy, Louis Douët-d'Arcq, *Registres de l'Hôtel de Ville de Paris pendant la Fronde*, Bibliothèque de l'École des Chartres, 1849.
Lurine Louis, *Les Rues de Paris ancien et moderne. 358-1848, origines et histoire. Monuments, costumes, mœurs, chroniques et traditions*, Kugelmann éditeur, 1844.
Magne Émile, *La Vie quotidienne au temps de Louis XIII*, Hachette, 1942.
Madame de Nemours, *Mémoires*, Furne, 1828.
Périaux Pierre, *Dictionnaire indicateur des rues et places de Rouen*, Les Éditions de la Tour Gile, 1819.
Petitfils Jean-Christian, *Louis XIII*, Perrin, 2008.
Sainte-Aulaire, Louis-Clair de Beaupoil, comte de, *Histoire de la Fronde,* Baudoin Frères, 1827.

Vous pouvez suivre Louis Fronsac dans le Paris du XVIIe siècle en consultant le plan de Paris numérisé par la Bibliothèque nationale sur gallica.bnf.fr :
Fer Nicolas de, Huitième plan de Paris divisé en ses vingt quartiers.
http://visualiseur.bnf.fr/ark :/12148/btv1b77107008
Ou avec Google map :
http://rumsey.geogarage.com/maps/g4764018.html

REMERCIEMENTS

Un grand merci à M. Jean Baboux, du Cercle d'étude vernonnais et à Cathy Pesty qui m'ont confié une riche documentation sur Vernon. Je reste cependant seul responsable des erreurs ou des inventions dues à mon imagination.

J'ai une grande reconnaissance envers Patrick Masson qui m'a fait visiter le donjon de Houdan et m'a transporté jusqu'à Richebourg.

Silvia Valensi m'a aussi apporté son aide pour rédiger une malédiction en italien, et Carles Berg m'a fourni de précieuses informations sur la navigation sur la Seine. Enfin je dois beaucoup à Laurence Fritsch qui m'a si gentiment permis de consulter sa thèse : *La Batellerie sur la Seine aux XVI*e *siècle.*

J'ai toujours une immense gratitude envers Jeannine Grégo qui accepte si volontiers de relire et de corriger le premier manuscrit.

Enfin, je dois remercier mon épouse et mes filles qui restent les plus sévères juges… sans oublier mes lectrices et mes lecteurs auxquels rien n'échappe !

TABLE DES MATIÈRES

Quelques personnages 7
Première partie. Une crapuleuse entreprise 9
Deuxième partie. Ébauche d'une cabale 99
Troisième partie. L'homme aux rubans noirs entre en scène 189
Quatrième partie. Quand le passé ressurgit 261
Cinquième partie. La tentation des grands 323
Sixième partie. « Ma malédiction te poursuivra jusqu'à ce que ta chair et la chair de ta chair tombent sur l'échafaud » 387
Septième partie. La justice passe et les alliances changent . 427

Vrai et faux 529
Bibliographie 531
Remerciements 533

Romans et nouvelles où apparaissent les Fronsac
(dans l'ordre chronologique)

Les Ferrets de la reine (JC Lattès)
Le Mystère de la chambre bleue (Le Masque)
La Conjuration des Importants (Le Masque)
La Conjecture de Fermat (JC Lattès)
La Lettre volée (dans : *L'Homme aux rubans noirs*, JC Lattès)
L'Héritier de Nicolas Flamel (dans : *L'Homme aux rubans noirs*, JC Lattès)
L'Exécuteur de la haute justice (Le Masque)
L'Enfançon de Saint-Landry (dans : *L'Homme aux rubans noirs*, JC Lattès)
Le Maléfice qui tourmentait M. d'Emery (dans : *L'Homme aux rubans noirs*, JC Lattès)
L'Énigme du clos Mazarin (Le Masque)
La Confrérie de l'index (dans : *L'Homme aux rubans noirs*, JC Lattès)
Le Secret de l'enclos du Temple (Flammarion)
Le Disparu des Chartreux (Le Masque)
L'Enlèvement de Louis XIV (Le Masque)
Le Forgeron et le galérien (Kindle Amazon)
Le Bourgeois disparu (nouvelle dans *De Cape et d'esprit*, Rivière blanche)
Le Dernier Secret de Richelieu (Le Masque)
Le Captif au masque de fer (JC Lattès)
La Vie de Louis Fronsac (Le Masque)

Vous pouvez joindre l'auteur :
aillon@laposte.net
www.grand-chatelet.net

Mise en page par Meta-systems
59100 Roubaix

CET OUVRAGE
A ÉTÉ ACHEVÉ D'IMPRIMER
SUR ROTO-PAGE
PAR L'IMPRIMERIE FLOCH
À MAYENNE EN JANVIER 2012

N° d'édition : L.01ELIN000265.N001. N° d'impression : 81321
Dépôt légal : janvier 2012
Imprimé en France